KB026408

강소천 아동문학의 서정미학

김경흠 ● 대전에서 태어나 대전과 대구에서 학창 시절을 보냈다. 단국대학교 국문과를 거쳐 동대학 교육대학원에서 석사학위를 받은 뒤 동아대학교 문예창작학과에서 문학박사 학위를 받았다.

1999년 계간 《아동문학평론》을 통하여 평론부문 신인문학상을 받고 등단했다. 《아동문학평론》,《어린이책이야기》,《열린아동문학》 등 문예지에 약 40여 편의 평론을 발표하였다. 주요 평론으로는 「플랫폼 시대의 아동문학」, 「원시성의 회귀와 '낯설게 하기'의 미학」, 「디아스포라의 상상력과 미학적 서사」 등이 있다.

동아대학교에서 강의를 하였으며 현재 대구광명학교 교사로 재직하고 있다. 한국아동문학학회 이사, 대구문인협회 평론분과위원장, 한국아동인협회 이사, 새바람아동문학회 회원 등 아동문학 관련 단체에서 활동 중이다.

아동청소년문학총서 14

강소천 아동문학의 서정미학

2021년 3월 21일 1판 1쇄 인쇄 / 2021년 3월 29일 1판 1쇄 발행

지은이 김경흠 / 펴낸이 임은주
펴낸곳 도서출판 청동거울 / 출판등록 1998년 5월 14일 제406-2002-000128호
주소 (10881) 경기도 파주시 문발로115 (파주출판도시) 세종출판벤처타운 201호
전화 031) 955-1816(관리부) 031) 955-1817(편집부) / 팩스 031) 955-1819
전자우편 cheong1998@hanmail.net / 네이버블로그 청동거울출판사

책값은 뒤표지에 있습니다.
잘못 만들어진 책은 바꾸어 드립니다.
지은이와의 협의에 의해 인지를 붙이지 않습니다.
이 책의 내용을 재사용하려면 반드시 저작권자와 청동거울출판사의 허락을 받아야 합니다.
© 2021 김경흠

Written by Kim Gyeongheum.
Text Copyright © 2021 Kim Gyeongheum.
All rignsts reserved.
First published in Korea in 2021 by CheongDongKeoWool Publishing Co.
Printed in Korea.

ISBN 978-89-5749-218-5 (94800)
ISBN 978-89-5749-141-6 (세트)

아동청소년문학총서 14

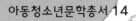

강소천 아동문학의 서정미학

김경흠 지음

청동거울

누구든 학창 시절 비밀 하나쯤은 있기 마련이지만 나 역시 특별한 비밀을 간직하고 있었다. 그것은 바로 시나 소설 작품을 읽으면서 거기에 매료되어 은밀히 문학적 꿈을 가꾸기 시작한 것이다. 여느 사춘기 학생들에게 문학을 향한 꿈이 특별할 일은 아니다. 지극히 평범하고 당연한 감정에 지나지 않는 것이었으나 내 학창 시절의 환경은 적어도 비밀이어야 했다. 그만큼 당시의 내 처지로는 현실성 없고 허황한 희망이었다. 그 꿈을 고이 마음속 깊이 심은 채 가꾸었다. 그 덕에 나는 대학에서 문학이란 학문을 접할 수 있었다. 내 주위 사람들은 내가 처한 환경과 상황을 생각하여 대학 진학을 만류하였다. 게다가 문학이라니, 터무니없는 진로라고 생각한 것이다. 차라리 생계가 가능한 특수교육을 하라고 그들은 권유했다. 어쩌면 그것이 내 처지에 맞는 지당한 조언이었을 것이다. 하지만 나는 치기 어린 생각에 그 설득을 겁 없이 거부했다.

그 당시 나는 어느 유명 작가의 방송 인터뷰를 보고 온 마음으로 공감하고 있었기 때문이었다. 그 내용인즉슨 "일류의 정치가나 대부호의 경영자보다 삼류의 문학가로 사는 것이 행복하다."라는 말이었다. 나는 이 말에 무모하게도 내 젊음과 인생을 걸기로 다짐한 것이다.

지금 현시점에서 생각해 보면 문학은 내 인생을 순탄하게 만들어주지 않았다. 또한 나를 사회적으로, 경제적으로 출세시켜준 것도 아니다. 그러나 후회하지 않는다. 큰 재능 없이 시작했던 문학이 지금까지 나에게 삶의 힘이 되어주고 있으니 그것으로 충분하다. 내가 살아온 길은 굴곡이 크지 않고, 상처 없는 평범한 경로에 불과하다. 나는 큰 아픔과 실패를 겪지도 않았다. 적어도 외관은 그렇다. 그러나 떳떳하게 살아보기 위해 시도하는 일만큼은 거듭 실패를 맛보아야 했다. 삶의 벽이 높다는 것도 매순간 체험해야 했다. 그러다 보니 안정된 직장 생활의 출발마저도 남들보다 늦을 수밖에 없었다. 잠시 문학을 멀리하기도 했다. 그런데 이미 나에게는 문학이 내 몸 속에 하나의 장기로 자리하고 있었나 보다.

적어도 문학은 나에게 그림자였다. 나를 따라다니며 일깨워주었고, 변화시켜주었다. 나는 생활하는 모든 장면에서 힘들 때마다 문학 작품을 펼쳐들었다. 때로는 한 편의 시가 내 마음을 감싸 안아주었다. 또 한 편의 소설과 동화 작품이 위안이 되고 비타민이 되었다. 볼 수 없기에 자칫 협소함에 빠질 수 있었던 내 생각과 행동들 또한 변화시켜준 것이 문학임을 나는 깊이 신뢰하고 있다. 문학 작품에서 풍겨나는 사람의 양심처럼, 인간적인 진실함의 리얼리티를 늘 마음속에 새기고 살 수는 없을까? 이 또한 예술이기 때문에 이상에 불과한 것인가? 나는 늘 내 삶과 문학의 사이에서 고민한다. 이렇게 그림자인 문학과 대화를 하며 살다 보니 나는 부와 명예를 좇아 사는 일에 아둔했다. 돈보다, 지위보다 나에겐 아직도 이 가치가 우선하고 있다. 대학 시절 은 사이신 강재철 선생님께서 보여주신 인품을 존경으로 받든 결과일 것이다.

석사학위를 받고 문단에 등단한 지 20년이 훌쩍 지났다. 그리고 영광스럽게도 나는 박사학위를 품에 안았다. 그 어느 순간보다도 마음의 포만감이 가득하다. 대학과 대학원에서 가르침을 주시고 주례까지 선뜻 맡아주신 은사 사계 고 이재철 선생님께서 이끌어주신 은혜 덕분이다. 사계 선생님의 권유와 지도로 아동문학에 입문하였다. 석사학위 논문을 준비할 때까지 나는 아동문학의 '아' 자도 모르면서 막연한 편견을 갖고 있었다. 아동문학이 외면 받는 작금의 풍조에 나는 맹목적으로 추종하고 있었던 셈이다. 이러한 무지를 깨우쳐주시고 학문과 예술의 바른 길로 인도해주신 분이 사계 선생님이시다.

이번에 박사학위 연구를 진행하면서도 새삼 다시 깨달은 바이지만 아동문학 작품 속에 내재하고 있는 문예미학적 가치와 삶의 진리는 그 무게와 깊이가 결코 간단하지 않다. 이 점에서 나는 다시 한 번 무지함과 이치를 깨닫게 되었다. 나의 오만함과 편견이 얼마나 부끄러운 것인지 성찰하게 된 것이다. 박사학위의 연구 결과를 사계 선생님과 함께 하지 못하여 못내 아쉽다. 그래도 사계 선생님과 뜻을 같이 하시는 분들이 여전히 내 곁에 계신다. 한 분 한 분 함자를 거명할 수는 없지만, 선배 및 동료 아동문학인들께서 살뜰히 살펴주시는 덕에 나는 늘 든든하다.

1999년 등단 후 10년 동안 글 한 줄도 쓰지 못했다. 아니 나는 자포자기한 마음으로 노력조차 하지 않은 것이다. 잠시 건강을 잃었고, 직장에서 살아남기 위한 몸부림으로 급박한 생활을 했다. 그럴 때마다 나는 문학 작품을 읽으며 견뎠다. 사람은 변하여도 나에게 있어 문학은 거짓 없는 그림자였다. 이를 다시 상기하고 나는 내 그림자와 같은 문학적 글쓰기를 시작했다. 그리고 용기를 내었다. 직장에 휴직원을 내고 박사과정의 문을 두드린 것이다. 이때 포근하게 손을 잡아주신 분이 지도교수님이신 이국환 교수님이시다. 내 열정을 순수한 마음으로 받아주셨고, 학생으로 돌아간 내가 적응할 수 있도록 배려와 이해를 베풀어주셨다. 내가 더 자랄 수 있게 해주신 은사이시다. 대학원에서 가르침을 주신 교수님들과 동료 연구자인 학생들도 나를 허물없이 대해주어 편안하게 학문 연구를 할 수 있었다. 아름다운 추억 한 편 새긴 시간이었다.

복직 후 나는 학위 연구와 업무를 병행해야 했다. 다소 힘겨운 시간이었다. 그래도 버틸 수 있었던 것은 이렇게 나를 응원해주신 분이 적지 않았기 때문일 것이다. 말벗이 되어주고 변함없는 친분을 보여준 직장의 선배, 동료, 제자들도 고마운 사람들이다.

무엇보다도 내 가족을 빼놓을 수 없다. 이른 나이에 집을 떠나 기숙사 생활과 자취 생활을 한 나에게 헌신하신 어머니 주희자 여사께 영광을 드려야 한다. 먹을 것, 입을 것을 싸들고 20년 넘게 수시로 다니신 어머니의 희생이 있었기에 비록 부족하지만 내가 있을 수 있었다. 이제는 관절이 다 상하셔서 약으로 연명하지 않으면 힘겨우신 어머니를 생각하면 뭉클하기만 하다. 모쪼록 건강하게 오래 오래 사시길 빌 뿐이다. 불편한 몸을 가진 형을 매사에 챙기느라 수고를 아끼지 않았던 두 동생들도 치사 받아야 한다. 끝내 학위복 입은 내 모습을 못 보고 돌아가신 아버지가 그립다. 늦었지만 영전에 이 책을 바친다.

그리고 25년 동안 내 눈이 되어 분신으로 살아준 아내 윤인실에게 사랑을 담아 고마운 마음을 전한다. 3년간 휴직을 하고 학문의 길로 가겠다고 하였을 때 아내는 한마디의 거부도 하지 않았다. 망설임 없이 동의를 해주었고 혼자 생계를 짊어졌다. 그것도 모자라 활자화된 자료를 내가 촉각이나 청각적으로 이용할 수 있게끔 재제작업까지 도맡아 했다. 젊음을 나에게 다 바쳐버린 아내에게 평생 다 갚지 못할 은혜를 입었다. 두 아들 현솔, 해솔도 소중한 존재인 만큼 바르고 복되게 미래를 꾸며가길 바랄 뿐이다. 이외에도 일일이 거명할 수는 없지만 내 삶에서 벗이 되고 힘이 되어주신 모든 분들께 감사하는 마음을 전하고 싶다.

이렇게 되새겨 보니 앞에서 썼던 말을 수정해야겠다. 문학이 내 삶에서 부와 명예를 가져다주지 못했다는 말은 투정이었다. 이만큼 큰 인덕을 입었으니 부유한 삶을 산 것이다. 그리고 박사학위도 영득하였으니 큰 명예를 얻은 셈이다. 내가 문학을 했기 때문에 얻게 된 영광이다.

이 책은 박사학위 연구 논문을 중심으로 수정 보완하여 내가 첫선을 보이는 성과물이다. 설렘보다 두려움이 앞선다. 강소천 선생은 문예미학의 서정적 본질이라는 씨앗을 가져와 아동문학의 밭에 손수 뿌리고 가꾸신 분이다. 이러한 나의 인식과 논리적 체계의 기반 위에서 이 연구가 진행되었다. 그러다 보니 자연 연구대상이 작가가 남긴 전 장르의 작품으로 망라하게 된 것이다. 즉, 이 연구서는 작가 강소천이 창작한 동요·동시와 동화·소년소설에 함의된 서정문학적 특징을 구명하는 데 의의를 두고 집필되었다. 사심을 보태자면, 비록 변변치 않은 연구이지만 이 연구가 강소천 선생의 문학적 업적을 확장하고 재조명하는 데 작게나마 도움이 되었으면 좋겠다. 그러면서도 한편으로는 이 연구가 한치라도 강소천 선생의 생애와 문학세계를 곡해하는 과오로 남지 않기를 나는 조심스럽게 소망해 본다. 아울러 출판사의 이윤은 커녕 도움이 되지 않을 책인데도 불구하고 출간을 흔쾌히 허락해주신 청동거울의 조태봉 사장님께도 깊이 감사드린다. 한동안 투병 생활을 감내하시느라 사장님께서 힘겨운 시간을 보낸 것으로 알고 있다. 누구보다 극복 의지가 강하셨기에 지금 다시 호전되신 음성을 들으니 참으로 반가웠고 경의를 전하고 싶다. 이제 되찾은 건강을 잘 보존하셔서 오래오래 아동문학 발전에 다시 공헌하시고 건필하시길 진심으로 기원드린다.

나에게 있어 문학의 탐구는 이제부터 시작이다. 초심을 늘 간직하며 살고 싶다. 이것이 내가 앞으로 문학과 함께 걸어가야 할 길이라는 것을 마음속에 각인하며 죽비로 삼는다.

2021년 1월
저자 김경흠

| 차 례 |

책을 내면서 ● 4

제1장 강소천 아동문학의 특징과 서정성 논의 ● 13

1. 강소천 문학연구의 동향 ● 14

2. 서정의 본질적 의미와 소천의 문학세계 ● 33

제2장 강소천의 작가 의식과 창작 원리 ● 41

1. 기독교 의식 ● 45

2. 모성 의식 ● 52

3. 전쟁 체험과 월남 의식 ● 60

제3장 동요 · 동시 문학론 ● 67

1. 이미지의 확장과 은유적 상상력 ● 73

1) 감각적 조형과 이미지의 특징 ● 73

2) 은유적 상상력과 서정적 세계 ● 97

(1) 우주적 이미지와 이상에 대한 갈망 ● 105

(2) 놀이적 이미지와 원초적 세계 ● 120

(3) 물활론적 이미지와 생명 의식 ● 135

(4) 그리움의 이미지와 근원적 세계의 동경 ● 147

2. 동화적 상상력과 초장르적 인식 ● 158

　1) 동화적 상상력을 구성하는 기법 ● 164

　2) 시적 모티프와 상호텍스트성 ● 177

제4장 창작동화와 소년소설론 ● 193

　1. 서사형식의 다양한 차용과 서정적 구조화 ● 199

　　1) 서술 층위의 특성 ● 206

　　　(1) 독백 형식 ● 206

　　　(2) 일기, 서간 형식 ● 222

　　2) 구성 층위의 특성 ● 234

　　　(1) 겹이야기 구조 ● 234

　　　(2) 결말의 현현 ● 253

　　　(3) 이완적 플롯 구조 ● 270

　　3) 모티프 층위의 특성 ● 287

　　　(1) 설화 및 전통 놀이의 차용 ● 287

　　　(2) 꿈, 환상의 차용 ● 312

　2. 서정성의 구현 방식과 미적 특징 ● 331

　　1) 이미지의 병치와 서정적 순간의 합일 ● 334

　　2) 상징적 공간의 내면화와 유토피아적 욕망 ● 357

　　3) 서정적 주인공의 현실 인식과 내면적 대응 ● 381

제5장 결론 ● 403

　1. 문학사적 의의와 한계 ● 404

　2. 글을 마치며 ● 413

참고문헌 ● 424

찾아보기 ● 434

강소천 아동문학의 특징과 서정성 논의

1. 강소천 문학연구의 동향
2. 서정의 본질적 의미와 소천의 문학세계

강소천 아동문학의 특징과 서정성 논의

1. 강소천 문학연구의 동향

본 연구는 강소천의 문학에 내재하고 있는 미적 특질을 밝히고 그
미적 현상들이 어떻게 발현되고 있는지를 구명하는 데 목적을 두고
있다. 미적 특징 내지 미적 현상이란 구체적으로 서정적 구조와 서정
적 세계관을 의미한다. 이것은 서정적 형식과 서정적 의식 혹은 내용
을 포괄하는 개념인데 이를 두고 서정적 본질이라고 규정한다. 서정적
본질이란 "자아와 세계, 내면과 대상이 융합하는 방식"[1]으로서 순수하
고 통합된 세계를 지향하는 총체성을 함의한다. 강소천의 문학에는 주
조로서 서정미학적 본질이 일관되게 발현되고 있다. 본 연구는 이 서
정적 특징과 본질을 추구하는 그의 문학 내적 분석에 초점이 맞추어
져 있다.

지금까지 강소천의 문학 연구는 다양하게 진행되었지만, 그중에서

---

1 이 용어는 서정적 장르의 특성을 정의한 것이다. 대표적인 학자로는 에밀 슈타이거와 볼프강
카이저를 들 수 있다. 김준오도 서정적 장르의 특성을 규정한 바 있다. 이에 대한 구체적인 설
명은 다음 절에서 간략히 정리하였다.

도 창작동화에 나타난 환상성 탐구에 집중되었던 것이 사실이다. 그런가 하면 환상성 논의와는 달리 최근 들어 작가의 생애 이력과 관련한 현실 인식 탐구가 이루어지고 있다. 환상성 논의에서는 강소천 동화의 환상적 특징에 주목하고 있다. 즉, 꿈을 활용하는 작가의 환상 기법과 환상 내용을 분석하는 연구 방법이 주를 이루었다. 그렇다보니 주제적 측면과 결부시켜 결론을 도출하는 결과를 낳기도 하였다. 여기에서 주제적 측면은 교훈성 내지 효용적 가치로 귀결되는 양상을 뜻한다. 즉, 환상을 통하여 작품 결말에 이르는 과정으로서 욕망의 성취, 긍정적 깨달음, 선량한 양심과 성실한 자세로 고착화되는 경향을 드러냈다. 이로써 강소천은 환상이라는 독창적인 기법을 창출한 작가임에도 불구하고 주제적 측면에서 긍정적인 결말 처리로 인하여 인색한 문학적 평가를 받기도 하였다.

작가의 생애 이력 혹은 작가의 심리적 측면과 관련한 현실 인식 및 알레고리의 탐구는 최근에 시도되고 있는 연구 방법이다. 이 연구는 그동안 지속되었던 강소천 문학의 교훈성 내지 효용적 가치에 대한 평가를 비판하고 극복할 수 있는 논리가 된다. 그러나 이 연구 역시 강소천 문학이 표현된 결과에 주목함으로써 문학적 형상화나 미적 논리를 소홀히 한 한계를 드러낸다. 즉, 문학 작품 자체가 가지고 있는 내적 혹은 미적 자율성을 제한할 수 있다는 추론이 가능하다. 또한 강소천의 생애 이력과 작가 의식을 준거로 하여 그의 문학적 특징을 해명하는 작업은 지나친 작가 의식의 대입과 공식화로 인하여 도그마를 초래할 위험성이 큰 것 또한 사실이다.

그리하여 본 연구에서는 이러한 문제점을 극복하고 보다 문예미학적 구명을 달성하기 위하여 서정적 본질 탐구라는 지향점을 두게 되었다. 실제로 강소천은 동요·동시[2]에서 감각적 이미지와 은유적 상상력을 폭넓게 활용하였다. 또한 창작동화와 소년소설에 있어서도 시적인 문장과 함께 다양한 서술 방식과 서사 형식을 차용하여 미적 형상화를 꾀하였다. 이것은 서정적 구조에 해당되는 부분인데 이러한 기법적 차원에만 머물지 않았다. 서정적 본질인 서정미학적 세계관을 그는 작가 의식으로 내면화하여 서정적 가치관을 작품 속에 투영하였다. 이러한 결과는 동화와 소년소설 작품에서 정조의 통일성과 고양된 정서의 순간적인 상태성으로 표현되었다. 이렇게 강소천은 동요·동시뿐만 아니라 창작동화와 소년소설에서도 일관되게 서정적 특징을 발현하였다. 이것은 그가 문학에 입문하면서부터 확고한 창작 의식과 동심 탐구를 문학적 양심과 신념으로 내성화하고 있었음을 알 수 있는 대목이기도 하다. 이에 대한 실증의 근거는 그의 문학적 활동이 시작된 1930년대 중·후반기 즉, 강소천 문학의 초창기에 해당하는 시기부터 열정과 세계관을 엿볼 수 있다.

아동문학가 강소천(1915~1963)은 1931년 『신소년』 2월호에 동요시 「봄이 왔다」, 「무궁화에벌나비」를 발표하면서 문단에 첫 선을 보인다. 그러나 이때에는 연령적으로나 작품의 수준면에서 소년문사의 성격을 띠고 있었다. 그에게 잠재하고 있던 문학적 역량이 발휘된 것은 1930년대 중반에서이다. 강소천은 1935년부터 1937년 사이에 동요·동시 「호박꽃 초롱」, 「보슬비의 속삭임」, 「닭」, 「바다」, 「잠자리」 등을 발표한다. 그리고 꾸준하게 동요·동시를 발표하면서 1937년 10월 31일자 『동아일보』에 소년소설 「재봉선생」을 발표하기에 이른다. 운문 양식인 동요·동시를 발표하다가 강소천은 처음으로 산문 양식인

---

2 강소천은 1930년대에 활동한 시인이다. 이 시기는 1920년대 성행했던 동요와 함께 동시의 명칭이 사용되었다. 동요는 음악성을 특성으로 하는 정형시를 뜻한다. 동시는 운율적으로 자유시형을 취하면서 어린이다운 감정과 정서를 표현하는 시적 장르이다. 강소천은 동요를 답습하면서도 동시로서의 자유시형을 추구한 시인이었다.
본 연구에는 강소천의 시에서 정형적 운율을 취하는 동요를 '동요시'라고 칭할 것이며, 보다 자유로운 운율에 기대는 시적 형태를 '동시'라고 칭한다.

소년소설을 발표하게 된 것이다. 그리고 1939년부터는 창작동화와 소년소설 작품으로 「돌맹이」, 「토끼 삼형제」, 「마늘 먹기」, 「삼굿」, 「속임」, 「전등불들의 이야기」 등 양대 장르를 가리지 않고 발표하기에 이른다. 즉, 아동문학의 대표 장르인 운문 장르와 산문 장르를 모두 섭렵하는 활동을 보여주게 된다. 작품의 수준이나 경향에 있어서도 소년문사적 성향을 완전히 탈피하여 강소천 문학의 독창성을 여실히 드러낸다. 1941년에 박문서관에서 발간한 동요시집 『호박꽃 초롱』은 강소천 문학의 첫 성과물이다. 이 동요시집은 강소천의 초기 문학을 정리한 개인적인 결과물이기도 하지만, 아동문학사에서도 중요한 의미를 갖는 출판물인 것이다.

강소천이 남긴 문학 작품으로는 대략 동요·동시 270여 편, 창작동화와 소년소설 210여 편, 동극 10여 편, 수필 10여 편 등이 있다. 이렇게 보면 그가 주력했던 대표적인 장르는 운문 장르인 동요·동시와 산문 장르인 동화 및 소년소설에 해당한다. 달리 말하면 강소천의 문학적 특징은 동요·동시와 동화 및 소년소설이다. 결국 이런 취지에서 강소천의 문학적 특징을 총체적으로 검토하기 위해서는 그 양대 장르의 작품을 분석해야 한다는 논리가 도출된 것이다. 물론 이를 세분하여 장르별 즉, 동요시와 동시 또는 동화와 소년소설의 특징으로 한정하여 고찰하는 방식도 가능하나 이러한 연구의 경우 강소천의 문학 전반에 대한 특징을 구명하기에는 한계가 있을 수밖에 없다. 강소천의 문학 전반에 대한 총체적인 구명 작업이 선행되고, 이를 바탕으로 하여 각 장르에 따른 탐구가 진행되는 것이 보다 합당한 연구 태도라고 판단된다.

그러나 지금까지 발표된 선행 연구를 살펴보면 이와는 배치되는 현상이 나타난다. 즉, 강소천 문학에 대한 총체적인 특징을 구명한 연구는 전무한 상황이다. 그럼에도 불구하고 강소천의 동화 및 소년소설

연구는 지속적으로 발표되고 있다. 상대적으로 동요 · 동시에 대한 연구는 저조한 편이다. 그러나 해당 연구들은 모두 강소천 문학의 특징에 대한 전체적인 구명 없이 진행되고 있다. 그러므로 본 연구에서는 강소천 문학의 특징을 밝히기 위하여 양대 장르를 모두 검토함과 동시에 전체의 맥락에서 드러나는 특징과 양상을 분석하고자 한다. 즉, 두 장르에서 공통분모로 추출할 수 있는 문학적 특징과 미적 실체가 무엇이며, 어떻게 표현되고 있는지 체계적인 분석의 필요성이 제기된다. 지금까지 두 장르를 포괄하여 강소천의 문학적 특징을 구명한 연구가 전무하다는 점에서 본 연구의 의의와 가치가 있다고 하겠다.

본 연구에서 주목하고 있는 것은 강소천의 문학에서 드러나는 미적 현상으로서 서정적 특징이다. 이 서정적 특징은 그의 동요 · 동시 및 동화와 소년소설 양대 장르의 작품에서 공통적으로 구현되는 특성이다. 서정적 특성을 구명하기 위해서는 서정 장르인 시문학적 요소에서 본질을 찾아야 한다. 즉, 그것은 장르론적 접근 방식이 된다. 서정시가 갖고 있는 표현 층위와 의미 층위의 특징을 검토함으로써 서정적 본질과 서정미학적 특성을 밝혀낼 수 있을 것이다. 강소천 문학의 특성인 서정미학적 특징도 이와 같은 접근 방식에 따라 분석이 이루어지게 된다. 이러한 분석 작업을 통하여 강소천 문학에 투영된 서정미학의 특징과 구현 양상을 구체적이며 체계적으로 밝혀낼 수 있으리라 판단된다.

우리 한국 문학의 시문학과 소설문학에서도 서정성에 대한 연구는 의미의 확장과 변용을 이루면서 지속적으로 전개되어 왔다. 장르론의 입장에서 출발한 이 논의는 최근에 이르러서는 동양사상 내지 한국적 전통 사상과 연관 지어 연구한 성과물들이 속속 발표되고 있다. 그와 함께 서정적 본질에 대한 개념 규정과 관련한 논의, 시대적 상황에 따른 서정적 특징의 변용 양상, 시인 또는 소설가들의 작품에서 드러나는 서정적 특징 구명 등 다양한 관점에서 연구가 이루어지고 있다. 하지만 아동문학 분야에서의 연구는 이제 초보적인 단계이다. 학문적 연구의 차원보다는 단평이나 평론의 차원에서 서정이라는 용어가 즐겨 사용되었다. 이때의 서정적 개념은 장르적 논리의 관점이 아니라 단순히 감정 및 정서의 입장에서 다루어졌다. 학문적 연구의 입장에서는 일부 논문에서 서정의 본질적 개념을 부분적으로 원용하고 있지만, 이를 체계화시켜 연구 방법으로 적용한 사례는 극소수이다.[3] 따라서 본 연구는 아동문학에서 서정적 구조 내지 서정적 본질과 같은 문예미학적 논의를 확장시키는 데 기여할 수 있으리라 본다.

강소천의 문학적 평가에 대한 학문적 접근은 그가 타계한 후 약 20년이 지나서야 이루어지기 시작했다. 그러나 이런 학문적 연구는 강소천 사후 이루어졌던 문학적 평가 작업에 기반을 두고 있다. 그가 타계한 직후부터 약 10년간 여러 아동문학인들에 의하여 현장 비평적 성격의 단평들이 발표된다. 특히 추모 특집의 성격으로 소개되거나 '소천아동문학상' 제정위원회의 활동과 연계하여 지속적인 공과가 언급되었다. 강소천이 타계하자마자 『현대문학』과 『아동문학』을 중심으로 추모 특집이 마련된다. 이중 배영사에서 간행한 『아동문학』은 강소천이 편집위원으로 활동했던 간행물이었다. 그에 대한 문학적 업적을 두고는 다소 긍정적인 평가와 부정적인 평가가 상존하는 추세로 이어졌다.[4] 이를 요약하면 시적 문장의 사용과 다양한 기법의 활용, 꿈과 용

3 강소천의 동화를 대상으로 서정적 장르의 본질적 특성을 밝힌 연구 성과는 다음 논문을 참고할 수 있다.
　김용희, 『한국 창작동화의 형성과정과 구성원리 연구』, 경희대학교 박사학위논문, 2008.
　김경흠의 졸고, 「강소천의 단편 창작동화에 구현된 서정적 구조 양상」, 『한국아동문학연구』 27호, 한국아동문학학회, 2014.
4 강소천 문학에 대한 현장 비평적 글을 정리하면 긍정적인 평가, 긍정과 부정을 병행한 평가, 부정적인 평가의 세 부류의 글로 구분된다. 대표적인 글을 소개하면 다음과 같다.
　① 긍정적인 평가 글 : 박목월의 해설(『강소천 아동문학독본』, 을유문화사, 1961), 하계덕의

기를 주는 문학 작품, 왕성한 창작 의욕과 실천적인 어린이 인권 운동
등 긍정적인 평가로 제기되었다. 특히 김요섭은 그의 동요시집 『호박
꽃 초롱』에 대하여 "시적으로 일가를 다 이루었다."라는 표현으로 극
찬을 하였다. 이원수는 강소천의 동화 「돌맹이」를 두고 "이후의 동화
와 소년소설을 압도하는 빛나는 작품"이라고 찬사를 보내기도 하였
다. 이 평가는 강소천의 동화 「돌맹이」가 예술성이 뛰어난 시적 산문
으로서 서정성이 돋보인다는 의미가 된다. 그와는 달리 이원수는 부정
적인 평가도 동시에 가했다. 즉 그의 동화와 소년소설 작품에서는 지
나친 교육성과 상업주의적 편향성이 드러난다는 비판이었다. 이원수
뿐만 아니라 여러 아동문학가들도 그의 문학에 대하여 비판을 가하고
있다. 이를 정리하면 교육적, 도덕적 문학의 편향, 상업주의에 편승,
회고적 취향, 문학적 깊이보다는 유희적 취향 등 다소 혹평을 가하기
도 하였다. 이러한 문학적 평가들은 강소천 문학의 규범으로 범주화되
어 2000년 이전까지 고착화되기도 하였다.

　이재철은 현장 비평적 성격으로 단행되었던 강소천의 문학적 평가
를 정리하여 학문적 연구의 단초를 제공하였다.[5] 그는 강소천 문학의
긍정적 평가와 부정적 평가를 종합하여 문학사적 의의를 밝혔다. 이
연구가 제시되고 2년 뒤에 비로소 아동문학가 강소천만을 대상으로
한 개별적, 단독적 학문 연구의 첫 성과물이 발표된다. 1980년에 나온
남미영의 석사학위 연구가 그것이다. 남미영은 강소천의 동화를 대상
으로 연구를 진행하였다.

「모랄의 긍정적 의미」(『현대문학』 15권 2호, 현대문학, 1969).
　② 긍정적인 평가와 부정적인 평가 글을 동시에 제시한 글 : 이원수의 「소천의 아동문학」(『아
동문학』 10호, 배영사, 1964), 김요섭의 「바람의 시, 구름의 동화」(『아동문학』 10호, 배영사,
1964).
　③ 부정적인 평가 글 : 박화목의 「강소천론」(『아동문학』 창간호, 아동문학사, 1973), 이오덕의
『시정신과 유희정신』(창작과비평사, 1977).
5 이재철, 『한국현대아동문학사』, 일지사, 1978, 234~241쪽.

남미영은 강소천 문학이 효용의 문학적 측면과 꿈의 문학적 측면이라는 양면성을 지닌다고 전제한다. 그리고 그의 작가적 특성으로서 먼저 그리움이라는 성향을 그의 생애와 관련지어 설명한다. 그는 강소천의 그리움은 다섯 가지의 생성 인자를 지니고 있는데 '봄', '초등학교 담임선생', '어머니', '북간도의 하늘', '6·25'이라고 규정하고 이 인자들은 작가의 심연에 잠재하고 있다가 각각 '자연예찬', '사랑의 교육', '새로운 여성상', '신비성', '어린이 옹호'라는 주제로 작품에 형상화되었다고 분석한다. 그리고 그의 동화를 3기로 나누어 초기는 일본과 6·25라는 거대한 집단에 대한 개인의 피해의식을 통하여 '새로운 탄생', '영원한 승리'의 모색을 주제로 하고 있으며, 중기에는 월남 이후 1950년대 초·중반 작품으로 물질만능주의와 전후의 혼탁한 사회 구조 속에서 소멸되어 가는 인간성에 대한 자아 정립을 주제로 한다고 분석하였다. 후기 작품에는 당시 허무주의적 현실 속에서 반항으로 사회와 개인의 융화정신을 통한 실존의 승리를 주제로 하는 밝은 문학을 탄생시켰다고 평가하였다. 창작 방법의 특징도 언급하였는데 가벼운 서두와 시선의 합일, 현실, 꿈, 이상의 삼각형과 결말 없는 결말을 통하여 독자들에게 상상력을 확장시키는 기법을 주로 사용하고 있다고 언급하였다.[6] 이 연구는 석사학위 논문으로서 강소천의 동화 문학 전반을 다루었다는 점에서 의미가 있다. 그러나 문학적 연구보다는 작가의 생애 이력과 관련지은 문학 외적 연구에 치중했다는 점에서 한계를 갖는다. 다만 강소천 문학의 개별 연구를 처음 시도했다는 면에서는 평가 받을 만하다.

남미영의 연구가 발표된 뒤 약 10년이 지나서 김용희의 학술 연구가 발표된다. 김용희는 강소천의 동화에 담겨 있는 꿈의 상징성과 내

---

6 남미영, 『강소천연구』, 숙명여자대학교 석사학위논문, 1980.

면화에 주목하였다. 먼저 수난의 상상력이라는 개념으로 작품 속에 드러난 '상실'과 '찾음'이라는 서사 구조에 집중 분석을 시도한 것이다. 수난의 체험을 통하여 빚어진 상실 의식에 대하여 꿈을 통한 회복 논리로 궁극적인 인간 존재의 의미를 해명하고자 하였다. 꿈이라는 환상 기법을 도입하여 보다 상징적인 의미로 구명한다. 그는 꿈의 상징적 의미와 문학적 의식을 자유의 정신, 희망의 정신, 사랑의 정신으로 유형화하고 있다. 즉 강소천에게 꿈은 단순히 "환상세계를 끌어들이는 의도적 장치가 아니라 현실세계에서 서술자의 소망을 실현하거나 절박하게 '있는 세계(현실세계)'에서 '있어야 할 세계(이상세계)'로 나아가는 서사과정의 하나로 인식하고 있는 것이다. 그 꿈은 서사를 확장하거나 내면화하여 서사를 약화하는 대신 서정성을 강화하는 기능으로 작용하고 있다."[7]는 상징적 의미로 해석한다.

김용희는 이러한 논리를 더욱 확장시켜 강소천의 동화가 서정적인 특징을 지니고 있다고 피력하기에 이른다. 그에 의하면 강소천은 꿈 모티프를 다양하게 실험한 작가로서 한국 창작동화에서 서술구조의 확장과 서정적 기법을 통한 문학적 구성 원리에 크게 기여한 작가라고 평가하고 있다. 즉, 강소천은 "일관성 있게 '상실과 찾음'이란 서술 구조와 꿈을 추구하는 문학이라는 확고한 동화관으로, 꿈을 동화의 창작원리와 문학적 기법으로 다양하게 활용하였다."는 논리를 전개하고 있는 것이다.[8] 그의 연구는 강소천의 동화를 미적 구조물로 규정하고 있다는 점에서 강소천 연구의 새로운 시각을 시사하고 있는 획기적인 연구라고 할 수 있다. 또한 막연하게 지칭하던 강소천 문학의 서정성을 구체적으로 구명하고자 시도한 첫 번째 연구라는 점에서 의미가

---

7 김용희, 「강소천론—소천 동화에 나타난 꿈의 상징성」, 이재철 편, 『한국아동문학 작가작품론』, 서문당, 1991, 226~227쪽.
8 김용희, 앞의 박사학위논문, 135~158쪽.

크다.

　김용희의 연구 방법이 강소천의 문학을 재조명하는 전환점이 된 것은 사실이다. 하지만 이 연구를 계승하여 확장, 심화시킨 후속 연구가 진행되지 않아 아쉬움을 남겼다. 간혹 학술 논문과 학위 논문이 발표되기는 하였으나 기존의 평가를 답습하는 수준에 불과했다. 본격적으로 연구 성과물이 나오기 시작한 것은 2000년대를 지나서이다. 2000년 이전까지 석사학위 연구가 2편에 지나지 않았으나 2015년 강소천 탄생 100주년을 맞이하여 그의 문학에 대한 재평가와 함께 갖가지 기념사업을 통하여 재조명의 기회를 얻게 된다. 이 기간을 전후하여 강소천의 문학에 대한 관심이 높아지면서 자료 발굴과 문학적 성과에 대한 분석 작업이 활기를 띠는 양상을 보인다. 다원적인 관점과 연구 방법을 활용한 학술 논문이 꾸준하게 발표되고 있는 추세이다. 2편에 불과했던 석사학위 연구 성과도 현재 석사학위 연구 9편, 박사학위 연구 3편으로 양적 증가를 이룬 실정이다. 또한 강소천 문학의 독자적인 연구뿐만 아니라 연구 주제나 연구 방법과 관련하여 다른 아동문학인들과 연계시켜 한 작가군으로 유형화한 연구물도 7~8편에 달한다.

　지금까지 강소천 문학의 연구 방향은 크게 자료 발굴 및 서지와 관련한 논의, 작가 의식과 관련한 월남 의식 및 반공 이데올로기의 이념 논의, 문학적 특징으로서 꿈과 환상 기법과 관련한 논의 등 다양한 관점에서 연구가 진행되었다. 이렇듯 강소천의 문학에 대한 연구는 다층적인 관점에서 시도되고 있다. 다만 연구 대상의 경우 그의 창작동화와 소년소설에 편중된 양상을 드러낸다. 상대적으로 동요 · 동시에 대한 연구는 소수에 불과하다. 본 연구는 강소천 문학 전반의 미적 특징을 밝히기 위하여 그가 창작한 동요 · 동시와 창작동화 및 소년소설 작품 모두를 대상으로 삼는다. 그러므로 강소천 문학에 대한 선행 연구 검토도 동요 · 동시를 대상으로 한 연구 성과와 창작동화와 소년소설을 대상으로 한 연구 성과로 구분하였다. 먼저 동요·동시를 대상으로 한 연구 성과부터 살펴본다.

동요·동시를 분석한 연구 성과로는 황수대, 강정구, 노경수, 신정아의 연구가 있다. 이 중 황수대의 연구는 박사학위 논문으로서 강소천 동요·동시의 문학사적 가치와 의의를 밝힌 것이다. 1930년대 한국 동시사의 발전 과정과 문학사적 의의를 구명한 공시적 연구에 해당한다. 그러나 강소천의 동요·동시만을 대상으로 한 것은 아니고 당대에 같은 활동을 보였던 박영종, 목일신과 연계시켜 진행한 연구이다. 그는 강소천의 동시가 초기에는 현실적이고 계급적인 경향을 띠기도 했지만, 1933년을 기점으로 순수 동심의 경향으로 전환하였다고 설명하고 있다. 아울러 이를 기점으로 사물에 대한 직관성이 뛰어남은 물론 동화적 사고를 드러내는 시적 특징도 보인다고 평가하고 있다. 형식적 측면에서도 문답법을 사용하여 극적 효과를 높이면서 예술적인 경지를 확보했다고 분석하고 있다.[9]

노경수와 신정아는 강소천이 발간한 동요시집 『호박꽃 초롱』을 대상으로 분석을 시도하였다. 노경수는 이 동요시집에 수록된 작품은 자연과 생활에서 모티프를 차용하여 우리말의 소리와 리듬을 살리고 있어서 원형적 이미지를 추구하고 있다고 기술한다. 또한 우리말의 조탁미가 뛰어나며 그리움의 모성 지향적 경향이 돋보인다고 주제적인 입장에서 분석하였다.[10] 신정아도 '꽃'과 '꿈' 이미지를 중심으로 작품을 분석하였다. 소천 동시에서 "꽃은 '피어난다'라는 의미로서 꿈과 희망을 상징한다."고 보았다. 또한 '꿈' 이미지는 아동의 세계를 통하

9 황수대, 『1930년대 동시연구—목일신, 강소천, 박영종을 중심으로』, 고려대학교 박사학위논문, 2012.
10 노경수, 「소천 시 연구—『호박꽃 초롱』을 중심으로」, 『한국아동문학연구』 제15호, 한국아동문학학회, 2008.

여 '꿈'이라는 이상 세계를 표상하고 있다고 해석하고 있다.[11]

강정구는 강소천의 동시가 순수 동심을 드러내는 것에 주목하였다. 이 순수 동심은 당대 1930년대 시문학에서 표방했던 순수주의 관념과 맥을 같이 한다는 주장이다. 즉 강소천은 당대의 순수주의 관념을 암묵적으로 전유하여 이를 그의 동시에 반영하였다는 논리이다.[12]

위에서 언급한 황수대, 노경수, 신정아의 주장은 모두 강소천의 동요 · 동시에 나타난 이미지에 주목한 결과이다. 강정구가 주장한 순수 동심도 결국 이미지의 표현에서 착안하여 논지를 펼친 것이다. 이처럼 강소천의 동요 · 동시에 대한 연구는 연구 편수도 많지 않지만 이미지의 분석과 시적 주제의 탐구에 한정되어 있다. 이미지의 분석도 체계적이거나 심도 깊은 연구라고 보기에는 미흡한 면이 있다. 보다 강소천의 동요 · 동시에 대한 심층적이고 확장된 연구가 요구된다.

다음은 강소천의 창작동화와 소년소설을 대상으로 연구를 진행한 성과를 살펴본다. 창작동화와 소년소설을 대상으로 고찰한 연구 성과는 근래에 들어 집중된 현상을 보이고 있다. 이러한 경향을 특징에 따라 유형화하면, 주제와 관련 지어 문학적 기능과 특징을 탐구한 연구, 작가 의식과 관련된 내면 의식과 현실 인식을 밝힌 연구, 꿈과 환상의 기법 또는 이와 관련된 의식의 문제와 관련된 연구, 자료 발굴 및 서지와 관련된 연구 성과를 거론할 수 있다. 이를 정리하면 다음과 같다.

첫째, 주제와 관련 지어 문학적 기능과 특징을 탐구한 연구 성과이다. 이에 해당하는 연구 성과로는 남미영, 조준호의 연구가 대표적이다. 이중 남미영의 연구는 전술한 바 있으며, 주목되는 것은 조준호의

---

11 신정아, 「소천 시 연구: 자연의 품에서 깨어난 꿈」, 『아동문학연구』 23호, 한국아동문학학회, 2012.
12 강정구, 김종회, 「1930년대 강소천의 동요 · 동시에 나타난 동심성」, 『현대문학의 연구』 55호, 한국문학연구학회, 2015.

연구이다. 조준호는 강소천의 동화 「빨강눈 파랑눈이 내리는 동산」, 「나는 겁장이다」, 「진달래와 철쭉」 세 편을 사례로 하여 생명 의식을 탐구하고 있다. 그는 이 작품들이 동심에 의한 자연에의 동일성과 시적 환상을 공통적으로 보여주고 있다고 분석했다. 동심과 자연과의 동일성 외에도 내면적인 강화 지향을 드러낸다는 점에서 조준호는 주목하고 있다. 동화의 꿈이나 환상성이 생명의 동일성과 초월성이라는 본질에서 유래한다는 점을 고려하면 그의 주장은 강소천 문학이 본질론의 문예미학적 실현에서 두드러지고 있다고 긍정적인 평가를 내리고 있는 것이다. 반면에 생명의 생활론 또는 생명의 관계론 차원에서 적극성이 결여되고 있다는 한계도 동시에 지적하고 있다.[13]

이 연구는 강소천의 문학 연구가 그리움의 문학, 사랑의 문학 등의 주제로 답습했던 틀에서 벗어나 생명 의식이라는 테마로 접근했다는 데에 의의가 있다. 그러나 연구 대상으로 삼은 작품 수가 세 편에 불과하여 강소천 문학의 전체적 특징을 구명하기에는 미흡하다.

둘째, 작가 의식과 관련된 내면 의식과 현실 인식을 밝힌 연구를 들 수 있다. 여기에 속하는 연구로는 이은주, 김수영, 장수경, 선안나의 연구가 있다. 이 분야는 최근 들어 관심이 집중되는 경향을 보이고 있다. 이은주는 강소천의 동화 문학을 '있어야 할 세계'라는 키워드를 설정하고, 당대의 맥락에서 담론 체계를 중심으로 살피고 있다. 강소천 동화의 담론 내용은 크게 세 가지로 나누어 첫 번째는 '아버지의 말'로 형상화되는 세계로서 개인적 아버지가 그리는 세계, 사회적 아버지가 그리는 세계로 구분한다. 이 세계는 작가가 개인적, 사회적 아버지로서 이 땅의 불우한 어린이들에게 보여주고자 하는 세계이며 다시 세우고자 하는 세계라고 연구자는 조명한다. 두 번째는 내면 분열

---

13 조준호, 『한국 창작동화의 생명의식 연구』, 고려대학교 박사학위논문, 2014.

의 형상화로 드러나는 작가의 자기 고백적 글쓰기 담론이라고 그는 분석하고 있다. 작가 개인의 북으로의 회귀 욕망이 현실의 억압된 질서 속에서 갈등하고 불화하다가 종국에는 현실의 질서에 순응함으로써 자신의 욕망을 봉합하는 내용이라고 심리적 측면에서 접근한다. 세 번째는 시대인식의 형상화로서 일제 강점기와 1950년대를 바라보는 작가의 비판적 인식을 다루고 있는 담론을 의미한다. 이은주는 이러한 담론 내용이 일정한 담론 형식에 의하여 구현되면서 미학성을 구축하고 있다고 평가하고 있다. 즉, 담론 형식을 인물, 구성, 서술 전략의 층위로 나누어 검토하고 있는 것이다.[14]

김수영은 정신분석학적 방법을 활용하여 강소천의 내면 세계를 탐구한다. 그의 연구에 의하면 일제강점기의 강소천은 그의 작품에서 인간의 원초적 상실에 대한 그리움을 애도하거나 욕망으로 형상화하였다고 한다. 강소천은 항상 대타자를 의심하는 자리에서 최초의 상실에 대한 그리움을 욕망으로 형상화하며 삶을 예술로 승화시키는 히스테리적 예술성을 보여주었다. 그런가 하면 북한체제하에서 강소천이 발표한 작품에서도 히스테리적 주체로서 느끼는 새로운 대타자에 대한 기대와 불안을 표출하고 있다는 것이다.

월남 이후 강소천이 동화에서 꿈과 환상의 이야기를 주로 다룬 이 시기에는 전쟁으로 상처 받은 어린이들에게 애도의 역할을 충분히 수행하였다고 한다. 이는 그가 아동문학가로서 이룬 가장 소중한 업적이라고 연구자는 평가하고 있다. 이와 함께 강소천은 이방인으로서 남한 사회에 대타자의 욕망을 드러내면서 주류편입에 강박적으로 집착하였다고 한다. 결국 이것은 어린이들에게 체제이데올로기의 답습과 무조건적인 반공의식의 주입이라는 부작용을 낳게 된 결과라고 과를 지

---

14 이은주, 『강소천 동화 연구』, 단국대학교 박사학위논문, 2016.

적하기도 하였다. 강소천의 작품 중에서 1957년 이후에는 트라우마에 대한 언술화에 한계를 드러내는 작품들이 눈에 띈다고 그는 언급한다. 김수영은 이 시기의 강소천 작품과 생애를 연관 지어 정체성의 혼란과 욕망의 상실, 자기 비난과 같은 불안 징후들이 나타난다고 보았다. 이것은 트라우마에 대한 애도의 과정이 길어지면서 애도 실패의 기로에 선 강소천 내면의 혼란이 그대로 작품에 투영되었다는 논리이다.[15] 장수경은 강소천의 작가 의식에 초점을 맞추어 동화를 분석하였다. 그는 강소천이 월남인으로서의 삶을 살아야 했던 심리적 내면에 집중하고 있다. 즉, 강소천은 꿈과 현실 사이에서 끊임없이 충돌을 일으키는 의식을 지니고 있었다고 한다. 월남인으로서 가족의 상실과 새로운 남한 체제의 이데올로기 수용에 있어서 강요와 억압을 받고 있는 상태였기 때문에 내면에 균열과 간극의 심연이 자리하고 있었다는 것이다. 이러한 혼란으로 인하여 그의 작품에서는 서사의 균열이 표면화하는 경향을 보였고, 희망에 대한 동경과 좌절의 반복이 진행되었다는 논리를 전개한다. 그리하여 작가가 과거 일제 강점기 때 겪었던 억압된 트라우마를 재호출하였고, 추상적인 기억을 통하여 징환을 드러내고 있다고 연구자는 의견을 제시하였다. 이로써 강소천의 동화 창작은 월남인의 자화상으로서 속죄의 글쓰기 행위라고 장수경은 평가하고 있다.[16] 그런가 하면 장수경은 또 다른 논문에서 강소천의 동화를 현실 의식의 차원에서 해석을 시도하고 있다. 그는 강소천의 월남 이후에 발표된 전후 동화를 중심으로 상징적 의미를 부여한다. 우화적 성격을 드러내는 동화에서 강소천은 기형화된 동물의 모습을 제시하여 폭력적

15 김수영, 『강소천 연구—트라우마와 애도를 중심으로』, 건국대학교 박사학위논문, 2016.
16 장수경, 「강소천 동화에 나타난 월남의식과 서사의 징환」, 『현대문학의 연구』 48호, 한국문학연구학회, 2012.

인 현실을 알레고리의 수법으로 상징하고 있다고 새로운 시각에서 접근하고 있다. 또한 부모의 부재를 통하여 부조리한 현실을 대변하는 동시에 사회와의 불화를 표현하고 있다는 풍자적 또는 고발적 입장에서 작품을 분석하고 있다.[17]

선안나는 강소천의 동화 「그리운 메아리」를 대상으로 하여 1950년대를 대표하는 반공주의 작품이라고 평가하였다. 이 작품은 강소천의 개별적 공산주의 체험을 일반화시킨 창작물로 종교적 신념에서 기인한 반공주의라고 그는 규정한다. 또 강소천이 월남 이후 초기 작품부터 미학적 원리로서 반공 모티프를 동화의 주제적 차원에서 다루기는 하였지만, 반공을 목적으로 앞세우지는 않았다고 지적한다. 그러나 시간이 흐를수록 작품 구조와 관계없이 반공 의식을 주관적으로 드러내는 양상이 강해졌다는 것이다. 특히 마지막 장편 동화인 「그리운 메아리」에 이르면 고유한 특질인 낙관적 사고와 희망 대신, 종교와 반공 이데올로기를 전에 없이 강하게 노출한다고 분석하고 있다. 이는 강소천이 기독교인이었기 때문이라는 논리로 연구자는 정당화하고 있으며, 당시의 한국 기독교는 친미, 반공, 극우, 보수의 성향을 띠고 있었다고 근거를 제시하고 있다.[18]

위의 연구들은 그동안 강소천의 동화와 소년소설을 꿈의 문학, 희망의 문학으로 주목하였던 관점을 극복하려는 측면에서 연구를 진행하였다. 즉, 순수한 동심의 차원에서 접근하였던 기존의 논의와는 달리 역사적, 사회적 맥락에서 작가의 삶과 문학을 재조명한 것이라는 점에서 의미가 있는 연구이다. 하지만 이 연구들은 관점이 작가의 생애와 역사적 현실에 초점이 맞추어져 있어서 강소천 동화에 나타난 문학의

---

17 장수경, 「강소천 전후 동화의 현실인식과 기독교의식」, 『비평문학』 제51호, 한국비평문학회, 2014.
18 선안나, 『1950년대 동화 · 아동소설 연구』, 성신여자대학교 박사학위논문, 2006.

내재적 가치와 미적 특징을 구명하기에는 한계가 있다. 지나친 역사적, 사회적 관점과 작가의 심리적 입장에 천착하다 보면 작품 속에 담겨 있는 작품의 구조나 문학적 형상화 과정 및 미적 원리를 구명하는 작업은 도외시될 수밖에 없다. 문학 연구에서 역사・전기적, 사회 문화적 연구 방법과 형식주의적, 구조주의 연구 방법을 동시에 진행하기에는 연구 방법의 상반된 성격으로 인하여 한계에 직면하게 되기 때문이다.

셋째, 꿈과 환상의 기법 또는 이와 관련된 의식의 문제를 연구한 성과에 주목할 수 있다. 대표적인 연구로는 김용희, 김명희, 박상재, 조태봉 등의 연구가 있다. 김용희의 연구는 전술한 바 있다. 김명희, 박상재, 조태봉은 모두 강소천의 동화에서 꿈의 탐구를 통한 환상성에 주목한다. 김명희는 강소천은 무의식의 꿈과 입몽이라는 '꿈' 형식을 창작원리로 삼아 환상을 구현하고 있다는 논리를 전개하고 있다. "강소천 작품에서의 꿈은 꿈 자체로 끝나는 것이 아니라, 현실과의 연계성으로 미래를 암시하고 밝혀주는 하나의 상징적인 기호로서 의미를 갖는다."는 것이다.[19]

박상재는 강소천의 작품에 내장된 꿈의 상징성을 파악하는 것이 전제되어야 한다고 주장하면서 그의 문학을 '그리움을 매개로 하는 꿈의 문학'이라고 규정한다. 박상재는 강소천의 대표작을 들어 우의적 환상, 복합적 환상, 매직적 환상, 몽환적 환상으로 유형화하여 꿈과의 연관성을 분석하고 있다.[20] 조태봉도 강소천의 동화가 전쟁으로 인한 상실의 아픔을 통하여 그리움의 정서가 주조를 띠게 되었다고 전제한다. 그리하여 연구자는 이러한 상실의 아픔을 극복하기 위하여 강소천

19 김명희, 『한국동화의 환상성 연구』, 전주대학교 박사학위논문, 2000.
20 박상재, 『한국 창작동화에 나타난 환상성 연구』, 단국대학교 박사학위논문, 1998.

이 동화 창작에 몰두하게 되었다는 논리를 전개한다. 이에 대한 내적 대응으로 강소천은 양분된 경향을 드러내는데 하나는 반공이데올로기를 표면화하였으며, 다른 한 측면은 꿈이라는 환상 세계를 통하여 자기 극복을 실현했다고 주장하고 있다.[21]

위의 연구들은 강소천의 동화에 나타난 환상의 문제로서 꿈을 다각도로 분석하였다는 데에 의미가 있다. 하지만 이러한 논리는 체계성에 있어서 한계를 드러낸다. 꿈과 환상의 문제를 보다 체계적으로 분석하고 심도 있게 접근하지 못하고 있다는 지적이 가능하다. 그것은 이 연구가 강소천 동화에 대한 개별 연구의 성격이 아니라 여러 작가군으로 범주화하여 연구된 결과이기 때문에 나타난 현상이기도 하다.

넷째, 자료 발굴 및 서지와 관련된 연구를 들 수 있다. 대표적인 연구 성과로는 박금숙, 원종찬의 연구가 있다. 박금숙의 연구는 강소천의 동화 전편을 대상으로 원본과 개작된 작품을 비교하여 서지 사항을 밝힌 논문으로 최초 연구라는 점에서 의미가 크다. 박금숙은 이 연구에서 새로 발굴된 동화들을 찾아 48편의 발굴 동화를 소개하기도 하였다. 또한 강소천 동화의 개작 과정과 정본의 문제를 다루면서 두 시기로 구분한다. 1기는 등단 이후부터 6·25 한국 전쟁 이전(1937년 ~1950년)까지로 총 18편 중 3편을 제외하고 15편이 개작되었다고 분석하였다. 2기는 6·25 한국 전쟁 이후부터 타계 전까지(1951년~1963년)로 총 195편 중 개작이 안 된 작품은 약 81편이고, 개작된 작품은 약 114 편이라고 집계했다. 그는 강소천 동화의 개작 양상을 제목과 인명의 교체, 서사의 축약과 첨가, 원본의 서사 변형 확장, 서술 방식의 변형으로 유형화하여 대표 작품을 분석하였다. 또 개작을 많이 한 이유로

---

21 조태봉, 「강소천 동화에 나타난 전쟁 체험과 꿈의 상관성 연구」, 『한국문예창작』 11호, 한국 문예창작학회, 2007.

자신의 작품에 완벽을 기하기 위한 것도 있었지만, 작가 스스로 좋은 동화를 쓰고자 하는 열망과 문학적 완성도를 높이기 위한 열정이 있었기 때문이라고 평가하였다.[22]

원종찬의 연구 또한 의미 있는 성과이다. 강소천이 북한 체제 하에서 머물 때 발표한 작품을 발굴하여 소개했다는 점과 이를 통하여 강소천의 북한 체제 하에서의 행적을 추적할 수 있는 단초를 제공했다는 점에서 의의가 깊다. 이 연구는 광복 후 월남 이전까지 북한에서 거주한 강소천의 문학적 활동과 작품을 발굴하여 해제를 시도한 연구라는 점에서 중요한 의미를 지닌다. 또한 작품의 내용을 분석하여 공산주의의 사상성이 철저하지 못했음을 지적하여 강소천의 월남에 대한 추론적인 단서를 제공했다는 점 또한 시사점을 던져 준 연구이다.[23]

자료 발굴과 관련한 논의는 창작동화와 소년소설에만 국한된 과제는 아니다. 전술한 원종찬의 연구도 북한 체제 하에서 강소천이 발표한 동화뿐만 아니라 동시도 함께 발표된 사례이다. 이동순은 학술 논문을 통하여 강소천의 초기 동요·동시 15편을 발굴하여 발표하기도 하였다.[24] 이처럼 자료 발굴의 과제는 동화와 소년소설뿐만 아니라 동요·동시와 기타 장르의 작품을 포괄하여 진행 중인 상황이다.

지금까지 강소천의 문학과 관련하여 선행 연구를 검토하였다. 동요·동시와 관련한 논의는 양적으로 저조한 실정이다. 연구 방법도 자료 발굴이나 이미지와 리듬 및 순수 동심에 한정되어 있었다. 창작동화 및 소년소설과 관련한 논의의 경우 동요·동시의 연구에 비하여 활발하게 연구가 진행되었음을 알 수 있었다. 이 강소천 동화 및 소년

---

22 박금숙, 『강소천 동화의 서지 및 개작 연구』, 고려대학교 박사학위논문, 2015.
23 원종찬, 「강소천 소고―해방기 북한체제에서 발표된 동화와 동시」, 『아동청소년문학연구』 제13호, 한국아동청소년문학학회, 2013.
24 이동순, 「강소천 발굴 동요와 문학적 의미」, 한국아동문학학회, 『한국아동문학연구』 제30호, 2016.

소설을 대상으로 한 연구 성과를 연구 경향에 따라 본 연구자가 유형화한 것이다. 이 연구 역시 작품의 주제적 측면, 작가 의식의 측면, 자료 발굴 등의 경향으로 연구가 진행되었음을 확인하였다. 이러한 검토를 통하여 본 연구자는 강소천의 문학에 내재하고 있는 내재적 특징과 미적 가치를 구명한 연구가 상대적으로 취약함을 인지할 수 있었다. 이에 본 연구는 선행 연구 방법의 한계를 극복하고 강소천 문학의 총체적 특징과 문예미학적 가치를 구명하기 위한 작업이 될 것이다.

2. 서정의 본질적 의미와 소천의 문학세계

본 연구에서 주목하고 있는 것은 강소천의 문학에서 드러나는 미적 현상으로서 서정적 특징이다. 이 서정적 특징은 그의 동요 · 동시와 동화 및 소년소설 양대 장르의 작품에서 공통적으로 추출되는 특성이기도 하다. 서정적 특성을 구명하기 위해서는 서정시가 지니고 있는 속성을 파악해야 한다. 이러한 장르론적 접근 방식은 일부 문학에만 국한되는 방법론이 아니다.

아동문학도 문학이라는 큰 범주에 속하는 하위 양식이란 것을 인지해볼 때 그 출발은 장르론에서부터 이루어져야 한다. 강소천 문학의 특성인 서정미학적 특징도 이러한 접근 방식에 따라 분석되어야 한다. 사실 시문학이나 소설문학에서 서정적 특성에 대한 연구의 경우 다양하게 의미를 확장, 변용시켜 나가고 있지만 그 근저에는 장르론의 본질에서 벗어나고 있지 않기 때문이다. 특히 장르론의 연구자 중에서도 에밀 슈타이거의 서정성에 대한 개념 규정은 주목할 수밖에 없다.

슈타이거는 서정시의 본질에서 '서정적인 것'의 특성을 찾아 서정성의 개념을 설명한다. 그에 의하면 서정성이란 '주체와 객체의 거리

관계'라고 설정하고 있다. 이것은 '주체와 객체의 무간격성'을 근거로 하여 파악하고 있는데 외부 세계는 본질적으로 주체 속에 들어오게 됨으로써 세계는 주체성으로 가득하게 된다. '주체 속으로 향한 세계의 진입'이란 차원에서 서정시 본질로서의 가치를 지니게 된다.[25] 이렇게 주체와 객체의 간격이 사라짐으로써 상면 관계는 유실된다. 여기에서 정조의 통일이 구축되는 것이다. 시인이 시적 자아로서 동화되는 것을 슈타이거는 회감이란 용어로 설명하고 있다. 회감 (Erinnerung)은 "주체와 객체의 간격 부재(不在)에 대한 명칭일 수 있으며, 서정적인 상호 융화(Ineinander)에 대한 명칭"일 수 있다.[26] 회감은 이렇게 직접적으로 융화된 상태를 나타내는 것으로 모든 수사학적 효과를 배제하고 정조 속에서 직접적인 감동을 느끼는 것이다. 시인이 시적 자아로서 세계와 융화를 이루는 것처럼 독자도 작품의 정조 속에 융화되어 작품과 독자가 융화를 이루며 감동을 느끼는 현상도 가능하다.[27] 이 또한 회감에 속하는 것이다. 즉, "자아와 대상이 대립되지 않는 서정적 찰나를 본질로 한다."[28]는 슈타이거의 정의로서 결국 서정 문예는 주관의 문학이라는 결론에 이르게 된다. 슐레겔도 서정문학을 '주관의 문학'으로 규정하고 있다.[29]

볼프강 카이저는 슈타이거가 정의한 개념을 심화시켜 폭넓게 적용하고 있다. 그는 슈타이거의 이론을 전반적으로 수용하면서 구조적인 접근 방식을 통하여 장르의 본질을 분석하였다. 그가 말하는 서정성의 본질이란 "서정적인 것 속의 세계와 자아는 정녕 자기 표현적 정조의 자극 속에서 융합하고 상호 침투하는 것이다. 심령적인 것이 대상성에

25 에밀 슈타이거, 오현일 공역, 『시학의 근본개념』, 삼중당, 1978, 91~94쪽.
26 위의 책, 96쪽.
27 위의 책, 79~89쪽.
28 위의 책, 22~38쪽.
29 허창운, 『독일문예학』, 서울대학교출판부, 2002, 85쪽.

깊이 파고들어서 그 대상성은 내면화되는 것"이라고 한다. 즉, "정조의 순간적인 고조를 띤 대상성의 내면화"라 할 수 있는데 "일체의 서정적 언어의 특징이 되고 있는 그 윤곽의 불명확성, 사태의 모호함, 문장의 이완, 시구(詩句), 음향, 리듬의 강렬한 작용" 따위로 서정적인 본질이 해명될 수 있다는 것이다.[30] 결국 고조된 감정 상태 안에서 내면화가 이루어지는 것으로서 서정적인 경과사상(經過事象)이라고 한다. 여기에서 '내면화'란 '정적인 체험'을 바탕으로 한다. 세계는 "화자 즉, 자아의 심혼 속에서 구축되는 것이다. 이는 현저한 감정 내실의 유입 하에서 완성되는 것"이라 할 수 있다.[31]

슈타이거의 '회감', 슐레겔의 '주관', 카이저의 '대상성의 내면화'는 모두 서정 장르의 본질을 해명하기 위한 개념으로서 서정성의 특징을 구체화시키고 있다. 김준오도 '동일성'이란 개념을 설정하여 서정성의 본질에 접근하고 있다. 그가 말하는 '동일성'이란 '자아와 세계의 일체감, 결속감'으로서 "내적 세계와 외적 세계를 상호 연관시키는 능력"을 의미한다.[32] 또한 여기에는 동화 또는 투사의 방식[33]을 통하여 자아와 세계의 조화를 꾀함으로서 동일성에 이르게 되는 것이다.

지금까지 살펴 본 논의들은 서정성의 본질을 해명함으로써 서정문학의 특징을 밝히려는 연구 성과이다. 이를 종합하면 서정성은 주체와 객체, 자아와 세계, 인간의 내면과 대상과의 관계 속에서 통일을 지향하는 것이 된다. 또한 이를 통하여 논리성과 인과성을 초월하는 정적

---

30 볼프강 카이저, 김윤섭 역, 『언어 예술 작품론』, 대방출판사, 1982, 521쪽.
31 위의 책, 523쪽.
32 김준오, 『시론』, 문장, 1982, 18~19쪽.
33 위의 책, 28~29쪽.
  시인이 의식적으로 자아와 세계의 동일성을 추구하는 데는 동화와 투사의 방법이 있다고 한다. 동화란 시인이 세계를 자신의 내부로 끌어들여서 그것을 내적으로 인격화하는, 소위 세계의 자아화이다. 투사에 의한 동일성의 획득은 자신을 상상적으로 세계에 투사하는 것, 곧 감정이입에 의해서 자아와 세계가 일체감을 이루도록 하는 것이다.

체험 내지 정조의 통일을 추구하는 미적 특성으로 이해되는 것이다.

위에서 제시한 개념들은 서정적 본질에 대한 미학적 정의이다. 서정적 특성과 본질을 해명하는 논의들은 최근에 이르러 보다 구체성을 띠면서 의미의 확장과 변용을 보여주고 있다. 그와 함께 현대서정시는 형식적 측면뿐만 아니라 의식의 차원에서도 다양성을 보여주고 있다. 강소천의 문학은 서정적 본질을 지향하고 있다. 앞에서 검토한 미학적 개념을 기저로 하면서 아동문학의 동심적 특성을 고려하는 독창적인 세계의 서정적 특징을 작가는 창출하고 있는 것이다. 서정적 본질을 구체적으로 해명한 논의들 중에서 강소천의 문학과 관계가 깊은 정의를 택하여 몇 가지만 제시한다.

송기한은 '서정적 주체'로서의 본질을 논한다. 그가 규정하는 서정적 본질이란 "분리주의적 세계관에 대항하는 통합주의적 세계관이며, 분열된 자의식을 유기적 통일체로 묶어낼 수 있는 사유 방식"[34]이라고 정의한다. 이는 곧 '자연의 서정화'란 용어로 설명되고 있다. 서정시에서 자연을 대하는 태도는 시대가 변하였다고 하여 고루한 소재로 치부할 수 없다는 논증을 펼치고 있다. 즉, 인간이 자연을 대하는 태도는 시대가 처한 상황에 따라 다르다는 것이다. 문명화된 현실에서 자연은 인간과 거리를 두는 존재로서 이를 극복하기 위한 저항적 의미가 요청된다. 곧 자연은 시대마다 고유한 의미를 갖게 된다는 논리이다. 그리하여 서정시의 역할은 자연의 서정화를 추구하게 되는데 이는 곧 근원에 대한 탐색 의지로서 통합적 세계관을 지향한다고 설명하고 있다.[35]

이숭원은 서정문학의 의미를 '마음을 울리는 문학'이라고 규정하면

---

34 송기한, 「서정적 주체 회복을 위하여」, 최승호 외, 『서정시의 본질과 근대성 비판』, 다운샘, 1999, 68쪽.
35 위의 책, 69~76쪽.

서 개인적인 감정이 아니라 시간적, 공간적 조건에 따르지 않는 '정서의 보편성'으로 해석하고 있다.[36] 금동철은 서정의 본질을 '동일성의 미학'이라고 정의한다. 동일성의 미학이란 "서정성을 만들어내는 중요한 요소이며 자아를 세계화하는 방식"으로서 "언어적 기호 너머에 존재하는 본질 또는 실재의 세계가 있다고 인정하고 이를 표현하고자 하는 태도"[37]라고 개념화한다. 그리고 여기에서 은유를 구체화한다. 즉, 은유는 서정성을 만들어내는 본질적인 수사학이라고 규정한다. 결국 은유는 장치나 도구로써의 수사적 수단을 뛰어 넘어 세계관을 표현하고 이데올로기를 형상화하는 방식이라고 설명하고 있다.[38]

이 논의들을 종합하면 서정적 본질은 근원을 지향하는 특징을 지니고 있으며 이 근원은 인간이 자연과 분리되기 이전의 통합된 동일성의 세계를 구체화하는 의미로 해석된다. 특히 은유는 서정성을 구성하는 중요한 수단이다. 강소천의 문학 작품은 이러한 서정의 본질적 특성과 맥을 같이 한다. 특히 이러한 논의들은 강소천의 문학 작품을 분석하는 데 논증의 측면에서 중요한 준거로 작용하게 된다. 여기에서 김경복의 논의를 추가할 수 있다. 이 연구는 강소천의 문학 작품을 아동문학적 동심의 차원에서 그리고 서정적 특성의 관점에서 추론할 수 있는 규범적인 준거로서 공고한 기능을 하고 있다고 평가된다. 우선 김경복은 서정이 지향하는 세계를 '유토피아'에 있다고 규정한다. 이것은 송기한이 제기했던 '근원적 세계'와 맥을 같이하는 것인데 그가 말하는 '유토피아'는 원시주의로서 황금시대 또는 에덴동산과 같은 근원적 세계에 대한 욕망을 의미한다. 여기에서 중요한 것은 김경복이 서정적 본질을 네 가지로 정의하고 있다는 점이다. 이를 요약하면 다

---

36 이숭원, 「서정시의 위력과 광휘」, 위의 책, 78~79쪽.
37 금동철, 「수사학의 이데올로기성과 전략성」, 위의 책, 106쪽.
38 앞의 책, 109쪽.

음과 같다.

첫째, 서정은 영혼의 노래다. 음악은 대상과의 공간적 거리를 없애면서 영혼에 직접 작용한다. 배타적 경향을 하나로 융합하면서 모든 인간들로 하여금 영혼의 상태로 만드는 음악의 이러한 기능과 특성은 바로 서정이 지니는 일차적 특징이 된다.

둘째, 서정은 물활론적 세계관이다. 이 물활론적 세계관에서 서정의 특징은 신성의 구현에 있다. 신성은 생명의 현상에 대한 외경과 생명 본연의 모습에 대한 갈망을 전제하고 있다. 따라서 생명적인 것, 거룩한 것에 대한 규명으로부터 시작하여 인간 존재의 발생론적 해명으로 나아가는 점은 서정의 본령이다.

셋째, 서정은 신화적 세계에 대한 동경의 표현이다. 신화적 세계에서는 인간에게 결핍된 욕망의 달성 형식으로서 환상성을 가진다. 거기서 신화는 세계와 인간의 원초적 결합의 모습, 소외와 단절이 없는 유토피아적 환상을 만들어낸다. 특히 여기에서는 인간 존재의 본질적 속성인 꿈꾸기와 깊은 관련이 있다.

넷째, 서정은 유년과 고향에 대한 인식이다. 유년 동경은 서정 양식에서 근원의 의미를 잘 드러내주는 기제다. 동심의 상태는 말 그대로 천진난만하여 서정이 지향하는 순수한 삶의 근원적 성격을 잘 드러낸다. 고향은 근대적 삶을 살았던 많은 현대인들에게 어머니의 품과 같은 기쁨과 평안의 대상으로 인식된다.[39]

인용 글에서 김경복은 서정의 본질을 영혼의 울림, 물활론적 세계관, 신화적 세계의 동경, 유년과 고향 의식이라고 해명하고 있다. 이러

___
39 김경복, 『서정의 귀환』, 좋은날, 2000, 16~19쪽.

한 정의는 동심적 사고와 맥을 같이 하는 것으로서 특히 강소천의 문학에 반영된 서정적 특성과 부합하는 개념이다. 이 개념은 본 연구에 대한 연구 방법의 정당성과 규범성을 구축해주는 토대가 될 것이다. 또한 강소천의 문학을 문예미학적 차원에서 검증하는 방법론으로써 중심축으로도 작용할 것이다. 즉, 이 방법론은 언어적, 형식적, 구조주의적 접근 방식이 핵심을 이루게 된다. 이외에 문학주제학적 방법론과 해석학적 분석 방법도 부가적으로 적용할 것이다. 본 연구에서 진행할 연구 방향은 다음과 같다.

제2장에서는 강소천의 문학적 특징과 관련성이 있는 작가 의식을 중심으로 검토한다. 여기에서 주목해야 할 점은 작가 의식을 생애 전반에 걸쳐서 총체적으로 살피는 것을 지양하고 강소천 문학의 미적 특성인 서정적 특징과 관계되는 작가의 세계관 및 체험의 부분만을 조명하는 것이다. 작가의 생애 전반에 대하여 지나치게 치중하다보면 자칫 문학 작품의 내적 특징을 밝히는 데 제약이 뒤따를 가능성이 높기 때문이다.

제3장에서는 강소천의 문학 중에서 동요·동시를 중심으로 고찰한다. 동시는 서정시로서 서정 장르에 속하는 것인 만큼 그 자체로 서정적 특징을 발현하고 있다. 본 장에서는 강소천 동시의 서정적 특징으로서 이미지와 은유적 상상력을 분석한다. 이미지와 은유는 서정적 특징과 본질을 드러내는데 가장 적합한 요소이자 핵심 원리가 된다. 또 강소천의 동시에는 서사적 요소로서 이야기성이 내재하고 있다. 이에 대한 기법적 특징을 살펴보고, 서사적 모티프가 그의 창작동화에도 활용되고 있음을 논할 것이다. 이것은 동시 장르와 창작동화 장르 간의 상호 연관성을 주목할 수 있는 부분인데 문학 내에서 초장르적 인식으로서 상호텍스트성을 밝히는 단서가 될 수 있다. 본 장에서는 이러한 특징들을 중심으로 고찰해 보고자 한다.

제4장에서는 강소천 문학 중에서 창작동화와 소년소설을 중심으로 고찰한다. 이 장르는 기본적으로 서사 양식에 해당되는 것으로서 서정적 구조화를 통하여 서정적 미의식이 어떻게 구현되는지 전개 양상을 고찰하는 것이 핵심 논리로 작용한다. 강소천은 다양한 서사 형식을 차용하고 구사하면서 서정적 특징과의 결합을 시도한다. 이것은 곧 서정적 구조화를 의미한다. 이 과정은 시문학적 요소와 특징들을 서사물 즉, 창작동화와 소년소설에 반영함으로써 서정적 서사를 창출하게 된다. 인위적인 시적 조작이라고 할 수 있는데 크게 서술 층위, 구성 층위, 모티프 층위로 나누어 다양한 서사 형식의 차용과 시적 변용을 시도한다. 즉, 서술 층위에서는 시적 자아의 내면 묘사를 부각시키는가 하면, 구성 층위에서는 서사적 플롯을 변주시켜 시적 자아의 성찰 과정과 대상과의 화합을 추구하고 있다. 특히 여기에서는 시적 양식에서 주로 볼 수 있는 고조된 감정의 순간적인 상태성이 부각되는 현상이 잘 드러나 있다. 모티프 층위에서는 설화나 환상적인 서사 형식을 차용하여 상상력의 세계를 확장시키고 있으며, 신화적 사고를 지향하는 특징을 보인다. 이러한 서정의 형식적 요소들을 검토한 이후에 서정의 의식적, 주제적 차원인 서정성의 구현 방식과 미적 양상을 검토하게 된다. 즉, 서정의 본질과 관련하여 이미지를 통한 순간의 합일, 상징적 공간의 내면화, 서정적 주인공의 현실 대응 방식을 중심으로 고찰하게 된다. 제5장에서는 앞에서 분석한 강소천의 문학을 중심으로 문학사적 의의와 한계를 기술하고자 한다.

강소천의 작가 의식과 창작 원리

1. 기독교 의식
2. 모성 의식
3. 전쟁 체험과 월남 의식

강소천의 작가 의식과 창작 원리

강소천은 1915년 함경남도 고원군 수동면 미둔리에서 2남 4녀 중 둘째 아들로 태어났다. 강소천이 태어난 마을은 내륙에 위치한 곳으로 그야말로 '산 좋고 물 좋은 평야 지대'라고 한다. 그는 어릴 때부터 그런 자연과 접하면서 유년시절을 보냈다. 가정도 할아버지부터 일찍이 기독교를 믿었던 개화된 집안이었으며 경제적으로도 유복했던 것으로 알려져 있다. 강소천의 유년기 추억은 그가 창작한 작품 곳곳에 생생하게 반영되어 있다. 이를 입증할 수 있는 진술이 있어서 인용해 본다.

내가 작품을 신문 잡지에 발표하기 시작한 것은 소학교 4, 5학년 때부터였읍니다.

지금 모두들 나를 아동 문학을 하기 때문에 어린애처럼 솔직하다고들 하는데 정말 내게 그런 성격이 있다면, 그것은 내가 소년 시절을 소박한 농촌에서 자랐기 때문일 것입니다.

"돌멩이" "박 송아지" 같은 내 동화를 읽어 보면 알겠지만 내 작품들은 거의 다 나를 길러 준 아름답고 조용한 내 고향의 자연과, 그 속에서 뛰놀던 나의 소년 시절의 추억들입니다.

―수필, 「나를 길러 준 내 고향은 동화의 세계」 부분[1]

강소천이 수필에서 밝혔듯이 그의 고향은 아름다운 자연 조건을 갖추고 있었으며, 넉넉한 살림이었던 것으로 짐작할 수 있다. 그는 고원 공립보통학교를 거쳐 기독교 재단인 함흥 영생고보에 진학한다. 이 시기가 대체로 강소천의 나이 16세에서 17세에 해당한다. 이때부터 강소천은 『신소년』, 『아이생활』, 『어린이』 등에 작품을 투고하기 시작한다. 영생고보 재학 중에는 일본의 한국어 탄압 정책에 반발하여 동맹 휴학에 가담하기도 한다. 그리하여 그는 용정 외삼촌댁에서 1년간 지내며 문학적 신념을 다지는 기회로 삼기도 한다. 실제로 그는 용정에서 돌아온 후 그의 문학적 경향이 변모되는 과정을 보여주었으며, 창작에 대한 열의나 의식이 큰 성장을 이루었다는 평가를 받았다. 광복 후 강소천은 북에 남아 아동문학 단체 활동과 함께 동화 · 동시를 발표하였다.[2]

---

1 「나를 길러준 내 고향은 동화의 세계」, 『강소천 소년문학선』, 경진사, 1954, 221쪽.
2 원종찬, 「강소천 소고―해방기 북한체제에서 발표된 동화와 동시」, 『아동청소년문학연구』 제 13호, 2013, 7~8쪽.
원종찬에 따르면 강소천은 1947년 12월 북조선문학예술총동맹의 전문분과 위원 명단에 포함되어 있어서 그의 활동상을 짐작할 수 있다고 한다. 그는 강소천이 『어린 동무』, 『소년단』, 『아동문학』 등에 모두 작품을 활발하게 발표했다고 송창일의 글을 인용하여 밝히고 있다. 즉, 송창일에 의하면 강소천이 해방 직후 위에서 언급한 잡지에 작품을 발표하였는데, 북한 체제에서 요구하는 사회주의적 사실주의의 투철한 사상성과는 거리가 있었다고 원종찬은 추론한다. 강소천이 북한 체제에서 발표한 작품으로 현재 확인할 수 있는 첫 작품은 1947년 7월에 발표한 「정희와 그림자」이다. 이런 점을 들어 원종찬은 강소천의 작품이 더욱 존재하고 있을 것이라고 추정한다. 북한 체제에서 발표한 강소천의 작품을 소개하면 다음과 같다.

구분	제목	발표 지면	발표시기	비고
동화	정희와 그림자	아동문학	1947. 7	동화
	박 송아지			(소년소설)
동시	가을 들에서	소년단	1949. 8	소년시
	자라는 소년	아동문학	1949. 6	동요

하지만 광복 이후부터 흥남 철수 때 월남하기 전까지 강소천이 발표한 정확한 작품 수나 구체적인 문학 활동은 단편적으로만 연구되어 있다.[3] 최근에 원종찬에 의하여 이 시기의 작품이 발굴되고, 문학 활동 이력이 추론되면서 행적이 일부 드러나기는 하였다. 그렇지만 이 영역은 보다 더 심도 있는 연구와 자료 발굴이 요구되는 실정이다.

월남 후 강소천은 주로 동화집과 소년소설집을 발간하면서 창작 활동을 활발하게 전개한다. 그는 창작 활동뿐만 아니라 어린이 인권 운동과 교육 정책 사업에도 참여하여 아동문학의 핵심 인물로 활동하게 된다. 비록 1963년 49세를 일기로 타계했지만, 그가 아동문학에 일조한 공적은 결코 적지 않다.

그의 일생을 총체적으로 살펴보면 일제 강점기를 겪었으며, 분단 시대를 거쳐 전쟁을 경험한 후 월남하여 실향민으로 살다가 생을 마감하게 된다. 한국사에서 20세기의 굵직한 사건을 직접 체험한 작가 중한 사람으로서 강소천은 순탄치 않은 삶을 살았다. 이러한 역사적 사건들은 그의 창작 생활에 직·간접적으로 작용하여 작가적 또는 문학적 의식으로 구축된 양상을 보인다. 본 연구에서는 강소천의 작가 의식을 크게 세 가지로 나누어 기술한다. 그의 가정에서부터 형성된 기독교 의식이 첫 번째요, 두 번째는 그가 가장 그리움의 대상으로 언급

	나두 나두 크면은	아동문학	1949.12	동요
동시	둘이 둘이 마주 앉아	아동문학집	1950	동요
	야금의 불꽃은			(동요)

3 마성은, 「이북에서 발표한 강소천의 소년시·동요 연구」, 『한국아동문학연구』 29호, 한국아동문학연구회, 2015, 41~43쪽.
마성은에 의하면 강소천이 북한 체제 하에서 보여주었던 문학적 활동에 대하여 뚜렷하게 밝혀지지 않은 시기라는 점, 후학들의 연구가 미비한 상태라는 점을 들어 강소천 문학에서 공백기라는 말을 사용하고 있다. 그리고 원종찬이 소개한 작품 「자라는 소년」에 대하여 원문을 제시하며 「자라는조선」으로 수정하였다.

했던 어머니에 대한 사랑 즉, 모성 의식이다. 세 번째로 들 수 있는 것은 그가 직접 겪은 전쟁 체험과 관련된 것으로 월남 의식이 해당된다. 이 월남 의식은 그의 생애 후반기를 지배하는 의식으로서 이산에 대한 아픔과 실향 의식을 드러낸다. 이 세 가지 의식은 강소천의 문학적 특징인 서정미학적 작품을 생산하는 탄력으로 작용하고 있다. 이에 대한 구체적인 양상을 살펴보고자 한다.

1. 기독교 의식

강소천의 가계를 보면 할아버지 대에서부터 기독교 신앙을 믿은 것으로 되어 있다. 강소천의 할아버지 강봉규는 1908년 전계은 목사로부터 전도를 받고 미둔리로 돌아와 가족은 물론 마을 사람들을 전도하였다. 당시 미둔리에는 교회가 없어서 강소천의 가족들은 마을에서 10km 떨어진 덕지교회에 다니고 있었다고 한다. 마을 사람들을 전도하던 강봉규는 1911년 미둔리 교회를 건립하여 장로에 장립한다. 그러므로 강소천은 자연 모태 신앙으로서 기독교와 인연을 맺게 된 것이다.[4] 특히 초기 기독교가 서북 청년들의 주도에 의해 이루어졌다는 점에서 함경도 고원 지역도 접촉이 용이했을 것으로 판단된다.

사실 개신교인 기독교는 가톨릭에 비해 순탄한 과정을 거쳐 유입되었다. 1866년 제너럴 셔먼호를 타고 대동강 유역에 입국하여 선교를 하려던 스코틀랜드의 목사 토마스가 순교 당하면서 개신교는 수난을 겪기도 했다. 하지만 스코틀랜드의 선교사들은 중국에 머물며 한국 청년을 만나 성경을 가르치고 전도하는 포교 활동을 전개한다. 대표적인

---

4 박덕규, 『강소천 평전』, 교학사, 2015, 28~29쪽.

인물이 존 로스와 매킨타이어 목사인데 이들은 성경 번역 작업을 통하여 전도를 한다. 두 선교사는 만주 통화현 고려문에서 한국의 서북 청년들인 서상륜, 이응찬, 백홍준, 이성하 등에게 성경을 가르치며 성경 번역 사업을 진행한다. 그리고 서상륜에게는 로스 목사가 직접 세례를 준다. 이 성경 번역 작업은 1882년부터 착수하여 1887년에 신약성경이 완간된다. 그리고 서상륜은 이 성경을 가지고 압록강을 넘어 고향 황해도 솔내로 들어와 한국 최초의 교회인 솔내교회를 세운다. 또한 미국의 프로테스탄트 계열의 선교사들도 기독교 유입에 공헌을 하게 된다. 1882년 한미수호통상조약이 체결된 뒤 한국에 들어온 알렌은 1884년 우정국 사건으로 부상을 당한 민영익을 서양의료술로 치료하여 좋은 반응을 얻었으며, 동시에 선교 활동도 영향을 주게 된다.[5] 이렇게 기독교가 전래된 시점이 1900년을 전후한 시기이기 때문에 강소천의 가족이 기독교를 믿게 된 것도 초기 기독교의 유입과 전개 과정에서 영향 관계에 놓여 있다고 할 수 있다.

강소천은 할아버지 강봉규가 세운 교회에서 주일학교 활동에 적극 참여하여 기독교적 가치관을 성장시켜 나갔다. 그는 주일학교에서 실시하는 성경 공부를 통하여 한글을 익힐 수 있었다. 실제로 미둔리 교회에서 강소천의 큰아버지인 강찬우는 주일학교를 설립하여 사업을 이끌었다. 이곳은 학생 수가 증가하여 이웃 계남리 학교와 합병할 정도로 규모가 상당했던 것으로 문헌에 기록되어 있다.[6] 당시 주일학교의 교육 목적은 "성경공부와 신앙 훈련으로 그리스도인으로서 전인교육을 실시하는 것"이었다. 주일학교에서 진행된 교육 내용도 성경 이야기를 쉽게 쓴 것으로, 노래와 성경이야기를 중심으로 한 프로그램이

5 소재영, 「기독교의 전래와 한국문학」, 한승옥, 차봉준 편, 『한국 기독교 문학 연구총서 1』, 박문사, 2010, 263~266쪽.
6 박덕규, 앞의 책, 36~37쪽.

주를 이루었다고 한다. 특히 주일학교 교육내용 중에서 동화를 중요시했다고 한다. 1년에 한 차례씩 동화대회를 개최했으며, 감사절, 성탄절, 부활절 행사 때에도 동화대회를 비롯하여 다채로운 행사가 펼쳐졌다. 주일학교에서 전개된 동화 교육은 한국아동문학에 큰 영향을 미쳤으며, 기독교 아동문학을 형성시키는 맹아로 기능했다고 정선혜는 주장하고 있다.[7]

강소천은 주일학교 활동을 하면서 그의 세계관을 구축한 작가이며, 그 또한 일제 강점기 후반에는 직접 주일학교 교사로 일하기도 하였다. 그의 생애 전반을 지배했던 기독교 사상은 이처럼 유년기부터 다져진 강소천 개인의 신념이었으며, 이 세계관이 그의 문학에 고스란히 투영되었다. 그가 월남할 때 무사히 승선할 수 있었던 것도 크리스천이었기 때문에 미군의 선택을 받을 수 있었다는 일화는 아마도 그의 신앙을 더욱 견고하게 했을 것으로 짐작할 수 있는 대목이기도 하다.

강소천은 월남하여 작품을 발표하면서도 꾸준하게 기독교적 가치관이 담긴 작품을 발표한다. 그 대표적인 작품집이 1956년 대한기독교서회에서 출간한 『종소리』이다. 이 작품집 끝에는 전영택이 쓴 발문이 붙어 있다. 그는 "종소리는 성경 말씀-그리스도교의 향기가 높아 처음으로 나온 그리스도교 동화라고 할 것입니다."라고 하여 여기에 수록된 작품 모두 훌륭하다고 극찬하고 있다.[8] 특히 이 작품집에는 다른 작품집과는 달리 작품과 작품 사이 여백에 성경 구절이 담겨 있다.

어찌하여 형제의 눈 속에 있는 티는 보고 네 눈 속에 있는 들보는 깨닫지 못하느냐. (마태 7장 3절)

---

7 정선혜, 『한국 기독교 아동문학연구』, 성신여자대학교 박사학위논문, 2001, 29~30쪽.
8 전영택, 「책 끝에 드림」, 강소천, 『종소리』, 대한기독교서회, 1956, 137쪽.

양 일백 마리가 있는 그 중에 하나가 길을 잃었으면 그 아흔 아홉 마리를 산에 두고 가서 길 잃은 양을 찾지 않겠느냐. (마태 18장 12절)

— 『종소리』, 15쪽.

남에게 대접을 받고자 하는 대로 너희도 남을 대접하라. (마태 7장 12절)
너는 구제할 때에 오른 손이 하는 것을 왼 손이 모르게 하여 네 구제함이 은 밀하게 하라. 은밀한 중에 보시는 너의 아버지가 갚으시리라. (마태 6장 3, 4.절)

— 『종소리』, 51쪽.

인용된 성경 구절은 자신을 낮추는 겸손함과 남을 위해 봉사하는 삶을 강조하는 내용이다. 이러한 사상은 강소천의 실천적 삶과 직결되는 것이며, 창작의 원칙과 결부되어 있다. 그가 월남하여 어린이들을 위해 펼친 실천적인 활동은 1950년대 아동문학뿐만 아니라 어린이 인권과 어린이 교육에도 지대한 영향력을 행사했다. 어린이 헌장을 기초하고 주도한 점, 벽촌 마을의 어린이들을 위해 도서와 학용품 보급 사업을 펼친 점, 교과서 편찬 사업에 관여한 점, 그 외에 어린이들을 대상으로 동요 보급과 글짓기 강의 등 몸을 아끼지 않은 헌신적인 삶은 말년에 그에게 병환으로 이어져 49세의 나이로 타계하는 결과를 초래하기도 하였다. 강소천의 문학 세계에 투영된 기독교 의식은 사랑의 실천으로 요약된다. 사랑은 기독교 신앙의 핵심적인 덕목인데 강소천은 자기희생과 봉사정신, 특히 불우하고 가난한 이웃에 대한 차별 없는 마음과 인내하고 절제하는 성실한 삶을 작품에서 강조하고 있다.

강소천은 기독교인답게 크리스마스를 소재로 하여 많은 작품을 창작하였다. 상당수의 작품에는 크리스마스에 대한 이야기나 장면이 삽입되어 있다. 작품 「크리쓰마스 카아드」, 「포도나무」에는 어머니를 여읜 주인공이 기독교적 신앙으로 슬픔을 극복하고 새롭게 자각하는 순간을 표출한다. 작품 「크리쓰마스 꼬까옷」, 「메리와 귀순이」 등에는 가난한 사람과 버려진 생명체를 사랑하고 아끼며 성실하게 살아가는 자세가 투영되어 있다.

작품 「대답없는 메아리」, 「잃어버린 시계」, 「어린 양과 늑대」 등은 강소천의 기독교 문학 작품으로서 대표적인 수작이다. 이 작품에는 기독교인으로서의 실천적인 삶이 구체적으로 담겨 있다. 즉, 「대답없는 메아리」에는 인격체를 차별하지 않고 평등하게 베푸는 삶과 희생정신이 구체화되어 나타나며, 신앙의 삶을 통하여 인내하고 절제하는 성실한 삶의 태도가 총체적으로 그려져 있다. 「어린 양과 늑대」에서는 고아를 모아 보육원을 설립하고 사랑과 희생을 실천하는 장면이 표출된다. 「잃어버린 시계」에서는 식모인 순정이의 도벽을 추궁하던 서술자인 '나'가 순정이에게 폭력을 가한 후 이내 뉘우치고 사랑을 베풀어 마음을 열게 한다는 서사를 기독교적 입장에서 전개하고 있다. 작품 「그리운 메아리」에는 북한 지역에서 핍박받는 기독교 신앙과 이를 굳건히 지키려는 신앙심이 표현되어 있다.

장수경은 강소천의 작품에 나타난 기독교 의식에 대하여 "기독교를 통한 구원과 메시아의 희망을 염원하고 있다."고 서술하고 있다. 그는 강소천의 「대답없는 메아리」를 분석하면서 기독교 사상으로 양성 평등과 신분 평등 그리고 희생정신이 뚜렷한 작품이라고 설명하고 있다.[9] 정선혜는 강소천의 작품을 전체적으로 분석하면서 기독교 의식을 추출했는데 모세 의식, 종소리 의식, 꿈의 치료사 의식, 밀알 의식으로 대별하고 있다.[10]

9 장수경, 「강소천 전후 동화의 현실인식과 기독교의식」, 앞의 논문, 239~244쪽.
10 정선혜, 앞의 논문, 204~229쪽.
　정선혜는 강소천 문학에 나타난 기독교 의식을 네 가지로 나누어 설명한다. 첫째는 월남을 한 것은 모세 의식으로 상처 받은 어린 영혼을 구원하라는 하나님의 종으로서의 역할이라고 해석한다. 둘째는 종소리 의식으로서 종소리처럼 평화가 울려 퍼져서 통일을 염원하는 자세

작품「잃어버린 시계」에는 폭력보다 기독교적 사랑이 사람의 마음을 움직일 수 있다는 실천 의지가 표현되어 있다. 순정이는 식모로 온 아이이다. 서술자인 '나'는 아내와 어린 아이 세 식구인데 순정이를 가족처럼 돌보아준다. 그러던 어느 날 주인집 아저씨의 시계가 도난당하는 사건이 일어난다. 모두 라디오 프로그램에 심취해 있었고, 대문은 열린 흔적이 없었다. 자연 라디오를 듣지 않고 있던 순정이를 모두 의심하게 되고 아내의 성화에 의해 서술자인 나는 순정이의 마음을 떠본다. 그러나 순정이는 절대 모르는 일이라고 잡아뗀다. 하지만 아내에 의해 이전에 살던 집에서 순정이가 도벽을 저지른 적이 있었다는 사실이 밝혀진다. 이러한 사건들은 순정이가 장본임을 확신케 한다. 결국 서술자인 나는 다시 순정이와 대면하면서 설득하기도 하고 위협을 하기도 하나 순정이는 결코 자백하지 않는다. 이에 격분한 나는 가위로 순정이의 머리카락을 자르겠다고 협박하며 가위로 순정이의 무릎을 때린다.

「순정아, 내가 잘못했어. 난 널 때리며 시계를 내놓으라고 말할 자격이 없는 사람이야. 누구에게나 잘못은 있어. 사람의 눈으로는 모르지만 저 높은 데 계신 하느님의 눈으로 볼 때 사람에게는 무척 많은 잘못이 있어. 그러기 때문에 우리는 늘 하느님에게 우리의 잘못을 고백하는 거야. "죄가 없는 자가 먼저 돌로 치라."고 하신 예수님의 말씀이 자꾸 생각나서 난 순정이에게 빌지 않고는 견딜 수가 없어. 순정아 용서해 줘, 응? 난 널 때리며 취조할 자격을 못 가진 사람이야. 순정아, 시계는 아직 안 나왔어. […중략…]

라고 한다. 셋째는 꿈의 치료사로서 전쟁으로 인하여 불안하고 불균형한 현실 속에서 꿈을 통하여 희망을 안겨주고 싶은 미래지향적인 생각으로서 동심을 통하여 치료하고 구원하려는 자세를 말한다. 넷째는 남을 위해 사는 밀알의식으로서 자신의 희생정신을 통하여 사랑을 베풀고자 하는 정신이라고 주장한다.

「아저씨, 제가 잘못했어요.……」

순정이는 울음에 복바쳐 겨우 이 한 마디를 하고는 다시 느껴 우는 것이다.

「시계는……시계는……제가……」

나는 내 귀를 의심했다. 나는 벌써 시계 같은 건 생각지도 않고 있을 때였다. 그 말에 나는 정신을 바짝 차렸다.

―「잃어버린 시계」부분[11]

서술자인 '나'는 예수의 가르침을 실천한다. 세상의 사람들은 하느님 앞에 모두 죄를 가진 불완전한 존재라는 겸손함을 인식한다. 그리하여 순정이에게 가했던 폭력적 태도를 반성하고 이내 그를 안고 같이 울며 용서를 구하는 것이다. 이 진심 어린 행동은 순정이의 마음을 움직여 자백을 하는 결과로 이어진다. 순정이는 결국 서술자가 말했던 것 즉, '세상에서 가장 무서운 것은 거짓말'이라는 사실을 깨닫게 되는 것이다. 이렇게 진실한 마음과 사랑은 폭력보다 힘이 강하다는 것을 기독교적 신앙에 근거하여 제시하고 있다. 순정이도 신앙에 감화되어 시계를 감춘 사실을 자백함과 동시에 또 하나의 물건인 아내가 소유했던 브로치도 내놓으며 변화된 태도를 보인다. 이로써 "시계 하나를 잃은 것보다 난 사람 하나를 잃어버린 것 같애 무척 기분 나빴었지. 그러나 인젠 시계 하나를 잃음으로 해서 사람 하나를 얻지 않았나"[12]라는 결말을 도출한다. 순정이와 주인공은 명년에 집을 옮기면 다시 불러주기로 하고, 시골에서 교회에 다닐 것을 약속하며 아름다운 이별을 한다. 이 소설은 비교적 서사성이 뚜렷한 구조로서 강소천의 기독교적 삶의 태도와 가치관이 명징하게 표출된 작품이다. 이외에도

---

11 「잃어버린 시계」, 『종소리』, 앞의 책, 36~37쪽.
12 앞의 책, 44쪽.

「대답없는 메아리」에서 동주 역시 정 장로의 베푸는 삶을 이어 받아 가난하고 불우한 사람을 위해서 헌신하는 모습이 잘 드러나 있다. 또한 그러한 삶을 살기 위하여 동주는 온갖 고난을 기독교적 신앙으로 견디고 극복하는 모습을 서사화하고 있다. 이러한 삶의 태도와 세계관은 강소천의 삶과 문학에서 핵심으로 작용하는 의식이자 신념으로 고착화되었다.

2. 모성 의식

강소천의 삶과 문학에서 절대적인 영향을 끼친 요인으로는 모성 의식을 들 수 있다. 강소천에게 있어서 모성 의식이란 그의 어머니에 대한 그리움과 사랑으로부터 비롯된다. 김수영은 강소천의 어머니에 대한 그리움을 "거울 단계나 오이디푸스콤플렉스 단계에서 최초 주인 기표를 상실한 원초적인, 원형질적인 그리움"[13]이라고 욕망의 논리로서 해석하고 있다. 하나의 트라우마나 히스테리적 성격의 논리로서 애도를 위한 과정이라고 보는 것이다. 그는 강소천의 생애와 그의 작품을 연결시켜 분석하고 있는데 다소 작위적인 인상을 지울 수 없다. 실제로 강소천이 어머니의 사랑과 칭찬을 받고 자랐음을 증언하는 글들이 여러 편 전하고 있다. 또 그는 효성이 지극함과 동시에 어머니의 성품을 신뢰한 인물이기도 했다. 그가 어머니에 대하여 회상하는 글을 옮겨본다.

내가 왜 추석이면 으레 어머니를 생각하게 되나 하면, 그 까닭은 이렇습니다.

---

13 김수영, 앞의 논문, 14~25쪽.

우리 어머니께서 나신 날이, 바로 이 추석 전날 음력 8월 열나흗날이랍니다.

그래서 어려서는, 혹시 아버지의 생일은 잊은 적은 있어도, 어머니의 생일
은 꼭꼭 알아냈습니다.

추석 전날, 누구나 어릴 때 생각이 샘솟는 날이라 믿습니다. 농촌에서 자란
나는 추석 전날이면, 어머니와 누나가 빚는 송편의 반죽을 떼어 가지고 놀던
철모르던 그 시절이 아마 제일 기뻤나 봅니다.

차차 나이를 먹어가면서 나는 어머니와 누나의 흉내를 내어 곧잘 송편을
빚었다고, 어머니는 어른이 되어도 날 칭찬해 주셨습니다.

해방이 된 뒤 일입니다만, 내가 어머니의 회갑 잔치를 차려 드린 이듬해,
어머니를 남겨 두고 월남했습니다.

지금도 살아 계신지 이미 돌아가셨는지조차 알 길 없는 어머니고 보니, 이
렇게 추석 전날이 되면 못 견디게 어머니가 그리워집니다.

—수필 「추석과 어머니」부분[14]

이렇듯 어머니에 대한 강소천의 애정은 각별하다. 인용 부분은 그가
직접 술회한 내용으로 추석 전날만 되면 어머니의 생일날이라서 그
그리움이 절실하다는 사정을 밝히고 있다. 그리하여 이 내용을 동시
「구월」이라는 작품으로 남기기도 하였다. 강소천에게 있어서 어머니
는 단순한 사랑의 대상으로만 존재하는 것이 아니라 그의 문학적 원
천으로도 작용했던 인물이다.

마을에 소학교가 없어서 1학년 때부터 집을 떠나 하숙 생활을 하게 되었습
니다. 집 생각, 어머니 생각에 나는 날마다 어머니께 그리운 편지를 공책장을
뜯어 쓰곤 하였습니다. 이게 아마 내가 글짓기를 시작한 동기였는지도 모릅

---

14 「추석과 어머니」, 『강소천 아동문학독본』, 을유문화사, 1961, 350~351쪽.

니다.

—수필 「나는 왜 아동 문학을 하게 되었나?」 부분[15]

강소천은 문학을 시작한 동기로 두 가지 이유를 직접 술회하고 있다. 첫 번째는 바로 위의 친형님 덕분이라고 한다. 형님이 문학 서적을 많이 가지고 있었기 때문에, 자연 강소천은 이 서적을 읽으면서 문학의 꿈을 키웠다는 것이다. 두 번째, 다른 이유로는 인용한 부분에서 직접 밝히고 있듯이 일찍이 집을 떠나 학교를 다니게 됨으로써 어머니에 대한 그리움이 생성되었고, 그 그리움을 달래기 위하여 편지를 쓰면서 문학적 재능을 발휘하게 되었다는 설명이다. 남미영은 그의 문학 작품 속에 담긴 '그리움'의 세계를 주목하면서 '그리움의 세계'를 구축한 생성 인자 중 한 가지로 그의 어머니 허석운의 영향을 밝히고 있다.[16] 강소천의 동요 · 동시와 동화 및 소년소설에는 어머니의 이미지가 다양하게 등장한다. 이러한 정황들을 고려하면 강소천의 어머니 허석운은 강소천의 문학적 세계에 깊이 각인되어 있다고 평가할 수 있다. 그가 즐겨 표출하고 있는 어머니의 이미지도 실제로 그의 어머니 허석운으로부터 받은 이미지상이라는 것을 수필 「무슨 빛깔의 카네이션을 달까요?」에서 확인된다.

어머니! 제가 떠난 뒤, 교회도 다 빼앗기고, 집회도 할 수 없게 되었다지요? 그러나, 어디에서나 어머니는 잠을 주무시지 않으시며, 기도 그것 밖에 모르실 줄 압니다. [···중략···]
누가 자기 어머니를 훌륭하지 않다고 생각하겠읍니까만, 어머니야말로 이름없는 애국자요, 열렬한 교인입니다.

15 「나는 왜 아동 문학을 하게 되었나?」, 위의 책, 345쪽.
16 남미영, 앞의 논문, 6~10쪽.

일제(日帝)가 그렇듯 교회와 교인을 들볶았어도, 어머니는 까딱도 하지 않으셨고, 공산주의가 그렇게 못 살게 굴어도 어머니는 기도를 게을리하시지 않았습니다.

어머니!

지금 어디 계시든, 이 아들이 글을 쓸 그 때마다 붓 끝을 지켜 주실 것입니다. 쓰기 전에 먼저 제 생각을 알고 계실 것입니다.

'향아'의 동생 '미야'의 눈이 꼭 아빠를 닮았다고들 합니다. 이 아들의 눈이 어머니의 눈을 닮았다는 말을 어려서 늘 듣던 일이 생각납니다.

어찌 눈만이겠습니까? 어찌 겉만이겠습니까?

진리를 사랑하고 불의를 미워하시는 어머니의 활활 타는 그 마음의 불이, 이제 이 아들의 가슴에 옮겨졌습니다. 아들 안에 어머니는 고이 살아 계십니다.

—수필 「무슨 빛깔의 카네이션을 달까요?」 부분[17]

인용한 글을 보면 강소천의 어머니 허석운은 인자하면서도 강직하고, 투철한 신앙으로 무장된 어머니를 연상시킨다. 이런 모습은 작품 「어머니의 얼굴」, 「포도나무」, 「찔레꽃」, 「이런 어머니」, 「내 어머니 가신 나라」 등에도 이와 같은 모성상이 그려져 있다. 「어머니의 얼굴」과 「포도나무」는 직접 강소천이 밝혔듯이 월남 후 북에 두고 온 어머니를 마음속에 떠올리며 창작한 작품이라고 술회한 적이 있다.[18] 두 작품은 어머니를 여읜 주인공이 그리움과 슬픔을 극복하는 과정에서 그림 그리기와 성경 구절로 현실을 직시하게 된다는 내용이다. 이 과정에서 꿈 모티프를 활용하여 어머니가 나타나 용기를 준다는 이야기이다. 「찔레꽃」에 등장하는 어머니는 성실한 기도 생활을 통하여 굳건하고 흐트러짐 없는 모습을 표현하며 인자한 모성애를 드러낸다는 내용으

---

17 「무슨 빛깔의 카네이션을 달까요?」, 『강소천 아동문학독본』, 앞의 책, 52~354쪽.
18 「잃어버린 동화의 주인공들」, 『강소천 소년문학선』, 앞의 책, 225쪽.

로 모두 강소천이 기억하고 있는 어머니상과 부합하는 대목이다.

　남미영은 강소천의 문학에서 여성 상위의 취향을 보이고 있다고 지적한 바 있다.[19] 이것은 그의 어머니에 대한 이미지가 강렬하게 각인된 방증이라고 할 수 있다. 즉, 어머니라는 인물은 힘과 지혜를 겸비한 존재로서 작품에서 상승 모티브를 주도하는 인물이라는 것이다. 또한 강소천은 기독교적 세계관으로 인하여 마리아의 이미지와 자신의 어머니 허석운을 항상 연계시켜 사유했던 것과도 맥을 같이 한다. 실제로 그의 문학에는 크리스마스를 소재로 한 작품이 있다. 이것은 기독교에서 예수 탄생과 예수를 낳은 마리아에 대한 특별한 의미를 부여하고 있었다는 사실을 입증하는 대목이기도 하다.

　강소천의 삶과 문학에 내재하고 있는 모성 의식은 하나의 고향과도 같은 공간이다. 욕망의 대상이나 상실에 대한 애도의 과정이라기보다 어머니는 무조건적인 사랑의 대상이며, 근원에 대한 동경으로서 화해롭고 안정된 통합의 공간인 셈이다. 즉, 그에게 있어서 어머니는 고향과도 같은 존재인 것이다. 그리하여 그의 동화와 소년소설에서는 어머니가 부정적으로 그려지는 사례가 극히 드물게 나타난다. 포용적이고 인자하며 희생적인 인물로 그려진다. 「이런 어머니」에 등장하는 어머니는 친딸을 여읜 상황에서 딸을 찾아다니다가 고아로 지내는 여자아이를 딸로 맞아 키우는 모습을 그린다. 「해바라기 피는 마을」에서 김소위의 어머니도 친어머니를 여의고 온갖 고난을 겪으며 살아가는 정희를 딸로 맞아 죽은 아들을 대신하여 키워주는 포용력을 보여준다. 작가의 이러한 창작태도를 두고 일부 학자들은 성인들의 이기심과 어린이의 구속이라는 비판적 시각을 토로한 바 있다.[20] 그러나 강소천이 그리고 싶었던 어머니상은 자신의 친어머니가 가진 성품 즉, 인자하며

19 남미영, 앞의 논문, 36~39쪽.

희생적이고 지혜로운, 올곧은 인격을 기초로 하여 창출한 인물이었다. 이것이 그가 그리고 싶은 모성 의식이며 이런 모성 의식은 그의 어머니를 통해 내면화한 여성의 모습이었을 것이다. 그 외에도 「인형의 꿈」에서 딸 정란이의 재능과 남편의 화가 생활을 헌신적으로 내조하는 여성상의 모습이 표현되고 있다. 「어머니의 초상화」와 「보육원에서 생긴 일」에 등장하는 보육교사 안 선생은 사랑을 실천하는 어머니와 같은 인물로서 행동적인 측면과 함께 지혜로 춘식이를 감싸주는 진정한 헌신의 모습이 표현되고 있다.

　그의 동시에도 어머니의 사랑을 표현한 모성 이미지가 나타나고 있다. 「구월」 외에도 「울엄마젖」, 「어머니께」, 「마음의 시계」 등에는 어머니의 은혜와 사랑의 마음을 헤아리는 내용이 담겨 있다. 「가을 하늘」, 「그림자와 나」에는 어머니에 대한 그리움의 심리가 표현되어 있는데 이 시들도 강소천의 모성 의식이 드러난 시편이다. 이처럼 강소천은 모성 의식을 심연에 정립시키고 있는 작가였다. 열거한 동요·동

---

20 이은주, 앞의 논문, 72~73쪽.
　장수경, 「강소천 동화에 나타난 월남의식과 서사의 징환」, 앞의 논문, 271~273쪽.
　이은주는 작품 「이런 어머니」를 분석하면서 발화 상황과 어법의 문제를 지적한다. 길에서 데려 온 귀순이라는 아이에게 그의 의사도 확인하지 않은 채 자신의 딸 이름인 정순으로 바꾸어 부른다는 것이다. 그리고 어머니와 귀순이의 대화에서 보육원에 왜 가지 않느냐는 질문이 있는데 이때 귀순이가 오싹하는 몸짓을 보이는 상황을 지적한다. 즉, 나와 같이 살지 않으면 보육원으로 보내겠다는 발화로 해석한다. 이는 어머니가 독선적이고 자기 위안적인 상태를 드러내는 것이라고 지적하며 소천의 분열을 지적한다. 상황 맥락의 차원에서 읽을 수 있는 대목인데 발화 맥락에서 과연 이러한 상황의 연출이 가능한지 의문을 갖게 한다. 설득력을 갖기에 근거가 다소 약해 보인다.
　장수경도 이와 유사한 해석을 시도한다. 어머니는 친딸 정순이가 싫어했던 고무인형을 고아 소녀인 귀순이에게 주는 행위와 소녀의 이름이 귀순인 것을 정순으로 바꾸는 행동을 들어 선택권을 앗은 강제적 폭력으로 해석하고 있다. 이러한 폭력성은 강소천이 남한 사회에서 살아남기 위하여 순응할 수밖에 없었던 강요된 이데올로기의 트라우마라고 규정하고 있다. 즉, 이 작품에서 어머니의 실천을 통해 나타난 보편적 사랑은 표피적인 것이고, 상실된 대상에 대한 집착이 과잉되어 실체가 아닌 대체물을 통해 상처를 회복하고 아무런 장애 없이 새로운 삶을 시작할 수 있다는 설정으로, 서사의 균열이 지각된다고 분석하고 있다. 어머니는 제도적 폭력을 가함으로서 대리 만족을 획득한다는 논리이다.

시 중에서 어머니에 대한 회상과 그리움이 담긴 대표적인 동시 「구월」을 인용한다.

> 9월은 가을이 시작되는 달
> 국화와 코스모스가 반겨 피는 달
>
> 또 하나 빠알간 가을 꽃
> 터밭의 고추가 꽃처럼 익는 달.
>
> 아기 잠자리 배추 울타리 싸릿가질
> 뜀 뛰 듯 세어 넘고
>
> 지붕 위의 호박이
> 벌거벗고 해바라기를 하는 달.
>
> 9월은 언제나 즐거웠던 달이다.
> 송편 먹는 추석도 9월에 있었다.
>
> 그리고 또 9월은
> 내 어머니가 나신 달.
>
> 언제 다시 뵈올는지 모를
> 이북에 남아 계신 내 어머니가.

-「구월」[21] 전문

강소천의 이러한 모성 의식은 그가 위 수술을 앞둔 생사의 기로에서도 일관된 의식으로 작용한다.

위 수술을 받기 전날 밤-
그것은 몰라야 할 것을 알아 버린 사형수 같은 느낌이었다.
그것은 내 살아온 생에 대하여 조용히 돌이켜 보아야 할 엄숙한 시간이었
다.
'이게 내 영원한 나그네 길의 마지막 준비일는지도 모른다'고 생각하니,
문득 떠오른 게 이북에 계신 부모님이다.
이미 가 버리시고 이 세상에는 안 계실지도 모르는 부모님-그 순간, 나는
어머니 품에 안긴 어린애 마음으로 돌아갔다.

—수필 「생명, 돈, 의사」 부분[22]

위 수술을 앞두고 강소천은 "내 영원한 나그네의 마지막 준비"를 생
각한다. 그것은 죽음을 염두에 두었다는 뜻이 된다. 이때 강소천은 어
머니 품에 안긴 어린애 같은 마음으로 돌아왔다고 했다. 물론 누구든
지 절박한 순간에 어머니를 생각하는 것은 당연한 이치라고 여길 수
있지만, 작가 강소천에게 있어서는 일관되게 유지해 온 모성 의식의
연장선상이라고 할 수 있다. 그렇기 때문에 그에게 있어서 모성 의식
은 근원을 향한 고향의 차원으로 인식되는 것이다.

---

21 「구월」, 『강소천 소년문학선』, 앞의 책, 182쪽.
22 「생명, 돈, 의사」, 『소년소녀 강소천 문학전집 6』, 문천사, 1977, 11쪽.

3. 전쟁 체험과 월남 의식

강소천의 삶과 문학에 기저를 이루는 정신으로 기독교 의식과 모성 의식이 자리하고 있다는 사실을 알아보았다. 이 의식은 강소천이 생득적으로 전유된 것이었기 때문에 그의 생애 전반을 지배하는 동인으로 작용했다. 그러나 이러한 가치관도 곡절과 수난을 겪으면서 트라우마로 작용하게 된다. 기독교 의식은 광복을 맞은 북한 땅에서 핍박 받는 종교로 지정되어 종교적 자유를 박탈당하는 위기에 처한다. 강소천의 이 기독교 의식은 월남을 하면서 위기를 모면하기는 하였지만, 모성 의식은 평생을 지울 수 없는 상흔으로 남게 된다. 이것이 바로 전쟁 체험과 월남으로부터 빚어진 산물이기도 했다. 강소천의 월남은 필연적인 것으로 보아야 한다.

첫 번째는 앞에서도 살펴본 바와 같이 그가 기독교인이었기 때문이다. 광복을 맞은 북한 지역에서는 기독교인들이 연합한 기독교 사회단체가 활발하게 활동을 전개하고 있었다. 그런데 소련을 등에 업은 북한 공산 체제는 공산주의 정권을 확립하기 위하여 체제에 협력하는 기독교 단체와 손을 잡고, 반하는 기독교 단체를 탄압하기 시작한다. 북한의 사회주의 정권은 이러한 기독교 단체를 해체하고 누명을 씌워 구금하고 고문을 가한다. 이처럼 핍박 받는 기독교인들이 늘어나면서 교회의 수는 급격히 줄게 된다. 두 번째는 강소천이 지주 계급 출신이었다는 점을 들 수 있다. 그의 연보에서도 알 수 있듯이 그의 할아버지 강봉규는 과수 농사와 함께 많은 땅을 소유하고 있었던 것으로 알려져 있다. 지주 집안의 손자였던 강소천이 지주 계층에 대한 학대를 가하는 북한 땅에서 더 이상 체류하기는 어려웠을 것이다. 세 번째는 그의 문학적 경향을 들 수 있다. 강소천은 북한 체제에서 5년간 거주하게 되는데 '북조선문학예술총동맹' 위원의 명단에 포함되어 있다.

그러나 그가 남긴 작품은 동화 2편과 동시 5편에 불과하다. 북한 체제에서의 강소천에 대한 평가 역시 사상이 철저하지 않음을 당대의 문인들에 의하여 지적된 바 있다. 이런 문학적 경향을 고려할 때 강소천은 사상성을 강화하지 않는 한 북한 체제에서 그가 추구하고 싶은 문학을 자유롭게 전개하기에는 어려움이 있었을 것이다.

강소천은 결국 1950년 12월 원고 뭉치만 챙겨 단신으로 월남을 감행한다. 월남 또한 기적과도 같은 것이었다. 흥남 철수 때 월남을 하게 되는데 끝내 그의 부모와 가족은 동행하지 못했다. 수십만 명의 인파가 몰린 흥남 부두에서 그가 기독교인이었기 때문에 미군의 도움으로 구사일생 배를 탈 수 있었다고 한다.

배 안에서 먹은 건 밥을 뭉쳐서 양동이에 담긴 바닷물에 적셨다가 건져 준 주먹밥 한 덩이뿐이었어. 그게 얼어서 이가 들어가지 않았어. 앞니로 조금씩 긁어서 먹어야 했지. 공복에 그거 하나로 며칠씩 버텼으니, 그때 위를 버린 것 같아.[23]

강소천은 훗날 위암 수술을 앞두고 그때의 고통을 이렇게 증언했다고 한다. 또한 그는 거제도 장승포항에 도착하여 생계를 위하여 산에서 나무를 해 내다 팔거나 장터에서 생선 장사를 하며 연명했다고 한다. 강소천은 월남인이었다. 월남인이 당시 남한 사회 체제에서 정착한다는 것 또한 극복해야 할 과제였다. 강소천은 부산으로 와서 다양한 삶의 길을 모색한다. 그는 1951년 수개월 간 육군 정훈대대에서 정훈 관련 업무를 하면서 종군 생활을 한다. 이것은 그가 신분을 보장받는 방법이었으며, 남한 사회에서 정착하는 첫 계기가 된 일이었다.

---

23 박덕규, 앞의 책, 176쪽.

그와 함께 영생고보 동창으로 문교부 장관 비서실에서 일하고 있던 박창해를 만나면서 인맥을 넓혀 갔으며, 안정된 사회 활동으로 접어들게 된다. 강소천은 부산에서 피란민 생활을 하던 중 그의 누이동생과 장조카 강경구를 만나 외로움을 달랠 수 있게 된다. 그의 문학적 활동은 오히려 활발한 계기를 마련하게 되는데 김동리, 박목월, 최태호 등의 남한 문인과 박경종, 김영일, 장수철 등 강소천과 처지가 비슷한 월남한 문인들의 도움이 컸던 것으로 알려져 있다. 강소천은 이렇게 남한 사회에 빠르게 적응했다. 또한 아동문학 잡지인 『어린이 다이제스트』의 주간을 맡아 일하는가 하면, 동화집 『조그만 사진첩』(1952)을 출간하는 등 왕성한 문학적 활동을 전개하기도 하였다.

강소천은 사회적으로, 문학적으로 활발한 활동을 전개하지만, 그에게는 항상 상처로 남아 있는 것이 있었다. 단신으로 월남하였기 때문에 북에 두고 온 가족과 부모님에 대한 이별이 마음속에 내재하고 있었다. 게다가 1953년 휴전 협정이 체결되면서 다시 38선이 설정되고 결국 가족의 소식은 영원히 차단되고 만다. 이 사건은 그에게 있어서 큰 트라우마로 남게 되었으며, 그의 문학적 경향을 결정짓는 요인이 되었다. 실제로 그는 왕성한 작품을 발표하는데 꿈을 소재로 한 작품을 많이 창작하게 된다. 이를 근거로 하여 학자들은 그의 전쟁 체험과 월남을 통한 가족과의 생이별이 작품에 반영되면서 더욱 더 꿈의 구조를 창출하게 되었다는 논리를 제기하기도 하였다. 조태봉은 전쟁과 월남으로 인한 고통의 내면적 대응으로 반공 이데올로기적 경향을 드러냈으며, 또 하나는 가족에 대한 그리움을 꿈의 논리로써 해소하고 있다고 주장하기도 하였다.[24]

장수경은 작가 강소천의 심리적인 측면에 천착하여 억압되고 강요

---

24 조태봉, 앞의 논문, 9~20쪽.

된 이데올로기적 삶 속에서 징환의 양상을 드러낸다고 주장한다. 이는 현실과 꿈의 간극이 발생함으로써 과거 일제 강점기 때 가지고 있었던 억압된 트라우마가 다시 호출되었다는 논리이다. 그러므로 장수경은 작가가 꿈이나 환상과 같은 기제로 탈주하면서 서사에 있어서 균열을 드러낸다는 것이다. 이외에도 강소천이 월남인으로서 유랑민의 심리를 드러내어 거제도에서 이주민 생활의 기억을 작품 「해바라기 피는 마을」에서 투영하여 정희의 삶과 궤를 같이 했다고 연구자는 의미를 부여하는 것이다. 그리고 그의 창작 행위는 결과적으로 속죄를 위한 행위라고 분석한다. 강소천이 드러낸 반공 의식도 남한 사회 체제로부터 받는 강요와 억압의 부자유한 심리에서 기인된 것이라는 논리이다.[25] 분명 강소천에게 있어서 전쟁과 월남은 뼈아픈 상처임에는 틀림없다. 그가 가장 사랑하는 어머니와 생이별을 함은 물론 그 외 가족들도 북쪽 땅에 남겨둔 채 홀로 남하하였다. 이 상실의 아픔이 그의 작품에 스미게 된 점은 부인할 수 없는 사실이다. 강소천도 이러한 부분을 인정하는 글을 쓰기도 하였다.

6·25 事變으로 해서 나는 내 童話의 主人公들을 송두리채 잃어버리고 말았다.

父母와 妻子를 以北에 두고 온 나에겐 잠 안오는 밤이 오래 계속되었다.

비록 몸은 南北으로 갈리어 있었으나 두눈을 감으면 내 사랑하는 아이들이 내 곁에 새처럼 날아와 앉는 것이었다.

그러면 나는 그 애들과 재미있는 이야기를 始作했다.

그 産物이 내 童話集 "조그만 사진첩"이었다.

거기에는 내 아이들이 제법 많이나와 活動하고 있다. 내 곁에는 없어도 그

25 장수경, 「강소천 동화에 나타난 월남의식과 서사의 징환」, 앞의 논문, 258~267쪽.

애들을 생각하고 그 애들을 主人公삼아 썼던 것이다.

☆

그 뒤 나는 童話集 "꽃신"을 내었다. "꽃신"을 읽고 밤새 울었다는 내 친
구가 있다. 그것은 그 童話 자체가 슬픈게 아니라 그런 童話를 쓰게된 내 處
地를 생각해서라고 했다.

—수필 「잃어버린 童話의 主人公들」 부분[26]

언제인가 나는 골목길에서, 以北에 두고 온 내 아이와 모습이 恰似한 아이
를 만난 적이 있다.

나는 달려 들어 그 아이를 부둥켜 안고 싶은 衝動을 느끼었다.

☆

그러나, 생각하면 얼마나 우스운 일이냐? 以北에 있는 내 아이가 이런데
와 있을 리 없고, 設使 왔다손 치드라도 지금 그 애가 저렇게 조그만 애는 아
닐 것이다.

—수필 「歲月」 부분[27]

강소천은 가족에 대한 그리움을 그의 수필 곳곳에서 토로하고 있다.
비록 단편적인 산문에 불과하지만, 그의 내면에 자리하고 있는 상실감
과 그리움이 상존하고 있었음을 알 수 있는 대목이다. 이러한 좌절감
과 죄책감은 비단 자녀에게만 국한되는 것은 아니다. 다음 글은 그의
어머니에 대한 그리움을 표현한 수필이다.

'자유대한'이란 더 큰 어머니의 품에 안기기 위하여 아들은, 낳아 주신 어
머니를 이북 땅 고향에 남겨 둔 채, 혼자 이곳에 왔읍니다.

---

26 「잃어버린 童話의 主人公들」, 『강소천 소년문학선』, 앞의 책, 223~224쪽.
27 「歲月」, 위의 책, 227쪽.

그리하여 벌써 10년이 넘었으나 어머니의 소식을 알 길은 없습니다.

어머니! 정말 지금 어머니는 어디 계십니까? 칠순! 아직 이북 땅에 그냥 살아 계셔서, 이 아들의 앞날을 위해 기도로 세월을 보내고 계십니까?

아니면 벌써 저 화려한 천당에 가 계십니까?

그것을 모르기 때문에 이날 이 아들은 카네이션을 가슴에 달지 못합니다.

—수필 「무슨 빛깔의 카네이션을 달까요?」 부분[28]

여러 글을 인용하였지만, 강소천은 가족에 대한 그리움을 평생 십자가처럼 짊어지고 산 작가이다. 이러한 그의 의식은 작품에 고스란히 반영되었으며, 이를 두고 후학들은 그리움의 문학이라는 카테고리를 상정하기도 하였다. 실제로 그의 작품에는 이산의 문제가 다루어지는 동화와 소년소설이 많다. 특히 대체로 어머니 또는 아버지 중 어느 한쪽을 여읜 인물이 많이 등장하고 있다. 때로는 양쪽 부모를 모두 여읜 고아도 등장하는 작품도 있다. 이외에도 형제 또는 친지를 상실한 작품도 창작되었다.

동화와 소년소설 중 「방패연」, 「준이와 백조」, 「비둘기」는 북에 있는 할아버지를 그리워하는 내용으로 설정되어 있고, 「아버지」, 「그리운 얼굴」, 「그리다만 그림」, 「아버지는 살아 계시다」 등의 작품에는 아버지가 북녘 땅에 남아 있거나 전쟁으로 돌아가신 상황으로 설정되어 있다. 「어머니의 얼굴」, 「설날에 생긴 일」, 「크리쓰마스 카아드」, 「어머니의 초상화」, 「느티나무만 아는 일」, 「해바라기 피는 마을」, 「포도나무」 등의 작품에는 구체적인 이유가 제시되어 있지는 않지만, 어머니를 여읜 것으로 묘사되어 있다. 「메리와 귀순이」, 「무지개」, 「눈 내리는 밤」, 「보육원에서 생긴 일」 등에는 고아가 된 어린이가 등장하는

---

28 「무슨 빛깔의 카네이션을 달까요?」, 『강소천 아동문학독본』, 앞의 책, 352쪽.

서사를 이루고 있다. 「꽃신」, 「꿈을 파는 집」, 「꽃신을 짓는 사람」 등의 작품에는 자녀를 잃거나 자녀를 북쪽에 두고 남하하여 그리움을 표출하는 이야기들이 전개된다.

제시한 작품에서는 주로 이산으로 고통 받는 인물들의 이야기가 그려지고 있지만, 실제로 이산으로 좌절하거나 고통 받는 과정이 사실적으로 그려지는 경우는 흔치 않다. 「해바라기 피는 마을」에서 정희가 사촌들과 큰어머니에게 학대 받는 이야기나 담배 장사를 하는 과정이 묘사되고 있어서 고난의 실상이 드러난다고 할 수 있는 정도이다. 그러나 이 상황 묘사도 결말에서 제시된 행운과 행복한 장면 연출을 위한 암시적 구성에 지나지 않는다. 결국 강소천은 전쟁과 월남을 통하여 가족과의 이산이라는 아픔을 안고 살았지만, 희망을 위한 기다림으로 정체성을 확립한 작가였다. 강소천은 자기 스스로에게 엄격했다고 한다. 이 엄격성은 자기 극복의 방식이었으며, 내면적으로 강한 정신력의 소유자였음을 입증하는 태도라고 할 수 있다. 이러한 인내심과 강인한 내면의 의지를 통하여 강소천은 그에게 가해진 트라우마와 맞서야 했고, 문학적으로 승화시키면서 상처를 극복한 인물이었다.

지금까지 강소천의 문학적 작품에 투영된 작가 의식을 고찰하였다. 이것은 그가 문학에서 추구하는 서정적 본질과 관련을 맺고 있다. 기독교의식은 서정적 세계에서 지향하는 화합과 조화로운 세계의 토대를 이룬다. 모성 의식과 전쟁 체험 의식은 원초적인 공간으로서의 근원적인 세계를 지향하는 서정의 본질에 근본을 형성한다. 이 세 가지 의식은 강소천 개인의 정신 및 세계관으로 한정되는 한계를 드러낼 수도 있다. 그러나 문학 작품 속에 반영되어 미적으로 승화되었을 때 그 의미는 보편적인 의식으로 확장된다. 이런 차원에서 체험적으로 구축된 그의 의식은 강소천 문학의 서정적 특징을 구성하는 원리이자 원천으로 작용하게 된다.

제3장

동요 · 동시 문학론

1. 이미지의 확장과 은유적 상상력
2. 동화적 상상력과 초장르적 인식

제3장

동요 · 동시 문학론

　강소천은 1931년 『신소년』에 동시 「봄이 왔다」, 「무궁화에벌나비」
를 발표하면서 동시인으로 입문하게 된다. 이 시기는 카프의 영향으로
프로아동문학이 활발히 전개되던 문단적 상황으로서 소년문사들의
출현이 두드러졌다. 그들은 문학적 수양이 정교하다거나 작가의식이
뚜렷한 면모를 보이는 것과는 거리가 멀었다. 당시 유행했던 프로아동
문학의 계급주의적 담론에 동화되어 창작동요의 정형성을 그대로 답
습하면서 투고 형태로 그들은 등장을 하게 된 것이다. 특히 이 소년문
사들은 과잉된 발표욕으로 인하여 당대를 주도했던 양대 잡지인 『별
나라』와 『신소년』에 자신들의 의식과는 무관하게 잡지의 경향에 맞는
작품을 창작하고 투고했다.[1]
　강소천도 이러한 문단적 현실에서 작품을 발표하게 된다. 연령적으
로도 소년문사에 해당하지만 그의 등단 초기 작품들은 현실주의적, 계
급주의적 경향을 보이기도 하였다. 실제로 1931년에 『아이생활』에 발
표된 「길ㅅ가엣 어름판」, 「이압집 져뒷집」, 「울어내요 불어내요」, 「얼

1　김종헌, 「1930년대 초 계급주의 동시문학의 생태학적 연구」, 『한국아동문학연구』 24호, 한국
　아동문학학회, 2013, 57~58쪽.

골몰으는 동무에게」 등의 작품은 현실주의 경향이 강하게 드러나 있다. 황수대는 강소천의 초기 작품들을 현실주의 경향의 작품군으로 분류하면서 1920년대 동요의 정형적 성격을 답습하고 있으며 표현에 있어서도 문학적 수준이 높지 않다고 평가하였다.[2]

그러나 1930년대 중반 이후에 발표된 동시에서 강소천은 소년문사의 틀을 탈피하여 순수 동심의 세계를 표현함과 동시에 독특한 시적 세계를 구축하게 된다. 계급적 대립이나 민족이 처한 현실적 상황을 직설적 화법으로 감정의 절제 없이 표현했던 시적 태도와는 다른 면모를 보여준다. 순수한 동심의 시선으로 자연을 바라보고 사물을 감각적으로 형상화하는 작품 세계를 강소천은 그려내기 시작한 것이다.

이러한 그의 시적 변모 과정에 대하여 다음과 같이 세 가지 견해로 정리할 수 있다. 첫째는 윤석중과의 영향관계이다. 윤석중은 『아이생활』과 『소년』의 주간을 담당하였다. 그는 강소천이 투고한 동시를 고선하고 청탁을 하면서 발표 지면을 할애한다. 창작동요에 시적 요소를 가미한 최초의 동시집 『잃어버린 댕기』(1933년, 계수나무회)를 발간한 윤석중의 시적 경향을 계승한 동시인이 강소천이라는 학자들의 평가에서도 알 수 있듯이 어느 정도의 영향 관계를 짐작하게 하는 대목이다.[3]

둘째는 일본 근대 아동문학의 발전에 기여한 동인회 '적조'(赤い鳥, 붉은새)의 작가들 작품에서 공명했다는 주장이다. 이들 작가들 중 키타하라, 하마타, 오카와 등의 작품을 강소천이 읽으면서 문학 수업을 했다는 것, 특히 환상동화를 많이 쓴 오카와에게 더 공명했다는 언급을 참고할 수 있다.[4]

---

2 황수대, 앞의 논문, 84~97쪽.
3 '윤석중'과의 영향 관계를 설명하는 대표적인 글로는 다음과 같다.
  신현득, 「동심으로 외친 독립의 함성」, 김종회, 김용희 편, 『강소천』, 새미, 2015, 63~64쪽.
  노경수, 앞의 논문, 189~211쪽.
  황수대, 앞의 논문, 84~90쪽.

셋째는 강소천이 졸업한 함흥 영생고보 영어교사로 부임한 시인 백석과의 관계이다. 실제로 백석은 강소천이 1941년에 발간한 동요시집 『호박꽃 초롱』(박문서관)에 실린 서시를 백석이 써 주었으며 직·간접적으로 출판에 영향을 끼쳤다. 이것은 강소천이 지역 문인이었음에도 당시 유명 출판사 중 하나인 박문서관에서 동요시집을 발간하게 된 점, 백석 시집 『사슴』과 수록 작품 수와 체제가 유사하다는 점에 주목할 수 있다. 이러한 사실 관계를 미루어 짐작해볼 때, 두 시인 간의 영향 관계를 방증해주는 결과물이라고 할 수 있을 것이다.[5]

한국 아동문학사에서 두 번째이자 일제 강점기에 마지막으로 출간된 동요시집 『호박꽃 초롱』은 문학사적인 의미와 문학적 수준에 있어서도 호평을 받고 있다. 백석의 서시가 실려 있기도 하지만 책의 장정 또한 당대 유명 화가인 정현웅이 꾸며 주었다.[6] 무엇보다도 이 시집이 발간된 1941년은 우리말 말살 정책이 극도에 달했던 시기였다. 이러한 암흑기의 현실 속에서 모국어로 된 시집이 발간되었다는 점, 신현득의 지적처럼 "일제에 대한 외침, 독립운동의 일환"으로서 예술성을 겸비함과 동시에 우리말과 글 그리고 우리 노래를 살리겠다는 신념이 깃들어 있는 동요시집이라는 점에서 역사적 의의가 크다.[7]

아동문학의 내적 상황 속에서 강소천의 시적 변모 과정을 설명하는

---

4 일본 '적조'의 영향 관계를 처음 언급한 사람은 최태호이다.
　최태호, 「소천의 문학 세계」, 소천아동문학상 운영위원회 엮음, 『강소천 문학전집 4』, 문음사, 1981, 305쪽.
5 '백석'과의 영향 관계를 소개한 대표적인 글로는 다음과 같다.
　김용희, 「1930년대 강소천의 문학 활동과 첫 창작동화—돌맹이 I , II」, 김종회, 김용희 편, 『강소천』, 앞의 책, 274~275쪽.
　박덕규, 「강소천의 『호박꽃 초롱』 발간 배경 연구」, 『한국문예창작』 32호, 한국문예창작학회, 2014, 218~222쪽.
　황수대, 앞의 논문, 91쪽.
6 박덕규, 앞의 책, 100쪽.
7 신현득, 앞의 책, 323쪽.

학자들과는 달리 강정구는 한국 문학사의 전체적 흐름 속에서 강소천의 시적 경향을 파악하고 있다. 즉, 1930년대 중반 이후 강소천의 동시에 나타난 동심성을 시대적, 문학사적인 과제의 한 응답으로 본다. 1930년대 당시 우리 문학계의 주요 문인집단이 지향했던 순수 관념의 아동문학적인 구체화로 동심을 표현하고 있다는 것이다. 당시 1930년대 한국 문학의 전개 과정과 같은 연장선상에서 바라보는 관점인데 연구자는 순수 관념을 지향한 주요 문인집단의 경향에 대하여 아동문학계에서도 암묵적으로 동참했다는 해석이다. 그 일례로 1920년대부터 활동한 방정환, 윤석중, 정지용의 동시와 1930년대에 등단한 강소천, 박영종, 김영일, 목일신, 김성도 등의 동시 사이에는 동심을 바라보는 시각의 차이가 드러난다고 한다. 즉, 1920년대 동요에서는 정치적, 사회적 관습과 현실에 대한 동조나 순응하는 태도가 표출되어 있다. 반면에 1930년대 등장한 동시인들은 현실이나 사회적 사유로부터 벗어나 세상에 대한 판단중지를 의미하는 순수한 동심을 다룬다는 공통점을 보여준다고 설명하고 있다. 이렇게 주요 문인 집단의 순수 관념을 동심으로 공유·전유하는 정황을 보여주는 1930년대 동시인 중에서 가장 대표적인 시인으로 강소천을 주목하고 있다.[8]

당시 주류를 이루었던 한국 문학의 전개 과정 즉, 1930년대 순수 문학 운동에 강소천은 암묵적으로 동참했다는 설명이 가능한 부분이다. 이를 통하여 강소천은 1930년대 동시문학의 발전에도 선구적 역할을 하게 된다. 형식적 측면에서 시적 변형을 시도하여 자유시형의 정착과 전개를 주도하였다. 내용이나 동심적 측면에서도 개인의 내적 감정과 사물과의 교감에 천착함으로서 동시의 미적 수준을 한 단계 높이는 결과를 보여주었다.

---

8 강정구, 김종회, 「1930년대 강소천의 동요·동시에 나타난 동심성」, 『현대문학의 연구』 55호, 한국문학연구학회, 2015, 379~382쪽.

강소천의 동시는 미적 차원에서 서정적 특징을 지향하고 있다. 이것은 그가 동시를 통하여 동심을 어떻게 다루고 활용하고 있는지를 알게 하는 예술적 태도와 직결된다. 그는 순수한 동심을 통하여 개인의 내적 감정과 교감하는 사물 및 자연의 모습을 구체적으로 형상화하였다. 당대의 동시인들과는 다르게 강소천은 이미지를 구체화시킴으로써 차별화된 시적 세계를 그려낸다. 즉, 다원화된 이미지를 통하여 개인과 사물, 개인과 우주 및 자연과의 동일화를 꾀하고 있다. 그렇기 때문에 그의 상상력은 은유적 관점에서 파악되어야 한다. 정신적 이미지에 해당하는 감각적 이미지, 사물 이미지, 정서적 이미지와 비유적 이미지[9] 등 다층위의 이미지를 활용하여 은유적 세계를 구체화시키고 있다.

또한 강소천은 동시에 서사적 요소인 이야기성을 차용함으로써 동화적 상상력을 발휘하고 있다. 이것은 동시 장르와 창작동화 장르를 넘나들었던 그의 장르 인식과 관련이 있다. 이를 근거로 하여 상호텍스트성의 측면에서 강소천이 보여준 동시가 어떻게 창작동화에 영향을 미치고 있는가를 확인하게 된다. 아울러 동화적 상상력을 통하여 작품으로 형상화되는 과정에서 주로 사용한 시적 기법들을 검토할 필요도 있다.

본 장에서는 크게 두 가지 관점에서 분석을 진행하게 된다. 첫째는 강소천 동시의 이미지적 특징과 은유적 세계관에 대하여 먼저 분석하고, 둘째는 그의 동시에서 보여주고 있는 특징 중 동화적 상상력과 장

---

9 김준오, 앞의 책, 115~119쪽.
　김용직, 『현대시원론』, 학연사, 2001, 187-191쪽.
　이미지를 유형화하면 정신적 이미지(지각 이미지), 비유적 이미지, 상징적 이미지로 구분할 수 있다. 비유적 이미지란 비유에 의한 이미지를 가리킨다. 이미지 가운데는 정신적 이미지 (지각 이미지)의 감각적인 상태만으로 표현되는 것보다 비유의 형태를 취하면서 나타나는 것이 많다. 이는 주지와 매체의 상관관계에 의해서 성립된다. 비유적 이미지에는 직유, 은유, 의인법, 제유, 환유, 우화법 등 여러 하위 개념이 포함된다.

르의 상호텍스트성에 대하여 검토하고자 한다.

1. 이미지의 확장과 은유적 상상력

1) 감각적 조형과 이미지의 특징

서정시가 갖추어야 할 요건으로 중핵적인 요소를 든다면 일반적으로 우리는 리듬과 이미지에 있다고 규정한다. 음악적 요소를 강조하며 기원했던 서정시는 다양한 변모와 발전을 보이면서 현대에 이르고 있다. 이 중에서 형식적 측면이 강조되는 리듬의 변화는 문예사조의 입장에서 중요한 의미를 지닌다. 프랑스 절대 왕정 시기인 고전주의 하에서는 시에 있어서 일정한 규칙과 질서를 강조하는 정형시가 성행하게 된다. 즉, 일정한 규칙과 법칙을 통하여 미적세계를 구현하고자 한 것이다.

이러한 경향은 휘트먼(Walt Whitman)의 시집 『풀잎』(1856년)이 출간되면서 변화를 가져오게 되는데 1880년경 프랑스의 시인들에 의해 일어났던 자유시 운동을 들 수 있다. 이것은 신 중심주의나 종속적 위치로 보았던 중세의 인간관에서 탈피하여 인간을 사실적인 입장에서 보다 인도주의(humanism)적인 시각으로 바라보려는 문학관이 대두된 것을 의미한다. 즉, 구속과 엄격한 질서로부터 벗어나려는 인간의 자유에 대한 욕구가 시에서도 반영되어 형식적 제약으로부터 탈피하여 자유로운 시적 형식을 추구하게 된 것이다.

이러한 문예사조는 한국의 시문학에도 급속하게 유입되어 『창조』, 『폐허』, 『백조』의 동인들을 중심으로 자유형식의 시운동이 전개되었다. 한국의 동시문학도 이러한 과정을 거치면서 근대화를 지향하였다.

동요로부터 시작된 한국의 동시는 1920년대의 경우 동요에 걸맞게 정형적 리듬에 철저한 형태를 유지하면서 아동문단을 지배하고 있었다. 이러한 양상은 1930년대 중반까지 지속되었는데 자유동시 운동이 일어난 1930년대 중·후반부터 정형적 리듬과 형식으로부터 벗어나기 시작하였다.

형식적 측면에서 보면 "전통적인 3·4조, 7·5조의 정형화된 리듬을 탈피하고 자유로운 음수율을 구사하기 시작하였으며", 내용적 측면에서도 "아동에 대한 근대적 각성과 동심에 대한 인식이 새롭게 정립되면서 모호한 주체의 감상적 표현보다는 동심에 근거한 논리적 사고와 내면의 정서를 표출하는 방향으로 동시 창작이 변모하기" 시작하였다.[10] 그리하여 형식과 내용에 있어서 본격적인 동시의 전개는 1950년대 후반 이후 정착한 것으로 보는 것이 일반적이다.

이러한 문학사의 흐름 속에서 강소천은 자유시의 형식을 모색하면서 내용적 측면에서 이전의 동요가 보여주었던 '평면적 정경묘사'[11]를 극복하고 동심에 근거한 이미지의 창조에 시적 재능을 드러낸다. 강소천의 동시에서 사용된 이미지는 서정적 특징을 드러내는데 핵심적인 시적 요소로 작용한다. 시적 주체와 대상 간의 합일을 지향하는 서정성을 부각시키기 위해 강소천은 다양한 이미지를 활용한다. 이전의 동시가 리듬을 통한 정취에 더욱 주안점을 두었다면, 1930년대 동시인들은 이미지를 활용한 정서 표출에 주력했다. 그 중에서도 강소천은 이미지를 다양하게 구사하면서 서정미학의 본질을 구체화시키고 있다. 특히 감각적 이미지의 구사는 두드러진 특징이다.

강소천이 구사한 시각적 이미지는 이전의 동시에서 보여주었던 율격적 특징으로서의 청각성을 극복하고, 신선한 미적 감각으로서의 그

---

10 이재철, 『아동문학개론』, 서문당, 1982, 125~127쪽.
11 위의 책, 127쪽.

림을 표상하는 데 성공을 거두고 있다. 그런가하면 식상한 것으로 여겨졌던 청각성을, 동심의 미학에 부합하는 새로운 청각적 이미지로 감각의 전이를 취함으로써 한 차원 높은 소리 이미지를 재탄생시키고 있다. 강소천의 동시에서 사용된 이미지는 감각적 이미지에 그치지 않는다. 이러한 정신적 이미지를 포괄하면서 사물 이미지, 자연 이미지, 종교적 관념 이미지 등 보다 폭넓은 이미지를 통한 서정 동시의 본령을 추구한다. 즉, 정신적 이미지와 비유적 이미지를 자유롭게 구사하면서 동시의 서정성을 극대화시키고 있다. 이 중에서 감각적 이미지의 특징부터 검토해 볼 필요가 있다.

시적 이미지는 문학의 미적 정서를 야기하는 요소 중 하나이다. 김준오에 따르면 이미지의 선택은 "자의적이 아니라 시인이 표현하고자 한 주관적 정서에 좌우되는 것으로 정서는 이미지 선택의 원리가 된다. 이렇게 정서는 한 편의 시 속에 선택된 여러 이미지들을 동일화하고 통일시키는 역할을 담당한다."[12]고 주장한다. 그렇다면 시적 이미지와 정서가 결합하고 표상됨에 있어서 전제되어야 할 요건은 무엇인지 살펴볼 필요가 있다.

시의 기능이 주로 정서 전달에 있다고 한다면, 그것은 시의 이미지가 객관 세계를 감각적으로 재현해 내는 역할을 수행하고 있다는 사실과 관련이 깊다. 시에서 표출되는 정서는 그것이 만들어지도록 한 객관세계가 어떤 형태로든지 전제되어야 하고, 그것이 이성적 사유의 결과물인 개념의 형태가 아니라 이미지로 나타나는 한 감각이 매우 중요하게 작용할 수밖에 없기 때문이다. 이는 이미지가 '닮음(resemblance)'이라는 뜻을 가지고 있는 그리스어 '아이콘(Eikon)'에 그 어원을 두고 있다는 사실로도 확인된다. 가령, 우리가 시를

---

12 김준오, 『시론』, 문장, 1982, 112쪽.

읽을 때 어떤 특정한 시어가 그 나름의 독특한 이미지를 표출하고 있다고 여기게 된다면, 그것은 그 시어가 표상하고 있는 실재 대상을 우리의 감각적 경험에 비추어 이해하고 있기 때문인 것이다. 즉, 발생적 차원으로 볼 때 이미지는 일차적으로 실재 대상에 대한 구체적이고도 감각적인 재현인 것이다.[13]

위의 인용은 시적 이미지가 정서전달을 목표로 하고 있으며, 실재 대상에 대한 경험을 구체적이고 감각적으로 재현하고 있다는 설명이다. 여기에서 감각이란 "지각 작용을 일으키는 능력"으로서, 신체적 경험뿐만 아니라 심리적 경험을 포괄한다. 하나의 이미지가 생성되려면 우리의 지각작용이 선행되어야 하는데 이미지가 다양하게 표현되는 것은 우리의 오감이 작용하기 때문이다. 곧 "우리의 몸 전체가 기호 및 이미지의 생산에 참여한다는 의미로서 시각, 청각, 후각, 미각, 촉각 등 오감의 활동이 이미지의 형성에 참여하며 이와 함께 전신 감각도 포함된다."[14]는 뜻으로 해석된다.

결국 시적 이미지의 생산은 지각 작용에 의해 형성된다고 보는 것이다. 좁은 의미로는 시각적 대상과 장면의 요소를 가리키지만, 일반적으로는 한 편의 시 안에 사용된 감각 · 지각의 모든 대상과 특질을 의미한다.[15] 이런 의미에서 강소천의 동시에 사용된 감각적 이미지는 동심의 미적 정서를 조형하는데 효과적으로 작용하고 있다. 그를 문단의 핵심적인 동시인으로 주목받게 했던 대표작이자 출세작인 「닭」을 보

---

13 함종호, 『시, 영화, 이미지』, 로크미디어, 2008, 19~20쪽.
14 유평근, 진형준, 『이미지』, 살림, 2013, 28~29쪽.
15 김준오, 앞의 책, 106~107쪽.
김준오는 시적 이미지에 대한 정의를 세 가지의 의미로 정리하고 있다. 첫째, 이미지는 축자적 묘사에 의하건, 인유에 의하건, 또는 비유에 사용된 유추에 의하건 간에 한 편의 시나 기타 문학 작품 속에서 언급되는 감각 · 지각의 모든 대상과 특질을 가리킨다. 둘째, 이미지란 시각적 대상과 장면의 요소만을 가리킨다. 셋째, 가장 일반적으로 비유적 언어(figurative language), 특히 은유와 직유의 보조관념을 가리킨다.

면 한 폭의 그림을 대하듯 시각성이 두드러지게 나타나 있다.

물
한 모금
입에 물고

하늘
한번
쳐다 보고

또
한 모금
입에 물고

구름
한번
쳐다 보고

　　　　　　　　　　　　　　　　　　　　　—「닭」 전문[16]

4연 12행의 짧은 동요시이다.[17] 광복 후 남한의 교과서에도 실렸던

16 「닭」, 『호박꽃 초롱』, 박문서관, 1941, 12~13쪽.
17 박덕규, 앞의 책, 91~97쪽.
이 작품은 강소천이 처음 청탁을 받아 쓴 동요시로 1937년 4월 『소년』 창간호에 실렸다. 춘
원, 이효석, 이태준, 주요섭, 채만식 손기정, 최승희 등 당대 명사들의 글이 실린 잡지이다. 동
요란에는 강소천의 「닭」과 함께 박영종(목월)의 「토끼길」 두 편만 실려 있어 강소천이 매우
기뻐했다는 기록이 있다. 이 작품은 강소천이 영생고보를 휴학하고 용정 외사촌 집에서 머물
때 윤석중의 청탁을 받아 쓴 것인데 대략 그 시기를 1935년경으로 추정하고 있다. 소천이 용
정에서 머문 시기는 1934년 겨울에서 1936년 초로 보고 있는데 이때 청탁을 받고 보낸 작품

이 작품은 강소천이 월남한 이후에 문단 활동 및 각계의 다양한 활동을 왕성하게 전개해 나갈 수 있도록 든든한 자산이 되어준 작품이다.[18] 정형적 리듬에 의해 표현된 작품의 성격으로 동요 또는 동요시라고 불려 지기도 하지만, 분명 이전의 동요와는 다른 면이 있다. 즉, 이전의 동요는 리듬감의 표출에 의존하고 있지만 이 작품은 이미지의 조형에 주력하고 있다. 한 폭의 그림처럼 닭이 물을 먹고 하늘을 올려다보는 정경을 시각적 이미지로 포착하여 표현하고 있는 것이다. 시에 사용된 이미지의 함축성과 간결미로 인하여 학자들마다 다양한 해석이 이루어지기도 하였지만,[19] 이 작품의 두드러진 특징은 시각성에 있다.

을 윤석중이 간직하다가 『소년』 창간호에 실은 것으로 보인다. 제목도 「물 먹는 닭」에서 「닭」으로 바뀌었으며, 시의 앞 구절인 "하늘은 푸른 하늘"로 시작되는 시행도 편집자에 의해 삭제되어 더욱 간결미를 갖춘 작품으로 거듭났다는 평을 받고 있다.

18 위의 책, 207쪽.
북한에서 고원중학, 청진여자고등, 청진제일고등학교의 교사 생활을 하며 거주할 때는 강소천 자신의 동요시「닭」이 남한의 교과서에 실린 것을 알지 못했다. 월남 후 피란지에서 최태호와의 첫 만남에서 국민학교 2학년 국어 교과서에 실려 있다는 사실을 처음으로 알게 된 것으로 알려져 있다.

19 이 작품을 두고 다양한 해석이 시도 되었지만, 가장 대표적인 논쟁과 해석은 박영종과 이오덕의 논쟁이다. 후대의 학자들도 이 논쟁을 인용하고 있는데 이를 소개하면 다음과 같다.
박목월, 「해설」, 『강소천 아동문학독본』, 앞의 책, 2~3쪽.
"나는 이 작품의 작품적 성과(成果)보다는, 이 시상(詩想)이 가지는 의미를 통하여, 그가 평생을 두고 빚게 될 문학 세계의 대본(大本)을 암시한 사실이 (작자가 의식적으로나, 무의식적으로나 간에) 더욱 중요한 것이라 여겨진다. 하늘—영원하고, 유구하고, 아름답고, 무궁한 것, 그것을 진리라 해도 좋고, 인간이 추구해 마지않는 꿈(理想)의 세계라 해도 좋을 것이다. 또한 그 하늘에 떠도는 구름은, 그 진리나 이상을 갈구하는 불타는 이념(理念)과, 그것을 싸안은 변화무쌍한 정서(情緒)를 상징한 것이라 믿어진다.
그 하늘과 구름의 세계에, 어리고, 귀엽고, 작은 것—닭을 대비(對比)시킨, 이 〈닭〉이라는 작품이 지니는 의미는, 문학적인 출발점에서 그가 설정(設定)한 그의 문학의 세계요 태도라 할 수 있다."
이오덕, 『시정신과 유희정신』, 창작과 비평사, 1977, 183-184쪽.
닭이 물을 마실 때 하늘을 쳐다보는 것은 하늘을 알기 때문이 아니다. 물을 마시려면 그렇게 위를 쳐다봐야 물이 목구멍으로 넘어가는 것이다. 이것은 아이들이라도 짐작한다. 닭집 안에 들어 있는 닭들도 물을 먹을 때 천장을 쳐다보듯 목을 위로 올려 세우지 않는가?
"하늘 한번 쳐다보고", "구름 한번 쳐다보고"
하여 닭이 물 먹는 모습을 재미있는 노래로 쓴 것뿐인 것을 이렇게 닭이, 혹은 병아리가 하늘을 안다느니 하여 별나게 해설하는 것은 우스운 일이다.

시각성이란 직관과 정서에 직접적으로 작용하는 감각적 요소를 말한다. 이것은 추상적인 표현과는 달리 대상의 존재, 형태, 색 등을 일목요연하게 제시한다. 그러므로 담론이나 기호가 지닌 선조성이나 시간성의 제약을 갖지 않으며, 주체와 대상 간의 관계에서도 직관적이기 때문에 보다 원초적이라는 표현을 사용한다.[20]

이 동요시에서도 시적 화자인 닭이 시적 대상인 하늘과 구름을 향해 바라보는 모습이 직접적으로 결합되면서 순간의 미학과 정서를 자아내고 있다. 노경수는 이를 두고 "유년 체험에서 비롯된 원초적인 태고의 이미지"라고 언급하면서 '원형지향적인 순간의 미학'[21]으로 규정하고 있다.

　　달 밤.
　　보름 달밤.

　　우리집 새하얀 담벽에
　　달님이 고웁게 그려 놓은

　　나무.
　　나무 가지.

　　　　　　　　　　　　　　　　　　　　　　　　　－「달밤」 전문[22]

1연 2행씩 총 3연 6행으로 구성된 동요시이다. 이 시에서는 정형적 리듬이 규칙적으로 나타나지 않는다. 자유시의 리듬을 취하고 있으며,

---

20 유평근, 진형준, 앞의 책, 30~31쪽.
21 노경수, 앞의 논문, 195~199쪽.
22 「달밤」, 『호박꽃 초롱』, 앞의 책, 40쪽.

달빛의 이미지가 생생하게 돋보일 뿐만 아니라 간결한 함축미를 보여주고 있다. 캄캄한 밤중에 보름달 달빛이 반사되어 시적 화자의 집 담 너머에 서 있는 나무를 비춤으로써 달빛과 나무가 융합하는 모습을 명징한 시각성으로 보여주고 있다.

주렁 주렁 주렁,
처마 끝에 매달린
고드름 고드름 고드름.

엷은 겨울 햇빛이
수정 고드름에 비추면
아롱다롱 예뻐지는 고드름.

고드름에 고드름에
칠색 무지개가 어린다.
아아, 예쁜 겨울 무지개.

—「고드름」 전문[23]

3연 9행으로 이루어진 자유시형의 동시이다. 한 겨울 처마 끝에 매달린 고드름에 햇살이 반사된 모습을 보고 시적 화자는 겨울 무지개로 인식하고 있다. 이러한 시적 화자의 인식 태도를 통하여 시적 이미지가 발산하는 맑은 심성을 느낄 수 있게 한다. 특히 '주렁 주렁 주렁', '고드름 고드름 고드름'의 반복어법을 배치함으로써 리듬감을 부각시키면서도 시어가 갖는 이미지를 강조하여 시각성을 극대화시키

---

23 「고드름」, 『강소천 아동문학 전집 6』, 배영사, 1964, 237쪽.

고 있다.

이렇게 인용된 동요시를 통하여 시각적 이미지의 특징으로 해석하는 것은 강소천의 동요·동시를 직관의 개념과 관련지을 수 있는 근거가 된다. 실제로 그의 동요·동시에 대한 특징을 직관성이란 개념으로 해석한 연구 성과물도 발표된 바 있다. 다만 직관이라는 개념이 다양하고 광범위하여 해석하는 방법에 따라서 접근 방법과 내용 면에서 차이를 드러내고 있다. 대체로 강소천의 동요·동시에 대하여 직관이라는 개념 규정은 감각적인 직접성과 사물에 대한 구체적인 표현의 문제로 인식되는 것이 일반적이다.

철학사전에 따르면, '직관(直觀)'이란 언어적으로 말해서 "우리에게 주어진 대상들에 대한 시각적인 이해를 뜻한다. 직관은 주어진 대상들에 대한 즉시적, 직접적, 직각적인 인식을 의미"한다.[24] 시각적인 효과를 통하여 직접적이고 즉시적으로 인식하는 행위를 의미하는 것이 직관의 사전적 의미이지만, 여러 학문 분야에서 광범위하게 적용되고 있다. 문학이나 예술에 있어서는 인식 과정과 표현의 문제로 해석되기도 한다. 즉, 논리적 추론의 방법과는 다른 새로운 방법으로서의 인식 행위, 감각적으로 느끼는 것, 영감을 얻는 것, 상상을 동원하여 인식하는 것, 대상과 하나가 되는 것, 사물의 본질을 인식하는 것 등 다양한 개념으로 논의되고 있다. 그러나 직관을 이해하는 공통적인 키워드는 감각의 경험, 감성 작용, 대상과의 관계, 본질 파악 등으로 정리할 수 있다. 이것은 서정적 본질의 요건과도 부합되는 용어이자 의미인 것이다. 즉, 직관은 서정미학을 구성하는 중요한 개념이 된다.

강소천의 동요·동시를 직관적이라고 분석하는 논의는 시인의 인식 태도와 표현의 문제를 관련시켜 전개되었다. 앞에서 언급한 노경수의

---

24 정영도, 『철학사전―개념의 근원』, 이경, 2012, 289~291쪽.

'순간의 미학'도 강소천의 동요·동시를 직관적으로 해석하는 또 다른 용어이다. 이재철은 강소천의 동요·동시에 대하여 "시적 기교를 부리지 않고 소박한 원시어로서, 직관 그대로 티 없는 표현을 하였다."[25]라고 하여 표현의 문제로 해석하고 있다. 즉, '소박한 원시어의 사용'을 직관이라고 보고 있는 것이다. 신정아는 '자연적 직관'이란 용어를 사용하고 있다. 강소천의 솔직한 성품이 시에 투영되어 있다고 전제하면서, 시인의 솔직함과 자연이 내포하고 있는 솔직함이 어우러진 '인간과 자연이 만나는 공간'을 직관으로 해석하고 있다.[26]

황수대는 사물과의 관계에서 직관의 의미를 거론하고 있다. '사물에 대한 직관적 조응'이라는 용어를 사용하면서 사물을 인식하는 태도를 먼저 주목한다. 그는 사물을 어린이의 시각 즉, 비현실적이고 비논리적인 물활론적 사고에 두면서 섬세한 관찰력을 통해 상상력을 발휘하는 사고방식을 직관이라고 해석하고 있다. 이러한 인식 태도로부터 생산된 강소천의 동요·동시는 의인화의 기법이나 동화적 사고의 표현을 가능케 한다는 논지를 연구자는 펴고 있다.[27] 이러한 논리들은 모두 직관을 감각(특히 시각)적으로 인식하면서 동심의 본질 탐색과 사물과의 관계를 파악하고 있는 것이다. 이렇게 직관이 감각과 정서 표출에 직접적으로 관여하고 있다면, 시각성 이외의 다른 감각적 표현의 문제, 작품에서 사용된 공감각적 표현을 드러내는 이미지의 미학적 실체도 분석이 가능하다. 이에 대해서는 직관철학과 문학에의 적용에 대한 윤충의의 논의에 주목해야 한다. 윤충의는 '동일성', '동시성'의 용어로 직관의 개념을 구체화한다.

25 이재철, 「한국아동문학가연구 2—윤석중과 강소천의 동시」, 『국문학논집 』 11권, 단국대학교, 1983, 136쪽.
26 신정아, 앞의 논문, 207~214쪽.
27 황수대, 앞의 논문, 97~105쪽.

직관은 본질적으로 구분되는 것들의 동일성과 동시성을 근거로 삼는다. 직관은 나누어진 것들의 동일성과 동시성을 인지하는 능력과 그의 표현이다. 직관으로 인지하는 동일성은, 이성적 논리가 추구해 온 범주적 태도와 과학적 분석방법 때문에 나누어져 인식되어온 모든 범주가, 본질적으로 차별적이 아니라 동일한 것이라는 이해의 방법이다. 물심이원론, 주체와 객체, 관념과 실체, 현상과 본질 등과 같이, 대상을 일정한 개념적 체계에 귀속시켜 인식하는 태도를 거부하고, 나누어지고 구분된 것들을 포괄적으로 이해하려는 태도이다.[28]

인용한 글에서 볼 수 있듯이 직관은 논리적 범주화와 과학적 분석 방법을 거부하고 통합적이고 본질적인 동일성, 동시성을 추구한다. 근대 사회 이후 인간은 합리적인 이성에 의한 논리적 사고와 분석적 태도에 의해 지식과 현상들이 '나누기 방식'에 의하여 범주화되고 차별화되었다는 것이다. 그가 비판하고 있는 나누기에 의한 인식방법은 구분과 대립을 토대로 하기 때문에 현상의 본질에 다가서기 위해서는 더욱 더 잘게 나누어야 한다고 설명한다. 그는 이러한 '나누기 방식'에 의한 인식 방법으로는 사회의 다양성과 복합성, 비논리적이고 불확정적인 현상들로부터 진실을 밝히고, 지향해야 할 세계를 제시할 수 없다고 주장한다. 이러한 현상을 해결하기 위해서는 '나누어진 것들의 관계를 회복시키는 일'이 요구된다. 이것이 곧 직관적 사고인데 윤충의는 지식이나 현상을 본질적으로 인식하는 것, 동일성을 찾는 인식 행위와 표현 방법이 필요하다는 것이다. 즉, 직관은 "이미 있어온 지적 지표의 토대를 버리고, 있음과 없음, 긍정과 부정, 정신과 물질, 인간과 사회와 자연, 큰 것과 작은 것, 하나와 여럿, 길고 짧음 등 서로

---

28 윤충의, 「문학의 직관적 표현기술방법론」, 윤충의 외, 『직관과 상상력』, 국학자료원, 2011, 29쪽.

반대되고 구분되는 관념이나 현상들을 중도(中道), 상섭(相攝), 상즉(相即)의 관법으로 바라보면서, 나누어지고 또 더 작게 나누어져 이제는 서로 다른 것들로 인식되는 것들에게 관계의 끈을 맺어주고, 동일성을 회복시켜 주는 인식행위와 표현방법"[29]을 의미한다고 기술하고 있다.

또한 그는 물질적 현상과 본질로서의 정신관계도 동일성으로 이해한다. 세계의 구성 요소를 물질과 정신적 가치로 나눈다 하더라도 인간이 인지하는 물질세계에 대한 이해는 정신적 작용으로 개념화하고 상징화한 것이며, 관점이나 조건의 차이에 따라 반응하는 현상이 달리 표현된 것일 뿐이다. 이러한 논리적 토대 위에서 윤충의는 문학의 표현 문제로 직관을 적용하고 있는데 시에서의 직관적 인식과정에 대한 그의 견해를 인용하면 다음과 같다.

시인의 직관적 인식이나 이미지를 표현하는 방법은 직관이다. 직관적 표현은 그동안 시적 표현방법으로 사용되어 온 은유나 상징, 역설 등과 표현형태는 유사하지만, 인식의 태도에서 변별된다. 비유, 상징, 역설 등은 그에 대한 이해가 경험적이고, 논리적인 토대에서 이루어져야 한다. 그것은 축어적 기반에서 멀어지기를 바라지만, 여전히 인식의 출발점은 존재론적 사실에 기초한다. […중략…]

직관은 이들과는 달리 앞서 이루어진 어떠한 의미의 조상(祖上)에도 기대어 서지 않는다. 다만 역설에 대해서는 이를 그의 범주에 포함한다. 역설은 모순관계를 바탕으로 하지만, 직관은 사물이나 현상의 모순관계뿐만 아니라, 나누어진 모든 것들의 관계와 경우를 포괄하면서, 나누어지기 이전의 원형을 들여다보고 그것이 본질적으로 동일하다는 것을 알아차리는 것이다. 다양한 현상의 동일한 본질을 깨닫는 것이다. 사물과 사물, 정신과 물질, 추상과 즉물의

---

29 앞의 책, 28쪽.

내면을 따라가 보면, 그들이 하나로 만나는 것을 바라볼 수 있게 되는 것이다. 다양으로 표현된 현상이 하나가 된다. 그러나 동일성의 원리가 획일적으로 표현되는 것은 아니며, 새로운 현상적 표현으로 대리되기도 한다. 직관은 유추나 상상력에 따르는 경험 또는 논리적 인식이나 감정의 조화가 아니라, 나누기의 인식논리를 버리는 무념무상으로 얻게 되는 깨달음의 표현이다.[30]

윤충의는 시적 직관이란 이미지를 표현하는 방식이라고 단언한다. 이미지를 통하여 표현되는 형태는 비유, 상징, 역설과 유사하지만, 사물이나 현상을 인식하는 방법에 있어서 변별성이 있다고 그는 그 차이를 분명히 하고 있다. 존재론적 사실을 기초로 하여 경험적인 것과 논리적인 인식을 전제로 하는 비유, 상징, 역설과는 달리 직관을 동일성이라고 윤충의는 인식한다. 나누어진 것들의 관계를 하나로 통합하고 동일화하면서 그 다양한 현상들의 원형인 본질을 찾으려고 시도하는 것이 그가 말하는 직관인 것이다. 즉, 유사성이 아닌 동일성으로, 감정의 조화가 아닌 깨달음으로, 존재론적 사실에 기초한 경험적 논리성보다는 본질적 존재의 해명이 직관의 핵심이다. 또한 동일성으로 인식하는 태도는 자아와 세계, 주체와 객체의 융합을 시도하는 서정성의 본질과도 상통하는 개념이 된다.

강소천의 동요 · 동시에 사용된 이미지를 직관적이라고 규정할 때, 동일성의 차원에서도 분석이 가능하다. 그의 동요 · 동시에 대하여 서정성이 두드러진다고 평가하는 실체적 근거도 동일성에 있다. 사물 및 현상의 본질을 파악하려는 동일성으로서의 시적 직관을 강소천이 지향하고 있기 때문이다. 감각적 이미지를 사용한 동요 · 동시 중에서 공감각적 표현이나 감각의 전이가 돋보이는 작품이 있는데 이 동요 · 동

---

30 앞의 책, 35~36쪽.

시에는 동일성을 추구하는 직관적 인식이 잘 드러나 있다.

내가 나를 만날 수 있는 것은
내가 거울 앞에 마주 설 때만이다.

아니 또 있다 있어
눈으로 보는 거울이 아니라
귀로 듣는 거울.

내가 너다 (내가 너다).
네가 나다 (네가 나다).

메아리,
메아리는 소리의 거울이다.
내 마음의 거울이다.

—「메아리」 전문[31]

4연 10행으로 이루어진 완연한 자유시형의 동시이다. 시적 화자는 '거울'이라는 시각적 이미지 앞에서 자신과 대면한다. 거울만이 직접 자신을 들여다볼 수 있는 것이다. 2연에서 시적 화자는 시각적 이미지인 거울과 동등한 사물인 '소리 거울'을 생각해낸다. '눈으로 보는 거울이 아니라 귀로 듣는 거울'은 경험적 사실과 논리적 추론으로는 분석할 수 없고 범주화할 수 없는 영역이다. 4연에서 드러나듯이 '메아리'와 '거울'은 동일한 존재로 인식되고 있다. 감각의 전이를 통하여

---

31 「메아리」, 『강소천 아동문학 전집 6』, 앞의 책, 184쪽.

동일화를 꾀하고 있으며, '나'라는 주체적 자아를 깨닫는 본질적인 탐구로서의 직관인 것이다.

이 동시는 자아를 인식하는 방법을 제시한 것으로써 사물의 본질을 통하여 시적 세계의 진리를 표상하고 있다. 강소천이 직관적으로 인식한 거울과 메아리 이미지는, 윤동주가 자아를 성찰하고 인식하는 데 객관적 상관물로 사용했던 우물, 구리거울 이미지와 유사하다고 볼 수 있다.[32] 거기에 투영된 시적 자아의 세계를 바라보는 태도는 달리 해석될 수 있겠지만, 일차적인 인식 방법에서 유사점을 거론할 수 있다고 본다. 윤동주의 시에서 시적 자아가 우물과 구리거울을 통하여 자신의 모습을 들여다보았듯이, 강소천의 이 동시에서도 거울과 메아리를 통하여 주체적인 자아와의 만남을 구체화시키고 있다.

하늘의 별들이
죄다 잠을 깬 밤.

별인양 땅 위에선 반딧불들이
술래잡기를 했다.

멍석 핀 마당에 앉아
동네 어른들의 이야기를 듣다가
빗자루를 둘러 메고
반딧불을 쫓아 가면,

반딧불은 언제나 훨훨 날아

---

32 조병기, 『한국문학의 서정성 연구』, 대왕사, 1993, 138쪽.

외양간 지붕을 넘어가곤 하였다.

반딧불이 사라진
외양간 지붕엔
하얀 박꽃이 피어 있었다.

—「여름 밤」 전문[33]

이 동시는 5연 13행으로 이루어진 작품인데 유년시절의 체험담을 회상적 서술어로 처리함으로써 시각적으로 돋보이는 묘사를 드러낸다. 정겨운 고향 마을의 풍경을 영화 속 한 장면처럼 생동감 있게 표현하고 있다. 1연에서는 "별이 죄다 잠을 깼다"고 하여 그윽한 여름밤의 시간성과 정취를 환기시키고 있다. 2연에 오면 시상은 별빛에서 반딧불로 전이되어 이미지의 변주가 일어난다. 시적 화자의 시선으로는 지상에서의 반딧불은 하늘의 별빛처럼 아름답고 반짝임이 돋보이는 사물로 동일하게 인식되는 것이다. 3연에서는 시적 화자의 유희적 본능이 일게 된다. 빗자루를 메고 반딧불을 잡으러 따라가지만 반딧불은 외양간 지붕으로 사라진다. 하늘의 별을 시각적으로 인식할 뿐 촉각적으로 지각할 수 없는 것처럼 반딧불 또한 시각적 만족만 줄 뿐이다. 마지막 연은 별 이미지와 반딧불 이미지를 통합하는 시상이 표출된다. 지붕에 핀 흰 박꽃이미지는 반딧불이미지에서 다시 한 번 변이되면서 여름밤의 하늘을 더욱 돋보이게 하며, 시적 화자가 느낀 여름밤의 정서와 심성을 구체적으로 대변해준다.

여기에서 별, 반딧불, 박꽃은 모두 시각적 이미지로써 이미지의 변이와 대체를 이루면서 여름밤의 정경을 집약시켜 표상하고 있다. 별빛

---

33 「여름 밤」, 앞의 책, 201쪽.

이 반딧불로, 반딧불이 박꽃으로 변이되는 과정은 경험적 사실과 논리적인 인식과정으로 이해할 수 없고 그 행위 또한 무의미하다. 이러한 이미지의 변이 과정은 동일성과 본질적인 차원에서 이해되어야 한다. 즉, 우주적 의미의 별과 동물적 의미의 반딧불 그리고 식물적 의미의 박꽃은 자연이 빚어낸 아름다움과 생명성이라는 본질로서 동일한 존재인 것이다. 이렇게 동일한 본질적 존재로서 직관적 인식에 의하여 표상된 이미지들은 여름밤의 평화로움과 자연의 신비로운 질서에 통합되어 그리운 정서를 한껏 극대화시키고 있다. 강소천의 동시에는 이렇게 직관적 인식에 기반을 둔 감각적 전이, 감각적 이미지의 변이 등 다양한 방법을 활용하여 미적 정서를 표상하는 작품이 발견되기도 한다. 그런가하면 공감각적 이미지를 활용한 서정적 미학의 구성도 두드러진 특징이다.

맴 맴 매미 소린
산골 동네 자장가다.

엄마 아빠 모두 다 밭일 나가고
아기 혼자 빈 집에서 낮잠을 잔다.

매미 소리 자장가에 잠이 들었다.
깨며는 또 들리는 자장가 소리.

해바라기 꽃시계도 보는 이 없어
돌다간 꼽박 다시 또 돌고.

집 보던 그늘의 바둑이까지

오는 사람 없다고 맘 놓고 잔다.

맴 맴 매미 소리
온 동네에 가득 찬데.

뭉게뭉게 흰 구름만
쉬지 않고 산을 넘네.

—「매미 소리」 전문[34]

2행씩 연을 이루어 총 7연 14행의 형태를 갖춘 동시이다. 매미 소리
의 청각적 이미지가 주를 이루고 있지만, 시상 전체를 놓고 보면 한
폭의 그림이 연상되는 시각성을 표출하고 있다. 즉, 청각적 이미지와
시각적 이미지의 결합된 형태로서 공감각적 이미지의 특징을 띠고 있
다. 우선 매미가 우는 소리를 단순한 조음으로 인식하지 않고 의인적
차원에서 자장가로 의미를 전환시킨다. 인식이 전환된 이 '매미의 자
장가'는 산동네 마을의 안락한 그림을 형상화시킨다. 홀로 잠든 아기
의 이미지, 마당에 핀 꽃시계의 해바라기 이미지, 잠든 강아지의 이미
지 등은 모두 자장가에 의해 한 낮의 한가로움을 즐기고 있다. 홀로
잠든 아기의 모습에서 다소 쓸쓸함을 느낄 수도 있지만, 아기와 해바
라기와 강아지가 한 여름 낮의 평화로움에 동화되어 오히려 친근함과
한가로움을 자아낸다.

여기에서 제시된 아기와 해바라기와 바둑이 이미지는 차별적 존재
로 구분되지만, 인간과 식물과 동물의 선량한 심성을 지향함으로서 본
질적으로는 동일한 존재임을 드러내고 있다. 마지막 연에 제시된 흰구

---

34 「매미 소리」, 앞의 책, 195쪽.

름 이미지는 시각적 이미지로서 청각적 이미지인 '매미 소리'와 동일 화의 존재로 인식된다. 자장가로 들리는 매미 소리가 안락함을 조장하는 매개체인 것처럼, 흰구름도 쉼 없이 산을 넘으면서 산동네의 평화로움을 강화시키는 역할을 하고 있다. 즉, 두 이미지는 이 동시 전체를 지배하는 중요한 요소로써 서정적 분위기를 생성할 뿐만 아니라, 본질적으로는 이 시에 등장하는 생물체들을 정적으로 통합하는 역할을 하고 있는 것이다.

I

아지랑이 아롱아롱 푸른 벌판을
꽃보라 흩날리며 오는 꽃수레
실로폰에 플루우트에 온갖 새소리
비리비리 종종종 비리비리종
지지배배 꾀꼴꼴 지리지리지
나비들도 너울너울 뒤따라온다.

II

예쁜 꽃들 방실방실 웃는 벌판을
흥겨운 목동들의 버들피리에
나물 캐던 아가씨 노래 부르네
니나니나 삘릴리 니나니나니
오아오아 삘릴리 오아오아오
수양버들 너울너울 종일 춤추네.

—「노래하는 봄」 전문[35]

숫자를 붙여 절을 나누고 있는 이 동요시는 곡조가 첨가되어 노랫말로 사용되었다. 이 작품은 4·4·5조, 4·3·5조의 일정한 음수율에 따르고 있는데 이 음수율은 7·5조의 리듬이 변형된 것이다. 이 동요시의 특징은 의성어와 의태어가 풍부하게 사용되어 요적 또는 시적 정취를 물씬 풍기고 있다. 시각적 이미지를 통하여 꽃이 피는 정경과 나비가 춤추는 모습을 실감나게 묘사한다. 또한 청각적 이미지를 사용하여 새 소리를 악기 소리에 비유하고 있으며, 목동과 아가씨들이 부르는 노래 소리를 의성어로 고조시켜 표현함으로서 봄이 주는 정취와 싱싱함을 생동감 있게 그려낸다. 이 노래에서 사용된 공감각적 이미지는 각자 별개의 의미를 나타내는 것이 아니라 동일한 기능으로서 봄의 생명성과 정서에 동화되고 있다.

의성어와 의태어의 이미지들로만 짜인 이 동요시는 얼핏 보면 정경묘사에만 의존했던 초기 동요의 형식에 지나지 않아 보인다. 내용적인 측면에 있어서도 주목할 만한 전언이 없고, 단지 봄의 서경 묘사에 주력하고 있는 인상을 준다. 그렇지만 이 동요시를 음송하여 읽어보면 갓 피어난 봄의 향기를 물씬 느낄 수 있다. 꽃과 나무, 새들과 나비 그리고 사람까지 한데 어울려 새순처럼 돋는 생명의 줄기를 오관을 통해 느끼게 하고 흥겨움과 설렘을 선사한다. "서정시는 탐나는 말이나 이미지를 출발점으로 해서 발전하고 부연된 측면이 강하다."[36]라는 유종호의 지적을 참고해 볼 수 있는 대목이기도 하다. 시의 음악성이 부각된 것으로서 강소천의 동요시 중에서는 서정시적인 요소가 잘 드러난 시편이다. 허버트 리드가 말한 '절대 서정시'[37]에 속하는 시편이라고 할 수 있겠다. 특히 강소천의 동요·동시 중에는 굳이 음률적 리듬

35 「노래하는 봄」, 『소년소녀 강소천 문학전집 5』, 신교문화사, 1975, 36쪽.
36 유종호, 『시란 무엇인가』, 민음사, 1995, 50쪽.
37 위의 책, 62쪽.

을 통한 음악성이 아니더라도, 청각적 이미지를 사용하여 소리의 미적 기능을 부각시키는 작품이 발견된다.

아버지가 밭갈이 하시는 시냇가 언덕에
나는 동생과 나란히 앉아
버들 피리를 불었지요.
삘릴리 삘릴리
버들 피리를 불었지요.

"이랴 낄낄, 이랴 낄낄"
소 몰아 밭가는 아버지의 목소리가
우리들이 부는 버들 피리 속에 한데 어울려
곱다랗게 곱다랗게 들려 옵니다.

졸졸졸 속삭이는 시냇물 소리도
음매애 음매,
송아지 찾는 엄마소의 목소리도
우리가 부는 버들 피리 속에 한데 어울려
정답게 정답게 들려 옵니다.

—「버들 피리」전문[38]

3연으로 구성된 이 동시는 청각적 이미지가 주를 이루고 있는 작품이다. 시인은 새 소리나 풀벌레의 소리를 악기 소리나 노래 소리로 은유화하거나 전이시켜 표현을 꾀하고 있다. 또한 사물들의 소리를 의인

---

38 「버들 피리」, 『강소천 소년문학선』, 경진사, 1954, 170쪽

화시켜 표현하는 기법도 자주 사용하고 있다. 이것은 들리는 세계에 대한 시인의 지속적인 탐구와 관심에서 비롯된 시적 통찰력이 돋보이는 대목이다. 언어를 통한 청각적 표현은 언어라는 추상적 기호성으로 인하여 대상과 주체간의 단절이 불가피하다. 그러나 이러한 언어적 특징 때문에 표현과 이미지에 있어서 보다 유연하고 폭넓게 사용할 수 있는 장점도 안고 있다. 즉, 물리적 제약을 시각성에 비해 덜 받는다는 의미이다. 소리 이미지를 언어로 표현할 때 표현 대상과 주체 간의 거리가 존재하지만, 그만큼 새로운 기호를 많이 만들어 낼 수 있다는 논리에서 창조성이 뛰어나다.[39]

이는 시각적 이미지에 의한 표현보다 더욱 상상력을 고조시키는 효과를 가져 올 수 있다는 의미이다. 들뢰즈에 의하면 시각성으로 대표되는 색깔의 경우 현실성을 지향하지만, 청각성을 대표하는 음의 경우는 잠재성을 지향한다고 한다. 즉, '탈영토화'라는 용어로 설명하고 있다. 시각성은 보이는 세계에서 제 자리를 지키는 성질을 갖고 있다고 한다. 가령 한 폭의 그림이 있다면 그림을 구성하고 있는 각각의 색깔 즉, 빨간색, 노란색, 파란색 등은 그 색깔이 갖고 있는 고유성을 드러내기 위해 자기 색깔의 성질을 지키고자 하는 성질을 갖고 있다. 만일 이 색깔들이 뒤섞여 제 자리를 지키지 못하고 탈영토화된 형태가 되면 고유성을 잃고 용해되어 버린다. 그러나 청각성을 나타내는 음은 고유성을 잃고 탈영토화 된다 하더라도 그 음의 고유성이 소실되는 것이 아니라 새로운 성질의 음원을 탄생시킨다. 탈영토화가 되면 시각성은 제 위치를 잃고 의미가 소실되지만, 청각성은 새로운 의미의 정서를 재탄생시킨다는 것이다. 예를 들어 대중음악을 편곡하여 클래식 음악으로 연주할 경우 곡조가 바뀌는 것은 아니다. 하지만 제 영역

---

39 유평근, 진형준, 앞의 책, 30~31쪽.

을 벗어나 탈영토화가 된 이 음악은 곡조를 그대로 유지하고 있음에
도 불구하고 완전히 새로운 의미의 정서와 감응을 창조하고 있는 것
이다. 현실성을 지향하는 시각성은 내면 깊이 침투하여 자유롭게 우리
의 정서와 감응을 변화시키지 못하지만, 청각성은 잠재성을 지향하는
특성으로 인하여 내면 깊숙이 들어와 우리에게 다양한 정서와 감응을
일으키도록 자극한다. 청각성이 시각성보다 더 정서적이고 상상을 넓
혀주는 것이어서 심층적인 자극이 가능하다는 설명이다.[40]

이 작품은 버들피리의 소리 이미지, 밭갈이를 위해 아버지가 소를
모는 목소리 이미지, 시냇물 흐르는 물소리 이미지, 어미 소가 송아지
부르는 소리의 이미지를 배치하여 곱고 정겨운 가상공간을 창조한다.
이 공간은 다시 버들피리 소리로 은유화되어 피리 소리가 전하는 음
색을 통하여 감정을 고조시키고 있다. 버들피리 소리는 나머지 소리
이미지들을 수렴하고 조율하면서 서정적 분위기를 조장하고 있다. 2
연의 3행과 3연의 4행에서는 "우리가(2연에는 '우리들이'라고 되어 있음) 부
는 버들피리 속에 한데 어울려"라고 반복하여 진술하고 있는데 이미
지의 통합이 서정적 정서에 기여하고 있다. 각각의 소리 이미지들은
개별적인 정서로 배치되는 것이 아니라 피리 소리처럼 곱고 정겨운
밝음과 평온함의 정서로 동일화되는 직관의 미학을 생성하고 있다. 정
서에 있어서도 서정적 분위기를 자아내지만, 들뢰즈가 언급한 소리의
특징이 갖는 상상적 요소에도 기여하고 있다. 즉, 경계가 뚜렷한 보이
는 세계와는 달리 듣는 세계가 갖는 내면적 활동으로서의 무한한 상
상을 촉발시켜준다. 이 시에서 보이는 공간과 시간적 요소는 냇가를
배경으로 하여 아버지와 아이들, 시냇물, 소, 언덕, 낮 시간 등으로 그
실체가 드러나 있다. 그러나 소리 이미지를 통하여 갖게 되는 정서와

---

40 질 들뢰즈, 펠릭스 가타리, 김재인 역, 『천 개의 고원』, 새물결, 2001, 565~584쪽.

체험적 상상이 유발하는 행동 양식은 시공을 초월하여 무한한 의미를 생산한다.

돌돌돌 돌돌돌
아기 귀뚜라미 글 읽는 소리.

거침 없이 읽어 내려가는
먼 먼 옛날 얘기.

──옛날 옛날 한 옛날에
열 두 형제 살았는데……

읽어 내려 갈수록 이야긴
점점 재미가 나나 보다.

—「가을 밤」 일부[41]

이 동시도 귀뚜라미 소리를 통하여 듣는 세계의 정서와 상상적 특징을 부각시켜주고 있다. 노경수는 강소천의 동요시집 『호박꽃 초롱』을 분석하면서, 발달 단계에 따라 청각성을 살리는 동시와 지각을 활용하는 동시들로 다양하게 구성되어 있다고 분석한 바 있다.[42] 그는 여기에서 청각적 이미지의 동시는 유아기 독자를 염두에 둔 동시라고 전제하면서, 청각적 이미지가 갖는 효과로서 원초적 인간과의 만남과 리듬감의 유희 기능을 지적하고 있다.[43] 물론 아동문학의 특수성을 고려하

41 「가을 밤」,『강소천 아동문학 전집 6』, 앞의 책, 212쪽.
42 노경수, 앞의 논문, 190~191쪽.
43 위의 논문, 204쪽.

여 독자 중심에서 판단한다면 타당한 지적이라고 생각된다. 하지만 강소천의 동시를 총체적으로 이해하기 위해서는 문학 내적 특질과 미적 접근이 선행되어야 한다. 그것은 아동문학의 특수성 이전에 보편적인 성격 구명이 전제되어야 한다는 원칙의 발로이기도 하다. 그런 점에서 청각적 이미지가 갖는 특성과 서정미학적 분석은 강소천 동시의 본질을 이해하는 데 중요한 의의가 있다. 강소천의 동시에서 청각적 이미지가 갖는 의미는 리듬감을 통한 유희 기능이 작용하고 있는 점도 분명하지만, 한 단계 더 나아가 원초성을 지향하면서 직관의 미학을 형상화한다. 여기에서 직관의 미학은 동일성을 추구하는 서정적 본질과 부합하는 개념이면서 상상적 세계를 확장시키는 감각의 원천으로 작용하고 있는 것이다.

이처럼 강소천의 동시에 나타난 이미지들은 시각, 청각, 공감각 등 다형다색의 형상을 표상한다. 감각은 감관에 가해진 자극으로 인해 발생하는 정신 현상으로서 상상과 깊은 관련을 갖는다. 이미지의 원천은 상상에서 촉발하며 감각을 기초로 한다. 강소천의 동시에 사용된 이미지도 감각적 다양성을 통하여 폭 넓은 상상의 세계를 표출하고 있다. 즉, 감각의 전이와 공감각을 활용한 감각적 조화 그리고 듣는 세계의 지향을 통하여 상상의 확장과 함께 직관의 세계를 심층적으로 표현하고 있다. 강소천은 사물과 존재의 본질 및 동일화에 다가가기 위하여 직관의 미학을 추구하였으며, 그것은 감각적 이미지의 다층적 구사에 의해 창조된 것이다.

2) 은유적 상상력과 서정적 세계

이미지가 목표하는 기능은 대상을 지시하는 것에 있지 않다. 이미지는 대상 자체의 정서적 환기에 궁극적인 목표를 둔다. 이를 두고 이미지를 '의미하는 것이 아니라 존재하는 것'이라고 표현하기도 한다. 즉, 이미지는 사물의 정보나 관념을 전달하는 도구가 아니라 대상 자체의 실체로서 자립성과 독립성을 갖는 것이다. 그러기에 추상적인 관념이나 사상을 시에서 다룰 때 사상이나 관념을 그대로 진술하지 않고 이미지화의 과정을 거쳐 표현하게 된다. 김준오는 '관념의 육화 (肉化)'라는 개념으로 이를 설명하고 있다. 관념의 육화란 "관념과 정서의 융합을 의미하는데 관념은 정서를 내포하고 정서도 관념을 내포하는 이런 관계가 모든 시의 근본이라고 한다. 시의 통일성과 동일성의 한 측면은 이렇게 정서와 사상이 항상 일체가 되어 있는 사실에 있기 때문에 시인은 언제나 사상과 감정이 융합되어 있어야 한다."[44]는 것이다.

에즈라 파운드도 이와 유사한 언급을 한 바 있다. "이미지란 시간의 한순간에 지적, 정서적 복합체로 제시된 어떤 것이다."[45]라고 하였는데 오세영은 파운드의 진술에 대하여 "단순한 시각적 재생이나 감각적 표현이 아닌, 한순간에 제시된 사물의 여러 이질적인 관념과 정서들의 공간적 배열을 뜻하는 말이다."[46]라고 해석하기도 하였다. 이미지를 감각적, 정서적 입장으로만 파악하지 않고 사상이나 관념과 결부시켜 이해하려는 태도는 이미지를 통하여 사물의 이치와 세계의 진리를 인식하고자 하는 근본적인 시각이 된다. 또한 인식론적 측면에서 칸트의 구상력을 통하여 더욱 심층적이며 추론적으로 이해할 수 있는 기회가 된다. 인간의 인식 구조는 보는 것을 의미하는 직관과 사유하는 것을 의미하는 오성으로 이루어져 있다. 칸트가 말하는 직관과 오성은 다음

44 김준오, 앞의 책, 108~110쪽.
45 T.S. Eliot, Ed., Literary Essays of Ezra Pound(London: Faber, MCMLXⅡ), 4.
   오세영, 『문학이란 무엇인가』, 서정시학, 2013, 226쪽 재인용.
46 위의 책, 226~227쪽.

과 같이 요약될 수 있다.

　　직관이란 나뭇잎을 보고 초록색의 영상을 떠올리는 것 즉, 나뭇잎의 초록
색은 감각기관(눈)을 통해 감각작용(시각)을 따라 알려지게 되는데 이러한
인식작용을 '직관'(Anschauung)이라고 하고, 직관을 행하는 인식능력을 '감
성'(Sinnlichkeit)이라고 한다. 직관은 단순히 바라보고 느끼는 것으로만 그치
는 것이 아니라 감각적으로 인식된 느낌을 외부 세계의 사물과 연결시키고,
내부 세계에서 생각하고 있는 의식 주체인 '나'를 바라보는 것을 모두 포괄
한다. 그런가하면 우리는 외부세계의 대상들을 단지 바라볼 뿐만 아니라, 그
대상을 개념적으로 규정하며 판단하고 추리한다. 직관에서의 개별적 표상을
넘어서서 일반적 표상으로서의 개념을 형성하고 그 개념을 따라 주어진 사태
에 대해 판단을 내리는 능력을 칸트는 '오성'(悟性, Verstand)이라고 한다.
초록색 옷이나 초록색 종이 또는 초록색 나뭇잎을 바라보면서 떠올린 각각의
직관표상은 서로 상이한 것이다. 그 상이한 직관표상을 서로 비교하여 상이
한 특성들(향기나 모양이나 질감 등)은 사상시키고 공통적인 특성(초록색)만
을 추출하여 '초록색'이라는 개념을 형성하는데 이처럼 개념을 형성하는 정
신적 능력이 바로 오성이다.[47]

　　칸트는 이 직관과 오성을 연결하는 능력 즉, 보는 작용과 사유 작용,
감성의 직관과 오성의 사유를 연결시키는 능력을 두고 구상력 또는
상상력이라는 개념을 통하여 설명을 이어간다.

　　구상력은 직관과도 다르고 사유와도 다르면서 그 둘을 매개하는 능력이다.
예를 들어 구상력은 나무를 직접 보지는 않지만 그렇다고 나무를 단지 생각

---

47 한자경, 『칸트 철학에의 초대』, 서광사, 2006, 44~48쪽.

만 하는 것이 아니라 나무의 상(像)을 그려내는 능력이다. 구상력이 그린 상을 '도식'(Schema)이라고 한다. 그렇게 그려진 도식에 따라 다양한 직관표상이 하나의 개념으로 묶이게 되고, 직관 표상에 대한 개념적 판단이 가능해진다.[48]

결국 칸트의 구상력을 통하여 이해될 수 있는 이미지의 의미는 감각적 차원뿐만 아니라 이미지 이면에 자리하고 있는 정서, 사상, 의식, 관념 등을 분석하는 토대가 된다.

강소천의 동시를 이해하는 데 있어서도 이러한 분석이 가능하다. 앞에서 검토한 감각적 특징과 아울러 감각적 이미지 이면에 자리하고 있는 시인의 정서, 의식, 사상, 관념 등을 파악하게 된다. 그의 동요·동시에는 표현 수법이나 이미지의 종류로 보면 비유적 이미지가 주를 이루고 있는 것으로써 이미지 이면에 은유적으로 자리하고 있는 시인의 세계관이 내재하고 있다. 이러한 시적 이미지의 표상은 시인의 의식을 드러내는 상징적인 기호일 뿐만 아니라 시적 세계관을 형성하는 중심된 상상력으로 작용한다. 강소천의 동시는 시인의 유년 체험과 무한한 순수 동심에 기초를 두면서 은유적인 사유에 의해 상상력이 발휘되고 있다. 그렇기 때문에 강소천의 동시에서 드러난 비유적 이미지와 이미지가 지향하는 의식의 본질을 해명해 볼 필요가 있다. 다시 말하면 강소천의 동시에는 이미지를 은유적으로 활용하고 있기 때문에 은유의 핵심적 사유 과정을 통하여 상상력과 미적 구조 체계 및 존재론적 세계관의 본질을 검토할 수 있는 근거가 되는 것이다.

은유는 시대에 따라 그리고 학파에 따라 다양하게 이론이 전개되면서 비판과 수용을 거쳐 심화되어 왔다. 특히 낭만주의자들에 의하여

---

48 위의 책, 53~54쪽.

논의가 활발하게 전개되면서 오랫동안 지속되었던 아리스토텔레스를 중심으로 한 고전주의적 은유관을 비판하게 된다. 낭만주의자들은 시적 언어와 은유의 관계 그리고 상상과 은유적 언어 표현의 관계 등을 논의함으로서 은유를 상상과 관련시키고 있다.[49] 시의 근원이 상상력에 있다면 이것은 언어에 의하여 구성된 생각의 통일체로 주제와 긴밀한 관계를 맺는 언어적 상상력에 있다. 언어적 상상력의 중심은 곧 은유라고 할 수 있는데 시를 구성하는 여러 요소 가운데서도 은유는 시인이 시적 대상의 본질을 직관해내는 작용력을 가장 잘 드러내 준다.[50] 아리스토텔레스를 중심으로 한 고전적 은유관에서는 은유를 '언어로부터의 일탈'[51]로 보았으나 체험주의를 기반으로 한 철학자들은 은유를 언어로부터의 일탈이 아니라 언어의 본질로 보았다. 언어의 본질로서 은유는 사람의 삶을 조직하고 구성하는 힘을 발휘하는 능력으로 평가하고 있다.[52] 즉, 상상을 전제로 하는 언어를 은유에 의해 새로운 의미를 창출하는 도구로 보고 있는 것이다. 콜리지(Coleridge)가 말한 '살아있는 낱말의 힘'과 비코(Vico)가 말한 '사실에 대한 경험과 진리의 상상적 투영'이라는 말은 모두 은유의 상상력을 뒷받침하는 정의이다.[53]

결국 은유는 단순한 수사적 장식의 수단이 아니라 언어적 상상을 통한 새로운 의미의 조직과 구성이라는 면에서 창조성을 핵심으로 하는 개념이다. 또 하나 은유가 갖는 본질적인 정신은 통합 내지 동일화를 지향한다는 것이다. 은유에 대한 개념 분석과 본질 연구는 고대 아리스토텔레스로부터 출발하였다. 처음엔 '명명'으로서 단어의 수사적

49 김종도, 『은유의 세계』, 한국문화사, 2003, 17쪽.
50 엄경희, 「은유의 이론과 본질」, 『숭실논문』 19권, 숭실어문학회, 2003, 254쪽.
51 김애령, 『은유의 도서관』, 그린비출판사, 2013, 30쪽.
52 오성호, 『서정시의 이론』, 실천문학사, 2006, 189쪽.
53 김종도, 앞의 책, 15~16쪽.

차원에서 연구되었지만, 현대에 들어 비판과 심화를 거듭하면서 문장의 의미론적 차원, 텍스트의 해석학적 차원에서 구명되기에 이르렀다. 또 언어의 보편성, 일상성과 관련하여 경험적 차원에서도 연구되고 있다. 이렇게 다양한 측면에서 연구가 이루어지고 있는데 이 은유 이론들의 주요 개념의 핵심적 의미를 살펴보면 분리의 개념보다는 통합의 의미를, 단독적이고 개별적인 의미보다는 동질적인 의미의 해명을 추구한다. 즉, 은유는 어떤 사물과 다른 사물과의 관계, 어떤 상태와 다른 상태와의 관계 설정으로부터 의미 찾기가 시작된다.

고전적 은유 이론에서 주장하는 '유사성', 해석학적 은유 이론에서 주장하는 '긴장과 상호작용', 개념적 은유 이론에서 주장하는 '사상'은 모두 사물간의 관계에서 균형과 조화를 본질로 한다. 고전적 은유 이론에서 아리스토텔레스는 '일상어'와 '생소한 말' 사이의 이율 배반성을 조화롭게 화해시킬 때 은유의 성질이 확보된다고 한다. 은유의 능력을 서로 다른 사물들 사이의 '유사성' 발견으로 이해하고 있는 것이다. 즉, 유사성은 다른 대상들 사이의 닮음을 발견하는 것이다.[54] 그런가 하면 해석학적 은유 이론의 대표 주자인 리쾨르는 해석학적 관점이라는 은유의 새로운 분석틀을 제시하는 것에 그치지 않고, 기존의 관점인 수사학적 관점과 의미론적 관점 각각의 특성 및 한계를 밝혀내고 이것들을 해석학적 관점 속에 통합시켜 재위치시키는 데 있다. 이 이론의 핵심 개념은 긴장과 상호작용으로 설명한다. 이를 요약하여 설명을 구체화한다.

은유의 긴장이란 리처즈가 말한 취의와 매개 사이, 문자적 해석과 은유적 해석 사이, 은유적 진술과 현실 사이에서 발생하는 긴장이고 대립이다. 이 둘

---

54 오형엽, 『문학과 수사학』, 소명출판사, 2012, 337~338쪽.

사이의 긴장을 리쾨르는 '변증법적 과정'이라고 칭하고, 이해 작용 속에 함께 하는 주관과 객관, 주어와 술어, 문자적 해석과 은유적 해석 사이의 상호 작용과 종합을 추구하는 것이라고 설명한다. 리쾨르는 이러한 은유의 지시론과 진리의 문제를 통해 은유가 궁극적으로 텍스트 바깥의 실재를 재기술하고 재사유하는 가능성을 가진다는 점을 강조한다.

아리스토텔레스의 은유론과 비교할 때, 리쾨르의 은유론은 그것을 비판적으로 분석하면서 그 분열된 개념들을 해석학적 관점으로 봉합하고 순환하며 통합하여 시적 상상·신화·상징의 영역으로 이동하는 확장의 방향으로 나아간다.[55]

이렇게 긴장과 상호작용을 핵심요소로 구성하는 해석학적 은유와는 달리 개념적 은유 이론은 '이해하기'의 속성을 드러낸다. 인지언어학자의 견지에서 은유란 하나의 개념영역을 또 다른 하나의 개념 영역으로 이해하는 것으로 정의된다. 개념적 은유는 두 가지 개념적 영역으로 구성되는데 한 영역이 또 다른 영역으로 이해된다. 하나의 개념 영역은 경험에 대한 일관성 있는 조직화이다. 개념적 은유에 참여하는 두 영역은 특정한 이름을 가진다. 우리가 한 개념영역을 이해하기 위해서 은유적 표현을 끌어들이는 개념영역을 근원영역이라 부른다. 한편 이런 방식으로 이해되는 개념영역을 목표영역이라 한다. A가 B로 이해된다는 것은 B의 개념 구성요소가 A의 구성요소에 대응된다는 의미에서 근원과 목표 사이에 일련의 체계적 대응관계(correspondences)가 있다는 것이다. 전문적으로 이 개념적 대응관계는 흔히 사상(mapping)이라 불린다.[56]

---

55 위의 책, 351~352쪽.
56 졸탄 커베체쉬, 이정화 외 공역, 『은유』, 한국문화사, 2003, 3~9쪽.

간략하게 은유 이론의 핵심적 사항을 살펴본 바와 같이 고전적 은유 이론에서 '유사성'이 내포하고 있는 '닮음', 해석학적 은유 이론에서 '상호작용'이 내포하고 있는 '통합과 확장', 개념적 은유 이론에서 '사상'이 내포하고 있는 '이해하기'는 모두 은유의 본질적인 정신이 대립보다는 통합 및 동일화를, 부정보다는 긍정의 세계를 지향하고 있음을 알 수 있다. 이러한 세계의 지향은 자아와 세계가 융합을 꾀하는 서정적 인식의 방식과 상통한다. 결국 은유적 사유는 서정적 인식의 틀 안에서 가능한 것이며 상보적인 것이다. 금동철은 "서정성을 형성하는 요소가 바로 자아와 세계 사이의 거리를 없애는 동일성의 사유 즉, 은유적 상상력"이라고 전제하면서 "자아가 세계와 행복한 동일성을 달성하는 자리에서 기호 너머에 존재하는 또 다른 진리를 표현하고자 하는 미학"으로서 서정미학의 특징을 규정하고 있다. 즉, "기표와 기의가 행복하게 결합할 수 있는 언어, 기호가 유추를 통하여 사상을 담을 수 있는 언어, 인생의 진리를 한 부분이나마 표현할 수 있는 언어에 대한 시인의 갈망"이라는 것이다.[57]

강소천의 동시는 은유적 상상력을 기반으로 하여 서정적 미학인 동일성을 지향한다. 그의 동시에 표상된 비유적 이미지는 사물의 본질을 드러내는 역할을 한다. 인간의 의식과 대상의 본질이 일치를 이루면서 이미지 이면에 자리하고 있는 심오한 세계를 추구하고 있다. 강소천이 표출한 이미지는 크게 네 가지로 구분된다. 우주적 이미지, 놀이 이미지, 물활론적 이미지, 그리움의 이미지이다. 이 이미지들은 하나의 기호로서 삶의 진리인 기의와 합일을 지향한다. 삶의 진리란 보다 근원적인 세계로서 인간의 삶이 대상과 분리되지 않은, 주체와 객체가 하나로 만나는 공간을 의미한다. 각각의 이미지가 어떻게 표현되고, 지

---

57 금동철, 「수사학의 이데올로기성과 전략성」, 최승호 편, 『서정시의 본질과 근대성 비판』, 다운샘, 1999, 105~106쪽.

향하는 세계는 무엇인지 검토해 본다.

(1) 우주적 이미지와 이상에 대한 갈망

바슐라르에 의하면 시적 이미지는 하나의 물질을 갖는다고 한다. 그는 기본적으로 4원소의 분류에 의한 물질적 상상력을 주장하고 있다. 이것은 시혼을 결합시키는 강력한 요소로 작용하며 우주적 상상력의 기반이 된다고 한다.[58] 그가 말하는 우주적 상상력에 의한 우주적 이미지는 긍정적 의미의 차원에서 이해된다.

단 하나의 우주적 이미지가 그에게 몽상의 통일성, 세계의 통일성을 준다. 다른 이미지들이 이 근본적 이미지로부터 태어나고, 결집하며, 서로를 아름답게 해준다. [⋯중략⋯]

시인이 하나의 특수한 이미지에 위대함의 운명을 부여하자마자 하나의 특수한 우주가 이 이미지를 중심으로 형성된다. 시인은 현실적 대상에 자신의 상상적인 분신, 자신의 이상화된 분신을 부여한다. 이 이상화된 분신은 곧바로 이상화 작용을 하며, 그렇게 하여 확대되는 이미지로부터 하나의 우주가 탄생한다.[59]

---

58 가스통 바슐라르, 이가림 역, 『물과 꿈─물질적 상상력에 관한 시론』, 문예출판사, 1992, 279~290쪽.
바슐라르에 따르면 한 인간의 믿음, 정열, 이상, 사고의 심층적인 상상 세계를 파악하려면 그것을 지배하는 물질의 한 속성으로 파악해야 한다고 한다. 그리하여 인간의 상상력을 근본적으로 물질적이라고 생각하면서 네 개의 기본적 물질인 물, 불, 공기, 흙으로 규정하고, 이 중 어느 것에 결부되느냐에 따라 여러 가지의 물질적 상상력이 분류될 수 있다는 4원소의 법칙을 주장한다. 상상력에 의하여 생성되는 이미지 또한 물질성을 갖는 것이며 4원소를 기본적인 물질로서 근본을 삼는다.
59 가스통 바슐라르, 김웅권 역, 『몽상의 시학』, 동문선, 2007, 231쪽.

인용문에서 바슐라르는 우주적 이미지의 생성 과정과 기능을 설명하고 있다. 이미지는 4원소의 물질적 기본 이미지로부터 다른 이미지들이 생성되면서 통일성을 지향한다. 이렇게 구축된 세계는 '안정성과 고요함'을 지탱하면서 '시간을 넘어선 영혼의 상태'[60]가 된다. 여기에서 통일성을 지향하는 세계란 우주적인 세계로서 "인간의 몸이고, 인간의 시선이며, 인간의 숨결이고 인간의 목소리"[61]이다. 즉, 인간의 에너지가 사물에 주입된 상태로서 인간과 세계가 통일성을 이루는 것이다. 또한 우주적 상상력은 현재의 시간성에 집착하는 것이 아니라 '무시간성'으로서 영원성과 원초성을 추구하는 개념이다.

강소천의 동시에는 우주적 이미지가 다양하게 사용되고 있다. 주로 표현되는 시적 이미지로는 '하늘, 바다, 비, 눈, 태양, 나무, 달, 별' 등으로 폭넓게 작품에 나타난다. 이 이미지들은 우주적 상상력을 기반으로 하여 인간의 일상적인 속성으로부터 우주적 세계를 창조하기도 하며, 삶의 본질적 이치와 존재의 근본을 제시하기도 한다.

바다는 쌀함박
모래 알은 쌀

크다란
쌀함박을

기웃둥………
기웃둥—

---

60 위의 책, 24쪽.
61 위의 책, 239쪽.

퍼어런
쌀 뜨물을

처얼썩………
철썩──

바다는
하로 종일
쌀을 인다우.

—「바다」 전문[62]

이 동요시는 1937년 『동아일보』에 발표되었으며, 1941년에 발간된
동요시집 『호박꽃 초롱』에도 수록되었다. 6연 11행으로 구성된 작품
으로서 정형적 리듬이 구사되고는 있으나 일정한 규칙성이 유지되고
있지는 않다. 1연에서 "바다는 쌀함박/모래 알은 쌀"이라는 은유적 구
조로 시상이 전개된다. 일상적 사물인 쌀과 함지박을 모래알과 바다로
인식하는 상상력은 매우 독창적이다. 이러한 은유적 사고는 명명에서
그치는 것이 아니라 파도에 의해 바다가 출렁이는 모양을 쌀 이는 행
동으로 연상하고 있다. 쌀을 인다는 것은 곡식을 물에 담가 조리질을
하여 불용의 찌꺼기를 물 위에 뜨게 하는 행위이다. 즉, 쓸 것과 몹쓸
것을 가려내는 것으로 쌀을 깨끗하게 씻는다는 뜻이다.

이러한 일상생활의 물질적 이미지는 우주적 상상력에 의해 확장되
는 모습을 보여준다. 바다는 우주적 이미지이다. 물을 기본 물질로 구

---

62 「바다」, 『호박꽃 초롱』, 앞의 책, 32~33쪽.

성하는 무한한 바다는 쌀로 은유화된 모래알을 정화하고 있다. 모래알도 수를 셀 수 없는 무수한 우주적 이미지로서 바다와 상보성을 지니면서 신비로운 정화의 모습을 보여준다. 바다에 의해 불순물이 씻겨나가면 순결한 상태의 고운 물질로 재생된다. 이러한 은유적 상상력을 통해 일상생활이라는 인간 삶의 물질과 우주적 이미지의 통합을 갈망하게 된다. 즉, 쌀을 일어 정화하듯이 인간의 삶에 무시로 끼어드는 불순물을 정화하고자 하는 갈망이 이미지 이면에 내재하고 있는 것이다. 결국 매순간 유혹으로부터 자유로울 수 없는 삶에서, 티 없이 맑고 바르게 살고자 하는 인간 존재의 갈망이 우주적으로 확대되고, 그 우주의 신비성에 경탄하면서 통합을 지향하고 있다. 바다라는 우주적 공간은 하루도 쉬지 않고 모래알을 깨끗하게 씻어준다. 모래알은 잘 인 쌀처럼 잡티 없이 순결성을 담보하는 상징물로 제시되고 있다.

나는 나는 갈테야
연못으로 갈테야

둥그램이 그리려
연못으로 갈테야

※

나는 나는 갈테야
꽃 밭으로 갈테야

나비 꿈을 엿보러
꽃 밭으로 갈테야

　　　　　※

　나는 나는 갈테야
　풀 밭으로 갈테야

　파란 손이 그리워
　풀 밭으로 갈테야

—「보슬비의 속삭임」전문[63]

　6연 12행으로 된 동요시로 심오한 의미를 함축하고 있는 작품이다.[64] 7 · 5조의 운율이 약간 변형된 동요시로서 작곡되어 많이 불리어졌다. 이 동요시는 각 연마다 공간 이동이 이루어지면서 시상이 반복되고 있다. 이것은 시적 화자와 각 연마다 접촉하는 시적 대상이 각기 다르게 설정되어 있다는 뜻도 된다. 각 연마다 화자는 '보슬비'로 의인화되어 나타나고 있다.

　1, 2연의 시적 화자는 연못, 3, 4연의 시적 화자는 꽃밭, 5, 6연의 시적 화자는 풀밭으로 공간을 달리하지만 지향하는 의지는 동일하다. 1, 2연에서 시적 화자의 희망은 연못에 가서 동그라미를 그리고 싶어 한다. 비와 연못은 이미지의 물질적 근원이 물이다. 물이라는 우주적 이미지가 서로 만나기를 갈망한다. 이 만나기의 갈망은 3연에서 6연으로도 이어진다. 3, 4연에서는 나비 꿈을 엿보고 싶어 하고 5, 6연에서

63 「보슬비의 속삭임」, 『호박꽃 초롱』, 앞의 책, 14~15쪽.
64 신현득, 앞의 책, 72쪽.
　　신현득은 강소천의 동시 중에서 이 작품과 함께 「호박꽃 초롱」, 「닭」을 작품성이 뛰어난 대표작으로 들고 있다.

는 파란 손을 그리워한다. 즉, 물과 꽃, 물과 풀의 만남이다. 꽃과 풀도 자연 세계의 소우주적 사물로서 우주적 이미지에 해당한다. 이러한 우주성은 이미지들의 만남에 의하여 하나의 온전한 생명성을 획득하게 된다.

꽃봉오리는 아직 만개하지 않은 꽃망울 상태이다. 식물이 자라나는 데 물은 절대적인 생명수가 된다. 시적 화자인 보슬비가 꽃봉오리와 만난다는 것은 생명성을 촉진하기 위한 사랑의 갈구인 것이다. 5, 6연에서 풀밭을 찾아가는 상황도 파랗게 돋아나는 풀을 보고 싶어 하는 마음이 그리움으로 표현된 것이다. 단순히 지켜보는 서경적 상황을 뛰어넘어 직접 생장에 일조하고픈 화자의 의지와 소망이 표현되었다. 이러한 정신의 밑바탕에는 사랑과 믿음이 내재되어 있다. 즉, 시적 이미지들이 보여주는 본질적 측면과 우주성은 생명 사랑에 있다는 것이다.

대자연의 생명을 하나의 위대한 사랑이라고 보는 것, 그것은 곧 우주의 본질을 인(仁)이라 보는 유가사상과 맥을 같이 한다.[65] 우주의 본질을 '생명성을 지닌 유기체'[66]로 보는 동양 정신과 같은 입장으로서 생명의 완성을 지향한다. 1연에서 갈망하는 '동그라미 그리기'는 하나의 상징적인 기호로 읽을 수 있다. 원초적이며 영원한 것, 무한하고 완성된 생명체를 추구하는 기의를 내포하고 있는 기호인 셈이다. 이것이 이 동요시에서 드러내고자 하는 우주적 상상력의 본질이다. 그리고 화자를 중심으로 하여 대상과의 융합을 꾀한다는 점에서 서정의 정신을 표상하게 된다. 강소천의 또 다른 동요시 「봄비」도 이와 유사한 상상력과 이미지의 구조를 보이는 작품이다. 즉, "봄비는 새파란 비지./금잔디 물드리는 고-운 비지.//봄비는 새파란 비지./버드나무 물드리

---

65 최승호, 「조지훈 서정시학 연구」, 최승호 편, 『서정시의 본질과 근대성 비판』, 앞의 책, 151쪽.
66 위의 책, 150쪽.

는 고-운 비지."[67]라 하여 물이라는 우주적 이미지와 자연 세계인 식물 이미지가 융합되면서 우주적 생명성을 부각시키는 서정적 본질을 표상하고 있다.

호박 꽃을 따서는
무얼 만드나.
무얼 만드나.

우리 애기 조고만
초롱 만들지.
초롱 만들지.

　　　※

반딧불을 잡아선
무엇에 쓰나.
무엇에 쓰나.

우리 애기 초롱에
촛불 켜 주지.
촛불 켜 주지.

―「호박꽃 초롱」 전문[68]

---

67 「봄비」, 『호박꽃 초롱』, 앞의 책, 34쪽.
68 「호박꽃 초롱」, 위의 책, 16~17쪽.

이 동요시는 1935년 『조선중앙일보』에 처음 발표된 작품으로서 강소천 동요시집 『호박꽃 초롱』의 표제작이기도 하다. 각 연마다 3행씩 4연으로 구성되어 있으며 7·5조의 정형률을 취하는 듯하지만, 7·5·5조의 음수율과 같은 변형을 시도하고 있는 점에서 자유로운 음수율의 변주를 엿볼 수 있다. 이 동요시는 학자들에 의해 다각도의 논의가 이루어지기도 하였다. 그 핵심적인 논의는 음수율의 측면에서 강소천이 정형률을 극복하고 자유시의 음수율을 모색하는 계기가 된 작품[69]으로 평가 받고 있다. 음수율뿐만 아니라 시상 전개의 기법에 있어서도 참신함을 보여준다. 묻고 답하는 문답 형식의 문장과 반복적인 시행 구사는 시적 세련미를 돋보이게 하는 수법인 동시에 이미지를 강조하고 환기하는 독특한 미적 형식인 것이다.

강소천의 동요·동시에는 '호박'이라는 이미지가 많이 등장한다. 이 작품 외에도 「호박줄」, 「호박」, 「풀벌레의 전화」, 「구월」, 「가을 뜰에서」 등 여러 작품에서 사용되고 있다. 호박은 우리나라의 땅에서 쉽게 볼 수 있는 식물인데다 야생화인 호박꽃도 지천에 널려 있다는 점에서 이 작품은 '한국적 정서를 가장 잘 나타내는 이미지'로서의 동요시[70]라고 평하고 있다. 또한 이 작품이 우리나라에서 친근하게 접할 수 있는 식물을 소재로 하여 일제 강점기에 창작되었다는 점을 들어 한국적 정서와의 관련성을 강조하고 있다.

---

[69] 김종헌, 「해방 전후 북한체제에서 강소천 아동문학연구」, 앞의 논문, 385~386쪽.
박덕규, 앞의 논문, 214쪽.
이 작품의 음수율에 주목한 학자는 김종헌과 박덕규이다. 김종헌은 강소천이 동요에서 동시로의 변화를 모색한 작품으로 평가하고 있다. 박덕규도 이 작품을 두고 정형동시에서 자유동시로 변모하는 질적 상승을 보인 작품이라고 언급하였다.
[70] 한국적 정서 표출에 주안점을 두고 논의를 펼친 대표적인 학자는 신현득, 신정아, 노경수를 들 수 있다.
신현득, 앞의 책, 72쪽.
신정아, 앞의 논문, 210쪽.
노경수, 앞의 논문, 203쪽.

이 작품은 식물적 이미지와 우주적 이미지의 결합을 통하여 미래의 희망을 밝히고 있다. 1, 2연에서 호박꽃은 밝음을 표상하는 이미지가 된다. 호박꽃의 밝은 빛깔은 어둠이 내린 저녁에 별빛처럼 더욱 빛난다고 한다. 이렇게 밝은 이미지는 초롱으로 은유화되어 희망의 불을 예비한다. 그것이 3, 4연에 전개되는 촛불 이미지이다. 불은 우주적 이미지로서 예비 없이 돌연 나타나는 것이 아니다. 반딧불이라는 식물적 이미지를 모아서 촛불로 재현되는 것이다. 이 촛불은 아기가 갖고 있는 초롱에 꽂아 줌으로써 아기의 미래인 희망을 밝혀주는 것이다.

촛불이 의미하는 미래적 희망은 꺼지지 않는 촛불처럼 영원하고 밝은 생명성을 추구하는 우주적 본질에 해당한다. 시적 화자가 갈망하는 미래의 희망은 밝은 생명과 영원성으로 인간 존재가 소망하는 보편적인 진리에 속하는 것이다. 이를 사회적 환경에 적용하여 미래를 해석한다면 식민지 현실의 극복을 갈구하는 비전으로 볼 수 있다. 그러나 시인의 의식은 현실 세계의 미래적 비전을 제시하고 있음은 물론 이를 포함하여 포괄적 시선에서 존재론적 의미로 미래를 직시하고 있는 것이다.

하늘은 바다
구름은 육지

거 누가 그리나?
이름도 모를 나라 지도를―

―「지도」 전문[71]

---

71 「지도」,『호박꽃 초롱』, 앞의 책, 39쪽.

들 국화 필 무렵에 갓득 담궜든 김치를
아카시아 필 무렵에 다 먹어 버렸다.

움 속에 묻었든 이 빈 독을
엄마와 누나가 맛들어
소낙비 잘 오는 마당 한판에 내놓았습니다.

아무나 알아 맞혀 보세요.
이 빈 김치 독에
언제 누가 무엇을 갓득 채워 주었겠나.

그렇다우.
이른 저녁 마다 나리는 소낙비가
하늘을 갓득 채워 주었다우.

―동그랗고 조고만 이 하늘에도
  제법 고-운 구름이 잘도 떠돈다우.

―「조고만 하늘」 전문[72]

---

72 「조고만 하늘」, 앞의 책, 60~61쪽.
박금숙, 홍창수, 「강소천 동요 및 동시의 개작 양상 연구」, 『한국아동문학연구』 25호, 한국아
동문학학회, 2013, 47~51쪽.
박금숙에 의하면 이 작품이 『아이생활』(1939년 8월)에 수록될 때에는 제목이 「하늘」이었고 5
연 6행으로 구성되었다고 한다. 그런데 이 작품이 『호박꽃 초롱』(1941년, 박문서관)에 수록될
때에는 제목이 「조고만 하늘」로 바뀌었고 시의 형태도 5연 13행으로 변형되었다고 한다.
들국화 필 무렵에 가뜩 담궜던 김치를 아카시아 필 무렵에 다 먹어 버렸습니다.//움 속에 묻
었던 이 빈 독을 엄마와 누나가 맛들어 소낙비 잘오는 마당 한판에 들어 내놓았습니다.//아
무나 알아 맞춰 보세요./이 빈 김치 독에 언제 누가 무엇을 가뜩 채워 주었겠나.// 그렇다우.
이른 저녁마다 내리는 소낙비가 하늘을 가뜩 채워 주었다우.//조그많고 둥그런 이 하늘에도
제법 고운 흰구름이 잘도 떠 돈다우.// ―「하늘」 전문.

1939년 『아이생활』에 발표된 이 두 작품은 하늘 이미지를 소재로 시상을 전개하고 있다. 「지도」는 짧은 시행이지만 함축미가 돋보이는 동요시이다. 2행씩 2연으로 구성된 이 작품은 운율에 있어서도 자유로운 음수율을 취하고 있다. 시적 화자는 하늘을 올려다보면서 육지와 바다가 있는 나라의 지도를 연상한다. 즉, 가상공간의 지도이다. 시적 화자에게는 현실적 실물의 지도가 있었을 것이다. 화자가 살고 있는 나라의 지도일 수도 있고, 화자가 책과 같은 자료에서 직접 보고 익힌 지식의 하나일 수도 있다. 화자에게는 이원적 공간의 실체가 각인되는 순간이다. 화자가 올려다 본 하늘은 공포스럽고 불쾌한 이미지로서의 공간이 아니라 신비스럽고 아름다운 긍정의 이미지이다. 우주적 이미지로서의 신성함과 영원성이 개입된 세계인 것이다.

그 공간에서 새로운 세계가 창조되기에 이른다. 역설적 인식으로서 하늘은 바다로, 구름은 육지로 대체되는 모습을 보인다. 하늘과 상극적 거리에 놓여 있는, 바다와 육지로 이루어진 가상의 지도가 하늘에서 창출되는 것이다. 그러나 이러한 대체적 인식은 전복에 목적이 있는 것이 아니라 통합에 이르는 과정인 것이다. 즉, 가상공간에서의 바다와 육지는 현실 공간에서의 나라, 지도와는 달리 하늘의 우주적 본질을 품은 나라의 지도인 셈이다. 하늘 속에 그려진 나라 지도로서 화자가 현실 공간에서 그리고자 동경하는 이상의 지도라고 할 수 있다. 이는 하늘과 바다와 육지가 총합되는, 바슐라르가 제시한 4원소의 기본 물질성이 총망라된 통합체이자 시적 화자가 갈망하는 공간으로서의 나라인 것이다. 시적 화자가 동경하는 이러한 마음이 '이름도 모를 나라 지도'라는 표현 속에 내재하고 있다.

하늘 이미지의 신성성과 우주성은 동시 「조고만 하늘」에서도 나타난다. 정형률의 흔적이 전혀 보이지 않는 본격적인 자유시의 형태를 나타내고 있다. 묻고 답하는 문답의 형식을 취하면서 일상적 생활에서 착상하여 시상을 전개하고 있다. 5연으로 구성되어 있는데 1연과 2연은 김장 때 담갔던 김치를 다 먹고 엄마와 누나가 맞들어 마당 한 복판에 빈 독을 내놓았다는 일상생활의 이야기를 풀어 놓고 있다. 4연에 오면 소나기가 빈 독에 하늘을 채워주었다는 시적 표현으로 실체를 드러낸다. 신정아는 강소천의 동시에 나타난 하늘 이미지를 분석한 바 있다. 그는 여러 시편에서 표상되는 '하늘'은 '희망과 꿈'을 상징한다고 밝히고 있다. 이 작품에 등장하는 '동그랗고 조고만 하늘'도 긍정적 의미로서 '암울한 현실을 안고 사는 민족들의 희망의 공간'이며 마지막 행의 '고운 구름'은 '민족의 꿈'을 상징한다고 해석하고 있다.[73]

일제 강점기 식민 치하에서 창작된 동시이기 때문에 현실이라는 외적 환경과 관련지어 해석한 점은 문학의 사회적 기능이라는 차원에서 일견 타당성이 있어 보인다. 그러나 서정시가 지니고 있는 근원적 세계의 문제와 존재론적 본질을 해명하는 정신의 충실성에서 바라볼 때 의미의 다양성과 자유로움을 축소시킬 위험 요소가 있는 것도 사실이다. 이렇게 볼 때 '하늘'은 민족 집단의 희망을 상징하기도 하지만, 특정 집단 외에도 개인적 주체를 비롯한 보편적인 존재의 이상으로도 읽을 수 있다. 앞에서도 하늘 이미지를 검토해보았지만 시인에게 있어서 '하늘'은 단순한 공간이 아니라 보다 우주적이고 신비성이 내포된 하늘이다. "해가 떠 오르고,/달이 떠 오르고,/예쁜 별들이 총총 박히는/아아 높디높은, 넓디넓은/우리들의 푸른 하늘.//"[74]인 것이다.

빈 독에 물이 고임으로써 물빛에 하늘이 반사된다. 실제 하늘과 달리 가상의 '하늘'이 생성된 것이다. 즉, 물의 이미지와 하늘의 이미지가 융합을 이룬 상태이다. 하늘은 우주적 생명성을 품고 있는 공간이다. 해와 달과 별이 공존하는 순결한 세계로서 영원성과 이상성을 의

73 신정아, 앞의 논문, 216~217쪽.
74 「두 개의 하늘」부분, 『소년소녀 강소천 문학전집 5』, 앞의 책, 212쪽.

미한다. 이러한 하늘이 물의 이미지와 만남으로서 시적 화자의 눈에 그리고 마음속에 구체적인 모습으로 각인되고 있는 것이다. 이 동시의 미적 순간이 잘 포착되어 형식에 있어서도 완결성을 보여주고 있으며, 하늘 이미지의 확장과 물이미지의 결합을 통하여 우주적 생명성을 부여하고 있다.

'하늘' 이미지의 특성에서 드러나듯이 강소천의 동시에는 해, 달, 별의 이미지가 많이 등장한다. 이 이미지들은 때로는 친근하게, 때로는 신비스럽고 엄중하게, 때로는 그리운 동경의 대상으로 나타난다. 우주적 의미의 무한성과 신비성을 거부하는 부정의 태도가 아니라 긍정적으로 순응하고 동화하려는 시적 태도를 보인다.

　　달님은 내 성을 알가 모를가?
　　달님은 내 이름을 알가 모를가?

　　하늘까지 높아 높아 너무 멀어서
　　소리쳐도 내 이름 안 들릴거야.

　　눈 내린 지붕 위에 이름 써 놓자
　　성 한 자 이름 두 자 크게 써 놓자.

　　달님이 내 이름 외어 두었다
　　「덕재야!」 부르면 놀러 나가게.

―「내 이름」 전문[75]

---

75 「내 이름」, 『조그만 사진첩』, 다이제스트사, 1952, 26쪽.

나도 하나의 별일 수 있을까?

저 수많은 별들 중에 내가 내 별을 찾고 있듯이 은하수 별무리 그 어느 속에라도 날 찾는 작디 작은 별하나 정녕 있을까?

—「별」 부분[76]

두 동시는 달과 별 이미지를 중심 소재로 하고 있다. 「내 이름」은 달과의 친근성을 드러내고 있는데 그 발상이 매우 순진하다. 달과 동화되기 위한 희망을 순진한 동심의 방식으로 표현하고 있다. 이 작품의 발표 연대가 1952년인 것으로 보아 창작 시기는 월남 전후로 추정해볼 수 있다. 달을 의인화하여 달과의 친근감을 극대화하고 있다. 이 작품에서는 달의 신비성보다는 달의 자유로운 이미지가 부각된다. 눈 위에 이름자를 써놓는 행동은 자유분방한 달의 이미지와 동화 상태를 갈구하는 화자의 욕망을 드러내는 표현이다.

동시 「별」은 친근함보다는 비장감이 느껴지는 작품이다. 이 작품은 강소천 생존 시에는 발표되지 않았다가 사후에 유고 작품으로 발표된 것이다. 화자는 수많은 별 속에 내 별이 있다고 생각한다. 현실에서 내가 우주에 존재하는 내 별을 찾듯이, 현실에서 내가 사라진 뒤에도, 우주의 별로 남아 내 존재를 알릴 수 있을까라는 질문을 던진다. 존재론적 몽상과 질문이다. 결국 현실에서 유한한 존재인 내가 우주의 영원한 존재로 남고 싶은 염원을 시화하고 있다.

조개들의 조그만 단간 집들이
올망졸망 둘러앉은 동구 밖엔
사철 산호꽃이 만발하고.

---

76 「별」, 『소년소녀 강소천 문학전집 5』, 앞의 책, 182쪽.

조용히 흔들리는 미역 숲에선

하루 종일 아기 고기들이

술래잡기를 하고.

푸른 바다를

멋지게 날아다니는

가지가지 고기들.

등대에, 배들에 불이 켜지면,

"별 하나, 나 하나……"

등불을 세고.

—「바다속」 전문[77]

이 동시는 형식적인 측면에서 완전한 자유 시형을 취하고 있다. 이 작품이 발표된 시기는 강소천이 타계할 무렵이기 때문에 본격적인 동시의 시대에 해당한다. 이 작품은 평화로운 이상의 세계를 표상하고 있다. 바다라는 무한한 우주적 공간에 생명성을 부여하고 있다. 바다 속 식물과 동물들이 의인화되어 공생 공존하는 모습을 한 폭의 그림처럼 그려내고 있다. 감각성이 뛰어난 동시로서 평화로운 세계를 묘사한다. 이 세계가 우주성을 확보했다고 말할 수 있는 것은 이러한 생명성의 부여와 함께 서정이 지향하는 근원의 세계, 원시적 세계로서의 유토피아를 구현하고 있다는 점이다.

여기에서 근원이라는 것은 소외와 단절이 없는 유토피아적 낙원을

---

77 「바다속」, 『강소천 아동문학 전집 6』, 앞의 책, 196쪽.

의미한다. 이러한 '고대의 낙원에 대한 꿈꾸기'[78]는 인간 본질의 속성으로서 유토피아를 지향하게 된다. 이 동시는 이러한 서정적 근원성과 낙원으로서의 우주성을 잘 드러내고 있다. 특히 마지막 연의 "등대에, 배들에 불이 켜지면/별 하나 , 나 하나……/등불을 세고."의 표현에서는 시각적 묘사와 함께 시인의 의식과 시적 우주성이 함축되어 강화되고 있다.

강소천의 동시에서 우주적 이미지는 주로 하늘, 바다, 달, 별 등으로 나타난다. 대표적인 동요시로는「바다」,「호박꽃 초롱」,「보슬비의 속삭임」과 동시「조고만 하늘」,「별」,「내 이름」,「바다속」을 들 수 있다. 이 작품들에는 우주적인 이미지가 표현되어 존재의 욕망 또는 이상에 대한 동경을 지향하고 있다. 이 이미지들은 개별적으로 또는 복합적으로 구사되면서 생명성, 영원성, 자유성, 미래성, 근원성의 의미를 창출하고 있다.

(2) 놀이적 이미지와 원초적 세계

아동문학은 어린이다움을 지향하는 문학이다. 이것은 발신자와 수신자의 관계에서 어린이로만 한정하지 않고 모든 사람을 아우르는 근거가 되는 말이기도 하다. 또한 내용에 있어서도 어린이다운 정서와 사상을 추구하는 것으로서 어린이라는 발달적, 연령적 개념이 아니라 보편적인 인간이 추구하는 존재적 의미에서의 '아동성' 내지는 '어린이성'을 말하는 것이다. 그렇다면 이 '어린이다움'이란 어떻게 설명할 수 있을까? 결코 한마디로 설명될 수 있는 부분이 아니며 이에 대한 접근을 위해 '동심'이란 개념으로 학자들이 해석을 시도하고 있지만,

---

78 김경복,『서정의 귀환』, 좋은날, 2000, 19쪽.

그 정의와 관점 및 범주는 각기 다른 논지로 구명되고 있는 실정이다.

'어린이다움'이란 개념이 일방적이고 구체성 있는 추론으로 해석되기란 어려운 일일 것이다. 그 용어 속에 내포하고 있는 철학, 심리학, 사회학, 생물학 등 폭넓고 다양한 학문적 특징들이 체계적이고 유기적으로 구명되어야 하기 때문이다. '어린이다움'이란 용어에 대한 해석과 개념 규정은 아동문학이 지속적으로 풀어가야 할 숙명이라고 생각된다. 그런 점에서 '어린이다움'이란 '원시성'으로 해석된다.

릴리언 H. 스미드는 "어린이에서 어른으로의 성장은 인류의 원시 사회로부터 문명사회로 발전하는 것과 같은 과정을 밟는다."라고 주장하고 있다. 어린이들은 원시 사회처럼 미개하다는 뜻이 아니라 원시 사회 생활이 보여주는 신비성과 원초성이 어린이들의 상상력과 유사하다는 뜻이다.[79] 특히 낭만주의자들은 상상력을 중시하면서 이를 원시적인 사고와 결부지어 해석하고 있는데 이는 곧 어린이의 본성과 같다고 주장하기도 하였다. 김유중은 니체가 주장하는 어린이의 최고 가치 논리를 끌어들여 "유년시절의 미성숙한 상태로 회귀하려는 정신은 성숙한 자의 마음이다."[80]라고 표현하기도 하였다. 그렇다면 원시성을 대변할 수 있는 구체적인 행위는 과연 무엇인가? 여기에서 폴 아자르의 말을 통하여 '어린이다움'이 갖는 '원시성'을 구체화시켜본다.

놀이라는 것이 대단히 소중하고 중요한 일임을 인식하고 있는 책, 지성과 이성을 단련하는 것은 반드시 당장에 이익을 낳거나 실제 생활에 이용하기 위한 목적이 아니며, 목적으로 해서도 안 된다는 점을 분별하고 있는 책, 그런 책을 나는 사랑한다.[81]

---

79 릴리언 H.스미드, 김요섭 역, 『아동문학론』, 교학연구사, 1996, 253~254쪽.
80 김유중, 「놀이와 상상력 , 시작(詩作)의 상관관계」, 윤충의 외, 『직관과 상상력』, 앞의 책, 306~310쪽.

좋은 책의 조건을 설명하는 폴 아자르의 글에서 '놀이'를 거론하고 있다. 그렇다면 '놀이'가 원시성과 어떻게 관련을 맺고 있는지 하위징 아의 주장을 통하여 확인할 필요가 있다. 그는 놀이에 있어서 사람과 짐승의 차이를 구별하지 않는다. 즉, 사람(어린아이)에게는 놀이이지만, 짐승에게는 본능 행위라는 사실을 반박한다. 새들의 노래, 날개 짓, 구애 행동 등은 모두 어린아이의 놀이와 같은 현상으로 본다. 놀이가 "양육, 번식, 종족 보존의 생물적 과정보다 더 우위에 있다"는 것이다.[82] 이를 전제로 하여 그는 어린아이의 놀이와 동물의 놀이가 별반 다르지 않다고 말한다. 즉, "어린아이와 동물은 재미있어서 놀이를 하는 것이며, 거기에 그들의 자유가 깃들어 있다."[83]고 주장하면서 "어린 아이의 놀이는 가장 순수하고 본질적인 형태의 놀이"라고 한다.

원시 사회는 어린아이나 동물들이 노는 것처럼 놀았다. 이러한 놀이는 처음서부터, 질서, 긴장, 운동, 변화, 엄숙, 리듬, 환희 등 놀이의 여러 요소들을 갖추고 있었다. 사회 발전의 후기 단계에 이르러서야 비로소 놀이는 '생활'이나 '자연' 속에 표현되는 어떤 아이디어들과 결합하게 되었다.[84]

인용문에서 하위징아는 어린이의 본성, 순수한 놀이 정신, 원시 사회를 등가 관계로 놓고 설명하고 있다. 결국 이 놀이로부터 발전한 것이 문화라는 견해를 역설하고 있는 것이다. 또한 이러한 주장을 논리적으로 전개하기 위하여 인간 사회의 중요한 원형적 행위들, 이를테면 원시 사회에서 발견되는 언어 행위, 신화, 의례 등은 모두 놀이적 요소

---

81 폴 아자르, 햇살과 나무꾼 역, 『책 · 어린이 · 어른』, 시공주니어, 2010, 60쪽.
82 요한 하위징아, 이종인 역, 『호모루덴스』, 연암서가, 2014, 44쪽.
83 위의 책, 42쪽.
84 위의 책, 59쪽.

가 가미되어 자양분 역할을 했다는 견지에서 구체적인 사례를 통하여 폭넓게 설명하고 있다.[85] 이렇게 보면 '어린이다움'이라는 것은 원시성과 근본적으로 같은 맥락을 지니고 있다. 그리고 이것은 '놀이'라는 구체적인 행위로서 접근이 가능해진다. 물론 놀이가 어린이만의 전유물이 될 수는 없다. 그 기원이 어린이의 순수한 본능과 맥이 닿아 있다고 해도 놀이는 성인도 공유할 수 있는 공통적인 행위인 것이다. 여기에 '어린이다움'이라는 중요한 의미가 내재되어 있다. 아동문학은 어린이를 포함한 모든 인간을 대상으로 한다는 명제가 성립하는 것이다.

놀이적 요소가 원시 사회의 특성과 어린이의 순수성을 표현하는 구체적인 행위라는 점에서 아동문학은 놀이 이미지를 광범위하게 사용한다. 강소천도 동시에서 놀이 이미지를 다양하게 변주하여 표현하고 있다. 그가 드러내는 양상은 언어적 유희 형태, 놀이 이미지를 통한 화자의 욕망 표출, 전통 놀이감, 또는 사물이나 자연물의 도구를 통하여 놀이 자체를 즐기는 재미성, 명절과 같은 축제적 성격의 의례를 맞는 심리적 동태, 가장 놀이 자체를 즐기는 순진성 등 시적 다양성을 보여준다.

아가가 엄마 보구
「엄마」「엄마」 그런다두만

우리집 어미소는 제가 아가 보구

---

85 위의 책, 35~37쪽.
　하위징아가 말하는 언어에서의 놀이적 요소는 은유에 의한 명명이 예가 된다. 은유를 통하여 명명하는 방법을 사용함으로서 말놀이의 형태를 보인다는 것이다. 신화의 경우는 현실세계를 신성의 세계로 바꾸는 환상적인 능력 즉, 이미지 만들기를 하나의 놀이 형태로 보고 있다. 의례 역시 놀이의 요소를 띠는데 인류의 안녕과 복지를 빌기 위해 예식을 행사하는 행우들을 순수한 놀이의 구체화라고 설명한다.

「엄마아」「엄마아」그래요.

이 동요시는 펀(pun)이라는 말놀이에 해당하는 짧은 작품이다. 동음이의어의 말놀이[87]에 기반을 두고 있는 이 작품은 유년기 어린아이의 특징[88]을 재미있게 형상화시키고 있으며, 언어에 의한 순진성이 진솔하게 표현되어 있다. '엄마'라는 낱말은 자신을 낳아준 여성을 가리켜 이르는 말로서 격식을 갖추지 않아도 되는 상황에서 부르는 말을 뜻하는 명사이다. 그런데 이 단어의 음성적 발음을 생각해보면 소가 내는 소리와 유사한 의성어로써 우리말에서 주로 사용된다. 그러니까 두 단어 즉, 명사와 의성어는 동음인 것이다. 두 단어의 기표인 음성적 효과를 활용하여 기의인 '엄마'라는 의미를 단어의 상황적 맥락을 감안하지 않고 연결시킴으로서 유머러스한 위트를 자아내는 것이다.

엄마라고 부르는 것은 아기가 자신의 어머니를 부를 때만 사용하는 호칭으로만 화자는 이해하고 있다. 그런데 어미 소가 제가 낳은 자식인 어린 송아지를 부를 때도 '엄마'라는 소리를 내는 것을 듣고 화자는 이해하지 못한다. 익숙한 상황과 상식에 이완되어 있던 독자는 이 낯선 상황을 보고 순간 긴장하며 위트에 빠져드는 것이다. 이러한 말

---

86 「엄마소」, 『호박꽃 초롱』, 앞의 책, 38쪽.
87 마리아 니콜라예바, 조희숙 외 역, 『아동문학의 미학적 접근』, 교문사, 2009, 259쪽.
　　마리아 니콜라예바는 말장난(pun)과 단어놀이(wordplay)의 유형을 동음이의어(homonyms), 동음어(homophons), 동철자어(homography)로 나누어 실제 작품에서 사례를 찾아 분석하고 있다. 동음이의어는 두 개의 서로 다른 뜻을 가진 단어에서 발견되는 유형성을 의미하고, 동음어는 철자는 다르나 발음이 같은 단어에서 발견되는 유희성, 동철자어는 철자가 같지만 소리와 뜻이 다른 단어에 기반을 두고 나타나는 말놀이로 구분하여 제시하였다.
88 이기숙, 이영자, 『2~3세를 위한 유아교육 프로그램』, 창지사, 1993, 18~19쪽.
　　유아는 만 3세가 되면 단어를 암기하여 간단한 문장으로 사용할 줄 안다고 하는데 특히 말장난이나 우스갯소리를 좋아하여 유머를 즐긴다고 한다.

놀이는 아동문학에서 많이 사용되는 장치로써 언어가 갖는 유희성을
누리게 하는 기능을 담당한다.

까-딱 까-딱
손-목이 까-딱
─누굴 보구 까-딱
─엄마 보구 까-딱
─어-째서 까-딱
─젖 달라구 까-딱

까-딱 까-딱
손-목이 까-딱
─누굴 보구 까-딱
─누나 보구 까-딱
─어-째서 까-딱
─업어 달라 까-딱

까-딱 까-딱
손-목이 까-딱
─누굴 보구 까-딱
─달님 보구 까-딱
─어-째서 까-딱
─놀라 오라 까-딱

─「까딱까딱」 전문[89]

89 「까딱까딱」, 『호박꽃 초롱』, 앞의 책, 22~23쪽.

우리집 오동나무 가지엔
오동나무 방울이 조롱 조롱

아무도 흔들어 보지 못하는
수많은 그 방울 ─

이 저녁도 지나 가던 저녁 바람이
혼자만 가지고 노네.

(달강 달강 달강……달강 달강 달강……)

아무리 가지고 싶어도 가질 수 없는
저 수많은 방울 ─

올라 갈랴니 미끄럽고
돌을 던질랴니 장독이 무서워

─아가 바람아 아가 바람아
  그 방울 나 하나만 따 주렴아

  넌 거게 많지 않니
  나 하나만 따 주렴아
  응? 야, 야, 응?

─「오동나무방울」 전문[90]

---

[90] 「오동나무방울」, 앞의 책, 62~63쪽.

두 동요시는 유아들의 기능과 심리 적 놀이를 욕망이라는 측면에서 형상화하고 있다. 「까딱까딱」은 1935년 『동아일보』에 발표된 작품인데 갓난아기의 기능놀이[91]를 소재로 하고 있다. 손목을 반복적으로 움직이는 것은 감각 운동 기능에 해당하는 행동으로 '까-딱 까-딱'이라는 의태어로 행동을 묘사하고 있다. 반복법과 문답법을 사용하여 작품의 리듬감을 살리면서 놀이를 통하여 시적 주체의 욕구 내지 욕망을 순차적으로 나열하고 있다. '까-딱'이라는 시어를 첫 행에서는 반복적으로 나열하고 있으며, 시행마다 마지막 부분에 '까-딱'이란 말을 배치함으로서 언어적 유희성까지도 고려하고 있다. 이러한 반복과 말놀이적 배치는 짧고 음영적(吟詠的) 효과를 노리는 전래동요의 특징[92]과 상응한다.

영유아들은 재미있다고 생각되는 것에 대하여 반복적으로 행동함으로써 재미의 효과를 지속시킨다고 한다.[93] 감각 운동 기능의 성격과 재미가 어울려 시적 인물인 아기는 손이라는 놀이 도구를 활용하여 놀이 순간에 몰입한다. 이를 바라보는 시적 화자의 눈에는 아기의 본능적 욕망과 순진함이 포착된다. 1연에서는 "엄마 보구 젖 달라고 까-딱", 2연에서는 "'누나 보구 업어 달라 까-딱", 3연에서는 "달님 보구 놀라 오라 까-딱"이라 하여 화자의 욕망이 현실 세계와 자연 세계를 아우르고 있다. 장정희는 "놀이는 그 자체로 아동의 일상이며 동경 세계이고, 소

---

91 고문숙 외, 『어린이 놀이지도』, 양서원, 2005, 41~42쪽.
　　Smilansky(1968)는 놀이를 인지적 측면에서 ①기능 놀이(functional play) ②구성 놀이 ③상징 놀이 ④사회극 놀이 ⑤규칙 있는 게임으로 분류하였다. 기능놀이는 감각 운동 기능을 중심으로 손·발을 많이 움직여서 하는 놀이다. 즉, 이 놀이는 장난감 자동차 오토바이가 움직이는 것을 보고 기뻐하거나 홀로 뜀뛰기를 하거나 공을 던지거나 자기의 신체를 움직여서 나타내는 단순하고 반복적인 근육 운동 놀이다. 이는 감각 기관이나 운동 기관의 발달과 밀접한 관련이 있으며 약 2세부터는 감소하는 경향이 있다고 한다.
92 신헌재 외, 『아동문학의 이해』, 박이정, 2010, 102~110쪽.
93 고문숙 외, 앞의 책, 33~37쪽.

박하고 단순하며 직관적 사고를 바탕으로 하는 동심은 매우 천진하고 자율적이기 때문에 어른의 강제된 이데올로기에 종속되지 않는 특징을 갖는다."[94]라고 하여 놀이가 갖는 문학적 특징을 설명하고 있다.

「오동나무방울」은 1936년『아이동무』에 발표된 작품으로 화자의 천진한 욕망이 재미있게 묘사되어 있다. 시적 화자는 오동나무에 달린 열매를 놀이 도구인 방울로 인식하고 소유의 욕망을 드러낸다. 그러나 높은 나무 꼭대기에 오르지를 못한다. 그리하여 방울이 흔들리는 모양을 보고 저녁 바람만 갖고 논다고 생각한다. 여기에서 화자의 욕망과 갈등이 고조에 이른다. "올라 갈랴니 미끄럽고/돌을 던질랴니 장독이 무서워"라는 시행에 이르면 심리적 갈등이 극에 달하는데 유년 화자의 심리 상태가 진솔하고 생생하게 표출된다. 결국 그 욕망은 '아가 바람'에게 "그 방울 나 하나만 따 주렴아//넌 거게 많지 않니"라는 애원으로 표현된다. 이 작품도 놀이를 통하여 화자의 욕망을 표출하고 있다. 놀이는 "아동의 총체적 성장 과정에서 필수적인 요소로써 곧 아동의 생활 자체이면서 그 자신의 감추어진 욕망의 실현 과정"이라고 말한 장정희의 진술[95]과 상통하는 대목이다.

강소천의 동시에서 놀이는 시적 주체의 욕망을 드러내고 있는데 의례적 성격을 띠는 축제 놀이에서도 나타난다. 직접적인 놀이의 형태를 드러내는 것은 아니지만 축제로서의 명절을 고대하는 시적 주체의 심리가 반영되어 나타난다. 주로 설날, 추석날, 성탄절 등의 축제일을 기다리는 화자의 심리가 드러난다. 이러한 명절의 놀이적 특징과 관련된 의례의 기대와 욕망이 화자를 통하여 표출되고 있는 것이다. 설날의 경우 꼬까옷과 때때신을 신고 싶은 욕망과 떡국과 같은 음식을 먹고

---

94 장정희, 「윤동주 동시의 놀이 모티프와 화자의 욕망」, 한국어문학국제학술포럼, 2012, 150
　쪽.
95 위의 논문, 154쪽.

싶어 하는 심리적 소망을 그린 「설」,[96] 「눈 사람」[97] 등이 있다. 추석날의 경우도 송편, 밤, 대추를 마음껏 먹고 싶은 욕망과 달맞이 놀이를 가고 싶은 욕망을 드러낸 「추석날」[98]이 있다. 성탄절은 산타클로스 할아버지가 찾아오기를 고대하는 꿈을 그린 「선물」,[99] 「산타클로오스 할아버지」[100] 등도 있다. 강소천의 동시에 나타난 놀이 모티프는 놀이 그 자체로 즐겁고 재미를 느끼며 놀이적 세계에 동화되는 양상을 보이는 작품도 있다. 이 작품들에는 놀이 도구 또한 다양하게 다루어지고 있는데 놀이 도구와 놀이 상황에 따라 시적 정서는 다원화의 경향을 보인다.

전통 놀이 모티프를 활용하여 놀이 자체에 즐거움을 부여한 동시로는 「연 I 」,[101] 「팽이」,[102] 「그네」,[103] 「줄넘기 I 」[104] 등이 있다. 유년기 체험을 바탕으로 하여 놀이 자체의 재미와 즐거움을 부여한 동시로는 겨울철 스케이트와 썰매 타기의 즐거움을 노래한 「우리의 겨울」,[105] 시소 놀이의 상황 묘사와 재미성을 노래한 「재미있는 놀이」,[106] 「공치기」,[107] 「매미 잡기」,[108] 「눈싸움」[109] 등도 대표적이다.

숨어라 숨어라 꽁 꽁

---

96 「설」, 『강소천 아동문학 전집 6』, 앞의 책, 253쪽.
97 「눈 사람」, 위의 책, 245쪽.
98 「추석날」, 위의 책, 216쪽.
99 「선물」, 『소년소녀 강소천 문학전집 5』, 앞의 책, 170쪽.
100 「산타클로오스 할아버지」, 위의 책, 175쪽.
101 「연 I 」, 『강소천 아동문학 전집 6』, 앞의 책, 234쪽.
102 「팽이」, 위의 책, 246쪽.
103 「그네」, 위의 책, 172쪽.
104 「줄넘기 I 」, 위의 책, 147쪽.
105 「우리의 겨울」, 위의 책, 247쪽.
106 「재미있는 놀이」, 위의 책, 188쪽.
107 「공치기」, 위의 책, 238쪽. 241쪽.
108 「매미 잡기」, 『소년소녀 강소천 문학전집 5』, 앞의 책, 82쪽.
109 「눈싸움」, 위의 책, 135쪽.

숨어라 숨어라 꽁 꽁

반딧불은 꽁 꽁
수풀 속에 숨어라.

애기 별은 꽁 꽁
구름 속에 숨어라.

아이들은 꽁 꽁
마음대루 숨어라.

숨어라 숨어라 꽁 꽁
숨어라 숨어라 꽁 꽁

※

찾는다 찾는다 꽁 꽁
찾는다 찾는다 꽁 꽁

반딧불은 꽁 꽁
불도 켜지 말어라.

애기 별은 꽁 꽁
눈도 뜨지 말어라.

아이들은 꽁 꽁

숨도 쉬지 말어라.

찾는다 찾는다 꽁 꽁
찾는다 찾는다 꽁 꽁

— 「숨박꼭질」 전문[110]

이 동요시는 1935년 『아이동무』에 발표된 작품이다.[111] 이 작품도
'꽁 꽁'이라는 음성 언어를 반복적으로 사용함으로서 말놀이의 형태
를 드러내고 있다. 또한 이 말놀이와 함께 짧고 리듬감이 있는 정형성
을 통하여 전래동요의 음영적 효과까지 살리고 있다. 숨바꼭질은 전통
놀이의 하나로 이어져 오고 있는데 여러 명이 모여 즐기는 상대놀이
중 하나이다.[112] 한 사람의 술래가 있고 나머지 구성원은 모두 숨어 있
는 상황에서 술래가 찾는 놀이로 이 작품의 화자도 술래이다. 이 작품
에서는 술래가 찾는 대상이 세 부류로 나타난다. 반딧불, 애기 별, 아이
들로서 어린아이에게 국한되지 않고 동물과 자연물에까지 확대된다.

작품 전체를 보면 숨바꼭질에 참여하는 대상과 놀이의 과정이 생생
하게 묘사되어 있다. 바로 이것은 놀이에 특정한 목적을 두지 않고 순

---

110 「숨박꼭질」, 『호박꽃 초롱』, 앞의 책, 24~25쪽.
111 박금숙, 홍창수, 앞의 논문, 43~44쪽.
　이 작품은 1935년 10월 『아이동무』에 「싱-싱-숨어라」란 제목으로 먼저 발표되었다가,
　1941년에 발간된 동요시집 『호박꽃 초롱』에서는 「숨박꼭질」이라는 제목으로 개작되어 실
　렸다.
112 정연학, 「우리의 삶과 민속놀이」, 우리전통문화연구회, 『우리 전통문화와의 만남』, 한국문
　화사, 2000, 169~170쪽.
　민속놀이를 놀이자의 수에 따라 개인놀이(5.5%)와 상대놀이(63%) 및 집단놀이(31.5%)로
　나눌 수 있다. 개인놀이는 혼자서 노는 놀이로서, 연날리기, 그네뛰기, 그림자놀이, 마상재,
　방아깨비놀이, 팔랑개비놀이 등이 있고, 상대놀이는 서넛이 동아리를 지어 승패를 겨루는
　놀이로 씨름, 숨바꼭질, 깡통차기, 윷놀이, 활쏘기, 각종 도박 등을 예로 들 수 있다. 집단놀
　이는 많은 사람이 어울리는 놀이로서, 줄다리기, 횃불싸움, 돌싸움(석전), 길쌈놀이, 강강술
　래 등을 대표적으로 꼽을 수 있다.

수한 놀이 자체에만 목적을 두는 것[113]을 시화한 것이다. 반딧불은 수 풀에, 애기 별은 구름에, 아이들은 아무 곳에나 숨으라고 하여 자연 사 물과 동물 및 사람이 하나가 되어 놀이를 완성한다. 그리하여 반딧불 은 불도 켜지 말고, 애기 별은 눈도 뜨지 말고, 아이들은 숨도 쉬지 말 라고 지시하여 놀이의 규칙을 진술한다. 이러한 장면들은 숨바꼭질 놀 이를 실감 있게 묘사하고 있어서 시적 운율미와 함께 놀이에 몰입하 고 있음을 보여준다.

이외에도 동요로 널리 불려졌던 「여름 방학」[114]과 동시 「바다 II」[115] 에도 유년기 체험적인 놀이를 향유하고자 하는 순수한 동심이 잘 담겨 있다. 즉, 산이나 숲에 가서 산딸기 따고 매미 잡는 놀이와 바다나 냇가 에 가서 헤엄치고 낚시하는 놀이 그리고 바다에 가서 물고기처럼 헤엄 치고 모래성 쌓기 놀이를 즐기는 즐거움 자체와 감정이 솔직하게 투영 되어 있다. 또한 강소천의 동시에는 유아들의 특성인 '가장놀이'[116]를 시화한 작품도 있다. 가장놀이란 아동이 어떤 놀이 속에서 다른 사람

---

113 위의 책, 170~171쪽.
민속놀이는 목적에 따라 ①생업의 번창을 기원하는 놀이 ②개인의 재수나 마을의 무사태평 을 비는 놀이 ③놀이자체가 목적인 놀이 ④내기를 위한 놀이 ⑤겨루기 놀이로 분류할 수 있 다. 놀이 자체가 목적인 놀이는 놀이에 특정한 목적을 두지 않는 것으로, 놀이의 종류가 다 른 목적에 비해 많다. 기와 밟기, 강강술래, 만석중 놀이, 토성관원 놀이 등의 집단놀이를 비 롯해 연날리기, 널뛰기, 그네뛰기 등의 개인놀이를 들 수 있다.

114 「여름 방학」, 『강소천 아동문학 전집 6』, 앞의 책, 197쪽.

115 「바다 II」, 위의 책, 200쪽.
이 책에는 '바다'라는 제목으로 실려 있다. 『호박꽃 초롱』에 수록된 「바다」와는 다른 작품 으로 이를 구별하기 위하여 편의상 본문에서는 「바다 II」라고 표기하였다.

116 허승희 외, 『아동의 상상력 발달』, 학지사, 1999, 123쪽.
가장놀이는 존재하지 않는 사물을 표상하여 가작화하는 놀이를 말하는데 학자나 이론에 따 라 각기 다른 용어와 개념으로 다루어지고 있다. 가비(Garvey, 1977)는 상상놀이 (imaginative play)와 가상놀이(make-believe play)를 동의어로 혼용하여 가장놀이와 같은 의미로 쓰고 있으며, 프로스트와 클레인(Frost & Klein, 1979)은 가장놀이와 극놀이 (dramatic play)를 같은 의미로 사용하고 있다. 상상놀이, 가장놀이 및 극놀이가 혼용되고 있는 까닭은 이러한 종류의 놀이 안에 가장 요소(as-if elements)가 가미되어 시간과 공간 은 물론 사물을 실제와는 다른 역할로 변형시키거나, 존재하지 않는 대상을 표상화하는 특 성을 가지고 있기 때문이다.

의 역할을 흉내 내어 그의 특징적인 행위와 태도를 나타내 보이거나, 나무막대기를 말로 상상하는 장면 등을 의미한다. 이것은 아동 놀이의 기본적 단위가 된다고 한다.[117] 상징에 의해서 지시 대상을 대표하는 활동을 '상징 기능'[118]이라고 하는데 가장놀이는 상징적 기능에 의하여 구성된다고 한다. 아동은 가장놀이를 통하여 비로소 내면 세계를 갖게 되며, 눈앞에 없는 사람과 대화를 할 수 있게 되는 것으로 만 1세가 지나면 가능하다. 「전차 놀이」,[119] 「기차 놀이」[120]는 가장놀이를 모티프로 하여 표현하고 있다.

"아가야 잘 자거라
아가야 잘 자거라"
우리 아기 자장가를
자꾸자꾸 부른다.

"아가야 잘 자거라
아가야 잘 자거라"
인형 아기 두 눈은
또롱또롱 초롱 눈.

"아가야 잘 자거라
아가야 잘 자거라"
제가 부른 자장가에

---

117 위의 책, 124쪽.
118 위의 책, 78쪽.
119 「전차 놀이」, 『소년소녀 강소천 문학전집 5』, 앞의 책, 293쪽.
120 「기차 놀이」, 위의 책, 297쪽.

제가 먼저 잠들었다.

"아가야 잘 자거라
아가야 잘 자거라"
가만가만 인형이
아기 노랠 흉내냈다.

—「인형의 자장가」 전문[121]

이 동시는 아기와 인형의 대화를 통하여 가장놀이를 시화하고 있다. 아기는 인형을 가장놀이의 지시 대상으로 삼아 엄마의 심상을 떠올려 상징적 활동을 나타낸다. "아가야 잘 자거라"라고 잠재우다가 아기가 인형보다 먼저 잠에 든다. 천진함이 돋보이는 작품이다. 그러나 천진함은 여기에서 그치지 않는다. 아기가 잠든 후 인형이 아기의 말을 흉내 냄으로써 가장놀이의 재미성은 더욱 고조된다. 가장놀이의 시적 표현은 유아기의 특징과 심리를 깊이 있게 이해하고 있어야 가능한 것인데 강소천은 이 부분까지도 세심하게 관심을 기울였던 것으로 판단된다. 아마도 그가 타계하기 전에 "유아들의 생활상을 작품화할 계획"[122]이라고 밝힌 적이 있는데 이러한 성격의 동시와 관련이 깊다고 할 수 있다. 강소천의 동시에 활용된 놀이 이미지는 동요시 「엄마소」에서 살펴본 바와 같이 말놀이의 언어적 유희성을 통하여 재미성을 높였다. 뿐

---

121 「인형의 자장가」, 앞의 책, 241쪽.
122 김요섭, 「바람의 시, 구름의 동화」, 『강소천 문학전집 3』, 문음사, 1981, 227쪽.
　　김요섭에 따르면 강소천의 건강이 쇠퇴할 무렵 그는 유년동화를 써보겠다는 말을 했다고 한다. 이를 두고 김요섭은 생활동화나 소년소설의 경향을 탈피하여 강소천 본래의 시적인 시심으로 돌아가려는 의지로 해석하고 있다. 즉, 유년동화를 통하여 꿈과 환상을 표현하고 동적인 생명력의 자연을 구축하기 위한 주춧돌 역할로서 유년동화에 더욱 집중하고자 했던 작가적 소망으로 보고 있다.

만 아니라, 동요시 「까딱까딱」, 「오동나무방울」에서와 같이 놀이를 통한 욕망을 표출하였다. 이외에도 동시 「인형의 자장가」, 「전차 놀이」, 「공치기」 등에서는 놀이 자체의 즐거움에 몰입하여 순수한 동심을 표출하고, 가장놀이에 의하여 시적 주체와 대상으로서의 세계를 융합하고 이해하려는 양상을 보여주었다.

(3) 물활론적 이미지와 생명 의식

아동문학의 내용적 특성 중 중요한 한 가지는 물활론적 사고를 바탕으로 하는 환상성에 있다. 아동문학은 여타의 문학 양식에 비해 비현실적인 판타지적 요소를 많이 갖고 있다. 본디 아동은 객관적, 논리적 사고보다는 물활론(物活論: animatism)적이고 정령(精靈: animism)적인 경향을 띤 사고방식과 개념을 갖고 있다. 그래서 이들에게는 동식물들이 사람처럼 생각하고, 말하고, 움직이는 것이 자연스럽게 받아들여진다.[123]

김경복은 서정의 근원으로 물활론적 세계를 제시하고 있다. 이것은 인간과 자연을 상호의존적이고 동질적인 관계로서 수평적 위치에서 바라보려는 범신론적 상상력을 의미한다. 그는 물활론적 세계관을 통하여 신성의 구현 즉, 생명 현상에 대한 외경과 생명 본연의 모습을 갈망하는 것이 서정의 본령이라고 덧붙이고 있다.[124]

물활론적 사고에서 가장 비중을 많이 차지하는 것은 의인화인데 하위징아도 의인화를 하나의 놀이로 간주하면서 신화적 상상력과 결부지어 생각하고 있다. 하위징아는 "형체 없는 것과 생명 없는 것을 사

---

123 신헌재 외, 앞의 책, 28쪽.
124 김경복, 앞의 책, 18쪽.

람으로 나타내는 의인화는 모든 신화 창조와 거의 모든 시의 정수"[125]라고 말한다. 여기에서 그가 언급하는 의인화의 기초 형태는 "세계와 사물의 기원에 대하여 신화적으로 가상하는 것"이라고 하면서, "그 신화 속에서 천지창조는 세계만큼이나 거대한 어떤 거인의 사지를 사용하여 특정 신들이 만들어냈다고 상상한다는 것"이다.[126]

이렇게 그는 물활론적 사고 내지 의인화를 신화적 상상력으로 해석하고 있다. 이것은 곧 서정의 정신과 근본적으로 동일한 맥락에서 이해된다. 인간이 지향하는 원초적인 세계는 인간과 자연이 동화되는 세계이며 이것은 신화적 세계에서 성취될 수 있는 총체적인 세계인 것이다. 분석적이고 문명화된 근대 사회에서는 자연을 종속적이고 수직적 위치에서 바라보며, 도구적 사물로 사유할 뿐 하나의 생명성으로 인식하지 않는다. 이러한 과학적 사고와 이성적 우월성은 역사의 발전 과정 속에서 자연과 분리된 삶으로 전개되었다. 이와 함께 인간의 지식과 감성도 하나의 물질적 가치로 도구화함으로서 인간성마저 황폐화된 현실을 겪게 된 것이다.

서정의 본질과 근원 찾기는 바로 이러한 근대 사회의 문명성과 비인간성의 자각으로부터 출발하였다. 이것은 곧 잃어버렸던 원초적 세계인 신성성과 원시성의 동질성 즉, 인간과 자연 사물과의 수평적 관계를 회복하고 창조하려는 인간적인 욕망이 반영된 것이라 할 수 있다. 이것이 의인화를 통하여 추구하고자 하는 신화적 상상력이며, 이 신화적 상상력은 이러한 서정의 정신을 고스란히 반영하고 있는 것이다.

강소천의 동요·동시에는 물활론적 사고를 표현한 작품이 발견된다. 물론 어린이의 본성과 심리적 특성을 반영하여 작품화한 점을 고려한다면 당연한 현상일 수도 있다. 특히 강소천의 동요·동시에는 물

---

125 요한 하위징아, 앞의 책, 261쪽.
126 위의 책, 262쪽.

활론적 사고에서 대표적인 형식인 의인화의 기법이 활용되었다. 이 동시의 특징은 앞에서 간략히 살펴 본 물활론적 사유 방식과 서정의 본질에서와 같이 생명의식을 드러낸다. 이러한 생명의식은 곧 인간과 자연 사물이 동화되고 소통하는 모습으로 전개되고 있는 특징을 보인다.

사슴아, 사슴아,
네 뿔엔 언제 싹이 트니?

사슴아, 사슴아,
네 뿔엔 언제 꽃이 피니?

—「사슴 뿔」 전문[127]

어머니가 사다 주신 새해 선물
열 두 가지 빛갈 크레용.

파란 크레용에선 풀냄새가 나고
빨간 크레용에선 꽃냄새가 날 것만 같다.

새해라고는 하여도 아직
산과 들은 쓸쓸하기만 하다.

하얀 도화지에 내가 먼저
새 봄을 그려 놓자.

—「새해 선물」 전문[128]

---

127 「사슴 뿔」, 『조그만 사진첩』, 앞의 책, 131쪽.

「사슴 뿔」은 강소천이 월남을 한 후에 발표한 동요시이다.[129] 2행씩 2연으로 구성된 동요시로 직관력이 돋보인다. 단일하면서도 간결한 질문 형식의 시형으로 함축적인 정서를 담고 있다. 생명이 없는 사슴 뿔을 나무로 은유화하여 생명성을 부여하고 있다. 딱딱하고 보잘 것 없는 나무막대기 같은 무생물적 존재인 사슴뿔을 생명성이 부여된 식물적 이미지로 전이시킨다. 사슴뿔이 나무로 전이되고 그곳에서 싹이 트고 꽃이 핀다는 것은 비논리적이고 비현실적인 현상이다. 이러한 환상적 인식은 물활론적 사고에 의해서 창조되는 것인데 이러한 비현실적 환상의 세계를 받아들이는 것은 바로 생명의식의 사유가 작용했기 때문이다. 즉, 이러한 사유와 이미지 창조의 기저에는 신화적 상상력이 발현되었다는 방증이기도 하다.

다음에 인용한 동시 「새해 선물」도 이와 같은 상상력에 의해 구현된 작품이다. 4연으로 이루어진 이 동시는 정형적 리듬감을 찾아볼 수 없을 만큼 자유시의 운율을 취하고 있으며 산문투의 문장을 느끼게 해 준다. 시적 화자는 엄마에게 크레용을 선물 받고 봄의 정취를 연상한다. 2연에서 진술하듯이 "파란 크레용에선 풀냄새가 나고, 빨간 크레용에선 꽃향기가 날 것만 같다."고 하여 약동하는 봄의 기운을 감각적으로 느낀다. 아직 봄이 오지 않은 새해이기에 시적 화자는 설렘을 감

---

128 「새해 선물」, 『종소리』, 앞의 책, 5쪽.
129 박금숙, 앞의 논문, 221쪽.
   신정아, 앞의 논문, 210~211쪽.
   이 작품은 발표 연대에 있어서 연구자에 따라 이견을 보인다. 박금숙은 이 작품의 첫 발표 연대를 1955년 『현대한국아동문학선집』으로 기록하고 있다. 신정아는 이 작품을 1941년 박문서관에서 출간한 강소천의 동요시집 『호박꽃 초롱』에 수록되어 있다고 한다. 즉, 이 작품을 두고 그는 사슴뿔에 꽃이 피기를 희망하는 것은 조국의 광복을 염원하는 것이라고 분석하고 있는데 본 연구자의 조사에 따르면 이 작품은 『호박꽃 초롱』에 수록되어 있지 않으며 일제 강점기 즉, 광복 이전에 발표되지 않았다.
   이 작품이 처음 발표된 지면은 1952년 다이제스트사에서 출간된 작품집 『조그만 사진첩』이다. 이 작품집에는 동화 17편과 동시 12편으로 이 중에 「사슴 뿔」이 수록되어 있다.

138

추지 못하고 하얀 도화지 위에 봄을 그리기 시작한다. 도화지 위에 그
려지는 봄은 시적 화자에 의해 창조되는 생명력이다. 이미 그 생명력
은 파란 크레용이 풀냄새로, 빨간 크레용이 꽃향기로 은유화되면서 현
실을 초월한 봄의 동적인 이미지에 의해 완성되는 모습을 보여준다.
즉, 크레용이라는 무생물적인 물질성이 식물적 이미지로 전이되어 생
명성을 획득하면서 화자에 의해 대자연의 생명체인 가상의 봄을 창조
하고 있다.

보슬 비에 얼굴이 간지럽 다고
우리집 따리아 고개 숙였네.

—「따리아」 전문[130]

호박은 벌거 벗구두
부끄러운줄도 몰라.

배꼽을 내 놓구두
부끄러운줄도 몰라.

—「호박」 전문[131]

인용된 두 동요시는 짧은 시형으로 간결미와 함축미가 두드러진다.
두 작품은 식물을 의인화하여 인간과 식물을 공생공존의 차원에서 동
일화하고 있다. 「따리아」는 1936년 『동화』에 발표된 작품이다.[132] 시적
대상인 다알리아는 섬세하고 새침한 소녀의 이미지를 띠고 있다. 이러

130 「따리아」, 『호박꽃 초롱』, 앞의 책, 36쪽.
131 「호박」, 앞의 책, 42쪽.
132 황수대, 앞의 논문, 184쪽.

한 분위기는 꽃의 실물에서도 감지할 수 있다. 다알리아는 가늘고 긴 꽃대에 화려한 꽃이 피어 여름의 강렬함과 아름다움을 표시하는 꽃이다. 꽃이 꽃대에 비해 크기 때문에 고개를 숙인 것처럼 보일 수 있다. 여기에 보슬비를 맞고 있는 모습으로서 얼굴이 간지러워 고개를 숙였다는 묘사는 수수하고 싱싱한 생명력을 느끼게 해준다. 순수함과 아름다움을 표상하는 식물 이미지의 의인화를 통하여 순수한 소녀적 이미지를 창조하고 있다.

「따리아」가 순수한 여성의 생명성을 드러낸다면 「호박」[133]은 건강하고 젊은 생명력을 나타낸다. 1935년 12월 28일자 『동아일보』에 발표된 이 작품은 재치와 위트가 돋보인다. 처음 발표될 때에는 소화(笑話, 우스운 이야기)란에 실렸다가 1941년에 발간된 『호박꽃 초롱』에 동요시로 수록되었다. 이 동요시도 식물을 의인화한 작품인데 의인화에 의하여 유머스러움과 순수한 동심을 느낄 수 있다. 매끈한 호박을 보면서 벌거벗었다고 은유화하는 것, 호박의 꼭지를 보고 배꼽을 내놓았다고 사고하는 것은 어린이의 시각으로 사물을 바라볼 때만 가능하다. 그리고 그것을 "부끄러운줄도 몰라."라고 하여 도덕적 잣대로 훈계하고 있지만, 이 말은 곧 식물과 사람을 동질적인 존재로 인식하여 소통의 순간을 표현하고 있다. 이러한 공생공존의 미덕에 대하여 조준호는 강소천의 문학에서 주로 나타나는 의식이라고 전제하면서 이를 두고 '전통적인 생명관'에 닿아 있다고 설명하고 있다. 즉, 자연 친화적 생명 존중 의식으로서 인간과 동물, 인간과 식물이 공존하는 동일화된 세계를 추구하는 것이 강소천이 지향하는 생명의식이라고 분석하고 있다.[134]

---

133 위의 논문, 100쪽.
　「호박」은 『동아일보』(1935.12.28.)에 발표되었는데 처음 발표되었을 때에는 동시가 아닌 소화(笑話), 즉, '우스운 이야기'란에 소개되었었다. 그 후 (박문서관)에 수록될 때에는 동시 장르로 포함시켰다.

울긋불긋 울긋불긋

가을 산들이 꼬까 입었다.

가을 산들이 때때 입었다.

울긋불긋 울긋불긋

가을 산들은 아름답고나,

가을 산들은 어여쁘고나.

울긋불긋 울긋불긋

산들의 명절은 가을에 있나봐,

가을은 날마다가 명절날인가.

―「가을 산 I」부분[135]

이 동시는 단풍 든 가을 산이 의인화되어 있다. 사람처럼 "꼬까 입
고 때때 입었다."라고 표현되어 있는데 이를 두고 화자는 산들이 명절
을 맞았다고 한다. 곱게 물든 가을 산의 경치를 명절 맞은 사람의 차
림새로 의인화하여 자연과 인간의 동화를 꾀하고 있다. 이것은 자연과
교감하고 소통하는 지점으로서 서정이 지향하는 합일의 세계이며, 생
명성이 창조되는 시간이자 공간인 것이다. 곧 조준호가 분석한 것처럼
강소천에게 있어서 생명의식이란 자연과 교감하고 소통하며 초월성

---

134 조준호, 앞의 논문, 63~78쪽.
   조준호는 강소천의 동화를 분석하면서 생명에 대한 초월성과 내적 강화의 차원에서 생명의
   식이 발현된다고 밝히고 있다. 이것은 동화뿐만 아니라 그의 문학 전반에 관류하는 의식으
   로 설명하고 있는데 그는 강소천의 문학에 나타난 생명의식을 세 가지 측면에서 설명하고
   있다. 첫째 자연과 교감하는 생명의식, 둘째, 내면적 반성을 통하여 희생의 미덕을 깨닫고
   실천하는 것, 셋째, 전통적 생명관으로 모든 생명체와 공존하는 것과 모험을 통하여 성장하
   는 것으로서 전통과 서양의 생명관을 아우르는 것이라고 주장하고 있다.
135 「가을 산 I」, 『소년소녀 강소천 문학전집 5』, 앞의 책, 118쪽.

을 지향하는 정신에서 비롯된다.[136]

버드나무 무슨 열매
달리련 마는

아침 해가 동산 우에
떠 오를 때와

저녁 해가 서산 속에
살아질 때면

참새 열매 조롱 조롱
달린답니다.

　　　　※

나무 열매 무슨 노래
부르련 마는

아침 해가 동산 우에
떠 오를 때와

저녁 해가 서산 속에
살아질 때면

---

136 조준호, 앞의 논문, 65~68쪽.

참새 열매 재재 재재

노래 불러요.

—「버드나무열매」 전문[137]

동요시 「버드나무열매」는 정확한 발표 연대를 확인할 수 있는 자료
가 발견되지 않아 연구자들 간의 이견이 있는 작품이다.[138] 8연 16행으
로 이루어진 이 작품은 8·5조의 정형적 음수율을 규칙적으로 따르고
있다. 이 현상은 강소천의 동요·동시 중에서 초기에 나타나는 특징이
기도 하다. 반복적인 대구 형식을 사용함으로써 은유의 효과를 강화하
고 있다. 4연에서는 버드나무가지에 앉은 참새를 보고 나무 열매로 지
각한다. 즉, 나무 열매는 참새 떼로 은유화된 것이다. 식물적 이미지가
동물적 이미지로 전이되면서 하나의 생명체로 동일한 인식을 하며 서
로 교감하는 양상을 보여준다. 동물과 식물의 이미지가 독립된 자질로
분리되는 것이 아니라 생명체라는 하나의 우주적 질서 속에 통일된
가치로 획득되고 있다. 8연에 오면 나무 열매의 노래는 구체적인 의
인화를 통하여 "참새 열매 재재 재재 노래 불러요."라는 표현으로 시
적인 완결을 이룬다. 결국 나무 열매는 참새 열매로 시각적 전이를 드
러낸다. 다시 그 참새 열매는 노래 부르는 행위와 소리로써 청각적 효
과까지 고려하게 된다. 이렇게 이 동요시는 시각적 이미지와 청각적

---

137 「버드나무열매」, 『호박꽃 초롱』, 앞의 책, 20~21쪽.
138 황수대, 앞의 논문, 82쪽.
　　박금숙, 앞의 논문, 213쪽.
　　이 작품은 1930년에 발표되었다는 의견이 지배적이었다. 그러나 황수대는 1930년에 발간
　　된 『아이생활』이 소실되어 확인할 수 없다고 언급하면서 강소천의 등단작으로 보지 않는
　　다. 그러나 박금숙은 그의 박사학위논문 작가연보 부분에서 1930년 『아이생활』에 발표되었
　　다라고 기록하여 등단작으로 제시하고 있다.

이미지가 통합을 이루면서 서정적 합일을 지향함과 동시에 생명성을 구축하고 있다.

　　나는요 무궁화의 벌이랍니다.
　　고운 꽃 피어나라 노래 부르며
　　이 꽃서 저 꽃으로 날아다니는
　　조그만 무궁화의 벌이랍니다.

　　나는요 무궁화의 나비랍니다.
　　고운 꽃 피어나라 춤을 추면서
　　이 꽃서 저 꽃으로 날아다니는
　　조그만 무궁화의 나비랍니다.

　　우리들의 노래 소리 들었을 텐데
　　귀여운 무궁화는 왜 안될까요.
　　그 몹쓸 찬 바람이 무서웁다고
　　귀여운 무궁화는 피지 못해요.

　　　　　　　　　　　　　　　　　─「무궁화」 전문[139]

　이 동요시는 전기한 바 있듯이 강소천의 초기 작품에 해당한다.[140] 강소천의 초기 동요시는 현실적 경향을 띠면서 정형률에 기대고 있다. 시적 형식이나 시어의 구사에 있어서도 예술적 완결미가 다소 떨어지

---

139 「무궁화」, 『강소천 아동문학 전집 6』, 앞의 책, 191쪽.
140 이 동요시는 강소천이 현실주의적 경향을 드러냈던 초기작인데 1931년 『신소년』에 발표되었던 작품이다. 발표 당시에는 제목이 「무궁화에벌나비」였으나 『강소천 아동문학 전집 6』에 재수록 될 때에는 「무궁화」로 개칭되었다.

는 경향을 보인다. 이 작품도 그러한 면모를 드러내기도 한다. 강소천은 1933년을 기점으로 하여 현실적 경향에서 벗어나 순수 동심의 예술성 높은 동요시와 동시를 빚어낸다. 이 작품이 연구자들의 주목을 받은 것은 민족의 현실성을 다루었다는 점이다.[141] 무궁화는 우리 민족을 상징하는 꽃인데 식민지 치하에서 이러한 상징적인 꽃을 소재로 하여 과감하게 시화한 점에서 높은 평가를 받고 있다. 이렇게 강소천의 동요시 중에서 민족의 현실과 희망을 노래한 것으로는 이례적인 작품에 해당한다.

이 작품이 호평받는 것은 민족의 현실 문제를 직접적으로 발현한 작품이 드물기도 하지만 그가 추구한 동심의 세계와는 차별되는 면이 있기 때문이다. 그러나 그가 민족 말살 정책이 자행되던 일제 강점기 후기에 한글로 된 동요시집『호박꽃 초롱』을 상재한 점을 상기해보면 일견 수긍이 가는 대목이기도 하다. 물론 민족의 독립 문제와 관련지어 읽지 않더라도 시적인 감흥을 느낄 수 있지만, 이 동요시가 민족의 상징인 무궁화를 소재로 했다는 점에서 풍자와 알레고리의 범주로부터 자유로울 수는 없다. 3연으로 이루어진 이 동요시는 7·5조의 정형적 음수율을 일관되게 유지하고 있다. 그리고 벌과 나비는 의인화를 통하여 생명을 탄생시키기 위해 부단히도 노력한다. 1연에서 벌은 무궁화를 찾아가 노래를 부른다.

2연에서도 이 간절한 노력은 이어진다. 나비는 의인화되어 춤을 추면서 "이 꽃서 저 꽃으로 날아다니는" 정성 어린 몸짓을 지속한다. 3연에 오면 이 절박함은 끝내 절망으로 바뀐다. 노래하고 춤을 추며 이

---

141 신현득, 앞의 책, 66~67쪽.
　　신현득을 비롯한 여러 연구자들은 이 작품에서 무궁화꽃이 피기를 염원하는 것은 조국의 광복을 희망하는 것이라고 해석하고 있다. 특히 그는 이 작품이 1941년에 발간된『호박꽃 초롱』에 수록되지 못한 것은 저항성이 강한 작품이었기 때문이라고 주장하고 있다.

꽃서 저 꽃으로 옮겨 다녔건만 끝내 무궁화는 피지 못한다. "찬 바람이 무서웁다고" 생명을 피워내지 못하는 것이다. 여기에서 찬바람을 두고 '일제의 탄압'이라고 해석하는 견해가 지배적인데 외적 환경을 의미하는 것으로 생명력의 탄생과 상극적인 조건으로 볼 수 있다. 앞에서 다루었던 동요·동시와는 달리 비록 꽃이 피어나 생명성이 드러나지는 않지만 벌과 나비가 염원하는 생명에 대한 갈망은 지속된다고 보아야 한다. 3연에서 보인 화자의 태도는 절망과 탄식조로 표면에 드러나 있지만, 1연과 2연에서 보인 부단한 노력은 인내와 함께 희망의 빛을 던져주는 존재론적 의미가 담겨 있다. 즉, 역사적 상상력이 투영된 생명의식을 노래하는 동요시이다. 이 작품이 다소 비극적 상황을 묘사하면서 인내로서 희망을 예견하고 있다면 동요시 「3월」은 역사적 상상력이 작용하면서도 보다 감격적이고 긍정적인 분위기를 연출하고 있다.

　　가만히 귀 기울여 들어 보셔요.
　　머언 산 골짜기에서
　　콸콸콸 눈 녹아 흐르는 소리를.

　　가만히 귀 기울여 들어 보셔요.
　　숲 속에서 금잔디에서
　　우쑥우쑥 새 싹들이 트는 소리를.

　　파아란 3월 하늘을 우러러
　　3·1의 만세 소리를
　　다시 한 번 들어 보셔요.

—「3월」 전문[142]

3연으로 구성된 이 동요시도 3·1만세 운동을 소재로 시화되고 있다. 1연과 2연은 대구를 이루며 시상이 전개된다. 1연에서는 산골짜기에서 겨우내 눈이 녹아 흐르는 물소리가 묘사된다. 2연에서는 숲속에서, 금잔디에서 새싹이 트는 소리가 묘사되어 있다. 이것은 모두 봄을 대변하는 장면 묘사로 생명의 탄생과 맞닿아 있다. 이렇게 생명성을 나타내는 봄의 묘사는 3연에 가면 3·1만세 운동의 벅차고 우렁찬 만세 소리로 의인화된다. 결코 굴하지 않고 우리 민족을 되찾고자 분연히 일어났던 만세 운동은 끈질긴 생명력과 같은 것이었다. 이러한 역사적, 민족적 상상력이 만물이 소생하는 봄의 생명성과 동화되면서 희열의 정서를 창조하고 있다.

지금까지 살펴본 강소천의 동요·동시에서는 물활론적, 의인화적 이미지와 생명의식이 결합되어 표현되었음을 확인하였다. 물활론적 이미지는 무생물이 식물적 또는 동물적 이미지로 전이되면서 두 사물 간의 교감과 소통을 모색하는 양상이 표출되었다. 그런가하면 식물과 동물 이미지는 인간과 공존을 통하여 함께 동화되는 생명의식이 전개되었다. 특히 역사적 상상력과 생명의식을 연결시켜 민족적 생명성을 지향했다는 점에서 시적 특징과 다양성이 발견된다.

(4) 그리움의 이미지와 근원적 세계의 동경

강소천의 문학에서 주조를 이루는 주요한 문학적 정서는 '그리움'이다. 그가 겪은 49해의 생애에는 역사의 격랑이 고스란히 녹아 있고 그것이 강소천의 개인적 삶의 환경에도 지대한 영향을 끼치게 된다. 강소천은 일제 강점기에 직접 겪게 되었던 우리 말 말살과 각종 정치,

---

142 「3월」, 『강소천 아동문학 전집 6』, 앞의 책, 151쪽.

사회, 문화 등의 제도적 탄압을 몸소 체험한다. 또한 그는 광복 이후에 북한 공산주의 체제 하에서 자유로운 생각과 사유 재산을 박탈당하는 핍박과 불안정한 삶을 겪기도 하였다. 이에 그치지 않고 그는 6·25 한국 전쟁 이후에 월남하여 고향과 가족을 상실하는 비극을 체험하면서 이를 인내하고 살아야 했다. 이 모든 체험적 삶은 그로 하여금 '그리움'이라는 정서를 표출하게 된 기층적 요인으로써 작용했다. 이러한 일련의 체험적 삶들은 고향 상실이라는 불안정한 삶과 궤를 같이한다. 그리움은 불안정한 삶을 극복하고자 하는 갈망과 동경으로서 문학적 의지가 표출되는 결과를 낳았다.

강소천은 비교적 어린 나이에 고향을 떠나게 된다. 고향인 미둔리 마을에서 고원 공립 보통학교에 입학하기 위하여 그가 10세가 되던 해인 1924년에 고원읍으로 나와 살게 된다. 그리고 그가 20세가 되던 해인 1934년에 재학 중이었던 함흥 영생 고등 보통학교 4학년을 마치고 학교로 복교하지 않은 채 외사촌 누이가 있는 북간도에 가서 1년여의 기간 동안 타국 생활을 하게 된다. 이렇게 고향과 가족을 등지게 된 강소천에게는 그리움과 외로움이 은연중에 작용하게 되었으며 이러한 감정들이 작품으로 표출되기도 하였다. 또한 그의 고향 상실은 6·25 한국 전쟁으로 월남하게 되면서 더욱 심화되었다. 강소천은 끝내 고향 땅을 밟지 못한 채 타계하게 되면서 그의 문학 곳곳에 유년시절과 고향에 대한 그리움의 표현이 핍진하게 드러나기도 하였다. 그가 겪은 유년 시절의 고향은 진달래, 복사꽃, 살구꽃과 같이 붉은 색의 봄 이미지로 상징화하여 표현되었다. 그의 고향과 관련된 글을 소개한다.

인간에게 있어 "고향이란 이미지는 어머니 품과 같이 원초적이다. 그것은 단순히 태어난 곳이라는 지역성만을 의미하는 것이 아니라, 자아와 세계가 분열되지 않은 진정한 세계로써 기능한다."[143]

혼자 몸으로 월남한 작가에게 고향은 일반 사람보다 훨씬 특별한 의미를 지니는 곳이다. 그에게 '고향'의 이미지는 그 곳에 있는 모든 사람(어머니, 처자식, 사랑하는 사람 등)과 모든 동식물을 상징한다.[144]

강소천 문학에 나타난 그리움의 정서적 특징은 유년적 체험과 관련이 깊다. 유년 시절에 대한 동경은 잃어버린 고향을 되찾고 싶은 의지와 등가 관계를 나타내는 것이며, 원초적이고 근원적인 세계와 맞닿아 있는 것이다. 이것은 근본적으로 서정의 본질과 상응한다. 김경복도 서정의 본질을 유년과 고향에 대한 인식으로 규정한다. 유년은 천진난만한 동심의 상태를 말하는 것으로 곧 근원으로서의 서정적 세계를 지향하고 있다. 그런 점에서 고향에 대한 의식도 서정의 본질을 구성하는 요소로서 근원에 포함된다. 즉, 현대인들에게는 어머니의 품과 같은 곳으로서의 고향이라고 인식하고 있다.[145]

어머니의 품과 같은 고향을 이른 나이에 떠나와 끝내 돌아가지 못한 강소천이 그토록 동경했던 유년의 고향은 현실적 공간으로서의 고향이기도 하지만, 보다 인간 근원의 순수하고 평화로운 낙원으로서의 세계였다. 그의 동시에 나타난 그리움의 이미지도 이와 무관하지 않다. 특히 앞에서 살펴보았던 여러 연구자들의 견해와 같이 고향과 관련이 깊은 인물들 예를 들면 어머니, 형제, 친구들이 그리움의 대상이 되어 시적 형상화를 꾀하고 있다.

금잔디 파래진 순이 무덤에

---

143 유재천, 「님 · 고향 · 민족의 변증법」, 『현대문학』417호, 1989년 9월호, 374쪽.
144 김명희, 앞의 논문, 93쪽.
145 김경복, 앞의 책, 20쪽.

오늘도 찾어와 보았습니다.

—순이는 잠을 잘가?
—순이는 꿈을 꿀가?

　　　　※

꽃 하나 아니핀 순이 무덤이
어쩐지 쓸쓸해 보였습니다.

—문들레 심어 줄가?
—할미꽃 심어 줄가?

　　　　※

저녁 바람 스산한 순이 무덤에
공은꽃 꺾어다 심어 놓고는
「순이야!」 가만이 불러보았네.

—「순이 무덤」 전문[146]

도라지 꽃은 가신 언니 꽃
예쁜 보라색.

언니를 찾아 뒷산에 가자

---

146 「순이 무덤」, 『호박꽃 초롱』, 앞의 책, 18~19쪽.

보라색 저고리.

오늘도 나만 혼자
뒷동산에 올라서
언니가 좋아하던
꽃을 찾아 헤매인다.」」

도라지 꽃은 가신 언니 꽃
예쁜 보라색.

—「도라지꽃」 전문[147]

3연으로 이루어진 「순이 무덤」[148]은 강소천이 직접 밝힌 것처럼 실제 체험이 반영된 동요시이다. 이 작품에 등장하는 순이는 소천이 열네 살 때 보통학교 같은 반 여학생이었던 실제 인물이다. 순이와 강소천은 같은 반으로 각각 남녀 반장이었다고 한다. 둘은 담임선생님의 부름을 받고 시험 채점을 위해 선생님 댁에서 자주 만났다고 한다. 그러던 순이가 졸업을 앞두고 저 세상으로 떠났다는 것이다. 이에 대한 이별의 아픔과 그리움을 토로한 적이 있는데 이 동요시에서도 순이 무덤을 찾아 그리움을 표출하는 장면이 시적으로 표현되어 있다.[149]

화자는 그리움에 사무쳐 순이 무덤을 찾는다. 꽃 한 송이 피지 않은

---

147 「도라지꽃」, 『강소천 아동문학 전집 6』, 앞의 책, 208쪽.
148 박경종, 「대보다 더 곧은 소천 형」, 소천문학상운영위원회 엮음, 『강소천 문학전집 12』, 문음사, 1981, 208쪽.
　　박경종의 증언에 따르면 『호박꽃 초롱』 발간 이전에 이미 발표된 작품임을 알 수 있다. 박경종이 외출하여 함흥에 나왔을 때 성문각이라는 서점의 벽보판에서 「순이 무덤」이라는 이 시를 보았다고 증언한 바 있다. 이 때 강소천은 영생중학교 재학생이었는데 이를 계기로 박경종은 강소천을 알게 되었다고 한다. 그러나 발표 지면과 발표 연대를 확인할 길이 없다.
149 위의 책, 46~50쪽.

무덤에서 화자는 순이의 죽음을 받아들이지 않는다. 그저 순이는 잠을 자거나 꿈을 꾸고 있는 것 같다. 그리하여 민들레나 할미꽃과 같은 꽃을 꺾어다 무덤가에 심어 놓고는 "순이야!"라고 불러본다. 화자가 죽음을 인정하지 않음으로써 그리움의 정서는 더욱 고조되어 나타난다. 이것은 시적 화자와 시적 대상인 순이와의 거리가 이승과 저승처럼 완전히 분리된 공간이 아님을 의미한다. 시적 화자에게는 순이가 살아 있다고 믿는 이승에서의 해후가 가능한 거리인 것이다. 순이와의 거리를 화자의 내면 속에 무화시킴으로서 빚어지는 서정적 동일화의 현상이기도 하다.

「도라지꽃」도 언니와의 이별을 통하여 그리움을 표출하고 있는 동요시이다. 이 작품에서도 언니는 세상을 떠난 인물로 해석된다. 혈육에 대한 그리움이 절실하게 투영되어 있는데 세상을 떠난 언니는 예쁜 보라색 도라지꽃으로 은유화되어 있다. 화자는 언니에 대한 그리움으로 인하여 뒷산에 올라 보라색 도라지꽃을 찾아 헤맨다. 언니에 대한 화자의 그리움이 도라지꽃에 미적으로 투영되어 서정적 이미지로 표출되고 있다. 수미상관의 기법을 구사함으로써 도라지꽃을 찾아 뒷산을 헤매는 화자의 그리운 감정이 은유화의 과정을 거쳐 미적으로 승화된다.

흰 눈이 푹 덮인 산골은
한폭의 아름다운 풍경화.

산토끼가 깡충 뛰고
다람쥐가 쪼르르 달리면
골짜기는 금방 움직이는 그림.

산꿩이 메아리를 부르고
산새들이 시로폰을 타면
아아 즐거운 음악 영화
눈 덮인 내 고장.

—「내 고장」 전문[150]

강소천이 태어난 고향 마을 풍경에 대하여 한 폭의 그림처럼 시화한 동시이다. 그의 고향 마을은 함경남도 고원군 수동면에서 더 들어가 미둔리에 위치한 산골 마을이었다. 북쪽에 위치한 이 마을은 겨울이면 눈이 많이 오고 바람 소리가 높았으며 겨울이 유난히 길었다고 한다. 또한 겨울이 가고 봄이 오면 병풍처럼 둘러싸인 산골짜기에서 얼었던 물이 바위틈에서 샘솟았고, 진달래와 할미꽃, 민들레 등이 산을 덮었다고 한다. 강소천의 집안은 개화된 가정으로서 경제적으로 부유하여 과수원이 많았다. 특히 분홍빛 복숭아꽃이 아름다웠다고 한다.[151] 이 동시는 겨울을 맞은 고향 마을의 평온한 정경을 노래한 동시로서 그가 고향 마을을 회상하며 지은 작품이다. 실제로 그는 수필에서 고향 마을을 다음과 같이 언급한 바 있다.

평원선(平元線)이 놓인 뒤부터는 고원(高原)이라면 평원선 종점이라는 것을 알게 되었지만, 그 전엔 통 모를 만큼 조그만 고을이었읍니다.

내가 나서 자란 곳은 이 고원읍에서 또 30 리나 산골로 들어간 아주 벽촌이었읍니다.

우리 할아버지는 이 곳에 많은 산과 논밭과 그리고 터밭에 과실나무를 손수 심고 잘 살으셨읍니다. 그게 남 먼저 예수를 믿고 먼저 개화를 했기 때문

---

150 「내 고장」, 『강소천 소년문학선』, 앞의 책, 176쪽.
151 남미영, 앞의 논문, 6쪽.

이었는지도 모릅니다. [···중략···]

　봄이면 민들레와 할미꽃을 뜨락에 떠다 옮겨 놓기를 즐겼고 겨울엔 참새 잡이에 추운 줄을 몰랐었습니다.[152]

　이 동시가 월남 이후에 발표된 것으로 보아 강소천이 고향을 그리워하며 쓴 것으로 창작 시기를 추정할 수 있다. 그렇다면 고향에 대한 그리운 감정을 회상하면서 유년 시절의 추억과 풍경을 묘사했다는 추론이 가능하다. 마치 서경적 묘사에 집중하고 있는 것처럼 보이지만 화자의 진술 이면에는 그리운 감정이 한껏 배어 있다. "아아 즐거운 음악 영화/눈 덮인 내 고장."이라는 마지막 연의 두 행은 고향에 대한 회한이 압축되어 그려진다. 눈 덮이고 토끼가 눈길을 따라 뛰고, 다람쥐가 달리는 시각적 정경은 영화의 장면처럼 이미지화되어 표현되어 있다. 산꿩과 산새들의 소리는 청각적 이미지로 실로폰의 악기 소리로 은유화되어 한 곡의 음악으로 표현되어 있는 것이다. 즉, 시각적 묘사는 영화로, 청각적 묘사는 음악으로 은유화되어 평온하고 자유로운 자연과 함께 벗하며 사는 고향 마을로 미적인 형상을 구현하고 있다. 이러한 고향 마을의 그리움과 미적 형상화는 강소천의 또 다른 동시편에서도 찾아볼 수 있다. 동요로 작곡되어 널리 불려졌던 「그리운 언덕」[153]과 「코스모스」[154]도 대표적인 작품이다.

---

152 「나를 길러 준 내 고향은 동화의 세계」, 『강소천 소년문학선』, 앞의 책, 219쪽.
153 「그리운 언덕」, 『강소천 아동문학 전집 6』, 앞의 책, 213쪽.
154 「코스모스」, 소천아동문학상 운영위원회 엮음, 『강소천 아동문학 전집 10』, 교학사, 2006, 264쪽.
　이 작품은 1954년에 발간한 『강소천 소년문학선』과 1964년에 발간한 『강소천 아동문학 전집 6권』에 수록된 「코스모스 피는 마을」을 개작한 것으로 보인다. 제목도 바뀌었지만 시행도 축소하여 간결미를 추구하였다.

한……번
두……번
세……번
네……번
…………
…………

　(나는 그만 쓰러 졌다.)

마당이 돈다.
집이 돈다.
조선이 돈다.
지구가 돈다.
…………
…………

　(슬몃-이 멎었다.)

──엄마는 왜 상게두 안 도라 오누.

가을 하늘은 파랗기도 하다.

―「가을 하늘」 전문[155]

　1937년 4월 잡지 『동화』에 처음 발표된 이 동요시는 시적 형식에 있
어서도 기존의 정형적 동요시와는 확연한 차이를 보여준다. 이 동요시
는 운율이나 연과 행 가르기의 시적 형식이 일정한 규칙성에 의존하

---

155 「가을 하늘」, 『호박꽃 초롱』, 앞의 책, 64~65쪽.

지 않고 있다. 7·5조나 3·4조의 일정한 음수율이 나타나지 않음은 물론 1연, 2연은 모두 7행, 3연과 4연은 각각 1행으로 구성되어 있다. 이를 보면 이 동요시는 반복적 시형으로 전개되지만 음수율의 정형적 리듬과는 거리가 있다. 자유시형에 가까운 형태를 취하면서 함축미와 시적 구상력이 뛰어난 작품이다. 화자는 엄마가 돌아오기를 기다리며 마당을 돈다. 한 번 두 번 셈을 하면서 돌다가 몇 번을 돌았는지 그 수를 헤아리기조차 어려울 만큼 반복적으로 행동한다. 끝내 화자는 어지럼증을 느끼고 쓰러진다. 엄마를 기다리는 불안한 심리와 행동을 마당 돌기와 어지럼증으로 표상하고 있다. 어지럼증도 마당, 집, 조선, 지구가 도는 것처럼 점층적으로 표현되어 있어 시의 미적 정서를 구체화시키고 있다. 그래도 엄마는 돌아오지 않고, 엄마를 그리는 화자의 마음은 파란 가을 하늘에 이입되어 나타난다.

박상재는 강소천의 문학에서 그리움의 촉매 색상을 파란 하늘빛이라고 분석한 바 있다. 즉, 파란 하늘은 항상 그리움의 대상으로 나타난다는 것이다.[156] 3연에서 "엄마는 왜 상게두 안 도라 오누."라고 그리움을 표현한 뒤 4연에서 "가을 하늘은 파랗기도 하다."라고 시적 진술을 한다. 이 상황은 발화된 화자의 정서가 그대로 그리움의 대상인 파란 가을 하늘에 이입된 상태이다. 즉, 파란 하늘빛은 어머니에 대한 그리움의 구체화인 것이다. 강소천에게 있어서 어머니는 정서적 근원이었으며, 가족의 뿌리이자 삶의 원천이었음이 확인되는 대목이다. 다음의 동요시는 이를 표징하는 대표적인 작품이다.

울엄마 젖 속에는 젖도 많아요.
울언니가 실-컨 먹고 자랐고

---

156 박상재, 『한국 창작동화의 환상성 연구』, 집문당, 1998, 77쪽.

울오빠가 실-컨 먹고 자랐고

내가 내가 실-컨 먹고 자랐고

그리구 울애기가 먹고 자라니

정말 참 엄마 젖엔 젖도 많아요.

—「울엄마젖」 전문[157]

1933년 5월 『어린이』에 처음 발표된 이 동요시는 7·5조의 정형적 음수율을 규칙적으로 지키고 있다. 유아적 동심을 발상으로 하여 언니, 오빠, 나, 우리 아기가 모두 엄마의 젖을 먹고 자랐다는 근원에 대한 표현과 함께 엄마의 모성적 사랑의 존엄을 시화하고 있다. 시적 구조는 단순하다. 언니, 오빠, 나, 우리 아기가 모두 엄마의 젖을 먹고 자랐으니 엄마의 젖은 참 많다는 단순한 발상으로 이루어져 있다. 단순한 표현인 듯 보이면서도 심오하고 위대한 사랑이 담겨 있다. 모성성이 잘 드러난 동요시로서 강소천의 초기작에 해당한다. 이 동시를 기점으로 하여 강소천은 문학에서 어머니에 대한 그리움과 모성애를 소재로 한 작품을 꾸준하게 발표한다.

지금까지 강소천의 동요·동시를 은유적 상상력의 관점에서 다루어 보았다. 그가 보여준 은유적 상상력은 곧 서정적 관점에서 삶의 본질적 측면을 제시하고 있다. 다양한 이미지를 통하여 사물의 본질과 인간과의 동일화 및 교감을 추구한다. 이것은 주체와 대상과의 융화를 지향하는 서정적 본질과 맥을 같이 하는 것이다. 은유적 상상력의 목적은 사물의 본질에 내재하고 있는 새로운 세계를 창조하고, 인간과 동질성을 꾀하는 것에 있다. 이를 위하여 강소천이 표현한 비유적 이미지는 우주적 이미지, 놀이 이미지, 물활론적 이미지, 그리움의 이미

---

157 「울엄마젖」, 『호박꽃 초롱』, 앞의 책, 27쪽.

지이다. 우주적 이미지는 하늘, 바다, 별, 달, 태양 등의 우주적 사물로서 인간이 갈망하는 이상을 드러낸다. 즉, 이러한 이미지를 통하여 영원성, 자유성, 미래성, 생명성을 추구하며 인간과 우주와의 소통을 지향한다.

놀이 이미지는 원시성에서 기원한 성격과 어린이의 본성이 동일하다는 전제에서 분석을 시도하였다. 말놀이의 유희성과 놀이 이미지를 통하여 화자의 욕망을 표현하기도 하였으며, 사물이나 자연물의 놀이 도구를 통하여 놀이 자체에 즐거움을 표출하였다. 또한 축제와 같은 명절을 놀이의 형태로 인식하여 순수한 어린이의 동심과 기대를 표현하였다. 물활론적 이미지는 무생물을 식물과 동물 이미지에 전이시켜 교감을 통한 생명 의식을 드러냈으며, 동물과 식물 이미지를 의인화시켜 인간과의 소통을 지향하고 생명력을 불어넣기도 하였다. 그런가하면 역사적 상상력을 통하여 민족적 생명력을 의인화의 기법으로 표상하였다. 그리움의 이미지는 강소천의 유년 시절과 체험적 생애가 구축한 정서로서 친구, 형제, 가족 등에 대한 그리움의 정서를 표출하였다. 또한 고향을 상실한 시인의 체험이 발휘되어 고향에 대한 그리움과 회상을 드러내기도 하였다. 특히 혈육에 대한 그리움으로 어머니에 대한 그리움은 각별한 이미지로 표출되었다. 또한 이것은 인간의 삶과 정서적 근원으로서 모성애와 그리움이 핍진하게 묘사되어 있다. 이러한 이미지들은 은유적 상상력을 바탕으로 하여 부정보다는 긍정을 지향하면서 동일화의 세계를 창조하고 있다.

2. 동화적 상상력과 초장르적 인식

강소천은 서정 장르인 동시 형식을 통하여 독특한 방식으로 서정성을 구현하고 있다. 그 첫 번째 방식은 강소천의 동시가 은유적 상상력을 통하여 서정적 특징을 선명하게 드러내고 있다는 점이다. 이와 관련한 논의는 앞 절에서 진술한 바 있다. 두 번째 방식은 동시라는 서정 장르에 서사적 요소를 도입함으로써 장르적 결합을 시도한다. 이를 통하여 정서나 의식을 반영함으로써 서정성을 강화하는 전략으로 활용하고 있다. 즉, 동화적 상상력을 활용하여 운문과 산문 장르의 엄격한 경계에 얽매이지 않고 초장르적 접근을 시도한다. 그의 이러한 인식 태도는 서정 장르의 기본 양식인 동시문학으로서의 새로운 형식적 가능성을 모색하는 문학적 의지와 직결된다.

동화는 구전 설화에서 발전한 문학 양식으로서 산문으로 된 서사문학의 한 갈래로 보는 것이 일반적이다. 이를 기반으로 하는 동화적 상상력에 대하여 바르게 이해하기 위해서는 동화가 지니고 있는 특성을 확인할 필요가 있다.

동화는 현실의 경계를 무시하는 환상의 순수한 놀이이며, 동화는 상상력을 바탕으로 꾸며낸 즐겁고 경이로운 이야기이다.

동화의 세계는 꿈의 세계이고, 초현실의 세계이며, 초현실적인 현상들을 현실적인 사건들로 꾸며서 이야기하는 마술의 세계이다. 또한 동화의 세계는 현실에서 일어날 수 없는 모든 일들이 그 속에서 일어날 수 있는 신비의 세계이며, 동시에 그 세계에서 묘사된 일들이 언젠가는 실현될 수도 있다는 믿음 가운데 그려지는 미래의 세계이기도 하다. 그러므로 동화는 동심을 기조로 하여 꾸민 서정적이고 환상적인 이야기이며, 남녀노소 모두가 즐겁게 읽을 수 있는 시적 요소를 갖춘 산문문학이라고 말할 수 있다.[158]

---

158 이성훈, 『동화의 이해』, 건국대학교출판부, 2011, 14~15쪽.

인용한 바와 같이 동화는 현실의 경계를 초월하여 초현실적인 속성을 지니고 있다는 내용이다. 즉, 이야기를 통하여 초현실적인 현상들을 현실의 사건으로 꾸며서 언젠가는 실현시킬 수 있다는 믿음 하에 생산된 신비하고 마법적인 상상력의 세계인 것이다. 이러한 정신을 반영한 것이 동화적 상상력인데 이를 보는 관점에서는 연구자들마다 약간의 차이를 보이기는 하나 동화의 정신과 특징이라는 입장에서 보면 대동소이하다. 남기택은 동화적 상상력을 다음과 같이 정의 내리고 있다.

동화적 상상력은 동심에 기초하고 있으며 환상성과 낭만성을 포함하는 문학적 장치이다. 여기에는 환상에 근거하고 있는 서사구조, 우화적 내용을 주제화함에 있어 토속적인 소재를 취하거나 방언을 활용하는 수사기교 및 이미지 등이 포함될 수 있다. 의도적인 동심 지향성과 유년기의 체험을 주된 소재로 활용하고 있는 경우도 동화적 상상력에 바탕한 문학 양상이라고 할 수 있겠다.[159]

그는 동화적 상상력을 구성하는 요소로서 환상과 낭만성, 의도적인 동심 지향 및 유년 체험을 들고 있다. 김용희는 "동화적 상상력은 바로 모든 동식물과 말을 하는 물활론적 세계관에 입각해 있으며, 그 세계관은 어린이의 꿈의 세계와도 직결된다."[160]라고 정의하고 있다. 서덕민도 동화적 상상력을 구성하는 요소로서 환상성과 서사성의 문제를 거론하고 있다.[161] 이렇게 볼 때 동화적 상상력의 핵심적 요소는 초현실적 세계와 밀접한 관련이 있다.

---

159 남기택, 「동화적 상상력과 근대문학의 성립」, 윤충의 외, 『직관과 상상력』, 앞의 책, 354쪽.
160 김용희, 『디지털 시대의 아동문학』, 청동거울, 2005, 72쪽.
161 서덕민, 「백석 시에 나타난 동화적 상상력」, 『한국문예창작』 18호, 한국문예창작학회, 2010, 46~47쪽.

동화적 상상력을 보다 폭넓게 이해하기 위해서는 동화문학의 속성 외에도 동화문학이 갖는 장르적 특징도 검토해 보아야 한다. 포괄적 장르 또는 초장르적 인식에서 접근이 가능한데 이성훈과 김용희의 주장을 참고할 필요가 있다.

　인간이 꿈꾸던 모든 것을 실현할 수 있는 장르, 어린아이와 같이 순수한 마음을 표현할 수 있는 장르, 모든 등장인물들이 조화롭게 선을 이루면서 추구하는 줄거리를 성취할 수 있는 장르, 그것이 동화이다. 그래서 낭만주의자들은 동화를 시·소설·드라마에 이어 네 번째 장르로 인정하며, 모든 장르를 에워싸는 포괄적 개념으로 동화를 예찬했던 것이다. 그러므로 동화는 서정적·서사적·극적인 요소를 포함한 문학의 본질이며, 모든 것이 조화롭게 성취되는 순수한 환상의 유희인 것이다.[162]

　동화의 미학은 서사성과 서정성이 공존하는 자리에 놓여 있다. 그것은 또 순진무구하고 정직하면서도 환상적이고 서정적인 어린이의 세계와도 맞닿아 있는 것이기도 하다. 그런 면에서 동화의 서사는 소설의 서사와 구별된다. 소설의 서사가 자아와 세계의 대결을 조장하는 것이라면, 동화의 서사는 자아와 세계의 동일화나 화해를 모색하고자 한다. 따라서 동화는 선과 악의 이분법적 구도를 지니면서도 끝까지 대결과 대립으로 이끌어 가는 양식이 아니라 그 극복의 아름다움을 보여주는 문학인 것이다.[163]

　두 인용문은 동화문학의 장르적 특징을 언급한 대목이다. 공통점은 동화문학이 대립이나 갈등을 지향하는 것이 아니라 조화와 화해를 추

---

162 이성훈, 앞의 책, 16쪽.
163 김용희, 앞의 책, 72쪽.

구한다는 것을 강조하고 있다. 이러한 정신을 지닌 동화문학이 자칫 서사문학으로서 산문 문장에 기반을 두는 양식이란 점에서 산문 정신에 입각한 문학 양식으로 이해될 수도 있다. 즉, 산문 정신은 문명의 발달로 인한 복잡화와 현실적 대응에 의한 비판 정신의 소산으로 이해되는 것을 기본 전제로 한다. 그러나 동화문학은 이러한 산문적, 서사적 형식을 띠면서도 의식이나 정신에 있어서는 동일화를 추구하는 서정적 세계와 맞닿아 있다. 그럼으로써 동화문학은 인접 장르를 포괄하는 초장르적 성격을 띠게 되는 것이다. 이를 두고 이성훈은 서정적, 서사적, 드라마적 장르의 특징을 포함한다고 진술하고 있으며, 김용희도 동화문학에서 장르적 특성이 갖는 서정성과 서사성의 공존을 주장하고 있는 것이다.

강소천의 동시에도 동화적 상상력을 반영한 작품이 발견되는 점에서 하나의 특징으로 제기된다.[164] 이러한 초장르적 인식이 그의 문학적 기저에 작용하고 있다. 이것은 서정 양식인 동시 장르에 동화가 지니고 있는 서사적 요소를 도입하여 서정적 특성을 다원화한 것이다. 곧 시문학에서 서사적 요소를 도입한 '이야기시'와 동일한 장르적 특징이 되는 형태이다. 헤겔은 서정시의 경우 내용 및 표현 면에서 서사적인 사건을 다룸으로서 서사시에 근접할 수 있다는 주장을 펼친 바 있다. 그가 예로 든 이런 류의 서정시로는 영웅들을 위한 노래, 로망스, 발라드 등이다. 이런 시 양식들은 서사적인 요소를 지니고 있음에도 불구하고 서정시로 칭하고 있다. 그 이유는 사건 자체에 관심을 기울이는 것 보다 그 안에 반영된 심정이 중심이 되도록 표현하기 때문이

---

[164] 강소천이 발표한 동요·동시는 270여 편에 달한다. 이중 240편의 작품을 대상으로 동화적 상상력이 반영된 편수를 연구자가 조사한 결과 54편(22.5%)으로 드러났다. 이 작품들에는 대화법과 의인법이 주요 수사법으로 발휘되었으며 미약하나마 서사적 구도를 취하고 있었다. 이 수치를 미루어 보면 강소천은 동요·동시에서 동화적 상상력을 비교적 자유롭게 표상하고 있었다는 것을 입증한다.

라고 한다. 내용은 서사적이지만 그것을 다루는 방식이 서정적이라는 의미이다. 이것이 시사하는 바는 우리가 말하는 문학적 장르 자체가 고정불변한 것이 아니라 서로 긴밀하게 영향을 주고받으면서 변모를 일으키는 역동적인 관계로 보고 있음을 강조하는 논리이다.[165]

토도로프도 "장르의 유래는 다른 장르에서 유래한다. 새로운 장르는 언제나 하나 혹은 여러 개의 옛날의 장르가 반전, 이동, 조합함으로써 변모한 것이다."[166]라고 하여 장르의 고정불변성을 비판하고 있다. 특히 슈타이거는 장르를 '서정시, 서사시, 극시'와 같은 고정된 형식적 양식으로 분류하기보다는 관념에 의한 분류를 시도하고 있다. '서정적, 서사적, 극적'이라는 관념에 의해 의미를 부여함으로써 문학 양식을 보다 유연하고 폭넓게 인식한다. 즉, 하나의 문학 작품 안에서도 여러 장르의 특성이 혼재되어 나타날 수 있다는 것을 전제로 하고 있다.[167]

강소천이 동시문학에서 동화적 상상력을 반영한 것은 단순히 기법적 차원의 문제가 아니라 장르적 혼합과 포괄성을 지향한 문학적 의지로 파악된다. 강소천은 1930년대 후반부터 창작동화도 발표하면서 장르의 영역을 확장시켰는데 동시문학에서 사용된 시적 모티프가 창작동화에 변용되어 창작된 사례가 적지 않게 발견된다. 이러한 현상들은 그가 동시문학과 동화문학을 넘나들면서 발휘한 문학적 역량이기도 하지만, 형식적 경계에 치중하기보다는 원하는 모든 주제와 내용을 용해시킬 수 있다는 초장르적 인식에서 기인하는 문학관이라고 할 수 있다. 결국 이것은 어떻게 미적으로 승화시키는 것이 중요한 것일 뿐 정해진 특정의 장르에 따라 시적 정서나 문학 의식이 달라지는 것은

---

165 오성호, 앞의 책, 375~377쪽.
166 츠베탕 토도로프, 송덕호, 조명원 공역, 『담론의 장르』, 예림기획, 2004, 70쪽.
167 에밀 슈타이거, 오현일 공역, 『시학의 근본개념』, 삼중당, 1978, 14~16쪽.

아니라는 창작관을 간파할 수 있는 대목이다.

본 절에서는 이러한 강소천의 초장르적 문학 의식을 전제하면서 그의 동시편에 반영된 동화적 상상력을 검토하게 된다. 먼저 동화적 상상력이 강소천의 동시에 어떻게 형상화되고 있는지 기법적인 차원에서 살펴보고, 상호텍스트성의 측면에서 시적 모티프를 통하여 동시 장르와 동화 장르 간의 영향 관계가 작품에서 어떠한 양상으로 드러나는지 검토하기로 한다.

1) 동화적 상상력을 구성하는 기법

강소천의 동시에 도입된 동화적 상상력을 분석해 보면 기법적 차원에서 크게 두 가지의 특징이 발견된다. 하나는 물활론적 사고에 입각하여 의인화의 수법을 사용한 것이고, 다른 하나는 대화법을 사용한 시형을 구사함으로써 이야기성을 극대화시키고 있다. 이러한 기법적 특징들은 모두 동화적 상상력을 구성하는 요건들로서 강소천의 동시가 갖는 시적 개성으로 간주한다. 동화적 상상력의 주된 특징은 이야기성을 담보하는 것이기 때문에 강소천은 의인화와 대화법을 동시 속에 효과적으로 사용하여 새로운 시형을 탐구하면서 독창적인 동시의 세계를 구축한 것이다. 그러므로 그의 동시에 나타난 의인화와 대화법을 검토함으로써 동화적 상상력이 구체화된 양상을 살피게 된다.

의인화란 물활론적 사고에 기반을 두고 있는 수사적 형태이다. 물활론적 사고는 동심에 기초를 두면서 인간 이외의 것을 인간에다 비유하고, 인간의 사고와 생활을 그것들에게 적용시킴으로써 어떤 실감을 만들어 내는 상상적 언술 행위이다. 황수대는 아동심리학적 측면에서 물활론적 사고를 설명하고 있다. 물활론적 사고는 곧, 동화적 사고에 해당한다고 규정한다. 즉, "어린이들은 세상 경험이 적기 때문에 자연이나 어떤 현상을 이성적, 과학적 사고로 이해하지 못하고, 물활론적 사고를 통하여 그들의 세계를 이해한다는 것"이다.[168] 어린이들은 자신들이 살고 있는 세상을 이해하기 위하여 물활론적 사고인 동화적 사고를 활용한다는 설명이다. 이것이 동화적 상상력을 촉발시키는 근원적 전제가 된다고 보고 있다. 특히 물활론적 사고를 대표하는 기법으로는 활유법과 의인법이 있는데 이 중에서도 의인법이 큰 비중을 차지한다. 의인화는 어린이의 심리를 이해하는 단서이기도 하지만 아동문학에서도 동심을 이해하는 핵심적인 키워드가 된다. 그리하여 이 의인화의 세계를 두고 김용희는 '동심적 상상력'[169]이라는 용어를 사용하였고, 이성훈도 '동화의 일차원성'[170]이라는 개념으로 설명을 하고 있다. 강소천의 동시에도 의인화를 활용한 시편이 발견되는데 이를 통하여 그가 얼마나 동심에 천착하려 했는지 그 흔적을 엿볼 수 있다.

따르르릉…… 따르르릉……

대낮에 풀벌레가 호박 영감에게
전화를 걸었습니다.

호박 영감님은 지금
낮잠이 한창인데요. […중략…]

──이놈의 영감쟁이 귀가 먹었나?
──이놈의 전화 줄이 병이 났나? […중략…]

168 황수대, 앞의 논문, 97~98쪽.
169 김용희, 앞의 책, 67쪽.
170 이성훈, 앞의 책, 16쪽.

──옳아! 저놈의 영감쟁이 오늘도 낮잠이로구나.

　　따르르릉…… 따르르릉……

　　풀벌레는 자꾸만 자꾸만
　　종을 울렸습니다.

—「풀벌레의 전화」 부분¹⁷¹

　이 동시는 12연으로 이루어진 작품이다. 동요시집 『호박꽃 초롱』에
처음 실린 작품으로 정형적 형태를 전혀 느낄 수 없는 완전한 자유시
형을 취하고 있다. 이 동시는 의성어와 반복법을 적절히 사용하면서
작품의 미적 효과를 살리고 있다. 무엇보다도 의인화의 기법이 돋보이
며 그로 인해 재미성이 배가된 작품이다. 시적 화자는 객관적 상황만
진술할 뿐 작품의 내적 상황에는 개입하지 않는다. 시적 배경은 한가
한 대낮의 산야에서 흔히 있는 일상의 생활을 희화하여 시적 형상을
보여주고 있다. 풀벌레와 호박을 의인화하여 재미있는 위트를 연출하
고 있다. 풀벌레의 울음소리를 전화벨로 이미지화하고 있는 것도 특징
이다. 풀벌레는 낮잠을 자고 있는 호박영감에게 계속 전화를 건다. 호
박영감은 풀벌레의 전화를 끝내 받지 않고 낮잠을 잔다는 시적 상황
으로 사물에 대한 통찰과 의인화의 감각이 빼어난 작품이다.
　시인은 따가운 햇볕이 내리 쬐는 한낮에 늙은 호박이 늘어져 있는
모습을 보고 낮잠을 자는 것으로 의인화하고 있다. 풀벌레가 시끄럽게
우는 소리를 가리켜 풀벌레가 호박영감에게 거는 전화벨소리로 이미

---

171 「풀벌레의 전화」, 『호박꽃 초롱』, 앞의 책, 56~58쪽.

지의 전환을 꾀하고 있는 것이다. 특히 의인화된 상황에서 풀벌레는 호박영감이 전화를 받지 않자, '호박영감이 귀를 먹었는지, 전화 줄이 병이 났는지'라고 혼잣말로 투덜거린다. 이 대목에서 시인은 재미성을 극대화시켜 동화적 상상력의 효과를 실감나게 표현한다. 비록 이야기가 일정한 줄거리를 갖추고 있지 않아 서사적 통일이 결여된 형태를 보인다. 하지만 순간의 장면을 제시함으로서 하나의 사건이 야기된 이야기성이 성립되고 있다는 점에서 동화적 상상력이 돋보이고 있다.

[…전략…]
집 뒷 뜰에 가면
곱게 핀 복사 꽃을
흔들어 놓고

방안에 들어 오면
글 읽을줄도 모르는게
책장만 자꾸 넘기는

심술 쟁이 봄 바람.
울 오빠 같은 바람.

—「봄바람」 부분[172]

삐용삐용 뜨락에 병아리 학교
암탉 선생 둘레에 빼앵 돌아 서
재미있게 공부하는 병아리 학교.

172 「봄바람」, 앞의 책, 50~51쪽.

첫 시간은 국어 시간 글자 배우기
"꼬"자에 "기역"한 자 "꼭 꼭 꼭" [···중략···]

그 다음은 미술 시간 그림 그리기
모래 위에 발자국 하나 둘 셋
그렸다가 지우고 또 그려 보고

칠판두 없는 학교 병아리 학교
책두 책두 없는 학교 병아리 학교
그래두 재미 나는 병아리 학교.

—「병아리 학교」 부분[173]

　동요시집 『호박꽃 초롱』에 실린 「봄바람」도 봄바람을 의인화한 동
요시이다. 시적 화자가 작품 말미에 '울 오빠'라는 호칭을 사용하고
있는 것으로 보아 여자 어린이로 추정된다. 시적 화자는 봄바람을 심
술쟁이라고 표현한다. 길에서는 먼지를 일으키고, 마당에 와서는 빨래
를 떨어뜨려 흙을 묻히고, 뒤뜰에서는 고운 복사꽃을 떨어뜨리고, 방
에 들어와서는 글도 읽을 줄 모르는 게 책장만 넘기는 그야말로 짓궂
은 장난꾸러기 봄바람이다. 그것도 우리 오빠와 같다고 하여 봄바람의
변덕스런 행태를 말썽꾸러기 오빠에 비유하고 있다. 시상이 단조롭게
구성된 동요시이지만 시적 화자의 진솔한 마음이 표현되었다. 또한 봄
바람의 속성을 의인화시켜 일상적인 생활 장면을 묘사하고 있는 것도
특징이다.

---

173 「병아리 학교」, 『강소천 소년문학선』, 앞의 책, 166쪽.

「병아리 학교」도 1953년에 발표된[174] 동요시로서 병아리를 등장시킨 동물 의인화이다. 최지훈은 우리 아동문학에서 의인화의 대상으로 등장한 인물 중에 동물을 의인화한 작품이 가장 많다는 흥미로운 발표를 한 바 있다.[175] 작가들은 의인화의 대상으로 동물을 선호하고 있다는 것이다. 강소천도 그의 동요·동시와 동화에서 병아리 외에도 토끼, 사슴, 까치, 참새, 제비 등 다양한 동물을 의인화의 대상으로 삼고 있다.

병아리들이 암탉을 중심으로 모여 있는 장면을 보고 학교의 선생님과 학생들이라고 연상을 통한 의인화를 드러낸다. 병아리들은 아직 "꼭 꼭 꼭" 소리를 내지 못하고 어리고 가녀린 "삐용삐용" 소리를 낸다. 그리하여 "꼭 꼭 꼭"이라는 성숙된 닭의 소리를 배워야한다는 교육적 상상력을 시적 발상으로 삼고 있는 것이다. "꼭"이라는 글자의 구성 방식을 배우는 국어시간, "꼭 꼭 꼭"이라는 성숙한 목청소리를 내는 음악시간, 모래 위에서 병아리들이 움직이며 발자국을 새기는 것을 보고 그림을 그리는 미술시간으로 표현하여 이야기성을 구성하고 있다.

동화적 상상력을 발휘하는 강소천의 동요·동시에서 의인화의 기법과 함께 핵심적 요건으로 거론할 수 있는 것이 대화 형식이다. 강소천은 대화 형식을 시적 언술로 의미 있게 사용함으로써 이야기성을 고조시키는 극적 효과를 극대화시키고 있다. 대화는 서사문학에서 인물의 행동을 드러내고 사건을 전개시키는 중요한 언술 행위인데 강소천의 동요·동시에는 이러한 대화 형식이 두드러진 특징으로 구사되어 있다.

---

174 이 작품은 1953년 3월 『어린이 다이제스트』에 처음 발표되었고 이듬해에 출간된 『강소천 소년문학선』(경진사 간)에도 수록되었다.
175 최지훈, 『어린이를 위한 문학』, 비룡소, 2001, 204쪽.

「얘――

넌 오늘 어디가 멀 했니?」

「나?

길 거리에서 바람개비 돌렸지.」

「그래 넌 오늘

어디가 멀 했니?」

「난 오늘 공중에서

연 올렸지.」

「얘――

오늘 밤엔 너 멀 할테냐?」

「나?

숲속에 들어가 소롯―이 자야겠다.」

「난두

일찌기 자야겠다.」

――「아아 고단 하다.」

――「아아 다리 아프다.」

―「바람」 전문[176]

---

176 「바람」, 『호박꽃 초롱』, 앞의 책, 54~55쪽.

이 동시는 1938년 『아기네 동산』에 처음 발표된 후 동요시집 『호박꽃 초롱』에 재수록한 작품이다. 의인화된 바람이 서로 대화를 나누는 장면으로 설정되어 있어서 극적 형식을 취하고 있다. 대화 형식에 대하여 플라톤은 모방이라는 말로 설명을 하고 있다. 그에 의하면 서사 작품에서 사건이 전개되는데 효과적인 장면을 제시하는 수단으로 대화가 중요한 역할을 한다는 것이다.[177] 강소천은 이러한 서사적 기법을 동요·동시에서 과감히 차용함으로써 1930년대 동시 형식의 다양화를 선도하였다. 황수대도 강소천의 동요·동시에서 사용된 대화법에 대하여 높게 평가하기도 하였다.[178]

8연으로 구성된 이 동시는 화자의 직접적인 개입이 없이 바람이 서로 대화하는 장면을 통해 사건이 드러나는 형식을 취하고 있다. 이 작품은 두 인물이 대화하는 형식으로 이루어져 있다. 의인화된 바람이 친구 관계로 설정되어 대화 장면을 현시하고 있다. 이들은 각자 하루 동안 있었던 일을 이야기한다. 연마다 묻고 답하는 형식으로 한쪽 바람이 상대인 바람에게 먼저 묻는다. 그러자 상대인 바람은 바람개비를 돌렸다고 답하고, 그 상대는 다시 한쪽 바람에게 똑같이 되묻는다. 한쪽 바람도 연을 올렸다고 답하며 각자 하루의 일과를 말한다. 그리고 오늘 밤에는 무얼 할 것인지 묻자 숲 속에 들어가 잠을 자겠다고 답하며, 서로 고단하고 다리 아프다면서 대화는 맺게 된다.

시 전체가 대화 형식으로만 구성되어 있어서 독특한 시형을 보여준다. 또한 창작 기법에 있어서도 당대의 여느 동시에 비해 사용된 수사 기교가 참신하다. 이 동시는 강소천의 동시 중에서도 시적 표현 방식이나 동심을 바라보는 시선이 탁월한 작품이다. 바람을 의인화함에 있어서도 대화법을 구사함으로서 그 성격이나 장면 묘사가 구체적이며

---

177 한일섭, 『서사의 이론—이야기와 서술』, 한국문화사, 2009, 219쪽.
178 황수대, 앞의 논문, 105~114쪽.

생동감을 유발하고 있다. 게다가 자문자답형의 독백형 대화 형식이 아니라 인물 간의 직접적인 대화 형식을 취하고 있어서 이야기성이 갖는 재미에 있어서도 훨씬 실감나는 작품으로 독자에게 다가갈 수 있다.

> 빨-간 잠자리 한 마리가
> 가-는 나무가지 끝에 날러 와서
>
> ──조곰 앉었다 가랍니가?
> ──안돼-요.
>
> ──조곰만 앉었다 갈게요.
> ──안돼──
>
> ──조곰만………
> ──글세 안된다는데 그래!
>
> 앉을려다간 못 앉구
> 또 앉으려다간 못 앉구
>
> 그러다 그러다 잠자리는
> 다른데루 날아가 버렸습니다.
>
> (가을 바람이 불고 불고 또 불었다.)
>
> ─「잠자리」 전문[179]

179 「잠자리」, 『호박꽃 초롱』, 앞의 책, 52~53쪽.

병아리의 술래잡기 삐용 삐용 삐용
술래를 정하자고 삐용 삐용 삐용

깜둥깜둥 병아리 네가 술래다
"가위 바위 보"에서 네가 졌으니.

"모두 모두 숨어라 삐용 삐용 삐용"
"인젠 인젠 찾는다 삐용 삐용 삐용" [···중략···]

여기저기 숨었던 많은 병아리
하나 둘 인제는 다 찾아냈다.

아니 아니 아직도 알록이 한 놈
어디가 숨었는지 못 찾아 냈다.

"못 찾겠다 나오너라 ! " 소리쳤더니
엄마닭 품 속에서 살짝 나오며
"요것두 못 찾아?" 삐용 삐용 삐용.

—「술래잡기」 부분[180]

동요시 「잠자리」는 1935년 『아이동무』에 처음 발표된 작품이다. 빨
간 아기 잠자리와 나뭇가지가 직접적인 대화상대로 설정되어 시에서
의 극적 효과를 살리고 있다. 이 동요시에는 의인화와 대화법이 혼재
되어 있다. 우선 아기 잠자리와 나뭇가지가 의인화의 인물로 대상화되

---

180 「술래잡기」, 『강소천 소년문학선』, 앞의 책, 164쪽.

어 시상을 전개시킨다. 아기 잠자리가 나뭇가지에 잠시 쉬었다가 가기를 청하나 나뭇가지는 매정하게 거절한다. 아기 잠자리가 거듭 간청해 보지만 끝내 허락을 받지 못하고 포기한 채 다른 곳으로 날아가 버린다는 서사적 장면을 부각시키고 있다. 특히 아기 잠자리와 나뭇가지가 세 차례 대화하는 장면을 단계적으로 보여준다. 아기 잠자리의 간청과 나뭇가지의 단호함이 팽팽한 신경전으로 전개되고 있어서 이야기성이 극대화됨은 물론 재미성 또한 흥미진진하게 표출되고 있다. 이 작품은 아기 잠자리의 간청과 나뭇가지의 거절을 극적 묘사의 중심 모티프로 형상화하고 있는데, 시적 발상이 참신하다.

「술래잡기」도 의인화와 대화법을 혼용하고 있는 동요시이다. 1954년에 발간된 『강소천 소년문학선』에 수록된 이 작품은 병아리를 의인화하여 술래잡기라는 놀이를 모티프로 시화한 것이다. 작품 전체를 보면 대화의 비중이 높은 편은 아니다. 병아리들이 모여 술래를 정하고 술래잡기의 놀이를 한다. 모두 숨어 술래가 찾기 시작한다. 장독 뒤에 숨었던 병아리, 누운 소 등 뒤에 숨었던 병아리 등 모두 모두 술래에게 발각된다. 여기까지는 평범한 이야기의 구조를 띠고 있다. 이 동요시의 동화적 상상력이 유감없이 발휘되는 장면은 마지막 연에서이다. 마지막 얼룩이 한 마리의 병아리를 끝내 찾지 못하고 "못 찾겠다 나오너라!"라고 술래가 외치자 "요것두 못 찾아? 삐용 삐용 삐용."이라고 말하며 알룩이가 나온 곳은 어미 닭의 품속이었다는 위트의 대목이다.

이러한 위트는 시적 재미성을 고조시킬 뿐만 아니라 동화적 상상력을 통한 이야기성의 확보라는 차원에서도 중요한 기능을 담당한다. 강소천의 동요·동시에는 결말부에 해당하는 마지막 시행이나 연에서 극적 효과를 배가시키는 특징이 발견된다. 다음 작품은 의인화의 기법이 활용되지는 않았지만, 일상생활을 시적 소재로 사용하고 있으면서도 대화적 위트와 극적 장면 묘사가 두드러지게 표현되어 있다.

책상 걸상을 죽 뒤로 밀어 놓고
먼지떨이로 구석구석 먼지를 떨고 […중략…]

비뚜루 놓인 교탁을 바로 놓다가
나는 문득 선생 님이 되어 보고 싶었다.

"강 웅구 수고했소!
오늘 청소는 만점이오.
인젠 집으로 돌아가도 좋소."

언제 와 계셨는지 교실 문 앞에
담임 선생님이 서 계셨다.

나는 부끄러워 어쩔 줄 모르다가
"선생 님 청소를 다 했읍니다."

선생님은 빙그레 웃으시며
"강 웅구 수고했소.
오늘 청소는 만점이오.
인젠 집으로 돌아가도 좋소!"

그리고 선생 님은 교사실로 가신다.

복도를 쓸던 동무들과

유리를 닦던 동무들이

한꺼번에 "와아!"하고 웃어 버렸다.

―「청소를 끝마치고」 부분[181]

시의 행과 연 구분이 확연히 드러나 있지만 시적 구성에 있어서 산문적 성격을 띠는 동시이다. 시적 화자는 교실 청소 당번이다. 책상을 치우고 비질과 물걸레질 및 마루 닦기에 열중을 다한다. 그러다가 문득 선생님께 칭찬을 듣고 싶은 마음과 함께 선생님이 되고 싶은 소망을 가져본다. 결국 청소를 마치고 마지막으로 교탁을 정리하면서 선생님의 말투를 흉내 내어 본다. 4연에서 "강 웅구 수고했소./오늘 청소는 만점이오./인젠 집으로 돌아가도 좋소!"라고 혼잣말을 해보는 것이다. 혼잣말을 통한 '선생님 역할'의 가장놀이는 4연에 이르자 가상의 공간에서 현실의 공간으로 전환된다. 5연에 묘사되어 있듯이 언제 와 계셨는지 담임선생님이 서 있었으며 이에 화자는 당황한다. 이러한 장면 제시는 6연에 와서 대화 장면을 통하여 극적 효과를 표면화시키고 있다. 시적 화자가 "선생님 청소를 다 했읍니다."라고 말하자 선생님은 시적 화자가 가장놀이에서 선생님으로서 했던 말을 그대로 되풀이하여 진술하고 있다. 시적 화자가 가장놀이에서 했던 혼잣말을 화자가 모르는 사이에 선생님이 와서 듣고 있었다는 사실로서 시적 재미와 위트가 대화에서 드러나고 있는 것이다. 이렇게 대화법의 시적 사용은 이야기에서 극적 효과를 고조시키는 기능을 담당하고 있는 동시에 기지와 위트를 통하여 재미성에 기여하고 있음을 알 수 있다.

지금까지 강소천의 동요시와 동시에서 동화적 상상력을 구성하는 기법을 검토해보았다. 대표적인 기법으로는 의인화의 기법과 대화법이

---

181 「청소를 끝마치고」, 『강소천 소년문학선』, 앞의 책, 168~169쪽.

활용되었다. 의인화의 기법은 어린이의 순수한 동심을 드러내는 방식으로 천진난만한 본성에 접근하고 있다. 대표적인 작품으로 「풀벌레의 전화」, 「봄바람」, 「병아리 학교」를 중심으로 살펴보았다. 대화법은 극적 효과와 함께 서사성을 강화하기 위한 전략으로 사용되었다. 「바람」, 「잠자리」, 「청소를 끝마치고」에서 확인할 수 있었다. 극적 효과와 함께 유머러스한 재미와 위트가 돋보이는 특징이 담겨 있는 작품이었다.

2) 시적 모티프와 상호텍스트성

강소천은 동요·동시 장르에서 사용했던 시적 모티프를 동화 장르에서 재창조해내고 있다. 여기에는 동화적 상상력, 예를 들면 꿈과 환상적 이야기 등이 모티프의 근간을 이루고 있다. 비록 그의 동요·동시와 창작동화가 형식적 측면에 있어서 장르를 구분하여 창작되기는 하였지만, 시적 모티프의 차용이라는 내용적 차원에서 볼 때 장르를 초월한 작가적 의식이 반영되어 있다.

강소천의 동요·동시와 창작동화 작품을 살펴보면 장르 간의 관계를 넘어서서 작품 간의 관계성이 발견된다. 이런 차원에서 상호텍스트성이라는 개념으로 접근이 가능하다. 작가에게 있어서 무의식적 차원에서 이루어지는 상호텍스트성은 "이미 보편적으로 통용되고 있거나 문화적으로 널리 퍼진 다양한 종류의 텍스트적 재료(플롯, 주제, 등장인물의 유형 등)들을 통해 실현된다. 작가들은 자신도 의식하지 못한 채 이런 재료들을 활용하여 새로운 작품을 만들어 낸다."[182]고 한다.

페리 노들먼은 '문학에서의 레파토리'라는 용어를 사용하면서 상호텍스트성을 '인간 언어, 언어의 패턴, 이미지, 의미들의 상호 연관성'

---

182 아서 아사 버거, 박웅진 역, 『대중문화 비평, 한 권으로 끝내기』, 커뮤니케이션북스, 2015, 50쪽.

이라고 정의하고 있다. 즉, 생산된 텍스트들은 모두 원천적으로 그 배경에 다른 텍스트적 요소를 가지고 있으며, 그것들과 많은 특징을 공유하고 있다고 한다. 발상에서부터 수사적 표현 방식인 은유나 이미지 등 그리고 스토리의 패턴들까지 모든 텍스트들과 책 그리고 경험이 반영된 연설, 편지, 라디오나 텔레비전의 말들은 서로 연결되어 있다는 설명이다.[183]

바흐친은 '대화'라는 용어로 설명하고 있다. 그에 의하면 모든 발화는 보고된 발화라고 설명하고 있다. 이 말의 의미는 문학예술에 있어서 작품과 작품, 작가와 작가 사이의 끊임없는 대담, 대화, 담론을 통하여 새로운 문학텍스트가 창조된다는 것이다.[184] 이를 두고 마리아 니콜라예바는 '상호텍스트성의 역동성'이라고 설명하고 있다. 즉, 모든 텍스트는 이미 생산된 이전 텍스트에 주목하기도 하지만 이에 그치지 않고 새로 쓰여 질 텍스트까지 염두에 둔다는 주장이다. 그럼으로써 그는 상호텍스트성을 완성된 정적 체제로 보는 것이 아니라 역동적인 움직임으로 본다. 그 움직임 속에서 결정적인 순간이 텍스트 창조라고 단언하면서 창조과정에 주목을 하고 있다. 결정적인 순간이란 텍스트와의 영향관계 속에서 창작자에게 결정을 미치는 코드를 의미하는 것으로 텍스트 또는 작가간의 '숨어 있는 울림의 연관 관계'를 발견해야 한다고 주장하고 있다.[185] 특히 그는 한 작가 내에서의 상호텍스트성에 주목하고 있다. 다차원적이고 합리적인 해석을 하는 방법으로써 같은 작가의 전체 책들과의 연관성이 작용하고 있다고 설명한다.

아주 재미있고 독창적인 서술 장치이지만, 내가 작가 안에서의 상호 텍스

---

183 페리 노들먼, 김서정 역, 『어린이 문학의 즐거움 2』, 시공 주니어, 2009, 297~298쪽.
184 페터 V. 지마, 허창운 역, 『문예 미학』, 을유출판사, 1997, 133~138쪽.
185 마리아 니콜라예바, 김서정 역, 『용의 아이들』, 문학과지성사, 2013, 230~231쪽.

트적 연관이라고 할 때 의미하는 바는, 언제나 표면에 드러나지는 않지만 숨겨진 채 남아 있어서 우리가 어떤 이유로든 밝혀내게 만드는, 보다 미묘한 요소들이다.[186]

인용에서도 알 수 있듯이 한 작가 안에서의 상호텍스트성은 작가의 문학적 패턴이나 기법 및 의식의 유사성을 발견할 수 있는 척도가 되는 것이다. 강소천의 경우도 그의 전체 작품 즉, 동요시와 동시 및 창작동화를 연관 지어 살펴보면 상호텍스트적인 요소가 발견된다. 여기에서 전제가 되어야 할 것은 장르의 구획을 규정짓지 않고 작품 표면에 나타난 형태적 요소보다는 작품 내에서 발견할 수 있는 기법이나 의식의 문제를 고려해야한다는 점이다. 장르를 초월하여 그의 동요시 또는 동시 및 창작동화에 내재하고 있는 이미지, 문체, 구성, 모티프, 제재 및 주제의식 등이 작품들끼리 어떠한 패턴으로 관계를 맺고 있는지 밝히는 작업도 중요하다. 강소천의 문학에 있어서 이러한 점이 구명될 때 그의 문학 전반을 아우르는 특징이 밝혀질 수 있으리라고 본다. 본 절에서는 강소천의 동요시와 동시를 중심으로 살피면서 그의 동시와 창작동화 작품에서 시적 모티프가 어떤 패턴으로 유사성을 맺고 있는지 그 양상과 의미를 분석해보고자 한다.

거리의 전등들은
하늘에 올라가 보고 싶단다. […중략…]

「내가 만일 하늘에 올라갈수만 있다면
나는 저 흰구름 이불을덮고

---

186 앞의 책, 266~267쪽.

포근-이 하룻밤 자고 올텐데……」

거리의 전등들은
하늘의 별들이 부럽단다.

하늘엔 하늘엔 못 올라 가고
깜빡이는 별들만 헤여 본단다.

거리의 전등들은
하늘의 별들이 되여보고 싶단다.

※

하늘의 애기별들은
세상에 내려와 보고 싶단다. […중략…]

「내가 만일 세상에 내려갈수만 있다면
나는 별성(星) 자 이름 갖인
나와 나이 같은 애를 만나 볼텐데……」

하늘의 애기별들은
거리의 전등들이 부럽단다.

세상엔 세상엔 못나려가고
반짝이는 전등만 헤여 본단다.

하늘의 애기별들은

거리의 전등들이 되여보고 싶단다.

―「전등과 애기별」 부분[187]

이 동시는 1940년 8월 『아이생활』에 처음 발표된 작품이다. 절의 구
분이 표면적으로 드러나 있지는 않지만 내용상 두 부분으로 나누어져
있다. 앞부분은 지상의 전등불이 하늘에 떠 있는 애기별을 부러워하는
감정을 표현하고 있다. 뒷부분은 반대로 하늘에 떠 있는 애기별이 지
상의 세계를 부러워하며 그리운 감정을 표현하는 내용으로 시적 형태
를 이루고 있다. 전등과 애기별의 그리움과 욕망의 감정이 교차하면서
환상적인 분위기를 자아내고 있다.

전등이 하늘에 떠 있는 애기별을 그리워하는 환상적인 시적 모티프
는 강소천의 창작동화 「전등불들의 이야기」에서도 나타난다. 1940년
1월 『매일신보』에 입상작으로 발표된 이 동화는 아직 원본이 발견되
지 않고 있다. 동화 「전등불들의 이야기」가 먼저 발표되었고 같은 해
8월에 동시가 발표되었기 때문에 두 작품 간의 발표 시점은 7개월의
차이가 난다. 추정컨대 동화를 먼저 쓰고 동시를 창작한 것으로 판단
해볼 수 있는 대목이다. 두 작품은 장르상의 차이가 드러나기는 하지
만 시적 모티프에 있어서는 유사성을 보임으로써 한 작가 안에서의
상호텍스트성이 발견된다.

강소천의 창작동화 「전등불들의 이야기」는 겹이야기 형태의 서사
구조를 띠고 있는 작품이다. 몇 개의 에피소드들이 모여 서사 구조를
구축하며 하나의 모티프로 작용한다. 이 작품에서 나열된 에피소드들
은 처음엔 의인화된 우화적 성격으로 전개되었지만, 작품에서도 주인

---

187 「전등과 애기별」, 『호박꽃 초롱』, 앞의 책, 74~77쪽.

물인 나그네가 말했듯이 전등불이 소곤대는 이야기를 하기 위한 에피소드에 불과하다. 이 작품에서 다루고 있는 핵심 모티프는 전등과 아기별의 동경과 이상을 표출한 환상적 서술에 있다. 전등은 아기별이 사는 하늘의 세계를 그리워하고, 아기별은 지상의 세계를 그리워하는 환상적 모티프를 부각시키고 있다.

거리의 전등들이 밤하늘의 별들을 바라보고 소곤대 듯이 하늘의 애기별들도 무척 이 거리가 그리워서 밤마다 저희들끼리 소곤댄답니다.
애기별들이 속삭이는 얘기를 시작하면 명년까지 해야 다 하겠기에 이야기는 여기서 그칩니다.

─「전등불들의 이야기」 부분[188]

인용된 이 부분은 동시 「전등과 애기별」의 내용상 유사점을 드러낸다. 이러한 두 작품 간의 내용적 유사성은 한 작가 안에서의 상호텍스트성을 밝히는 요소가 된다. 하나의 모티프로서 작가가 추구하는 동심의 세계와 문학 의식 및 문학적 패턴을 읽을 수 있는 부분이다. 전등이 하늘의 세계를 부러워하고, 아기별이 지상의 세계를 부러워한다는 것은 호기심을 극대화시키는 동심에 대한 작가의 통찰력이기도 하다. 이렇게 호기심, 신기함, 솔직함의 담론으로서 환상적 세계를 창조하는 작가를 두고 김서정은 '아이 같은 자질을 지닌 작가'[189]의 특징이라고

---

188 「전등불들의 이야기」, 『강소천 아동문학독본』, 앞의 책, 201쪽.
189 김서정, 『멋진 판타지』, 굴렁쇠, 2002, 56~57쪽.
　　김서정에 의하면 "판타지 작가들은 이야기를 좋아하고, 호기심이 많고, 필요 이상의 금지나 금기에 주눅 들지 않고, 신기한 일을 그냥 지나치지 않고, 어떤 사물이나 사건의 한가운데를 향해 솔직하고도 용감하게 돌진해 간다고 한다. 텔레비전 속의 난쟁이들을 꺼내기 위해 돌멩이를 집어 와 브라운관을 깨뜨리는 아이들처럼 인류의 물질적, 정신적 역사를 이끌어 온 위대한 사람들은 모두 이런 아이다운 특성을 어른이 되어서도 잃지 않은 사람들이다."라고 진술하면서 아인슈타인의 말을 인용하고 있다.

언급한다. 또한 이것은 환상성을 중시하는 독일 낭만주의의 특성이라고 주장하고 있다. 즉, 노발리스나 괴테 등의 작가들에게서 발견할 수 있듯이 "초현실적이고 마법적인 인물과 도구들이 지상에 없는 것에 대한 동경, 조화로움과 완벽함과 구원 같은 추상적 가치의 탐구 등은 독일 낭만성의 바탕을 이루는 요소"[190]라고 지적한다.

강소천의 동시 「전등과 애기별」과 동화 「전등불들의 이야기」는 낭만주의의 특성인 환상적 요소를 기반으로 하여 꿈과 동경을 지향하는 상상력의 극대화가 하나의 시적 모티프로 구조화되어 있다. 낭만주의에서는 상상력이 시적으로 예술에 작용할 때 이를 환상이라고 말한다. 낭만주의 사상에서 인간의 근본적 기능은 무엇인가 충족을 추구하려는 자아의 자유로운 활동으로 생각한다. 즉, 자아의 자유로운 활동을 가능하게 하는 내적 능력이 상상에 의한 환상이라는 것이다.[191] 두 작품에서 발견되는 상상력의 폭은 감성의 자유로움과 더불어 공간의 확장을 시도한다.

전등은 문명화된 사물 이미지이다. 공간적으로 보면 전등은 의인화된 존재이기 때문에 지상을 상징하는 이미지이다. 반면에 아기별은 우주적이며 하늘을 상징하는 존재이다. 이렇게 이미지로 설정된 두 자아들은 공간적으로 합치될 수 없는 분리된 공간의 존재인 것이다. 그러나 사물 이미지인 전등은 우주적 이미지인 아기별이 되어보고 싶은 욕구를 드러낸다. 아기별 또한 지상의 인간 이미지를 동경한다. 이것은 분리되기 이전의 근원적인 세계를 지향하는 작가적 욕망과 상상력이 작동한 것에 기인한다.

강소천은 앞에서 살펴본 두 작품에서 환상적 기법을 모티프로 활용

---

190 위의 책, 174쪽.
191 차은정, 『판타지 아동문학과 사회』, 생각의 나무, 2009, 113~114쪽.

제3장 동요 · 동시 문학론 183

하고는 있지만, 그가 창조하는 환상 세계는 현실 세계와의 관계 설정에 초점을 두고 있다. 즉, 환상적 요소는 현실에서 이루지 못한 일을 성취하는 욕구 충족이거나 현실의 모순을 지적하고 성찰하는 기능이 아니라 삶의 근원과 존재의 본질을 파악하고자 하는 차원에서의 환상적 리얼리티를 추구하고 있다. 환상적 리얼리티란 보다 보편적인 입장에서 인간 삶의 진실성을 요구하는 것이다. 강소천이 환상적 세계를 통해 드러내고 싶었던 의도는 삶의 본질에 대한 진실성과 어린이들에게 꿈과 이상을 심어주기 위한 수단으로써 환상 기법을 차용하고 있다. 이 또한 낭만주의에서 말하는 환상의 본질과 부합한다. 낭만주의에서 강조되는 환상의 본질은 "상상력을 통한 진실의 재건에 있다. 환상의 세계가 제시하는 세상은 반드시 있어야 할 질서의 확립이며 있는 그대로의 현실을 넘어서는 이상에 대한 강조이다. 이상은 실현되는 것에 목적이 있는 것이 아니라 그것을 향해 나가려는 인간 의지 회복에 그 의미가 있기" 때문이다.[192]

전등이란 사물이미지가 아기별이 되고 싶은 욕구를 충족하지 못하는 것, 반대로 아기별이 지상에 내려와 인간 세계를 경험해 보고 싶은 욕구가 성취되지 못하는 것은 이 두 작품에서 그리 중요한 사항이 아니다. 그보다는 전등과 아기별이 갖고 있는 본능적 욕구와 이를 소망하고 꿈으로 환원시키는 인간 삶의 근원적 진실과 이상을 지향하는 상징적 의미로 해석되는 점에 주목해야 한다. 이것이 두 작품 사이에 확인할 수 있는 상호텍스트적 의미로 작용하고 있는 것이다.

동요시 「옛말 나라」도 이와 유사한 방식으로 해석이 가능한 작품이다.

빨강 눈, 파랑 눈이 내린다는

---

192 위의 책, 130~131쪽.

옛말 나라에 가 보았으면.

개나리 울타리엔 노랑 눈이 내릴 테고 ,
복사 나무엔 연분홍 눈이 내릴 테지요.

금잔디 벌판엔 파랑 눈이 내릴 테고 ,
꽃밭에는 빨강 눈이 내릴 테지요.

새들도 옛날 얘기 할 줄 안다는
옛말 나라에 가 보았으면.

—「옛말 나라」 전문[193]

이 동요시는 2행씩 4연으로 구성된 작품이다. 서사성이 두드러진 시
상은 아니지만, 환상적 분위기를 통하여 시적 화자의 꿈과 이상에 대
한 동경을 직접적으로 보여주고 있다. 현실적 세계에서 눈은 모두 하
얀색이다. 하늘에서 내리는 눈이 다양한 색깔을 띤다는 것은 과학적으
로 불가능한 비현실적인 현상이다. 비일상적이고 초현실적인 상황으
로서 파란색의 눈, 연분홍색의 눈, 노란색의 눈, 빨간색의 눈을 시적
화자는 그리워하고 있는 것이다. 이것이 이 작품을 지탱하고 있는 시
적 모티프이다.

이러한 시적 모티프는 강소천의 창작동화 「빨강눈 파랑눈이 내리는
동산」[194]에도 활용되고 있어 작품 간의 상호텍스트적 검토가 가능하
다. 이 동화에서 주인공인 덕재는 하늘에서 내리는 눈을 보고 하얀 눈

---

193 「옛말 나라」, 『소년소녀 강소천 문학전집 5』, 앞의 책, 157쪽.
194 이 작품은 1953년 1월 『어린이다이제스트』에 처음 발표되었고, 1953년 10월에 출간한 제2
    동화집 『꽃신』(한국교육문화협회 간)에 수록되었다.

일색의 현실에 싫증을 낸다. 그리하여 여러 가지 색깔의 눈을 내려달라고 달님에게 편지를 쓴다. 달님도 이 편지에 응답한다. 덕재와 달님의 언어적 매개체는 직관적이며 원시적 의미를 담고 있는 흰 눈이다.

동요시 「옛말 나라」의 해석은 앞에서 언급한 동화 「빨강눈 파랑눈이 내리는 동산」을 통하여 더욱 정밀한 접근이 가능하다. 1연에서는 시적 화자가 '옛말 나라'에 가보고 싶은 소망을 진술한다. 옛말 나라는 현실에서 존재하지 않는 환상의 공간이다. 이 공간은 사람이 사용하는 문자나 언어가 아닌 우주 만물의 모든 존재들이 상통하는 상징적 의미로서의 옛말이 통용되는 근원적 공간이다. 여기에서 옛말이란 언어적 기호로서 소통되는 것이 아니라 언어 이전의 세계 즉, 기호 너머에 존재하는 또 다른 세계로서 사람과 사물과 자연이 소통하는 근원적이고 본질적인 신의 언어를 뜻한다.[195] 동화 「빨강눈 파랑눈이 내리는 동산」 서두 부분에서 이러한 구체적인 증거들이 시사되고 있다.

눈은 하늘의 달님과 또 수많은 아기별들이, 땅 위에 사는 수많은 어린이들에게 보내 주는 반가운 겨울 소식입니다. 봉투도 우표도 없는 조그마한 한 장

---

195 금동철, 「서정과 은유적 상상력」, 오세영교수회갑논총간행위원회, 『오세영의 시 깊이와 넓이』, 국학자료원, 2002, 306~307쪽.

금동철은 오세영의 시를 분석하면서 그의 시가 은유적 상상력을 기반으로 하여 신의 언어를 추구한다고 말한다. 즉, 신의 언어는 칼질을 하지 않은 언어, 양념을 하지 않은 언어라고 비유적으로 설명한다. 이것은 현대시가 추구하는 근대 언어가 언어 기호와 근원적이고 본질적인 의미 사이와의 연결 고리를 찾거나 인정하지 않는다는 비판으로부터 출발한다. 그의 설명에 따르면 오세영의 시는 언어 기호와 세계 사이의 관계가 직접적이고 가까우며, 그래서 기호와 대상 사이의 결합이 견고한 것이라고 평가한다. 하나의 차가운 물질적 기호로 남아서 조작적인 의미만을 환기하는 기능적인 기호와는 상당히 다른 측면을 여기서 볼 수 있다는 것이다. 이것이 신의 언어를 추구하는 것인데 신의 언어가 기호와 대상 사이의 직접적 결합을 지향하는 언어로써 이 언어는 타락하기 이전의 언어, 신이 세상을 창조하면서 사용하던 본질적인 언어에 대한 지칭임을 알 수 있게 한다. 그 언어에는 그러므로 어떠한 '칼질'이나 '양념'도 필요 없으며, 단지 존재하는 그 자체만으로도 충분히 아름답고 의미가 충만하여, 자아와 세계 사이의 간극을 메워 줄 수 있는 언어인 셈이다.

한 장의 꼬마 편지, 학교에 가서 배워야 하는 어려운 글자, 이 나라 어린이와 저 나라 어린이가 서로 알아 듣지 못하는 말, 그런 어려운 말을 그런 어려운 글자로 적을 필요가 어디 있겠어요. 더구나 하늘 나라 아기별들과 땅 위의 어린이들의 말이 어떻게 서로 통할 수 있겠어요. 그러기에 아기별들의 편지는 간단합니다. 글씨도 쓸 필요가 없습니다. 조그만 흰 종이 한 장 한 장 그것 뿐입니다.

―「빨강눈 파랑눈이 내리는 동산」 부분196

결국 옛말나라는 분리되고 단절된 현실의 제한된 공간이 아니라 황금시대나 에덴동산과 같은 근원적인 유토피아적 세계를 의미한다. 그리하여 이 작품 2연과 3연에서는 현실적이고 일상적인 법칙을 초월한 형형색색의 눈이 내린다. 개나리에는 노란 눈, 복사나무에는 연분홍 눈, 금잔디에는 파란 눈, 꽃밭에는 빨간 눈이 내리고 있는 현상으로서 자연과의 합일이 획득된다. 여기에 그치지 않고 식물적 이미지와 자연과의 교감은 물론 새들이 옛날 얘기를 할 줄 아는 세계 곧, 지상의 모든 존재들과 우주적 자연과의 합일을 완성하는 것이다. 동화에서 덕재가 춤을 추며 피리를 부는 것은 자연계의 사물들과 인간이 하나가 되어 영원한 생명성을 얻는 장면을 묘사한 것으로서 두 작품에서 추구하는 근원적이고 본질적인 진리가 유사성을 띠고 있음을 알 수 있게 해준다. 이렇게 두 작품은 비록 장르적으로는 차이를 보이고 있지만 모티프의 차원에서 상호텍스트적인 유사성을 보여주고 있다.

강소천의 동요·동시와 동화에서 발견할 수 있는 시적 모티프의 상호텍스트성은 단선적으로 전개되지 않는다. 보다 다양한 양상으로 표상된다. 동요시 「그림자와 나」에서는 동심의 심리적 상황과 놀이의 모

---

196 「빨강눈 파랑눈이 내리는 동산」, 『꽃신』, 한국교육문화협회, 1953, 90~91쪽.

티프를 드러내고 있다.

보름밤 앞 마당에
그림자와 나는 심심하다.

그림자도 우두커니 섰고
나도 우두커니 섰고

그림자는 귀먹은 벙어린게다
말을 걸어두 대답이 없다.

　　　　※

보름밤 앞마당에서
나는 그림자와 술래잡기를 하자고했다. [···중략···]

그림자가 얼른 손을 내민다
내가 그럼 짱껨뽕을 하자니까.

─그림자가 주먹을 내고
─내가 「돌」을 내고

아무도 이긴 사람은 없다.
아무도 진 사람은 없다. [···중략···]

보름밤 앞마당에

그림자와 나는 답답하다.

―장에 간 엄마는 상게 안도라 오고
―여게서 저게서 개들은 짖고

그림자는 겁쟁인게다.
나두 어쩐지 무서워 진다.

―「그림자와 나」 부분[197]

이 동요시는 『호박꽃 초롱』에 수록된 작품이다. 2행씩 15연으로 구성된 비교적 긴 동요시인데 자유시형에 가까우며 시상이 잘 정돈되어 있다. 이 동요시의 시적 상황은 크게 세 부분으로 나누어 분석이 가능하다. 시의 앞부분 1연에서 6연까지는 보름 밤 장에 간 엄마를 기다리는 시적 화자가 심심함을 느끼며 자신의 그림자와 관계를 맺는 장면이다. 시적 화자와 그림자는 술래잡기를 하기로 한다. 시의 중간 부분 7연에서 12연은 술래를 정하기 위해 가위바위보를 한다. 자신의 그림자와 술래잡기를 하고, 가위바위보 놀이를 한다는 것은 비일상적 행위이다. 비현실적 상황 즉, 환상 세계에서나 가능한 일인 것이다. 특히 이 중간 부분에서 행해지는 가위바위보 놀이는 전반적인 시적 분위기가 홀로 남은 화자의 불안정한 심리를 표면화하고 있음에도 불구하고, 동심이 지니고 있는 유희성을 극대화시키고 있는 장면이기도 하다. 화자와 그림자는 주먹과 바위, 손바닥과 보를 제시함으로써 이긴 자도, 진 자도 없는 재미있는 광경을 연출한다. 이러한 광경은 환상적 세계의 설정으로 인하여 더욱 재미성이 부각되고 있다. 이 장면은 환상적

---

197 「그림자와 나」, 『호박꽃 초롱』, 앞의 책, 70~73쪽.

세계의 본질이 놀이에 있다는 루치아 빈더의 정의[198]에 부합하는 요소가 된다.

동요시 13연에서 15연은 시의 후반부로 이긴 자도 진 자도 없는 놀이에 지쳐 화자가 처한 현실적 상황을 깨닫는 심리 상태를 표현하고 있다. 장에 간 엄마는 아직 돌아오지 않고 개들은 짖어대고, 문득 시적 화자는 무서움을 느끼게 된다. 홀로 집을 지키는 어린 아이의 현실적 심리 상태와 자신의 그림자와의 관계 맺기를 통하여 환상적인 측면에서 가위바위보 놀이를 즐기는 시적 모티프가 잘 배합되어 있는 수작이 아닐 수 없다. 1947년 북한 체제 하에서 발표된 것으로 확인된 강소천의 창작동화 「정희와 그림자」[199]는 이 동요시의 시적 모티프를 차용하고 있는 작품이다. 현물세를 내러 간 아버지와 장에 간 어머니를 기다리던 정희가 부모님을 마중 나간다. 바둑이와 같이 가기를 원했으나 바둑이가 거절하자 정희의 그림자가 동행을 한다. 정희는 그림자와

---

[198] 김서정, 앞의 책, 181~182쪽 재인용.

　루치아 빈더는 판타지의 성격을 다섯 가지로 정의하고 있다. 이를 요약하면 다음과 같다.

　① 일상적인 일과 기이한 일이 번갈아 나타난다.

　② 판타지에서는 어린이의 세계가 어른의 세계보다 위에 있다.

　③ 판타지의 놀이 공간은 우주에서부터 집 안에서 벌어지는 웃음거리까지, 무한대로 펼쳐져 있다. 아이러니, 난센스, 말놀이 같은 기법도 넓은 의미에서 놀이 공간을 형성한다.

　④ 판타지의 본질은 '놀이'에 있다. 판타지에서는 놀이에 대한 기쁨이 다양한 변형으로 나타난다. 거기에는 진짜 아이들이 하는 놀이가 있는가 하면 의식적, 무의식적 역할 놀이도 있다. 놀이에 대한 기쁨은 아이들의 무의식을 표면으로 끌어 올리는 기능을 한다.

　⑤ 판타지에는 숨겨진 의미가 있다. 그 의미는 비밀스럽지만, 독자가 실마리를 찾아서 그 흔적을 따라가고 싶어 할 정도는 드러나 있다.

[199] 원종찬, 앞의 논문, 7~17쪽.

　원종찬의 연구에 의하면 이 작품은 강소천이 월남하기 전 북한 체제 하에서 활동할 당시에 발표한 작품이라고 한다. 1947년 7월 아동문화사에서 발행한 『아동문학』창간호에 수록되어 있다고 한다. 이 작품은 당시 북한 체제의 시책인 사상과 정치적 투쟁과 관련한 내용과는 다소 거리가 있는 작품이라고 분석한다. 즉, 판타지로 읽힐 수 있는 작품이며 단지 북한의 시책이 언급된 부분은 첫 부분에 나오는 현물세의 납부라고 한다. 강소천은 월남 후 이 작품을 첫 동화집 『조그만 사진첩』(1952, 다이제스트사 간)에 재수록하였는데 이때에는 현물세의 납부가 나오는 문장이 삭제되고 서술도 간결하게 개작하였다고 밝히고 있다.

같이 걸으며 대화도 나누면서 술래잡기를 하기 위해 가위바위보 놀이를 한다. 그러던 중 문득 집을 잠그고 오지 않은 것을 깨닫고 집으로 달려간다. 집으로 오는 도중 달이 숨자 그림자는 사라지고 정희는 혼자 집에 온다. 집에 와서 아무 일이 없었던 것을 확인하는데 숨었던 달이 나타나게 되고 동시에 그림자도 정희 옆에 서 있는 것을 확인한다. 정희는 "찾았다."라고 외친다. 이때 어머니가 꿈을 꾸고 있는 정희를 깨운다. 정희 옆에서 바느질을 하고 있는 어머니께 정희는 꿈 이야기를 해준다.

이 동화에서도 그림자와의 놀이 모티프가 활용된다. 장르적 차이로 인하여 서사성에 있어서 다소 이야기가 차이를 보이고 있기는 하나 이 동화에서도 서사의 전체를 지배하는 모티프는 그림자와의 놀이이다. 동요시 「그림자와 나」에서 전개된 시상과는 달리 정희가 그림자와 놀이를 즐기고 있다. 그리고 부모님을 마중 나가는 장면은 꿈으로 처리되어 있다. 그리하여 동요시 「그림자와 나」보다는 동화 「정희와 그림자」가 심리적으로는 더욱 안정적이다. 그러나 꿈 이야기가 이 동화의 전체 서사를 지배하고 있는 만큼 정희가 그림자와 즐긴 놀이는 유희성을 표출함과 동시에 자신과의 대화를 시도하고 있다는 점에서 동요시 「그림자와 나」와의 상호텍스트적인 관계성을 거론할 수 있다. 강소천은 동요·동시와 동화 작품에서 화자 자신의 그림자와 다양하게 관계를 맺고 소통하며 놀이를 즐기는 모티프를 즐겨 쓴다. 이것은 그가 환상적 기법을 만드는 독특한 방법이며 서사성을 강화하는 그의 창작 방법이 되는 것이다. 이와 같이 자아의 성찰을 통하여 인물의 내면 묘사를 시도함으로써 그의 작품이 보여주고 있는 서정미학의 특징이 구체화되어 구현되고 있다.

지금까지 강소천의 동요시 또는 동시에서 확인할 수 있는 동화적 상상력을 검토해 보았다. 강소천은 1930년대 동요시에서 정형성을 과감히 탈피하고 자유시형을 추구하였으며, 기법 면에서도 이전의 동요·동시가 지나친 감정의 노출을 보여주고 있는 것에 비해 재미와 위트 및 이야기성을 시도하였다. 특히 그가 보여준 동화적 상상력은 크게 물활론적 사고에 기반을 둔 의인화의 기법과 대화법이 주조를 이루고 있었다. 동심에 천착하여 재미와 위트성을 강화하기 위해 의인화의 기법을 폭넓게 구사하였다. 또한 서사성을 강화하기 위한 방법으로 대화법을 효과적으로 사용하여 동요·동시에서의 이야기성을 획득하는데 성공을 거두었다.

강소천은 시적 모티프를 활용함에 있어서 동요시 또는 동시와 동화 장르를 넘나들며 다양하게 변용시켜 발휘하였다. 이것은 한 작가 안에서의 상호텍스트성을 확인할 수 있는 준거가 된다. 강소천의 문학 전체를 살펴볼 때 동요·동시와 동화에서 유사한 시적 모티프가 다양하면서도 폭넓게 변주되고 있는데 특히 이미지, 주제의식, 제재의 측면에서 그 관계성을 확인할 수 있다.

창작동화와 소년소설론

1. 서사형식의 다양한 차용과 서정적 구조화
2. 서정성의 구현 방식과 미적 특징

창작동화와 소년소설론

강소천은 1939년 『동아일보』에 창작동화 「돌맹이 I, II」를 발표함으로써 문단에 주목을 끌게 된다. 송창일은 이 작품을 두고 극찬을 하였다. 그는 "강소천의 동화 「돌맹이」는 무생물인 돌맹이를 진실 있게 의인화하고 있으며 매끄럽고 고운 문장으로 묘사한 점"을 지적하면서 "동시인으로서 높은 예술 경지에 도달한 작품"[1]이었다고 평가하였다. 강소천은 이 작품을 기점으로 하여 본격적인 창작동화를 발표하게 된다. 실제로 1939년 한 해 동안 강소천은 『조선일보』에 「마늘 먹기」를 비롯하여 『동아일보』에만 「토끼 삼형제」, 「삼굿」, 「보쌈」, 「새로 지엇든 이름」, 「돌맹이 II」, 「빨간 고추」, 「속임」 등 동화와 소년소설 7편을 집중적으로 발표하며 동화작가로서 본격적인 활동을 시작한다. 강소천의 대표작이며 사실상 첫 창작동화로 볼 수 있는 「돌맹이 I, II」는 동시인의 독창성이 돋보이는 작품이며, 강소천 동화의 전반적인 특성을 유추할 수 있게 하는 중요한 시적 산문이기도 하다. 김용희도 "그것은 강소천의 동요 · 동시 창작이 동화 창작에 어떠한 영향을 미쳤는가를

---

1 송창일, 「동화문학과 작가 1」, 『동아일보』, 1939년 10월 17일자.

가늠할 수 있는 점뿐 아니라, 동요·동시와 동화의 깊은 장르적 연관성을 시사한 것이기도 하다."[2]라고 하여 이 작품이 지닌 가치와 중요성을 시사하고 있다.

본 연구에서도 이 작품이 지닌 의미는 전술한 바와 같이 상호텍스트성의 관점에서 검토가 가능한 대목이다. 특히 강소천이 동요·동시에서 시적 모티프와 동화적 상상력을 활용한 점은 그의 창작동화가 갖는 특징을 구명하는 측면에서도 무관하지 않다. 물활론적 사고로서의 의인화와 대화법의 구사는 동요·동시와 동화를 연결하는 매개적 요소이며 서사성의 다양한 실험과 서정적 미의식을 가능케 하는 강소천의 문학적 아우라에 해당한다. 실제로 강소천은 동시인에서 동화작가로 전환하게 된 계기에 대해서 다음과 같이 밝히고 있다.

십년 가까이 동요와 동시를 써 왔지만 나는 그것으로 만족하지 못했다. 그때 정말하고 싶은 많은 이야기가 있었기 때문이다.

나는 동화를 써야겠다고 생각했다. 동화에다 나는 일본 사람들이 우리나라를 빼앗은 이야기며 그 때문에 우리들이 고생하는 이야기를 써보고 싶었다.[3]

작가가 직접 술회한 내용이다. 아마도 이미지 중심의 직관적 동심을 드러내는 동요·동시보다는 이 당시 작가의 관심은 역사의식 내지 현실인식에 더 집중되어 있었다고 볼 수 있다.[4] 강소천은 이렇게 장르 확

---

2 김용희, 「1930년대 강소천의 문학 활동과 첫 창작동화—돌맹이 I, II」, 『강소천』, 앞의 책, 273쪽.
김용희가 조사한 바에 따르면, 1938∞39년 두 해 동안 강소천이 발표한 작품 현황은 동요·동시의 경우 1938년에 3편과 1939년에 4편이 보인다고 한다. 그러나 동화와 소년소설은 1939년 한 해에만 10편이 발표되었다고 한다. 이 작품 발표 통계를 미루어 보면 강소천은 1938년부터 동요·동시보다 동화와 소년소설에 더 집착했음을 알 수 있다고 설명하고 있다.
3 강소천, 「동아일보와 나, 돌맹이 이후」, 『동아일보』, 1960년 4월 3일자.

제4장 창작동화와 소년소설론 195

장의 동기를 밝히고 있지만 정작 그가 발표한 동화 작품에는 치열한 시대의식이나 투철한 역사의식이 직접적으로 노출되지는 않았다. 다만 그가 동화 작품에서 다룬 시간적, 공간적 배경이나 인물 설정의 경우는 당시의 6 · 25 한국 전쟁과 그 참화로 인한 현실 속에서의 삶을 소재로 다루었다. 그가 활용한 소재나 이야기성의 경우는 서사성에 바탕을 두면서 다양한 형태로 변주시켜 작품을 생산하는 경향을 보였다. 그러나 결국 그가 추구한 작품의 미적 실체나 작가의 의식은 동시에서 보여주었던 순수하고 예술적인 서정적 의지에 귀결되고 있다.

강소천이 동화와 소년소설을 창작하기 시작한 시기는 대략 1937년부터 시작하여 1963년 타계하기 전까지로 구획지어 본다. 물론 이 기간 중에 일제의 우리말 말살 정책 기간과 광복 후 그가 북쪽에 머물렀던 기간 약 10여 년도 포함된다. 특히 일제 말기와 광복 후 월남 이전까지 그가 발표하고 창작한 작품이 극히 소수만 밝혀져 있어서 작품의 발굴이 지금도 연구자들에 의해 진행 중이며 이 기간 동안의 문학적 행보도 연구 과제로 남아 있는 실정이다. 그럼에도 불구하고 연구자들은 대체로 강소천의 동화 창작 기간을 3기로 나누어 정리하고 있으나 문학적 시기를 구분하는 기준과 접근 방법에 있어서는 미미하지만 나름대로의 의견을 제시하고 있다.

이재철은 구체적으로 연도를 제시하지는 않았지만 월남을 기준점으

---

4 이은주, 앞의 논문, 23~24쪽.
이은주는 강소천이 동시를 쓰다가 동화로 전환한 계기에 대해서 몇 가지의 이유를 들고 있다. 그가 주목하는 부분은 소천의 삶과 작품에 영향을 끼친 것으로 기독교 정신을 들고 있다. 소천은 함흥 영생고보를 졸업하자 미둔리로 돌아와, 교회 주일학교에서 아이들에게 한글을 가르치고 동화를 들려주었다. 이 시절, 동시를 쓰던 소천이 처음으로 동화를 썼다고 언급하면서 주일학교에서 만나는 아이들이 있었기에 동화작가 소천이 탄생할 수 있었다고 한다. 강소천의 조카 강경구의 증언을 근거로 이 시절 소천은 아이들과 직접 소통하면서 미둔리 생활을 보냈는데 그것이 동화를 쓰게 된 계기가 되었다는 주장이다. 그러나 이러한 전기적 사실로만 추론하기에는 다소 설득력이 약해 보인다. 문학 내적 연관성과 작가 의식의 구명이 보완되어야 할 것으로 판단된다.

로 설정하고 있다. 구체적으로 보면 "월남 이전 상징동화의 초기 작품과 월남 이후 회고조의 향수에 젖은 시기로써 꿈을 추구하는 중기 작품, 상업주의에 편승한 후기 작품"[5]으로 분류하고 있다. 박상재는 강소천의 동화 전 작품을 창작 연대순으로 배열하여 3단계의 구획을 설정하고 있다. 첫째는 1938년부터 1953년까지의 작품 33편을 제시하면서 피해의식이라고 부를 수 있는 작품군을 들고 있다. 두 번째는 휴전협정 체결(1953. 7) 후부터 1957년까지의 작품 71편으로 자아의식이라고 부를 수 있는 작품군을 들고 있으며, 세 번째는 1958년부터 그가 타계하던 1963년까지의 작품 34편으로 융화의식이라고 부를 수 있는 작품군을 제시하고 있다.[6] 이외에 남미영도 강소천의 동화에 대하여 시기 구분을 하고 있는데 전술한 견해와 대동소이하다.

위에서 소개한 강소천의 문학적 시기에 대한 연구자들의 분류 및 기준들은 모두 작품 외적인 분류 방식에 해당한다. 특히 강소천의 창작동화를 분석하기 위한 준거로서 이 분류 방식과 기준이 거론된 경우가 많았다. 이러한 논의에 의지하다 보니 작품의 내적 의미나 미학적 특질을 구명하기에는 한계가 있었다. 주로 주제 분석에 따른 교훈성 또는 효용적 가치를 구명하거나 단편적인 기법 및 소재주의에 편중된 연구가 많았다. 강소천의 창작동화와 소년소설에는 시적 요소가 투영되어 있어서 작품 전체의 분위기를 지배하는 것이 특징이다.

간결하고 압축적인 표현이 돋보이며 시각적, 청각적 이미지를 통하여 작품의 시퀀스를 형성한다. 또한 작품 속에서 인물이 추구하는 태도는 세계와의 대결이나 갈등이 아니라 화해하고 조화를 이루며 합일을 통해 이상 세계를 추구한다. 특히 환상성과 꿈의 기법을 활용하여

---

5 이재철, 『한국현대아동문학사』, 앞의 책, 237~238쪽.
6 박상재, 앞의 책, 73쪽.

상징적 의미를 강화하는 동시에 세계와의 동일화를 꾀한다. 이러한 특성들은 강소천의 창작동화에서 드러나는 독특한 특징인데 지금까지 작품의 내적 특징들이 어떻게 구현되었는지에 대한 관심은 소홀했던 것이 사실이다. '어떻게' 작품 속에 형상화되었는지 보다는 '무엇을' 드러냈는가에 관심이 집중되었기 때문이다.

창작동화는 아동문학의 서사 양식에 해당하기 때문에 서사성을 도외시할 수 없다. 서사성을 기반으로 하여 삶과 자연의 논리 및 법칙을 형상화하는데 강소천은 창작동화의 핵심 요소인 서사성을 기반으로 하여 그의 작품을 문예미학적 경지로 승화시키고 있다. 강소천은 창작 기법에 있어서 서사적 형식과 구조를 폭넓게 활용한다. 이것은 "궁극적으로 기존의 서사적 전통 안에서 작가가 시도하는 서사 유형의 다양한 시적 조작"[7]에 의해 미적 효과를 극대화하려는 강소천의 문학적 세계 인식 태도에서 기인한다. 서사 유형의 다양한 시적 조작은 하나의 미적 구조를 생성하게 되는데 본질적으로 이것은 서정적 구조화를 의미한다. 그리고 이 서정적 구조화를 통하여 작가의 비전 및 세계 인식 태도와 관련되는 서정적 미의식을 창출하게 된다.

강소천은 창작동화에서 다양한 층위의 서사 형식을 차용하여 창작 기법의 독창성을 발휘한다. 이러한 시도는 그의 창작동화에서 서사성을 다양화하고 강화하기 위한 전략이기는 하지만 이것이 그의 문학적 목적은 아니다. 강소천이 지향하는 바는 이 기법과 장치를 활용하여 동화 문학의 미의식을 구현하고자 했던 것이다. 그 지향점이 그가 문학을 시작하면서 일관성 있게 추구해 온 예술적 순수성으로서의 서정성이다. 본장에서는 강소천의 창작동화 및 소년소설을 대상으로 크게 두 가지 측면으로 나누어 검토하게 된다. 첫 번째는 서사 형식을 다양

---

7 박진, 『황순원 소설의 서정적 구조 연구』, 고려대학교 박사학위논문, 2002, 2쪽.

하게 차용한 과정과 양상을 살펴보고 이 서사 형식이 어떻게 서정적 구조와 연관을 맺는지의 구체적인 형태를 중심으로 살펴볼 것이다. 두 번째는 이러한 형식적 양상들을 통하여 근원적이고 본질적인 서정적 미의식이 구현되는 방식과 작가의 세계 인식 과정을 분석해 보고자 한다.

강소천의 동화가 서정성이 뚜렷하다는 평가는 여러 학자들에 의해 부분적으로 언급되었지만 작품 전반에 대한 서정적 미의식의 실체를 체계적으로 검토한 사례가 없다는 취지와 보다 면밀하고 분석적인 접근이 필요하다는 문제의식에서 본 연구는 출발한다. 왜냐하면 소설을 비롯한 서사물의 서정성은 "내용과 형식의 교호작용을 통해 생성되는 미적 효과의 하나로서, 내용의 단순한 표현을 넘어 의미화에 적극적으로 개입하는 미적 구조 전체를 통해 해명"[8]되어야 하기 때문이다. 창작동화도 엄연한 서사 양식에 해당한다. 강소천의 창작동화와 소년소설 역시 이와 같은 견지에서 분석을 하게 된 것이다.

1. 서사형식의 다양한 차용과 서정적 구조화

창작동화는 기본적으로 이야기라는 속성을 지닌 서사 구조물이기 때문에 이를 간과할 수 없다. 이 이야기와 함께 서술은 서사를 형성하는 가장 기본적인 두 요소이다. 두 요소는 서로 대치되는 개념이다. 이 야기는 서사의 내용이고, 서술은 서사의 형식을 뜻한다. 토도로프는 "이야기(histoire)와 담론(discours) 두 가지를 두고 서사를 형성하는 가장 기본적인 요소로 확정했다. 두 요소는 서로 대치되는 개념인 동시에

---

8 앞의 논문, 2쪽.

가장 보편적인 면에서 문학작품은 두 개의 측면으로 구조화되어 있다."[9]고 한다.

① 한 이야기는 시간 순서로 연속돼 있는 일련의 이벤트들이다. 그러므로 한 이야기는 일정시간의 연속이다. 연속돼 있는 이들 이벤트는 임의의 것들이 아니고 서로 연관이 있다. 한 이벤트는 한 상태에서 다른 상태로 변화하는 것이다. 이벤트는 외적인 것과 내적인 것으로 나눌 수 있는데 전자는 말 한 마디, 물리적 행동, 자연에서 일어나는 일 등이고, 후자는 사람이 내면에서 겪는 일이다.

한 이야기는 유의미하다. 유의미하다는 것은 이야기가 한 의미를 갖고 있으며, 독자의 특정한 미학적 정서를 유발할 잠재적 능력을 갖고 있다는 것을 말한다. 우리가 일상의 삶에서 겪는 한 사건도 자연적인 시간 순서로 연속돼 있는 일련의 이벤트들이고, 이들 이벤트는 서로 연관이 있다. 이런 점에선 사건은 이야기와 동일하다.

② 서사에서 서술자는 이야기를 서술하되 언제나 특정한 방식으로 진행한다. 달리 말해 이야기의 서술은 특정한 방식에 의한 이야기의 서술이다. 이 서술을 특정한 언어적 표현으로 실체화한 것을 서술텍스트라 한다. 서술텍스트는 또한 서사텍스트 혹은 서사작품이라 한다.[10]

①은 이야기에 해당하는 설명을 인용하였고, ②는 서술의 개념을 설명한 부분이다. 특히 서술은 서사에 종속되는 개념이면서도 특정한 방식으로 표현된 체계나 실체란 점에서 혼용되기도 한다. 창작동화 역시

---

9 Tzvetan Todorov, *Die Kategorien der literarischen Erzahlung*, in Heinz Blumensath(Hrsg.), Strukturalismus in der Literaturwissenschaft, 264~265.
한일섭, 앞의 책, 29쪽 재인용.
10 위의 책, 27쪽.

이야기를 기반으로 하고 있고, 이 이야기를 전달하는 특정한 방식과 서술자가 존재하는 산문 양식이란 점에서 서사적 요소를 상정할 수 있다. 그런가 하면 창작동화는 발생론적으로 환상이라는 서사에 뿌리를 두고 있지만, 이 환상에 대한 표현 방식과 기능적 측면을 고려할 때 서정시적 요소와 맥을 같이 하고 있다.

창작동화는 '환상성'을 구성적 기반으로 하기 때문에 시적 요소와 산문적 요소를 동시에 갖게 된다. 환상의 유형 가운데 '시적 환상'을 상기할 수 있는 대목이다. 여기에서 '시적 환상'이란 주로 문체의 장식적 측면을 이야기하고 있지만, 장르의 개념으로 확장시켜 논의하는 것이 가능하다. 노발리스는 그의 동화 「푸른 꽃」에서 "모든 시는 동화적이어야 한다."고 언급한 바 있다.[11] 릴리언 H. 스미드도 "시와 똑같이 팬터지는 보편적 진실을 포착하려고 할 때 은유라는 방법을 쓴다."[12]라고 기술하였으며, 이원수도 "동화는 시에 가까운 것이다."[13]라고 하였다. 이를 종합하면 창작동화에서 환상적 요소란 '시적인 것, 시정신'을 강조하고 있다는 뜻이 된다. 즉, 환상성이란 속성은 비현실적, 은유적, 초월적, 상징적 의미를 띠기 때문에 시적 요소에 해당한다. 또 다른 측면에서 보면 환상성은 허구이며 산문으로 쓰인 형식을 띠기 때문에 서사적 요소의 특성에서 자유로울 수 없다.

낭만주의에서 기원한 동화의 우화적 상상력과 초자연적인 세계 인식은 1920년대 우리 한국의 창작동화 형성 과정에도 영향을 미치게 된다. "설명적 전설 내지 부가유래담으로부터 기원한 경이담이나 환상서사"[14]는 시적 기교가 가미되면서 서정시적 특징이 강화되어 양식

11 이성훈, 『동화론』, 건국대학교출판부, 2014, 73~74쪽 재인용.
12 릴리언 H. 스미드, 앞의 책, 204쪽.
13 이원수, 『동시 동화 작법』, 웅진출판사, 1984, 105쪽.
14 김용희, 앞의 박사학위논문, 34쪽.

적 변이를 꾀하게 된다. 이것이 한국 창작동화의 형성 원리로 작용하게 되었으며 시적 환상을 수용하면서 혼합장르의 성격을 띠게 된 것이다.

결국 창작동화는 서사성을 기반으로 하면서도 서사성의 경계를 허물고 서정적 세계관을 반영하는 혼합장르로서 기능하기에 이른 것이다. 한국 초기 창작동화의 전개 양상을 보더라도 산문 형식을 취하는 환상서사의 서사적 요소와 시적 기교를 지닌 서정적 요소가 상존하는 것이 특징이다. 여기에서 서정적 요소라 함은 상상적 이미지와 상징적 효과를 지닌 언어가 시적 언어의 근본적인 속성임을 의미한다. 창작동화에서 환상이란 의인화의 방법이나 암시, 또는 비유를 통한 상징 등 시적 방법과 효과를 기대한다. 또한 동화는 이러한 방법을 활용하여 비현실적인 것을 실제 현실세계에서 벌어지는 일처럼 변용시키는 것이다. 이것을 보면 시적 환상이라는 말에는 "환상이 언어로 운용될 때 나타내는 방식이 시적이라는 의미를 내포하고 있고, 그 시적 환상은 동화의 장르적 성격을 규정하는 중요한 요소"[15]임을 알게 한다.

강소천도 한국의 초기 창작동화의 형성과 전개 과정에서 공헌한 바가 뚜렷한 작가로서 서술 방식과 서사 형식을 실험적으로 다양하게 시도하였다. 이러한 서사적 운용은 그의 서정적 세계관에 수렴되면서 강소천만의 독창적인 동화 미학을 창출하고 있다. 그 미학적 실체를 서정성이라고 명명할 수 있다. 창작동화에서의 서정성은 서정적인 형식과 서정적 정신이 결합되어 있는 것으로 파악해야 한다. 서정적 형식은 "외적 즉, 작품의 기법이나 구조적 측면"이고, 서정적 정신은 "내적 혹은 작품의 주제적 측면"으로 정의할 수 있기 때문이다. 서정성의 본질은 서정성의 기법으로 서정적인 정신을 문학적으로 형상화시켰

---

15 앞의 논문, 31쪽.

을 때 발생하는 감동과 정서인 것이다. 그 감동과 정서는 바로 주체와 객체가 융합되어 서로의 간격이 사라지고 대상이 내면화되는 상태를 의미한다.[16]

강소천은 동화 미학의 본질을 적확히 인지하고 이행한 작가이다. 그가 쓴 「동화와 소설」이라는 글에서 "동화는 소년소설과 함께 산문에 속하지만, 동화가 소년소설에 비하여 더욱 시에 가깝다."[17]라고 밝히고 있다. 이것은 강소천이 동화 문학을 '시적 산문'으로 인지하고 있었다는 방증의 글이 된다. 창작동화는 환상성을 기조로 한다는 원리를 전술한 바 있다. 이러한 동화 문학의 원칙을 강소천은 인식하여 동화 장르와 소년소설 장르를 구별한 것이다. 실제로 연구자들도 강소천의 동화와 소년소설 중 동화에서 미학성이 두드러진다고 주장하고 있기도하다. 창작동화에 대한 그의 시적 인식 태도는 그의 동화를 서정적 구조와 서정적 세계관의 논리로 도출하는 데 중요한 단초로 작용한다.

당대 문학적 활동 시기를 같이 했던 마해송, 김요섭 등 여타의 동화 작가들도 시적 환상이라는 동화 미학을 추구했음을 확인할 수 있다. 이 작가들 역시 동화의 서사적 요소에다 시적 요소를 결부시켜 서정적 특징을 드러내고 있다. 이것은 동화 문학이 갖고 있는 보편적 특성으로서 강소천도 예외가 되지는 않았다. 이 시기의 동화 작가들은 대부분 창작동화에 시적 속성을 수용하는 본질적 차원에서는 동일한 특징을 보인다. 그러나 이를 형상화하는 방식 및 서정적 세계를 인식하는 작가 의식이나 태도에 있어서는 작가들마다 독창성을 띠게 된다. 강소천은 창작동화 및 소년소설에서 문장의 서술 방식이나 구성 및 모티프의 활용에 있어서 다양한 형태의 서사적 유형을 차용하고 있다.

---

16 위의 논문, 16쪽.
17 강소천, 「동화와 소설」, 『아동문학』 제2집, 배영사, 1962년 10월, 15쪽.

이것은 서사성을 강화하기 위한 전략이기도 하지만, 서사적 효과의 의도성과 함께 궁극적으로는 서정적 형식을 구성하기 위한 서정적 구조화의 접근 방법이기도 하였다.

본 절에서는 강소천의 동화 및 소년소설에서 도출할 수 있는 서술 방식과 서사 유형의 다양한 시도와 구체적 성과에 주목한다. 이를 크게 세 층위로 나누어 살펴보고자 한다. 우선 서술적 층위에서는 강소천 작품에서 빈번하게 차용된 언술 태도이자 서술적 기능으로서 독백 형식의 문장과 일기 · 서간 형식의 표현과 기능을 대상으로 분석하게 된다. 구성 층위에 있어서는 플롯의 형태 및 기능과 연관 관계를 맺는 것으로서 겹이야기 구조와 결말의 현현 및 이완적 플롯 구조에 해당하는 작품을 대상으로 검토하게 된다. 마지막으로 모티프 층위에서는 강소천의 작품에서 가장 조명을 받았던 특징으로서 꿈 · 환상 화소와 설화 및 민속 전통의 화소를 대상으로 분석하게 된다.

이러한 서사적 요소들은 서사성 강화에도 기여함은 물론 서정적 형식의 창출과도 밀접한 관련을 맺게 된다. 즉, 강소천의 동화 및 소년소설에서 사용된 다양한 서술 방식과 서사 형식들이 어떻게 서정적 형식을 구성하며, 서정적 정서를 연출하고 구조화하는지 그 과정과 구체적 양상들을 밝히게 될 것이다. 이렇게 서사적 언술 방식과 형태를 통하여 서정적 형식을 해명하고자 하는 것은 서정미학의 구조적 접근에 이르는 길이 될 수 있기 때문이다. 실상 작품을 분석해보면 서사적 언술 방식으로써 설정한 세 가지 층위들은 어느 한 가지 층위가 독자적으로 기능하는 예는 드문 현상으로 나타난다. 대체로 두 가지 내지 세 가지 층위들이 복합되어 작품의 구조적 미학을 구현하고 있다. 즉, 작품의 고유한 조직 안에서 의미화되는데 한 가지 층위가 작품 안에서 어떻게 구조화되고 의미화되는지, 어떤 층위와 결합되어 작품의 구조 안에서 기능하는지에 따라 미적 효과가 드러나게 된다.

이것은 "서사문학이 언어로 표현된 인물과 행동들을 텍스트의 문장들로부터 독립시켜 형상을 환기하는 것"과는 달리 "서정적 텍스트가 문장들 간의 직접적인 조직으로 이루어진다."[18]는 논리에 기반을 두고 있다. 다시 말하면 서정미학의 구조는 서사를 비롯한 작품의 여러 구성 요소들과 상호 관련을 이루면서 고유한 조직 안에서 파악할 수 있기 때문이다. 다만 여기에서는 이 층위들을 독립시켜 분석적으로 검토한다. 작품의 구성 요소로서 서술 형태와 서사 유형이 서사적 기능으로 작용하면서 서정적 구조화를 도모하는 방식을 분석하게 된다. 이를 토대로 하여 다음 절에서 본질적이고 통합적인 서정미학의 속성들을 검토한다.

강소천이 창작동화에서 주로 사용한 기법은 꿈과 환상의 형식을 구조화하는 것이지만, 이 기법은 소년소설에서도 일부 차용되고 있다. 강소천이 창작한 소년소설도 양적으로는 적지 않은 편수를 차지한다. 주로 중·장편 작품에 해당하는데 이 소년소설에서도 서술 문장이나 서사적 구성 요소를 다양하게 변형시키면서 서정적 형식을 구현하는 고양된 정서와 내면화의 과정이 잘 드러나 있다. 이것은 바로 창작동화가 시적 환상이라는 양식적 특징을 지니고 있다는 이론적 토대가 공고히 자리 잡고 있기 때문이라고 해석할 수 있다. 이러한 견지에서 강소천의 동화 및 소년소설에서 산출되는 미적 형태를 구체적으로 구명하는 일은 강소천 동화 미학의 독창성을 담보하는 의미 있는 작업이 될 것이다.

---

18 박진, 『서사학과 텍스트이론』, 소명출판사, 2014, 22쪽.

1) 서술 층위의 특성

(1) 독백 형식

강소천의 동화 및 소년소설에는 시종 독백의 문장들이 많이 포함되어 있다. 단일한 문장의 독백 형식부터 고도로 변형된 독백 형식의 서술까지 다양하게 삽입되어 있다. 이러한 경향은 창작동화에서 두드러지지만, 소년소설 작품에서도 빈번하게 출현한다. 물론 장편 소년소설이야말로 서술이 주를 이루는 양식이기 때문에 당연한 결과이지만, 단편 소년소설이나 창작동화에서도 상당 부분 구사된 결과를 발견할 수 있다. 그만큼 강소천은 인물의 주관적 정서와 심리 상태를 꽤 많이 고려하고 있다는 방증이기도 하다.

독백이란 희곡에서 상연 시에 인물이 혼자 하는 말로서 유성의 말을 가리킨다. 즉, "한 인물의 정신적 내용과 과정을 작가의 출현 없이 인물로부터 독자에게 직접 제시하는, 그러나 암암리에 한 사람의 청중이 상정된 기술"[19]이라고 정의된다. "독백의 화법과 말씨는 인물의 일상적인 대화의 한 부분일 경우가 많다. 따라서 독백자가 형식적인 방식이나 시적인 태도로 다른 인물들에게 말을 한다 해도, 그것은 독백의 화법이라고 해야 한다."[20] 이러한 독백 형식은 서술이 개입되는 소설이나 동화 등의 서사 양식에서는 내면 독백의 형식으로 변형되어 나타난다. 등장인물이 혼자 내면에서 말하는 무성의 독백으로서, 이 무성의 독백은 한 인물이 생각하거나, 느끼거나, 인지하는 것을 혼자 소

---

19 Robert Humphrey, *Stream of Consciousness in the Modern Novel*(Berkely and Los Angeles, 1959), 35~38.
시모어 채트먼, 김경수 옮김, 『영화와 소설의 서사구조』, 민음사, 1990, 217쪽 재인용.
20 위의 책. 218쪽.

리 없이 말하는 것인데 보다 구체적인 내용을 인용해 본다.

> 내면독백은 일련의 연속된 무성의 말들을 원래의 시간 연속으로 그대로
> 제시한 것이다. 달리 말해 내적 독백은 일련의 내적 이벤트들을 장면제시의
> 형식으로 제시한 것이다. 내면독백 또는 그것의 서술텍스트에는 독백자의 내
> 면의 소리만 있을 뿐이고 서술자의 소리는 없다. 그래서 내면독백은 직접성
> 의 환상, 즉 저절로 제시된다는 환상을 일으키고, 또 현실환상을 일으킨다.
> 독백자는 '나' 또는 이를 지칭하는 1인칭 대명사의 변형으로 표시된다. 내면
> 독백은 한 '나'가 자기에게 말하는 무성의 자기대화이다.[21]

이렇게 내면독백은 자기와의 대화 형태를 이루기 때문에 한 사람의
청중도 필요로 하지 않는다. 강소천의 동화와 소년소설에는 서술적 특
징으로서 내면 독백의 형식이 두드러진다. 그리고 이 서술적 기법은
서정적 구조에 결합되어 강소천 작품의 미학적 특징을 구현하고 있는
것이다. 자의식을 드러내기에 적절한 언어 양식이라 할 수 있는 이 내
면독백은 주관성의 표현이나 자아와의 관련성 안에서 서정 양식의 특
징을 예단해볼 수 있다. 즉, 서사 양식은 외부 세계의 관점에서 자아를
파악하려 하지만, 서정 양식에서는 자아의 관점에서 외부 세계를 지각
하고자 한다.

다시 말하면 인간의 내부 세계와 외부 세계의 기능적 관계가 무엇인
지, 인간 행위의 원인이 되는 심리적 요인은 무엇인지를 규명하려는
것으로 보다 내부 세계로 향하는 관점이다. 그러므로 서정 양식의 표
현 수단은 "인간의 내면세계를 표현하는 내적 독백과 의식의 흐름, 고
백문과 같은 서사 유형, 탐색 소설과 같은 다양한 소설의 형태를 보여

---

21 한일섭, 앞의 책, 270쪽.

주고 있다."²² 이것은 서정소설의 유형적 특징을 언급한 것이지만 비단 서정소설에만 국한된 내용이 아니라 서정적 서사를 드러내는 서정 양식에 적용할 수 있는 특징이기도 하다. 서정 양식에서 서사적 관점이 인간의 의식이나 내면 세계로 향한다는 것은 서정시의 특징이 바로 대상 속에 자신의 감정이나 의식을 투영하고 있다는 뜻과 상통하는 의미가 된다.

강소천의 창작동화 및 소년소설에 구현된 서정적 특성도 이러한 자아 반영적인 특징을 띠고 있다. 자아의 발견 및 확인을 위한 자의식이 내재하면서 서정적 화자의 시적 비전이 펼쳐진다. 외부 대상과의 갈등이나 문제를 내적 세계 내지 내면 의식 속에서 용해시키거나 방법을 모색하기 때문에 자아 중심적 서술에 치중하고 있다. 즉, 강소천의 작품에는 주관적인 의식이나 내면 묘사의 특성이 드러나 있다. 이 특징은 소설과는 달리 독백적 기법으로서 '극적 독백'²³ 형태로 전개되기도 한다. 또는 내적 대화라 할 수 있는 극적 독백이 변형된 형태로서 주관적 의식이나 내면 독백이 의인화 및 물활론적 사유 과정을 통하여 대화의 수법으로 표현되기도 한다. 그런가 하면 환상이나 꿈을 통해서도 내적으로 대화의 양상을 나타내거나 상상력을 확장시킨다. 이렇게 동심의 차원에서 대화의 형식을 활용하여 내면 묘사를 하는 것이 강소천 동화의 기법적 특징이다.

「수남이와 수남이」에는 서정적 화자의 내적 자아를 인식하는 방식과 과정으로써 '그림자 이미지'가 활용된다. '그림자 이미지'는 내면 세계에 해당하는 내적 자아인 수남이와 외부 세계인 대상으로서의 분

---

22 김해옥,『한국 현대 서정 소설의 이해』, 새미, 2010, 38쪽.
23 폴 헤르나디, 김준오 옮김,『장르론』, 문장, 1983, 195쪽.
　영국의 시인인 로버트 브라우닝이 시에서 사용한 표현 형식을 두고 헤르나디는 극적 독백의 표현법을 개척했다고 평가한다. 이는 상대 인물을 앞에 놓고 중심인물이 말하게 하는 방법에 의하여 인간 심리의 묘출에 객관성을 부여한 새로운 서정적 표현을 의미함.

리된 자아의 현실 간의 거리를 조정하는 기능을 수행하고 있다. 이 작품은 1963년에 배영사에서 간행한 『강소천 아동문학 전집 1』에 수록되어 있다. 주인공인 수남이는 학교 아이들이 겁쟁이라고 놀리지만 대응을 하지 못하고 스스로를 인정하면서 불완전한 의식에 빠진다. 자신의 마음을 알아줄 친구 하나 없이 혼자 집으로 돌아오는데 자신의 그림자가 친구이자 조력자로 나타나면서 자아를 인식하는 계기가 된다.

> 그랬더니 무뚝뚝한 내 말과는 달리 아주 부드럽고 정다운 목소리로
> ─ 날 몰라? 나 수남이야!"
> 하는 것이 아닌가.
> "수남이? 내가 수남인데 어디 또 수남이가 있단 말이냐?"
> ─ 네가 수남이니까 나도 수남일게 아냐?" […중략…]
> "수남아! 넌 어디 숨어 있다가 그렇게 불쑥 나타났니?"
> ─ 숨어 있긴 어디 숨어 있었어? 여지껏 너와 함께 나란히 걸어오지 않았니?"
> "나란히 걸어오다니? 나와 나란히 걸어온 건 내 그림자였지, 넌 지금 내 앞에 나타난게 아냐?"
> ─ 웅…… 여지껏은 내가 검은 보자기를 뒤집어 쓰고 다닌거야."
> 그렇지만, 네가 날 부르니까, 검은 보자기를 벗어 버리고 네 앞에 나타난 거지."
>
> ─「수남이와 수남이」 부분[24]

인용된 부분을 보면 표면적으로는 독백처럼 느껴지지 않는다. 직접 대화의 형식을 띠고 있기 때문인데 대화 상대를 상기해보면 극적 독

---

24 「수남이와 수남이」, 『강소천 아동문학 전집 1』, 앞의 책, 124~126쪽.

백으로 취급할 수 있다. 주인공인 수남이와 대화하고 있는 상대는 수남이 자신이다. 즉, 수남이는 자신의 그림자에게 말을 하고 있는 것이다. 상대를 의식하고 말을 한다는 차원에서는 극적 독백 형태이지만 내면의 자아에게 말을 한다는 점에서는 내면 독백의 형태이다. 이것은 일반적인 독백의 서술 형태에서 변형된 현상을 보이고 있다. 여기에 드러나는 핵심 사항은 표면적인 해석보다는 대화의 내적 의미를 살펴야 서술적 기능을 유추할 수 있다. 내면 독백의 문장을 극적 독백이나 직접 대화의 형태로 가장함으로써 동화의 환상적 기능을 극대화시키고 있는 것이다. 이 서술 전략은 환상을 핵심으로 하는 강소천 동화의 독창성이 돋보이는 서사 기법 중 하나로서 강소천의 창작에 대한 실험 의지를 확인할 수 있는 대목이기도 하다. 세밀한 작품 분석을 통하여 내면 독백의 구체적인 의미와 기능을 탐색하기로 한다.

이 작품에서 그림자 이미지의 생성은 환상적 장치에 의해 결정되고 있다. 이 그림자 이미지는 수남이의 자아 인식 과정과 방법에 지대한 영향을 주고 있다. 수남이는 외부 세계에 비쳐진 무기력한 자신의 모습을 직시하기 위하여 끊임없이 독백적 진술을 시도한다. 이것이 그림자와의 대화를 꾀하고 있는 내면 독백인 것이다. 그림자의 이미지 창조와 대화 형식은 미적 장치를 구성하면서 작품의 서사를 지배하고 있다. 주인공인 수남이와 그림자와의 관계 및 대화 장면들은 환상적 구조물로 설정되어 있지만 형식적 측면에서 보면 내면 독백에 해당한다. 이것은 서정 소설에서 내면 세계를 표현하기 위한 방식으로 내면 독백이나 일기문과 같은 형식을 활용하는 방식과 유사한 기법이다.[25]

그림자는 무의식으로서 내적 자아에 대한 인식 행위를 거쳐 완성된 인격체로 향하는 동력이 되고 있다. 그림자는 항상 수남이 곁에 있는

---

25 김해옥, 앞의 책, 38쪽.

존재이다. 다만 수남이가 이를 알아차리지 못한 것은 '검은 보자기'를 쓴 것처럼 의식하지 못하고 살았기 때문이다. 그림자는 해가 있는 밝은 곳에서는 수남이의 곁에서 늘 같이 있고, 어두운 곳이나 집에서는 작아져서 수남이의 심장 속에 살고 있다. 수남이의 심장 속은 '환상 공간'인 셈이며 그림자는 자유롭게 변신하는 상징적 존재인 것이다. 그 그림자는 수남이에게 말한다. "같이 있으면 무섭지도, 외롭지도 않으니 친구들이 요구한 겁쟁이 탈출을 위한 놀이를 받아들이라."[26]고 북돋아 준다. 수남이는 그림자라는 친숙한 친구를 얻은 기쁨에 "여우고개 서낭당 느티나무 굴에 돌을 놓고 오겠다."[27]고 친구들과 내기를 하여 실력을 보여 줌으로써 겁쟁이의 모습으로부터 탈출에 성공한다. 겁쟁이라는 사실로부터 벗어난 수남이는 우쭐한 마음에 싸움대장이 되고 싶어 한다. "학교에 가서 아이들을 때려 눕혀 부하를 거느리겠다."[28]고 그가 그림자에게 말하자 이를 만류한다.

이 장면에서 내적 갈등이 야기되고 있다. 자아의 인식과 발견으로 인하여 내적 동일화를 꾀하지만 자아의 분열을 통하여 쉽사리 합일에 이르지 못한다. 이 점은 강소천 동화에서 표현되는 서정적 과정의 미적 특징이 드러나는 단적인 예가 된다. 즉, 이것은 "탐색에 근거한 서정적 과정은 각 인물의 인식 순간을 향해 움직이고 있는 것처럼 보이며 결국 그것은 작품의 결말에서 전체적으로 통일되는 것이다."[29]라고 말한 프리드먼의 주장에 근거를 두고 있다. 수남이는 학교에서 영구, 윤수, 인호에게 꼬투리를 만들어 차례로 완력을 사용하여 겁쟁이가 아님을 과시한다. 결국 내기를 했던 패거리의 우두머리인 대일이와 붙어

---

26 「수남이와 수남이」, 앞의 책, 128쪽.
27 위의 책, 129쪽.
28 위의 책, 131~132쪽.
29 랠프 프리드먼, 신동욱 역, 『서정소설론』, 현대문학, 1989, 22쪽.

쓰러지고 만다.

　나는 문득 수남이 생각이 났다. 나는 내 옆을 가만히 바라 봤다. 검은 보자기를 뒤집어쓴 수남이가 우두커니 내 옆에 서 있었다.
　"수남아!"
　목메인 소리로 나는 수남이를 불렀다. 그러자 수남이는 그 검은 보자기를 획 벗어 버리고 내 앞에 나타났다. [⋯중략⋯]
　"내가 잘못했어! 수남아! 날 버리지 말아 줘! 다음부턴 어떤 일이든지 너와 의논할게⋯⋯"
　─그래! 수남이가 어른이 될 때까지 언제나 수남이 곁을 떠나지 않을게⋯⋯"
　"고맙다! 낮에는 내 곁에서 밤에는 내 심장 속에서 언제나 내 참다운 친구가 되어 줘! 응?"

─「수남이와 수남이」 부분[30]

　외부 세계의 수남이와 내면 세계의 그림자 수남이와의 직접 대화 형태인데 "그래!", "고맙다!"와 같은 단어를 생략하여 읽으면 내면 독백의 형태를 고스란히 표출하게 된다. 결국 상대를 의식하고 직접 대화하는 문장으로 표면화되어 있지만, 한 인물인 수남이와 수남이의 발화는 독백 형식으로 환원되고 있다. 인용문에서 보듯이 검은 보자기는 수남이와 그림자와의 관계를 결정짓는 상징적 대리물인 셈이다. 이러한 구체물을 통하여 이 장면에서는 '서정적 직접성'[31]을 표출하고 있

───────────────

30 「수남이와 수남이」, 앞의 책, 135~136쪽.
31 랠프 프리드먼, 앞의 책, 19쪽.
　프리드먼은 서사적 행위의 직접성과 구별하고 있다. 서정적 직접성이란 묘사의 직접성, 서사세계의 개입 없이 독자가 한눈에 알게 되는 주제와 모티브의 유용성이라고 진술한다. 형식, 세계, 시인의 감수성은 서정적이고 대위법적이며 왜곡된 자질적 진행과정 속에 전개되면서 또한 다른 서사형태 속에 항상 존재하는 것이라고 한다.

다. 자아의 분열로부터 검은 보자기를 벗어버리고 내적 자아의 통일에 의한 모습을 확인함으로써 서정적 합일에 도달하는 것이다. 외롭고 어려울 때 되찾은 그림자야말로 완성된 자아의 통합 내지 참된 성장에 이르는 것임을 결말에서 보여주고 있다. 이러한 성장담의 구조 또한 "자아의 분리 상태를 거쳐 통합에 이르는 것"[32]으로서 서정적 합일의 순간을 추구하는 미적 장치이다.

1961년 『새벗』 7월호에 처음 발표되었던 동화 「나는 겁장이다」에도 독백적 진술을 통한 자기 성찰과 자아의 인식 과정이 잘 나타나 있다. 이 작품도 몽환적 서사의 구성법으로 이야기가 전개된다. 주인공 수남이가 잠을 자고 있을 때 대문 두드리는 요란한 소리가 들린다. 특정한 환상 세계로의 진입 장면이 제시되어 있지 않은 상태에서 "잠을 자고 있었다."는 도입 서술은 꿈이라는 몽환의 환상을 추정할 수 있게 해준다. 대궐에서 나온 신하라는 사람은 수남이를 이 나라의 임금님으로 모시러 왔다고 전한다. 수남이가 의아해 하자 그는 어른들은 지혜가 너무 많아서 꾀만 부려 백성을 괴롭히기 때문에 순한 어린이를 임금님으로 모시기로 결정했다고 한다. 어느 날 한 신하가 길을 가는데 수남이가 자기보다 작은 아이에게 맞으면서도 화내지 않는 모습을 보고 이런 분이 임금님이 되면 백성을 진심으로 위해주겠다고 생각하여 추대를 결정했다는 것이다.

건들먹 건들먹거리며 수남이는 마차에 실려 대궐로 가고 있습니다.

Ⅱ

(야아! 이건 정말 처음 보는 방이로구나! 이 방이 이렇게 좋으니, 내가 이

---

32 최현주, 『한국 현대 성장소설의 세계』, 박이정, 2002, 28~50쪽.

제 임금이 되면 얼마나 더 훌륭한 자리에 앉을까?)

(내가 인제 임금이 된다. 내 주위에는 여러 지혜 있는 신하들이 둘러서서 나를 위해 걱정해 줄 거다. 고개도 제대로 들지 못하고 쩔쩔매면서…)

(참말 세상이란 이상한 것이다. […중략…])

(아니, 그 뿐인가? 돌쇠 녀석이 날 막 욱박질렀지? 영구와 구슬치기를 하다가, 어린 영구한테 구슬을 다 빼앗기고서 그 구슬을 되려 내라고 돌쇠 녀석이 야단을 쳤지! 영구가 안주겠다니까, 돌쇠 녀석이 나를 보고 〈영구가 가진 구슬이 누구거냐?〉고 물었지? 내가 나보다 키가 작은 돌쇠 녀석을 이길 수만 있다면 〈그거야 영구가 이겨서 딴 것이니까, 영구 것이지!〉 했을 텐데 나는 돌쇠 녀석이 무서워서 아무 말도 못 하고 보고만 있었단 말이야! 그러자 돌쇠 녀석은 구슬을 빼앗구 영구와 나를 한대씩 때렸단 말이야! 영구는 키가 작으니까 맞았지만, 키 큰 내가 돌쇠 녀석에게 맞는 것이 남보기에는 좀 우스웠을 거야. 그래도 나는 아무말 없이 맞고도 가만히 서 있었지, 참 난 몇시간 전만 해도 말할 수 없는 겁장이였단 말이야. 그러나, 이제 나는 겁장이가 아니다. 한 나라의 임금이다.)

(이제 내가 임금이 되면, 돌쇠 녀석을 불러다 놓고 〈이놈아! 너 내가 누구인지 알겠느냐?〉 하고 한바탕 혼을 내 줘야지! 내가 수남이라는 것을 알면 돌쇠는 얼마나 놀랄까?

— 「나는 겁장이다」 부분[33]

이 독백 진술은 수남이 스스로 '겁장이'임을 자인하는 대목이다. 대궐에 들어와 임금이 된다고 하니 스스로 겁쟁이임을 인정하고 임금이라는 권력을 이용하여 그간의 피해의식을 보상받으려 한다. 수남이 자신을 비겁한 아이로 남게 했던 돌쇠를 불러다가 높은 지위의 권력으로

33 「나는 겁장이다」, 앞의 책, 78~79쪽.

되갚아주고자 한다. 그리고 어머니가 살고 있는 작은 집을 대궐같이 큰 집으로 지어 주목 받으려는 영웅심리도 나타낸다. 수남이가 자인하는 겁쟁이는 수남이의 내면 성찰이 결여되어 있는 외부적 세계의 현실인 것이다. 내적 세계와 외부 세계의 간격이 크고, 불일치된 상태에서의 자각에 해당한다. 그러기에 허황된 꿈과 권력에 사로잡혀 있다.

결국 갈등하는 내적 세계와 외부 세계와의 간격을 좁히기 위해서는 하나의 매개체가 필요한데 이 때 등장하는 매개체가 '촛불 아가씨'이 다. 키가 매우 작은 사람으로 의인화되어 나타나는 촛불 아가씨는 수 남이가 직접 내면의 진실을 바라보고 성찰할 수 있게 해주는 역할을 한다.

촛불 아가씨는 수남이의 비겁함과 용기 없음을 비웃는다. 촛불처럼 자신의 몸을 녹여서 타인의 삶을 밝게 해주려는 희생정신이 없는 수남 이에게 한 자루의 초만도 못한 사람이라고 강하게 질타한다. 그리고 참 임금의 자격이란 "백성을 위해서 밤낮 걱정하구 백성들의 행복을 위해 서 자기 몸과 피와 살을 다 바쳐야 하는거야!"[34]라고 가르침을 준다.

수남이는 이제 들은 이야기를 조용히 다시 생각해봅니다.

(내가 어리석은 생각을 했다. 내가 임금이 돼? 안 되기가 다행이었다! 아무 도 없는 틈을 타서 나는 한시바삐 이 대궐을 떠나야 한다.)

(내가 임금이 돼? 겁장이가 어떻게 임금이 될 수 있어? 욕심장이가 어떻게 임금이 될 수 있어? 미련한 소년이 어떻게 임금이 될 수 있느냐 말이야?)

(내가 돌쇠 녀석에게 맞고도 가만히 있은 건 내 마음이 너그러워서가 아니 야! 돌쇠 녀석이 무서워서였어! 〈지금 그것은 틀림없는 영구의 구슬이다!〉 그때 나는 돌쇠 녀석에게 왜 그렇게 뚜렷이 말하지 못했느냐 말이야. 나는 겁

---

34 위의 책, 81쪽.

장이었어! 지금도 나는 겁장이다. 둘 중에 하나가 되어야 한다. 정말 돌쇠를 용서해 주고 사랑해 줄 수 있는 착하고 너그러운 마음을 가지든가, 그렇지 않으면 돌쇠에게 〈이 자식아! 왜 약한 사람을 못살게 구느냐?〉하고 큰 소리를 칠 수 있는 용기와 힘을 가지든가……)

　수남이는 대궐을 빠져 나오며 속으로 외쳤읍니다.

　"수남아! 넌 겁장이다! 나는 겁장이란 말이야!"

　한길에 나서자 수남이는 큰 소리로 또 외쳤읍니다.

　"수남아! 너는 겁장이란 말이야! 나는 겁장이란 말이야!"

―「나는 겁장이다」부분[35]

　위의 독백 장면은 내적 자아를 탐색하고 정체성을 찾아가는 과정을 서술한 부분이다. 용기 없이 비겁하며 겁쟁이이기만 했던 수남이의 외적 자아로부터 이를 깨닫고 용기 있고 정당한 진실성을 추구하는 내적 자아로 통합해가는 과정인 것이다. 돌쇠의 힘이 무서워 바른 말을 하지 못한 수남이가 처한 현실은 외부의 세계이다. 그리고 이 세계에 순응하고 사는 수남이 자신은 나약한 내적 자아의 소유자인 것이다. 즉, 외부 세계의 관점에서 삶을 바라보는 인물의 태도이다. 그러나 이제 수남이의 독백을 통하여 돌쇠의 그릇된 행동을 바르게 말할 수 있는 용기는 내적 자아의 확립에 의해서만 가능하다. 서술의 관점이 내면 세계를 향하는 시각임을 알 수 있다.

　정체성의 탐색이란 자기 성찰을 통해서 이루어진다. 돌쇠를 사랑과 너그러운 마음으로 용서를 하든가, 돌쇠를 꾸짖어 행동으로 바로 잡든가 하는 것이 수남이가 취해야 할 정당한 태도임을 자각한다. 즉, 내면의 정체성 확립을 통하여 외부 세계에서 드러나는 갈등 현실과의 간

---

35 앞의 책, 81~82쪽.

격을 없앰으로써 내적 통합에 도달하는 것이다. 이 작품에서 독백 문장의 서술은 이렇게 자기 성찰을 통하여 내면 의식과 외부 세계와의 통합을 도모하고 있는 것이다. 수남이의 절규에 가까운 독백은 결국 "내향적으로 반성하고 강화하는 방법에서 생명 의식을 지향하고 있다."[36]고 주장한 조준호의 논의도 내면 세계의 탐구와 주관적 자아의 성찰이라는 입장에서 의미 있는 해석이다.

1940년 『만선일보』에 처음 발표되었던 소년소설 「딱따구리」는 단편 형식을 취한 작품이다. 1인칭 시점으로 서술하고 있는 이 작품에서 주인공인 '나'와 친구 희성이는 아버지를 여읜 공통점을 갖고 있다. 회상 형식을 취하는 서사 진행으로 "지난 5월 둘째 토요일에 우리 반은 양천사로 소풍을 갔다."는 설명으로 작품이 시작된다. 화자인 '나'와 희성이는 아버지가 없는 탓에 어머니가 두부장사, 콩나물장사로 생계를 꾸려 간다. 화자인 '나'가 희성이와 솔밭을 거닐고 있을 때 딱따구리 한 마리가 나무 구멍으로 들어가는 것을 보고 희성이가 모자로 구멍을 막아 새를 잡으려 한다.

캄캄하던 방안에 전깃불이 갑자기 팍하고 켜지 듯, 내 머리에는 번쩍 한 가지 생각이 떠 올랐읍니다.

—저 나무에 와 앉아 아우성을 치는 새는 틀림없이 저 굴 속에 사는 엄마새일 것이다. 지금 굴 속에 있는 새가 엄마새라면, 울고 있는 저 새는 아빠새일 것이고, 지금 울고 있는 저 새가 엄마새라면, 굴 속에 있는 새는 아빠새일 것이다. 만일 아빠새라면……

—「딱따구리」 부분[37]

36 조준호, 앞의 논문, 71~72쪽.
37 「딱따구리」, 『조그만 사진첩』, 다이제스트사, 1952, 16쪽.

희성이가 손칼을 꺼내어 구멍을 넓히고 있는데 어디선가 딱따구리 한 마리가 날아와 나무 위에서 요란하게 운다. 이 장면에서 화자인 나의 독백이 시작되는 것이다. 나는 나무 위에서 요란하게 우는 새가 어미 새라면 굴 속에 있는 새는 아기 새 또는 아빠 새라고 상상한다. 만일 반대로 나무 위에서 우는 새가 아빠 새라면 굴 속에 있는 새는 어미 새일 것이라고 상상해본다. 이 작품을 두고 복잡한 서사 구조를 취하거나 이야기성이 돋보이는 작품이라고 말할 수는 없다. 그럼에도 불구하고 주목할 점은 여기에서의 내면 독백 서술이 의미 있게 구성되어 있다는 점이다.

나와 희성이는 내면에 아버지를 상실한 아픔을 안고 있다. 그런데 이때 나타난 딱따구리도 이 인물들과 같이 상실의 위험에 처해 있다. 나무 굴 속에 든 딱따구리를 잡게 되면 딱따구리도 나와 희성이처럼 가족을 상실한 동일한 처지에 놓인다. 여기에서 동일화의 감정을 느끼게 된다. 즉, 내적 세계의 주관성이 딱따구리라는 외부 세계인 대상과 융합을 이루게 되는 것이다. 대상성의 내면화 과정 및 감정의 침투가 일어나 하나의 세계로 융합되는 장면이다. 이러한 서정적 화자의 서정적 합일이 위인용문의 독백 장면에 고스란히 나타나 있다. 강소천의 동화 및 소년소설에 표출된 내면 독백은 이러한 서정적 특징을 드러내는 서술적 기능이 뚜렷하다. 이 또한 내면 독백의 서술을 통하여 서정적 구조를 구체화시키는 방법 중 하나이다. 앞에서 살펴 본 두 작품은 비교적 강소천 생애의 후반기에 발표된 작품인 반면, 이 작품은 일제 강점기에 발표되어 초기 작품에 해당한다. 이를 보면 강소천은 독백 형식을 초기부터 지속적으로 구사하였으며, 후반기로 갈수록 이와 같은 서술적 기법을 확장하였다.

이러한 독백적 특징은 그가 동화작가로 주목받게 한 작품 「돌맹이Ⅰ」, 「돌맹이Ⅱ」[38]에서도 발견된다. 연작 형태로 구성된 이 작품은 전체의 문장이 독백체로 서술되었다고 해도 과언이 아닐 정도로 내면 독백의 효과를 잘 살리고 있다. 「돌맹이Ⅰ」은 화자인 경구의 이야기와 돌맹이의 이야기가 교차하여 서술된다. 「돌맹이Ⅱ」에서는 경구, 돌맹이, 차돌이, 돌맹이의 내면 독백이 차례로 이어지는데 시점 이동이 이루어지면서 서사가 진행되는 작품이다.

① 나는 돌맹이를 볼때마다 여러가지 생각을 하여본다.

크다란 돌맹이 옆에 놓여 있는 조고만 돌맹이를 볼때 나는 그 크다란 돌맹이가 어쩐지 아빠돌맹이나 엄마돌맹이같애 보이고 조고만 돌맹이가 어쩐지 아가 돌맹이들만 같애 보인다. [⋯중략⋯]

② 나는 냇가에 한개의 크다란 돌맹이다. 들은 이야기, 본 이야기, 하고싶은 이야기가 많고 많지만, 내게는 입이 없다.

내게 만일 입이 있다면 나는 늘- 나에게 이야기를 들여달라는 「경구」라는 아이에게 재미있는 이야기를 들여 주었을게다. [⋯중략⋯]

이런날이면 나는 곳잘 차돌이 꿈을 꾼다.

차돌이―나는 차돌이가 몹시 그립다.

「사랑하는 내 아들 차돌아!」불러보고싶은 날이다.

그러나 차돌이는 내가 부른대도 듣지못하리라. 차돌이는 안마을 영자네집에가 살고 있다.

영자 할아버지 쌈지속에 들어가 살고있는 내아들 차돌이가 나는 그립다.

―「돌맹이Ⅰ」부분[39]

---

38 이 작품은 「돌맹이Ⅰ」과 「돌맹이Ⅱ」로 나누어 연작 형태로 발표되었다.
「돌맹이Ⅰ」은 『동아일보』에 1939년 2월 5일부터 2월 9일까지 발표되었다. 「돌맹이Ⅱ」도 『동아일보』에 1939년 9월 13일부터 9월 18일까지 발표되었다. 그리고 1941년에 출간한 동요시집 『호박꽃 초롱』에도 이 동화가 수록되어 있다.
본 연구에서는 『호박꽃 초롱』에 수록된 작품을 대상본으로 활용한다.
39 「돌맹이Ⅰ」, 『호박꽃 초롱』, 앞의 책, 81~86쪽.

③ 내가 고향을 떠나 이곳에 온지도 벌서 석달이 지났다.

내 머리에는 아직도 그때 그일이 이처 지지 않는다.

세상에 나서 열두해를 자란 정든 내고향, 내 마을 내집, 내 동무들을 두고 떠나든 내 슬픔이란 말할수없이 컸었다. [⋯중략⋯]

나는 또 냇가로 가리라. 돌맹이나 주스며 내마음을 달래 보리라. [⋯중략⋯]

④ 「영자야—너 내아들 차돌이를 어쨌니? 너이 할아버지 부싯돌 하겠다고 주서간 내아들 차돌이를 어쨌느냐 말이다. 너이 할아버지가 세상을 떠날때 쌈지속에 넣은채 그냥 너어 할아버지와 함께 내 아들을 관 속에 너어 보냈느냐?」

말하고 싶다. 이렇게 물어 보고싶다. 말할수 있게 만들어진 사람은 얼마나 좋겠느냐? [⋯중략⋯]

⑤ 나는 경구의 호주머니속에서 이런 말을듣고 여간 기뻐하지 않었다. 그러나 경구가 나를 데리고 가지 않으면 내게는 기쁠것도 아무것도 없지않나?

「경구야 나를 데리고 갈테냐?」

고 물어보고 싶지만 말할수 없는 몸이라 생각하니 서글푼 생각이 문득났다. [⋯중략⋯]

경구가 만일 경구네 고향앞 시냇가에있는 크다란 돌맹이가 내 아버지라는 것을 안다면 나를 데리고 가리라. [⋯중략⋯]

경구는 웬일인지 얼른 호주머니에 손을 넣는다.

「나는 이 부싯돌을 볼때마다 너이 할아버지 생각이 나드라」

부싯돌이라니? 그게 사람들이 부르는 내 아들 차돌이의 이름이 아니냐? 나의 속은 몹시도 두군거렸다. [⋯중략⋯]

「큰 돌맹이는 아빠나 엄마 돌맹이 같고 작은 돌맹이는 아가 돌맹이들 같애 …… 호호호……」

「영자야— 넌두 그렇게 생각되니?」

경구는 넘우도 기쁘고 좋은 모양이다.

「영자야— 그럼 이 차돌은 이 크다란 돌맹이의 아들인지도 모른다. 아니 아들일게다. 그러니 우리 이걸 이 옆에 놓아주자 ! 」

「참말. 그랬으면 좋겠어—」

경구와 영자는 나와 차돌이를 번갈아바라보드니 방긋이 웃는다.

—「돌맹이Ⅱ」부분[40]

①, ③은 경구의 독백 부분이고 ②, ④, ⑥은 돌맹이의 독백, ⑤는 차돌이의 독백부분이다. 모두 내면 독백으로 상상력을 확장시키면서 '자유직접사고'에 의한 '자유직접화법'[41]으로 서술되어 있다. ①은 경구가 혼자 냇가에 나가 돌맹이를 만져보면서 돌맹이에도 생명이 있을 것이라고 상상하는 대목을 자유직접화법으로 서술하는 내면 독백이다. ②는 돌맹이가 의인화되어 스스로 고향을 떠나 이곳에 정착하게 된 이야기와 자기를 각별하게 대해주는 경구와의 소통을 염원하는 내용과 아들 차돌이와 헤어지게 된 내력을 내면 독백으로 서술한다. 이 부분을 보면 화자인 경구는 대상인 돌맹이에게 동일한 생명성을 느끼면서 대상인 돌맹이를 내면 의식으로 끌어들이고 있다.

③은 고향을 떠나 살게 된 경구가 고향 마을과 친구들을 그리워하는 감정을 서술하고 있다. ④는 다시 돌맹이의 내면 독백으로 귀순이와 희성이가 결혼식을 올린다는 이야기를 듣게 된다. 돌맹이는 그 날 경구도 온다는 소식을 냇가에 나온 경구 친구들에게 듣는다. 서술을 하는 화자는 더욱 아들 차돌이를 그리워한다. 영자 할아버지의 부싯돌이

---

40 「돌맹이Ⅱ」, 앞의 책, 91~112쪽.
41 시모어 채트먼, 김경수 옮김, 『영화와 소설의 서사구조』, 민음사, 1990, 220~226쪽.
　채트먼은 언어적인 요소뿐만 아니라 비언어적인 표현도 중요시한다. 그러므로 자유직접사고는 부가 구절과 술어를 생략하여 표현하는데 인지와 함께 지각을 통한 서술적 기능에 핵심을 둔다. 그리하여 일인칭 대명사에 의한 자기 언급, 현재 시제의 지향, 인용 부호의 생략 등에 의해 서술을 시도하는 것으로 이것은 내면 독백과 깊은 관련을 맺는다.

된 아들 차돌이가, 영자 할아버지가 돌아가신 후 어디로 갔는지 행방을 궁금해 하는 장면이 서술되어 있다. ⑤는 차돌이의 독백서술이다. 차돌이는 경구의 호주머니에 들어 있다. 경구가 영자 할아버지께 곱다고 하자 할아버지는 부싯돌을 경구에게 준 것이다. 그리하여 경구가 이사 올 때 같이 온 것이다. 경구가 고향에 간다고 하자 차돌이는 아버지 돌멩이가 있는 그곳으로 자기를 데려가기를 원한다. ⑥은 다시 돌멩이의 독백인데 경구의 호주머니에 들었던 차돌이가 경구의 고향 마을 방문으로 인하여 아버지 돌멩이와 상봉하는 결말 장면이다. 이 내면 독백들은 서정적 화자인 경구의 서정적 세계에 대한 갈망 즉, 갈등과 분열로 이어지는 서사적 관점의 세계가 아니라 화합하고 소통하며 동일화를 꾀하는 서정적 비전에서 완성되는 본질적 세계의 표명에 기여하는 형식적 장치이다. 특히 이 작품에서 자유직접화법에 의해 서술된 내면 독백은 서정미학의 형식적 특징과 결합되어 구조화된 서사 전략인 것이다.

(2) 일기, 서간 형식

강소천의 동화 및 소년소설에서 발견되는 서술적 특징으로 일기와 편지체 형식을 빼놓을 수 없다. 강소천은 동화 창작을 시작한 초기부터 편지체 서술 방식의 작품을 선보이기도 하였으며, 일기 형태도 작품에 지속적으로 도입하였다. 서술 방식의 차원에서 차용하기도 하였지만, 작품 내에서 하나의 소도구나 사물로써도 삽입되어 다양한 서사적 기능으로 활용되었다. 특히 앞에서 살펴본 내면 독백의 경우도 이와 같은 결론이 도출되었지만, 일기와 편지체 형태도 동화적 속성에 걸맞게 환상적 요소와 결합되어 독창적인 형식 미학을 구현한다.

내면 독백이 자의식과 같은 주관성이나 내면의식을 드러내는데 알

맞은 서술 방식인 것처럼 일기 및 편지체 서술 방식도 내적 정서를 표출하기에 적합한 서술 방식이다. 일기 및 편지체 서술은 서술자와 주인공이 동일 인물이거나 또는 동일한 경험을 한다. 즉, 서술자의 서술 행위와 주인공의 체험이 동일한 시간대에 이루어진다. 이러한 서술과 체험은 시간의 순으로 이루어지기 때문에 '연대기적 서술', '시초부터 서술'이라고 한다.[42]

단편동화 「네가 바로 나였구나」[43]에는 자의식을 드러내는 일기체의 문장이 작품 전반에 서술되어 있다. 일기 형식만으로 작품이 구성되어 있는 동화이다. 이 작품은 내면 독백의 변형으로도 볼 수 있는데 네 개의 서술국면이 병치되어 있다. 3월 3일부터 6월 21일까지의 서사적 시간 안에 네 개의 서술국면이 일시 순으로 나열되어 있다. 각각의 서술국면들은 연계성 있게 연결되어 있기보다는 각각의 독립된 서술국 면으로 배치되어 있으면서 작품 전체에서 표출되는 서정미학적 정서를 하나로 통합하고 있다. 또한 이 작품은 일기 형식을 차용하여 환상과 결합시키는 구조를 띤다. 게다가 서정적 구조의 전형을 환기시킬 만큼 플롯의 구성은 느슨하다. 서정적 화자가 보고 있는 일기장은 곧 집이라는 은유적 상상 공간으로 제시된다. 하루의 일과는 방으로 그려지며 방 번호가 월과 일을 암시한다.

오늘 지낸 일을 다 쓰고, 일기장을 덮으려다 나는 문득 이런 생각을 했습니다.
　—오늘이 6월 30일이니까 금년도 절반이 벌써 가 버렸구나!"

42 한일섭, 앞의 책, 148~149쪽.
43 박금숙, 앞의 논문, 83쪽.
　이 작품은 『새교실』 1959년 8월호에 「일기장」이라는 제목으로 실렸다가 『현대문학』(1960년)에 「내가 본 소년」으로 제목이 바뀌어 발표되었다. 그리고 다시 1963년 배영사에서 간행한 『강소천 아동문학 전집 1』에 「네가 바로 나였구나」라는 제목으로 수록되었다.

나는 지나간 일을 다시 생각하며 일기장을 뒤적거리기 시작했읍니다.

언제 어떻게 왔는지 모르겠읍니다. 나는 어떤 커다란 건물 앞에 와 섰읍니다.

기웃거리는 나를 보더니 어떤 사람이 그 집에서 나왔읍니다. 안개 같이 뽀얀 옷을 입은 사람입니다.

"어서 오십시오."

나는 그 사람을 따라 안으로 들어갔읍니다. 겉으로 보기와는 아주 딴판이었읍니다.

나는 이 집이 무슨 집인지 모릅니다. 그러나 우선 놀란 것은 방이 많은 것입니다.

꼭 여관 방들 같은 방이 복도 양쪽에 죽 늘어서 있었읍니다. 내가 세상에 나서 처음 보는 굉장한 집이라고 생각했읍니다.

그보다 재미있는 것은 단층 집인데 방의 번호가 그냥 1 2 3 4…로 계속되지 않은 것입니다.

1의1 1의2 1의3 1의4 1의5… 이렇게 1의 31까지 있었읍니다

—「네가 바로 나였구나」 부분[44]

네 개의 서술국면 즉, 3월 3일, 4월 12일, 5월 15일, 6월 21일자 일기가 각각 삽입되어 전개된다. 은유화된 이미지들이 서사적 상황을 지배하고 있는데 주인공의 자의식과 결합되어 서정적 순간을 드러내고 있다. 특히 주목되는 것은 시간성이 공간적 이미지로 은유화되어 있다는 점이다. '월과 일'이라는 시간성의 의미는 '방'이라는 공간성의 이미지로 은유화 되어 주관적 인식 안에서 상징성을 확보하고 있다. 즉, 방 번

---

44 「네가 바로 나였구나」, 『강소천 아동문학 전집 1』, 앞의 책, 113쪽.

호가 1, 2, 3의 순으로 되어 있지 않고 1의 1, 1의 2, 1의 3 순으로 되어 있다는 것은 곧 1월 1일, 1월 2일, 1월 3일의 날짜를 의미한다.

이렇게 시간적 의미를 공간성으로 구성하려는 작가적 의도에는 주관적인 내면의식을 강화하려는 의식이 내재하고 있다는 뜻이 된다. 서사성은 객관적인 시간적 배경에 의해 좌우되지만, 서정성은 공간에서 벌어지는 독립적 현상들을 상상력을 통하여 동시적으로 통합한다. 즉, "서정성이란 작가의 은유적 관점에 의해 공간의 동시적 현상들을 상상력에 의해 통합하는 것"[45]과 일치하는 논리라 하겠다. 이 점은 강소천이 추구하는 서정미학에 대한 형식적 실험 의지를 엿볼 수 있는 부분이기도 하다.

화자는 일기장 속 환상 공간으로 들어가지만 자신의 일기장이라는 사실을 자각하지 못한다. 그곳에서 네 개의 방을 구경하면서 스크린을 통하여 영화의 장면을 관람한다. 첫 장면은 소년이 돌아가신 어머니를 그리워하며 피리를 분다. 이때 하늘에서 새가 내려와 큰 날개로 감싸주고, 소년은 눈을 감고 따뜻하게 잠에 빠져드는 장면이다. 두 번째 장면은 시집 간 누나에 대한 그리움에 빠져 있을 때, 편지로 은유화된 꽃이 하늘에서 떨어져 누나의 반가운 소식이 전해진다. 세 번째 장면은 소나기 속에서 어린 송아지들이 싸우다가 한쪽 송아지가 불편한 몸임을 알고 화해하는 장면이다. 이어 두 아이가 싸우다가 서로 어머니가 없는 처지임을 알고 이내 싸움을 중단한다는 것으로 은유적 관점으로 서술되어 있다. 마지막 장면에서는 떨어진 꽃잎이 일기장으로 변한다. 거기에 쓰인 책 내용이 '알프스의 소녀'라는 사실을 알고 자신의 일기였음을 깨닫는다는 내용이다. 이 장면들은 모두 영화 속의 디자인으로 고안되어 있다.

---

45 김혜옥, 앞의 책, 24쪽.

자아의 모습을 확인하는 과정이 네 개의 서술국면으로 일기가 삽입되어 있다. 이를 조합해 보면 어머니를 상실한 자신의 모습과 그리움 및 자기 극복의 태도가 객관적 관점에서 비쳐지고 있다.

①〈3월 3일.

오늘은 내 생일이다. 다른 아이들 같으면 생일날이 얼마나 기쁠가? 그러나 내게는 한층 더 쓸쓸한 날이다. 나를 낳아 주신 어머니가 안 계시니까 그렇다. 새어머니와 아버지는 내게 얼마나 잘해 주시는지 모른다. 그러나 나는 자꾸만 내 친어머니 생각만 난다. 맛있는 음식보다 멋진 생일 선물보다 나는 하루 종일 돌아가신 어머니의 사진을 들여다 보고 있는게 더 좋았다.

②〈6월 21일

"알프스의 소녀"라는 책을 읽었다. "하이디"라는……〉

나는 더 읽지를 않았읍니다. 읽을 필요가 없었읍니다.

그제야 그 낯익은 글씨가 내 글씨라는 것을 알 수 있었읍니다.

—「네가 바로 나였구나」 부분[46]

인용된 부분은 삽입된 일기 부분으로서 각각 독립된 서술국면으로 병치되어 있다. ①은 첫 번째 일기로서 어머니를 그리워하는 장면이 서술되어 있다. 인용 ②에 서술된 일기는 지금까지 타자의 관점에서 비쳐지던 서술이 점점 거리가 좁혀지면서 자기 확인을 통하여 서술자와 주인공이 동일 인물로 통합되는 과정을 그리고 있다. 일기체 서사는 내적 탐색을 위한 서술 방식으로서 "자기가 자기에게 말하는 형식"[47]인 점을 고려할 때 이 작품은 이러한 특징을 잘 반영하고 있다.

---

46 「네가 바로 나였구나」, 앞의 책, 116~122쪽.
47 김천혜, 『소설 구조의 이론』, 문학과지성사, 1995, 200쪽.

일기 속의 소년은 곧 서정적 화자와 동일화된 인물로서 내면적 자아와 통합된 양상을 보이는 것이다. 또한 일기 속의 지난날들도 과거의 일이지만 환상 속에서 현재적으로 통합되어 나타나고 있다. 이는 곧 "과거의 것, 현재의 것, 심지어 미래의 것들도 서정시 속에서 회감된다."[48]는 슈타이거의 주장과 부합되는 미학적 특징이라고 할 수 있다. 일기장 속의 자아인 무의식적 자아를 화자인 경험적 자아가 결말부에서 내적 자아로 인식하면서 서정적 합일을 도모하게 되는 것이다. 이러한 서정적 진행과정은 이미지화된 장면을 서정적 관점으로 지각하는 화자의 의식이 전제되었기 때문에 가능할 수 있었다. 그리움의 정조를 서정성의 미학적 장치로 부각시키면서 서정적 주체로서의 작가 의식을 실현시킨 작품으로 해석된다.

1953년 『학원』 5월호에 처음 발표된 강소천의 단편동화 「꽃신」은 편지체 형식을 차용한 작품이다. 이 작품은 편지체 문장의 1인칭 서술과 함께 3인칭의 보고 문장 등 여러 층위의 서술이 혼재되어 있다. 특히 편지를 핵심적인 서사 도구로 활용하면서 극적 효과를 높이고 있다. 일기체 서사는 청자가 별도로 설정되어 있지 않다. '나'가 '나'에게 말하는 형식인 것이다. 그러나 편지체 서사는 특정의 피화자를 설정하고 이야기가 전개된다. 1인칭 서술로 전개된다는 점, 내면 묘사에 치중한다는 점 등은 일기체와 편지체 서사가 공통적으로 갖는 특징이다. 그렇지만 특정의 피화자를 설정하고 서술한다는 것은 '극적 지각'[49]을 지향하는 편지체 서사의 기교이다. 그러므로 편지체 서사가 더욱 극적인 효

---

48 에밀 슈타이거, 앞의 책, 96쪽.
49 폴 헤르나디, 앞의 책, 56쪽.
   도른(Wolf Dorn)은 극적 지각(dramatic perception)에 대하여 극의 대화 형식에 의하여 특징이 이루어지는 것으로 기술하고 있다. 극의 독자나 관객은 언제나 말들을 화자의 의식과 결합시키기 때문에 사람들이 그들 담화의 표현론적 요소 안에서와 이 요소들을 통하여 자신들을 드러내는 그대로 그 사람들을 지각한다. 서간체 소설의 기교도 이와 비슷한 방식으로 기능한다.

과를 띠게 된다.

이 작품도 극적인 요소가 두드러진 동화이다. 작품 서두와 결말부가 편지체 문장으로 서술되면서 내면의 의식을 드러낸다. 이러한 서술은 꿈이라는 서사적 요소와 결합하여 서정적 정조를 구체화시키고 있다. 편지를 받는 특정의 피화자는 아기 아버지이며 서술자는 아기 엄마이다.

"아기 아버지께!

세상에 나서 처음으로 당신을 이렇게 불러 봅니다. 당신이 아기 아버지가 된 것 같이 나도 인젠 아기 어머니가 되었읍니다."

이렇게 란이 엄마는 란이 아버지에게 편지를 쓰기 시작했읍니다.

-「꽃신」 부분[50]

인용된 문장에는 1인칭 서술과 3인칭 서술이 혼재되어 있다. 첫 문장은 편지 형식으로 시작된다. 서술자가 '란이 엄마' 자신인 1인칭 서술자인 것이다. 그러나 끝 문장은 '란이 엄마'의 행동을 보고하는 또 다른 서술자인 3인칭 서술자에 해당한다. 이렇게 작품 서두에서부터 서술 층위가 혼용되고 있다.

서술자이자 주인공인 란이 엄마는 남편이 일선에 나가 있는 동안 아기를 갖게 된 사실을 알게 된다. 휴가를 나와 이 사실을 알게 된 란이 아빠는 아기 이름을 지어주고 다시 일선으로 돌아간다. 란이 엄마는 예쁜 딸을 낳게 되고, 이름을 남편이 지어준 대로 '란이'라고 짓는다. 란이 엄마는 아기가 태어나자 아기가 난 날과 시간, 아기의 모습 등을 상세하게 적어 편지를 란이 아빠에게 보낸다. 란이 아빠도 일선에서

---

50 「꽃신」, 『꽃신』, 한국교육문화협회, 1953, 24쪽.

잠시 외출을 나와서 조만간 휴가를 얻어 집에 오겠다는 편지와 아기의 선물로 꽃신을 보낸다.

란이는 잘 자라 엄마를 따라 바깥에 나와 걷기도 한다. 그러나 란이는 아직 발이 작아 그 꽃신을 제대로 신을 수는 없지만, 놀이감으로 가지고 논다. 그러던 어느 날 꽃신 한 짝을 잃고 한 짝만 머리에 이고 란이는 집에 들어온다. 엄마가 아무리 추궁을 해도 아직 말을 못하는 란이이기 때문에 도무지 알 길이 없다. 그 무렵 란이 아빠로부터 편지가 도착한다. 곧 휴가를 얻을 것 같으니 그 때 집에 가서 란이의 첫 모습과 란이가 꽃신을 신고 걷는 모습을 보고 싶다고 한다. 란이 엄마는 편지를 다 읽은 후 꽃신을 잃은 사실에 서운함을 참지 못하고 꽃신 한 짝으로 란이의 엉덩이를 때린다. 란이가 난생 처음 맞아 보는 매인 것이다. 란이는 놀라서 서럽게 운다. 란이 엄마는 이내 뉘우치며 란이를 업고 달랜다. 그날 밤부터 란이의 몸에는 고열이 나며 시름시름 앓는다. 주사를 맞고 병원 치료를 받았으나 효험도 없이 란이는 하늘나라로 가버린다. 란이 엄마는 란이의 품에 꽃신 한 짝을 넣어 무덤으로 보낸다. 그런데 어느 날 란이 엄마 앞에 바둑이가 잃었던 꽃신 한 짝을 물고 들어온다. 란이 엄마는 안타깝고 후회스런 마음에 나머지 꽃신 한 짝을 들고 무덤을 찾는다. 그 후 꽃신 한 짝만 신고 란이 엄마의 꿈에 나타나던 란이가 이제 꽃신을 양쪽 다 신고 란이 엄마의 꿈속을 찾는다. 이 이야기를 란이 엄마는 란이 아빠에게 편지를 써서 보낸다. 이 작품의 결말부가 되는데 다시 편지체 문장이 삽입되어 보고형 문장으로 서술되고 있다.

엄마는 그 꽃신이 작아질가보아 걱정까지 했었어요. 그러나, 그 꽃신은 영영 작아 지지 않을 거야요. 엄마는 그 꽃신이 해어질가봐도 걱정을 했었어요. 그러나, 인젠 그런 걱정은 모두 쓸데없는 걱정이어요. 란이에겐 그 꽃신 한

켜레 이상 더 필요하지는 않아요.

꿈나라에선 영원히 신고 다닐 수 있는 꽃신이어요.

그러나 여보!

당신이나 내나 인젠 아버지도 어머니도 아니어요. 우리가 <u>란이</u> 아빠와 <u>란</u><u>이</u> 엄마의 자격을 가지는 것은 오직 꿈나라에 갔을 적만이어요.

"<u>란이</u> 아버지—"

<u>란이</u>를 안고 섰는 당신 뒤에 서서 이렇게 한 번 불러 보지 못한 채 <u>란이</u>를 보낸 것은 못 견디게 슬픈 일이어요."

편지를 다 써서 봉투에 넣고 봉한 뒤 힘없이 붓을 놓은 엄마는 남편의 사진 앞에 서서

"<u>란이</u> 아빠!"

이렇게 가만히 불러 보았읍니다.

아마 이게 정말 <u>란이</u> 엄마가 자기 남편을 아빠라는 이름을 붙여 불러 본 겐지도 모릅니다.

—「꽃신」 부분[51]

인용한 서술 내용은 꿈이라는 서사적 도구와 결합되어 있다. 즉, 세상을 떠난 란이가 엄마 아빠와 만날 수 있는 공간은 오직 꿈속이라는 것이다. 꿈에서만이 란이 엄마, 란이 아빠의 자격을 갖는다. 현실에서는 결코 란이 엄마, 란이 아빠가 될 수 없는 것이다. 이 사실은 편지를 쓰는 서술자인 란이 엄마와 피화자인 란이 아빠가 동일한 조건에 놓이게 만든다. 이렇게 분열된 감정과 세계는 꿈이라는 초월적 공간을 통하여 감정의 통일을 이루게 된다. 이러한 감정의 통일은 고양된 정

---

51 「꽃신」, 앞의 책, 34~35쪽.

조로서 서정적 순간을 지향한다. 또한 꿈속에서 란이를 만날 수 있는 것은 현실 세계와 초월적 세계의 통합을 의미한다. 이는 곧 서정성의 본질인 원초적이고 근원적인 세계의 추구라는 점에서 맥을 같이 하고 있는 것이다. 이 작품에서 편지체 문장은 고양된 정서와 통합적 세계의 구현에 작동하는 서사 원리로서 기능하고 있는 것이다.

강소천은 작품에서 편지라는 서술 형태를 즐겨 활용한다. 실제로 그는 초기 작품에 속하는 「삼굿」,[52] 「보쌈」[53]에서 편지체 서술 문장을 시도한다. 이 두 작품은 편지로만 구성된 소년소설이다. 독일 낭만주의 작가 괴테나 릴케의 편지체 작품을 강소천이 의도적으로 모방했는지에 대한 정확한 정보는 알 수 없지만, 당대의 동화 문학 경향으로는 새로운 형식적 실험으로 파악된다. 이 두 작품은 제목이 각기 다르게 붙여져 있지만, 화자인 서술자와 피화자인 친구 윤수가 동일하게 등장하고 있어서 하나의 연작으로도 볼 수 있는 소년소설이다. 여름 방학을 맞아 친척집에 놀러 간 주인공인 화자가 그곳 시골에서 아이들이 어울려 노는 '삼굿' 놀이와 '보쌈' 놀이를 소개하고 그 재미를 전하는 내용으로 구성되어 있다.

이 두 작품만 놓고 보면 아직 습작의 단계를 탈피했다고 보기는 어려울 만큼 구성이 단조롭고 서사성 또한 미약하다. 그러나 동화문학에 대한 새로운 형식적 시도라는 점과 이후에 강소천이 동화 및 소년소설에서 보여줄 편지체 서술 또는 편지라는 서사 도구의 활용을 통한 미적 형식을 예견한 작품이라는 점에서 의미를 지닌다. 이러한 미적 형식이 돋보이는 작품이 바로 「꽃신」이라고 할 수 있다. 특히 「꽃신」은 편지체

---

52 이 작품은 1939년 7월 24일부터 7월 26일까지 3회에 걸쳐 『동아일보』에 연재되었던 편지 형식의 소년소설이다.
53 이 작품은 1939년 8월 13일부터 8월 15일까지 3회로 나누어 『동아일보』에 연재되었던 편지 형식의 소년소설이다.

서사가 내재하고 있는 특징인 극적 효과가 가감 없이 발휘된 작품이다. 꽃신을 매개로 하여 펼쳐지는 인간의 이별과 그리움, 그리고 초월적 만남 등이 서정적 정서를 통하여 미적으로 승화되고 있다.

편지체 서사에서 극적 효과라고 말할 수 있는 것은 하나의 대화 형식을 상기할 수 있기 때문이다. 즉, 1인칭으로 말하는 서술자와 이 서술을 듣는 피화자가 분명하게 설정되어 있기 때문에 가능한 것이다. 일방적인 1인칭 서술임에도 불구하고 분명한 피화자가 상정되어 있어서 반드시 답장으로 오가지 않더라도 암묵적인 대화가 성립하게 된다. 이렇게 대화의 형태로 상기한다면 극문학에서 가장 핵심이 되는 대화가 편지체 서사에서도 가능하다는 뜻이 된다. 이 작품 역시 란이 엄마와 란이 아빠가 편지를 통하여 대화를 한다는 취지에서 더욱 극적 정서를 고조시킬 수 있는 것이다. 란이와의 관계에서 란이 엄마와 란이 아빠를 극문학의 등장인물로 설정하여 재구성하면 이 작품에서 노리는 정서와 사상은 더욱 고양된 감정을 촉발하게 되며 순간의 상태성을 극대화시킨다.

강소천의 작품에서 편지를 통한 상상력의 확장은 폭넓게 이루어진다. 소년소설 「멀리 계신 아빠」에서는 녹음 방식을 통한 음성 편지가 등장하여 그리움의 정서를 환기하고 있다. 「편지의 호텔」에서는 편지 봉투를 의인화하여 재미있게 서술하고 있다. 흰 눈이 내리는 깊은 겨울 밤 인적도 끊겼는데 어디선가 도란도란 이야기를 나누는 소리가 들린다. 이 소리는 오로지 졸고 있는 전신주에게만 들린다. 전신주가 자세히 살펴보니 우체통 안에서 들리고 있다. 우체통 안에 든 편지봉투들이 각자 찾아갈 행선지를 말하며 편지의 사연을 밝히고 있다. 이 사연들은 하나의 에피소드로 작용하면서 이 작품의 서사성을 구축한다. 국군 장병을 위문하는 내용, 성적을 잘 맞아 친척에게 선물을 요구하는 내용, 고학생이 어렵게 공부하다가 병이 나 어머니께 돈을 보내

달라는 내용, 크리스마스를 축하하는 내용 등 기쁜 일, 슬픈 일, 고마움을 표현하는 일 등 다양한 에피소드들이 나열되어 있다. 이러한 에피소드들도 편지라는 서사적 소도구를 통하여 서사성이 강화되는 동시에 물활론적 사고인 의인화의 수법을 통하여 인간의 감정과 정조를 표출시키고 있다. 이렇게 서사성에 대한 다양한 실험이 시도되면서 작품의 미적 실체가 발현되고 있는 것이다.

지금까지 검토한 바와 같이 강소천은 서사 형식을 다양하게 차용하여 서정적 구조화를 꾀하면서 동화 및 소년소설의 형식 미학적 실험을 시도한 작가였다. 전술한 부분은 강소천의 동화 및 소년소설을 대상으로 서술 층위에 대한 서사의 형식적 특성을 살펴본 것이다. 서술 층위에는 독백 형식과 일기 및 편지체의 형식으로 구분하여 검토하였다. 독백 형식에는 내면 독백이 주를 이루면서 자아의 내면을 탐색하는 과정으로 서사가 전개되었다. 자아를 성찰하고 성장을 추구하는 서술적 특성으로서 「수남이와 수남이」, 「나는 겁장이다」가 대표적인 작품이었다. 소년소설 「딱따구리」는 대상을 통한 자아의 성찰을 탐색하는 독백적 서술이 특징을 이루었다. 동화 「돌맹이」는 서술자의 교차를 통한 독백적 서술로서 주인공 경구와 무생물로서의 돌맹이가 서정적 화합을 지향하였다. 일기 및 편지체 서술에서는 독백 형식과 유사하게 자아를 확인하고 성장을 꾀하는 서사 전략으로 구조화되어 있었다. 동화 「네가 바로 나였구나」에는 네 개의 서술 국면이 은유화되어 서사적 통합을 구성하고 있다. 편지체 형식의 대표적인 동화 「꽃신」에서는 편지와 꿈이 서사적 결합으로 전개되고 있었다. 꽃신을 매개로 하여 현실 공간과 꿈이라는 초월적 공간과의 통합을 시도한다. 이러한 과정이란이 엄마와 아빠와의 편지를 통하여 극적인 상황을 연출하고 있으며, 고양된 정서를 통하여 서정적 순간의 상태성을 자아내고 있었다.

2) 구성 층위의 특성

(1) 겹이야기 구조

계층적으로 조직된 서사구조를 분석해 보면 최소의 단위는 문장이 된다. 문장은 서술 행위와 직접적인 관계에 놓이는 요소로서 사건이나 행동을 이야기하는 방식이다. 앞에서 검토한 독백체 문장, 일기 및 편지체 문장은 강소천 동화의 서술적 특징으로 입증되었다. 문장보다 상위 구조에 해당하는 사건이나 행동은 서사의 내용으로서 이야기 자체에 해당된다. 이러한 사건이나 행동을 미적으로 배치하고 체계화하는 것을 서사 구조로서 구성이라고 한다. 창작동화의 경우도 서사성에서 자유로울 수 없기 때문에 서사성의 근간을 이루는 사건을 인과성에 따라 연결하는 것은 매우 중요한 작업이 된다. 사건이 진행되는 과정을 시간 및 공간적 상황에 따라 배열하는 것이 곧 구성인데 플롯을 일컫는다. 이 기법은 어떠한 사건과 행동을 작품 서두에 배치하고, 어떻게 진행시키며, 결말에 이르게 하는가의 문제에 집중되는 것으로 사건의 미학적인 배치와 의미 창출의 입장에서 깊은 관련을 맺는다. 강소천의 창작동화에서 서사 형식의 구성적 특징으로 두드러진 점은 겹이야기 구조이다.

겹이야기 구조란 하나의 이야기에 또 다른 이야기가 둘러싸고 있는 겹구조의 서사 형태를 말한다.[54] 제라르 주네트는 다양한 삽입서사 형식에서 서술 수준 즉, 서술하는 입장이 서로 다르게 나타날 때 서사

---

[54] 한일섭, 앞의 책, 105~107쪽.
    흔히 '액자 구조', '틀서사'란 용어로 많이 사용되고 있는데 한일섭은 '액자 구조'란 용어 사용에 부적절함을 제기한다. 액자란 그림이나 사진 등을 끼워 둔 일종의 틀을 말하는 것으로 하나의 형체를 의미한다고 한다. 그러나 '틀(frame)'이란 서사에서 여러 개의 틀과 내부 이야기가 형태적으로 가능하기 때문에 '틀서사'란 용어가 더 적절하다고 주장한다.

텍스트에서 확연히 드러난다고 말하고 있다. 전형적인 예로는 "작가를 대리하여 독자를 향해 이야기하는 서술자가 나오고 이어서 그의 서술 속에 등장하는 한 인물이 다시 서술자의 자리를 물려받아 이야기를 이끌어가는 형식의 서사물"[55]을 제시한다. 여기에서 첫 번째 수준의 서술을 겉이야기라고 말하고, 인물에 의한 두 번째 수준의 서술을 속이야기라고 부르고 있다. 이를테면, '틀서사'에서의 틀부분과 '액자 구조'의 액자 부분이 겉이야기에 해당하는 것이다. 속이야기는 곧 내부 이야기가 된다.

강소천의 창작동화에는 겹이야기 구조를 즐겨 취하는 양상이 돋보인다. 이것은 그가 서사적 구조를 활용하여 미학적 수준의 구성을 꾀하려는 문학 의식의 단면을 보여주는 부분이다. 또한 작가의 허구적 대리인으로서 서술자를 겉이야기에 배치하여 독자 및 청자들과 정서적 교감을 도모하려는 서정미학적 입장이기도 하다. 겹이야기 구조는 창작동화뿐 아니라 소년소설에서도 다양하게 나타난다. 겹이야기의 형식도 서술 수준에서 서술자의 시점이 다르게 나타나기도 하지만, 겉이야기와 속이야기 간의 인과 관계 또는 의미상의 연관 관계 등 다양한 서사적 특징이 발휘된다. 특히 이러한 특징은 그가 창작동화를 발표하기 시작한 초기 단계부터 제시되고 있다. 이렇게 실험 의지를 갖고 서사성을 다양하게 변주하면서 그의 미학적 특징인 서정적 미의식과 연결시키고 있다는 점에서 주목할 만한 일이 된다.

앞 장에서 살펴보았던 창작동화 「전등불들의 이야기」도 겹이야기 구조를 취하고 있는 대표적인 작품이다. 1940년 『매일신보』 신춘문예에 입선된 작품이란 점을 감안하면 강소천의 동화 중에서 비교적 초

---

55 박진, 앞의 책, 158쪽.
　본 연구에서는 제라르 주네트의 이론에 근거하여 서술 수준에 따라 겉이야기와 속이야기로 나누는 설명을 참고하여 겹이야기 구조란 말을 사용하고자 한다.

기에 해당하는 작품이다. 작품 서두와 결말 부분의 겉이야기가 속이야기를 둘러싸고 있는 구조이다. 서두 부분의 겉이야기에서는 서술자인 '나'가 섣달그믐 밤을 맞아 어린 아이들을 모아놓고 이야기를 들려주려는 장면으로 시작하고 있다. 어떤 이야기를 들려줄까 고민하던 중 불현듯 모두가 잠든 깊은 밤 중 거리를 밝히고 있는 전등들은 서로 무슨 이야기를 나눌까 궁금증이 들기 시작한다. 전등들이 소곤대거나 눈짓으로만 나누는 이야기에 호기심을 유발하며 속이야기로 진입한다. 속이야기에서는 서술자가 다양하게 바뀐다. 겉이야기의 서술자인 '나'가 나타나기도 하지만 고양이, 쥐 등 서술자의 이동이 일어나면서 일정한 서술 수준이 고정되지 않는다. 고양이가 서술자인 '나'에게 이야기를 들려주는 형식인데 고양이는 쥐에게서 들은 이야기를 서술자에게 말한다. 쥐는 시계로부터 들은 이야기를 고양이에게 들려준다. 시계는 전등과 나눈 대화를 쥐에게 재미있게 말한다. 전등은 시계에게 하늘의 아기별이 되고 싶다고 소원을 토로한다. 속이야기는 시계가 전등의 소망을 쥐에게 전하면서 이야기는 끝이 난다.

다시 겉이야기로 돌아와 서술자인 '나'가 이야기 전면에 등장하여 서술한다. 서두 부분의 겉이야기에서 궁금했던 전등들의 이야기와 그 이야기를 누구에게 들었는지에 대한 궁금증이 풀렸음을 밝힌다. 그리고 아기별이 지상 세계를 바라보면서 "거리의 전등들이 밤하늘의 별들을 바라보고 소곤대듯이 하늘의 애기별들도 무척 이 거리가 그리워서 밤마다 저희들끼리 소곤댄답니다."[56]라는 문장으로 아기별이 소곤대는 이야기를 제시한다. 이어서 서술자인 '나'는 아기별이 속삭이는 이야기가 다시 시작되면 명년까지 이루어지기 때문에 시간 관계상 줄이겠다고 말한다. 그리고 아이들과 새해에 만날 것을 약속하며 아이들

---

56 「전등불들의 이야기」, 『강소천 아동문학독본』, 앞의 책, 201쪽.

에게 돌아가 새해의 꿈을 꾸라고 덕담하면서 이야기를 맺는다.

이 작품에 나타난 줄거리로서의 서사적 특징을 보면 변화무쌍하면서 탄탄한 구조의 서스펜스를 갖고 있기보다는 에피소드의 나열에 지나지 않아 보인다. 하지만 이 작품이 갖는 미학적 효과는 겹이야기 구조에 의해 구성되어 있다. 평범한 것처럼 보이는 에피소드들이 겉이야기와 속이야기로 배치되고 결합되면서 보다 희망적이고 호기심을 유발하는 꿈의 세계에 대한 동경이라는 미학적 구조를 생성하고 있다.

전등과 아기별이 소망하는 꿈은 어쩌면 허황된 꿈일지도 모른다. 그러나 단순한 호기심으로 그치기보다는 이상을 향한 끊임없는 동경을 독려함으로써 어린이들에게 꿈과 희망을 품고 살기를 권유하고 있다. 그리하여 결말부분에서 서술자의 이야기를 들은 내포 독자로서의 어린이들에게 "돌아가 새해를 위해 꿈을 꾸어보라."고 서술하고 있는 것이다. 이 부분에서 전등의 소망과 어린 아이들의 꿈이 합치되고 있다. 이것은 곧 강소천이 다양한 서사적 변주를 통하여 인간의 근원 세계를 갈구하는 서정미학적 정신과 맥을 같이하고 있는 특징이다.

강소천의 단편 소년소설인 「개구리 대장」도 겹이야기 구조로 짜인 대표적인 작품이다. 겉이야기 → 속이야기 → 겉이야기의 순으로 진행되는 가장 전형적인 형태의 겹이야기 구조를 띠고 있다. 겉이야기 부분은 서술자인 '나'가 나의 생각과 느낌을 서술하는 대목이다. 속이야기 부분은 서술자인 '나'가 외할머니댁 마을에 사는 시골의 어린 아이들에게 들은 원 선생님에 관한 이야기와 원 선생님이 담임으로 맡고 있는 5학년 2반 학생들 속에서 일어난 사건을 소개한 내용이다.

청파동 2가에 사는 친구를 만나러 가는 골목길에서 나는 문득 또 그 이야기가 생각났다.

아기를 앞세운 웬 아주머니 한 분이, 아기를 업고가는 아주머니를 보고 물었다.

"원 선생님 계셔요?"

"예! 지금 진찰실에 계셔요."

하는 말에 나는 "원 선생님"이란 분은 의사라는 것을 알았다. [···중략···]

나는 얼마전 벼르고 벼르던 외할머니 댁엘 갔었다. 여름 방학마다 잠깐 다녀오는 외할머니 댁을 올해엔 방학 이튿날 갔었다. 며칠을 그곳에서 지내며 나는 마을 아이들과 친하게 되었다.

원 선생님이란 분은 바로 이곳 학교에 계신 선생님이다.

그 선생님의 이름이 무엇인지 나는 아직 모른다. 다만 5학년 2반 담임 선생님이요, 성이 "원"씨라는 것만 알고 있다.

한 번 직접 만나 뵙고 올걸 하는 생각도 들었지만, 뵐 기회가 없었다. [···중략···]

나는 마을 어린이에게서 원 선생님의 이야기를 듣고 얼마나 깊은 감동을 받았는지 모른다. 원 선생님은 참으로 거룩하신 분이다.

(그 선생님 앞에 서서 이렇게 거짓말을 할 수 있을까?)

그러나 이 마을 아이들—아니 5학년 2반 아이들은 참 이상한 아이들이다. 물론 다 그렇다는 것은 아니지만, 끝까지 문제의 학생을 찾아 내지 못했다니 말이다.

이제 나는 원 선생님이 담임하신 5학년 2반에서 생긴 일을 여러분들에게 말씀드려 여러분의 판단을 기다려 보기로 한다.

—「개구리 대장」 부분[57]

인용한 이 부분은 작품의 서두에 해당하는 겉이야기 부분으로서 서술자인 '나'가 전면에 드러나 독자들의 주의를 환기시키는 방식을 취

---

57 「개구리 대장」, 『강소천 아동문학 전집 1권』, 앞의 책, 18~19쪽.

하고 있다. 주네트에 의하면 "겉이야기란 모든 서사 텍스트에 내재하는 허구적 작가와 독자 사이의 의사소통 상황과 관련되는 것으로 이해될 수 있으며, 지워져 있거나 드러나 있거나 간에, 허구적 작가의 서술하는 입장을 대변하는 서술 수준"[58]이라고 한다. 인용한 부분에서 서술자가 독자들을 직접 '여러분'이라는 말로서 집중시키는 대목은 서술자가 허구적 작가의 입장을 대변하고 있는 것이 된다. 이렇게 허구적 작가로서의 서술자와 독자를 연결하고 정서적으로 통합하는 형태는 서정성의 본질을 주장하는 슈타이거의 '회감'이란 용어로도 설명된다. 또한 "겹이야기 구조는 서술자와 서술 대상 사이, 서술자와 피서술자 사이의 교감의 형식"[59]이라고 말하고 있는 박진의 주장도 이러한 견해를 뒷받침하고 있다.

작가는 '원 선생님'이라는 단어적 연상에 의해 속이야기를 구성한다. 길거리에서 우연히 듣게 된 '원 선생님'이라는 호칭은 실제 겉이야기에 나오는 소아과 여의사인 '원 선생님'과는 전혀 무관하다. 이 호칭은 단지 외할머니 댁 마을 국민학교에 근무하는 동일 호칭의 '원 선생님'에 대한 기억을 환기시키는 역할을 한다. 원 선생님의 교육자로서의 품성과 그 반 학생들 간의 사건 및 인간관계와 관련된 이야기가 속이야기로 전개된다. 서술자인 '나'는 방학을 맞아 외할머니 댁 시골 마을에 갔다가 마을의 어린 친구들과 알게 되고, 그곳에서 기억에 남을 이야기를 듣게 된다. 마을 어린이들에게 들은 속이야기의 줄거리는 대강 이러하다.

5학년 2반 담임선생님으로는 서울에서 대학을 나온 남자 선생님이신 원 선생님이 학급을 맡게 된다. 경식이와 인걸이는 라이벌로 체육시간에 승부를 겨루는데 인걸이 편이 지게 된다. 인걸이 편의 영남이

---

58 박진, 앞의 책, 159쪽.
59 박진, 앞의 논문, 40쪽.

가 고무신을 신고 왔기 때문이다. 그런데 며칠이 지난 날 영남이는 새 운동화를 신고 학교에 나타난다. 영남이는 할머니와 단 둘이 사는 아이인데 무척 가난한 아이로 공부도 잘 하지 못하고 산으로 들로 다니기만 하는 아이이다. 영남이와는 반대로 친구인 인걸이는 공부를 잘 한다. 영남이가 공부를 싫어하고, 가끔 여자 아이들을 놀리기도 하지만 못된 행동을 하는 아이는 아니다. 그저 제 맘대로 행동하고 힘세고 고집 센 아이로 학교에서 이름이 났을 뿐이다. 이런 영남이에게 인걸이의 친척 누이인 인혜와의 만남이 이루어진다. 인혜는 영남이와 말동무도 해주고 같이 산책도 하며 영남이를 이해해주는 좋은 누나의 역할을 한다.

영남이는 원 선생님이 부임한 이후 그리고 인혜 누나의 다정함으로 큰 변화를 보여 학교에도 잘 나오고 성실하게 생활한다. 원 선생님은 영남이의 새운동화가 인혜의 선물이었다는 이야기를 인걸이로부터 듣게 된다. 그러자 이번엔 영남이가 학교를 나오지 않는다. 선생님이 경식이의 말을 믿는다고 오해했기 때문인데 원 선생님은 영남이가 학교를 나오지 않으면 선생님도 학교를 완전히 떠나 서울로 가겠다고 하자 인걸이의 설득에 의해 영남이도 학교를 나오게 된다. 원 선생님은 그동안 인걸이와 영남이에게 집중하는 나머지 경식이의 마음을 헤아리지 못했다는 생각에 경식이에게 더 신경을 써야겠다고 생각한다.

이 작품의 속이야기는 분량상 작품의 대부분을 차지한다. 서두의 겉이야기와 후미의 겉이야기가 약 1쪽 정도의 분량에 불과하다. 그러니까 줄거리로 요약한 속이야기의 사건들이 에피소드화되어 작품 대부분의 서사로 짜여 있는 것이다. 이 작품은 속이야기의 사건들이 미해결의 상태로 남아 서두의 겉이야기에서 의문으로 제기되고 있다. 대략 속이야기에서 나타난 정황들은 원 선생님이 학급의 학생 한 명 한 명에게 남다른 관심으로 정성을 쏟고 있다는 점이다. 그리하여 교육자로서 특별한 감동을 전하고 있는데 그럼에도 불구하고 학급에서 일어난 사건들의 진실된 실체는 밝혀지지 않은 채 겉이야기로 돌아오게 된다. 겉이야기는 다시 서술자인 '나'가 전면에 나서서 직접 서술하고 있다.

> 그날—내가 친구를 찾아가 원 선생님 이야기를 하고 집에 돌아온 그 날— 나는 한 장의 편지를 받았다.
>
> 참말 묘한 일이다. 바로 그 편지에 지금 이야기한 원 선생님의 아니 "개구리 대장"과 같은 운동화 사건의 해결 이야기가 적혀 있었다. 말할 것도 없이 인걸이가 보내준 편지였다.
>
> 나는 그 편지를 다시 한 번 읽어 보고 "후유-"하는 한숨을 쉬었다. [⋯중략⋯]
>
> 참말, 여러분—여러분에게 여지껏 편지 내용을 말씀드리지 않았군요. 말씀 드리지 않아도 대강 짐작은 하실줄 알겠지만, 공책을 영남이 책가방에 넣어 놓은 것부터 경식이의 장난이요, 돈을 가져갔다고 둥그라미를 그려 넣은 것 도 물론 경식이었던 것이다.
>
> 그럼, 돈을 가져간 것은 누굴까? 여러분 중엔 짐작이 잘 가지 않는 분이 있 을는지 모른다. 그건 아무도 없다. 경식이가 돈을 잃어버리지 않았으니까- [⋯중략⋯]
>
> 물론 지금 경식이가 자기의 지난날의 잘못을 선생님께 다 이야기 했으니 말이지 그렇지 않았다면 얼마나 미울까?
>
> 그렇다고 우리는 영남이를 처음부터 좋은 아이라고 생각하진 않는다. 경식 이랑과 같이 잘 놀아 주고 운동화에 대한 이야기도 처음부터 이야기했으면 좋지 않았을까?
>
> —「개구리 대장」 부분[60]

60 「개구리 대장」, 앞의 책, 42~43쪽.

겉이야기로 드러난 작품 서두의 의문, 그리고 속이야기에서 구체화된 의문의 사건들과 에피소드들이 다시 작품 말미의 겉이야기로 돌아와 말끔히 해결되는 양상을 보인다. 정작 이 사건들을 꾸미고 원인을 제공한 인물이 겉이야기에 와서 서술자가 공개하는 편지를 통해 그 실마리가 드러난다. 경식이가 영남이와 사이가 좋지 않자 이 일들을 주도하였고, 결국 원 선생님의 관심과 애정에 의해 해결되었음이 작품 말미의 겉이야기에 내재되어 있다. 경식이는 영남이가 자신의 라이벌 격인 인걸이와 단짝으로 지내자 이를 시기한다. 게다가 가난한 영남이가 하루아침에 고무신에서 새운동화로 갈아 신고 나타나자 이를 의심한다. 이에 대한 구체적인 행동으로 영남이의 책보에 공책을 몰래 넣어 죄를 뒤집어씌우려 하였고, 급기야 돈을 잃어버렸다고 소동을 벌여 영남이가 걸려들도록 일을 꾸민다. 원 선생님이 돈을 가지고 간 사람은 스스로 종이에 솔직히 표하여 무기명으로 제출하라고 하자 경식이는 직접 동그라미를 그려 제출하기도 한다. 인걸이는 영남이와 친한 단짝으로 영남이가 죄인으로 몰릴 위기에 처하자 스스로 누명을 쓰고 자진 실토하는 방법으로 친구인 영남이를 구해준다. 영남이는 비록 학교생활도 성실하지 않고 공부도 못하지만 양심을 잃지 않고 남에게 피해를 주지 않는 인물로서 원 선생님과 인혜 누나의 배려심에 마음을 열고 따르게 된다.

이들은 이렇게 각자 개성이 뚜렷한 인물로 설정되어 있다. 원 선생님은 이들의 불편한 관계를 조정하고 화해시키는 주도적인 인물이다. 그것은 경식이가 원 선생님의 관심 속에 잘못을 깨닫고 자기가 꾸민 일을 인정하였기 때문에 가능한 것이었다. 경식이가 심기에 변화를 일으키도록 결정적인 역할을 한 사람도 원 선생님이었다는 사실도 말미의 겉이야기에서 인걸이가 보낸 편지에 암시되어 있음을 행간에서 읽을 수 있다. 결국 작품 말미의 겉이야기는 서술자인 '나'에게로 보내

준 인걸이의 편지 내용이 주를 이루게 된다. 이 편지 내용을 통하여 서술자인 '나'와 인걸이는 퍽 친한 친구 사이임을 짐작할 수 있으며, 서두의 겉이야기에서 갖게 된 의문이 한꺼번에 풀리게 되는 화해적 기능을 수행하게 된다.

이렇게 작품 말미의 겉이야기는 속이야기와 중첩되고 결합되면서 통합적 기능을 보여준다. 특히 속이야기와 겉이야기는 인과적으로 연결되어 있다. 즉, 서두의 겉이야기에서 제기된 사건의 의문과 속이야기에서 드러난 구체적인 사건 및 의문스런 원인들은 말미의 겉이야기에 와서 결과가 분명하게 드러남으로써 인과적 관계에 의하여 서사적 통일을 구축하게 된다. 그리고 겉이야기에 드러난 서술자는 자연스럽게 속이야기 안으로 스며들어 정서적 교감을 꾀한다. 비록 서술자인 '나'는 속이야기에서 직접 개입하지는 않고 있지만 말미의 겉이야기에 와서 속이야기의 서술 대상과 융합하고 있는 것이다.

그 증거물이 인걸이와 나누는 편지이다. 인걸이에게 편지를 받고 사건의 전말을 알게 된 서술자인 '나'는 "인걸이에겐 물론 '개구리 대장' 영남이에게도 긴 편지를 쓰려고 생각한다."[61]라고 하여 정서적, 도덕적 관계 유지와 소통을 지향하고 있다. 그리고 겨울방학에 다시 가서 꼭 원 선생님을 만나겠다고 다짐하는 장면도 같은 이치로 받아들여진다.

이렇게 정서적 통합과 함께 겉이야기와 속이야기 간의 구조적 결합은 서정적 화합을 추구하는 미적 효과에도 기여하고 있다. 특히 서술자는 "만일 한번 동무들이 내 의견에 찬성한다면 나는 '개구리 대장'에게 운동화 한 켤레라도 사 보내 주고 싶다. 그리고 '개구리 대장'에게 시골서 나는 여러 가지 벌레며 새 같은 것을 잡아 보내 달라고 하

---

61 위의 책, 44쪽.

고 싶다. 만일 그렇게 된다면 아버지도 어머니도 없는 영남이가 얼마나 좋아할까?"[62]라고 하여 서술자 자신의 따뜻한 마음과 인간미를 한껏 고조시키고 있다. 이러한 감정 또한 서술자의 내면적 정서를 순간적으로 고조시키는 대목이다. 아울러 서정적 본질에 부합하는 대상성의 자아화 또는 내면 세계와 외부 세계의 감정이 침투하고 융합하는 과정이라고 해석된다.

겹이야기 구조를 차용함에 있어서 강소천의 작품에 나타난 주요한 특징으로는 '구술적 서사'[63]의 문장 사용도 중요하다. 강소천의 작품 중에는 마치 전래 동화에서 '이야기꾼'이 '독자'를 향해 이야기를 들려주듯이 서술자가 전면에 나타나 주석적 해설의 방법으로 직접 독자들에게 생각을 말하거나 직접 화법의 형태로 질문을 던지는 경우가 있다. 이것은 강소천이 작품 속에서 겹이야기 구조가 갖는 효과와 기능을 깊이 인지하고 있었다는 방증이 된다. 그는 겹이야기 구조를 통하여 사건의 시간적 흐름을 자유자재로 뒤바꾸거나 기교적으로 배치함으로써 합성되는 미적 기능에 관심을 기울인 것이다. 이외에도 강소천이 주목하고자 한 것은 서술자인 허구적 작가와 독자의 의사소통 및 교감이 갖는 문예미학적 효과에 대한 탐구이다.

강소천 작품에서 확인되는 구술적 서사의 문장 사용은 비단 겹이야기 구조의 작품에서만 찾아볼 수 있는 것은 아니다. 대부분의 작품에서 다양한 서사적 기법을 차용하면서 빈번하게 사용되고 있다. 특히

---

62 위의 책, 44쪽.
63 K. Friedemann, Die Rolle des Erzahlers in der Epik, 35.
　한일섭, 앞의 책, 107쪽 재인용.
　이 용어는 케테 프리데만이 사용한 말로서 그에 따르면 틀서사는 문자가 생기기 이전에 있었던 '구술서사'(mundliche Erzahlung)에서 유래한다고 주장한다.
　구술서사에선 이야기를 구술하는 자가 그 구술을 하기 전에 '안내의 말'을 하고, 그 구술을 끝내고 나서 '끝내는 말'을 하는데 이 앞과 뒤의 말이 틀이 된다는 것이다. 이 틀의 말은 허구가 아니라 '사실'의 말이다.

겹이야기 구조를 차용한 작품에서 더욱 잘 어울린다. 그것은 케테 프리데만이 지적한 것처럼 겹이야기 구조의 서사 형태가 구술적 서사에서 유래한 것이라는 점을 상기하면 일정 부분 수긍이 가는 해석이기도 하다. 특히 강소천은 구술적 서사의 문장을 즐겨 사용하면서 겹이야기 구조를 조금씩 변형시키며 작품화한다. 전형적인 겹이야기 구조를 표현하는 작품도 확인할 수 있지만, 이보다 많은 작품 속에서 강소천은 꿈, 편지, 전래 민담 등 다양한 에피소드를 활용하여 삽입 서사를 구조화한다. 비록 완성된 겹이야기 방식의 서사로 분류하기에 다소 무리가 따르기는 하겠지만, 겹이야기 구조의 방식을 변형하고 편집하여 서사 기법을 다변화하고 있다는 점은 주목할 만하다.

강소천의 장편 소년소설인 「대답없는 메아리」[64]는 구술적 서사의 문장이 두드러진 작품이다. 어린이 서사물인 창작동화와 소년소설의 경우에서는 구술적 서사의 문장이 간혹 필수적으로 사용되기도 하였다. 그것은 전설이나 전래동화에서 유래한 구전적 형태와도 관련이 있다. 또 다른 측면으로는 주독자층이 어린이기 때문에 보다 이야기의 세계로 몰입시킬 의무감과 이야기 속 인물들과의 현실적 교감을 기도하기 위한 의도도 내포되어 있었다고 볼 수 있다. 그리하여 서술자가 직접 이야기 속의 인물들과 관계하고 있지는 않지만 작품 곳곳에 서술자가 개입하여 내포 독자들과 소통하는 기능을 담당하고 있는 것이다.

앞에서 살펴본 두 작품은 서술자가 전면에 드러나 구술적 서술을 전개하고 있으면서 이야기 속 인물들과 직접적인 의사소통을 펼치고 있다. 하지만 이 「대답없는 메아리」에는 서술자가 전면에 나타나 구술적 서술을 통하여 작품의 서사를 진행시키고 있지만 작품 속 인물들과의

---

64 박금숙, 앞의 논문, 81쪽.
　이 작품은 1958년부터 1959년까지 『연합신문』에 88회 연재되었다. 연재 시작일과 연재 종료일은 정확히 알 수 없다.

관계는 시도하고 있지 않다. 서술자는 '이야기꾼'으로서의 역할을 담당하면서 내포 독자와 직접적인 관계 맺기에 몰두하고 있다. 내포 독자에게 이야기의 내용을 요약해 들려주거나, 속이야기에 등장하는 인물의 성격, 사건이나 행동의 판단 및 도덕적 감정에 이르기까지 곳곳에 서술자로 개입하여 설명하는 주석적 서술의 역할을 수행한다.

이 작품도 가운데에 속이야기가 들어 있고, 작품 서두와 말미 부분에 겉이야기가 둘러싸고 있는 액자형 구조로 되어 있다. 서두 부분의 겉이야기에는 서술자가 직접 노출되어 있지는 않다. 속이야기로 진입하면서 서술자가 나타나기 시작하여 구술적 서술을 작품 곳곳에 피력한다. 서두 부분 겉이야기의 서술자는 혜성이의 시점으로 전개된다. 그러나 혜성이가 주인공이라고 단언할 수는 없다. 혜성이는 오히려 관찰자의 입장으로 서사적 기능을 담당하고 있다. 속이야기는 혜성이가 읽은 소설 '잃어버린 고향'과 혜성이의 어머니가 겪은 어린 시절의 추억담이 합성된 내용으로 구성되어 있다.

　　독자 여러분!

　　여러분이 여태껏 읽은 이야기는 혜성이 어머니가 혜성이에게 들려 준 이야기도 아니요. 그렇다고 혜성이가 읽은 "잃어버린 고향" 그대로도 아닙니다. 이 이야기는, 어머니의 이야기와 "잃어 버린 고향"의 두 이야기를 합친 것이라 하는 게 옳을는지도 모릅니다.

　　왜냐 하면 여태껏 여러분이 읽은 이야기는 혜성이가 잠자리에 누워서 두 가지 이야기를 합쳐서 차근차근 생각해 내려간 것이니깐요.

　　사실 두 가지 이야기 중 어머니의 이야기는 어렸을 때 이야기가 더 자세했고 "잃어버린 고향" 이야기는 커서 겪은 이야기가 더 자세했읍니다.

　　　　　　　　　　　　　　　　　　　　　—「대답없는 메아리」 부분[65]

인용된 부분은 속이야기에서 스토리가 대략 소개되고, 다시 겉이야기로 되돌아와 속이야기에 대한 부연 설명을 덧붙이는 내용이다. 허구적 작가의 대리인으로서 서술자가 직접 독자를 향하여 이야기 전반의 서사 과정을 구연적 서술로 소개하고 있다. 혜성이의 서술로 시작되었던 서두 부분의 겉이야기가 속이야기로 진입하면서 별개의 서술자가 등장하여 이야기를 이끌어 간다. 이 서술자는 작품 속 인물들과는 아무런 연관성도 없다. 그러니까 작품 전면에 서술자가 허구적 작가의 대리인으로서 기능을 전담하고 있다. 그 속에 관찰자인 혜성이가 설정되어 서술자의 이야기 서술에 일정 부분 공헌을 한다. 그러나 관찰자인 혜성이와 허구적 작가로서의 서술자와도 연관 관계가 성립하지 않는다. 서술자는 스토리 밖에 위치하고 있고, 혜성이는 작품 안에서 서술적 기능을 담당하고 있다.

이렇게 서술 수준이 복잡하게 얽혀 있는 것은 서술자의 전지적 서술이 한 몫하고 있다. 하지만 또 다른 측면에서는 이 소년소설이 작품 속에 작품이 삽입된 구조로 이루어져 있다는 점도 간과할 수 없는 부분이다. 단순히 이야기 속에 이야기가 포함된 구조가 아니라 이야기(작품) 속에 하나의 창작물인 작품(이야기)이 들어 있고, 이것이 다시 새롭게 고안되고 합성된 서사체로 배치되어 있어서 서술 층위에 있어서 복잡한 구조를 띠게 된다. 이런 이유 때문에 허구적 작가로서의 서술자가 등장하여 구술적 서사를 전개시키고 있는 것이다. 또한 인용 부분에서 서술자는 속이야기가 혜성이에 의해서 어머니의 어렸을 때 이야기와 작품 '잃어버린 고향' 속 주인공인 임동주(돌이)의 성장담을 합성하여 재구성하였다고 설명한다. 이를 통하여 서술자는 독자들을 한 번 더 이야기 속으로 몰입시킴과 동시에 호기심을 유도하고 있다.

---

65 『대답없는 메아리』, 대한기독교서회, 1960, 176~177쪽.

속이야기는 혜성이가 재구성한 하나의 서술 텍스트에 해당한다. 혜성이 어머니가 들려준 이야기와 작품 '잃어버린 고향'이 혼합된 형태라고 서술자는 말하고 있으나 혜성이 어머니의 이야기도 결과적으로는 작품 '잃어버린 고향'의 소재가 되고 있는 셈이다. 이렇게 보면 겹이야기 형식에서 속이야기는 '기술된 텍스트 형식'[66]을 취한다는 의미에서도 속이야기의 서사 형태는 다양하게 나타날 수 있다. 강소천의 작품에서 겹이야기 구조로 구성된 속이야기는 이와 같은 형식을 취하는 경향이 뚜렷하다. 이 작품의 속이야기도 크게 보면 작품 속 작품의 구조를 취하고 있다. 여기에 편지나 꿈의 형식들이 부가된 구조를 띠고 있는 것이다.

서두 부분의 겉이야기에서는 혜성이가 '잃어버린 고향'이라는 소설을 읽고 극적인 내용에 감동을 하며 어머니에게 소개를 한다. 어머니도 그 책을 읽으며 무언가 알 수 없는 감정에 사로잡혀 표정의 변화를 보인다. 두 모녀는 잠자리에 누워 어머니가 작품 속 인물에 대하여 혜성이에게 생각을 묻는다. 그리고 어머니는 유년 시절의 이야기를 들려준다. 이렇게 겉이야기는 현실에서 혜성이와 어머니의 대화 장면으로 간단한 사건 서술을 통하여 적은 분량을 차지한다. 속이야기에 들어오면 이야기를 전개하기 위한 서술자가 새로이 등장한다. 이 서술자는 이야기꾼의 역할을 담당하는 허구적 작가의 기능을 수행하면서 내포 독자들과 밀착된 관계를 직접 보이며 서사에 개입한다.

속이야기는 함경남도 풍년골 마을을 배경으로 하고 있다. 이 마을의 큰손인 지주 정 장로는 일찍이 기독교 신앙을 숭배하며 개화된 생각과 행동을 보여준다. 정 장로 부자는 큰 농토를 갖고 있으며, 마을 사

---

66 박진, 앞의 책, 158쪽.
기술된 텍스트란 겹이야기 구조에서 작품 속의 작품이나 삽입된 편지나 일기 등을 말한다. 즉, 이러한 서술 형식이 속이야기에 포함되는 형식이다.

람들이 풍족히 먹고 살 수 있도록 베풂을 실천한다. 다만 이 집에는 자식이 귀하여 어린 딸 희순이 하나만 키운다. 이들은 첩을 들여 아들을 보라는 마을 사람들의 권유에도 수용하지 않는다. 기독교인이기 때문이며, 외딸도 아들처럼 잘 키우면 된다는 생각을 갖고 있어서이다. 특히 이 집에는 집사이자 소작인인 돌이네 식구가 살고 있는데 아들 돌이(임동주)가 희순이와 같은 나이로 희순이의 단짝 친구가 된다.

속이야기는 희순이와 돌이(동주)의 이야기가 중심이 된다. 희순이는 지주인 정 장로 댁 딸로 풍족한 생활을 하다 보니 자기중심적인 생각에 빠진 행동을 한다. 이런 희순이를 돌이는 상전 받들듯 모든 투정을 받아주고 희순이가 원하는 모든 일을 위해 희생을 하며 희순이가 잘못한 일마저도 돌이의 잘못으로 대신 누명을 쓰기도 한다. 정 장로는 손녀인 희순이와 똑같이 돌이에게 교육을 시켜준다. 돌이는 명석하게 글도 잘 읽고 쓰며 성실한 모습을 보여준다. 읍내에 사는 희순이의 이종사촌 언니인 복순이를 만나면서 돌이는 급성장을 한다. 복순 누나는 돌이를 동생 희순이와 똑같이 대해준다. 그녀는 돌이 대신 동주라는 이름을 불러준 사람이며 좋은 말도 많이 해준다.

동주는 아버지, 어머니, 정 장로의 죽음을 겪으면서 마을을 떠나 공부를 하기로 결심한다. 소학교를 마친 동주는 공부를 더 하여 성공을 한 후 다시 마을에 돌아와 정 장로처럼 마을을 위해 일하겠다는 다짐을 하고 단신으로 읍내에 나가 기회를 찾는다. 남달리 성실함과 부지런함 그리고 독실한 기독교 양심을 보여 여인숙 주인, 목사 등 후원인을 만나 도움을 받는다. 함흥에서 중학을 다니는 희순이와는 달리 동주는 중학에 진학하기 위해 기도를 게을리 하지 않으며 닥치는 대로 일을 한다. 우연히 읍내에 있는 복순 누나의 집에 인사를 갔다가 복순 누나가 시집을 가서 간도 용정에 살고 있다는 사실을 알게 되어 그곳으로 가기로 마음먹는다. 동주는 용정에서 어렵게 복순 누나를 만나게 되고, 복순 누나의 남편인 박 선생의 주선과 새벽기도를 갔다가 만난 목사님의 도움을 받아 중학에 입학을 하게 된다. 복순 누나의 집에서 기거하며 미국 선교사의 후원을 얻어 공부에 몰두하게 된다. 동주는 글쓰기에 특기를 보이는데 복순 누나의 격려에 의해 용기를 얻는다. 뛰어난 글 솜씨로 학생문예 현상공모에 입상을 하게 되고 그간의 고생을 보상 받으며 복순 누나 부부와 모처럼 행복한 시간을 보낸다.

여기까지 속이야기에 해당되는 줄거리이다. 인용된 부분의 작품을 보면 "독자 여러분!"이라는 문장을 통하여 서술자가 독자와의 직접적인 대화를 시도하고 있다. 즉, 서술자가 서술을 통하여 자신의 의도와 속이야기가 갖고 있는 본질적인 성격을 전달하고자 한다. 이렇게 서술자는 자기의식을 강하게 드러내면서 작품 뒤에 숨어 있는 존재인 작가와 동일시되는 역할을 한다. 작품 말미를 보면 서술자가 이 작품의 대리적 작가로서 기능하고 있다는 사실이 극명하게 드러난다.

> 이것으로 "대답 없는 메아리" 제1 부를 끝맺읍니다.
> 그럼 제2 부는 언제 쓰느냐구요? 그것은 남북이 통일되어 내가 그리운 고향 뒷산에 돌아가 우리 할아버지 무덤 앞에 가서
> "할아버지! 제가 돌아왔어요!"
> 하고 아뢰인 뒤의 일이겠지요.
>
> ―「대답없는 메아리」 부분[67]

여기에서 서술자의 입장을 보면 속이야기의 중심을 이루었던 소설 '잃어버린 고향'의 작가와도 동일시되는 입장을 보인다. 이렇게 보면 서술자는 속이야기를 주관화하면서 겉이야기를 중첩시켜 독립된 이

---

67 위의 책, 199쪽.

야기를 구성하고 있다. 이러한 미학적 방식은 겉이야기와 속이야기의 융합을 통한 새로운 의미의 독립된 이야기가 된다. 이 과정은 작가의 대리인 서술자를 중심으로 내면 세계와 외부 세계가 밀착되는 서정성의 구현 방식과 맥을 같이하는 구조라고 말할 수 있다.

서술자는 다시 속이야기의 상태로 서술 상황을 이끌어 간다. 광복 후 동주는 고향으로 돌아와 희순이 아버지인 정 장로와 손을 잡고 마을의 복원을 위해 힘을 쓴다. 두 사람은 선교 사업과 교육 사업에 매진하지만, 공산화되는 현실의 장벽에 가로 막히고 만다. 결국 정 장로는 월남을 단행하기에 이르고, 동주는 종적을 감춘다. 누군가에 의해 공산정권에 끌려가는 것을 보았다는 소문만 무성하게 돌 뿐이다. 이 이후로는 속이야기에 대한 내용은 더 이상 전개되지 않는다. 다시 현실로 돌아와 서술의 주체는 혜성이에 의해 주도 되고 있다. 작품 말미의 겉이야기에 해당되는 부분이다. 그렇지만 겉이야기에서 진행되는 스토리 자체는 단순하지 않다. 이것은 극적인 구조로서 속이야기와 겉이야기가 결합되어 만들어내는 새로운 의미로서의 미적 장치에 해당한다.

혜성이는 이 소설의 극적 상황에 감동하여 고민 끝에 작가인 장용수를 만나기로 결심한다. 이 작품이 연재되었던 신문사에 찾아가보았으나 작가의 주소를 얻는데 실패한다. 결국 이 소설책이 출판된 출판사에 찾아가 작가의 주소를 얻게 되어 집을 찾아간다. 그곳에서 한 아주머니를 만나게 되는데 장용수 작가를 만나려면 다음 날 반도호텔 앞에 열두시까지 오라고 말해준다. 혜성이는 엄마와 다음 날 약속된 장소에 나갔으나 시간을 맞추지 못해 만나지를 못한다. 혜성이와 혜성이 엄마는 급히 합승차를 타고 김포공항에 도착하나 비행기는 이륙하고 만다.

"저 아주머니예요. 어제 만난 아주머니가……"

할 사이도 없이 혜성이 어머니 입에선

"언니— 언니—"

하는 소리가 나왔습니다.

"이게 누구야! 순녀가 아니냐? 왜 그렇게 늦었니. 떠나기 전에 한 번 만나 보지!"

"누구예요?"

"어렸을 때 순녀와 같이 자란 친구지 누구긴 누구겠니?"

"언니! 미리 좀 알려 주지?"

[…중략…]

"내가 이 애한테 털어놓고 이야기 하지 않은 것은 혹시 어렸을 때 일을 생각하고 만나기를 꺼려 할는지도 몰라서 그랬지……"

"언니— 복순 언니! 옛날의 순녀는 아니예요. 6·25 동란을 겪고 나도 이젠 사람이 되었어요. 남을 불쌍히 여길 줄도 알고 남의 사정을 내 사정 같이 생각해 보기도 하고……"

혜성이 어머니의 두 눈에선 눈물이 비오듯 했습니다.

—「대답없는 메아리」 부분[68]

지금까지 겉이야기와 속이야기가 중첩되고 연결되면서 짜여진 서사적 구조가 완결되는 장면이다. 즉, 서정성의 원리처럼 시간에 있어서 과거의 사건이 현재적 사건에 통합되는 과정을 보여주고 있다. 또한 인물에 있어서도 속이야기로 배치되었던 작품 속 인물과 실제 인물이 동일시되는 구조를 드러내고 있다. 공항에서 비록 작가 장용수를 만나지는 못했지만, 약속을 잡아주었던 아주머니를 만나게 된다. 이 장면

이 극적으로 처리되어 있는 것이다. 이 만남을 통하여 혜성이가 궁금했던 일이 한 순간 풀리게 된다. 그리고 이 장면에서 겉이야기와 속이야기가 합성된 새로운 미학적 의미를 창출해내고 있다.

결국 아주머니는 작품 속 복순 누나, 혜성이 엄마는 작품 속 희순이, 그리고 돌이인 동주는 작가 장용수와 동일 인물임이 밝혀진다. 그리고 속이야기에서부터 스토리를 주도해 온 서술자도 결국 작가 장용수의 허구적 대리인 셈이다. 그것은 인용된 결구에서 알 수 있듯이 허구적 대리인 서술자는 작품 속에 직접 들어가 이야기를 이끌어가지 않는다. 작품 밖에서 한 발 물러나 혜성이라는 또 다른 서술자를 설정하여 이야기를 직조함으로써 서사성을 강화하고 있다. 이 역시 겹이야기 구조가 갖는 새로운 미학적 의도인 것이다. 이 작품의 서사 형식은 겹이야기 구조가 두드러지는 형식이지만, 동시에 다른 측면의 서사적 특징으로는 결말을 한 순간에 드러내는 현현적 성격을 보여주고 있기도 하다. 특히 강소천은 결말부에서 극적 반전을 이루는 현현의 수법을 즐겨 사용하고 있다.

(2) 결말의 현현

서사 작품에서는 시간 순차에 따라 사건이 전개되면서 주제 또는 핵심 사건이 구체화되어가는 것이 일반적이다. 그러나 이러한 상식적 범주를 벗어나 결말부에 이르러서야 작품의 주제나 핵심 사건이 돌연히 나타나는 경우가 있다. 플롯의 진행 과정에서 변형된 형태를 드러내는 것이다. 자연 발생적인 시간 순서에 의해서 전개되는 플롯에서는 원인 이벤트 및 행동이 먼저 서술된다. 그 원인에 따르는 결과 이벤트 및 행동은 후속되어 나타나게 된다. 이것이 일반적인 플롯의 구성법인데 결말의 현현 방식에서는 시간 순차에 의한 이벤트나 사건 및 행동의 배열 형태가 변형되어 나타난다.

서사적 구성에 있어서 원인을 이루는 이야기와 결과를 이루는 이야기가 서로 순서를 뒤바꾸어 배치하는 형식이다. 그런가 하면 자연적인 시간 순서에 의해 진행되던 플롯의 시간이 정지되는 양상을 띠기도 한다. 결과 이벤트가 먼저 제시된 후 이를 가능케 한 원인 이벤트는 숨겨진 채로 서사가 전개되다가 결말부에 가서 한순간에 노출되는 구성법인 것이다. 이러한 기법은 작품의 미적 효과를 높이는 기능을 발휘한다. 특히 독자로 하여금 긴장감과 서스펜스를 불러일으키는 미학적 분위기를 자아내기도 한다. 이를 두고 플롯 구성에 있어서 '내밀의 연결'[69]이라고 부르기도 한다.

독자가 미처 예측하지 못했던 숨겨진 사건이나 행동이 결말부에 가서 돌연 현현하면서 극적 반전의 양상을 보여준다. 현현하는 방식도 대체로 결말부에서 일순간 직관적인 깨달음을 얻거나 예상치 못했던 일들이 발견되는 형태를 띤다.[70] 김용희는 결말의 현현을 동화의 두드러진 미학적 특징으로 보고 있다. 그는 "순수한 창작동화는 결말에서 의미를 드러냄으로써 새로운 의미를 창출하는데 직관적인 깨달음이나 발견의 형태로 나타난다. 이 결말부의 현현은 자아와 세계가 합일하는 서정적 순간이자 세계를 주관화하는 창작동화 특유의 미학적 방식"[71]이라고 서술한 바 있다. 강소천의 작품에는 이러한 서사적 구성법을 취하는 서사물이 발견된다. 이러한 결말의 현현 방식을 통하여

69 한일섭, 앞의 책, 76쪽.
    작품에 따라서는 인과관계에 있는 두 이벤트의 이러한 시간적인 연속을 특정한 목적 하에 역순으로 제시하기도 한다. 즉, 결과 이벤트는 제때에 알리지만 원인 이벤트를 제때에 알리지 않고 한 동안 비밀로 숨겨 두었다가 그만큼의 나중의 시점에서 제시한다. 이를 두 이벤트의 내밀의 연결이라 한다. 내밀의 연결은 독자에게 한 미학적 정서를 유발하는 것을 목적한다.
70 박진, 앞의 논문, 20~21쪽.
71 김용희, 앞의 박사학위논문, 44~45쪽.

서정적 순간 또는 순간의 상태성을 연출해낸다.

　단편 소년소설 「칠녀라는 아이」도 이러한 분위기를 자아내는 작품 중의 하나이다. 도시에서 시골 학교로 부임해온 현 선생님은 6학년 1반 담임을 맡게 된다. 유창하지 못한 말투에 허름하고 덥수룩한 차림새를 보여 털보라는 별명으로 불린다. 첫인상 탓에 좋은 이미지를 주지는 못하지만 환경 정리, 화단 가꾸기, 실습지 만들기에 열정을 보이며 학교 일에 정성을 쏟는 모습을 보고 학급 아이들도 마음의 변화를 보인다. 특히 학급 아이들에게 강요하기보다는 자발적인 참여를 유도하고 자유의사를 존중함으로써 학생들에게 호의를 얻는다. 그 아이들 중에 귀도 잘 들리지 않고 공부도 못하지만 현 선생님을 도와 성실하게 끝까지 남아 일을 돕는 칠녀가 현 선생님의 눈에 띠어 사랑을 받게 된다. 칠녀도 그런 현 선생님을 잘 따른다.

　칠녀는 현 선생님을 도와 일도 잘 하지만 항상 끝까지 남아 현 선생님과 같이 일을 끝마치고 집으로 돌아가는 성실한 아이이다. 화단 정리를 하던 어느 날 꽃씨가 부족하여 현 선생님은 칠녀에게 꽃씨를 더 가져 오도록 심부름을 시킨다. 그런데 꽃씨를 가지러 간 칠녀가 더 이상 보이지 않는다. 평소 같으면 일이 끝날 때까지 함께 하는 아이인데 여느 아이들 같이 도중에 집으로 가버렸다고 생각하는 현 선생님은 몹시 섭섭해진다. 대충 일을 마무리하고 집으로 돌아오는데 칠녀가 다가온다. 현 선생님은 서운한 마음에 칠녀와 같이 걸어오면서도 퉁명스럽게 대한다. 집 근처에서 칠녀와 헤어진 후 집으로 들어서자 혼자 사는 집에 불이 켜져 있고, 방에는 밥상도 차려져 있는 것을 보게 된다. 방 안에는 칠녀와 함께 다른 아이 한 명이 앉아 저녁밥을 차려놓고 기다리고 있는 것이다.

　그제야 현 선생은 칠녀가 오늘은 선생님을 위해 저녁 음식을 만들었다는

것을 알았다. 자기 집에서 반찬과 그릇까지 더 가져다 선생님을 모시고 친구
와 셋이서 재미있게 먹으며 이야기라도 하자는 것이었으리라는 것을 알았을
때, 현 선생의 눈 앞은 자꾸만 뜨거워지는 것이었다.

　　천장을 쳐다보았으나 눈물은 자꾸 솟아 나는 것이었다.

—「칠녀라는 아이」 부분[72]

　　이 작품의 결말 부분이다. 결국 칠녀가 꽃씨를 가져온 후 사라진 이
유가 무엇인지 일순간 드러나는 장면이다. 칠녀가 사라진 이유 즉, 원
인 이벤트에 대하여 결말부 직전까지 철저하게 숨겨두고 있는 것이다.
칠녀가 사라진 사건과 현 선생님의 섭섭한 마음과 행동은 하나의 결
과 이벤트에 해당한다. 그 이유는 혼자 자취하시는 현 선생님을 위하
여 따뜻한 저녁밥을 지어드리고 싶었던 칠녀의 마음과 행동이 원인
이벤트로 작용했기 때문이다. 이 작품에서 서술 진행 상황을 보면 결
과 이벤트가 먼저 서술되었고, 그에 대한 이유가 숨겨져 있다가 결말
부에 가서야 원인 이벤트가 현현되는 순서를 보여준다. 이렇게 원인과
결과가 역행하여 나타나면서 결말에 현현하는 기법을 강소천은 작품
에서 즐겨 사용하고 있다. 특히 결말부에서 현 선생님이 칠녀에 대하
여 오해했던 부분이 해소되면서 고마운 마음과 감동으로 깨닫는 순간
을 연출하고 있다. 다소 감상성이 두드러지기는 하지만, 순간의 상태
성을 극대화시키는 방식에서 나타난 서사적 장치로 설정된 것이다. 이
렇게 깨달음을 통하여 갈등을 일으켰던 심리 상태가 화해의 국면으로
전환하고 있는 점에서 서정적 본질에 부합하고 있다.

　　단편 소년소설인 「이런 어머니」[73]도 결말부에서의 현현 순간이 돈보

72 「칠녀라는 아이」, 『인형의 꿈』, 새글집, 1958, 39쪽.
73 박금숙, 앞의 논문, 79~80쪽.
　　이 작품은 작품 제목이 여러 차례 바뀐 작품이다. 처음엔 「어머니의 선물」로 『스크랩북 9권』

이는 작품이다. 눈 내리는 크리스마스 전 날 백화점을 찾은 어느 한 어머니는 장난감 가게에 들러 값비싼 불란서 인형을 산다. 그러고는 과자를 파는 가게에 들러 창가 자리를 잡고 앉아 저녁 늦도록 창밖을 내다본다. 몇 해 전 오늘과 똑같이 눈 내리던 크리스마스 전 날 딸 정순이를 잃었기 때문이다. 정순이는 인형 가게에서 값비싸고 큼지막한 불란서 인형을 원했으나 어머니는 작은 고무 인형을 사준다. 불만스런 행동으로 울기까지 하는 정순이를 이끌고 어머니는 과자를 사주어 달래려고 한다. 과자집에서 과자를 사고 있는 동안 정순이는 사라지고 만다. 백화점과 인근을 거듭하여 찾았으나 끝내 찾지 못한다. 신문 광고를 내어 봐도 소용이 없다. 이때부터 어머니는 정순이가 돌아오기를 고대하며 크리스마스 전날이 되면 그 백화점에 들러 불란서 인형을 사고 과자집에 앉아 창밖을 내다보는 행동을 하게 된다. 경대 위에 쌓여 가는 인형을 보고 순간 어머니는 정순이의 나이를 생각하게 된다. 이제 정순이의 나이가 인형을 가지고 놀 시기가 아니라는 생각에 이르게 되자 어머니는 그 인형을 들고 나와 어린 아이들에게 나누어주기로 마음먹는다. 어느 껌 파는 여자 아이에게 인형을 나누어주고 집으로 돌아오는데 그 아이가 달려와 어머니라고 부르며 안긴다. 한 사내가 여자 아이가 가진 인형을 보고 훔친 거라며 쫓아온다는 것이었다. 뒤쫓아 온 사내는 여자 아이가 어머니와 함께 있는 것을 보고 그냥 지나쳐 간다.

"너의 집이 어디냐?"

에 실려 있는데, 발표지와 발표 연도는 확인할 수 없다. 다음은 「어떤 어머니」란 제목으로 바뀌었는데, 『수병』35호(1959년 12월)에 발표되었다. 그 후 1961년 12월 『새벗』에 「크리스마스와 인형」이란 제목으로 발표되었다. 1963년에 출간된 『강소천 아동문학 전집 1』에 「이런 어머니」란 제목으로 개작되어 실렸다.

"난 집이 없어요."

"여지껏 어디 살았니?"

"여기 저기 돌아다니며 살았어요."

"우리 집에 갈까?"

"······"

어머니는 바로 조금 전에 급한 소리로

"어머니—— 어머니——"

부르던 소녀의 목소리를 잊지 못합니다.

—「이런 어머니」부분[74]

이 작품은 결말의 현현 방식에 있어서 앞에서 분석하였던 작품「칠
녀라는 아이」와는 약간 다른 서사 기법을 보인다. 「칠녀라는 아이」는
현 선생님에게 따뜻한 저녁밥을 지어드리고 싶은 칠녀의 마음과 행동
을 원인 이벤트로 설정하여 비밀로서 숨겨둔 채 결말부까지 서사를
진행하고 있다. 이에 비해 이 작품은 비밀의 숨김보다는 '결말성 후진
서술'[75]을 통하여 과거와 현재의 사건이 유사적 연결고리를 형성하면
서 교차를 이루고 있다. 특히 결말부에서 숨겨 왔던 비밀의 현현보다
는 깨달음과 발견을 통하여 반전을 이루며 현현의 순간을 제시한다.
어머니의 깨달음과 발견을 환기시키는 모티브는 여자 아이가 부르던
"어머니"라는 목소리이다. 여자 아이가 "어머니"라고 부르는 또렷한
목소리는 "정순이가 인제서야 돌아 왔구나!"[76]라는 새로운 삶의 의미

---

74 「이런 어머니」,『강소천 아동문학 전집 1』, 앞의 책, 104쪽.
75 한일섭, 앞의 책, 177쪽.
　　결말성 후진서술은 서사 양식에서 서술텍스트의 결말의 한 부분을 형성하거나 그 결말 부분
　　을 준비한다고 한다. 결말성 후진서술 자체는 지금까지 독자가 몰랐던 일을 드러나게 하거
　　나 그런 일들의 연관성을 알리거나 혹은 수수께끼로 남아있던 일을 밝혀서 갈등을 해소하거
　　나 이해하게 한다. 결말성 후진서술은 대개 이같이 해명성의 기능을 담당한다.
76 「이런 어머니」, 앞의 책, 105쪽.

를 깨닫는 현현의 순간을 창출한다.

> 어머니는 물을 데워 소녀의 얼굴과 머리와 몸을 깨끗이 씻어 주고 정순이
> 를 위해 지어둔 새옷을 꺼내 입혀 주었읍니다.
> "네 이름이 뭐지?"
> "귀순이예요!"
> "귀순이라는 이름보다 정순이란 이름이 더 좋지 않아? 정순이라고 그럴
> 까?"
> "예!" […중략…]
> "정순이는 내 딸이야! 그렇지? 정순아!"
> 어머니는 두 눈을 감고 소녀의 머리를 쓰다듬어 주었읍니다. 어머니의 두
> 눈에서는 눈물이 주루루 흘러내렸읍니다.
>
> —「이런 어머니」 부분[77]

인용 부분에서 드러나 있듯이 어머니는 집으로 데려온 소녀를 딸 정
순이로 동일화시키는 과정에 이르고 있다. 결말부에서 그녀는 새로운
삶의 의미와 진실을 자각하면서 현현의 순간으로 서사가 전환된다. 이
러한 서사적 기법은 미학적으로 이야기 속에 담겨진 의미와 삶의 진
실을 절감하게 하는 효과를 유발시킨다.[78] 어머니가 딸 정순이를 찾는
과정에서 부모를 잃고 고아로 살아가는 어린 아이들의 불행한 현실을
직접 체험하게 되는 것이다. 이것이 계기가 되어 어머니는 이러한 현
실에 처해 있는 어린이들을 보호해야 하는 성인의 양심으로서 역할을
수행하고 있다. 즉, 정순이의 어머니에서 출발하여 부모가 없는 모든

---

77 위의 책, 105쪽.
78 한일섭, 앞의 책, 85~86쪽.

어린이들의 어머니로 재탄생하고 있는 것이다.

이러한 과정이 작품에서 국면 전환을 이루면서 반전의 극적 효과를 표출한다. 비록 정순이의 빈자리를 소녀가 채운 것처럼 보이지만, 결말부에서 어머니가 보여준 행동과 의식은 개인적 차원에 머물지 않고 당대 사회의 현실에 처해 있는 어린이들에게 베풀어야 할 사회적 어머니의 이미지와 상징을 현현하고 있는 것이다. 이 작품에서는 현현 방식이 원인 이벤트를 숨겨두고 결과 이벤트를 먼저 제시한 후 결말부에 가서 표출하는 방식을 취하고 있지는 않다. 그보다는 서사가 전개되는 과정에서 시간 순서에 의해 순차적으로 진행되다가 결말부에 가서 극적 반전을 이루면서 깨달음을 통한 삶의 진실을 발견하는 과정을 그려내고 있다. 또한 어머니가 잃어버린 딸 정순이를 집요하게 찾아다니던 과정에서 소녀를 만나 딸 정순이로 인식하는 것은 의식의 동일화에 이른 결과이다. 딸을 여읜 아픔 속에서 새롭게 만난 소녀를 딸로서 동일시하면서 어머니가 치유의 과정을 보여주는 것은 동일화를 도모하는 서정적 전략의 일환으로 분석된다.

강소천의 작품 「시집 속의 소녀」[79]는 결말의 현현 방식이 원인 이벤트와 결과 이벤트가 역순으로 배치되어 한 순간에 드러냄의 형식을 통하여 표출하고 있는 소년소설이다. 이 작품의 서두 부분은 작품의 결말을 암시하고 있다. 또한 몽환적 분위기로 설정되어 있어서 긴장감 있게 전개되고 있다. 이를테면, 현실과 환상적 장치로서의 꿈이 경계 없이 서술되고 있다. 주인공인 '나'가 잠자리에 들었는데 유리문을 달아 맨 책장이 무너져 책이 쏟아진다. 그 책장 속에서 예쁜 소녀가 사뿐히 나와 내 앞을 향해 걸어온다. 내가 깜짝 놀라 자리에서 일어나니 소녀도

---

79 이 작품은 1962년 12월 『학원』에 처음 발표된 작품이다. 그 후 1963년 배영사에서 출간한 『강소천 아동문학 전집 1』에 수록되었다.

한 발 뒤로 물러선다. 그때 소녀와 주인공인 '나' 사이에는 코스모스 꽃밭이 생겨서 가려지고 곧 꽃과 함께 소녀도 사라진다. 아침에 일어나 그 책장을 보니 유리문도 그대로 붙어 있고, 책도 모두 제 자리에 꽂혀 있다. 그런데 그 중 어느 시인이 주신 시집 한 권이 거꾸로 꽂혀 있다. 그 책을 펴 들고 보니 코스모스 꽃잎이 끼워져 있다. 주인공인 '나'는 그것을 보고 십년 전 추억에 잠겨 그 장소를 찾아 나선다.

주인공인 '나'가 그 추억의 장소를 하루 종일 찾아 헤매도 끝내 찾지 못한다. 그 장소는 코스모스가 예쁘게 피어 있는 산 속의 집이었다. 십년 전 주인공이 길을 걷다가 코스모스꽃이 가득 피어 있는 정원을 보고 그 집의 정원을 가꾸고 있는 할아버지께 코스모스 꽃 한 송이를 좀 따달라고 청한다. 그러나 할아버지는 자기가 주인이 아니라며 야박하게도 줄 수 없다고 거절을 한다. 서운한 마음에 주인공이 돌아서 오는데 뒤에서 어느 소녀가 따라와 코스모스 꽃을 한 다발 건넨다. 꽃밭의 주인이라고 주인공은 생각했다. 주인공은 고마워하며 손에 들고 있던 시집을 소녀에게 답례로 건넨다. 집으로 돌아온 주인공은 똑같은 시집을 사서 코스모스 꽃잎을 꽂아 둔다. 이런 추억을 갖고 그 장소를 찾았으나 끝내 찾지 못하고 버스를 타고 돌아온다. 얼마 후 주인공은 이 코스모스 이야기를 단편으로 써서 잡지사에 보낸다.

코스모스 소녀를 생각하고 추억에 잠겨 찾아 나섰지만 찾지 못한 채 한 편의 단편소설을 탄생시킨 점은 하나의 결과 이벤트에 해당한다. 아직도 그 코스모스 소녀의 정체나 행방은 밝혀져 있지 않다. 그러던 어느 흰 눈이 펑펑 내리던 날 주인공에게 편지가 한 장 도착한다. 편지를 보낸 인물은 단편을 읽은 독자라고 했다. 또한 편지 속 인물은 그 시집의 제목이 '무지개'가 맞냐는 질문을 하였으며, 만일 맞다면 회답을 달라는 내용의 편지를 보내 온 것이다. 주인공은 차일피일 미루다가 끝내 편지를 보내지 못한다. 크리스마스이브 날 한 통의 전화가 걸려오는데 편지를 보낸 독자라고 했다. 그리고 이제 더 이상 답신을 안줘도 된다고 하며 울먹인다. 독자라는 소녀는 정중히 인사를 하고 며칠 후 찾아뵙든지, 편지를 올리든지 하겠다고 말한다.

정말 며칠 뒤에 그 소녀에게서 길다란 편지가 왔다.
바로 '무지개' 시집 속에 끼워 있는 코스모스꽃잎의 주인공이 그 소녀의 언니였다는 것이다.
여지껏 건강이 좋지 않아 혼자 살다가 며칠 전에 세상을 떠났다는 사연이었다.

—「시집 속의 소녀」 부분[80]

비밀 속에 숨겨져 있던 소녀의 소식이 한순간에 드러나는 대목이다. 결국 소녀가 세상을 떠났다는 사연은 서두에서 잠시 나타났다가 사라진 모습을 통하여 주인공이 소녀를 만나보지 못하고 한 편의 단편 내용으로만 남게 되는 스토리의 암시이자 원인 이벤트로 설정된 셈이다. 주인공에게 코스모스 소녀의 추억이 떠오르게 되는 과정이 몽환적인 장치로 설정되어 긴장감을 고조시키고 있다. 또한 이것은 숨겨진 비밀을 증폭시키는 서사적 기능을 담당하게 된다. 그리고 코스모스 소녀 이야기가 단편으로 완결되는 장면이 마치 작품 서사의 결말처럼 보이려는 것도 결말의 숨겨진 비밀을 현현하기 위한 극적 이벤트에 해당한다. 실제 현현 부분은 앞에서 인용한 짧은 문단에 그 비밀과 이유가 담겨 있다. 주인공인 '나'가 시집의 제목이 '무지개'라는 사실을 제때 전했더라면 그 소녀와의 만남이 성사될 수도 있었을 것이라는 안타까움과 서스펜스가 한꺼번에 결말부에서 현현하고 있다. 한순간의 드러

---

80 「시집 속의 소녀」, 『강소천 아동문학 전집 1』, 앞의 책, 156쪽.

냄을 통하여 결말부에 이르러서는 순간의 감정을 고조시킨다. 드러냄의 방식을 통하여 코스모스 소녀의 숨겨진 실체와 감정이 표출되고 있는 것이다. 건강이 좋지 않은 소녀 역시 시집 '무지개'를 간직하면서 주인공인 '나'와의 만남을 희망하고 있었다는 해석이 가능하다. 이를 통하여 주인공과 코스모스 소녀 간의 감정의 합일을 드러내고 있는 대목이기도 하다.

'드러냄'의 방식과는 달리, 서술자의 제한을 활용하여 '감춤'의 방식으로 결말의 사건을 현현하는 작품도 있다.[81] 1958년『경향신문』에 60회로 연재되었던 장편 소년소설인「인형의 꿈」은 서술자의 이동과 제한을 통하여 감춤의 방식으로 결말부에서 현현시키고 있는 작품이다. 이 작품은 주인공인 정란이와 정란이 엄마인 배미숙의 시점이 번갈아 이동하면서 서술된다. 정란이는 부산에서 살다가 화가인 아버지의 일 때문에 서울로 전학하게 되는 초등학교 학생이다. 화가인 아버지와 성악가였던 어머니 사이에서 자란 탓에 재주가 많아 전학하자마자 친구인 형원, 명애와 정답게 지낸다. 정란은 그림에도 소질을 보이지만 노래 부르기에 흥미가 많으며 실력과 가능성 또한 출중하다. 이것은 성악을 공부했던 엄마의 영향이라고 정란은 생각한다. 정란의 친구인 명애는 정란의 집에 놀러와 정란의 아버지에게 그림을 배우며 정란과의 친분이 두터워진다. 명애의 아버지는 작곡가로서 미국에서 박사학위를 취득하고 돌아온다.

여기까지 보면 아이들의 관계를 다룬 이야기로 읽기 쉽다. 하지만 이 이야기의 중심 모티프는 정란의 엄마인 배미숙의 꿈과 열정 그리고 자식에 대한 희망을 담고 있는 비밀 이야기가 이면에 숨겨진 핵심

---

81 박진, 앞의 논문, 20~39쪽.
　본 연구에서 사용한 '드러냄'과 '감춤'이라는 용어는 연구자가 처음 사용한 용어가 아니라 박진이 황순원의 소설에 나타난 서정적 구조를 분석하면서 사용한 말이다.

사건이다. 이러한 인물의 의지를 구체화시키기 위한 상징적 대리물이 불란서 인형이다. 배미숙은 국민학교 때부터 노래를 잘 불러 장래가 촉망되는 어린이였다. 집안 어른의 반대에도 불구하고 성악 공부를 위하여 서울에서 대학 시절을 보낸다. 워낙 출중한 자질을 갖춘 음악도 였기 때문에 남들과는 달리 졸업 독창회까지 갖는다. 졸업 독창회를 성공적으로 마친 어느 날 장문의 편지와 소포 한 개를 받는다. 독창회를 지켜 본 청중인 듯한 사람의 우편이었다. 편지의 말미에는 "굳이 제 이름을 알려고 생각하진 말아 주세요. 무얼하는 어떤 사람인가 알려고 생각진 말아 주세요. 저밖에 저희 집 식구들도 이 인형에 대한 이야긴 모르니까요."[82]라고 적혀 있어 이 이야기와 인형의 내력은 숨겨진 비밀로서 작품 전체의 서사 구조를 지배하게 된다. 배미숙 또한 이 사실을 아무에게도 말하지 않아 완벽한 비밀의 모티프를 완성한다. 심지어 결혼한 후에도 정란이 아빠에게까지 말하지 않는다. 그러기에 부산에서 서울로 이사 올 때 잠시 이 인형을 잃어버렸던 적이 있었는데 정란의 엄마는 실의에 빠져 이를 찾기 위해 정란의 아빠를 조르며 재촉하는 행동을 보이기도 한다.

편지의 내용은 배미숙의 음악 실력을 진정으로 칭찬함과 동시에 오늘의 발표회는 재학생의 자격이었다는 사실을 잊지 말라는 따끔한 경계와 충고도 곁들이고 있다. 이제 이 사회에 나왔으니 다시 공부한다는 마음으로 자만하지 말고 더욱 정진하기를 기대한다는 격려의 편지와 함께 선물로 작은 불란서 인형이 들어 있다. 그러고는 추후에 배미숙이 더욱 유명해져서 성공의 무대에 서는 날 이보다 더 큰 나머지 하나의 인형을 보내겠다고 약속을 한다. 이 편지와 인형은 배미숙에게는 성장을 위한 영양분이자 하나의 희망으로 작용했던 것이다. 그리고 결

---

82 『인형의 꿈』, 새글집, 1958, 112쪽.

혼을 한 이후에도 간직하고 있는 것은 비록 자신은 크게 성공하지는 못하였지만, 정란이를 키우는데 꼭 필요한 물질적 존재라고 여기고 있는 것이다. 그리고 정란이가 성장을 하면 이 비밀을 이야기 해줄 것이라고 다짐하는 모습을 드러내기도 한다. 배미숙이 어느 이름 모를 사람으로부터 편지와 인형을 받고 마음을 굳게 먹지만, 집안의 완강한 반대에 부딪혀 더 정진할 기회를 놓치고 만다. 결국 부모의 손에 이끌리어 지금의 정란이 아빠를 만나 결혼하게 되었고, 화가인 남편을 내조하며 두 딸을 키워 왔던 것이다.

정란이 엄마인 배미숙은 정란이가 음악에 소질이 있어 음악 콩쿠르에 선발되었을 때에도 그 편지의 내용을 상기하며 정란이에게 겸손하게 음악을 접하라는 조언과 함께 기대감을 보이기도 한다. 작곡가인 명애 아빠가 미국에서 박사학위를 받고 돌아오자 작곡 발표회를 갖게 된다. 이때 명애 아빠는 명애와 친분이 두터운 정란이에게 노래를 한 곡 주어 무대에 서게 한다. 동시에 명애 엄마의 권유에 따라 과거의 성악가였던 정란이 엄마인 배미숙도 명애 아빠의 곡을 받아 무대에 설 기회를 얻는다. 배미숙이 사양하며 소극적인 자세를 보이자 명애 엄마와 아이들 그리고 남편의 격려에 힘입어 자신감을 갖고 연습을 하게 된다. 드디어 그녀는 무대에 서서 과거의 명성을 회상하며 최선을 다해 노래를 부른다. 작곡 발표회는 성공적으로 끝난다. 정란이와 정란이 엄마는 노래를 잘 불러 작곡 발표회는 성공적으로 끝난다. 그리고 배미숙은 다시 편지와 함께 한 쌍의 인형 중에서 나머지 한 개의 큰 인형을 소포로 받는다.

① "더구나 아가씨 때보다 더 맑고 예쁜 노래를 들을 때, 제 일 같이 기뻐졌읍니다. 어떻게 생각하실는지 모르겠읍니다만 이 인형은 제게 늘 새로운 힘이 되었읍니다.

저도 아기 어머니께서 아가씨였을 때 작곡 발표회를 가져 보려던 사람입니다.

그러나 사정에 의하여 아주 단념해 버렸읍니다.

그 때 아기 어머니께서 제가 작곡한 노래를 불러 주시겠다고 승낙을 하고 또 정말 노래를 불렀다면 저는 그것으로 만족해 버렸을는지도 모릅니다. 그러나 저는 그것을 기회로 그렇게 손쉽게 작곡 발표회를 하지 않기로 결심했었읍니다." […중략…]

② "이 인형은 인제야 겨우 정말 자기 임자를 찾았읍니다. 그 동안은 컴컴한 상자 속에 누워 오랫동안 지루한 꿈을 꾸고 있었읍니다. 그 꿈은 화려한 음악회에 아기 어머니가 나타나 아름다운 목소리로 노래를 부르는 꿈이었을 테지요. 아기 어머니께서 이번 노래를 부른 날 밤 인형은 그 꿈에서 깨었을 것입니다. 꿈이 정말 이루어졌으니까요. 그 날 밤 저는 깊이 간직했던 인형을 꺼내었읍니다. 인형의 얼굴엔 기쁜 빛이 떠 도는 것 같았읍니다. 인제 정말 수정 같은 맑은 유리 상자 속에 들어 앉아 많은 사람들의 귀염을 받을 것을 생각하니 무척 만족했나 봅니다. 아기 어머니! 혹시 옛날의 그 인형을 가지고 계시다면 그 인형은 없이 해 주십시오. 그리고 그 인형을 놓았던 자리에 이 인형을 놓아주십시오. 작은 인형이 커진 것 같이 아기 어머니도 자랐다고 생각해 주십시오. 그러나 아직 앞길은 멉니다. 인제 정말 아기 어머니가 훌륭해지는 날엔 그 인형은 따님에게 물려 주십시오. 다시 한 번 부탁합니다. 절대로 이 편지와 이 인형을 보낸 사람이 누구일까 하는 것은 알려고 애쓰지 말아 주십시오. 모르시는 게 아기 어머니를 위해 더 좋은 일이 될는지도 모릅니다.

— 「인형의 꿈」 부분[83]

작품의 결말 부분에 해당하는 내용이다. 강소천의 작품에는 앞에서

---

83 위의 책, 179~181쪽.

살펴보았지만, 편지나 일기 등의 서술 형태로 이야기를 전개하는 작품이 많다. 즉, 편지 형식을 차용하여 핵심적 사건을 드러내는 방식이다. 「시집 속의 소녀」에도 편지를 통하여 핵심적인 사건을 드러낸 경우이다. 이 작품에는 중요한 순간마다 편지라는 서술 형태가 등장한다. 인용한 부분은 앞의 비밀이 형성되는 내용과 연장선상에 있다. 졸업 발표회를 마친 배미숙이 어느 이름 모를 사람으로부터 칭찬과 경계의 편지와 작은 인형을 받은 내용이다. 이 부분은 작품 앞부분의 내용을 확장시키는 동시에 해결의 실마리를 암시하고 있다. 일관성 있게 유지되고 있는 숨겨진 비밀은 암묵적으로 사건의 실마리를 추측할 수 있는 열쇠를 은근히 보여주기도 한다.

인용부분 ①에서는 작품 전반부에 숨겨졌던 사건이 후반부에 와서 그 실체를 드러낸다. 대학을 마친 배미숙은 더욱 정진하기 위하여 음악 공부를 하고 있었다. 어느 날 젊은 작곡가의 친구라는 사람이 찾아와 그가 작곡한 노래를 불러달라는 제안을 받는다. 처음엔 사회 초년생이고 무명의 신분이라는 점을 들어 사양했다. 그러나 그 친구의 부탁이 간곡한데다가 작곡가 역시 무명의 사람이니 부담 갖지 말고 승낙해 달라는 말을 듣고 은사님과 의논해 보겠다며 반허락을 한다. 그렇지만 할머니가 위독하다는 전보를 집으로부터 받고 고향에 급히 내려간다. 그 친구나 작곡가의 연락처를 알지 못하기 때문에 소식조차 전하지 못한다. 그러나 할머니의 위독함은 부모가 배미숙을 낙향시키기 위한 술수였고 배미숙은 더 이상 서울로 돌아오지 못한다. 얼마 후 정말로 할머니가 돌아가시게 되지만 부모들의 반대에 부딪혀 배미숙은 끝내 상경하지 못하게 된다. 결국 작곡 발표회 참가한다는 약속을 어기게 된다. 그런데 ①의 내용을 보면 정황상 그 작곡가가 편지를 보냈다는 사실을 추측할 수 있다. 또한 작곡 발표회를 사정상 갖지 못했다는 사실을 알게 한다. 다소 비밀스럽게 감춤의 방식을 사용하고 있지만, 작곡가의 서술 시점상에서 비밀이 유지되고 있는 것이지 독자들에게는 사건을 지각하게 하는 형태가 되는 것이다.

인용부분 ②에서는 이 작품의 제목이기도 한 인형의 꿈의 실체가 드러나 있다. 이 인형의 꿈은 정란이 엄마인 배미숙의 꿈이기도 한 것이다. 큰 인형이 상자 속에 누워 꾼 꿈은 화려한 음악회 무대에 다시 서서 졸업 발표회 때보다 성장해 있기를 희망하는 꿈으로 볼 수 있다. 정란이 엄마는 이번 작곡 발표회에 출연하여 그 꿈을 실현한 셈이다. 그리고 다음 꿈은 개인 발표회가 되어야 한다고, 편지를 보낸 사람은 격려하고 있다. 그 때가 되면 인형은 딸 정란이에게 주어 꿈을 이어주라는 권유도 함께 적혀 있다. 그러면서도 자신의 정체는 끝까지 비밀로 가름하고 있다. 결국 결말 부분에서 이 비밀이 현현되지만 감춤의 방식으로 다시 선회하면서 순간의 감정을 고조시키는 역할을 하게 된다. 정란이 엄마와 명애와의 대화에서 지금까지 숨겨졌던 비밀이 드러나게 된다.

"아니 저 인형은…"

이렇게 명애는 놀란 듯이 말을 하려다 마는 것이 아니겠읍니까? 엄마는 문득

"이건 틀림없이 명애 아빠가 보낸 것이로구나!"

하는 생각이 들었읍니다. 그러나 엄마는 정란이랑 있는 그 자리에서 아무런 말도 묻지 않았읍니다.

그러나, 조용한 틈을 타서 엄마는 명애에게 아무것도 아니라는 듯이 가볍게 물었읍니다.

"명애는 이 인형을 집에서 본 적이 있지?"

"네! 있어요. 아빠 방에 들어가서 이것저것 뒤지다 종이 상자 속에 들어있는 걸 보았어요."

"아빠가 이번 미국서 사 온 것일까?"

"아니에요. 아빠가 미국에 가 계실 때부터 우리 집에 있던 것이예요."

"그래! 그렇지만 명애야! 이런 이야기 명애 엄마 아빠에게나 그리구 우리 정란이에게 하지 말아 응? 그 까닭은 인제 내가 천천히 설명해 줄게 응? 명애는 아무에게두 그런 이야길 안 한다고 내게 약속할 수 있지?"

"예! 나도 이야기할 수 없지 않아요. 아빠의 세간을 몰래 뒤져 봤으니까요…"

─「인형의 꿈」 부분[84]

편지와 인형을 보낸 사람은 명애 아빠였던 것이다. 정란이 엄마의 직감에 의하여 폭로되는 장면이기는 하나 이 장면의 서술자는 정란이 엄마인 배미숙이다. 작품 전체를 보면 서술자의 이동이 상황에 따라 드러나면서 전개된다. 대체로 정란이의 시점이 많은 분량을 차지하고, 상황에 따라 정란이 엄마의 시점으로 교차하여 나타나는 형태이다. 정란 엄마의 서술 시점은 이처럼 숨겨진 비밀의 사건을 다루는 역할을 담당한다. 인용 부분에서도 정란이 엄마는 편지를 보낸 사람이 명애 아빠였다는 사실을 직감적으로 알아차린다. 두 사람의 젊은 시절 스토리가 모티브가 되어 중심 사건을 구축하게 된 것이다. 이 현현부에서도 다시 감춤의 방식으로 일관한다. 명애에게 비밀 유지를 권유함으로써 정란이 엄마라는 서술자로 한정하면서 감춤의 방식이 유지되고 있다. 실상 서술자가 제한된 상태에서의 감춤의 방식일 뿐이지 독자 입장에서는 감춤을 통한 사건의 현현이 분명해지는 장면이란 점에서 작품의 내적 구조에 의한 숨김 방식인 것이다.

이들의 젊은 시절 인연으로 인하여 갈등이 조장되거나 분리된 삶이 전개되는 것이 아니라 정란이 엄마로부터 재능을 물려받은 정란이는

---

84 위의 책, 181~182쪽.

엄마의 희망으로써 명애 아빠라는 든든한 후견인을 얻은 셈이다. 그림에 재능이 있는 명애 또한 화가인 정란이 아빠를 만나 아동 미술전에 특선을 하면서 후견인으로서 서로 화합하는 구조를 형성한다. 만일 이 작품이 성인 소설이었다면 정란이 엄마와 명애 아빠와의 얄궂은 인연이나 안타까운 만남에 초점이 맞춰져 있었겠지만, 강소천은 이러한 인연을 화합이나 동일화의 단계로 승화시킴으로써 소년소설의 지향점을 명확히 제시하고 있다.

이처럼 결말의 현현을 통하여 강소천은 다양하게 서사의 형태를 직조해내고 있다. 원인 이벤트와 결과 이벤트의 역순을 통하여 서정적 순간의 감정을 극대화시키는가 하면 그는 「이런 어머니」에서처럼 깨달음과 장면 전환을 꾀하여 현현의 순간을 고조시키기도 하였다. 또한 「시집 속의 소녀」와 「인형의 꿈」에서 살펴본 바와 같이 결말의 현현부에서 드러냄 또는 감춤의 방식을 활용하여 순간의 상태성과 독자들에게 긴장감을 고조시키는 수법을 차용한 점이 특징이다.

(3) 이완적 플롯 구조

서사 양식의 핵심이자 중요한 요소로 작용하는 특징 중의 하나를 거론하면 플롯의 기능이 있다. 서사 양식은 사건 즉, 이벤트들의 집합체가 된다. 단순한 사건들의 배열은 이야기 또는 스토리에 해당하지만 이 이벤트들의 배열에 있어서 이벤트들 간의 긴밀한 인과 관계, 논리성, 연관성을 바탕으로 이벤트들이 조직되는 것을 플롯이라고 한다. 이러한 플롯의 중요성은 서사 장르에서 매우 중요한 요소로 작용한다. 서사를 기반으로 하는 소설, 동화를 비롯한 아동서사, 설화 등은 여러 표현이나 소재 또는 주제 의식의 측면에서 어느 정도 상이점이 있는 것은 사실이다. 그러나 플롯의 필연성이나 구성 방식에 있어서는 공통적인 특징을 보이는 것은 자명하다. 현길언은 플롯이 갖는 계기성이나 순차적인 연관성을 상기하며 이러한 플롯의 특징이 "자연의 질서정연한 조화로움이나 인생의 삶의 과정과 같다."[85]라고 비유하고 있다. 그는 이러한 플롯의 구성이 어린이 서사에서도 소설문학의 구성과 같이 필수적인 요건이 된다고 설명하고 있다.

마리아 니콜라예바와 페리 노들먼은 아동픽션에서 플롯의 중요성을 여행자에 비유하여 설명한다. 즉, 그들은 아동픽션에서 '집 → 집을 떠남 → 집'으로 회귀하는 구조를 아동문학 서사에서의 가장 보편적이고 전형적인 플롯이라고 언급하고 있다.[86] 고전으로 손꼽히는 아동픽션인 「톰소여의 모험」, 「보물섬」, 「로빈슨 크루소」, 「오즈의 마법사」, 「빨간 머리 앤」 등 많은 작품에서 이러한 모험을 다룬 플롯이 전개된다. 이러한 서사 구조는 아리스토텔레스가 제시한 '시작 → 중간 → 끝'이라는 기본적인 플롯의 구성을 따르고 있는 것이다. 결국 집을 떠나면서 갈등이 시작되고, 갈등과의 투쟁을 거치면서 종국에는 갈등이 해결되어 집으로 돌아오게 된다. 그러므로 플롯의 추진력은 갈등에 있다. 갈등에는 인물과 인물 간의 갈등, 인물과 사회 간의 갈등, 인물과 자연과의 갈등, 인물과 자아와의 갈등인 내적 갈등 등 다양한 유형의 갈등이 성립된다.

아리스토텔레스가 제시한 3단계의 플롯에서 4단계 또는 5단계의 플롯 진행 과정으로 발전시켜 세분하는 것이 현대 플롯에 관한 연구 추세이다. 이러한 구분 방식도 소설문학에서와 같이 아동문학의 서사에서도 동일하게 적용된다. 마리아 니콜라예바는 플롯의 진행 과정을 '도입부 → 갈등(상승부) → 절정 → 해결(하강부) → 종결부'의 구조로

---

85 현길언, 『어린이 서사 이론과 창작의 실제』, 태학사, 2008, 102~103쪽.
86 마리아 니콜라예바, 앞의 책, 132~133쪽.
  페리 노들먼, 김서정 옮김, 앞의 책, 320쪽.

제시하고 있으며,[87] 이재철도 아동문학에서의 서사적 플롯을 '발단 →
본간 → 대단원 → 결론'[88]으로 구조화하여 제시하고 있다. 이러한 플
롯의 진행은 모두 이벤트들의 순차적인 계기성과 인과성에 의해 결합
되는 것을 전제로 한다. 그러므로 서사성은 플롯에 의하여 허구적 사
건이 진실성을 획득하는 과정이다. 특히 아동픽션에서 모험의 이야기
를 다루는 경우에는 갈등이 표면적으로 드러나기 때문에 플롯의 구조
가 명료하게 제시된다. 반면에 자아의 성장이나 자기 정체성을 찾는
과정 또는 삶의 의미를 깨닫는 내면적 탐색의 스토리를 다루는 경우
에는 갈등이 내면에서 이루어지기 때문에 플롯의 구조가 명확하게 드
러나지 않는 경우가 많다.

강소천의 동화와 소년소설은 서사적 특징을 내포하는 양식임에도
불구하고 대체로 플롯의 구조가 치밀하거나 인과적으로 전개되지 않
는 경우를 드러낸다. 시간의 계기적 구성이나 논리적 연관성보다는 순
간적인 장면을 부각시키면서 정적인 상태의 묘사에 더욱 주력하는 경
향을 보여준다. 이것은 작가가 의도적으로 서사성을 띠는 작품에 시적
특징인 주관적인 시각이나 내적 인식의 과정을 끌어들인 결과이다.
즉, 서사성에 서정적 특징을 결합시킨 작가의 창작 태도라고 할 수 있
는 것이다. 강소천의 동화에서 발견되는 꿈과 환상적 기법의 요소들은
시간과 공간의 초월적인 특성을 드러낸다. 시간과 공간의 다변화를 꾀
하는 서사 기법으로 작용하게 되는 것이다. 이러한 특성을 강소천은
다양하게 변주시켜 작품의 구성에 활용하고 있다. 소년소설에 있어서
도 이벤트가 행동에 의해 지배되기보다는 인물의 성격이나 감정 또는
의식에 의해 서사가 진행된다. 특히 행동을 통한 세계와의 대결 의지
가 드러나기보다는 자아의 주관적인 감정이나 의식을 통하여 세계를

87 마리아 니콜라예바, 앞의 책, 135쪽.
88 이재철,『아동문학 개론』, 앞의 책, 171~176쪽.

인식하는 자아 반영적인 이벤트가 많이 배치된다. 그렇기 때문에 자연 플롯의 진행 방식은 느슨한 형태를 보이게 된다. 이것은 강소천이 서사 양식인 동화와 소년소설에 서정적 자질을 결합시키고자 했던 의도와 작가적 비전을 엿볼 수 있는 대목이다. 그가 구사한 서사의 진행은 이벤트에서 이벤트로 움직이는 동적인 요소보다는 서정시처럼 이미지에서 이미지로 움직이는 서정적 과정을 따르고 있다. 이것은 소설문학에서 서정소설이 가능한 것처럼 아동서사에서도 서정적 서사가 가능하다는 전제를 상정할 수 있는 근거가 된다.

이미 전술하였지만, 표현 방식이나 주제 의식에서는 아동서사와 소설문학의 차이를 보일 수밖에 없다. 그러나 사건 이벤트와 스토리 및 플롯의 구조를 기반으로 서사가 전개된다는 점에서는 궤를 같이하기 때문이다. 그런 점에서 랠프 프리드먼의 논의를 부분적으로 참고하여 적용할 수 있다. 프리드먼에 따르면 "서정적 양식에서 외부 세계는 인간이 행위를 펼치는 세계가 아니라 디자인으로서 시인의 비전이 꾸며지는 곳이다. 세계는 시인의 〈나〉, 즉 서정적 자아와 동등한 서정적 관점으로 축소된다."[89]라고 언급하고 있다. 그러면서 그는 서정적 서사에서 서사가 중요하기는 하지만 서사의 형식이 중요한 것이 아니라 "주인공의 감수성을 직접적으로 나타내는 효과적인 방법 또는 그가 서정적 관점으로 행동하게 하는 방법"이 주목된다고 언급하면서 작가는 주인공과 동일하다고 진술한다.[90] 이것은 서사에 시적인 수법과 의식이 결합함으로써 도출될 수 있는 논리이다. 이렇게 주관적 의식의 강조와 자아 반영적인 성격이 강조되는 경향을 드러내는 것이 서정적 서사의 특징이 된다. 강소천이 작품에서 구사한 플롯에서 이러한 특성을 찾아볼 수 있다.

---

89 랠프 프리드먼, 앞의 책, 18쪽.
90 위의 책, 19~20쪽.

임채욱은 자아의 내면에 초점을 맞추어 짜여 지는 플롯을 '심리적 플롯'[91]이라는 용어를 사용하고 있다. 결국 서정적 서사는 서사성과 서정성의 결합인 것이다. 김해옥은 이러한 특성을 구체적으로 언급하고 있다. 그에 따르면 "서사성에 서정성이 더해지면서 기존 소설에 비해 행동적 플롯이 약화되고 공간의 동시성에 의한 장면이나 분위기가 강조되는 것이 일반적인 특징이다. 이것은 서정소설이 뚜렷한 사건 전개나 행동의 발전 없이 분위기나 장면의 묘사가 많아지는 이유이다."[92]라고 진술한 바 있다. 이 진술은 서정소설의 특징을 지목한 것이지만 강소천의 서사 작품을 이해하는 데에는 설득력 있게 다가온다. 강소천의 동화와 소년소설에도 행동이나 시간의 흐름보다는 공간성이 부각되면서 공간의 동시성이 두드러지고 있으며, 이미지나 장면을 제시하여 서정적 순간의 상태성을 부각시키는 경향이 돋보인다. 앞에서 다룬 바 있는 작품 「네가 바로 나였구나」에는 일기 형식으로서 네 개의 에피소드로 서술 국면을 제시하고 있다. 각각의 서술 국면은 별개의 내용으로 배열되어 있어서 장면과 장면 사이에는 인과성이나 연관성이 없어 보인다. 작품 전체의 구조적 통일에 기여할 뿐 독립된 서술 국면 사이에는 계기성이나 인과성이 없는 플롯으로 연결되어 있어서 플롯 구성에 있어서 긴장성보다는 이완된 구성 방식이다.

강소천의 동화 「사슴골 이야기」[93]에도 이미지나 장면의 묘사가 두드

---

91 임채욱, 「황순원 소설의 서정성연구」, 전남대학교 박사학위논문, 2002, 49~83.
　　임채욱에 따르면 황순원의 소설에서는 행동으로 인한 사건 전개보다 장면과 분위기가 중시되고 인간의 내면의 감각이나 지각의 순간적인 상태성을 표현하는 특징이 나타난다고 한다. 그렇기 때문에 사건의 인과성이 파괴되거나 플롯이 약화되는 경향을 띤다는 점에서 '심리적 플롯'이라는 용어를 사용하고 있다.
92 김해옥, 앞의 책, 79쪽.
93 이 작품은 1953년 한국교육문화협회에서 출간한 강소천 동화집 『꽃신』에 처음 수록되어 원본으로 확정할 수 있다. 그 후 문장과 단어의 수정을 통하여 여러 차례 강소천 작품집에 재수록 되었다.

러질 뿐 인과적이고 긴장감 있는 배열 방식으로 구성된 플롯과는 거리가 있다. 이 작품은 의인화의 성격을 띠는 동화이다. 처음부터 묘사의 문장으로 전개되고 있어서 다소 장황한 느낌마저 준다. 즉, '사슴골'이라는 마을의 내력과 정경 및 생태적 환경에 대한 마을의 특징이 묘사되어 있다. 자연과 공존하는 순수한 생명체의 배경 묘사는 신화적 세계의 분위기를 느낄 수 있는 문체로 진술되고 있다. 사슴골이라는 마을은 사람의 발자국이 한 번도 찍히지 않은, 철저히 문명화와는 거리가 먼 신화적인 마을로 설정되어 있다. 사계절이 뚜렷하며 계절을 번갈아가며 예쁜 꽃이 피고 날짐승, 길짐승이 평화롭게 공존하는 마을이다. 사람들처럼 문명화된 자동차도 필요 없으며 사람들이 편리하게 이용하는 각종 수단도 이 마을에서는 불필요한 순수하고 자연이 그대로 살아 숨 쉬는 마을인 것이다. 이러한 내용이 작품 서두에 제시되고 있는데 작품의 길이에 비하면 제법 많은 분량을 차지하고 있다. 이 부분을 발단으로 구획지어 본다면 다음 단계의 플롯으로는 이 마을에 위치하고 있는 유일한 샘물을 소개하는 장면이다. 발단 다음의 단계로 갈등이 일어나는 전개 부분에 해당한다.

사슴골 이야기에 또 한 가지 중요한 것이 빠졌읍니다.
그것은 이 골에 오직 하나 밖에 없는 그들의 목을 추겨 주는 샘물입니다.
[…중략…]
그러나, 이 샘터엔 목마른 짐승들만 모여 들지는 않았읍니다. 노랑 나비도 호랑 나비도 곧잘 이 샘터에 날아 왔읍니다.
맛난 꿀과 맑은 이슬을 빨아 먹는 그들에게 목마른 때가 있을 리 있겠읍니까.
그들에게 있어 샘물은 하나의 커다랗고 동그란 거울이었읍니다. 나비들은 꽃들이 예쁘다고 칭찬하는 자기의 날개 빛갈이 정말 예쁜가 보러 이 샘터를

찾아오는 것이애요. 나비들은 샘 가에 서 있는 나무가지에 가만히 앉아 물에
비추는 자기의 날개를 오래오래 들여다보곤
"참, 꽃들이 말하는 대로 내 날개가 제일 예쁠 거야." 하고 좋아라 날아가
는 것입니다.
그러나, 바로 이 샘에서 제일 먼 곳에 사는 숫사슴 한 마리는 언제나 슬펐
읍니다. 일부러 거울에 자기 몸을 비춰 보러 오는 때나, 목이 말라 샘물을 마
시러 오는 때나 물에 비추는 자기의 그림자를 바라보면 언제나 슬펐읍니다.
                                                            ―「사슴골 이야기」 부분[94]

이 장면은 갈등을 야기하는 단계로서 샘물 이미지가 제시되어 있다.
샘물 이미지는 사슴골에 사는 모든 생명체에게 목을 축여주는 생명수
의 역할도 하지만, 자신의 모습을 비쳐보고 자신의 아름다움을 느낄
수 있는 자아도취의 거울 기능까지 담당한다. 그런데 수사슴 한 마리
는 이 샘물을 통하여 갈등에 빠지게 된다. 늘 자신의 뿔이 아름답다고
자부하며 살던 사슴이 꽃나무 그늘 아래에서 쉬고 있는데 호랑나비가
날아와 사슴뿔에 앉는다. 그러고는 사슴뿔을 보고 잎도 싹도 피지 않
는 죽은 나뭇가지라고 말을 한다. 사슴은 이 말을 듣고 슬픔에 빠져
샘물에 자신을 비쳐보게 된다. 물에 비친 자신의 모습은 호랑나비의
말처럼 딱딱하기만 한 삭정이 같은 나뭇가지에 불과하다고 동감을 하
는 것이다. 여기에서 내적 갈등이 야기된다. 미약하게 갈등이 일고는
있지만, 사건 이벤트가 변화무쌍하게 전개되는 플롯의 구조라고 말할
수는 없다. 그 갈등은 이내 국면 전환을 맞는다. 노랑나비 한 마리가
날아와 다시 사슴뿔에 앉아 사슴의 뿔을 보고 아주 예쁜 은색 꽃 같다
고 말을 하는 것이다. 사슴은 일순 용기를 얻어 다시 샘을 찾는다. 샘

---

94 「사슴골 이야기」, 『꽃신』, 앞의 책, 97~98쪽.

물에 자신의 모습을 비쳐보는 순간 달빛이 반짝여 아름다운 흰 꽃이
핀 나무로 자신의 모습이 보이게 된다.

　　사슴은 그 달빛이 제 뿔에 핀 꽃이라고 생각했읍니다. 사슴은 얼마나 기뻤
　　겠읍니까.
　　─내일 아침 날이 밝으면 내 뿔이 더 똑똑히 더 예쁘게 보일 거야 !
　　사슴은 다시 꽃 그늘에 가 잠이 들었읍니다.

　　이튿 날 아침 이야기는 하지 않는 게 좋을 테지요.
　　사슴골─사람들은 아직 아무도 이 사슴골이 어디 있는지 모른답니다. 그러
　　니까, 그 사슴을 본 사람도 없을 테지요.

─「사슴골 이야기」 부분[95]

　작품의 결말부에 해당하는 부분이다. 내면적 갈등이 일순간에 사라
지는 장면 묘사인데 노랑나비의 말에 힘을 얻은 사슴이 자신의 뿔이
아름다운 꽃나무와 같다고 인식하는 과정을 그리고 있다. 샘물에 비친
자신의 뿔이 달빛을 받으면서 흰 꽃이 핀 예쁜 꽃나무로 인식하는 것
이다. 즉, 사슴 자신의 뿔은 흰 꽃이 핀 꽃나무로 은유화되고 있다. 그
리고 내면적 갈등으로 불화를 이루었던 자신의 모습과 마음이 내면적
갈등이 해소되면서 이전에 느꼈던 자기의 정체성을 찾게 되는 것이다.
이것은 외양의 모습과 내적 심경의 합일을 이루는 과정이 된다. 이렇
게 보면 이 작품의 플롯 구조는 시작 → 중간 → 끝의 세 단계로 나누
어 플롯의 구조 분석이 가능하다. 갈등이 전개되는 중간 부분에서도
다양한 사건 이벤트가 배치되어 서사성을 강화하는 구조보다는 단일

---

95 위의 책, 99쪽.

한 갈등 사건을 통하여 장면 묘사나 이미지의 부각에 주력하고 있다. 그리고 내일 아침 해가 뜨면 사슴은 더욱 예쁘게 돋보일 거라고 확신을 한다. 여기에서 서술자의 개입이 이루어지면서 긴장감이나 상상력을 제한하고 있다. 서술자는 내일 아침 이야기는 더 이상 하지 않겠다고 하여 현재의 상태에 충실하고자 한다. 자기 자신에 대한 사랑과 정체성이 흔들렸다가 자신의 가치를 되찾은 사슴으로서는 자신에 대한 사랑을 지속할 것이라는 확신이 내재하기에 이른다. 그러면서 사슴골을 아는 사람도 없고 사슴을 본 사람도 없다는 말을 하여 다시 한 번 신화적 분위기를 되새기게 만든다. 작품 전체적으로 보면 구조상 통일된 형식을 취하고 있다. 그러나 플롯 구조에 있어서는 단일한 구성을 취하고 있으며 내면적 갈등을 미약하게 드러냄으로써 플롯 구조에 있어서 이완된 형태를 띠고 있는 것이다.

동화로 분류할 수 있는 강소천의 작품 「이상한 안경」도 이벤트들의 인과적인 연결에 의한 플롯 구조이기보다는 장면이나 이미지의 부각에 의한 구성법을 취하고 있는 느슨한 플롯에 해당한다. 이 작품에서는 긴장과 갈등에 의한 서사의 진행이 아니라 이미지나 장면을 제시함으로써 갈등이 증폭되는 양상을 드러내지는 않는다. 각각의 이벤트가 완전히 독립된 별개의 장면은 아니지만 사건 이벤트라고 할 수 있는 에피소드가 병렬되어 배치된 구조를 띤다. 즉, 서사의 장면과 장면 사이에는 인과적으로 연결되어 서사가 확장되고 증폭해가는 과정이라기보다는 유사한 사건 이벤트가 반복적으로 배치된 형태이다. 동화와 같이 서사 양식에 속하는 소설에서 용어를 빌리자면 이스트먼이 말한 '느슨한 플롯'[96]에 해당한다. 이렇게 사건 이벤트가 반복되면서

---

96 김천혜, 앞의 책, 174~176쪽.
　　이스트먼은 플롯을 '팽팽한 플롯'과 '느슨한 플롯'으로 구분하고 있다. 팽팽한 플롯의 구조는 클라이맥스를 갖는 구조이다. 전환점이론과 매이론이 이 팽팽한 플롯을 뒷받침하는 설명

주인공은 내면적으로 깨달음을 얻게 된다. 특히 이 작품은 꿈이라는 환상적인 기법으로 처리되고 있어서 서사 형식에 있어서도 독창성을 드러내는 동화이다.

이 작품은 현실에서 꿈으로, 다시 현실로 돌아오는 구조가 아니라 처음부터 꿈으로 시작하여 현실로 돌아오는 구조를 취하고 있다. 그리고 작품 서두에서도 꿈속으로 진입했다는 정보가 아예 서술되어 있지 않아 현실과 꿈의 경계를 명확히 알 수 없다. 그저 처음엔 현실로 받아들이게 된다. 꿈이라는 것은 작품 말미에서 드러난다.

> 미야는 가만히 사랑방 문을 열었읍니다.
>
> "할아버지 !"
>
> 하고 불러도 대답이 없기 때문에 그런 거예요.
>
> 하얀 고무신이 방문 앞에 놓여 있는 걸 보면 할아버지가 방에 계신 것은 틀림 없지 않아요.
>
> 미야가 생각했던 것과 같이 할아버지는 지금 낮잠을 주무시고 계십니다.
>
> 누워서 신문을 읽으시다가 돋보기 안경을 쓰신채 쿠울쿨 낮잠이 드신 것입니다.
>
> 미야는 안경을 쓰고 낮잠을 주무시는 할아버지가 참 우스웠읍니다.
>
> 미야는 살금살금 할아버지 머리맡으로 갔읍니다. 그리고 가만히 할아버지 안경을 벗겼읍니다. 그런 것도 모르시고 할아버지는 코만 고십니다.
>
> 미야는 낮으막한 목소리로 ,
>
> "에헴!"

이라고 할 수 있다. 반대로 느슨한 구조의 플롯은 대체로 정점을 갖고 있지 않은 플롯을 말한다. 에피소드를 중심으로 전개되는 피카레스크나 교양 소설의 형식이 이에 해당한다. 이 느슨한 플롯은 정점을 향해 이야기가 오르내리기보다는 독립된 에피소드를 중심으로 플롯이 진행된다.

하고는 할아버지의 돋보기 안경을 썼읍니다.

—「이상한 안경」 부분[97]

　인용한 내용은 작품 서두에 해당하는 부분이다. 꿈이라는 사실을 알
만한 단서가 전혀 소개되어 있지 않다. 주인공인 미야는 할아버지가
계시는 방문을 열고 할아버지를 불러보았으나 할아버지는 돋보기 안
경을 쓰신 채 낮잠을 주무신다. 미야는 살금살금 다가가 할아버지의
안경을 벗겨 자신이 써본다. 이 돋보기 안경을 쓰고 할아버지의 가슴
을 보니 새가 보인다. 이 새는 손으로 잡을 수도 없는 새인데 안경을
벗으면 보이지 않고 안경을 써야 볼 수 있는 것이다. 미야는 이 안경
을 쓰고 거울을 통하여 자신의 가슴을 비쳐본다. 자신의 가슴에도 꽃
한 송이가 달려 있다. 미야는 할아버지의 돋보기가 사람의 마음을 들
여다볼 수 있는 안경이라는 사실을 알게 된다. 미야는 이 안경을 쓰고
집밖으로 나가 싸움을 벌이고 있는 동네 아이들의 가슴을 바라보게
된다. 안경을 쓰고 그 아이들의 가슴을 바라보니 모두 참새, 독수리,
딱따구리, 제비로 보인다. 이 작품의 플롯 첫 단계인 발단 부분은 미야
가 할아버지의 신기한 안경을 접하는 이야기로 시작되어 전개된다. 이
를 통하여 미야는 이 안경으로 여러 부류의 사람들 가슴을 들여다보
게 되는 것이다. 이러한 과정을 보면 플롯의 진행에 있어서 갈등의 양
상이 증폭되거나 입체적인 성격을 띠는 양상이라고 할 수 없다. 거의
평면적으로 진행됨으로써 장면에서 장면으로 이동하는 모습을 보여
준다.
　미야는 이 안경을 이용하여 사람의 진심을 꿰뚫어볼 수 있을 것이라
는 사실을 깨닫는다. 그리하여 이 안경을 들고 집으로 돌아오게 된다.

---

97 「이상한 안경」, 『어머니의 초상화』, 배영사, 1963, 83~84쪽.

가족의 가슴을 들여다보기 위해서이다. 스토리의 진행이 시간 순차에 의해 이루어지기는 하지만 반복되는 행동과 에피소드의 배치에 의해 서사가 전개된다. 표면상 행동과 갈등에 의한 플롯의 진행이 아니라 내면적 사고와 깨달음에 의해서 서사적 구성이 구축되어 있다. 미야가 집에 돌아오자 엄마는 동생이 공부도 하지 않고, 심부름도 안하며, 어린 동생과 다투기만 한다고 동생을 야단치고 있다. 동생은 엄마에게 꾸중을 들어 울고 있다. 이 모습을 미야는 돋보기 안경으로 가슴을 확인한다. 엄마의 가슴에는 독수리가 보일 것이고 동생의 가슴에는 참새 따위가 보일 것이라고 추측을 한다. 그러나 의외로 엄마의 가슴에는 예쁜 보라색 꽃이 보이며, 동생의 가슴에는 달나라의 옥토끼가 잠을 자고 있는 것 같이 귀여운 모습이 비쳐진다. 이 장면이 이 작품의 클라이막스로 구분할 수 있는 단계이다. 서사적 구성이 복잡하거나 입체적으로 짜여 있지는 않지만 내적으로 통일성을 구축하고 있다. 엄마와 동생의 겉으로 드러난 행동은 결국 진심이 아닌 것이다. 겉으로 야단을 치고, 말을 듣지 않는 것처럼 표현되어 있지만, 실제 본심에 있어서는 엄마의 사랑하는 마음과 동생의 엄마에 대한 순종하는 마음이 안경을 통하여 표출되고 있다. 그리고 주인공인 미야는 이 사실을 내면적으로 자각하고 있는 것이다. 여기에서 미야의 내면적 인식과 서정적 깨달음의 순간이 상태성을 자아내고 있다. 즉, 서정적 인식과 자각을 통하여 깨달음에 도달하게 되며 삶의 경험적 성장을 획득하는 것이다.

　어머니는 현이를 품에 안고 머리를 쓰다듬어 주시며
　"우리 현이 착하지! 공부도 잘 하고 말도 잘 듣고 아기도 잘 귀여워 해 주어야지 착하지! 엄마는 현이가 속상하게 하면, 얼굴에 빨리 주름살이 생기고 머리가 희어서 빨리 늙어 죽는단다. 현이는 엄마가 빨리 죽었으면 좋겠지?"
　[…중략…]

미야는 안경을 쓰고 다시 어머니와 현이를 바라보았읍니다.

어머니 가슴엔 암탉이 보였고, 현이 가슴엔 어린 병아리가 나타나 있었읍니다.

"엄마 닭과 병아리—"

미야는 잘 됐다고 생각했읍니다.

—「이상한 안경」 부분[98]

인용 부분에 나와 있듯이 안경을 통하여 미야의 시야에 포착된 이미지는 암탉과 병아리로서 가족 간의 사랑으로 확장된 은유적 이미지이다. 그러기에 엄마가 동생을 꾸중하는 장면에서도 독수리나 참새의 이미지로 암시되지 않고 예쁜 보라색 꽃과 낮잠 자는 조그맣고 귀여운 옥토끼의 이미지로 제시되고 있는 것이다. 이 작품은 주인공인 미야가 직접 갈등을 겪으며 진행되는 플롯의 구조가 아니라 안경이라는 환상적인 도구와 꿈의 형태를 통하여 관찰하고 투시하는 서사 구조를 이루고 있다. 이를 두고 서정적 과정으로 진행되는 플롯이라고 할 수 있다. 이 과정을 통하여 주인공인 미야는 가족의 사랑 곧 엄마의 사랑을 인식하게 되는 것이다. 이러한 인식 행위는 내면적 성장으로 이어지면서 서정과 서사의 구조적 통일성을 구축하게 된다.

단편 소년소설인 「피리불던 소녀」[99]에는 이미지와 직유 및 은유적 표현의 서정시적 요소가 표현되어 있어서 플롯에 의한 서사적 진행보다는 장면이나 서정적 화자의 주관적 인식이 두드러진 작품이다. 특히 장르를 분류하기에도 경계가 명확하지 않은 작품이다. 작품 전체적인 서사적 흐름을 보면 소년소설로 범주화할 수 있으나 미약하게 환상적

---

98 위의 책, 89~90쪽.
99 이 작품은 1957년 『새가정』 9월호에 처음 발표되었고, 1958년에 출간된 강소천 동화집 『인형의 꿈』에 수록되었다.

인 요소가 작품 분위기를 형성하고 있어서 동화로도 분류할 수 있는 작품이다. 서사적 줄거리는 간단하다. 주인공이자 서정적 화자로 설정된 '나'는 여름 방학을 맞아 도회지를 떠나 시골 외할머니 댁으로 놀러 간다. 그곳에서 시골의 맑은 공기와 시골 살이를 관찰하고 즐기며 장난꾸러기 동생 식이와 산으로 들로 다니면서 즐겁게 방학을 보낸다. 어느 날 동생 식이와 산 속 솔밭길을 걷다가 잔디에 누워 쉬게 된다. 이때 아름다운 플루트 소리와 같은 악기 소리가 들려온다. 악기 소리가 나는 쪽을 향해 바라보니 어느 소녀가 피리를 들고 아름답게 불고 있는 것이 아닌가? 화자인 '나'는 악기 소리에 심취하여 상상에 빠져 있다가 그 소녀를 안아주고 싶은 충동을 느낀다. '나'는 그 소녀 쪽을 향해 조용히 다가간다. 그런데 가까이 다가간 순간 소녀는 피리를 땅에 떨어뜨린 채 쓰러진다. 그 소녀를 향해 달려가려는데 등 뒤에서 동생 식이가 '서울 누나'라고 부르는 소리가 들린다. 숲 속에서 피리를 부는 소녀를 만난 장면이 서사 맥락으로 보면 꿈의 장면에 해당한다. 비록 꿈으로 진입하는 단서가 작품 속 문장에는 전혀 언급되어 있지 않다. 단지 잔디에 누워 팔베개를 하고 소나무 가지 사이로 난 하늘을 바라본다는 상황만 묘사되어 있을 뿐이다. 무엇보다도 이 장면은 몽환적 환상[100]의 분위기를 연출하고 있으면서 시적 문장으로 진술되어 있다.

그 때, 내 귀엔 아름다운 악기 소리가 들려왔읍니다. 어느 먼 나라에서 전파로 보내주는 맑은 라디오 소리와도 같이 고운 악기 소리였읍니다.

푸룻소리—— 그렇습니다. 틀림없는 푸룻소리였읍니다.

---

100 박상재, 앞의 책, 32쪽.
　　몽환적 환상이란 한국 창작동화의 환상적 유형에 속하는 한 가지로서 가장 초보적인 방법으로 등장인물이 작품 속에서 꾸는 꿈(Dream)을 도입하는 환상이다. 꿈이나 의식의 흐름은 일체의 관념이나 제도적 틀에서 벗어나 자유자재로 사고하거나 그 사고를 실현할 수 있기 때문에 환상동화에 자주 도입된다.

두 눈을 소릇이 감고 그 푸릇 소리를 듣고 있으려니, 어느 연주회에라도 간 것 같은 기분이었읍니다. 곡이 끝나면 우뢰소리 같은 수천 수만의 박수 소리가 울려 나올것만 같이 느껴졌읍니다. […중략…]

낮게 그러나 웅장하게 들려오는 반주 소리는 어쩌면 솔바람 소리인지도 모릅니다. 간드러지게 넘어가는 소녀의 피리소리를 듣고 있으려니 , 마치 내 앞에 하얀 길이 트이고, 그 길로 나어린 내가, 꽃을 따들고 지나가는 것이 보일 것도 같았읍니다.

—「피리불던 소녀」 부분[101]

주로 청각적 이미지를 통한 비유법을 표현함으로써 시적 묘사에 치중하고 있다. 플루트와 같은 아름다운 악기 소리는 마치 라디오에서 흘러나오는 맑은 소리처럼 들리고 있으며, 연주회에 출연한 듯한 상상을 불러일으킨다. 그리고 반주 소리는 솔바람 소리로 은유화되어 마치 화자인 '나'가 어린 시절 꽃을 들고 하얀 길을 지나가는 것 같은 시각적 이미지로 전환되면서 공감각적 이미지를 형성한다. 이 인용문에서 알 수 있듯이 이미지와 장면을 통한 시적 묘사가 두드러지면서 탄탄한 서사적 플롯의 전개에 주력하기보다는 시적 묘사와 표현에 집중하고 있음을 알 수 있다.

이렇게 이 작품에서는 서정시적 요소를 부각시킴으로써 서사적 플롯에 있어서는 느슨하고 미약한 구성을 보여준다. 아름다운 소리의 청각적 이미지와 시각적 이미지를 통한 상상의 확장으로 작품이 전개되다가 마지막 결말부에 가서 플롯의 국면 전환을 꾀하게 된다. 결말의 현현 방식이 사용되는 형태인데 전술한 결말의 현현 항목에서 분석한 작품에 비하면 구성 방식이 단순한 편이다. 시적 표현과 묘사를 통한

---

101 「피리불던 소녀」, 『인형의 꿈』, 앞의 책, 63쪽.

이완된 플롯을 확인하기에 더욱 적합한 작품이라고 판단된다.

> 내가 소녀 있는 곳으로 막 달음질 치려고 했을 그 순간 — 내 등 뒤에서 식이가 급한 목소리로
>
> "누나! 서울 누나!"
>
> 하고 나를 부르지 않겠읍니까.
>
> 나는 얼른 뒤를 돌아보았읍니다. 그랬더니 식이가 손에 무얼 쥐고 부리나케 내 쪽을 향해 달아오고 있는 것이 아니겠읍니까.
>
> "누나! 서울 누나! 이거 봐!"
>
> 가까이 온 식이 손엔 예쁜 파랑새 한 마리가 쥐어 있었읍니다. [⋯중략⋯]
>
> "누나, 이 새 참 잘 우는 새야!"
>
> 나는 식이의 손에 쥔 새를 보려 하지 않고, 얼른 돌아서 그 소녀가 있는 곳으로 가 보려 했읍니다.
>
> 그러나, 소녀는 땅에 쓰러졌는지, 얼른 눈에 뜨이지 않았읍니다.
>
> 나는 달음질 쳐 그 곳을 향해 가 보았으나 있어야 할 자리에 소녀는 있지 않았읍니다.
>
> —「피리불던 소녀」 부분[102]

작품 결말부에서 추론할 수 있는 해석을 제시해보면 화자인 '나'가 아름답고 고운 악기 소리를 듣고 상상 속의 소녀를 목격한 것은 곧 동생 식이가 잡아 온 '파랑새' 이미지였다는 결론에 이르게 된다. 플루트와 같은 고운 악기 소리는 파랑새의 노래 소리였으며, 이 파랑새는 예쁜 소녀의 모습으로 은유화되어 나타난 것이다. 이러한 사실이 몽환적 환상을 통하여 시적 분위기를 직조해낸 결과에 해당한다. 이처럼

---

102 위의 책, 65~66쪽.

강소천의 작품에서 시적 요소가 두드러지는 서사적 표현 형식에서는 플롯의 구조가 탄탄하게 구성되는 것이 아니라 이완된 형태로 나타나게 된다.

강소천의 동화와 소년소설은 플롯의 구조가 팽팽하게 연계되어 뚜렷한 인과성을 드러내는 경우가 많지 않다. 대체로 이완된 구성의 플롯을 보이는데 주로 단편 작품에서 두드러지는 특징이다. 그러나 설화 형식을 차용한 작품이나 장편 형태를 띤 「대답없는 메아리」, 「봄이 너를 부른다」, 「해바라기 피는 마을」, 「진달래와 철쭉」과 같은 작품에서는 이러한 특징과 달리 플롯의 구성이 계열적, 인과적으로 치밀하게 구성된 사실을 확인할 수 있다. 하지만 강소천의 작품성이 뚜렷하다고 말할 수 있는 단편 작품의 경우에서는 이완적인 플롯의 구조가 서정적 구조화에 기여하고 있다.

지금까지 강소천의 동화 및 소년소설에 나타난 구성 층위의 특징을 중심으로 살펴보았다. 구성 층위는 겹이야기 구조, 결말의 현현, 이완적 플롯 구조로 구분하여 검토하였다. 겹이야기 구조에서는 겉이야기와 속이야기가 유기적으로 결합되어 서술자와 서술상의 통합을 추구하였다. 이를 통하여 서정적 구조를 이루면서 정서적 교감을 통한 합일을 나타내었다. 결말의 현현에서는 원인 이벤트와 결과 이벤트를 역순으로 배치하여 결말에 가서 숨겨졌던 비밀이 한순간 드러나는 양상을 보였다.

또한 감춤과 드러냄의 방식을 통하여 결말부에서 사건의 핵심을 밝히는 결과를 보여주기도 하였다. 이완적 플롯 구조에서는 사건의 전개가 인과적, 계기적 구성에 의하여 전개되는 것을 지양하였다. 이와는 달리 화자의 주관적 사고와 의식에 의하여 사건이 전개됨으로써 자연 플롯의 전개는 행동 중심이 아닌 의식의 과정을 따라 구성되어 플롯이 이완된 양상을 보여주었다.

3) 모티프 층위의 특성

(1) 설화 및 전통 놀이의 차용

강소천의 창작동화 논의에서 꾸준하게 다루어져 왔던 분야는 환상성에 대한 탐구였다. 근래에 들어 소년소설에 투영되어 있는 주제나 이념 및 인물의 심리 문제에 천착하고 있는 추세이기는 하나 환상성에 대한 연구는 지속적인 관심사가 되고 있다. 그것은 강소천이 발표한 초기 동화에서 알 수 있듯이 의인화의 기법이나 공상적 상상력을 활용한 작품이 주목을 끌었기 때문이다. 이를 테면 「전등불들의 이야기」나 「돌맹이」, 「토끼 삼형제」 등과 같은 작품들을 꼽을 수 있다. 그리고 그가 타계하기까지 지속적으로 환상성을 발휘한 작품이 발표되었다. 그리하여 초기 창작동화 연구 영역에서 연구자들이 동화의 환상성을 연구할 때 강소천의 작품을 배제하지 않고 논의하는 것이다.

강소천의 창작동화에서 환상성은 일종의 모티프로서 작품의 주제 형성과 깊은 연관을 맺고 있다. 앞 절에서 다룬 서술 층위와 구성 층위는 서술자의 서술 상황과 유형의 관계를 맺으면서 주제 형성에 기여한다. 그러나 이 모티프는 서술적 상황과의 관련성에서 비교적 자유로운 기능을 한다. 여기에서 말하는 환상성은 비현실적 상황과 비상식적 사건 및 인물의 행동에 초점이 맞추어진다. 이 절에서 다루려는 것은 환상성을 포괄적으로 보고, 그 범주 안에서 설화적 상상력을 따로 분리하여 살펴보고자 하는 것이다. 그러므로 작품의 서사 구조를 구축하는 모티프 차원에서 전통적 설화의 상상력과 비현실적 세계의 환상성 즉, 이차 세계로서의 상상력을 편의상 구분하여 다루고자 한다. 여기에서 다루려는 설화적 모티프에는 환상성을 띨 수도 있고 그렇지 않을 수도 있다. 설화적 세계에서 보여주는 비현실적 사건만이 대상이

되는 것이 아니라 우리 전통과 관련한 서사 체계를 강소천의 작품과 대비시켜보기 위함이다. 강소천의 창작동화 및 소년소설 중에서 우리 민족의 전통적인 설화 또는 속담 및 놀이 등이 어떻게 서사 구조화되고 있는지, 그리고 그러한 서사 구조가 어떻게 서정적 본질을 지향하고 있는지에 대한 검토가 될 것이다. 이러한 시각에서 설화적 모티프와 환상적 모티프를 구분하게 되었다.

창작동화에서 옛이야기를 수용할 때 그 하위 장르로서 범주를 설정하는 논의가 최근에 일고 있다. 김환희는 '전래동화'[103]라는 용어를 사용하여 의미와 타당성을 주장하고 있다. 이지호는 '옛이야기'[104]라는 새로운 장르를 설정하여 구전되는 옛이야기와 동화와의 관계를 설명하면서 서사 체계를 재정립하기도 하였다. 본 절에서 다루려는 강소천의 창작동화들은 옛이야기를 수용하여 창작된 것인데 본 연구에서는 장르의 용어나 범주의 문제는 다루지 않으려 한다. 이 연구가 강소천 동화에 나타난 서사 형식의 다양성을 구명하는 것에 있고, 이를 통하여 서정적 본질의 미학을 파악하는 의도성을 안고 있기 때문에 강소천 창작동화의 장르적 하위분류와 개념 규정은 거리가 있어 보인다. 강소천은

---

103 김환희, 「설화와 전래동화의 장르적 경계선」, 건국대학교 동화와번역연구소 편, 『동화와 설화』, 새미, 2003, 45~77쪽.
김환희는 설화의 개념과 전래동화의 개념에 있어서 그 경계가 모호하다고 문제를 제기한다. 용어에 있어서 '전래'라는 말은 구전 설화의 성격이 내포되어 있다고 한다. 이에 반해서 '동화'라는 말에는 개화기 이후 서구 문화가 일본을 통하여 유입되면서 성립된 것으로 근대적 특징을 지닌 문학 양식으로서 아동문학의 하위 범주에 속하는 말임을 상기시킨다. 즉, 설화는 어린이의 정서를 대상으로만 하지 않는다. 오히려 성인들의 영역에서 피지배 계층의 정서와 사고를 표현하고 있다. 이와는 달리 동화라는 말에는 어린이의 정서와 사고를 대상으로 하는 것이 목적이다. 이런 점에서 전래동화는 구비문학 속의 민담이나 전설을 원형 그대로 전승한 것이라기보다는 어린이의 정서와 오늘날의 교육적, 윤리적 기준에 맞게 현대 작가들에 의해 개작된 것이라고 주장한다. 전승되는 설화를 소재로 하여 개인 작가가 새롭게 고쳐 쓴 창작물이라는 주장을 펼치고 있는 것이다. 실제로 그는 "아기장수 설화"를 대상 텍스트로 하여 설화의 원본과 근래에 창작된 동화를 비교하고 있다.
104 이지호, 『옛이야기와 어린이문학』, 집문당, 2006.

작품 창작에 있어서 설화적 모티프와 전통 놀이 및 민간에서 전해 내려오는 속담과 같은 부류들을 적절하게 끌어들여 작품화한다.

강소천이 활용한 설화적 모티프는 작품의 주제를 명료하게 드러내기 위한 작가의 의도적 창작 행위가 된다. 모티프는 작품의 구조를 결정하는 중요한 단위이며 주제 형성에 기여한다. 하더만은 모티프를 주제와 모태라는 개념을 설정하여 그 사이에 위치시키면서 각각의 개념을 규정하고 있다. 그가 말하는 모티프는 텍스트 안에서 의미 있는 하나의 작은 단위로서 주제보다 제한적이면서 구체적이라고 전제한다. 즉, "그것은 주제의 보편적인 의미를 풍부하게 하거나 변화시킬 수도 있고, 아니면 그것의 전복적인 탈선을 야기할 수도 있다. 주제를 위한 함축적 기능을 가지며 그리고 그 외에도 동적이고 구조적인 역할을 수행한다."[105]라고 밝히고 있다. 그는 주제를 모티프보다 더 정적이면서 지시 기능을 지닌 의미론적 요소로 보고 있으며, 모태는 모티프보다 의미가 없는 기계적인 반복의 형식적 요소라고 규정하고 있다.

허창운은 모티프를 "문학 작품 소재의 구조 속에서 상대적으로 자율적인 지위를 갖는 단위"라고 정의하면서 "모티프는 비교적 작고 단순한 형식의 모든 장르, 예컨대 짧은 이야기, 단막극, 짧은 시 등의 장르에서 구조를 결정짓는 주요한 요인이 된다."[106]라고 그 기능을 밝히

---

105 미셸 반헬푸트, 「문학에 있어서 모티프 개념」, 이재선 편, 『문학 주제학이란 무엇인가』, 민음사, 1996, 200~202쪽 재인용.
　　하더만은 〈주제〉를 하나의 정적인, 자기 구성적인, 일방적인 지시 기능을 지닌 의미론적 요소로 보고 있다. 예를 들면 주제란 하나의 개념(죽음, 두려움), 하나의 신화(프로메테우스), 하나의 토포스(굶어죽는 사람), 또는 하나의 근원적인 이미지(점거된 도시)가 해당한다. 모티프는 한 마디의 단어나 문장과 동시에 발생할 수도 있으며 그것이 하나 또는 여러 개의 주제들을 위한 매체로서 기능하는 다른 모티프들과 함께 발생할 수도 있다고 말한다. 따라서 창조적인 과정을 밀고 나아가고 그리고 예를 들어 서정시에서처럼 음악적인 〈라이트 모티프〉의 역할을 획득할 수 있는 것은 하나의 원동력적인 요소이기 때문이라고 한다. 〈모태〉는 그 자체로는 아무런 의미를 갖고 있지 않지만 그러나 함축적이지 않고 형식적인 요소라고 한다. 즉, 모태는 하나의 운(韻), 모운(母韻), 또는 리듬이 있는 것과 동시에 발생할 수 있다.
106 허창운, 『독일문예학』, 서울대학교출판부, 2002, 194쪽.

고 있다. 이렇게 보면 모티프란 서사 구조에서 의미 있는 단위로 지위를 획득하고 있으며, 주제를 구축하거나 주제를 변화시킬 수 있는 동적인 요소가 된다. 또한 함축성을 갖고 있어서 그 자체로 상징적 의미까지 내포할 수 있는 단위인 것이다. 강소천의 창작동화에서 설화적 모티프는 단일 모티프 또는 복합적인 모티프로 차용되면서 서사 구조를 창출한다. 이것은 작가 의식과도 깊은 관련을 맺고 있는 것이다. 여기에서 작가 의식이란 우리 민족의 전통에 대한 관심이 투영된 결과이기도 하지만, 이를 넘어서 인간 존재의 근원을 탐구하려는 미학적 지향과도 관련을 맺는 복합적인 의미이다. 특히 설화에서 일반담은 교훈적 기능을 담고 있는 예가 많은데 이러한 교훈적인 이야기를 토대로 다양한 서사 형식의 변주를 통하여 미학적 차원으로 승화시키고 있는 점은 강소천의 문학적 재능으로 평가해도 손색이 없을 것이다.

설화는 고대로부터 구전되어 오는 특성 때문에 집단 창작의 성격을 지니고 있다. 이야기꾼에 의하여 구연되는 특징을 보이는데 때에 따라서는 이야기꾼의 재능에 따라 이야기가 변개되기도 한다. 이러한 성격을 지니고 있는 설화적 화소를 강소천은 과감하게 수용하여 한 편의 개인적인 창작 서사물을 탄생시키고 있다. 특히 그가 사용한 문장의 서술에서 대체로 서술자가 개입하는 구술적 문장이 많이 발견된다. 이러한 기법과 설화적 모티프의 차용은 나름대로 통일성을 갖는 서사 구조이다. 주로 활용한 설화적 모티프는 동물을 의인화한 동물담, 영웅담, 탐색담, 공상을 이용한 변신담, 복선화음 등 다양한 모티프들이 작품 속에 용해되어 있다. 그의 작품 「토끼 삼형제」는 동물을 의인화하여 서사를 전개시킨 효행담에 해당한다.

이 작품의 초입은 이렇게 시작한다. "어느 깊은 산속에 엄마 토끼와 아기 토끼 삼형제가 살고 있었읍니다. 비록 아빠 없는 살림이었으나 양지바른 바위 밑 조그만 굴 속에서 네 식구는 날마다 재미있게 살아

가고 있었읍니다. 그런데 갑자기 엄마 토끼가 병에 걸려 자리에 눕게 되었읍니다."[107] 설화의 전형은 먼저 이야기의 시간이나 공간이 소개된다. 그리고 사건이 제시된다. 이 작품에서도 "어느 깊은 산 속 양지바른 바위 밑 굴에서 엄마 토끼와 아들 토끼 삼형제가 살고 있다."라는 언술로 시작하고 있다. 초입부터 설화적 분위기를 살리면서 이야기가 전개된다. 엄마 토끼가 병을 얻어 눕게 되자 아들 삼형제는 밤낮으로 엄마 토끼를 돌본다. 이웃 백서방의 말을 듣고 사슴 의원 영감이 찾아와 엄마의 병을 치료하기 위해서는 우윳빛처럼 뽀얀 샘물이 필요하다고 말한다. 아들 토끼 삼형제는 그 샘물을 찾아 떠나게 되고, 엄마 토끼의 병간호는 아들을 잃은 사슴 의원 영감이 맡게 된다.

우리나라 설화에는 효행담이 많다. 그것은 우리 민족의 도덕관으로 효행을 강조하는 민중의식에서 비롯된다고 할 수 있다. 이러한 전통적인 사상과 의식을 강소천은 작품으로 형상화시키고 있다. 효행담은 설화에서 대개 하나의 패턴으로 되어 있다고 김화경은 밝히고 있다. 그에 따르면 "효자인 주인공은 가난한 생활을 한다. 그의 부모 가운데 어느 한쪽이 병에 걸려서, 그 효자는 더 큰 어려움을 겪게 된다. 이처럼 그가 곤경에 처하였을 때, 기적이 일어나 그 병을 고치게 된다. 여기에서 일어나는 기적은 민중들이 설화에서 곧잘 사용하는 환상적 기법의 하나로, 정상적인 방법으로는 사건 해결이 어려울 때 흔히 이용된다."[108]라고 설명한다. 이 작품 또한 그 패턴에 충실한 모습을 보여준다.

직접적인 가난에 대한 서술은 드러나 있지 않지만, 매일 매일 식량으로 쓸 밤을 구하러 다니는 아들 토끼들의 장면 진술에서 이를 가늠해 볼 수 있다. 특히 이러한 상황은 엄마 토끼의 병으로부터 비롯되고

---

107 「토끼 삼형제」, 『조그만 사진첩』, 앞의 책, 103쪽.
108 김화경, 『한국의 설화』, 지식산업사, 2013, 257쪽.

있으며, 이를 해결하기 위하여 아들 삼형제는 치료제인 샘물을 구하고
자 온갖 고초를 겪게 된다. 삼형제는 보름달의 도움으로 샘물이 있는
장소를 알게 되는데 이 방법은 상식적인 방법이 아니다. 즉, 보름달,
꿈 할머니, 파랑새 등이 하나의 조력자로 설정되어 나타난다. 여기에
서부터 기적적인 방식에 의해 과제가 해결되어 나간다. 여타의 설화에
서도 효행을 실천하는 과정은 환상적인 기적에 의존하고 있다. 이와
유사한 모티프들이 활용된다. 어머니의 병을 고치기 위하여 아들을 솥
에 넣어 달인 물을 먹이라는 스님의 권유를 듣고 실행했는데 실제로
솥에 넣어 삶은 것은 아들이 아니라 산신이 보낸 동삼이었다는 설화[109]
를 들 수 있다.

효성이 지극한 소녀가 병든 어머니의 약을 구하러 나갔다가 돌아오
는 길에 쓰러져 있던 노파를 집으로 데려와 간호해 주었다. 다음 날
노파는 사라지고 어머니의 병이 나았으며, 베틀 짜기 시합 때에 다시
나타나 승리할 수 있도록 도움을 주어 훗날 왕비가 되었다는 경북 의
성의 "베틀 바위 전설"[110]도 환상적인 기적에 의하여 일이 해결되는 모
티프이다. 이 작품에서도 꿈 할머니의 현시 과정과 샘물로 병을 치료
하는 이야기가 환상적인 기적에 의하여 서사 구조를 구축하고 있다.
또 한 가지 중요한 설화적 모티프는 샘물로써 질병을 치료하는 약수
모티프가 차용된 점이다.

백록담 전설에 이 약수 모티프가 사용되어 있다. 이 설화도 효행담
의 하나이다. 한라산에 효성이 지극한 사냥꾼과 병든 어머니가 살고
있었다. 어머니의 병에 사슴피가 효험이 있다는 말을 듣고 사냥꾼은
산을 헤매던 중 흰 사슴을 만난다. 흰 사슴을 쏘려는 순간 백발의 노

---

109 정경민, 「지녀희생효설화에 나타난 '효'와 '모성'의 문제」, 한국고전여성문학회, 『한국고전
   여성문학연구』24, 2012, 10~14쪽.
110 김화경, 앞의 책, 259~260쪽.

인이 나타나 흰 사슴을 데리고 사라졌다. 노인과 사슴이 있던 자리에
는 연못이 생겨났는데 사냥꾼은 이 연못물을 떠서 어머니께 드렸더니
병이 나았다고 한다.[111] 바로 이 연못이 백록담이 되었다는 전설이다.
이 설화 외에도 물로써 병을 치료하였거나 생명을 소생시켰다는 모티
프는 유사한 구조로 많이 전해오고 있다. 이 작품에서 사용된 샘물의
약수 모티프도 이와 유사한 도구로써 서사 구조에 기여하고 있다. 강
소천의 작품에서는 여러 연구자들이 제기한 바 있지만 꿈 모티프가
중요하게 작용한다. 이 작품에서도 꿈을 통한 서사 구조의 역동성을
주목할 수 있는데 강소천 작품에서의 꿈 모티프 논의는 후술하기로
한다.

　강소천은 이 작품에서 설화적 모티프를 활용하여 설화적 세계에 접
근하고 있다. 그것은 단순히 전통을 상기시키고 민중 의식 속에 자리
하고 있는 도덕적 덕목을 강조하려는 의도에 그치지 않아 보인다. 그
는 설화적 모티프를 통하여 서사 구조를 강화함으로써 설화적 세계의
구현을 지향한다. 설화적 세계는 바로 인간의 가장 원시적이고 근원적
인 세계와 가깝다. 이것은 곧 서정적 본질의 세계와 궁극적으로는 추
구하는 바가 같다. 현실에서 분열되고 갈등하는 세계를 극복하기 위한
방법으로서 인간은 과거의 분열·분리가 없고 대립하기 이전의 원초
적이고 근원적인 세계를 동경하게 된다. 강소천이 작품을 발표했던 시
기는 일제 강점기를 거쳐 분단의 아픔과 전쟁의 상처를 겪었던 역사
의 시기이다. 나라를 잃고 우리말을 잃었으며, 분단으로 인하여 가족
과 친지를 잃게 되었다. 그리고 전쟁을 통하여 가족의 해체는 물론 재
산을 잃고 생명까지 해를 입는 아픔을 겪었다. 사회적으로, 개인적으
로 삶의 내적·외적 분리와 갈등 대결이 가장 첨예했던 현실이었다.

<hr>

111 심우장 외, 『설화 속 동물 인간을 말하다』, 책과함께, 2008, 236쪽.

이러한 현실 속에서 인간은 내면과 외부 세계가 일치하고 화합되는 세계 즉, 과거의 원초적인 고향을 그릴 수밖에 없다. 이렇게 통합되고 안정된 과거의 시간과 공간을 지향하는 것이 서정적 세계의 지향점이며, 그와 유사한 개념으로서 설화적 세계가 되는 것이다. 다시 말하면 설화적 세계란 "인간이 타락한 현실에 오염되지 않은 순수한 모습으로 보존되어 있는 세계, 곧 우리 인간은 어려운 현실에서도 항상 아름답고 깨끗한 순수의 세계를 지향하고 있다."[112]라고 규정한다. 이 작품 말미에서 엄마 토끼와 삼형제의 아들이 만나고 약수를 통하여 병이 완쾌됨과 동시에 사슴 의원 영감 또한 잃었던 아들과 재회하는 장면은 인간이 추구하는 가장 순수하고 통합된 세계의 복원인 것이다. 작가 강소천이 이 작품을 통하여 말하고자 하는 설화적 모티프 및 설화적 세계는 바로 순수한 원초적 세계의 지향이다. 여기에서 등장하는 토끼와 사슴은 의인화된 인물로서 순진무구한 인간을 상징한다. 설화에서 주로 등장하는 토끼와 사슴은 주로 영험함과 불로장생의 이미지를 담고 있다.[113] 이 또한 인간 삶의 존재적 근원으로서 염원하는 순수하고 영원한 이상 세계의 상징적 의미를 함축하고 있는 것이다.

「진달래와 철쭉」[114]은 장편 창작동화로서 다양한 설화적 모티프가

---

112 임채욱, 앞의 논문, 214쪽.
113 홍순석 외, 『전통 문화와 상징 1』, 강남대학교출판부, 2001, 99~158쪽.
114 박금숙, 앞의 논문, 54~55쪽.
　　이 작품은 일제 강점기 말에 발표되다가 연재가 중단된 후 강소천이 월남한 후 다시 발표하였다. 이 작품의 제목은 본래 「진달래와 철쭉」이 아니라 「히성이의 두 아들」로 발표되었다. 「히성이의 두 아들」은 1940년 9/10월 합본호부터 1941년 2월호까지 『아이생활』에 5회 연재된 것이 원본이다. 이 과정은 서지와 개작 과정을 연구한 박금숙의 논문을 참고할 수 있는데 그의 연구를 인용한다.
　　「히성이의 두 아들」은 『아이생활』 1940년 9/10합본호에 시작하여 1941년 2월까지 실린 것으로 추정된다. 41년 1월호에 다음 호에 계속이라고 나왔으나 2월호를 현재 찾을 수 없다. 3월호에는 이 작품이 실리지 않고 다른 것이 실린 것으로 보아 2월호까지 실린 것으로 추정한다. 이것의 개작1본은 1952년 11호부터 1953년 10월호까지 어린이잡지인 『어린이다이제스트』에 「진달래와 철쭉」으로 12회 연재되었다. 1952년 『다이제스트』 11월호와 1953

중첩되어 있어서 서사 구조의 복합적인 형태를 띠고 있는 작품이다. 이 작품에는 효행담을 비롯하여 영웅담, 탐색담, 충신담, 사신 퇴치담 등 다양한 설화적 화소가 차용되어 있다. 이 작품은 전통적 서사 즉, 전래동화형 구조로 이루어진 개인 창작물로서 창작동화이다. 전통적 서사는 대체로 설화적 화소에 기반을 두고 있다. 작품의 구조는 전형적인 영웅담의 구조로 구성되어 있으면서 충과 효 사상 및 권선징악의 주제를 담고 있다. 작품 속에 다루어진 사건이나 모티프는 우리에게 익숙한 설화적 요소를 비롯하여 전통적 서사의 구성법을 취하고 있다. 주인공인 진달래와 철쭉이 평온한 시절을 보내다가 시련을 겪게 되고, 조력자를 만나 삶의 전환을 이룬다. 주인공들은 조력자에 의해 영웅적 자질을 발휘하여 끝내 소원을 성취하고 행복한 삶을 되찾는 결말을 드러내는 구조이다. 영웅담의 구조를 취하고 있는 작품으로서 다양한 설화적 모티프가 내재하고 있다. 서사 구조에 중요한 기능을 담당하고 있는 주요 모티프를 살펴보면 작가가 추구하는 설화적 세계의 구현 의지를 간파할 수 있다.

조준호는 이 작품에서 희성 영감이 두 아들을 버리는 장면을 들어 서양 동화의 「헨젤과 그레텔」을 연상할 수 있다고 지적한 바 있다. 우리 전통 서사뿐만 아니라 서양의 동화적 모티프도 차용했다고 평한 것이다.[115] 그러나 이 모티프는 자식을 유기하는 모티프로서 우리 설화

년 4월호는 현재 소장본이 없는 상태다. 「진달래와 철쭉」이 1952년 12월호에 2회가 나와 있고, 그 이전 호인 10월호에는 없는 것으로 보아 11월로 추정한 것이다. 그러므로 『다이제스트』11월호에 나온 1회와 4월호에 나온 6회 「진달래와 철쭉」은 대조하지 못했다. 그래서 같은 출판사에서 그 이듬해인 1953년에 출판한 『진달래와 철쭉』(다이제스트사, 1953)에 나온 것으로 빠진 부분을 대조했다. 그런데 개작1본은 많은 부분이 개작되었다. 먼저 제목이 「희성이의 두 아들」에서 「진달래와 철쭉」으로 바뀌었고, 희성이의 두 아들 이름이 '일돌이'와 '이돌이'에서 '진달래'와 '철쭉'으로 바뀌었다. 또 이야기의 순차 변화는 물론, '총쏘기'를 배우는 것에서 '활쏘기'를 배우는 것 등으로 바뀌었다.

115 조준호, 앞의 논문, 72~78쪽.

인 "아기장수 설화"에서도 아들을 버리거나 죽이는 장면이 있다. 우리 고전 소설인 「장화홍련전」에도 장화가 계모의 계략에 의해 버려지고 죽음에 이르는 모티프가 삽입되어 있다. 이 작품에서는 순진하고 욕심이 없어 '바보'라는 별명으로 불리는 희성 영감의 두 아들이 욕심 많고 간악한 희성 영감의 형인 연성 영감의 간계에 의해 버려지는 장면이 등장한다. 진달래와 철쭉은 어머니를 일찍이 여의고 가난한 아버지 희성 영감의 보살핌 속에 행복하게 살고 있었다. 이들에게 가장 행복한 일은 아버지 희성 영감이 장에 가서 나무를 팔아 사온 볶은 콩과 엿을 나누어 먹는 일로써 물질적인 세계와는 상반되는 순수한 현실적 일상 자체였다. 이와 반대로 형인 연성 영감은 부자임에도 불구하고 황금새를 잡아 간을 먹으면 부자가 된다는 소문을 듣고 동생 희성 영감을 시켜 새를 잡아오게 한다. 그러나 이 간을 큰아버지 댁에 놀러온 진달래와 철쭉이 먹어버린 후 그들이 집에서 자고나면 황금돈이 귀에서 나오는 신비한 존재가 된다. 물질적 가치에 중점을 두지 않은 희성 영감은 이것이 귀한 황금돈임을 알지 못하고 형 연성 영감에게 가져다준다. 연성 영감은 아이들을 데려와 자신이 돌보면서 이 황금돈을 취하고자 한다. 아이들이 연성 영감의 집에 오자 그 황금돈은 나오지 않는다. 연성 영감은 중병에 걸린 것이라며 아이들을 산 속에 데려가 죽이라고 한다. 이를 차마 실천하지 못하는 희성 영감은 아이들을 산 속에 버려두고 집으로 돌아와 실의에 빠진다.

물론 모티프 내용으로 보면 서양의 「헨젤과 그레텔」의 내용과 유사한 점이 있다. 하지만 설화는 일반 심리적 조건, 문화적 조건, 자연 환경적 조건, 민족 공동체 의식의 조건 등에 의하여 얼마든지 변화할 수 있다.[116] 이러한 자식의 유기 모티프 또한 우리 전통의 설화 속에도 여

---

116 최운식, 『한국 서사의 전통과 설화』, 민속원, 2006, 42~45쪽.

러 형태로 변이되어 존재한다. "아기장수 설화"에 나오는 아기는 출중한 능력을 가진 인물이라서 후에 역적이 될 소지가 있음을 우려하여 부모가 아기의 겨드랑이에 난 날개를 자르거나 내다버려 죽게 한다.[117] 결국 진달래와 철쭉은 타의에 의해 버려지는 신세가 된다. 이 과정은 통합된 삶에서 분리된 삶으로 전이되는 모습을 보여준다. 아버지인 희성 영감과의 헤어짐이 그것이다. 비록 아들들을 산에 버려두고 내려오지만 이것은 희성 영감의 자의적 판단에 의한 행동이 아닌 것이다. 그의 형인 연성 영감의 간계에 의해 순진무구한 희성 영감은 고스란히 속임에 빠진 것이다. 이 작품에서 하나의 주제 의식으로 거론할 수 있는 효행담이 형성되는 과정이다. 희성 영감 역시 아이들을 산에 유기하지만 돌아와 괴로운 나날을 보낸다. 진달래와 철쭉도 아버지와의 헤어짐을 통하여 시련을 겪게 되는 것이다. 이 작품에서 진달래와 철쭉이 유기된 상태 즉, 분리된 삶은 곧 영웅담을 예견하는 모티프로 작용하게 된다.

여기에서 또 하나의 모티프를 추출해 본다. 가난하고 착한 동생 희성 영감과 욕심 많고 부자이면서 간악한 형인 연성 영감의 대조적인 인물 설정이 그것이다. 우리 고전 소설 「흥부전」에 이러한 대조적 인물의 등장이 보인다. 우선 마음씨 착한 동생 흥부와 마음씨가 못되고 욕심 많은 놀부라는 인물 구도이다. 이러한 인물 구도와 이 작품은 상당 부분 유사성을 보여준다. 고전소설인 「흥부전」도 여러 근원설화를 통하여 한 편의 소설이 구성되었다. 특히 "방이설화(旁㐌說話)"가 흥부전에 영향을 미쳤다는 것이 현재 학계의 통설로 제시되어 있다.[118] 물론 방이설화에는 형과 동생의 유형이 뒤바뀌어 있다. 어쨌든 이 설화

---

117 김환희, 앞의 책, 52~55쪽.
118 김화경, 앞의 책, 273~275쪽.

적 모티프도 이 작품에서 인물 형성에 기여하고 있는 것은 사실이다. 이 작품에서 인물의 성격 변화는 크게 나타나지 않는다. 동생인 희성 영감은 그저 순진하고 무능하며 오로지 착하고 아들을 사랑하는 마음 뿐이다. 그와는 달리 형인 연성 영감은 부자이면서도 끝없이 재물을 탐하고 권위적이며 조카까지 살해하기를 서슴지 않는 간악한 속물적 캐릭터이다. 특히 「흥부전」의 모티프를 관련 모티프로 제기하는 것은 작품 결말부에 가서 동생인 희성 영감은 가난에서 벗어나 아들 덕에 부자가 되고 행복한 삶을 성취하게 된다는 점이다. 반면에 형인 연성 영감은 놀부처럼 벌을 받지는 않지만 크게 성공한 진달래와 철쭉의 용서와 배려를 받고 뉘우쳐서 그도 주변 사람을 베풀면서 살게 된다. 결국 두 사람의 지위는 결말에 가서 역전되는 모습을 보여준다.

우리 전통 설화에는 인물이 성공을 거두거나 영웅적 명성을 얻기까지에는 대부분 조력자가 등장하게 된다. 이 작품에서도 진달래와 철쭉이 산에 유기된 상태에서 살아남을 수 있었던 것은 사냥꾼인 백포수의 등장을 빼놓을 수 없다. 백 포수는 산 속을 헤매던 진달래와 철쭉을 발견하고 사연을 들은 후 두 아이들을 집으로 데려와 제자로 삼는다. 이들에게 무술 공부를 가르쳐 뛰어난 인재로 성장시킨다. 진달래와 철쭉이 백포수의 집에 온지 10년이 되자 백 포수는 장성한 두 형제에게 아버지를 찾아 떠날 것을 권한다. 두 형제도 이를 반겨 무술 테스트를 거친 후 스승인 백포수의 승낙을 받고 길을 떠나게 된다. 이 작품에서 조력자의 역할을 하는 인물은 백 포수 외에도 곰, 사슴, 토끼를 들 수 있다. 이들은 동물이지만 의인화의 성격을 감안하면 하나의 조력자 인물로 규정할 수 있다. 이 동물들은 진달래와 철쭉이 길을 떠나면서 만난 동물들이다. 이들이 위험에 처하게 되자 두 형제는 이들을 구해 주고 동반자가 된다. 이 동물들은 우리 설화에서 선하고 길한 행운을 상징하는 이미지로 제시되는 경우가 많다고 한다.[119]

이 작품에 등장하는 곰, 사슴, 토끼 또한 다정하게 둘씩 형제를 이루고 있다. 이들은 진달래와 철쭉을 그림자처럼 보호하며 수행하는 역할을 한다. 철쭉이 서울로 가는 길에 병이 나자 이들은 산삼을 구해 와 철쭉의 병을 낫게 한다. 그리고 철쭉이 산 속에서 돌로 변한 진달래를 찾는 과정이나 여우의 지팡이에 의해 돌로 변한 포수들을 구별하는 데에도 도움을 주는 주요한 역할을 한다. 이처럼 이 작품에는 여러 부류의 조력자들이 등장한다. 특히 백포수와 곰, 사슴, 토끼는 진달래와 철쭉이 영웅으로서 성장하고 복을 성취하는데 지대한 영향을 끼치는 인물들이다.

이 작품에 반영된 또 다른 모티프로는 사신 퇴치형 설화의 모티프가 있다. 이 작품에는 '붉은 여우'[120]가 나타나 한 달마다 처녀 한 명을 바치라고 요구한다. 만일 이 요구를 듣지 않으면 궁궐을 공격하여 임금님을 해하겠다고 협박한다. 이에 임금님은 큰 상을 걸고 붉은 여우를 제거할 포수를 찾는다. 이렇게 사신인 여우와 대결을 벌이는 설화로는 "거타지 설화"가 있다. 신라 진성왕 때 양패라는 사람이 당나라 사신이 되어 궁사 50명을 거느리고 길을 떠난다. 이들은 곡도에 이르러 심한 풍랑을 만나 더 이상 가지 못하고 그곳에서 묵게 된다. 그날 밤 양패의 꿈에 어느 노인이 나타나 궁사 한 사람을 남겨 두고 갈 것을 부

---

119 강재철, 최인학 편역, 『한국의 설화』, 단국대학교출판부, 2011, 35쪽.
　　　 설화 속의 동물들은 인간으로 변신할 수 있는 능력을 지니고 있다. 우리 설화에 등장하는 동물들도 의인화를 보이는 대표적인 동물이 있는데 용, 거북이, 개, 곰, 사슴, 토끼, 잉어, 두꺼비는 좋은 것을 상징하고, 호랑이, 여우, 뱀 그리고 지네는 나쁜 것을 상징한다. 비록 이 규칙에 예외는 있지만, 대체로 이러한 경향을 띤다고 한다. 그 중에서 가장 대표적인 동물은 호랑이라고 한다.
120 이은주, 앞의 논문, 81~82쪽.
　　　 이 작품에는 '붉은 여우'로 등장하고 있는데 일제 강점기에 발표되었던 「희성이의 두 아들」에서는 '새하얀 여우'로 등장한다. 이은주의 연구에 따르면 여우의 색깔을 붉은색으로 표현하지 못한 이유로 일제의 강점기와 연관이 있다고 한다. 붉은색은 일장기를 상징하는 색깔이었기 때문에 흉포하고 간악한 여우를 새하얀 색깔로 표현할 수밖에 없었다는 논리이다. 그래서 일제 강점기를 벗어나자 비로소 붉은색으로 표현할 수 있었다고 한다.

탁한다. 양패는 궁사인 거타지를 남겨 두고 떠나게 된다. 거타지에게 연못에서 노인 '용왕'이 나타나더니 못된 짓을 하는 여우를 활로 쏘아 죽이라는 명을 내린다. 거타지는 노인의 말대로 여우를 찾아 활을 쏘아 제거한다. 거타지는 이 공으로 연못에 사는 용왕의 딸인 용녀와 혼인을 하게 된다는 이야기이다.[121]

이 설화의 핵심 요소는 궁사인 거타지가 못된 짓을 하는 사신 여우를 활로 쏘아 제거하여 용왕의 딸과 혼인한다는 것이다. 대체로 사신 퇴치 설화는 영웅적 성격이 강하다. 사신을 제거하고 그에 따른 상을 받기 때문인데 이 작품에서도 그와 같은 서사의 골격이 갖추어져 있다. 또한 여기에 추가할 수 있는 모티프는 구미호 설화이다. 붉은 여우는 사람이나 동물을 돌로 변하게 할 수 있는 요술 지팡이를 지니고 시시때때로 어린아이나 여자로 변신을 하여 포수를 유인한다. 변신에 능하며 꾀를 잘 부리는 특성으로 미루어 구미호 설화의 모티프적 변형을 추론할 수 있다.

진달래와 철쭉 두 형제는 붉은 여우를 잡아 공을 세우면 이름이 알려져 쉽게 아버지를 찾을 수 있을 거라는 희망을 품고 임금님을 찾는다. 철쭉이 병에 걸려 치료하는 동안 형인 진달래가 앞서 서울에 가 붉은 여우를 잡기위해 산으로 들어간다. 그러나 진달래는 붉은 여우의 꾐에 빠져 돌로 변하여 썩은 고목나무에 갇히는 신세가 된다. 철쭉은 뒤에 도착하여 자원하나 임금님은 큰 기대를 하지 않는다. 형인 진달래도 성과를 거두지 못했기 때문이다. 철쭉은 산에 들어가 붉은 여우의 꾐을 모면하고 활을 쏘아 붉은 여우를 제거한다. 임금님의 극찬을 받으며 철쭉은 사신을 퇴치한 나라의 영웅이 된다. 또한 철쭉은 이에 머물지 않고 붉은 여우가 소유했던 요술 지팡이를 획득하여 돌로 변한

---

121 최운식, 앞의 책, 273~274쪽.

십여 명의 포수를 다시 사람으로 회생시킨다. 여기에는 스승인 백포수도 들어 있었다. 그러나 형인 진달래의 소재는 쉽게 파악하지 못한다. 결국 형이 꿈에 나타나 현시를 한 후에 고목나무 굴속에 갇혀 있던 돌을 찾아 지팡이로 회생시켜 형과 재회한다. 강소천 작품에서 꿈의 현시는 여러 작품에서 빈번하게 나타나는 모티프이다. 앞에서 살핀 「토끼 삼형제」에도 꿈 할머니에 의한 꿈의 현시가 등장하고 있다. 이렇게 강소천은 꿈을 활용한 서사 전략을 폭넓게 작품에서 다루고 있다.

이 작품에서 붉은 여우와의 대결 장면을 두고 일부 연구가들은 당시 일제 식민 치하를 벗어나기 위한 하나의 역사적 상징성을 띠는 작품이라고 평가하기도 한다.[122] 붉은 여우의 횡포를 일제의 잔악성으로 해석하고 있으며, 진달래와 철쭉은 나라를 구할 수 있는 영웅이 도래하기를 바라는 희망적인 인물로 보고 있다. 게다가 붉은 여우의 퇴치는 일제를 몰아내고 우리 민족이 독립하여 평화롭게 살고자 하는 작가의 염원이 담긴 서사의 전략으로 분석하고 있다. 또한 이 작품이 발표된 것이 일제 강점기 말에 해당한다는 정황도 간과할 수 없는 사실이라고 주장하고 있는 것이다. 특히 이은주의 주장과 논거는 나름대로 설득력과 일관성을 정연하게 드러내고 있다. 진달래가 우리나라의 꽃이었다는 점, 여우가 처녀를 요구하는 것은 위안부를 상징한다는 점, 임금이 포수들에게 나라의 미래를 위해 젊은 병사를 훈련시켜 달라고 주문하는 점 등을 상징의 핵심으로 제시하며 저항 의지 내지 역사의식을 지향하는 작품으로 해석하고 있다.

그러나 이 작품에서 인물들이 지향하는 궁극적인 목표와 서사 구조에서 드러나는 내적 분위기 및 장면 묘사를 보면 역사의식 내지 저항

---

122 이은주, 앞의 논문, 81~82쪽.
  이 작품을 두고 일제에 대한 저항 의지나 역사의식의 표현으로 해석하는 연구자들이 있다. 대표적인 연구 성과로는 이은주의 논문이 있다.

적 상징성은 단편적인 편린에 지나지 않는다. 작품 서두와 결말부에서 제시되는 자연과의 교감, 인물들 간의 서정적 화해 장면, 현실적 갈등을 극복하는 인간적 의지나 욕망 등이 작품 전체 구조를 지배하는 핵심적 서사이자 미학적 특징이 된다. 이런 점을 감안해 보면 이 작품에서 도출되는 저항 의식은 뚜렷하게 표상되지 않는다. 비록 상징적 의미로 해석할 수 있다고 해도 그것은 작품의 내적 구조의 측면보다는 작품 외적 상황에 기인하는 분석이라고 판단된다. 그리하여 본 연구에서는 역사적 상징성의 의미보다는 작품 내적 구조에 초점을 두고, 보다 미적 의미와의 상관성을 검토하고자 하는 것이다. 앞의 작품에서도 살펴보았지만 설화적 모티프의 활용은 현실의 부조리와 상처를 극복하기 위하여 과거의 아름답고 순수했던 시공간으로의 회귀를 희망하는 차원에서 작품으로 구체화된 것이다. 붉은 여우의 제거와 포수 및 진달래의 돌로부터 사람으로의 회생 역시 잃어버렸던 과거의 순수하고 행복했던 시공간의 복원을 의미하는 것이 된다.

또 한 가지 중요한 모티프는 아버지와의 극적 재회이다. 이 모티프는 개안 설화를 근원 설화로 하여 소설화한 「심청전」에서 확인된다. 진달래와 철쭉은 이미 영웅이 되어 임금님과 함께 행차에 나선다. 이 작품도 "거타지 설화"에서 거타지가 용녀와 혼인하듯이 진달래와 철쭉은 임금의 두 딸과 혼인을 예약한다. 그러나 이 사실을 모르는 아버지 희성 영감은 두 아들을 유기한 죄책감에 사로 잡혀 힘든 나날을 보내다가 집을 나와 떠돈다. 만취한 상태로 어느 강가에 이르러 자살을 기도한다. 요행히 마을 사람의 눈에 띄어 목숨을 건지게 된다. 희성 영감은 죽기 전에 여행이나 할 요량으로 서울에 올라와 이 행차를 보게 된 것이고 두 아들과 만나는 행운을 얻는다. 우연성이 짙기는 하지만 심청진의 화소처럼 아버지와 재회하여 행복한 결말을 맺는다. 결국 이 작품에서 추구하는 것은 인물들의 극단적인 화합이다. 일체의 부조화가 끼어들지 않은 완전한 통합적 세계의 지향인 것이다. 물질이나 권력화로 지배되는 세계가 아닌 사람들에게 베풀고, 가족이 화합하며 부와 힘 모두를 성취하여 인간적 행복과 욕망이 충족된 이상적인 세계의 표출인 것이다. 그러면서도 물질과 권력을 통한 낙원 구축이 아니라 단지 인간의 이상적 자아와 세계를 상징하기 위한 수단으로써 부와 명예가 표현된 것이다. 이러한 미적 특징은 작품 말미의 문장에서 잘 나타나 있다. 자연과 교감하고 화합하며 동일화되는 장면으로서 물질적 부와 신분적 명성을 뛰어 넘으면서 포괄적인 시각으로 조망하고 있다.

여러분은 그게 누구인지를 아시겠지요. <u>희성</u>이 영감님과 그의 아들과 며누리, 그렇습니다. 그들은 벌써 이 그리운 고향을 찾고 싶었으나, 진달래와 철쭉이 피는 봄을 기다려 인제 온 것입니다.

십 년이 지나가 버린 오늘에 보는 고향은 몰라 보게 변했읍니다. 그러나, 산은 그대로였읍니다.

<u>진달래</u>와 <u>철쭉</u>은 산을 향해 줄달음쳤습니다.

「진달래 철쭉아, 잘들 있었니?」

마치 사람을 부르 듯, 두 형제는 산과 꽃을 바라보며 소리를 지르며 올라갔읍니다.

「진달래, 철쭉아, 잘들 있었니?」

산들도 자기들을 반겨 부르는 듯하였읍니다.

두 형제가 십 년 전 아버지를 잃고 헤매던 곳에 와 앉아 산을 둘러 보았을 때, 여지껏 봉오리만 겼던 진달래와 철쭉이 한꺼번에 활짝 피어났읍니다.

—「진달래와 철쭉」 부분[123]

123 『진달래와 철쭉』, 다이제스트사, 1953, 99쪽.

이 부분은 작품 서두의 분위기와 흡사하다. 마치 서정시에서 수미상관의 방식을 연상시킨다. 곧 자연과 소통하는 모습이 잘 나타나 있는 것이다. 이 장면에는 출세하고 부와 명예를 성취한 진달래와 철쭉의 모습은 부각되지 않고 있다. 오로지 그들이 십년 전 함께 동일화되었던 산과 꽃만이 있을 뿐이다. 진달래와 철쭉이 그 꽃을 부르자 그 꽃들은 기다리고 있었다는 듯 봉오리가 터지고 꽃이 피기 시작한다. 자연과 소통하고 화합하는 장면을 통하여 서정적 순간을 구체화시키고 있는 것이다. 지금까지 겪었던 현실의 고통과 상처 그리고 그로 인해 보상 받았던 부와 명예 모두 이 서정적 순간 안에 무화되면서 순수한 낙원의 일체를 보여준다. 이렇게 자연과 교감하는 순간은 곧 설화적 세계의 발현인 것이다. 여기서 설화적 세계란 서정적 세계가 추구하는 낙원으로서 화합되고 조화로운 현실을 구축한 세계와 맥을 같이 한다.

지금까지 이 작품에서 살펴보았던 설화적 모티프들은 모두 설화적 세계를 구현하기 위한 서사적 장치에 해당한다. 강소천은 이렇게 서사 형식으로서의 설화적 모티프를 다층적으로 활용하여 설화적 세계를 표상함으로써 서정적 비전을 제시한다.

『소년한국일보』1963년 1월에 처음 발표된 창작동화 「토끼 나라」에도 설화적 모티프가 서사 구조를 형성하면서 설화적 세계를 지향하고 있다. 이 동화는 환상적 구조의 형태를 취하고 있는 작품이다. 경계가 뚜렷하게 명시되어 있지 않지만 스토리 맥락의 차원에서 보면 경계는 꿈의 공간과 현실 공간으로 구분된다. 서사의 대부분이 꿈의 구조에 해당하는데 꿈의 시공간에서 설화적 모티프들이 배치되어 있다. 현실 공간은 작품의 초입 부분과 결말 부분을 차지하고 있어서 작품 전체의 분량으로 보면 단 서너 문단 정도에 불과하다. 주인공 김영걸이라는 어린이가 방에 앉아 겨울 방학 숙제를 하고 있는데 밖에서 초인종 소리가 들려온다. 즉, 이 초인종 소리가 나서 대문 밖으로 나간 상황부터 꿈의 경계에 들어섰다고 할 수 있다. 이때 한 통의 편지를 받는다. 우표 대신 네 잎 클로버가 붙여져 있고, 배달도 우편배달부 아저씨가 아니라 어린 배달부이다. 열두시에 효창공원 옆 바위 밑 굴 앞에 와서 "토끼야 토끼야 산 속의 토끼야"로 시작하는 동요[124]를 부르면 마중 나오겠다는 내용이다. 영걸이는 30분 남짓 남은 시간 동안 서둘러 준비한 후 약속 장소로 향한다. 이렇게 들어간 곳이 토끼 나라이다. 토끼 나라에 사는 늙은 토끼 부부는 토끼의 왕으로서 영걸이를 환대하며 장군으로 존칭한다. 그리고 토끼 나라를 괴롭히는 외적들을 물리쳐 달라고 간청한다. 이렇게 하여 김영걸 어린이는 토끼 나라의 일원으로서 중책을 담당한다. 토끼 나라의 수많은 토끼들도 김영걸 장군만 바라보며 외적에 대비한다.

이 작품에서 토끼가 제시된 것은 힘이 없고 순하며 착한 인간을 상징한다. 반면에 외적으로 설정된 늑대, 여우, 호랑이는 교활하고 욕심이 많으며, 힘만 앞세우고 배려심 없는 못된 집단을 상징한다. 앞에서도 언급되었지만, 우리나라 설화에서 다루어진 동물 중에서 악의 사신으로 대표되는 주요 동물은 여우, 지네, 호랑이 등이다. 이 중 여우와 호랑이는 이 작품에서 그 전형으로서 등장하고 있으며, 늑대는 우리나라보다는 대체로 서양에서 많이 출현한다고 한다. 우리나라 설화에서 토끼와 이들 동물 간의 대결에서는 주로 토끼의 지략이 돋보이며, 역으로 여우, 호랑이 등의 동물들은 힘만 앞세우는 강자로서 교만하고 미련한 성격으로 집중된다. 이 작품에서도 이러한 구도가 전형화되어 나타난다. 단지 설화의 변형으로 볼 수 있는 것은 토끼 스스로 지혜를

---

124 「산토끼」, 『소년소녀 강소천 문학전집 5』, 앞의 책, 161쪽.
　　이 동요는 강소천의 시 「산토끼」에 권길상이 곡을 붙인 것으로 원문은 다음과 같다.
　　토끼야 토끼야 산 속의 토끼야,/ 겨울이 되면은 무얼 먹고 사느냐?/ 흰 눈이 내리면은 무얼 먹고 사느냐?// 겨울이 되어도 걱정이 없단다./ 엄마가 아빠가 여름 동안 모아 논/ 맛있는 먹이가 얼마든지 있단다.//

발휘하는 것이 아니라 김영걸이라는 주인공 어린이가 토끼의 편에 가세하여 토끼의 지혜를 대신하고 있는 것이다.

이 작품에서도 서사적 구도는 설화적 세계에서 흔히 볼 수 있는 사람과 동물 간의 자유로운 교감이 이루어지고 있는 것이다. 강소천의 작품에서 설화적 세계가 제시되는 유형을 보면 대체로 앞의 작품과 같이 대립형 구도가 설정된다. 앞의 작품인 「진달래와 철쭉」에서 진달래와 철쭉이 붉은 여우와 대결을 벌여 승리함으로써 통합된 세계를 구축하는 것과 같이 이 작품에서도 토끼와 외적들과의 대결 양상을 통하여 이를 극복함으로써 평화롭고 화합된 서정적 전망을 조망하고 있다.

이 작품의 서사를 지배하는 핵심적인 설화적 모티프는 토끼와 호랑이에 관련된 화소이다. 사실 우리나라에서 호랑이는 악의 사신으로서 교만하고 교활함만 상징하는 것은 아니다. 우리 전통 문화에서 호랑이가 상징하는 것은 첫 번째, 영웅들의 보호자이자 양육자이며, 국조의 조력자를 상징한다. 두 번째, 산신 또는 산신의 사자를 상징한다. 세 번째, 벽사의 의미로서 호랑이의 그림은 병귀나 사귀를 물리치는 힘을 상징한다. 네 번째, 백호 부대, 맹호 부대와 같이 호랑이의 용맹성은 군대를 상징한다. 다섯 번째, 호랑이는 인간의 효행에 감동하여 인간을 돕거나 인간의 도움을 받으면 은혜를 갚는 보은의 상징적 동물이다.[125] 이렇게 여러 가지 의미로 인식되어 왔는데 이러한 의식이 설화에도 반영되기도 하였다. 반면에 호환과 악의 사신으로 극명한 대립을 보이기도 한다. 악의 사신으로 등장하는 경우는 대개 토끼와 같은 몸집이 작고 약한 동물과의 대조적 상황에서 더욱 실감 있게 그려진다.

대표적인 설화로서는 "배은망덕한 호랑이"나 "늙은 호랑이와 토끼"

---

125 홍순석 외, 앞의 책, 155~156쪽.

등과 같은 설화적 모티프에서 두드러진다. "배은망덕한 호랑이"는 은혜를 모르는 호랑이의 어리석음을 꼬집은 설화이다. 한 선비가 길을 가고 있을 때 함정에 빠진 호랑이가 살려달라고 간곡히 청한다. 선비는 호랑이를 불쌍히 여겨 함정에서 꺼내준다. 그러자 호랑이는 약조를 어기고 선비를 잡아먹으려 한다. 이때 토끼(두꺼비, 여우가 등장하기도 함.)가 나타나 재판을 하는 기지를 발휘한다. 토끼는 정확한 현장 상황을 알아야 올바른 판단을 할 수 있다고 하여 다시 호랑이에게 함정에 들어갈 것을 권한다. 어리석은 호랑이는 다시 함정에 들어가 원 위치가 된다. 재판은 이것으로 끝이 나고 토끼의 기지에 의해 선비는 목숨을 건지게 된다.[126] 토끼의 지략이 빛나는 모티프이다.

"늙은 호랑이와 토끼"는 호랑이가 배가 고파 토끼를 잡아먹으려 하자 토끼는 나보다 더 맛있는 음식을 먹게 해주겠다고 기지를 발휘한다. 처음엔 구운 조약돌이 무척 맛이 있다고 꾀여 불 속에 달군 조약돌을 먹게 하여 혼을 내준다. 두 번째는 다시 잡히게 되자 토끼는 많은 참새를 마음껏 먹게 해주겠다고 하여 숲에 들어가 호랑이에게 입만 벌리고 있으라고 꾄다. 토끼는 불을 놓아 호랑이를 다시 곤경에 빠뜨린다. 세 번째는 굶주린 호랑이에게 세상에서 제일 맛있는 물고기를 실컷 먹게 해주겠다고 한다. 한겨울 찬물 속에 호랑이 꼬리를 담그게 한 후 물고기를 낚고 있는 것이라고 꾄다. 결국 호랑이의 꼬리는 얼음물 속에서 밤새 얼어붙고 만다. 옴짝달싹할 수 없는 호랑이는 마을 사람들에게 붙잡혀 흠씬 얻어맞아 죽고 만다.[127] 이 또한 토끼의 지혜가 번뜩이는 모티프이다. 대상 작품인 「토끼 나라」에도 비록 변형된 형태의 모티프이지만, 토끼 스스로보다는 토끼 나라에 합류한 김영걸 장군의 기지에 의해 침입자인 늑대와 여우를 차례로 무찌름으로써 토끼

---

126 강재철, 최인학 편역, 앞의 책, 373~376쪽.
127 위의 책, 326~331쪽.

나라의 평화로운 세계의 실현에 기여하는 내용이 전개된다. 이 서사적 구도는 모두 작고 힘없는 존재가 지혜를 발휘함으로써 지혜가 부족하고 힘만 믿고 욕심만 부리는 존재에 대하여 승리를 거둠으로써 행복하고 이상적인 현실을 구현할 수 있다는 전망을 보여주는 화소이다.

영걸이가 토끼 나라에 오자마자 늑대가 침입한다. 영걸이는 기지를 발휘하여 늑대를 속인다. 늑대는 영걸이에게 복통을 치료할 주사를 맞기 위해 밧줄에 묶인다. 토끼들은 영걸이의 명대로 몽둥이로 늑대를 때려 죽게 한다. 이내 다시 여우가 침입해오자 같은 방법으로 여우도 물리친다. 영걸이는 토끼 나라의 영웅이 되어 토끼들의 환호를 받는다. 그러나 토끼들은 이보다 더 무서운 호랑이의 침입을 걱정한다. 이때 정말 호랑이가 침입한다. 영걸이는 마음을 굳게 먹고 호랑이와 대적한다.

이 장면에서 "호랑이와 난쟁이"라는 설화적 모티프가 차용된다. 이 설화는 어느 유능한 포수가 금강산으로 들어가 호랑이를 사냥하려다가 영영 집으로 돌아오지를 못한다. 이에 그의 유복자인 난쟁이가 자라 아버지의 원수를 갚기 위해 몇 년 동안 총 쏘기 연습을 한다. 결국 어머니와 금강산 기슭에 사는 노파의 인정을 받고 산으로 들어가 호랑이와 대적한다. 금강산에서 만난 호랑이의 화신들을 모두 쏘아 죽이지만 정작 아버지를 죽인 호랑이를 찾지 못한다. 난쟁이는 끝내 호랑이들이 모여 사는 집을 발견하고 그들을 총으로 쏘지만 총알이 떨어져 사로잡히는 신세가 된다. 그리고 거대한 대장 호랑이에게 산 채로 삼켜져 호랑이 뱃속으로 들어가게 된다. 그곳에서 아버지의 이름이 적힌 총을 발견하고 이 호랑이가 원흉임을 알게 된다. 또한 그곳에서 혼절한 여자를 보살펴 살린 다음 그녀와 합작하여 호랑이 뱃속에서 호랑이를 공격한다. 가지고 있던 칼을 꺼내 호랑이의 내장을 찌르고 베어내어 고통을 준다. 결국 호랑이는 배가 아파 날뛰다가 부하인 호랑이들마저 모두 물어 죽이고 자신도 쓰러져 죽고 만다. 난쟁이와 여자는 호랑이의 뱃속에서 탈출하여 집으로 돌아온다. 그리고 다시 금강산으로 들어가 호랑이 가죽을 모두 벗겨 와서 그것을 팔아 부자가 된다. 여자도 집으로 데려다주는데 그녀가 곧 정승의 딸이었기에 목숨을 살려준 난쟁이를 정승은 사위로 맞아들여 그 딸과 혼인을 시킨다.[128]

이 설화에서 차용된 부분은 곧 호랑이에게 삼켜 뱃속에서 호랑이와 싸우는 화소이다. 호랑이가 침입하자 영걸이는 호랑이 앞에 서서 사람의 뼈는 날카롭고 굳세어서 함부로 먹으면 큰일을 당한다고 설득한다. 그러나 호랑이는 교만함으로 영걸이를 얕보며 삼켜버린다. 영걸이는 정신을 가다듬고 집에서 가져온 아버지의 주사기와 해부도를 꺼내 호랑이를 공격한다. 주사기에 찔리고 해부도에 내장이 파열된 호랑이는 복통을 호소하며 날뛰다가 땅에 태질 하듯 쓰러져 죽고 만다. 영걸이는 호랑이의 가죽을 칼로 오려내고 빠져나와 토끼들 앞에 영웅의 모습으로 나타난다. 늑대, 여우, 호랑이로 대표되는 악의 사신들을 모두 퇴치하고 진정한 토끼 나라의 영웅으로 탄생하는 장면이다. 영걸이는 토끼들의 환호를 받으며 병을 앓고 있는 토끼들을 찾아 치료해준다. 이제 토끼 나라에는 앓는 환자가 하나도 없다. 토끼들은 달 밝은 보름밤을 맞아 김영걸 장군을 위해 성대한 잔치를 연다. 그러나 영걸이는 집으로 돌아가고픈 생각에 잠겨 다음에 다시 올 것을 약속하고 토끼 나라를 나온다. 돌아보니 수천, 수만의 토끼들이 뒤를 따라 배웅한다.

여기까지가 환상 공간에 해당한다. 엄마가 영걸이를 깨웠을 때 그간의 일이 꿈이었음을 알게 된다. 흰 눈이 많이 내렸다는 엄마의 말에 영걸이는 엄마에게 무수한 토끼들이 뒤따르고 있다고 말한다. 그러나 영걸이는 대문을 연 순간 자신이 대문 안에 있었으며, 뒤를 따르던 토

---

128 위의 책, 190~197쪽.

끼들이 곧 흰 눈이었음을 자각한다. 그리고 토끼가 보낸 네잎클로버의 편지도 찾을 수가 없다는 것을 깨닫는다. 환상 공간에 해당하는 설화적 모티프는 영웅적 서사를 근간으로 하면서 설화적 세계를 지향하고 있다. 즉, 호랑이마저 사라진 토끼 나라에 진정한 평화가 성립된 것이다. 모든 환자가 치료되고 행복한 순간이 펼쳐진 것은 동화적 서사의 행복한 결말에 그치는 것이 아니라 영걸이라는 사람과 토끼라는 동물과의 분리된 존재가 하나로 합일되는 양상을 보여주는 대목이다. 이것이 설화적 모티프를 통하여 설화적 세계를 구현하는 궁극적인 목표이다. 또한 인간 삶의 본질을 추구하는 서정적 세계의 맥락에 수렴되는 구체적 장면인 것이다.

이렇게 설화적 모티프를 활용하여 설화적 세계를 구현하는 서사 형식의 작품은 강소천 창작동화에서 쉽게 발견되는 특징이다. 이외에도 「다시 찾은 푸른 표」[129]에도 옛이야기 형식의 동화로서 설화적 모티프가 차용되어 있다. 나무꾼의 처지에서 어느 노인의 푸른 빛 종이의 표를 받고 이것이 계기가 되어 열심히 일하여 춘길이는 부자가 되고 아내도 얻는다. 훗날 푸른빛의 종이가 변색되자 징표의 효력이 다되었다며 낙심하고 있는 그에게 아내의 현명한 기지가 그를 다시 희망과 용기로 일으켜 세우게 되었다는 이야기이다. 즉, 우부현처(愚夫賢妻)[130] 유형의 설화적 모티프가 차용된 것으로 이 역시 설화적 세계를 통하여 삶의 존재 방식을 제시하고 있는 작품이다.

설화적 모티프 외에도 강소천은 우리 전통의 문화적 수용 차원에서 예로부터 전해 내려오는 전통적 놀이를 통하여 서사화하기도 하였다.

---

129 이 작품은 1958년 『소년생활』 11월호에 첫 발표되었는데 제목이 「푸른 차표」이었다. 그 후 1963년 동화집 『어머니의 초상화』(배영사 간)에 「다시 찾은 푸른 표」란 제목으로 실렸다.
130 이강엽, 『바보설화의 웃음과 의미 탐색』, 박이정, 2011, 13쪽.
　이 유형에 속하는 설화로서 대표적인 것은 "바보 온달과 평강공주설화"이다. 이를 골격으로 하여 유사한 설화로서 바보 신랑과 지혜로운 부인의 설화가 여러 편 전하고 있다.

이 유형도 설화적 세계의 구현을 향한 맥락에서 동심의 세계를 발현하고 있는 것이다. 전통적 놀이 역시 동심의 차원에서 옛 것에 해당되는 것이며, 이러한 놀이는 순수한 동심의 발로로서 인간의 가장 근본적인 삶의 존재 방식이기 때문이다.

앞에서도 다루었던 작품으로 전통 놀이를 차용한 소년소설로는 「삼굿」이 있었다. '삼굿'이란 땅에 구덩이를 파서 '화집'이라고 부르는 일종의 아궁이를 만들어 통나무에 불을 피우고, 그 위에 삼베옷의 원료가 되는 대마 껍질을 얹어 익혀 내는 것을 말한다. 이때 보통 감자, 고구마 등 작물을 화집에 함께 넣어 익혀서 마을 사람들과 나눠 먹던 풍습을 '삼굿구이'라고 하였다. 삼베의 원료인 대마를 수증기로 찌는 공정으로 '삼찌기'라고도 한다. 또한 삼굿은 이때 쓰는 쇠로 만든 큰 통 모양의 용기를 가리키기도 하는데 '삼무지'라고도 부른다.[131] 이를 본받아 아이들이 흉내 내어 물가에서 놀다가 감자나 옥수수를 구워 먹는 것을 '삼굿'이라고 부른 것이다. 이러한 이야기를 강소천은 작품으로 서사화하였다.

이외에도 물고기를 잡는 놀이인 '보쌈' 놀이를 서사화한 편지체 형식의 소년소설 「보쌈」, 바람개비 놀이를 서사화한 「바람개비 비행기」[132] 등도 모두 전통 놀이를 차용하여 동심의 세계를 드러냄으로써 서정적 본질의 근원 정신을 지향하고 있다. 강소천의 작품에는 이렇게 놀이 모티프를 서사 속으로 끌어들여 순수한 동심과 서정 의식을 표출하는 모티프들이 빈번하게 발견된다. 즉, 연 날리기, 씨름, 구슬치기, 눈사람 만들기 등 어린 시절에 즐겼던 놀이들을 모티프로 차용하여 순수한

---

131 네이버 지식백과(https://terms.naver.com)와 한국학중앙연구원(http://www.aks.ac.kr), 한국향토문화전자대전(http://www.grandculture.net)의 내용을 참고하였음.
132 이 작품이 어디에 발표되었는지 정확한 연도와 발표지는 알 수 없으나 이 작품이 처음 수록된 곳은 1958년에 출간한 『인형의 꿈』(새글집 간)에 수록되어 있다.

동심과 함께 인간의 원초적인 세계로 회귀하고자 하는 의지가 여러 작품 속에서 드러나 있다. 이 또한 설화적 세계를 지향하는 서정적 본질과 부합하는 차원에서 이해될 수 있는 대목이다.

(2) 꿈, 환상의 차용

창작동화에서 환상의 표현은 필수적 조건이 된다. 환상이란 물리적 현실과는 구별되는 무의식의 세계 즉, 심리적 현실이 우세한 상태를 의미한다. 여기에서 "심리적 현실은 일상세계에서는 수면 밑에 잠겨 있지만 일상의 규범이 비일관성을 드러내는 틈새에서는 전복적인 힘으로 활성화된다. 합리적 규범과는 다른 방향으로 (세계와) 작용하는 그런 심리적 현실에 근거해 일상 현실의 균열의 틈새를 메우는 이미지들"이 바로 환상이다.[133] 이렇게 환상을 합리적 현실의 균열이 일어난 틈새에서 활성화되는 무의식적 욕망으로 간주할 때 심리적 현실은 곧 객관적인 현실과 상호작용한다. 환상은 단순한 무의식적 상상으로 치부되는 것이 아니라 합리적인 현실과 서로 교섭하면서 생성되는 이미지이다. 이때 합리적 현실의 균열로 인하여 틈새가 생기고, 여기에서 분출된 심리적 현실과의 관계 현상을 나병철은 라캉의 용어를 빌려 '실재계와의 교섭'[134]이라고 말하고 있다. 규범과 형식으로 개념화할 수 있는 합리적 현실이 상징계를 의미한다면 상징계의 외부에 있는 영역 즉, 규범을 초월하는 무의식의 영역이 실재계라는 것이다. 이 실재계의 핵심을 곧 리얼리티라고 한다. 환상은 리얼리티의 핵심과 교

---

133 나병철, 『환상과 리얼리티』, 문예출판사, 2012, 22쪽.
134 나병철에 의하면 합리적 규범이 지배하는 현실을 상징계라고 하고 그 대립되는 개념으로서 실재계라는 용어를 사용한다. 실재계는 일상현실에서 잘 재현되지 않지만 인간과 사물의 기(氣)가 운동하는 핵심적 영역이라고 한다. 그러나 이 실재계가 반드시 현실과 상반되는 것은 아니다. 이 실재계는 현실의 최종 토대로써 작용한다고 주장하고 있다.

섭한다는 점에서 현실에 토대를 두고 있다. 여기에서 무의식은 삶의 현실과 무관한 것이 아니라 합리적인 현실과의 관계를 맺고 상호 작용을 하면서 환상적 이미지가 생성되는 것이다.

일상 현실의 갈등 지점에서 무의식적 욕망 즉, 실재계와의 교섭을 통하여 삶의 희망을 모색하는 환상을 '미적 환상'[135]이라고 한다. 이러한 서사적 구조는 특히 소설문학에서 더욱 두드러진다. 이에 비해 창작동화에서 표현하는 환상은 소설문학에서 구사하는 '미적 환상'과 다소 차이를 드러낸다. 다음의 인용문은 그 차이와 공통점을 분명히 밝혀주고 있다.

미학적 환상은 한편으로 현실(상징계)의 균열과 연관이 있으며, 다른 한편 실재계와의 교섭을 통한 소망의 표현과 관련된다. 실재계가 리얼리티의 중핵이라고 할 때, 두 측면 모두에서 환상은 리얼리티의 표현과 생성에 긴밀히 연관된다. 환상은 비현실적인 것 같지만 현실보다도 리얼리티를 지니며, 현실에 대한 관심이 커질수록 더 복잡하고 흥미로운 이미지로 연출된다.

그에 반해 동화와 판타지 소설은 일차적으로는 리얼리티의 표현과 직접 연관을 지니지 않는다. 미학적 환상이 비현실적인 동시에 리얼리티의 표현인 것은 실재계와의 교섭을 암시하기 때문이다. 반면에 동화와 판타지 소설은 (현실의 중핵인) 실재계와의 교섭보다는 무의식적 본성의 세계를 표현하는

---

135 위의 책, 27~29쪽.
미학적 환상은 실재계에 접촉하면서 무의식적 욕망을 통해 그 말할 수 없는 상처와 교류한다. 즉, 미학적 환상은 실재계적 외상을 감추는 것이 아니라 그것을 근거로 더 나은 삶을 향한 소망을 암시한다. 미학적 환상은 상징계를 위협하는 실재계적 경험을 통해 '더 나은 삶'에 대한 소망을 암시한다. 그리고 그런 방식으로 단순한 꿈이나 백일몽을 넘어선다. 여기서도 실재계에 접촉하는 환상은 새로운 삶을 향해 움직이는 역동적 현실을 떠받치는 토대로서 작용한다. 즉, 오늘날 미학적 환상은 텍스트를 넘어서서 거리로 흘러넘치고 있다. 그것이 가능해진 것은 환상이 개인의 차원을 넘어서서 소통과 유대의 욕망을 교류하는 방식을 취하고 있기 때문이다. 아마도 촛불시위가 그 대표적인 예일 것이라고 서술하고 있다.

데 더 관심을 갖는다. 미학적 환상이든 동화적 판타지든 환상은 결국 화해의 소망의 표현과 연관된다. 우리의 무의식적 본성이란 그런 화해의 암호로서 자연과 닮으려는 욕망에 다름이 아닐 것이다.[136]

인용문에서 주장하는 바에 따르면 미학적 환상과 창작동화에서의 환상의 큰 차이는 리얼리티의 표현으로서 실재계와의 교섭을 핵심 원리로 삼느냐, 그렇지 않느냐에 달려 있다. 즉, 창작동화에서는 현실을 토대로 한 실재계와의 교섭에 초점을 두지 않는다. 그보다는 무의식적 본성의 표현에 주안점을 둔다. 이렇게 차이점을 보이지만 결국 미학적 환상과 창작동화의 환상은 양쪽 모두 자연을 닮으려는 욕망으로서 화해의 소망을 추구한다는 점을 강조하고 있다. 하지만 창작동화에 대한 이러한 주장은 일부 수긍할 수 있는 부분도 있지만, 다소 편협한 사유에 머물고 있음을 지적하지 않을 수 없다. 위의 인용문에서 밝히고 있는 창작동화의 환상은 보다 판타지적 요소가 짙은 모험담이나 여행담에 들어맞는 논리이다. 창작동화에서 다루는 환상의 경우 이렇게 특정의 한정된 유형의 서사 구조만 다루지 않는다. 동화 작가들마다 다루는 환상적 특징이 다양하고, 환상을 통하여 구성하는 서사적 유형 또한 가변적이다. 예를 들자면 동화 작가 마해송이 사용한 환상의 경우 알레고리 내지 풍자적 환상으로 분류할 수 있으며, 김요섭의 경우 낭만주의 정신을 강조하는 상상력의 확장으로 자유에의 동경과 감정이입에 의한 역동적 환상을 다루고 있기 때문이다.[137]

이렇게 볼 때 창작동화의 경우 작가가 환상적 요소를 어떠한 미학적 관점에서 다루느냐에 따라 현실의 핵심인 리얼리티의 표현에 접근하기도 한다. 즉, 무의식의 욕망이나 본성만을 추구하는 것이 아니라, 소

---

136 위의 책, 63쪽.
137 김명희, 앞의 논문, 72~132쪽.

설문학에서 다루는 미학적 환상으로서의 현실적 리얼리티의 생동감 있는 표현에는 미치지 못하겠지만, 일정 부분 현실의 핵심인 리얼리티와 관련을 맺는 환상을 구현한다는 점은 간과할 수 없는 사실이다.

강소천이 창작동화에서 다루고 있는 환상의 형식은 대체로 꿈의 표현으로 전개된다. 그러니까 강소천의 환상은 곧 꿈의 구조라고 해도 과언이 아니다. 그런데 이 환상으로서의 꿈은 주로 현실의 생활과 직·간접적으로 관련을 맺고 있다. 이에 대해서 김명희는 "강소천 동화에서의 꿈은 어떠한 것을 표방하더라도 현실의 생활에서 선택되어지기 때문에 작가의 문제 의식과 관련이 있다."[138]라고 전제하고 있다. 김용희 또한 "강소천 동화의 꿈은 6·25라는 참혹한 현실을 배경으로 하는 수난의 상상력에 기반을 두고 있다."[139]라고 하여 현실과 무관하지 않음을 주장하고 있다.

지금까지 강소천의 문학을 주목한 연구자들은 소년소설보다 창작동화에 집중한 것이 사실이다. 그것은 강소천이 창작동화에서 구사한 환상적 표현에 관심이 모아졌기 때문인데 실제로 강소천은 꿈을 활용하여 개성적이고 독특한 환상의 형식을 창출해내고 있다. 특히 그가 표현한 환상성은 당대 현실의 상황을 근거로 하여 서사적 맥락을 구조화함으로써 환상적 차용과 서사성이 절묘하게 조합을 이루면서 작품의 특성을 드러내고 있는 것이다. 즉, 강소천의 창작동화에서 표출된 환상성은 주로 무의식적 욕망을 근간으로 하는 판타지 동화의 모험이나 여행적 환상과는 거리가 있다. 그가 차용한 환상은 일상의 현실과 환상적 세계를 넘나들면서 서정적 통과제의를 경험하거나 자연과의 교감을 추구하는 환상의 형식과 내용을 드러낸다. 이는 단순한 자연에 대한 동경이나 체험적 의미의 표현과 관련되는 것이 아니라 그보다는

---

138 위의 논문, 86쪽.
139 김용희, 「강소천론 ―소천 동화에 나타난 꿈의 상징성」, 앞의 논문, 226~227쪽.

인간의 근원적인 삶의 존재 방식과 직결되는 상징적 의미가 된다. 곧 그것은 작가가 구현하는 하나의 미학적 관점으로서 서정적 환상 미학의 실체를 보여주는 것이기도 하다.

「빨강눈 파랑눈이 내리는 동산」[140]에는 현실과의 관계성은 다소 미약하지만 자연과 교감하는 서정적 환상이 잘 드러나 있다. 이 작품은 환상으로 진입하는 것이 꿈의 구조로 이루어져 있지는 않다. 강소천의 작품 중에서 환상의 형식을 취할 때 대부분이 꿈의 구조를 통하여 환상성을 드러내는데 이 작품은 예외에 속한다. 꿈의 구조가 서사 전면에 노출되지 않고 작품 그 자체로서 환상적 형태를 구현한다.

눈은 하늘의 달님과 또 수많은 아기별들이, 땅 위에 사는 수많은 어린이들에게 보내 주는 반가운 겨울 소식입니다. 봉투도 우표도 없는 조그마한 한 장 한 장의 꼬마 편지, 학교에 가서 배워야 하는 어려운 글자, 이 나라 어린이와 저 나라 어린이가 서로 알아 듣지 못하는 말, 그런 어려운 말을 그런 어려운 글자로 적을 필요가 어디 있겠어요. 더구나 하늘 나라 아기별들의 말과 땅 위의 어린이들의 말이 어떻게 서로 통할 수 있겠어요. 그러기에 아기별들의 편지는 간단합니다. 글씨도 쓸 필요가 없습니다. 조그만 흰 종이 한 장 한 장 그것 뿐입니다.

땅 위에 아이들은 그 조그만 편지를 받아들고 좋아서 어쩔 줄을 모릅니다.

밤새도록 한 장 두 장 보내주는 반가운 소식에 아이들은 잠을 이루지 못하기도 합니다. 하얀 편지는 곧잘 꿈까지를 함께 보내기도 합니다.

—「빨강눈 파랑눈이 내리는 동산」 부분[141]

---

140 이 작품은 1953년 『어린이다이제스트』 1월호에 처음 발표되었다가 같은 해에 출간된 동화집 『꽃신』(한국교육문화협회)에 수록되었다.
141 「빨강눈 파랑눈이 내리는 동산」, 『꽃신』, 앞의 책, 90~91쪽.

이 작품의 서두 부분이다. 이 부분은 앞에서도 일부가 인용된 바 있지만, 작품 초입부터 시적인 은유를 표출하고 있다. 즉, 눈은 흰 편지로 은유화되어 있는 것이다. 하늘나라에 사는 달과 별이 땅위에 사는 어린이들에게 보내는 편지가 흰 눈인 것이다. 기호화되고 형식화된 언어적 세계는 합리적인 규범이 지배하는 성인의 세계로 표상된다. 이 세계는 질서정연하고 규칙화되어 획일적인 조직 체계의 합리성을 도모하지만 결과적으로 유한성을 지닌 인간의 세계이다. 상징화된 언어적 기호화는 규범적 통제 안에서만 가능하다. 그러나 인용된 이 대목은 이러한 현세적 규범성을 초월한다. 활자화된 편지로써 소통하는 것은 상징계의 세계가 된다. 이러한 언어적 기호성이 무화된 채 직관적으로 소통할 수 있는 세계는 곧 심리적 현실의 세계인 것이다. 그저 흰 눈이 매개가 되어 하늘의 자연물과 지상의 사람이 대화할 수 있다는 것은 제약된 현실적 삶을 초월한 무의식적 세계에 해당한다. 이렇게 비언어적인 매개체인 흰 눈은 그 어느 고도화된 기호적 언어보다 의미 있는 직관의 언어가 된다. 서정적 세계에서는 이러한 순수하고 근원적인 신의 언어와 같은 의미 체계를 지향한다. 그리고 이 흰 눈은 곧 사람과 자연을 교감하도록 하는 생명의 언어요 가장 순수한 기호인 것이다. 이것이 동심의 세계이다. 이 작품의 주인공인 덕재는 하늘에서 보내온 흰 눈 편지를 보고 그 경치에 경탄한다. 그리고는 순진한 욕망을 드러낸다. 겨울에 내린 흰 눈은 왠지 쓸쓸하다는 생각에 다양한 색깔의 눈도 있었으면 좋겠다는 소망을 드러낸다. 그는 "빨강 눈 파랑 눈을 내려 주시오. 장덕재."라는 글귀를 써서 흰 눈 내린 언덕에 먹으로 적어놓는다. 이 부분까지는 환상적인 서사라고 할 수 없다. 그런데 덕재가 달님에게 이런 편지를 보낸 뒤 환상적인 현실이 펼쳐진다.

　―덕재야, 네 편지 잘 읽었다. 그럼, 네 소원대로 빨강눈, 파랑눈을 내려 주

마. 보름달—

덕재가 편지를 읽자, 눈은 곧 녹아져 버렸읍니다. 글씨도 곧 사라져 버렸읍니다. 그러자, 곧 하늘에서 파랑눈이 내리기 시작했읍니다. 금잔디가 봄날 같이 파릇파릇 물들여 졌읍니다. 뼈만 남은 앙상한 나무 가지에 파란 잎이 달렸읍니다. 눈 깜작할 동안 금박 봄동산이 된 셈입니다.

파랑눈이 그치자 이 번엔 새노란 눈이 푸뜩푸뜩 내리기 시작했읍니다. 푸른 잔디 여기 저기에 예쁜 민들레꽃이 피었읍니다. 저 쪽 덩굴엔 개나리꽃이 전등을 켠 것처럼 화안했읍니다. 노랑눈이 그치자 이번엔 보랏빛 눈이 내리기 시작했읍니다. 여기 저기 앉은방이꽃이 막 펴 났읍니다. 그 담엔 빨강눈이 내리니 가지 각색 이름 모를 꽃들이 막 펴 났읍니다.

덕재는 얼빠진 사람처럼 사방을 휘휘 돌아보았읍니다. 정말 이렇게 아름다운 꽃동산은 처음입니다.

한 송이 두 송이 내려오는 노랑눈은 곧 예쁜 나비가 되는 것이 아니겠읍니까. 그 눈을 맞은 새들은 곧 새노란 꾀꼬리가 되고 또 뻐꾸기도 되어 즐거운 봄노래를 불렀읍니다.

"꾀꼴, 꾀꼴!" "뻐꾹. 뻐꾹!"

덕재의 손엔 어느새 버들피리가 쥐어 졌읍니다.

—「빨강눈 파랑눈이 내리는 동산」 부분[142]

덕재의 소원을 보고 보름달은 이내 응답을 한다. 그것은 환상적인 방식으로 덕재의 소원을 들어준다. 흰 눈이 다시 다양한 색깔의 눈으로 변하여 내린다는 것은 비현실적 상황인 것이다. 흰 눈은 곧 파란 눈으로 바뀌어 내리더니 푸른 잔디가 자라고 나뭇가지에 파란 꽃잎이 돋아난다. 그러더니 파란 눈은 노란 눈으로 바뀌어 내린다. 이제는 푸

---

[142] 위의 책, 92~93쪽.

른 잔디 위에서 민들레꽃과 개나리꽃이 피어난다. 다시 보랏빛 눈으로 바뀌더니 앉은뱅이 꽃이 피어나고, 빨간색 눈이 내리더니 갖가지 이름 모를 꽃들이 피어나 봄동산을 화려하게 수놓는다. 그리고 노란 눈을 맞은 새들은 꾀꼬리가 되고, 뻐꾸기가 되어 노래를 부른다. 주인공인 덕재도 신이 나서 버들피리를 만들어 분다. 이 서사적 상황만 보아도 그 자체로 시가 된다. 이렇게 보면 이 작품에서 발현된 환상적 세계 또한 시적 환상에 해당한다. 또한 흰 눈은 은유화되어 형형색색의 꽃들로 치환되어 있다. 다양한 빛깔의 눈은 꽃으로만 치환되는 것이 아니라 나비와 새로 치환되면서 봄의 생명체를 완성하고 있다. 이것은 곧 자연과 동일화되는 모습을 보여주는 것으로 '대상과 하나가 되기 위해 경계를 초월하는 초월성의 생명의식'[143]까지 내포한다. 이렇게 자연과 교감하면서 동일화를 꾀하는 서사 방식에 의해 서정적 환상이 꾸며지고 있는 것이다.

단편 창작동화 「꿈을 찍는 사진관」[144]에는 자연과의 교감을 통하여 일상적이고 세속적인 삶을 넘어서려는 삶의 의지가 환상적 이미지를 중심으로 부각되어 있다. 이 작품은 꿈속에 또 다른 꿈이 배치되어 있어서 꿈의 이중 구조를 이루고 있다. 현실에서 작품이 시작되었다가 꿈이라는 환상으로 진입하고, 다시 꿈을 깨면서 현실로 돌아오는 서사 구조를 취한다. 환상으로 진입하는 통로가 꿈이지만 꿈의 경계가 서사의 표면에 드러나지는 않는다.

봄볕이 따사한 어느 날 주인공인 '나'는 그림 그릴 도구를 챙겨 산에 오른다. 풀밭에 앉아 그림 그리기에 몰두하려는데 한 달 남짓 일찍 핀 살구꽃이 눈에 들어온다. 이를 신기하게 여겨 주인공은 그곳으로

---

143 조준호, 앞의 논문, 68쪽.
144 이 작품은 1954년 『소년세계』 3월호에 처음 발표되었다가 같은 해 6월에 홍익사에서 단행본으로 출간되었다.

다가간다. 구체적으로 꿈을 예시하는 낱말이 드러나 있지는 않지만 이 신기한 살구꽃 나무를 접하는 것으로부터 꿈이라는 환상 안으로 진입하는 통로로 보아도 무방하리라 본다. 살구꽃 나무 밑줄기에는 "꿈을 찍는 사진관으로 가는 길"이라는 안내판이 붙어 있다. "동쪽으로 오리"라는 표지를 보고 가보았지만 사진관은 나타나지 않고 작은 집 한 채가 서 있고 사진관을 옮겼다는 내용으로 "남쪽으로 오리"라는 표지판이 붙어 있다. 안내판대로 그 지점에 당도하니 이번엔 "서쪽으로 오리"라는 말로만 바뀌었을 뿐 또다시 작은 집이 나타나 이전했음을 알린다. 마치 마법에 홀려 미로를 찾아 헤매듯 탐색담의 구조를 띤다. 이 자체가 신비스러움을 조성하면서 환상적 분위기를 자아낸다. 또한 이에 그치지 않고 사진관에 당도하자 숲 속 깊은 산 중에 커다란 양옥집 건물의 사진관이 나타난다. 이곳은 마치 여관처럼 많은 방이 배열되어 있다. 즉, 한 달이나 일찍 핀 살구꽃부터 일상적인 사건과는 달리 신기함을 자아내면서, 사진관으로 가는 길마저 일상적인 경로와는 사뭇 다른 분위기를 연출하고 있다. 주인공이 어렵게 사진관에 도착하자마자 다시 한 번 신기함에 놀란다. 숲 속에 자리한 양옥집과 많은 방들로 채워져 있기 때문이다. 게다가 주인 또한 범상치 않아 보이는 파란 가운을 입은 신사인데다 건물의 천장이며 벽이 온통 새하얀 빛으로 꾸며져 있는 것이다. 이러한 서사적 장치들은 작품에서 일상적 공간과 구별하기 위한 환상적 이미지의 구현에 따른 것이다.

이 작품에 나타난 환상적 서사의 핵심 요소는 우리가 꾸는 꿈을 사진에 담을 수 있다는 것이다. 사람의 외형을 찍은 사진은 우리 추억의 일부만 보여줄 수 있지만, 우리가 그립고 보고파하는 사람과 만나는 장면을 자유롭게 꿈으로 남길 수 있다는 것이다. 이에 주인공도 꿈 꾼 장면을 찍어 인화하기 위해 꿈의 내용을 적는다.

> 살구꽃 활짝 핀 내 고향 뒷산 ─ 따사한 봄볕을 쪼이며, 잔디 위에서 같이 놀던 순이, 노랑 저고리에 하늘빛 치마 ─ 할미꽃을 꺾어 들고 봄노래 부르던 순이, 오늘 밤 정말 우리는 만날 수 있을가?

아직 해가 지기엔 시간이 좀 남아 있는지 모릅니다. 그러나, 내가 글 쓴 종이를 가슴에 품고 방바닥에 눕자, 방은 그만 캄캄해 졌습니다.

참말 신기한 일입니다. 그러나, 나는 잠이 오질 않았읍니다. 샘처럼 솟아오르는 지난 날의 추억들.

정말, 내가 민들레와 할미꽃을 좋아 하는 까닭은 순이 때문인지도 모릅니다.

순이의 그 노랑 저고리가 어쩌면 그 때 내 마음에 그렇게도 예뻐 보였을가요?

"순이! 오늘은 정말 네게 꼭 해야 할 말이 있어. 감추려고 했지만, 역시 알려 주는 게 좋을 거야. 그렇지만 순이, 울어서는 안 돼! 응?"

"무슨 얘기냐? 어서 말해 줘!"[145]

─ 「꿈을 찍는 사진관」 부분[146]

열두 살 때 동갑내기인 순이에 대한 감정과 분단으로 인하여 헤어지게 된 아쉬움을 묘사한 대목이다. 주인공인 '나'가 가장 그립고 보고 싶은 사람과 만나는 장면을 꿈으로 현상하고자 하는 소망이 담겨 있다. 주인공에게 있어서 순이는 노란 저고리와 파란 치마를 입은 모습으로 가장 아름다운 이미지로 남아 있다. 즉, 순이의 모습은 민들레와

---

145 『꿈을 찍는 사진관』, 홍익사, 1954, 33~34쪽.
146 위의 책, 33~34쪽.

할미꽃으로 치환되어 자연의 사물과 동일화되어 있다. 또한 꿈의 입구로 상징화되었던 살구꽃은 인용문에서 제시되었듯이 그의 고향 마을로 전이되어 있다. 여기에서 살구꽃은 그의 고향 마을을 암시했던 것이다. 고향 마을 및 순이와의 만남은 분단으로 인하여 현실에서는 불가능한 일이다. 이러한 일상을 넘어서기 위해서는 환상적인 방식에 의해서만 가능하다. 꿈의 순간을 사진으로 현상한다는 것은 현실적인 방식이 아니라 비현실적이며 일상에 대한 초월적인 사유에 해당한다. 특히 이러한 그리움의 대상이 꽃의 자연적인 이미지로 대체되면서 자연물과의 교감을 시도한다. 이것이 바로 서정적 환상의 핵심이 된다. 그리고 이 서정적 환상은 곧 아름다운 가치를 추구하는 미학적 본질에 속한다. 불가능한 일상의 현실에서 환상적 방식을 통하여 일상을 넘어서서 그리움을 완성한다는 것은 가장 순수한 가치의 미학적 순간에 접근하는 것이다. 이렇게 보면 이 작품은 무의식적 욕망을 드러내는 차원으로 이해될 수 있다. 그러나 이 작품에서는 이에 머물지 않고 순수한 아름다움은 곧 자연과 교감하면서 자아가 확장되는 순간을 경험하게 된다. 즉, 자아의 확장을 통하여 주인공은 보다 성숙된 인식에 이르게 된다.

　내가 사진관 주인에게 아직 채 마르지도 않은 사진 한 장을 받아 들었을 때 나는 깜짝 놀라지 않을 수가 없었읍니다.
　그것은 순이와 나의 나이의 차이였읍니다. 실지 나이로는 순이와 나는 동갑입니다. 그런데 사진에는 여덜 해나 차이가 있는 게 아닙니까?
　순이의 나이는 열 두 살 그냥 그대로인데 나는 지금의 나이 스므 살이니까요. 그 동안 나만 여덜 해 나이를 더 먹은 것입니다.
　생각하면, 그도 그럴 수 밖에 없는 일입니다.
　사실 순이도 북한 땅 어디에 그냥 살아 있다면 꼭 내 나이와 같을 게 아닙니까. 그러나, 나는 그 뒤의 순이를 본 적이 없읍니다.

내 마음 속에 살아 있는 순이는 언제나 열 두 살 그대로입니다.

스므 살―스므 살이면, 제법 처녀가 되었을 순이 머리채를 츠렁츠렁 따았을까? 제법 얼굴에 분을 발랐을지도 몰라. 지금은 노랑 저고리와 하늘빛 치마가 어울리지 않을까?

모처럼 찍어 준 꿈 사진도 그런걸 생각하니 우습기 짝이 없읍니다.

그러나, 내게 있어서는 이게 제일 귀한 보물이 아닐 수 없지요. [⋯중략⋯]

내가 처음 앉았던 뒷동산에 와 앉아 다리를 쉬며 가슴 속에 간직했던 사진을 끄냈을 때, 나는 또 한 번 놀라지 않을 수가 없었읍니다.

분명히 내가 넣었던 곳에서 꺼냈는데 내가 사진관에서 받아든 순이와 같이 찍은 사진이 아니었읍니다. 그것은 내가 좋아 하는 동화집 갈피 속에 끼여 있던 노오란 민들레꽃 카아드였읍니다.

―「꿈을 찍는 사진관」 부분[147]

주인공인 '나'는 현상된 꿈의 사진을 보고 놀라게 된다. 그것은 순이와 주인공 자신의 나이 차이 때문이다. 순이와 주인공은 여덟 해나 차이 나는 것이다. 순이와 헤어진 지 여덟 해가 지났다는 것을 의미한다. 주인공의 마음속에 남아 있는 아름다운 순이의 모습은 열두 살 때의 순간인 것이다. 그 자체로 아름다운 것을 나타내는데 이것은 시간이 멈춰버린 무시간성을 의미하는 것으로 서정적 순간의 특징인 것이다. 결국 주인공은 성장한 자신의 모습과 동갑인 성장한 순이와의 현재적 모습에 아름다운 가치가 있다는 것을 인식하는 것이 아니라 과거의 추억 그 자체로서 아름다운 의미가 있다는 것을 깨닫게 된다. 이것은 주인공의 미성숙한 의식으로부터 삶의 가치를 새롭게 깨닫는 순

---

147 위의 책, 36~37쪽.

간이다. 현실에서의 간절한 소망을 확장된 자아의 발현으로서 현실을 직시하면서 과거 추억의 아름다움을 내면으로 수용하고 승화하는 성숙된 과정을 보여주고 있다. 이러한 성숙의 과정과 결정은 결국 마지막 문단에 현현되어 있는 것처럼 꿈의 장면을 현상한 사진에 주목하는 것이 아니다. 이것은 바로 주인공이 제일 좋아하는 책 속의 '민들레꽃 카아드'였다는 꿈을 깬 현실에서의 깨달음에 있다. 이 부분은 꿈을 깬 허무감이나 일장춘몽을 의미하는 것이 아니라 다시 한 번 아름다운 주인공의 옛 추억 속 순이의 모습을 민들레꽃이라는 자연물과 교감시키면서 동일화된 장면을 드러내는 것이다. 즉, 주인공의 추억 속에 살아 있는 순이와의 우정은 여전히 그 자체로서 아름다운 가치를 갖는다. 그리하여 꿈을 깬 후에도 민들레꽃카드로 이미지화되어 소중한 가치로 남아 있음을 보여주는 것으로 현실의 갈등과 과거의 추억이 화해하는 대목이다. 과거의 추억을 되새겨보고 아름답고 순수하며 소중한 가치로 인식하면서 내면의 성숙을 꾀하게 된다. 이러한 과정이 자연과의 교감과 자아의 확장을 통하여 서정적 환상으로 구조화되어 있다.

장편 형식의 창작동화 「잃어버렸던 나」에는 서정적 환상의 변형된 형식이 차용되어 있다. 「빨강눈 파랑눈이 내리는 동산」에서는 자연과의 교감을 통하여 생명 의식이 표출되어 있었으며, 「꿈을 찍는 사진관」에는 자연과의 교감을 꾀하면서 자아의 확장을 통한 현실적 깨달음이 표현되어 있었다. 이 작품에서는 서정적 환상을 축으로 하여 서정적 서사물에서 주로 사용되고 있는 신화적 환상과 동양 사상적 환상이 부분적으로 혼재되어 나타난다. 이러한 환상의 종류는 분명하게 구별되기도 하지만, 이 작품의 서사적 맥락에서 보면 중첩된 형태로 나타나는 경향을 보인다. 우선 이 작품에서 환상 세계로 들어가는 통로는 분명한 경계를 드러낸다. 주인공인 영철이는 봄볕이 따사한 오후

324

동화책 한 권을 들고 뒷산에 오른다. 잔디에 누워 책을 읽는데 어디선 가 아름다운 새소리가 들려온다. 새 소리가 나는 쪽으로 걸어 간 영철 은 새를 잡고 싶은 욕심이 생겨 돌을 들어 새를 향하여 던진다. 그러 나 돌은 나무에 맞고 튕겨져 나와 영철이의 이마를 때린다. 그 순간 영철이의 머리가 아찔해지며 기절하고 만다. 잠시 후 깨어보니 영철이 의 몸은 영철이가 아니라 이미 죽은 사람인 만수라는 아이의 몸으로 변해 몸이 바뀌었음을 알게 된다.

새소리에 이끌려 갔다가 새를 잡고 싶은 마음에 돌을 던져 되돌아온 돌에 맞은 순간부터 환상적 세계로 들어가게 된다. 여기에서 말하는 환상적 세계는 판타지의 세계로 일컫는 2차 세계와는 구별된다. 1차 세계와 2차 세계의 차이는 우선 '시·공간'을 달리 하여 구성된다. 그 리고 또 한 가지 차이는 '경이감'이다. 즉, 놀라움을 줄 수 있는 사건 이 있어야 하는 것이다. 이것이 판타지 세계에서 현실의 세계와 구별 되는 즉, 1차 세계와 2차 세계의 가장 기본적인 차이의 기준이 된다.[148] 이 작품에서 드러난 환상의 세계는 2차 세계로서의 공간으로 보기에 는 위의 기준에 다소 미흡함이 있다. 일단 환상 공간에 나타난 시·공 간은 환상 이전의 현실과 별반 다르지 않다. 1차 세계의 현실적 시·공 간이 연장되어 전개되는 형태이다. 다만 주인공인 영철이의 몸이 죽은 아이인 만수로 바뀐 점이 다를 뿐이다. 그리고 환상의 세계 또한 경이 감을 줄 만큼 사건의 변화가 크지는 않다. 강소천의 창작동화에서 나 타난 대부분의 환상적 서사가 이런 특성을 드러낸다. 이것은 이미 언 급한 바 있듯이 현실에 토대를 두고 환상이 전개되기 때문이다.

영철은 자신의 몸을 잃어버리고 만수의 몸으로 바뀐 상태에서 집으 로 가보지만, 누이 동생인 영자와 어머니는 몸이 바뀐 영철이를 알아

---

148 조태봉, 「판타지를 바라보는 장르론적 입장」, 한국아동청소년문학회 엮음, 『한국 아동청소 년문학장르론』, 청동거울, 2013, 246~248쪽.

보지 못한다. 그저 다른 아이로 대해주는 것이다. 영철은 더 이상 설득하는 것을 포기하고 집을 나와 거리를 걷는다. 거리에서 만난 아이들을 통해 자신의 몸이 신문팔이를 하던 만수라는 죽은 아이의 몸으로 바뀌었다는 사실을 알게 된다. 영철은 이때부터 자신의 몸을 되찾기까지 온갖 고초를 겪게 된다.

이 과정에서 자신이 영철이의 몸으로 살 때 과연 어떤 아이였는지 만나는 사람들에게 객관적인 평가를 받는다. 친구 정훈이는 몸이 바뀐 영철이를 전혀 알아보지 못한 채 영철이를 앞에 두고 그의 장단점을 말해준다. 정훈이가 말하는 영철이는 자기 고집이 너무 강하며, 친구들을 주먹으로 윽박지르는 성미의 단점을 지녔다는 것이다. 이 말을 들은 영철이는 좋은 점을 물어본다. 정훈이의 말에 의하면 그래도 영철이는 친구들이 어려울 때 나서서 싸워주는, 불의를 보고는 못 참는 친구라는 장점도 지녔다고 한다. 영철은 거리에서 만난 할아버지의 도움으로 숙식을 해결하며 구두닦이로 나서기도 하지만, 자신에 대해 더 자세히 알아보기 위하여 영철이의 친구로 위장하고 고모집을 찾아 자신의 평가를 받는다. 집을 나가 돌아오지 않는 영철이를 찾으러 왔다며, 고모에게 영철이의 친구라고 속인 후 그에 대한 생각을 고모에게 묻는다. 고모 또한 영철이는 고집이 세어 제가 하고 싶은 대로만 하는 성향이 있다는 이야기를 해준다. 그리고 너무 고생을 하지 않고 온실 속에서 만 자라 어려운 세상을 어떻게 헤쳐 나가야 할지 모르겠다는 걱정을 하며, 유명한 사람들은 모두 고생을 경험했다는 이야기를 들려준다.

영철이는 고모집 산을 올랐다가 새 소리를 듣고 자신의 잘못함을 뉘우친다. 즉, 자신의 몸이 바뀐 것은 새를 잡으려 했기 때문이라고 생각하며 집 근처 마을 뒷산에 올라 새집을 지어주고 먹이도 모아주어야겠다고 다짐한다. 영철이는 고모집을 나와 기차를 타고 돌아와 우선

잠 잘 곳을 마련한 다음 집에 부모님께 편지를 쓰겠다고 마음먹는다. 신문 광고와 라디오에 영철이를 찾는 안내가 계속 나오고 있기 때문이다. 영철이는 역 부근에서 구두를 닦는 인호와 명수라는 소년을 만나 같이 기거하며 구두닦이의 일을 시작한다. 그 일을 하며 구두닦이 생활의 고난을 직접 체험한다. 그리고 어머니께 자신이 영철이임을 증명하는 사안들을 조목조목 적어 편지를 보낸다. 우체국에서 자신의 집에 세 들어 살던 할아버지를 만나게 된다. 그 할아버지는 영철이가 도둑 누명을 씌워 집에서 쫓겨나게 한 사람이기도 하다. 영철이는 할아버지에 대한 자신의 행동이 잘못이었음을 깨닫는다. 영철이는 산에 오를 때 가지고 갔던 동화책을 찾으면 영철이 자신을 증명할 수 있는 물건이 되리라 생각하고 다시 뒷산에 올라 그 동화책을 찾는다. 그 책을 찾았을 때 무언가 코허리를 때리는 것이 있었고 다시 정신이 아찔함을 느낀다. 그 자리에 쓰러졌던 영철이는 새소리를 듣고 깨어나게 된다. 이 순간 만수의 몸은 사라지고 영철이 자신의 몸을 되찾게 된다. 그러니까 돌에 이마를 맞는 순간 환상의 입구로 들어갔다가 그 장소에 다시 찾아와 같은 부분을 무언가에 얻어맞고 환상의 출구로 나오게 된 것이다.

이 작품의 환상적 세계도 꿈의 구조로 되어 있다. 영철이의 몸을 되찾은 다음 집으로 돌아왔을 때 어머니도 영철이가 겪었던 몸바뀜의 스토리와 유사한 꿈을 꾸었다고 말한다. 비록 영철이가 겪은 사건과 다소 다른 내용이지만 몸바뀜의 이야기가 중심을 이루고 있다. 여기에서 몸바뀜의 사건은 우리 설화에 많이 나오는 변신이나 둔갑술의 모티프로서 신화적 환상의 근거가 된다고 할 수 있다. 서정적 환상의 경우는 자연과의 교감을 드러내기도 하지만, 자연과의 직접적 교감 외에도 자연의 정령이나 요정을 통하여 교감을 조장하기도 한다. 이는 특히 미성숙한 존재를 대상으로 하는 어린이나 청소년 서사에서 주로 나타나는 현상이기도 하다. 강소천의 작품에서는 이 자연의 정령이나 요정이 변형되어 인격화의 형태로 나타나기도 한다.

요정과 같은 존재가 직접 나타나기보다는 죽은 만수의 몸이 영철이의 몸으로 환생하면서 영철이의 삶의 가치를 바꾸는 역할을 한다. 즉, 만수의 외모는 영철이의 미성숙한 의식을 성숙한 의식으로 변화시키는 서정적 환상이다. 서사적 매개물이며 '서정적 통과제의'[149]의 과정에 관여하는 서사적 장치인 것이다.

> 마치 친구에게 이야기나 하듯이 나는 나에게 이야기했읍니다.
>
> "참, 영철아! 네가 잠간 딴 데 갔다 왔기 때문에 고생은 무척 했지만, 그게 내게 또 무척 좋은 일이 되었어. 난 그 동안 많은 공부를 했어. 너하고만 늘 같이 있을 때보다는 무척 많은 걸 배웠어. 세상은 여러 가지로 복잡해. 제 생각만 해선 안 되겠어. 남이 되어서 날 볼 줄도 알아야겠어. 다른 사람들의 딱한 사정도 생각해 봐야겠어. 안그래? 영철아!"
>
> —「잃어버렸던 나」 부분[150]

사람의 몸이 바뀌는 비현실적인 사고는 현실에서는 불가능한 것이다. 그러므로 만수의 몸은 일상적인 인간계의 일이 아니라 인간과 세속을 초월한 신화적인 세계요 자연계의 정령이나 요정과 같은 존재인 것이다. 그리고 이 몸바꿈 현상을 주도하는 존재는 새가 된다. 영철이

---

149 나병철, 앞의 책, 258쪽.
서정적 동화, 청소년 소설에서 자연과의 화합은 현실과 구분되는 또 다른 세계에서의 경험이며, 그곳에서 미성숙한 내면이 확장되는 과정을 겪는 머뭇거림과 경이의 시간이다. 그처럼 자연의 정령과의 만남을 통해 내면이 성장하는 '사건'이 바로 (서정적) 통과제의이다. 이 통과제의의 과정은 어린이나 청소년 주인공이 어른들의 세속적 세계마저 넘어서는 가치들을 발견하는 경험으로 나타난다.
150 「잃어버렸던 나」, 『무지개』, 대한기독교교육협회, 1957, 68쪽.

가 새를 잡으려 할 때 몸이 바뀌면서 환상의 세계가 펼쳐졌으며, 환상에서 현실로 돌아와 다시 영철이의 모습을 되찾았을 때 이를 일깨워 준 첫 소리 또한 새였던 것이다. 그러므로 만수의 몸과 새는 연관성을 지니면서 자연으로써의 기능을 수행하고 있다. 주인공인 영철이는 이러한 우주적, 자연의 질서와 교감하면서 삶의 가치를 내면화하고 있다. 만수의 몸으로 영철이는 지금까지 겪어보지 못했던 고난을 겪는다. 아이들에게 뭇매를 맞는가하면, 정훈이와 고모에게 자신의 단점을 듣기도 한다. 또 구두닦이의 일을 경험하기도 하였고, 하룻밤 잠자리와 먹을 것을 얻기 위하여 고민을 해보기도 하였다. 이러한 과정을 거치고 난 뒤 현실의 영철이로 돌아와서 자기 성찰의 깨달음에 도달하게 된다. 자신이 어렸을 때 도둑의 누명을 씌웠던 셋방 할아버지를 찾아 용서를 구하고 다시 집으로 모셔 오는 일에 앞장을 선다. 또 영철이는 할아버지와 함께 뒷산에 올라 새장을 만들어주고 먹이도 모아준다. 그리고 친구들에게도 더욱 부드럽고 너그러운 모습을 보인다.

만수의 몸으로 살았던 영철이의 삶은 불완전하고 미성숙하며 내면의 갈등을 겪는 분리된 삶이었다. 이 기간의 삶은 분열된 자아가 상처를 입고 고통을 경험하는 성장통의 과정이다. 반면에 이 분리된 삶의 체험을 통하여 자신의 내면을 객관적으로 바라보고 새로운 삶의 의미를 모색하는 세계이기도 하다. 그런가하면 영철이의 몸을 되찾은 현실 공간의 세계는 내면의 갈등이 치유되고 화해와 소망을 조망하는 화합의 순간이다. 이것은 외면적이고 객관적인 삶을 긍정적으로 수용하고 내면화하는 완성의 세계인 것이다. 그러므로 이 작품에서 설정된 환상적 세계는 주체와 객체의 상호 작용을 통하여 합일된 통합의 과정을 꾀한다. 이 과정은 아름다운 가치로서의 삶의 진실을 추구하는 서정적, 동양사상적 환상을 구축하게 된다.

이 작품에서 표현된 서정적 환상은 서정적 미학의 본질을 충실히 반영하고 있다. 서정적 미학이란 화해와 소망의 이미지들을 활용하여 일상의 현실을 넘어서는 아름다운 가치의 세계를 형상화하는 것이다. 화해의 이미지라는 것은 자연 또는 사물들과의 교감을 이루는 방식이나 장면을 의미한다. 서정적 미학을 드러내는 서정적 서사에서는 현실의 일상적인 세계와 현실을 넘어서는 환상적인 세계가 병치되어 나타나기도 한다. 그러면서 일상에서 발생한 불화와 갈등을 포용하고 상처를 치유하면서 자아의 확장 및 삶의 확대라는 성장을 경험한다. 이것은 곧 새로운 가치의 세계로서 아름다움을 형상화하는 방식의 미적 의미이다.

영철이가 만수의 몸으로 바뀌는 과정과 만수의 몸으로 살았던 고통의 이미지들은 영철이가 미처 깨닫지 못했던 삶의 진실을 내면화하기 위한 현실이면서 이를 초월한 삶의 시·공간이다. 환상 공간은 하나의 거울로서 자신의 내면을 온전히 들여다보면서 현실과 환상의 경계 지점에서 불화를 겪으며 상처 입은 자신과 직면하는 세계이다. 이러한 서정적 통과제의를 거친 후 현실로 회귀하게 된다. 이 지점에서 주인공인 영철은 그동안 대면했던 성장의 이미지들을 환기시키며 삶의 가치와 진실을 깨닫는다. 이것은 영철이 자연과 사물(만수라는 자연의 정령과도 같은 존재와 환상의 공간에서 만난 인물들과 행동)의 교감을 통한 환상과 성장의 이미지들을 내면화함으로써 아름다운 가치(사람과 자연을 사랑하고 아끼며 배려하는 마음)로 승화시키는 정신을 드러내고 있음에 주목하게 된다. 이처럼 깨달음에 초점을 맞춘 점에서 동양사상적 환상이라는 말을 사용한다. 동양사상적 환상의 서사나 서정적 환상의 서사 모두 일상의 현실을 넘어서는 아름다운 가치를 지향한다는 입장에서 서정적 미학에 포함시킬 수 있다.

지금까지 강소천의 창작동화와 소년소설을 대상으로 하여 작품에 차용되었던 서사 형식을 검토해 보았다. 이러한 서사 형식들은 강소천

문학의 미학을 지탱하고 있는 골격인 것이다. 이를 특징적으로 활용한 서사 형식이 어떻게 서정적 구조를 구축하고 있는지 구성 방식을 살펴본 것이다. 크게 세 가지 차원에서 서술적 층위, 구성적 층위, 모티프 층위로 분류하여 분석해 보았다. 서술적 층위에서는 독백적 문장의 사용과 일기 및 편지체의 서술을 중심으로 살펴보았다. 이 서술 방식은 내면 묘사를 통하여 자아의 성찰을 표현하고 있으며, 주체와 객체의 동일화에 기여하고 있음을 서정적 구조와 연결시켜 분석하였다. 구성 층위에서는 겹이야기 구조와 결말의 현현, 이완적 플롯 구조를 중심으로 하여 작품의 플롯이 독특한 방식으로 짜여 있음을 확인하였다. 이러한 구성방식을 통하여 서정적 상태성이 고조되고 회감하는 순간을 검토하면서 미적 실체의 구현에 기여하고 있음을 알 수 있었다. 모티프 층위에서 전통 설화의 차용과 꿈, 환상의 차용이 형식적으로 작품에 수용된 양상을 살필 수 있었다. 이 모티프들은 강소천 동화와 소년소설에 독특한 서사 기법으로서 인간의 원초적이고 근원적인 존재 방식을 탐구하면서 삶의 아름다운 가치를 지향하는 미학적 토대가 되고 있음을 알 수 있었다. 이렇게 강소천은 서사 형식을 다양하게 차용하여 서정적 구조를 직조함과 동시에 미학적 세계를 창조하는 장인 정신을 보여주고 있다.

2. 서정성의 구현 방식과 미적 특징

강소천이 창작동화와 소년소설에서 다양한 서사 형식을 차용하여 변주시킨 것은 서정적 서사에서 시적 인식의 과정과 궤를 같이 한다. 시적 인식의 과정이란 서정 문학으로 대표되는 현대시에서 시인은 "단어의 변형, 개념의 곡예, 은유화의 조립, 동떨어지거나 부조리한 것의 결합을 통하여 새로운 세계를 인식하거나 재구성하려는 의도"[151]를 갖고 미적 세계에 접근하는 태도를 말한다. 앞에서 살펴본 바와 같이 강소천의 서사 문학에서 서술 층위, 구성적 층위, 모티프 층위의 서사 형태는 서사성을 강화하는 기능을 띠고 있기도 하지만, 궁극적으로는 서정적 구조로 회귀하는 양상을 드러내고 있다. 즉, 서사 형식의 다양한 운용은 일종의 시적 조작과 같이 새로운 문예미학적 세계의 구축과 작가의 문학적 세계관을 발현하고 있다.

이렇게 서정적으로 구조화된 작품은 서정적 본질 또는 서정성이라는 미적 실체를 드러내게 되는 것이다. 문예미학이 하나의 완결된 결과로 귀결되기 위해서는 내용과 형식의 조화가 이루어져야 한다. 앞에서 살펴본 서사적 형식에 의한 서정적 구조화는 형식적 요소에 해당된다. 아동문학의 서사 장르에서 서정적 본질을 추구하는 방식도 이와 같은 견지에서 접근이 가능하다. 곧 서정성이란 서정적 본질로서의 미학적 실체를 의미하는 것으로서 서정적 형식과 서정적 내용이 균형감 있게 조화를 이루며 구성된 문학작품을 일컫는다. 이런 의미에서 김용희는 창작동화에서 발현되는 서정성의 근거와 원리를 언어 전략에 의거하여 일곱 가지의 요건을 제시하고 있다. 이것은 창작동화뿐만 아니라 소년소설을 포괄하는 아동문학의 서사 양식에서 구현되는 서정미학적 특성을 이해할 수 있는 주장이라고 판단된다. 즉, 그 요건을 간략히 제시하면 "의미론적 간접화(indirection), 지극히 주관적 상상의 세계, 의인화된 인물의 설정 및 정적 인물의 순수성, 화자와의 동일화, 인생을 압축적으로 제시하거나 주제를 드러내는 방식의 암시성, 자아와 세계의 동화(同和)나 융합, 결말의 현현(epiphany)"[152]을 들 수 있다. 이 요

---

151 노태한, 『독일문예학개론』, 한국학술정보, 2007, 166쪽.
152 김용희, 앞의 박사학위논문, 41~45쪽.

건들은 모두 서정적 형식과 내용을 망라하여 서정미학적 본질을 규정하는 요소가 된다.

이런 차원에서 지금까지 강소천의 동화 및 소년소설이 주제나 기능적 차원으로 연구되어 온 실태를 비판하면서 보다 미적 차원에서 강소천의 문학을 형식적 접근으로 지향해야 한다는 논리를 펼치는 연구자도 있다.[153] 그러나 이러한 연구의 전환만으로는 강소천의 문학적 실체를 심도 있게 파악하기는 어렵다. 이러한 형식적 기반 위에서 서정적 본질과 미적 성격이 어떻게 드러나고 있는지 검토할 필요성이 제기된다. 즉, 다양한 서사 형식의 차용으로 서정적 구조화가 형성되는 과정을 살핀 후에 이것이 어떻게 주제나 작가의 세계관으로 도출되고 있는지 보다 체계적인 검토가 요구되는 것이다. 이것이 구명되어야 강소천 동화 및 소년소설에 내재하고 있는 미적 특성으로서의 서정적 본질을 해명할 수 있게 될 것이다.

본 절에서는 이러한 논리적 인식하에 강소천의 작품을 세 가지 입장에서 살펴보고자 한다. 먼저 서정적 본질로서 순간의 합일을 표출하는 작품을 대상으로 이미지와 관련성을 검토한다. 둘째는 서정적 본질이 원초적이고 상징적인 세계를 추구한다는 점에 착안하여 이러한 세계의 갈망으로서 유토피아적 욕망이 어떻게 표출되고 있는지 살펴본다.

---

153 김용희, 앞의 책, 92~100쪽.
　　이종호, 「강소천 장편동화의 서사학적 연구」, 김종회, 김용희 편, 『강소천』, 앞의 책, 120-151쪽.
　　대표적인 연구를 소개하면 김용희와 이종호를 들 수 있다.
　　김용희는 강소천의 동화를 통하여 서사 진행에 있어서 서사 구조와 서술 방식에 초점을 맞추어 연구될 것을 제안한다. 즉, 그는 강소천 동화문학의 연구가 시점(서술상황)의 탐구, 서술자의 기능과 작품구조와의 관계, 꿈의 운용 양태와 내재적 원리 탐구 등으로 심도 있게 이루어져야 한다고 주장하고 있다.
　　이종호는 강소천의 장편 소년소설 「해바라기 피는 마을」을 대상으로 서사 담론에 입각한 분석을 시도하고 있다. 즉, 문학이 작품을 매개로하여 독자와 작가 간의 소통을 전제로 하는 사회적 언어 기호라는 차원에서 분석을 시도하였다. 이 서사 담론의 층위를 시점, 인물, 스토리 층위로 나누어 검토하고 있다.

마지막으로 강소천의 작품에 등장하는 서정적 주인공들이 현실을 어떻게 수용하고, 대응해 가는지를 주제와 관련시켜 표출되는 미적 구현 방식과 양상을 분석할 것이다. 서정성 내지 서정적 본질이 '화해와 화합을 통한 순간의 합일', '동일성의 회복', '주체와 객체와의 통합', '총체성의 문제', '세계의 자아화', '대상의 내면화' 등으로 개념화가 가능하다. 강소천의 동화 및 소년소설에서는 서정미학적 특징이 어떻게 구현되는지 구체적인 양상을 검토하고자 한다.

1) 이미지의 병치와 서정적 순간의 합일

강소천의 문학에서 특기할 만한 성과 중 하나는 시적 이미지의 사용에 있다. 이 특징은 동요·동시문학론에서 논의되었다. 강소천은 다른 작가에 비해 동요·동시에서 감각적인 이미지를 선명하게 사용하여 서정적 동일화의 과정을 보여주고 있다. 그런가하면 이미지를 더욱 확장시켜 은유적 상상력을 발휘함으로써 우주적이고 자연적이며 원초적인 그리움을 통하여 이상을 갈망하는 시적 이미지를 핵심적으로 사용하였다. 이러한 강소천의 시적 재능은 동요·동시에서만 그치는 것이 아니라 그가 발표한 서사적 산문 즉, 창작동화와 소년소설에도 이러한 특징이 반영되어 있다. 물론 서사 형식을 차용한 서정적 구조화를 논의할 때 일부 작품에서 단편적인 특징이 산견되기도 하였음을 확인할 수 있었다. 그러나 서사적 작품에서 시적 이미지의 특징이 부각된다는 점은 서사적 특성이나 맥락에 비추어 볼 때 보편적인 상례라고 할 수는 없다. 이것은 바로 강소천의 창작동화 및 소년소설이 서정적 특징을 보이고 있다는 방증이다. 그러므로 그의 문학적 성과로 볼 수 있는 이미지의 기법은 동요·동시 장르뿐만 아니라 창작동화 및 소년소설에도 전유되고 있는 특징으로 제시해도 손색이 없을 것이다.

장르를 넘나들면서 발휘된 강소천 문학의 시적 이미지는 단순히 작품 안에서 형식적인 자질로만 기능하지는 않는다. 물론 시적 이미지는 서정 문학을 표현하는 대표적인 특징이기 때문에 시적 화자의 주관적 세계를 드러내는 하나의 형식적 요소인 것은 사실이다. 그러나 이러한 이미지들이 반복적이고 집합적으로 사용되면서 서정적 장면을 형성한다. 또한 작품 내에 배열되면서 작품의 전체 분위기를 조성하는 동시에 시적 주체의 세계를 드러내는 인식의 수단으로 작용하기까지 한다.[154] 강소천의 창작동화와 소년소설에는 시적 이미지의 형태가 빈번하게 등장한다. 즉, 비유나 감각적인 언어의 사용이 반복하여 나타나면서 작품의 전체 맥락을 지배하게 된다. 이렇게 이미지의 사용은 강소천 문학의 미적 형식을 구성하는 기법으로도 작용한다. 그리고 이에 그치지 않고 작품의 주제나 작가 및 화자의 세계를 바라보는 시선과 삶의 인식 태도가 내포되어 구현되는 양상을 보여준다.

서사 문학은 사건의 전개 방식이나 인물의 행동을 중심으로 서술되는 것이 일반적이다. 이에 비하여 서정 문학의 특징은 인물의 행동보다도 인물이 세계를 바라보고 인식하는 태도에 더욱 주목한다. 이런 점을 고려한다면 강소천의 문학적 창작 태도는 서정적 특징에 가깝다고 규정할 수 있다. 세계를 인식한다는 것은 주관적인 사고나 표현에 집중한다는 의미이다. 이럴 때에 산문 정신을 바탕으로 하는 창작동화 및 소년소설은 서사의 본질인 객관적인 현실의 미메시스적 입장에서 멀어지게 된다. 여기에서 새로운 미적 태도가 발생한다. 비록 객관적인 현실을 재현하는 서사성은 다소 미약해지지만 화자나 서정적 인물

---

154 최은영,『한국 현대 서정소설 연구』, 고려대학교 박사학위논문, 2010, 62쪽.
  이미지를 통하여 장면이 형성되고 각 장면이 배열되면서 점층적으로 정조의 심화를 이루어
  나가는 것을 서정적 과정이라고 한다. 즉, 장면의 병렬적인 나열을 통해 점층화를 이루어냄
  으로써 결국 결정적인 하나의 장면을 만들어 내게 된다. 그것은 하나의 프레임(frame)을 통
  해 제시되기에 강렬하면서도 인상적인 포즈를 읽어낼 수 있게 한다.

이 바라보는 인식과 주관적인 태도를 통하여 현실을 새롭게 구성하고 인식하게 되는 것이다. 이러한 능력을 가능케 하는 수단이 이미지의 사용이다. 즉, "그 이미지는 '객관적인 현실'을 담고 있지는 않지만 인물의 시선에 의해 내적, 미적으로 형상화되어 객관적인 세계로 받아들여지게 하는"[155] 동인이 된다.

미적이라는 말은 서정 문학에서 '서정적 본질', '서정성'이라는 개념을 의미한다. 이 서정적 특성은 서사적 내용에 대한 시적 조작이나 전용을 시도하는 방식인데 서정적 또는 시적 이미지의 사용은 지극히 주관적이다. 이렇게 주관적이고 개인적인 입장을 문학적 형상화를 통하여 보편타당한 원리와 인간적인 진실로서 획득하게 된다. 여기에서 가리키는 '문학적 형상화'나 '미적 실체'라는 것은 곧 '서정성'의 개념으로 귀결된다. 서정 문학은 서정적 현상을 언어로써 표현한다. 서정 문학의 가장 핵심적인 사항은 인간의 내면 의식과 대상을 융합하려는 특징을 갖는다. 이 현상을 곧 '서정성'이라고 한다. 즉, "서정성 안에서 자아와 세계는 즉자적으로 융합된 '순간의 상태성'으로 존재한다. 이 때 대상은 주체에게 시각, 청각, 촉각, 후각, 미각과 같은 감각적인 상태로만 지각된다."[156] 즉, 서정성 안에서 자아와 세계가 합일되는 순간을 나타내는 것이 이미지라는 것이다. 강소천은 이러한 미적 현상을 작품에 반영하고 있다. 그가 사용한 이미지의 형태와 주제 의식으로 연결되는 미적 구현 방식을 살펴보는 일은 그의 동화 문학을 이해하는데 중요한 단서가 된다.

단편 창작동화로 분류할 수 있는 「찔레꽃」[157]은 겹이야기 구조로 구성된 작품이다. 이 작품은 강소천 문학의 특징 중 하나인 꿈의 이미지

---

155 위의 논문, 5쪽.
156 김해옥, 앞의 책, 22~23쪽.
157 이 작품은 1955년 『학원』 5월호에 처음 발표되었다.

가 장면을 구축하면서 서사성을 확보하고 있다. 아버지를 여읜 오누이를 뒷바라지하던 어머니는 주인공이자 화자의 오빠가 병에 들자 덕원 지역의 성당 안에서 운영하는 독일 병원을 찾아 치료를 받게 된다. 그러나 오빠는 세상을 뜨고 어머니는 신부님의 도움을 받아 성당에서 일하게 된다. 어머니는 신부님께 크리스마스 선물로 향수를 한 병 받는다. 그녀는 성당에 갈 때 늘 그 향수를 사용한다. 어머니는 정갈한 몸으로 좋은 향을 풍겨 가장 깨끗한 모습으로 천주를 찾아야 한다는 말을 하고 직접 실천을 한다. 주인공에게는 이런 어머니의 모습과 어머니의 향기가 내면에 잠재하게 된다. 어머니가 세상을 떠나고 어머니의 모습과 향도 점점 잊혀 갈 때 주인공은 지인으로부터 화장품 제조 과정에 꽃이 활용된다는 사실을 듣게 된다.

희미해져 가던 주인공의 기억 속에서 어머니의 모습과 어머니의 향기가 떠오르게 된다. 주인공에게 어머니의 향기는 그리움으로 분출되면서 어머니와 만나는 가상 장면이 연출된다. 이 작품에서 핵심적으로 드러나는 이미지들은 이 스토리의 맥락에서 기능을 한다. 즉, 그리움의 이미지, 꿈 이미지, 어머니의 이미지, 그리고 가장 두드러지는 찔레꽃 이미지 등이다. 이 이미지들의 병치에 의해 주인공은 어머니에 대한 그리움과 간절함을 내면적으로 인식하는 순간의 합일 장면을 구축한다. 어머니에 대한 그리움이 고조에 달하고 이것이 가상적으로 해결되는 장면은 꿈의 이미지를 통해 나타난다. 즉, '찔레꽃 꿈' 이미지인 것이다. 꿈속에서 주인공과 어머니는 숨바꼭질을 한다. 장소는 하얀 찔레꽃이 핀 바닷가이다. 어머니는 흰 옷을 입고 있지만, 주인공은 물색 옷을 입고 있다. 그리하여 주인공은 쉽게 들키지만, 어머니는 쉽사리 찾을 수가 없고 어쩌다 찾았다 싶어도 이내 놓치고 만다. 주인공은 어머니를 애타게 찾으며 눈물을 흘린다.

"어머니는 네 곁에 섰다."

하시는 어머니의 목소리가 들려왔읍니다. 그것은 바로 흰 찔레꽃 속에서 나는 소리 같았읍니다.

나는 그제야 어머니도 한 송이 찔레꽃이 된 것이라 느꼈읍니다. […중략…]

"조용히 날 찾아 봐라. 눈으로 찾지 말고 눈을 꼭 감고 향기를 맡아 봐라, 너는 벌써 이 어미의 향기를 잊어버렸느냐?"

그제야 나는 어머니를 찾는 방법을 알았읍니다. 어머니의 음성이 들리는 둘레의 꽃에 코를 대고 가만히 꽃 향기를 맡기 시작했읍니다.

향긋한 찔레꽃 향기—그것은 틀림없이 내가 찾는 어머니의 향기였읍니다. 잊어버렸던 어머니의 향기였읍니다.

수 많은 화장품에서 찾을 수 없었던 어머니의 향기—바로 그 향기가 어쩌면 이 찔레꽃에서 풍겨오는 꽃향기 바로 그것이겠읍니까?

나는 향기에 취하여 멍하니 섰읍니다. 크게 심호흡을 했읍니다. 어머니의 향기는 내 폐부와 심장에 까지 젖어 드는 것 같이 느껴졌읍니다.

구태여 더 나는 어머니를 찾지 않았읍니다.

—「찔레꽃」부분[158]

인용 부분에서 알 수 있듯이 이 장면은 꿈이라는 가상공간에서 어머니의 존재를 새롭게 깨닫는 과정을 그리고 있다. 세상을 떠난 어머니에 대한 그리움이 현실을 초월하여 승화됨으로써 영원한 존재임을 깨닫는 장면이 그려지고 있는 것이다. 여기에서 영원성을 획득하는 것과 현실을 초월하여 어머니와의 만남이 성사되는 것은 객관적인 현실의 세계에서는 불가능한 것이다. 어머니와의 만남이나 영원한 존재로 인

---

158 「찔레꽃」, 『인형의 꿈』, 앞의 책, 58~59쪽.

식하는 것은 오로지 내면적인 세계에서 주관적으로 인식할 때만 가능하다. 이러한 세계 인식 태도는 곧 서정성의 세계 안에서 이루어질 수 있는 것이다. 인용 부분에서 부각되는 핵심 이미지로는 어머니의 음성을 나타내는 청각적 이미지와 하얀 찔레꽃의 시각적 이미지, 꽃향기가 지시하는 후각적 이미지 등으로 병치된 양상을 보여준다. 즉, 어머니의 음성은 주인공의 내면을 강화하고 있다. 어머니는 자신의 향기를 꽃향기로 치환시켜서 주인공에게 내적 자각을 일깨워주고 있는 것이다. 그리고 어머니의 모습은 하얀 찔레꽃으로 정갈함을 상징하고, 어머니의 향기는 찔레꽃 향기로 은유화되어 있다. 그리하여 주인공이 찾는 어머니는 찔레꽃으로 회생한 모습을 드러낸다. 주인공이 찔레꽃 향기를 맡으면서 어머니의 향기로 인식하는 것은 주체로서의 주인공의 그리움이 대상인 어머니로서의 찔레꽃과 합일을 이루는 순간을 표출하고 있는 것이다.

어머니의 향기인 찔레꽃 향기가 "나의 폐부와 심장까지 젖어오는 것을 느꼈다."라고 하는 문장이 곧 주체인 주인공과 대상인 어머니가 한 순간 합일을 이루는 모습을 표현한 것이 된다. 이 작품에서 꿈의 이미지로 구조화되었던 이 장면은 꿈으로만 머물지 않는다. 꿈을 깬 이후에도 내면이 강화되어 주관적인 세계 안에서 어머니의 존재감을 새롭게 인식하는 장면을 드러낸다.

나는 아무 친구와도 함께 가려 하지 않고 혼자 찔레꽃을 찾아 떠났습니다.
얼마 멀지 않은 곳에 찔레꽃은 활짝 피어 있었읍니다. 꿈에서 보던 그런 흰 찔레꽃이었읍니다.
찔레꽃 그늘에 와서 나는 가만히 두 눈을 감았읍니다. 그리고 낮은 목소리로
"어머니—"

하고 불렀읍니다.

"데레사야—"

내 곁에는 어머니가 와서 계십니다. 눈을 뜰 필요가 없읍니다. 향긋한 향기
—코를 찌르는 어머니의 향기 그것은 눈이 필요치 않읍니다.

뚜렷이 되살아 오는 어머니의 향기—그 향기가 가져오는 어머니의 음성
그리고 모습—내 귀에는 멀리 덕원 성당 높은 종각에서 성스러운 종소리까지
들려 왔읍니다.

나는 지금 어머니와 나란히 서서 두 손을 모으고 "성모 마리아여! 우리를
위하여 빌으소서!······"하고 천주께 기도를 드리고 있읍니다.

—「찔레꽃」 부분[159]

이 장면은 작품의 결말부에 해당한다. 과거 어머니가 살아 계실 때
느꼈던 어머니의 향기를 성인이 되어 되새기면서 그리움을 승화시키
고 있다. '어머니'라는 심정적 이미지와 '향기'라는 후각적 이미지가
병치되어 이미지가 지속과 연속을 이루면서 작품이 구조화되고 있는
것이다. 과거로부터 현재에 이르기까지 이미지가 작품을 구조화시킬
때 이를 이미지의 지속 또는 연속이라고 한다. 여기에 기능하는 이미
지는 반드시 시각적인 이미지만 작용하는 것은 아니다. 다른 감각기관
의 이미지도 작용한다. 이 작품에서 후각적 이미지가 주축을 이루면서
작품을 구조화시키고 있다. 그리고 이 이미지의 지속은 시간성과 관련
을 맺고 있다. 시간적인 측면에서 과거의 현재화가 된다. 이러한 구성
법은 영화의 기법과 유사한 방식으로서 이미지를 병치하여 구조화할
때 영화의 장면을 연상시킨다. 즉, 이미지가 한 폭의 그림처럼 회화적
이라는 설명보다는 오히려 장면을 결합시켜 제시하는 영화의 연속기

---

159 위의 책, 59~60쪽.

법에 더 가깝다는 설명이다.[160] 유년 시절 어머니가 보여준 종교적 성실함과 인자하고 정갈한 모습, 어머니의 향기로 형성된 사랑과 그리움의 이미지 또는 장면이 현재의 시점에서 재현된다. 지난날 어머니에 대한 이미지가 우연한 계기를 통하여 현재화를 이루면서 어머니에 대한 사랑과 존경이 영원히 마음속에 각인되게 된다. 바로 과거에 겪었던 경험의 이미지들이 인용된 작품의 결말부처럼 다시 구조화를 이룬다. 그리고 현재의 시간과 순간적으로 융합하면서 생사를 초월한 모성적 사랑의 감정이 고조되는 것이다. 과거에 겪었던 이미지들이 분절되지 않고 현재까지 본래의 감정을 느끼도록 지속하기 때문에 과거의 시간도 현재화되어 나타나는 것이다. '어머니'와 '향기' 이미지는 과거에 겪었던 익숙한 이미지이지만, 그 이미지가 현재에 와서 다시 재구성된다. 여기에서 시간성이 무화되고 현재라는 시간 안에 통합되면서 공간적인 동시성만 구성되는 것이다. 즉, 과거와 현재는 순간의 합일로 구조화된다. 이 과거의 감정도 통합을 이루면서 서정성을 드러내게 된다. 어머니가 풍기는 향기는 곧 주체의 내면 안에 자리하게 되고 성당의 종각도 내면 안에 수렴되면서 순간의 상태성을 드러낸다. 이것은 현실을 초월한 상황이므로 눈에 보이는 것이 아니다. 그러므로 눈을 감고 묵묵히 모든 감정과 이미지가 합일을 이룬 순간을 기도로써 감지하고 있는 것이다.

강소천의 작품 중에는 어머니의 이미지를 구조화하여 그리움의 정서를 극대화시키는 동화 및 소년소설이 두드러진다. 단편 창작동화 「민들레」[161]도 앞의 작품 「찔레꽃」과 같이 어머니에 대한 그리움이 반영된 작품이다. 이 작품도 꿈의 구조를 통하여 서사가 진행되고 있다.

---

160 함종호, 앞의 책, 85~93쪽.
161 이 작품이 단행본에 실린 것은 1956년 대한기독교서회에서 발행한 작품집 『종소리』이다.

작품 서두부터 꿈의 장면으로 제시된다. 주인공인 준이는 꿈속에서 돌아가신 어머니를 만나게 된다. 5월 봄볕이 따사한 어느 날 과수원 옆 잔디밭에서 어머니와 함께 앉아 노래를 부른다. 준이가 노래를 부르자 조용히 앉아 계시던 어머니는 일어나 유치원 아이처럼 깡충깡충 춤을 추신다. 그런데 어머니가 춤추시는 모습을 준이가 자세히 바라보니 어머니의 저고리 앞섶이 풀려 있다. 단추가 떨어져 있는 것이다. 준이가 어머니께 왜 단추를 매지 않았느냐고 묻자 어머니는 단추를 매도 자꾸 떨어진다는 것이다. 그때 문득 준이의 지나간 기억이 스친다. 어머니가 살아계실 때 준이는 어머니 저고리의 금단추를 빼내어 밖에서 가지고 놀다가 잃어버렸던 것이다. 어머니는 이 사실을 모른 채 돌아가시고 말았던 것이다. 준이에게는 불현듯 죄의식이 되어 마음의 갈등을 겪게 된다. 꿈을 깬 후 준이는 염소를 이끌고 나와 꿈에서 어머니를 만났던 잔디밭을 찾는다.

김수영은 준이가 어머니의 금단추를 잃어버려 죄의식을 갖게 된 상태를 트라우마의 시작이라고 보고 있다. 즉, 죄책감으로서의 트라우마는 무의식적 꿈을 통하여 나타난다. 김수영에 의하면 "그 일이 준이에게 트라우마가 된 것은 어머니의 죽음이라는 상실에 더해 어머니가 그 일을 모른 채 돌아가심으로써 그것이 영원히 되돌릴 수 없는 사건으로 남았기 때문"이라고 한다. 그리하여 "준이의 무의식은 꿈을 통해 준이의 트라우마를 반복해서 드러내고 '자꾸 떨어지는 단추'를 통해 준이에게 애도 작업이 필요함을 알린다."[162]라고 해석하고 있다. 주인공인 준이는 꿈에서 깨어난 후 내면적 화자의 고백을 드러냄으로써 내적 갈등의 단면을 보여준다. 그 행위가 꿈에서 어머니와 만났던 장소를 재탐색하는 모습으로 나타나며, 꿈에서 겪었던 비슷한 장소에서

---

162 김수영, 앞의 논문, 55쪽.

금단추를 닮은 민들레를 발견하게 되는 것이다. 이 순간 준이는 "갑자기 발 앞에 반짝 빛나는 게 있었읍니다. 샛노란 금단추 같은 민들레꽃한 송이가 피었읍니다. 어쩌면 잃어버린 어머니의 금단추 같기도 했읍니다."[163]라는 장면을 이미지화한다. 즉, 금단추 이미지와 민들레 이미지가 병치되어 나타난다. 두 이미지는 문장을 통하여 직유의 표현으로비유되어 있다. 시적 언어의 형태로 이미지화를 연출한다. 준이는 민들레꽃을 꺾어 꽃병에 담아 어머니의 사진 아래 둔다.

그 날 밤 준이는 꿈에 어머니를 또 만났읍니다. 준이는 먼저 어머니의 가슴부터 바라봤읍니다. 어머니의 가슴엔 민들레 단추가 금단추같이 예쁘게 달려있었읍니다.
"어머니 오늘은 단추를 달고 오셨네. 인젠 안 떨어져요?"
"응 오늘 아침 내가 자고 있는데 웬 귀여운 아기가 내 저고리에 이렇게 예쁜 민들레같은 금단추를 달아 주고 갔어"
"그 애는 어떻게 생겼어요?"
"우리 준이 같이 예쁜 애였어. 잠결에 자세히는 못 봤지만—."
                              ×
몇날이 못 되어 병에 꽂은 민들레는 시들어 버렸읍니다.
그러나 잔디밭에는 수많은 금단추같은 민들레꽃이 다투어 피었읍니다.
                              —「민들레」 부분[164]

작품 초입에 배치되었던 꿈의 장면이 작품 결말부에 가서 다시 구조화된다. 꿈의 장면은 강소천의 여러 동화에서와 마찬가지로 현실을 초월하는 환상적인 구조로 구성된다. 여기에서도 객관적인 현실을 초월

---

163 「민들레」, 『종소리』, 앞의 책, 80쪽.
164 위의 책, 80~81쪽.

하여 돌아가신 어머니와 만나는 가상의 공간으로 설정되어 있다. 앞의 꿈 장면에서 핵심을 이루었던 이미지는 어머니 이미지, 옷섶이 벌어진 단추 이미지, 춤과 노래의 이미지 등으로 병치되어 있다. 이들은 특정의 감각을 나타내는 이미지는 아니지만 하나의 사물 이미지로서 어머니에 대한 그리움과 죄책감을 형성한다. 작품 후반부에 제시되는 꿈의 장면에는 다시 어머니의 이미지가 등장한다. 앞의 꿈 장면에 병치된 이미지들은 갈등과 불안정감을 조성하지만 후반부의 꿈에는 금단추 이미지, 아기 이미지, 앞섶이 매어진 저고리 이미지 등이 병치되어 갈등이 해소되고 안정과 화해로 귀결되는 과정을 그려낸다. 김수영은 준이가 민들레꽃을 어머니의 사진 앞에 갔다 바치는 행위를 '애도 작업의 과정'이라고 규정하고 있다. 또 꿈에 어머니가 단추를 달고 나타나서 준이에게 모정을 표하는 것을 두고 트라우마에서 벗어나 죄의식이 소멸되는 것이라고 해석한 바 있다.[165]

민들레는 어머니 저고리의 금단추를 비유하고 있다. 이것은 단순히 유추의 의미만 나타내는 것이 아니라 작품 내에서 어머니에 대한 그리움과 죄책감을 동시에 나타내는 이미지로서 작용하고 있다. 후반부 꿈에서 준이는 어머니에 대한 죄책감이 해소되면서 어머니의 예쁜 아들로서 어머니의 사랑이 영원한 것임을 확인한다. 이것은 꿈 장면을 구조화하고 있는 이미지들의 병치에 의해서 어머니의 사랑과 모습이 준이의 내면에 살아 숨쉬고 있음을 순간적으로 깨닫는다. 김용희에 의하면 강소천 작품에 등장하는 어머니는 "모든 갈등이 극복되는, 희망을 주는 존재자"라고 한다. 이렇게 보면 민들레는 "근원적인 어머니의 존재감을 확인하는"[166] 이미지인 것이다. 결국 준이는 대상인 민들레의 이미지를 통하여 어머니의 존재감을 확인하는 서정적 순간을 경험

---

165 김수영, 앞의 논문, 56쪽.
166 김용희, 앞의 박사학위논문, 153쪽.

하게 된다. 그것이 이 작품 마지막 문장에 나와 있듯이 꽃병에 꽂아 둔 민들레는 몇 날이 지나자 시들었다. 그러나 잔디밭에 핀 금단추 같은 수많은 민들레는 다투어 피었다는 상징적 표현으로 서정적 순간의 합일을 완성한다. 즉, 수많은 민들레는 시들지 않고 봄이 되면 다시 피어나는 영원함을 상징한다. 그리고 이것은 근원적인 희망과 화해를 제공하는 어머니의 의미인 것이다.

의인동화의 형식을 취한 「아기 다람쥐」[167]도 어머니에 대한 사랑과 그리움을 이미지화하여 서정적 정조를 고조시키고 있는 작품이다. 앞의 두 작품이 꿈의 장면을 이미지로 부각시키면서 서정적 순간의 합일을 지향하고 있다. 이에 비하여 이 작품에서는 꿈의 장면이 이미지의 구조화와 서정적 순간의 연출에 핵심적 기능을 하지는 않는다. 엄마 다람쥐와 아기 다람쥐 모자간의 헤어짐과 그리움 그리고 다시 만남에 대한 염원을 서정적 감정으로 고조시키고 있다. 아빠 다람쥐를 여의고 아기 다람쥐 쪼르르는 엄마 다람쥐와 함께 두 식구가 단란하면서 소박하게 살아간다. 쪼르르는 아직 어려서 먹이를 구하러 나가지는 못하고 엄마 다람쥐가 구해다 주는 먹이를 받아먹는 것이 고작이다. 어느 날 엄마가 돌아오지 않자 아기 다람쥐는 혼자 멀리 나왔다가 엄마 다람쥐가 마을 어린이들에게 붙잡히는 광경을 목격한다. 엄마 다람쥐는 자신이 붙잡히면서 쪼르르가 도망갈 수 있게 해준다.

엄마 다람쥐와 같이 먹이를 구하러 나갔던 아저씨 다람쥐는 혼자 남겨진 쪼르르를 자기 집으로 데려다가 보살펴준다. 그리고 엄마 다람쥐가 어디로 붙잡혀 갔는지 알아내어 구해 주겠다고 쪼르르를 다독인다. 아저씨 다람쥐가 참새를 통하여 알아낸 것은 엄마 다람쥐는 웅길이란

---

167 이 작품은 1957년『평화신문』에 9월 24일부터 같은 해 11월 17일까지 10회 연재로 처음 발표되었다. 그 후 개작을 거쳐 1959년에 출간된 강소천 동화집『꾸러기와 몽당연필』에 수록되었다.

아이의 집에 있으며, 철망 안에 갇혀 있다고 했다. 이 작품은 시점의 이동이 자주 나타난다. 아기 다람쥐의 시점, 엄마 다람쥐의 시점, 웅길이의 시점 등으로 바뀐다. 이는 주관적인 감정과 내면 묘사에 주력하고자 하는 작가의 의도가 엿보이는 대목이다. 엄마에 대한 그리움에 빠져 있는 쪼르르를 데리고 아저씨 다람쥐는 엄마 다람쥐가 있는 웅길이네로 찾았으나 엄마 다람쥐는 웅길이의 방에 들어가 있어 만나지를 못한다. 열병에 걸린 웅길이의 유일한 친구가 되기 위해서이다. 그러나 엄마 다람쥐는 아기 다람쥐 쪼르르에게 돌아갈 기회만 엿본다. 웅길이가 철망에서 엄마 다람쥐를 꺼내준 틈을 타 엄마 다람쥐는 탈출하게 된다. 그리고 먹이를 구해 쪼르르가 있을 아저씨 다람쥐의 집과 자기 집을 찾았으나 아기 다람쥐를 만나지 못한다. 이렇게 반복되는 엇갈린 행보는 모자간의 그리움과 사랑의 감정을 더욱 극한의 상태로 고조시킨다.

이 작품을 지배하고 있는 주요 이미지들은 혈연적 그리움과 사랑의 이미지이다. 이 이미지는 인간의 가장 본질적인 감정과 관련을 맺는 것으로 근원적이고 순수한 본능의 정조를 유발시킨다. 이렇게 정서적 이미지가 작품을 지배하면서 하나의 사물 이미지로 부각되기보다는 그림 같은 장면으로 구조화되어 있다. 엄마 다람쥐가 붙잡혀 철망에 갇힌 장면, 아기 다람쥐가 엄마 다람쥐를 기다리는 장면, 아기 다람쥐가 엄마 다람쥐를 만나기 위해 웅길이의 집을 찾는 장면, 엄마 다람쥐가 탈출을 하여 아기 다람쥐를 만나지 못하고 찾아다니는 장면, 그리고 끝내 만나지 못하는 장면으로서의 이미지 병치는 등장인물들의 구체적인 사실성을 드러내며, 그들의 행동에 의해 조성된다. 이것은 테오도르 지올코우스키가 접근하고 있는 도상적 이미지의 의미에 해당한다. 여기에서 도상적 이미지는 "작품 자체 내에 육체적 존재를 가지고 있는 것처럼 묘사되고 있는 구체적인 대상들의 도상적 재현"을 가리킨다. 이 도상적 이미지로서의 장면은 허구 세계의 구체적인 사실성 안에 존재하며, 인물의 행동을 통해 기능한다고 한다.[168] 이 작품의 미적 효과는 결말부에서 현현하는 특징을 보여준다. 결말의 현현 장면을 통하여 다람쥐 모자의 혈연적 사랑과 그리움이 최고조에 이른다.

어머니를 만나러 갔던 아기 다람쥐는 어머니가 웅길이네 집에 없다는 것을 알자(그 때 어머니 다람쥐는 웅길이네 방에 있었으니까) 이웃집을 샅샅이 뒤지다 못해 다시 한 번 이 웅길이네 집 둘레를 빙빙 돌았답니다. 그 때는 벌써 어머니는 그 곳을 달아나 나온 뒤였으니까요. 그러나 웬 일인지 어디서 어머니 냄새가 나는 것 같이 느껴져 아기 다람쥐는 이리 기웃 저리 기웃 했대요. 그러다가 어머니가 들어 있던 통을 발견했대요. 아무 철없는 아기 다람쥐는 열려진 통 속으로 아무 생각 없이 달려 들어간 거예요. 들어가서는 두 눈을 감고 어머니 냄새를 맡기 시작했어요. 어머니 냄새에 취한 아기 다람쥐는 두 눈을 감고 가만히 있다 다시 눈을 떴대요. 어머니 품에 안긴 것 같던 게 눈을 떠 보니 어머니는 없고. 아기 다람쥐는 철망을 물어 뜯기라도 할 듯 입을 가지고 철망을 건드렸대요. 그랬더니 바로 걸려 있던 문고리가 슬쩍 벗겨지며 통문이 살짝 닫혀 버렸대요. 사람 같으면 살짝 올려밀면 곧 빠져 나올 수

---

168 테오도르 지올코우스키, 「이미지, 모티프, 주제 그리고 상징」, 이재선 편, 앞의 책, 175~190 쪽.
테오도르 지올코우스키는 이미지의 의미를 세 가지로 구분하여 설명한다. 첫째는 수사적 이미지로서 비유와 상징의 의미를 지니는 것으로 정의한다. 둘째는 심정적 이미지로서 우리가 흔히 말하는 감각기관을 통해 느끼는 이미지를 말한다. 셋째는 그가 말하려고 하는 문학적 이미지로서의 개념인데 그는 도상적 이미지라고 명칭한다. 그는 이미지란 사물들을 도상적으로 보이게 하는 것을 목표로 하는 것이라고 전제한다. 즉, 그것들은 은유 방식을 통해 간접적으로 인용된 것도 아니며, 또한 심정적 이미지에 의해 일깨워진 감각적 연상을 통해 함축되어 있는 것도 아니라는 것이다. 이 도상적 이미지는 먼저 이미지들을 조각이나 그림, 광학적 반사체 등에 나타난 인간 모습의 재현으로 한정한다. 다음으로, 모든 경우에 있어서 문자상 외의 이미지들은 말에 대한 기본적인 비평 감각 속에서 문학적 이미지들로 나타날 수 있다고 설명한다.

있겠지만 아기 다람쥐가 그런 걸 알 리가 있나요. 꼼짝 못하고 잡히고 만 거예요.

—「아기 다람쥐」 부분[169]

이 장면은 엄마를 찾아 나섰던 아기 다람쥐가 탈출한 엄마 다람쥐를 대신하여 철망 안에 들어가 스스로 갇히게 되는 순간을 서정적 이미지로 표현하고 있다. 즉, 철망 안에 갇힘과 탈출함의 이미지를 전제로 하여 만남과 헤어짐의 순간적 정조를 교차시키고 있다. 이 장면에서 핵심적인 이미지는 엄마 다람쥐의 체취를 느끼는 아기 다람쥐의 후각적 이미지이다. 여기에 엄마 품이라는 피부 감각적 또는 촉각적 이미지를 병치함으로써 아기 다람쥐와 엄마 다람쥐의 혈연적 사랑을 서정적 순간으로 합일시키고 있는 것이다. 아기 다람쥐 쪼르르에게는 철망 안이 무서운 공포의 공간이지만, 엄마의 체취가 풍기는 철망 안은 친숙한 곳이 된다. 본질적으로 다람쥐에게 철망 안에 갇힘이란 삶이 끝남을 의미한다. 철망 안과 철망 밖은 생사를 구별 짓는 경계가 되는 것이다. 이 엄혹한 현실에서 작가는 아기 다람쥐를 통하여 엄마와의 순간적 합일을 지향한다. 엄마 냄새라는 후각적 이미지와 엄마 품속의 촉각적 이미지는 그 어떤 이성적 판단과 현실적인 의지마저 무화시켜 버린다. 그리고 오로지 순수한 직관에 의해 융화의 순간적인 상태를 표출한다. 이것은 서정적 본질의 미학적 지향점으로서 공간적 동시성으로 통합을 드러내는 순간인 것이다. 아기 다람쥐가 철망 안에서 모든 생각을 잊은 채 엄마 냄새와 엄마 품이라는 환상적 시간을 겪는 것은 서정성에서 흔히 볼 수 있는 시간의 멈춤에 의한 공간적 통합으로 이해된다. 또한 이것은 이 작품의 주제를 드러내는 것으로써 앞에서

---

169 「아기 다람쥐」, 『꾸러기와 몽당연필』, 새글집, 1959, 125~126쪽.

다룬 두 작품 역시 같은 맥락에서 추론이 가능하다. 곧 작품에서 제시된 이미지는 작품의 모티프 및 주제를 드러내는데 기여한다.[170]

작품의 결말부에서 아기 다람쥐가 스스로 갇힘으로써 엄마 다람쥐와의 만남이 성사되지 못한다. 이러한 점을 들어 김수영은 "아기 다람쥐가 애도 실패의 징후로 인하여 욕망이 상실된 것"[171]으로 해석하고 있다. 그러면서 작가의 생애를 연계시켜 설명하고 있다. 결말부에 드러난 진술을 보면 엄마 다람쥐와의 만남을 암시하는 문장이 드러난다. 우선 주석적 서술에 의한 서술자의 개입이 곳곳에 노출된다. "만일 웅길이가 그 까닭을 안다면 이 가엾은 아기 다람쥐를 곧 산 속으로 놓아 보낼 것입니다. 만일 아기 다람쥐의 말을 웅길이가 안다면 아니 아기 다람쥐가 글을 쓸 줄 안다면 웅길이는 아기 다람쥐가 이 통에 들어오게 된 기막힌 이야기를 알 수 있을 거예요."[172]라는 문장을 삽입한다. 물론 강소천의 동화 및 소년소설에 이렇듯 서술자가 개입하는 주석적 서술이 많이 나타나는 것이 사실인데 이 점에 대해서는 강소천 문학의 한계로 지적할 수 있을 것이다. 그러나 당대의 동화 작품에서 산견되는 특징으로서 내포 작가로 하여금 독자들을 고려한 서술 태도였다는 점에서 이에 대한 논의는 별개로 하는 것이 바람직하다고 판단된다. 인용한 부분을 다시 보면 이 진술은 내포 작가가 다람쥐 모자의 혈연적 이별에 대한 단순한 안타까움과 애틋함을 강조하기 위해서 설

---

170 테오도르 지올코우스키, 앞의 책, 187쪽.
　　테오도르 지올코우스키는 이미지를 고정된 범주로 개념화하는 것을 경계한다. 즉, 문학에서 도상적 이미지는 경우에 따라서 주제, 모티프, 상징으로 작용할 수 있다는 것이다. 그래서 만일 이미지가 이야기를 본질적으로 구성하고 있는 특정한 형태에 묶여 있으면 주제로 작용하게 되고, 또 만일 이미지가 보다 큰 행동과 상황에 대해 한 가지 요소만을 제공하면 모티프로 작용한다고 한다. 그리고 이미지가 그 자체 이외의 다른 어떤 것을 의미하면 상징으로 작용한다. 이러한 다양한 작용들은 때로는 서로 중첩되면서 나타나기도 하는데 작품에서 모티프로 시작된 이미지가 상징이 될 수 있다는 것이다.
171 김수영, 앞의 논문, 106~107쪽.
172 「아기 다람쥐」, 앞의 책, 125쪽.

정한 것으로 보기에는 그 기능이 빈약해 보인다. 작품의 단어나 문구 또는 문장 하나하나가 중요한 형식적 요소로 작용하면서 내용과 긴밀한 관계에 놓여 있다. 이렇게 볼 때, 이 문장은 부조리한 현실에서 미래적 희망과 소통의 지향이라는 총체성을 예견하는 암시의 진술로 보아야 한다. 즉, 그것이 "아기 다람쥐의 말을 웅길이가 안다면, 아기 다람쥐가 글을 쓸 줄 안다면"이라는 웅길이와의 소통을 갈구하는 진술이다.

이보다 더욱 중요한 것은 작가 강소천이 이 작품을 개작하면서 삽입한 문장에 있다. 이 작품은 1957년 『평화신문』에 연재된 후 1959년 강소천 동화집 『꾸러기와 몽당연필』에 수록된다. 박금숙에 의하면 상당 부분의 문장에서 개작된 양상이 발견된다고 한다. 특히 신문 연재본에는 없었던 "그 뒤 아기 다람쥐는 어찌 되었는지 모르겠어요. 어서 어미 다람쥐가 찾아 와서 구해 주었으면 좋겠지요?"[173]라는 문장이 1959년 단행본에 수록될 때 첨가되었다는 것이다.[174] 작가가 이 짧은 문장 한 줄에 의미를 담으려고 의도했던 점을 엿볼 수 있는 대목인데 엄마 다람쥐와의 만남을 서정적 전망으로 제시하면서 희망을 암시하고 있다. 이 작품의 서사적 진행 과정은 마치 강소천의 생애와 유사성을 드러내는 것이 사실이다. 그가 가장 존경하고 그리워했던 대상인 어머니와의 이별과 엇갈린 운명 그 자체는 작품의 서사와 상당 부분 유사성을 갖지만 창작 동기로만 보는 것이 타당하리라 본다. 어디까지나 동화의 서사는 허구의 세계이며 작가의 사상을 창조적으로 드러낸다는 점에서 생애와 지나치게 연계시키는 것은 다소 무리가 있어 보인다. 이처럼 작가는 이 작품을 통하여 부조리한 현실을 극복하고 시·공간

---

173 위의 책, 26쪽.
174 박금숙, 앞의 논문, 78쪽.

을 초월하여 순간적인 합일을 이루고자 하였다. 또한 그는 서정적 총체성으로 통합하는 세계를 창조하기 위하여 이미지를 활용하는 미의식을 표출하고 있는 것이다.

단편 창작동화 「꿈을 파는 집」[175]에도 그리움의 이미지가 전개된다. 강소천은 상당수의 작품에서 혈육으로서의 가족과 고향에 대한 그리움을 소재로 취하고 있는 것이 특징이다. 이 작품도 그 범주에 해당하는 작품이라고 할 수 있는데 역시 꿈의 구조를 취하고 있다. 앞에서 살펴본 작품은 꿈의 공간에서 삶의 의미를 새롭게 인식하거나 자각 및 화해의 순간을 경험한 것에 주목하였다. 이에 반해 이 작품에서 꿈의 공간은 분열된 자아를 경험하며, 대상과의 불화 및 불안한 관계를 인식하게 된다. 꿈을 통하여 인식하게 되는 불화와 부조리는 오히려 현실에 대한 위안으로 작용하게 되며, 역설적 의미에서 희망과 화합을 예시하는 미학적 동력이 되는 것이다. 이 역설적인 의지가 이미지의 병치에 의해 서정적인 전망을 제시한다. 이 작품에 등장하는 핵심적인 이미지는 새의 이미지, 사진 이미지, 고향 이미지, 꿈 할머니 이미지, 변신 이미지, 자녀 이미지 등으로 추출해볼 수 있다. 이 중에서 새 이미지가 가장 두드러지며 작품의 서사 전개 및 서정성의 구현에도 중요한 역할을 한다. 새는 작품 전체의 미학을 지배하는 추동력이 되는데 자연적 사물과 대비되면서 교감의 효과를 이끌어낸다. 이것은 작품 서두에서부터 구체적으로 제시되고 있다. 게다가 미적 특징으로서의 서정적 분위기를 조성하기 위한 작가의 의도적 장치이기도 하다. 이를 옮겨 보면 다음과 같다.

---

175 이 작품은 『학원』 1954년 3월호에 처음 발표된 후 1954년 홍익사에서 발간한 작품집 『꿈을 찍는 사진관』에 수록되었다. 그 이후 출간된 여러 강소천 작품집에 반복하여 수록한 대표작이다.

새는 정말 아름다운 목소리로 울었읍니다. 그 소리는 마치 묘사 음악에서 듣던 새 소리 같았읍니다.

어렸을 때, 나는 묘사 음악을 무척 좋아 했읍니다. [⋯중략⋯]

그런, 새 소리를 가만히 듣고 앉았노라면, 어느새 나는 "숲속의 대장간"을 좋아 하던 그런 소년이 되어 버리고 맙니다. 그 때, 내가 악기 소리로 흉내내는 새 소리를, 그다지도 좋아한 까닭은, 정말 새 소리가 듣고 싶어서였는지도 모릅니다.

농촌에서 나서, 농촌에서 자란 나는, 눈 내리는 겨울만 되면, 추운 줄도 모르고 멧새 잡이를 다니노라고 야단이었읍니다. [⋯중략⋯]

나는 집으로 돌아오면서, 내 곁에 앉았던 여류 소설가 김 여사가 "꽃과 소녀"의 싸인첩에 쓰던 글귀를 다시 생각해 보았읍니다.

―"내가 죽어 꽃이 된다면, 나는 지금이라도 죽고 싶다."

나는 문득 하늘의 별을 쳐다보며

―꽃보다도 별이 더 아름답지, 나는 죽어 별이 되리라.

그러나, 나는 문득 다시 집에서 나를 기다리고 있을 내 한 쌍의 작은 새를 생각하고

―"별보다 더 아름다운 새다. 나는 죽어 새가 되리라."

이렇게 중얼거렸읍니다.

―「꿈을 파는 집」 부분[176]

인용된 부분에서 새 이미지는 어린 시절의 과거 추억을 상기시키며, 새 소리를 묘사음악의 청각적 이미지로 미화시킨다. 새 이미지는 이에 그치지 않고 꽃보다, 별보다 더 아름다운 자연의 이미지로 승화되어 주인공과 동화를 이루기까지 한다. 주인공(서정적 화자)과 새가 동화된

---

176 「꿈을 파는 집」, 『꿈을 찍는 사진관』, 앞의 책, 15~16쪽.

상태 즉, 주인공이 죽어서 새가 되고 싶다고 희망하는 것 자체만으로도 서정적 순간의 합일을 동경하는 것이다. 주인공은 친구로부터 성탄절 선물로 새 한 쌍을 받는다. 혼자 적적하게 살아가는 탓에 새 한 쌍과 의지하여 정을 붙이고 산다. 그런데 어느 날 출판 기념회를 다녀오니 새장 문이 열려 있고 새 두 마리가 없다. 사실 꿈의 도입부가 이 작품에서는 명확하게 경계 지어져 있지 않다. 그러나 결말부를 자세히 보면 아마도 출판기념회에 다녀오는 길에서 전차를 기다리면서 졸음에 빠져 꿈을 꾼 것이 아닌가 생각된다. 그러니까 전차가 끊어졌다는 문장이 서두 부분에 서술되어 있는데 이 부분부터 꿈의 도입부에 해당한다. 왜냐하면 결말부에 주인공은 효자동행 전차를 타는 문장이 있기 때문이다. 그러니까 전차가 끊어져 걸어서 집으로 돌아왔다는 부분부터 꿈의 도입부로 보아야 한다. 그렇다면 새장에서 새가 날아간 것을 확인하는 이 부분은 꿈의 구조에 해당한다.

새를 잃어 시름에 빠져 있을 때 새 한 쌍이 다시 나타나 주인공을 산 속으로 유인한다. 산에서 주인공은 길도 잃고 새도 놓쳐버린다. 해가 지고 산 속을 헤매던 주인공은 불빛이 새어나오는 인가를 발견하고 그곳에서 하룻밤을 묵는다. 집 주인인 할머니는 주인공의 이야기를 듣고 꿈을 사라고 권유한다. 꿈값은 돈이 아니라 소지하고 있는 사진 한 장이라고 한다. 주인공은 현재 분단에 의해 자신과 헤어져 북쪽에 살고 있는 순이, 영이, 웅이의 세 자녀가 함께 찍은 사진을 할머니에게 내놓는다. 할머니는 알약을 주며 아침에 집을 떠나 어제 물을 마셨던 바위에 가서 약을 먹으라고 한다. 주인공이 약을 먹자 한 마리의 새로 변하게 되고, 어제 놓쳤던 새 한 쌍과 재회하여 고향인 북쪽 마을을 찾는다. 고향의 산과 숲과 나무는 그대로인데 있어야 할 집과 꽃밭은 사라지고 없다. 그리고 산에서 내려오는 자신의 세 자녀를 대면한다. 그러나 이미 새 한 마리로 변신한 아버지인 주인공과 자식들 간에는 대화가 통하지 않는다. 세 아이는 누더기에 맨발로 얼굴까지 파리해져 주인공은 괴로움을 느낀다. 세 아이는 아버지를 보고 우리 아버지가 좋아하던 콩새라며 아버지를 그리워하는 말과 함께 눈물을 글썽인다. 아버지를 바로 앞에 두고도 서로 알아볼 수 없음에 마음이 아파 주인공은 그만 고향을 떠난다. 주인공은 고향 마을을 떠나기 전 다시 고향을 찾아 올 것을 다짐한다. 당당히 고향의 주인이 되어 옛 마을을 되찾고 세 아이들을 굶주림과 헐벗음에서 구할 것이라고 독백으로 약속한다. 새 한 쌍과 함께 삼팔선을 넘어 온 주인공은 약기운이 풀리며 날개가 무거워지고 졸음이 밀려옴을 느낀다. 전깃줄에 앉아 졸다가 땅바닥에 떨어지면서 잠에서 깬다.

이렇게 고향 이미지는 주인공으로 하여금 내면적 자아의 분열을 그려낸다. 화자의 내적 자아는 대상으로서 세 아이와의 만남을 통한 화합과 순간의 합일을 발현하는 것이 아니다. 여기에서 고향 이미지의 기능은 불화의 순간을 경험하며 극단적으로 내면 세계의 균열과 붕괴를 느끼게 하는 것이다. 결국 고향 이미지를 통하여 나타난 불화와 분열의 장면은 새 이미지와 사진 이미지 등의 병치에 의하여 현실적인 위안과 함께 희망과 화합으로서의 서정적 전망을 제시하기에 이른다.

적선 동에서 전차를 내려, 골목길을 걸어 집으로 들어오며, 나는 여지껏 된일을 다시 한 번 꼼꼼히 생각해 봤읍니다.

나는 집 대문을 열자, 얼른 새장 있는 데로 가 보았읍니다.

새장 문은 여전히 닫혀 있고, 그 속에는 한 쌍의 새가 그대로 드러 있었읍니다. 벌써 오래 동안 잠을 자고 있다가, 내가 들어오니까 놀라 깨어난 것 같았읍니다.

조용히 앉아 있는 것을 보면, 38선을 나와 함께 날아 넘은 것 같지도 않았읍니다.

나는 얼른 포켓 속에서 패쓰 넣은 지갑을 꺼내 보았읍니다.

세 아이가 가즈런히 서서 찍은 사진도 그냥 그대로 있었읍니다.

아무리 생각해 봐도 어쩐 영문인지를 알 길이 없었읍니다.

―옳아, 꿈 할머니는, 내가 불쌍하니까, 그 사진을 내가 자는 동안 다시 또 지갑 속에 넣어 주었는 지도 몰라. 이 사진만 있으면, 나는 다시 그 애들을 만나러 갈 수가 있으니깐.

나는 이렇게 생각했으나, "꿈을 파는 집"이 어느 산에 있는지를 아무리 생각해 봐야 알 길이 없고, 설사 안다 하여도, 새가 되어 다시 고향 집에 가 보고 싶지는 않았읍니다.

―「꿈을 파는 집」 부분177

인용 부분에서 제시된 바와 같이 새 이미지와 사진 이미지는 작품 초반부터 결말부까지 작품 안의 이야기 구조와 서정적 감정을 지배하면서 단일하고 통일된 구조를 보여준다. 이 작품의 시간 인식은 그리 뚜렷하지 않다. 오히려 선조적(線條的)인 시간의 구성보다는 이미지와 꿈의 공간 인식을 통하여 시간성을 동시적인 공간적 인식으로 변형시키고 있는 효과를 드러낸다. 이것은 제시된 이미지의 압축과 통일성 및 단일한 구성법에 의해 성취되고 있다. 이러한 결과를 놓고 보면 서사 양식 중에서 단편소설의 구성법과 맥을 같이 한다고 할 수 있다. 서정성의 차원에서 보면 장편소설보다는 단편소설의 구성에서 더욱 서정시적인 요소를 나타낸다고 한다. 장편소설은 선조적인 시간 순차에 의해 전개되는 플롯의 구조에 목적을 두는 경향이 뚜렷하다. 반면에 인물의 정서적 체험과 비선조적인 공간 인식 그리고 어조를 중시하는 서정시적인 요소에 의해 획득되는 단편소설의 구성에서 서정성

---

177 위의 책, 25쪽.

의 구현이 뚜렷하다는 것이다.[178]

이 점에서 강소천이 구사한 이미지 병치에 의한 순간의 합일은 단편 소설적 효과에 부합한다. 새 이미지는 앞에서 살펴보았지만 주인공과 감정적 또는 행동적 일체감을 나타냄으로써 분신과 같은 모습을 보여 준다. 이미 주인공과 작품 초입부터 합일을 이루면서 주인공과 함께 내면의 동화를 이루고 의식과 정서의 체험을 함께 한다. 집으로 돌아와 새장 안에 그대로 들어 있는 한 쌍의 새를 확인하는 순간은 분열되었던 자아가 내면적으로 안정을 찾으면서 현실적 위안을 느끼는 서정적 순간인 것이다. 그리고 꿈을 사기 위하여 내어주었던 세 아이의 사진을 확인하는 순간도 현실 극복 의지를 드러내는 서정적 전망으로서 순간적 상태의 표현이다. 그러므로 현실에서 위안적인 화합을 성취하고, 희망을 이어 갈 수 있게 된 공간에서의 통일성은 "새가 되어 고향 집에 가 보고 싶지는 않았습니다."는 인식으로 귀결된다. 이러한 인식과 의지가 작가 강소천이 보여준 미의식으로서 그가 창출해내고 있는 서정성의 본질인 것이다.

강소천은 이미지의 병치를 부각시키면서 서정적 순간의 합일을 구현하였다. 가장 두드러진 이미지는 어머니 이미지, 꿈 이미지, 꽃 이미지 등으로 나타났다. 「찔레꽃」과 「민들레」에는 꿈의 구조를 활용하여 이별한 어머니와의 합일을 그리고 있다. 어머니를 여읜 주인공이 꿈속에서 꽃이라는 매개물을 통하여 어머니에 대한 영원한 사랑을 내면으로 동화하여 합일을 이루었다. 「아기 다람쥐」에도 모자간의 사랑과 그리움의 이미지가 장면을 통하여 순간의 상태성을 자아냈다. 「꿈을 파는 집」에서는 새 이미지와 사진 이미지가 주축을 이루면서 가족의 그리움이 부각되었다. 이 역시 꿈의 구조를 통하여 초월적 공간을 조망

---

178 김해옥, 앞의 책, 33~34쪽.

하면서 서정적 세계를 지향하였다.

2) 상징적 공간의 내면화와 유토피아적 욕망

강소천의 창작동화 및 소년소설을 서정미학의 관점에서 바라볼 수 있는 것은 플롯의 형태가 약화됨에 따라 시간의 계기성 및 선조적 구조로의 진행이 미약하게 나타난다는 점에 있다. 이것은 이야기와 연관된 인물이나 사건과 같은 서사적 요소들이 이미지에 의해 시각적인 장면으로 변형된다는 것을 의미한다. 또한 공간적으로 화자의 인식을 시각화하려는 특성을 지니고 있기도 하다. 서정적 현상은 시간을 질서에 따라 즉, 과거, 현재, 미래의 선조적 계열성에 따라 인식하지 않는다. 질서화된 시간의 계열성을 내면으로 자아화하여 무시간적으로 인식한다. 서정적 주체의 내면 안에서 시간이 재구성되면서 새롭게 인식된다는 의미이다. 이것이 '무시간성'이며, 시간 인식을 공간적으로 변형시켜 인식한다는 '공간의 동시성'이다. 이를테면, 과거, 현재, 미래의 시간이 배제된 채 하나의 공간 속에서 장면을 통하여 서정적 경험을 하게 된다. 이렇게 무시간성으로서 공간적 인식을 하는 것은 현실에서 서정적 주체와 객체가 불화를 겪거나 서정적 주체의 결핍 현상이 원인으로 작용하는 경우가 많기 때문이다. 서정적 주체는 결핍과 갈등을 겪으면서 이를 극복하기 위하여 주객이 통합되었던 시간이나 공간을 염원하게 된다. 주로 인간과 자연이 통합되고 자아와 세계가 합일을 경험했던 원초적인 세계를 꿈꾸게 된다. 이것은 과거의 세계나 경험에 초점을 맞추는 경향을 가리킨다. 이 상황에서 시간 인식은 객관성을 잃게 되고 내면의 시간으로만 기능하게 된다. 이때에 공간은 더욱 두드러져서 "근본적으로 현실 속에서는 불가능한 시적 합일을 주체의 내면에서 미적 가상으로 만들어냄으로써 자아와 세계의 통합을 열망하는 인간의 원초적 욕구를 표현"하게 된다. 그리고 이 미적 가상공간은 서정적 주체의 내면화된 공간으로서 "객관적인 삶의 배경이 아니라 주체의 상상력을 통합해 주는 인식의 공간으로서 상징적 의미를 갖게"[179] 된다.

서정적 서사에서 표현되는 공간 인식은 대체로 미적 가상공간으로서 상징적 공간으로 설정된다. 인간은 이러한 공간의 내면화를 통하여 결핍되고 불안한 현실과 자아와의 세계가 분리된 현상을 극복하고자 한다. 이러한 지향성이 하나의 유토피아적 욕망으로 작용한다. 인간이 꿈꾸는 공간은 서정적 서사에서 대체로 원초적인 세계를 지향하고 있다. 근본적으로 인간과 자연이 하나로 통합되었던 이 시대는 유토피아에 해당한다. 서정적 서사에서는 이 세계를 상징적으로 내면화하여 지향하게 된다. 그러나 반드시 과거의 원초적인 세계만 고집하는 것은 아니다. 불화와 결핍을 초월하기 위하여 과거의 원초적인 세계보다는 미래의 도래할 세계와 희망을 제시함으로써 유토피아적 욕망을 드러내기도 한다. 에른스트 블로흐의 '동일성의 고향'은 과거의 지나간 원초적 세계에 지향점을 두기보다 '아직 아닌', '아직 의식되지 않은'이라는 개념을 설정하여 미래에 도래할 세계에 희망을 제시하고 있다.[180] 그가 말하는 동일성의 고향이란 "나와 자아와의 관계에서, 개인과 사회, 인간과 자연의 모순과 대립의 모든 문제들이 해결된 세계이다. 인간 자신과 이웃이 그리고 자연과 함께 완전히 화해되어 있는 상태"[181]를 말한다. 블로흐가 말하는 '동일성의 고향'은 그가 제시하는 구체적인 유토피아로서 미래를 염원하는 희망의 원리인 것이다. '에덴동산'

---

179 위의 책, 25~26쪽.
180 에른스트 블로흐, 박설호 역,『희망의 원리 2』, 열린책들, 2004, 1270쪽.
181 이종인,『희망의 두 지평—에른스트 블로흐와 위르겐 몰트만의 희망비교』, 백석대학교 박사학위논문, 2017, 139쪽.

이나 '황금시대'가 과거의 원초적인 세계로의 회귀를 지향하는 개념
인데 비해 '동일성의 고향'은 미래의 비전을 제시하는 개념으로 차이
를 보인다. 그러나 이것은 접근 방식의 차원에서 차이를 보일 뿐 궁극
적으로 통합과 화해를 지향한다는 점에서 궤를 같이한다. 그리고 블로
흐가 말하는 유토피아도 근본적으로는 '모든 것의 합일'을 지향하기
때문에 서정성의 본질과 부합하며, 원초적인 공간의 의미로 환기된다.
이러한 '서정적 인식의 공간' 역시 자아와 세계의 화합이 실현된 원초
적인 유토피아를 갈망하는 구체적인 결과인 것이다.[182]

강소천의 창작동화에서는 원초적 세계에 대한 서정적인 화자의 동
경과 갈망이 환상이나 꿈의 공간으로 설정되어 이상성을 드러내고 있
다. 환상이나 꿈의 공간은 이상적인 낙원으로서 결핍의 현실 공간과
대립을 이루면서 화합을 시도한다. 강소천이 창작동화에서 설정한 이
차 세계인 환상공간의 경우 화합과 합일을 지향하는 세계로서 서정적
감정을 고조시키고 있다. 즉, 작가 마해송의 경우 창작동화에서 보여
준 환상공간이 풍자와 비판을 지향한 세계였다면, 강소천이 활용한 환
상공간은 정조의 통일과 합일의 순간을 지향한 세계였다. 또한 상징적
공간으로서 고향의식을 내면화하여 표상하고 있는 것이 특징이다. 단
편 창작동화 「고향으로 돌아가는 배에서」[183] 표상하고 있는 '고향'은
원초적인 이상을 동경하는 상징적 장소이다. 주인공은 전 재산을 팔아
상품을 구입하여 배에 싣고 고향으로 돌아가는 길에 풍랑을 만나 모
두 잃고 혼자 남는다. 정신을 차렸을 때에는 눈부시게 하얀 옷을 입은
천사 같은 여인이 간호를 하고 있었으며, 여인은 고향으로 돌아갈 것
을 종용한다. 그러나 주인공은 재산을 잃어 돌아갈 수 없다고 한다. 여

---

182 임채욱, 앞의 논문, 30쪽.
183 이 작품은 1953년 『학원』 10월호에 처음 발표되었으며, 1954년 홍익사에서 간행한 강소천
   동화집 『꿈을 찍는 사진관』에 수록되었다.

인은 '한 송이 꽃보다도 가치가 없는 돈'이라고 하면서 앞에 보이는 산꼭대기에 핀 꽃 한 송이를 꺾어다주면 보물을 주겠다고 한다. 주인공은 그 꽃을 찾아 산에 오른다. 고난 끝에 주인공은 연분홍색 꽃 한 송이를 발견한다. 그가 다가가 꽃을 꺾는 순간 꽃이 비명을 지르는 바람에 주인공은 기절하고 만다. 눈을 떠보니 꽃은 없고 꽃줄기만 남아 있어 주인공은 여인을 한 번 더 만날 마음으로 산을 내려온다.

> 여인은 팔에 귀여운 아기를 안고 바다 위로 걸어서 바닷가에 나왔읍니다.
> 여인의 얼굴에는 기쁜 빛이 가득 차 있었읍니다.
> 여인은 아기를 땅에 내려 놓더니 내 목을 껴안으며
> "감사합니다. 무엇으로 당신의 은혜를 갚아 드립니까?"
> 하고 내 뺨에 자꾸만 입을 마쳤읍니다. 나는 그만 어리둥절해 버렸읍니다. 무슨 영문인지 통 알 수 없었읍니다.
> "당신이 꺾어 주신 한 송이 꽃! 자, 이게 내 아기입니다."
> "아기요?"
> "그렇습니다. 우리가 사는 바다 속에도 악마는 있읍니다. 악마는 이 귀여운 내 아기를 한 송이 꽃이 되게 하였읍니다. 당신이 산에 올라, 그 꽃을 꺾는 순간, 내 아기는 요술에서 풀려났읍니다. 내 아기는 한 마리의 작은 새가 되어 내 품에 날아 왔읍니다.
> 나는 그 새가 내 아기인 것을 곧 알고, 내 품에 안고 눈물을 흘리며 자장가를 불러 주었읍니다. 새는 곧 다시 귀여운 내 아기로 변했읍니다. 자 한 번 안아 주셔요."
> 나는 아기를 받아 안아 주었읍니다.
> 아기는 나를 보더니 빙그레 웃었읍니다.
> 나는 아기의 뺨에 입을 맞추어 주었읍니다.
> ─「고향으로 돌아가는 배에서」 부분[184]

인용을 통하여 알 수 있듯이 '꽃'은 여인의 아기로 이미지화되어 나타나 있다. 꽃을 찾기 위하여 온갖 시련을 겪게 되는 것과 고향을 향하던 길에 풍랑을 만나 재산을 모두 잃는 것은 상통하는 의미가 있다. 이는 현실 공간과 이상 공간과의 거리를 뜻하는 것이며 대립적 의미로 설정되어 있다. 여기에서 꽃과 재산은 하나의 상징이다. 꽃은 영혼, 정신, 주체를 의미한다. 이에 대한 구체적인 존재가 '아기'이다. 반대로 재산은 육체, 물질, 객체를 뜻한다. 꽃과 아기는 동일화된 이미지로서 순수하고 원초적인 공간을 표상한다. 결국 여인의 '아기'는 주인공의 '고향'이 이미지화된 것이다. 주인공이 아기를 안고 뺨에 입을 맞추는 행위는 주·객의 상호 융합을 보여주는 서정적 순간인 것이다. 자아와 세계가 화합하는 서정적 순간은 "인간의 이성과 감성, 주체와 객체, 자연과 문명이 분리되지 않은 원초적인 시대를 표상하게 된다. 다시 말하면 자아와 세계의 조화로운 화합을 통하여 유토피아를 동경하는 서정적 자아는 주·객이 화합했던 원초적인 삶의 공간을 갈망하게 된다는 의미"[185]이기도 하다. 정신과 안정의 고향으로 표상화된 공간, 그와 대립되는 물질과 불안으로 표상화된 공간을 설정하여 반어적으로 주제 의식을 표출하는 형식이다. 또한 주인공의 주관적인 의식이 고향이라는 이상적이고 원초적인 세계와 동일화되는 장면으로서 지복의 공간인 셈이다. 영원불멸의 시간으로서 무시간적이며 조화롭고 균형적인 공간, 사랑의 무한함과 순진무구한 유토피아적 공간이다.[186] 지복의 공간에서는 구체적이며 상징적인 장소로서 '집'[187]을 표상한

184 「고향으로 돌아가는 배에서」, 『꿈을 찍는 사진관』, 앞의 책, 83~84쪽.
185 임채욱, 앞의 논문, 30쪽.
186 마리아 니콜라예바, 『아동문학의 미학적 접근』, 앞의 책, 178~179쪽.
187 위의 책, 182~183쪽.
　아동픽션에서 집이 갖는 특별한 의미는 안전함의 전형이다. 집은 주인공들이 속해 있으면서, 바깥 세계를 모험한 후에 되돌아오는 곳이다. 집은 음식, 따뜻함, 사랑의 무한한 원천이다.

다. 이 작품에서의 '고향'은 곧 '집'과 같은 의미를 내포하는 것이다. 이 작품의 결말부를 보면 상징적 공간으로서의 '고향'을 인식하고 내면화하는 모습이 극명하게 드러난다.

여인은 내게 진주와 산호 같은 이름도 모를 바다의 보화를 가득 내어 주었읍니다.

"인젠 당신도 곧 고향으로 돌아 가셔요. 그리고 돈을 위하여서 고향을 떠나거나, 배를 타는 일은 하지 마셔요."

나는 여인의 말을 가슴 깊이 느끼며 여인과 이별하고 그 곳을 떠났읍니다.

☆

지금, 나는 고향으로 돌아가는 배 위에 앉아 있읍니다.

—「고향으로 돌아가는 배에서」 부분[188]

이 대목은 함축된 의미가 담긴 결말부가 된다. 서정적 주체인 주인공이 여인의 말을 받아들여 고향으로 돌아가는 배 위에 앉아 있다는 것은 자연과 문명이 통합되고 자아와 세계가 화합을 이룬 공간으로서의 귀향을 표징한다. 이를 증명하는 이미지가 바로 여인이 말한 '돈'이다. 돈을 위하여 다시는 고향을 떠나지 말라는 진술은 물질문명을 쫓지 말라는 충고이다. 결국 주인공의 고향은 어디라고 분명하게 제시되어 있지 않다. 물질문명에 지배되지 않고 사악함이 없는 가장 순수한 공간으로서 원초적인 장소인 것이다. 이것이 여인이 말하는, 주인공이 돌아가고자 하는 고향이다. 이 고향을 향하여 주인공은 배를 타고 찾아가고 있는 것이다. 그러므로 이 고향은 외부 세계에 표상화된 고향이기보다는 서정적 주체에의 내면에 표상된 고향으로서 유토피

---

[188] 「고향으로 돌아가는 배에서」, 앞의 책, 84쪽.

아적 의미를 내포하게 된다.

강소천의 창작동화에서 상징적 공간이 꿈 또는 환상 공간을 통하여 전개되는 것도 특징이다. 중편 분량의 동화 「내 어머니 가신 나라」[189] 는 꿈의 기법이 다양하게 변주되어 서사가 전개되고 있다. 서술자가 개입하면서 주석적 서술로 시작한다. 이러한 주관에 의한 화자 시점 서술은 서정시적 분위기를 연출하는데 유익한 장치로 활용되고 있다.

편지 받을 사람이 이미 이 세상 사람이 아닌 경우 (우리는 그들을 하늘 나라에 사는 사람이라 해 둡시다. 굳이 천국이니, 지옥이니 나눌 필요까지야 없겠지요.)— 그 사람들에게는 우리가 쓰는 말이나 글이 벌써 필요 없는 것인지도 모릅니다. 그러니까, 그들에게 편지를 쓴다는 것부터가 우스운 일 같이도 생각되겠지요. 그러나 조금도 그렇게 생각할 건 없습니다. 왜냐 하면, 그들에게 편지를 쓴다는 것은 결국 자기 자신을 위해 편지를 쓰기 때문입니다.

참말, 말과 글이 필요 없을 나라이라 상상해 보면, 그들의 밤은 땅 위의 밤보다 얼마나 더 고요하고 잔잔한 밤일 것입니까. [⋯중략⋯]

그러나, 이런 생각은, 안타깝게 그리움에 사무친 땅 위의 사람들의 생각인지도 모릅니다.

아니, 하늘 나라에 사는 사람들은, 벌써 여러 가지 방법으로 우리에게 편지를 보내고 있을지도 모릅니다.

하늘이 뽀오얗게 흐리기 시작하더니, 낮이 지나서부터 주먹 같은 함박눈이 펄펄 내리기 시작합니다.

— 「내 어머니 가신 나라」 부분[190]

---

189 이 작품은 1955년 『연합신문』 5월 11일부터 12회에 걸쳐 연재되었다. 발표될 당시의 제목은 「달 돋는 나라」이다. 이 작품은 1963년에 발간된 『강소천 아동문학 전집 6』(배영사 간)에 다시 수록되었는데 「내 어머니 가신 나라」로 제목이 바뀌었다.

이 작품의 서두에 해당하는 부분이다. 강소천이 즐겨 쓰는 문장이자 이미지이다. 앞에서도 이와 유사한 부분을 인용한 바 있지만, 하얀 눈을 하늘나라와 땅에 사는 사람들이 소통하는 편지로 비유하고 있다. 편지를 통하여 현실 공간과 초월적인 공간 사이에 소통을 갈망하는 작가 의식이 드러나 있다. 즉, 이 작품이 추구하는 이상성과 그리움이 암시된 부분이기도 하다. 작품에서 이상적인 상징 공간으로 '그리움 나라'가 설정되고, 이곳을 찾아가는 주인공인 춘식이의 고난은 그리움의 정서를 고조시키고 있다. 현실 공간과 초월적인 공간의 소통을 갈망하는 것은 그리움을 내면화하여 이상적인 세계를 지향하는 것으로써 서정적 전망을 구축한다. 이 두 공간을 이어주는 매개체로서 글이나 언어는 무의미한 것이 된다. 하늘에서 내리는 함박눈 자체가 그리운 언어를 담은 편지인 것이다. 이것은 슈타이거가 말한 "단어 없는 언어, 정조 속에 언어가 해소됨, 문맥의 연관성보다는 정조의 통일을 강조"한다는 서정성의 특징[191]을 직접적으로 보여주는 실례로 작품 서두부터 서정성을 표출하고 있다.

춘식이 받아 든 눈 종이에는 '무도회 초대권'이라는 말과 '그리움 나라'라는 장소가 적혀 있다. 이곳에 가면 돌아가신 어머니를 만날 수 있다는 사실을 접하고 그리운 마음에 길을 떠난다. 세 명의 친구들도 초대권을 받아 떠났다는 것을 알고 뒤따른다. 이 작품에서 등장하는 아이들은 모두 가족을 잃은 상실의 인물로서 그리움의 정서에 부합한다. 춘식이는 부모를, 경희는 아버지를, 칠성이는 어머니를, 동륜이는 누나를 잃어 상실의 현실 공간에 처하게 된다. 상실 의식은 그 자체로 고착되는 것이 아니라 탐색과 극복이라는 필연적인 의지로 전환되며

---

190 「내 어머니 가신 나라」, 『강소천 아동문학 전집 6』, 앞의 책, 16~17쪽.
191 에밀 슈타이거, 앞의 책, 23~56쪽.

현실 공간의 초월을 예견한다. 이렇게 설정된 공간이 '그리움 나라'라는 이상적이며 상징적인 공간이다. 이 작품은 기법적 측면에 있어서 꿈과 환상의 기법이 혼재된 형식을 취하고 있다. 꿈의 경계가 모호한 탓이기도 한데 작품 말미에 꿈으로부터 야기된 서사적 구성임이 암시적으로 드러나 있다. 결국 꿈이라는 큰 구조 속에 환상적인 기법들이 혼합된 형태로 전개된다.

이렇게 볼 때 이 작품에서의 꿈은 김용희의 주장처럼 '상실'에 대한 '찾음'의 구조로서 인간의 욕망 충족적 삶에도 관여하지만 그보다 인간의 궁극적 존재에 대한 물음이거나 삶의 문제를 제기하는 서사적, 서정적 장치로 작용하고 있는 것이다.[192] 춘식이가 찾아가는 '그리움 나라'는 '찾음'의 공간이면서 인간이 삶을 통하여 추구하는 원초적이고 영원한 유토피아적 공간인 것이다. 춘식이는 친구들을 뒤따르지만 결국 합류하지 못하고 온갖 시련을 겪고 참아 내어 어머니를 만난다. 춘식이의 주관적 세계에 해당하는 그리움의 대상인 어머니와 만남으로써 합일에 의한 순간의 상태성을 이루며 이 감정은 다시 내면화를 이루게 된다. 가상으로 설정된 이 공간인 '그리움 나라'는 그리운 사람들이 모이는 장소이다. 여기에서 그리운 사람이란 현실을 초월한 만남을 예견한다. 현실의 상황에서 만남이 자유롭지 못한 상태이거나 삶과 죽음의 장벽으로 인하여 만남이 불가능한 관계에 놓여 있는 사람들을 대변하고 있다. 이 그리움의 성취가 가능할 수 있도록 조성된 서사적 장치가 무도회장인 것이다. 춘식이는 이 가상의 공간을 찾아가기 위하여 험난한 여정을 겪는다. 결국 새로 변신하여 파랑새의 도움을 받아 무도회장에 당도한다. 이곳에서 그리움의 감정이 고조되면서 어머니를 만나게 된다.

---

192 김용희, 앞의 박사학위논문, 157쪽.

춘식이는 있는 힘을 다 내어 울었읍니다. 애닯게 울었읍니다.

"새야! 너도 그리운 사람이 있니? 하기야, 그러기에 이런 그리움 나라에 날아 왔지."

어머니는 새를 껴안고 ,

"우지 마! 울어도 소용 없지."

하며, 눈물을 주르르 흘렸읍니다. 어머니의 눈물이 새의 몸뚱이에 떨어지자, 새는 금방 춘식이로 변했읍니다. 본래 춘식이의 모습대로 된 것입니다.

"어머니 나예요 ! "

하고 어머니 가슴에 얼굴을 파묻고 춘식이는 흑흑 느껴 울었읍니다. [···중략···]

춘식이는 어머니와 함께 무도회장에서 즐거운 몇 날을 보냈읍니다. 여지껏 춤추지 않던 어머니와 손을 잡고 즐겁게 춤을 추며 놀았읍니다.

그리고 춘식이는, 경희 아버지도, 칠성이 어머니도, 택시의 누나도 만났읍니다. [···중략···] 봄바람이 세차게 불어왔읍니다. 복사꽃이 지기 시작했읍니다. 그러자 무도회에 왔던 사람들은 하나 둘 흩어지기 시작했읍니다.

"저 복사꽃이 죄다 지는 날이면 무도회장도 없어져 버린단다."

춘식이 어머니는 쓸쓸히 대답했읍니다. 어느 날 아침, 춘식이 어머니는,

"춘식아! 그럼 우리 명년에 다시 만나자!"

한 마디 말을 남겨 놓고 어머니는 어디로 갔는지 없어져 버렸읍니다.

— 「내 어머니 가신 나라」 부분[193]

주인공인 춘식이는 어머니를 여의고 할머니의 보살핌 아래 동생과 함께 살고 있는 아이이다. 그러기에 어머니에 대한 그리운 감정이 내면에 자리하고 있었으며, 그 대상이 어머니로 상정되었던 것이다. 이

---

[193] 「내 어머니 가신 나라」, 앞의 책, 43~44쪽.

러한 감정은 꿈속으로 진입하면서 서사성의 구체화로 이어진다. 꿈속에서 춘식이가 할머니께 편지 한 장만 남기고 '그리움 나라'에 오게 된 것도 이러한 연유 때문이다. 춘식이의 입장에서 어머니는 현실에서는 결코 만날 수 없는 대상이다. 생과 사가 엄혹하게 구별된 상황에서 그리운 대상과 화합하는 방법은 미적 가상 내지 상징적 공간이 마련되어야 하는 것이다. 인용된 부분에서 구체적으로 드러난 무도회장은 이를 성취하는 공간이며, 주인공 춘식이가 그리운 대상과의 만남과 합일을 내면화하는 순간인 것이다. 인용된 부분을 보면 이러한 감정들이 극대화되어 나타나고 있다. 새가 된 춘식이가 어머니를 만나 말이 통하지 않음에 슬피 우는 장면이나 어머니가 가엾은 새를 보고 눈물을 흘리자 그 눈물을 맞고 춘식이가 본래의 모습으로 돌아와 어머니와 극적으로 만나는 순간은 주체와 대상이 합일을 이루는 회감의 장면인 것이다. 이러한 정조는 몇 날을 같이 춤을 추며 즐거움을 누리는 고조된 미적 순간의 정서로 이어진다.

이 무도회장은 그리운 사람들이 통합을 꾀하는 장소이다. 그것은 인용 부분에도 나와 있듯이 상실과 그리움의 대상으로 제시되었던 경희 아버지, 칠성이 어머니, 동륜이 누나 모두 이 무도회장에서 만나게 된다. 이 그리운 사람들은 모두 복사꽃 이미지로 제시되어 있다. 그러므로 봄바람이 불어 복사꽃이 떨어지자 그리운 사람은 물론 무도회장도 사라지게 된다. 이것은 춘식이가 이 가상의 공간에서 오래도록 머물 수 없기 때문이다. 이 공간은 어디까지나 현실 공간이 아닌 환상 공간인 것이다. 상징적 의미로 설정된 공간인데 춘식이는 이 공간에서 그리운 대상과의 내면적 합일을 성취하고 현실의 공간으로 돌아오게 된다. 복사꽃 이미지는 이 상징적 공간을 표징하는 대상물이다. 어머니가 마지막에 춘식이와 헤어지면서 명년에 만나자고 한 것은 복사꽃이 지고 다시 필 것을 기약하는 자연의 순환적 관계를 나타내는 의미의 진술이 된다. 춘식이는 이러한 순간과 상징적 의미를 긍정적으로 내면화한다. 그리하여 돌아와 할머니께 어머니를 만나보았다는 말을 전하며 이제 더 이상 아쉬움을 내색하지 않는다. 현실로 돌아온 춘식이는 그리움을 보다 성숙한 방식으로 내면화한다. 비록 꿈이었음을 인지하지만, 이 작품의 결말부에 드러난 장면은 꿈을 통한 상징적 공간의 내면화로 인하여 감정이 절제된 모습을 보여준다.

어느 반에선지 음악 시간이 되어 아이들이 부르는 노래 소리가 들려왔읍니다.

보일 듯이 보일 듯이 보이지 않는
따옥 따옥 따옥 소리, 처량한 소리.
떠나가면 가는 곳이 어디일까요?
내 어머니 가신 나라, 달 돋는 나라.

아이들은 그 노래를 부르고 나서 또 딴 노래를 부릅니다.
그러나, 춘식이는 몇 번이고 이 노래를 마음 속으로 가만가만 되풀이해 불러 봅니다.
"내 어머니 가신 나라, 달 돋는 나라."
정말 어머니는 달 돋는 나라에 계실까?
춘식이는 천천히 학교 산을 내려 집으로 돌아왔읍니다.
　　　　　　　　　　　　　　　　　　　　　　　　　－「내 어머니 가신 나라」 부분[194]

그리움의 감정은 노래로 승화되면서 서정적 정조를 고조시키고 있

---

[194] 위의 책, 47~48쪽.

다. 춘식이가 노래를 부르는 것은 그의 감정과 의식이 내면화되면서 어머니는 달 돋는 나라에 계실 거라는 믿음으로 확장시키는 행위이다. 이러한 의식은 보다 성숙된 태도로서 단순히 꿈을 통하여 소원의 성취를 이룬 것에 만족하지 않는다. 보다 인간의 존재 방식이 자연의 순리에 따라야 함을 수용하는 깨달음의 존재적 가치로 확대되고 있음을 보여준다. 이와 함께 어머니는 비록 세상을 떠났지만 달 돋는 나라라는 아름답고 순수한 가치의 공간에 존재한다는 믿음으로 귀결되고 있다. 이것은 아름답고 숭고하며 화합된 가치를 지향하는 서정적 본질의 정신과 상통하는 것으로써 작가적 의식이 투영된 것이다.

강소천이 타계한 후 4일 뒤에 출간되어 그의 생존 마지막 작품으로 평가 받는 장편 「그리운 메아리」[195]는 원초적 공간으로서 고향에 대한 회귀 의식이 명료하게 표출된 동화이다. 이 작품도 현실에서 꿈으로, 다시 현실로 돌아오는 순환적 구조로서 겹이야기 구조를 띠고 있다. 작품 대부분의 내용이 꿈의 환상적 서사에 해당한다. 이 작품에 대해서는 연구자들에 의해 다층적인 논의가 전개되기도 하였다. 선안나는 이 작품을 두고 "강소천의 여느 작품보다 분노와 좌절 및 체념에 의하여 반공 의식이 극명하게 드러난 동화"[196]라고 평가하였다. 장정희는 "분단의 극복 논리로써 환상적 서사를 취하고 있으며, 이를 통하여 통일 담론을 드러내"[197]고 있다고 분석하였다. 이은주는 이 작품을 통일 담론으로 규정하면서 "분단의 고착화에 대한 경각과 통일에의 환기를 표명"[198]하는 작품이라고 주장한다. 특히 그는 분단의 고착화라는 명제 아래 남한의 물질 만능주의와 경제적인 구조를 비판하고 있다. 북

---

195 이 작품은 1963년 학원사에서 출판되었다.
196 선안나, 앞의 논문, 123쪽.
197 장정희, 「분단 극복의 환상—1960년대 장편동화 『그리운 메아리』를 중심으로」, 김종회, 김용희 편, 『강소천』, 앞의 책, 315~328쪽.
198 이은주, 앞의 논문, 92쪽.

한의 경우 공산주의 체제의 공고화에 따른 종교적 탄압과 자유에 대한 억압을 비판적으로 제시하고 있다는 논리로서 보다 리얼리즘적인 입장에서 분석을 시도하고 있다. 물론 이 작품의 서사가 다층적인 구조를 이루고 있기 때문에 다양한 분석이 가능하다. 또한 이 분석이 어느 정도 일리가 있는 것도 사실이다. 그러나 강소천의 작가 의식과 작품의 미적 특성을 고려해볼 때 보다 심층적인 분석이 요구된다. 그것은 이 작품에 나타난 서사성 외에도 미적 특질을 구명하는 작업으로부터 접근이 이루어져야 하기 때문이다.

이 작품에서 겉이야기는 시점이 고정되어 주인공인 영길이의 시점으로 전개된다. 반면에 속이야기인 꿈의 세계는 환상적인 서사로 꾸며지고 있으며, 시점의 이동이 나타난다. 강소천의 작품에서 흔히 볼 수 있는 특징으로는 꿈이 깨는 경계의 경우 명확하게 제시되어 있다. 하지만 꿈의 도입부가 그 경계가 분명하지 않게 설정되어 있다. 이 작품도 꿈의 도입부가 분명한 경계로 설정되어 있지는 않은데 그 전형을 따르고 있다. 주인공인 영길이는 제비가 그려진 만화책을 보고 있는데 동생 웅길이가 들어와 그 책을 보여 달라고 한다. 영길이는 재미있는 만화책을 양보하기 싫어서 동생과 다툰다. 그리고 동생 웅길이는 형 영길이와 다툰 후 집을 나가버린다. 그리고 웅길이는 집으로 들어오지 않은 채 행방불명이 된다. 이미 이 부분부터 영길이의 꿈은 시작되고 있는 것이다. 웅길이는 집을 나와 평소에 형 영길이와 즐겨 찾는 박박사님 댁으로 간다. 박 박사는 실향민으로 가족도 없이 식모 아이만 두고 혼자 살면서 연구에 몰두한다.

웅길이는 박 박사의 집을 찾았으나 박 박사가 외출하고 없는 틈을 타 몰래 연구실에 들어가 실험약물을 마시고 제비로 변한다. 웅길 제비는 노래하고 춤추는 신기한 제비가 되어 방송에 출연해 공연도 선보인다. 그러나 이것이 빌미가 되어 물질에 탐욕을 부리는 사람들에 의해 팔려 다니는 신세가 된다. 박 박사의 숙원은 연구를 통해 제비로 변하는 약물을 만드는 것이었다. 제비로 변하여 북에 두고 온 가족들을 만나보고 싶어서이다. 결국 박 박사도 약물을 마시고 제비가 되어 한 겨울에 북으로 향한다. 박 박사가 찾은 북한 땅은 한 겨울 만큼이나 엄혹했다.

우선 종교 탄압으로 인하여 기독교인들이 자유롭게 예배를 드릴 수 없었다. 그리고 그곳에서 딸 순이를 만나나 제비의 몸으로 대화도 나누지 못한다. 남쪽으로 돌아온 박 박사는 제비로 변하여 사라진 웅길 제비를 찾으러 다시 길을 떠난다. 그러나 삼팔선을 넘지 못하고 총을 맞아 군의관의 도움을 받는다. 박 박사 제비는 집으로 오는 도중 집 근처에서 아이가 쏜 고무줄총을 맞아 죽고 만다.

박 박사 제비의 죽음 앞에 영길이는 목 놓아 울다가 제 소리에 놀라 잠에서 깬다. 그리고 실향민으로 늘 고향을 그리워하는 박 박사 할아버지를 생각한다. 돌아오는 일요일에 동생 웅길이와 한동안 놀러가지 못했던 박 박사 할아버지의 집을 찾기로 한다. 박 박사 할아버지는 꿈 속의 인물처럼 연구하는 박사는 아니다. 영길이 형제에게 인자하게 대해주고 사이다나 주스를 잘 만들어주며, 과학이야기도 곧잘 해주는 인물로서 산 마을에서 외롭게 사는 노인이다. 겉이야기의 박 박사 할아버지와 속이야기의 박 박사는 모두 북쪽이 고향이라는 점과 혼자 살면서 고향을 무척 그리워한다는 점에서 공통점을 갖는다. 이 박 박사는 겉이야기와 속이야기의 상관성을 고려해볼 때 하나의 화신과 같은 동일인의 의미를 지닌다. 꿈의 공간에서 박 박사의 행보나 의식은 겉이야기에 표현된 박 박사 할아버지의 정서를 대변하고 있다. 사실 박 박사 할아버지가 작품에 등장하는 비중은 매우 단출하다. 결말부에서 영길이가 꿈을 깬 후 영길이의 형제와 만나는 장면에 불과하다. 그리고 주목할 것은 영길이가 박 박사 할아버지를 찾아갔을 때 박 박사 할아버지는 고향으로 가는 꿈을 꾸었다는 일종의 암시적 말을 한다. 이 꿈은 영길이가 꾼 꿈과 동시성을 지닌다는 의미에서 서정성의 본질인 합일의 상태성을 드러낸다. 즉, 박 박사 할아버지가 등장하는 장면은 아주 적은 분량에 불과하지만 속이야기에서 박 박사가 보여준 서사적 구조와 내용에 수렴되어 있다.

이 작품의 서사적 표면에 드러난 주제는 분단 극복과 통일의 염원이다. 그러나 강소천은 이 주제를 표면에 제시하면서 이면적으로는 작가 의식을 투영시키고 있다. 그것은 미적 서정의 구현 형태로서 고향이라는 인간의 영원한 원초성을 작품의 심층에 내재시키면서 하나의 상징적 공간으로 구축하고 있는 것이다. 여기에서 도출할 수 있는 중요한 이미지는 메아리이다. 그러기에 박 박사 할아버지는 영길이 형제와 메아리 놀이를 하며 동요를 부른다.

메아리는 거울 이미지와 같이 나의 정체성을 확인하는 이미지이다. 메아리의 반향은 곧 나의 존재를 확인하는 방식이 되며, 나의 정체성을 확인할 수 있는 공간인 것이다. 이러한 조건이 갖추어진 공간이나 이미지의 세계가 원초적인 고향이다. 그러나 박 박사 할아버지는 현실에서 고향을 잃었기 때문에 나 자신의 존재 가치나 정체성마저 찾지 못하는 균열의 현실을 살고 있는 것이다. 현실에서는 분단의 상황을 허물고 고향으로 갈 수 있는 방법이 존재하지 않는다. 즉, 내면의 갈등 속에서 불안정한 현실을 겪게 되는 것이다. 현실적인 한계에 처한 박 박사 할아버지가 할 수 있는 유일한 방법은 자신의 정체성을 확인하기 위하여 메아리가 존재하는 산에서 기거하는 것이다. 메아리를 통하여 자신의 존재감을 확인하는 작업과 고향 산천에서 유년시절을 보냈던 메아리 놀이를 통하여 고향을 회상하는 정도이다. 그러므로 산을 떠날 수 없는 것이다. 결국 박 박사 할아버지가 사는 산의 메아리는 고향을 상징하는 대체물인 셈이다. 그러나 이것으로 고향을 향한 욕망이 실현될 수는 없다.

박 박사 할아버지가 생각하는 고향은 일차적으로는 유년시절을 보냈던, 가족이 살고 있는 귀향적 의미의 고향일 것이다. 이를 확장시켜 고향의 의미를 추론하면 고향은 분단 이전, 또는 역사적인 일제 강점기의 시대적 의미가 배제된 평화롭고 인간이 자연과 화합하는 안락한 공간으로서 희망의 유토피아적 세계에 해당한다. 아마도 여기에 강소천이 희망하고 꿈꾸는 통일된 세계가 내재하고 있었을 것이다. 이것이 작가가 그리고자 했던 분단 극복의 궁극적인 욕망이었다. 그러기에 메아리를 통하여 자연과 화합하는 장면을 연출하고 있으며, 박 박사 할아버지의 죽음을 통한 원초적 고향으로서의 회귀라는 미학적 특성을 구현하고 있는 것이다. 영길 형제가 박 박사 할아버지를 만나 메아리 놀이도 하고 동요도 부르며 할아버지의 말벗이 되고 돌아온 후 이주 뒤에 다시 찾았을 때, 일주 전 할아버지는 세상을 떠나 장례를 치른 다음이었다. 영길 형제는 할아버지의 무덤을 찾아 그리움을 달랜다.

정말 할아버지는 산에 있을 것만 같았다.
"할아버지이!"
"할아버지이!"
두 주일 전에 이렇게 불렀을 때는
"누구냐아!"
하고 대답하던 할아버지! 오늘은 메아리도 "할아버지!" 만을 되풀이 할 뿐
"누구냐아!"를 말하지 않았다. [···중략···]
"아, 저기다. 붉은 무덤이 보인다."
두 소년은 조용히 무덤 앞에 꿇어 앉았다.
"할아버지! 여기 주무셔요? 지금은 무슨 꿈을 꾸고 계시나요? 청진행 기차가 어디까지 가고 있어요? 원산 함흥을 지났나요?"

"할아버지는 지금 깨어 계실거야. 우리들의 이야기가 듣고 싶으실거야."

[…중략…]

"자, 우리 노래를 부르자! 할아버지도 함께 부르실는지 몰라!"

두 소년은 그리운 언덕 노래를 조용히 부르기 시작했다. […중략…]

외치고는 귀를 기울이고 그리고는 다시 외치고.

그러다가 영길이는 갑자기 이런 시를 생각해 냈다.

저 수 많은 노래 소리 속에는

3·1 때 할아버지의 목소리도 있다.

그리고 또 북진하던 때 국군들의 목소리도 있다.

아아, 그들은 저렇게 다 그냥 살아 계시다.

그렇다! 한층 더 힘차게 외쳐 부르자!

―「그리운 메아리」 부분[199]

작품의 표면적인 상황으로는 분단의 현실에 가로 막혀 소원을 이루지 못한 할아버지 입장이 안타깝게 전해진다. 그러나 이 안타까운 현실에서 주인공 즉, 서정적 주체라고 할 수 있는 영길이에 의해서 할아버지의 죽음이 미화되고 있다. 오히려 할아버지는 죽음을 통하여 자유롭게 고향을 찾는 것으로 영길이의 내면에서 성취되고 있다. 영길이는 할아버지가 죽어서 소망이 좌절되었다고 생각하지 않는다. 영길이에게 있어서 이 죽음은 상징적인 공간으로서 영원성과 자유 의지를 획득하는 것으로 인식하는 것이다. 할아버지가 꿈을 꾼다고 생각하는 것, 할아버지가 같이 노래를 부르는 것, 그리고 역사를 거슬러 3·1운동부터 6·25 한국 전쟁까지 할아버지를 비롯한 우리 조상들의 혼백이 살아 있음을 깨닫는 것이다. 짧게나마 박 박사 할아버지를 비롯하

---

199 『그리운 메아리』, 학원사, 1963, 285~286쪽.

여 우리 조상에 대한 확장된 민족의식을 표명하기도 한다. 박 박사 할아버지의 죽음을 상징하는 무덤은 박 박사 할아버지의 소망이 실현되는 원초적인 공간이 된다. 할아버지는 죽어서 고향 북쪽으로 간다고 영길이는 믿는 것이다. 이는 할아버지의 죽음을 통한 원초적 고향의 공간 획득을 영길이가 내면화하는 것이 된다. 이런 점에서 서술자인 영길이와 함께 박 박사 할아버지도 미적 공간을 통하여 욕망을 실현하는 서정적 주체이다. 이 작품을 서정 미학의 관점에서 해석할 수 있는 근거가 바로 할아버지의 죽음과 욕망을 미적으로 승화시키고 있기 때문이다. 게다가 "그리운 언덕"[200]이라는 노래를 삽입함으로써 서정적 정조를 한층 더 고조시키고 있다.

처음엔 「아침 행진곡」이라는 제목이었다가 「어린 양과 늑대」로 바뀐 장편 소년소설에는 이전의 작품과는 다른 방식으로 유토피아적 욕망이 표출되고 있다. 창작동화에서 주로 꿈이나 환상적 공간을 통하여 유토피아적 욕망을 드러내는 것과는 달리 이 작품에서는 소설적 양식에 알맞게 보다 구체적인 현실적 욕망을 표출한다. 이 작품의 시대적 배경은 6 · 25 한국 전쟁 이후 고아가 되거나 결손 가정의 아이들이 겪는 사회상과 이를 극복하려는 의지와 욕망을 서사화하고 있다. 이 아이들은 모두 집을 잃은 상태에서 거지나 소매치기의 삶으로 연명한다. 그러다가 월남한 방 원장과 이 선생 부부가 설립한 보육원의 일원으로 강제 편입된다. 이곳으로 실려 온 아이들은 방 원장과 이 선생 부부를 여느 고아원 운영자들과 마찬가지로 아이들을 앞세워 자기 배를 불리는 사람에 불과할 것이라고 생각하며 불신의 눈으로 바라본다.

---

200 「그리운 언덕」, 『소년소녀 강소천 문학전집 5』, 앞의 책, 236쪽.
　　이 노래는 강소천이 노랫말을 쓰고 작곡가 정세문이 곡을 붙인 동요로서 많이 불린 곡이다. 내 고향 가고 싶다. 그리운 언덕/동무들과 함께 올라 뛰놀던 언덕/오늘도 그 동무들 언덕에 올라/메아리 부르겠지, 나를 찾겠지.//내 고향 언제 가나. 그리운 언덕/옛 동무들 보고 싶다. 뛰놀던 언덕.//오늘도 흰 구름은 산을 넘는데/메아리 불러 본다, 나만 혼자서.//

아이들과 운영자들의 불신이 팽팽히 맞서다가 이 선생의 열정과 특별한 애정에 마음을 여는 아이들이 나타난다. 그 대표적인 인물이 태윤, 동준, 을남이다.

> "자, 인제 여기에 우리는 새 운동장을 닦고 철봉대를 매고 농구대도 만든다. 야구도 할 수 있다. 이 산과 이 언덕은 모두 우리들의 것이다. 염소도 기르고 양도 치고 젖소도 먹인다⋯⋯."
>
> ―「어린 양과 늑대」 부분[201]

이 선생은 보육원 아이들과 의논하여 보육원의 이름을 '희망 소년시'로 짓는다. 보육원을 하나의 시로 만들어서 아이들이 직접 참여할 수 있게 한다. 그는 이를 자치 단체로 발전시켜 행정 조직도 구성하는 새로운 공간의 보육원을 운영하기로 마음먹는다. 이 선생은 이 보육원의 운영에 대하여 아이들 스스로 직접 판단하고 결정하여 운영에 참여할 수 있도록 민주주의적 단체를 조성하고자 한다. 민주적 절차에 따라 운영되는 소년시를 만들고자 선거를 한다.

> 그래서 '우리 집'이라는 이름을 '××시'로 고치자고 했다. [⋯중략⋯]
> '아침 소년시'는 백 명이 넘는 소년들을 '시민'으로 가진다. '희망 소년시'는 가장 이상적인 민주주의를 실천하는 시로 만들어 가자 했다.
> '시'에는 시의회가 있고, 그 밑에 각 부서를 두기로 했다. '농림부'도 두고, '노동부'도 두고, 그리고 '재정부' '문화부'도 두기로 했다. 그 밖에 '재판소'와 '공보처' 그리고 '소년군'도 창설해야 했다.
> 이렇게 부서를 만들어 놓은 뒤, 시의원을 뽑아 올리는 선거전이 벌어졌다.

---

[201] 「어린 양과 늑대」, 『강소천 아동문학 전집 5』, 배영사, 1964, 95쪽.

그것은 어른들의 선거전에서 보는 것같이 굉장한 것이었다.

—「어린 양과 늑대」 부분[202]

선거를 치른 결과 강압과 협박을 자행한 인걸이가 의외로 당선되고, 이 선생이 원했던 태윤이가 밀리게 된다. 선거를 통하여 보육원의 기틀을 잡은 시점에서 어느 날 을남이, 동준이가 차례로 보육원을 떠난다. 이 아이들을 찾으러 나갔던 태윤이 마저 돌아오지 않는다. 이와 함께 거지패들이 찾아와 보육원에 사는 아이들을 꾀어내기 위해 보육원 측과 대치를 한다. 이 선생은 선택을 아이들에게 맡긴다. 이 작품은 작품 제목에서 시사하듯 순수한 어린양의 이미지와, 늑대라는 음흉한 악의 이미지로 대별된다. 즉, 선과 악의 양극적인 구도를 통하여 유토피아적인 갈망을 표현한다. 이것은 앞에서 간단하게 언급한 것처럼 블로흐가 제시한 구체적 유토피아로서 희망을 지향하는 개방성의 양자택일과 유사한 논리이다. 블로흐가 제시하는 희망의 원리는 '아직 아님, 아직 의식되지 않음'에서 출발한다. 우리가 살고 있는 세계의 현실은 아직 아님의 세계이기 때문에 새로움을 기대하게 된다는 것이다. 이것이 변증법적으로 발전하면서 미래에 대한 예견으로 기대 정서를 갖게 되고 이것이 희망으로 의식된다는 것이다. 즉, 블로흐는 철학이 현재 존재하거나 존재했던 물질에 대하여 관심을 갖은 것을 비판하고 철학의 관심은 미래를 예견하는 영역이라고 주장한다. 그리하여 희망은 곧 미래를 예견하고 지향하는 원리로서 그것이 곧 유토피아의 세계라는 것이다. 그러나 이 유토피아를 지향하는 희망은 양자택일에 의해서 가능해진다. 즉, 아직 아님의 세계에서 변증법적 발전 과정을 갖게 된다. 이는 부정적 인식에 의하여 '무'에 빠지거나 긍정적 발전을 통하여

---

202 위의 책, 104~105쪽.

'모든 것'을 성취할 수 있다고 한다.[203] 이렇게 성취되는 '모든 것'이 구체적 유토피아로서 '동일성의 고향'인 것이다. 동일성의 고향이란 평화롭고 화합된 세계이며 화해로 가득 찬 '인간의 자연화, 자연의 인간화'에 해당한다.[204]

거지패들이 첫 번째 찾아왔을 때 보육원 아이들이 동요하지 않았으나 두 번째 찾아왔을 때에는 아이들이 동요하게 된다. 거지패 속에서 태윤이, 동준이가 나타나 유혹을 했기 때문이다. 아이들은 모두 거지패를 따라 나가려하고 인걸이도 이 선생에게 시장을 내려놓고 떠나겠다고 한다. 보육원의 아이들이 대문을 나서는 순간 태윤이와 동준이가 나서서 거짓임을 호소하고 동시에 경찰이 들이닥쳐 거지패들은 전원 체포된다. 을남이가 거지패들과 보육원으로 오는 도중 탈출하여 경찰에 신고했기 때문이다. 아이들이 모두 복귀하였으나 인걸이는 끝내 떠나고 만다. 이 사실이 기사화되면서 보육원은 평화를 되찾게 된다. 원장과 이 선생을 의심했던 아이들도 진실을 깨닫게 된다. 원장과 이 선생도 아이들과 똑같은 음식을 먹고 의복을 입는다는 사실을 알게 된 것이다. 불신이 믿음으로 바뀌게 되고, 보육원 아이들과 방 원장, 이 선생 간의 화해가 조성되며 화합의 무드로 전환하게 된다. 아이들은 태윤이를 신임하게 되고, 이 선생의 계획은 실천적 과정을 통하여 최선에 이르게 된다.

"원장 선생님이 늘 말씀하신 것같이 우리들의 손은 따뜻한 사랑의 손이 되어야겠다고 생각합니다. 아버지 같은 손, 어머니 같은 손, 형님, 누나 같은 손이 되어 주어야겠읍니다."

---

203 이종인, 앞의 논문, 30-34쪽.
204 위의 논문, 139~140쪽.

"이 선생 고맙소."

원장은 눈 앞이 어려 잠간 가만히 있더니 다시 말을 이었다.

"그들은 모든 것에 굶주려 있읍니다. 음식에, 의복에……그러나, 그들이 가
장 굶주린 것은, 그런 것보다 사랑과 부모의 정이요. 사랑에 굶주리고, 정에
굶주린 그들에게 우리는 사랑과 따뜻한 인정을 주어야 하오. 그게 우리가 할
일이요. 잘 먹이고, 잘 입히는 것은, 웬만한 활동가면 할 수 있는 일이요. 그러
나, 그들에게 사랑을 주고, 인정을 주는 일은 아무나 못 하는 일이요."

―「어린 양과 늑대」 부분[205]

방 원장과 이 선생의 대화 장면이다. 이것이 당시 현실을 대변하는
상황으로서 절박한 의지를 표명하고 있다. 6·25 한국 전쟁 이후 척박
하고 굶주린 시대 상황에서 피해자인 전쟁고아들을 조명하고 있다. 피
폐한 사회 현실 속에서 작가는 가장 절박한 문제를 제기하면서 희망
의 비전을 제시한다. 현실에 처한 어둠은 '아직 아님'의 상황이다. 이
를 극복하고자 희망을 제시하고 이상적인 세계를 펼쳐 보이려는 작가
의 의식은 '모든 것'의 단계로서 예술에서 보여주어야 할 미적 가상인
것이다. 이러한 의식을 강소천은 하나의 책무로 인식했었다. 방 원장
과 이 선생이 나눈 대화는 작가의 의식이 투영된 것으로 강소천이 꿈
꾸고 있는 이상적인 공간이다. 이러한 공간과 세계는 하나의 유토피아
로서 상징적으로 설정된 공간인 셈이다. 그러기에 이 작품에서 제시된
희망의 의미는 개별적인 성격을 갖는 것이 아니라 보편적인 특성을
갖는다. 방 원장과 이 선생의 대화 장면을 엿들은 아이들은 그들의 진
심을 느껴 감동하게 된다. 이 과정 또한 동일성을 확보하는 대목이기
도 하다. 즉, 희망의 공간을 조성함으로써 서정적 본질의 동일성이 성

---

205 「어린 양과 늑대」, 앞의 책, 133~134쪽.

취된다. 여기에 이 작품의 미학적 특성이 내재하고 있다. 이 작품에서 완성된 희망의 유토피아는 관념적인 공간이 아니라 구체성을 띤 공간이다.

"우리는 언제까지나, 받는 것으로 만족해서는 안됩니다. 앞으로는 우리의 힘으로 자립해야겠고, 나아가서는, 또 다른 고아들에게 우리의 사랑을 나누어 주어야겠읍니다."
이 선생님은 그런 말도 했읍니다. 적십자사에서도, 담요와 의류가 왔고, 보건 사회부에서도 예산을 마련했으니, 곧 와서 타가라는 편지가 왔다.
"모든 게 을남이 덕분이야!"
아이들은 이렇게 즐겁게 웃었다.
시장 선거날이 왔다.
누구나 예상했던 대로 거의의 수가 태윤이를 시장으로 써 넣었다. 그 밑 부서에 동준이 또래들이 일을 맡아 보기로 되었다.
이제 이 '희망 소년시'는 그야말로 새로운 희망 속에, 새로운 일을 할 것이다. 어른들의 힘을 빌리지 않고, 소년들 자신들의 힘으로 키워 갈 '희망 소년시'인 것이다.

—「어린 양과 늑대」 부분[206]

다소 군더더기의 요소가 짙다고 여겨지기는 하나 작가는 이 부분을 작품의 결말로 삼아 한 번 더 당대 사회에서 절실히 요구되는 점을 강조하고 있다. 즉, 방 원장과 이 선생의 대화를 구체화시키는 장면으로 받아들일 수 있는 대목이다. 작품에서 강조했던 '희망'이라는 기대 정서가 실현됨에 따라 수반되는 구체적인 현상으로서 의미가 있다. 보육

---

206 위의 책, 137~138쪽.

원의 구성원들이 화합을 이루는 공간의 표징인 셈이다.

강소천의 동화 및 소년소설에 나타난 서정적 특징은 상징적 공간을 내면화함으로써 유토피아적 욕망을 드러낸다는 점이다. 상징적 공간은 미적 가상의 공간으로서 원초적 세계를 추구하는 특징을 지니고 있었다. 「고향으로 돌아가는 배에서」에는 꿈의 구조가 아닌 환상적 장치가 설정되어 있었다. 이 환상적 장치와 상징적 이미지를 통하여 물질적 탐욕으로 위배되는 순수한 정신적 세계를 동경하는 모습을 표출하였다. 「내 어머니 가신 나라」와 「그리운 메아리」에서는 꿈의 구조를 통하여 상실한 것에 대한 정신적 극복을 희망으로 서사화하였다. 이 상실한 것은 어머니이며, 고향과 가족이다. 이들과의 만남을 꾀하기 위하여 가상 공간을 상징적으로 설정하여 서정적 주체의 내면으로 끌어들였다. 「어린 양과 늑대」에서는 과거의 원초적 세계로 회귀하고자 욕망을 드러내지 않았다. 오히려 미래의 희망적 유토피아 세계를 설정하고 내면화함으로써 인물들 간의 합일을 구축하였다.

3) 서정적 주인공의 현실 인식과 내면적 대응

서정적 주인공이란 사건과 행동의 주체로서 기능하는 것이 아니라 세계를 주관화하여 인식하는 인물이다. 즉, 능동적이고 직접적인 행동을 보이는 인물이라기보다는 세계를 인식하는 지각자로서의 기능을 드러낸다. 그러므로 현실과의 대결 의지를 보이는 것이 아니라 서정적 관점으로 행동한다. 서정적 인물이 행동하는 서정적 관점은 "시적 화자의 인식이 변형된 것으로서 세계를 지각하기 위한 탐색 행위"[207]인 것이다. 서정적 탐색의 과정은 서정적 경험을 통하여 이루어진다. 이

---

207 김해옥, 앞의 책, 34쪽.

것은 내면 의식으로 축소되면서 자아 반영적인 성격으로 변형된다. 이러한 인물을 서정적 주인공이라는 명칭 외에도 상징적 주인공, 낭만적 주인공, 서정적 화자 등으로 혼용되어 사용되고 있다. 또한 이 인물 유형은 현실과의 대결성이 약화되기 때문에 자연 수동성을 띠게 된다. 이런 취지에서 수동적 주인공이라는 말을 사용하기도 한다.[208] 또한 서정적 화자의 시적 인식을 핵심으로 하기 때문에 감각적 이미지를 통하여 장면화함으로써 서정적 인물들은 상징성을 띠기도 한다.

이 유형은 두 가지로 대별해 볼 수 있다. 하나는 주인공이 현실의 문제에 직접적으로 대결 의지를 갖지 못하기 때문에 현실도피의 방법을 택하게 된다는 것이다. 또 하나는 현실의 문제에 행동적인 모습을 보이지 못하는 수동성의 모습은 동일하다. 그렇지만 이 유형은 외부 환경인 현실을 내면화하여 내면 의식에 의해 변형시키면서 현실의 문제에 대응해 나가는 유형이다. 강소천의 창작동화에서 다루어지는 서정적 주인공은 후자에 가깝다. 이 서정적 주인공은 심리적인 측면에서 내적 자아의 인식 행위를 통하여 상황을 극복하거나 초월하는 의지를 보여줌으로써 내적 화합을 도모하는 과정을 표상하고 있다. 이러한 정신 작용은 더욱 확장된 모습으로서 순수한 사랑과 헌신의 자세 및 자아 각성의 과정을 보이기도 한다. 이 결정적 태도들은 모두 현실 속에 서정적 주인공의 주관 의식이 투사된 결과이다.

단편 소년소설 「꽃신을 짓는 사람」은 어린 딸을 잃은 아이 아빠가 슬픔을 내면화하여 현실 세계를 지각하고 인식함으로써 사랑으로 극

---

208 서정적 주인공이라는 용어는 서정적 인물을 포괄하는 개념인데 학자들마다 사용하는 용어가 조금씩 다르다.
김해옥은 '서정적 주인공'이라는 용어를 즐겨 사용한다. 박진은 '상징적 주인공'이라는 용어를 일관되게 사용하며, 프리드먼은 보다 다양하게 '상징적 주인공', '수동적 주인공', '서정적 화자', '낭만적 주인공' 등 혼용하여 사용한다. 그러나 이 용어가 내포하고 있는 의미는 대동소이하다.

복하는 과정이 그려지고 있다. 이 작품은 겹이야기 구조로 구성되어 있으며 서술자의 개입이 작품 표면에 드러나는 직접화법으로 전개된 다. 특히 이 작품에서 화자의 주관적이고 자유분방한 서술이 작품 속의 감정을 고조시키고 있다. 결혼한 지 이십 년이 넘도록 아기가 없는 중년 부부에게 여자 아기가 맡겨진다. 아기가 자라 네 살이 되자 아이 아빠는 서울로 이사하여 신발 가게를 경영하면서 살게 되나 딸아이를 잃고 만다. 모든 수단으로 아이를 찾아보았으나 끝내 찾지 못하고 아이 아빠는 슬픔에 빠진다.

마음이 쓸쓸해진 예쁜이 아버지는―이젠 예쁜이 아버지도 아니지―가만히 앉아 있으면 미칠 것 같애서 자기도 다른 직공들과 같이 신을 짓기 시작했어. [···중략···]
아빠는 또 꽃신을 만들었지. 이렇게 열심히 꽃신을 만들고 있는 동안만이 아빠는 마음이 가깝하질 않았어. 예쁜이가 집에 있을 때 일을 생각하며 꽃신 을 지으니까 아빠의 마음 속엔 예쁜이가 함께 살고 있는 거야.
한 켤레를 만들고 나면, 또 새 신을 만들고······ 여러 가지 모양의 꽃신을 만든 거야. 그러는 동안 세월은 자꾸 혼자 흘러만 갔지.
―「꽃신을 짓는 사람」 부분[209]

아이의 아빠는 딸 예쁜이를 생각하며 꽃신을 만든다. 이 작품에서 꽃 신은 서정적 주인공인 아이 아빠의 내면적 감정이 대상화된 이미지이 다. 즉, 주체인 예쁜이 아버지가 느끼는 슬픈 감정이 객체인 예쁜이에 게 대상화된 이미지로서 감정이 투사된 대리물인 것이다. 꽃신을 만듦 으로써 비로소 예쁜이가 아이 아빠의 내면과 융화의 과정을 이룬다.

---

209 「꽃신을 짓는 사람」, 『인형의 꿈』, 앞의 책, 13~14쪽.

이것이 서정적 순간 체험으로 상태성을 자아내기 때문이다. 꽃신을 만드는 행위는 서정적 지각의 과정으로서 예쁜이에 대한 그리움의 감정이 투사된 경험적 행동이다. 하나의 장인적 삶의 태도로서 프리드먼이 말한 것처럼 "삶의 주인공을 예술적 주인공으로, 낭만적으로 승화시키는 것은 서정성의 본질과 부합"[210]한다는 입장에서 이해가 가능하다.

아이의 아빠는 팔기 위한 목적이 아니라 자신 스스로를 위하여 꽃신 짓기를 반복한다. 꽃신을 만들 때만 예쁜이가 마음속에 있다고 생각하기 때문이다. 이것은 서정적 주인공이 서정적 경험을 통해 얻은 내면성의 힘으로서 서정시의 화자와 똑같이 내면적인 저항을 하게 된다는 의미이다. 따라서 주인공이 겪는 서정적 경험은 어려운 현실을 버티어 나가는 힘을 제공해 주는 중요한 기능을 하는 장면이 된다.[211] 결국 서정적 주인공의 내면적 저항에 의한 서정적 경험은 미적 합일을 지향하는 서정적 과정으로 전개되고 있다. 마음속에 예쁜이가 있다는 것 또한 가상에 의한 미적 화합이 되며 서정적 합일의 순간인 것이다. 예쁜이가 돌아올 것을 기대하며 네 살을 넘어 다섯 살, 여섯 살의 해가 지나면서 신발의 크기도 커져만 간다. 이렇게 반복되는 내적 자아의 서정적 탐색은 새로운 자각을 통한 세계의 인식에 도달하게 된다.

꽃신을 짓고 있는 동안 꽃신이 한 짝 한 짝 만들어 지는 동안은 예쁜이가 아빠 마음 속에 살고 있었는데 꽃신 만들기를 그만두고 나니 아빠는 그만 미칠 것만 같아졌다는 거야. 그럴 게 아냐.

그러나 아빠는 다시 좋은 생각을 했어. 참말 좋은 생각이었지. 만일 아빠가 미처 이런 생각을 못하였다면 아빠는 그만 죽어 버리기라도 했을 거야. 그 좋

---

210 랠프 프리드먼, 앞의 책, 29쪽.
211 나병철, 『소설의 이해』, 푸른산책, 1998, 326쪽.

은 생각이 아빠를 살려 준 거야.

"예쁜이는 본시 우리 아기가 아니었다. 남의 아기를 얻어다 기른 거다. 예쁜이는 제 갈데 루 간거다. 자기 부모를 찾아갔건 또 딴 사람이 데려다 기르건 그런게 문제가 아니야. 남의 아기를 위해 난 여지껏 몇 해를 두고 신발을 짓고 있었어. 왜 예쁜이 하나만을 위해 신발을 지어야 하나. 세 살짜리부터 여덟 살짜리까지 신을 수 있는 아니 갓난 아기라도 신을 수 있는 예쁜 꽃신을 만들어야 해. 세상의 모든 어린이가 다 내 예쁜인 거야."

—「꽃신을 짓는 사람」 부분[212]

이 대목은 서정적 주인공의 내적 자아가 자각과 인식을 통하여 대상을 내면화하는 모습을 보여주고 있다. 예쁜이의 신발이 아닌 이 세상 모든 어린이의 꽃신을 짓겠다는 것은 모든 어린이가 예쁜이라는 의미를 띠게 된다. 즉, 예쁜이를 포함한 모든 어린이가 주인공의 내적 자아에 의해 대상화된 인물로 제시된다. 꽃신과 어린이는 서정적 관점에서 주인공의 내면 의식이 탐색 과정을 통하여 투사되고 대상화된 이미지이자 인물로 귀결되는 것이다. 이를 두고 김용희는 "개별적인 의식에서 보편적인 사랑의 논리로 발전한 것"[213]이라고 평하고 있다. 여기에서 서정적 주인공이 지향하는 이상으로서의 사랑과 인간주의 문학이 성립되며 작가의식이 실현되고 있음을 알 수 있다.

소년소설 「어머니의 초상화」[214]에도 이와 같은 서정적 주인공의 특성이 드러나 있다. 서정적 주인공으로서 수동적이며 소극적인 성격을 특징으로 제시하고 있다. 그렇다하여 현실도피적인 성격을 나타내는

---

212 「꽃신을 짓는 사람」, 앞의 책, 17쪽.
213 김용희, 앞의 박사학위논문, 157쪽.
214 이 작품은 1960년 『소년한국일보』에 7월 17일부터 7월 31일까지 연재 발표되었다가 1963년 배영사에서 단행본으로 간행되었다.

것으로만 해석하기에는 문제가 있다. 이것은 지나치게 협소하고 언어적인 해석이다. 앞에서도 간단히 언급한 바 있지만 현실도피나 무력함의 성격 외에도 현실의 문제를 내면화하여 내적 의식의 차원에서 인식한다. 그리고 이를 지각함으로서 삶의 방향성을 찾는, 보다 전환적, 의지적 정신 작용까지 포괄한다. 또한 구원을 위한 탐색과 인간 본연의 원초성에 순응하는 양상도 포함된다. 이런 점에서 강소천의 창작동화에서 보이는 구원을 위한 헌신적인 태도와 사랑의 실천도 서정적 주인공이 드러내는 특성으로 이해된다. 이 작품에 등장하는 주인공 안 선생님과 춘식은 이러한 성격과 부합하는 인물이다.

안 선생님은 보육원 교사로 보육생들에게 공평한 사랑을 베푼다. 그런데 어느 날 새롭게 입소한 춘식이 유달리 아이들과 어울리지 못하고 혼자 지내자 이를 관찰한다. 춘식은 그림 그리기만 하며 보내다가 학질에 걸려 안 선생님의 간호를 받게 된다. 춘식은 고열 속에서 꿈을 꾸며 어머니를 만났던 이야기를 한다. 어머니의 모습을 그림으로 그리고 싶어 하는 춘식에게 안 선생님은 그림용품을 사준다. 이를 알게 된 보육원 아이들이 시기하여 춘식이가 그린 그림을 빼앗아 찢어버린다. 춘식이 그린 어머니 그림은 마치 안 선생님의 모습과 흡사했기 때문이다.

춘식이 그림을 그리는 것은 서정적 주인공의 감각적 차원에서 내면적 지각 또는 탐색의 과정이다. 춘식의 내면으로부터 향하는 대상은 어머니에 대한 그리움이다. 춘식이의 초상화 그리기는 앞에서 살펴 본 「꽃신을 짓는 사람」에서와 같이 장인적 행동의 일환으로서 내면 충동에 해당한다. 이것은 서정적 주인공인 춘식이 그리움을 내면화한 내적 탐색으로서 시각화된 이미지로 제시되고 있다.

안 선생님은 춘식이가 그린 두 조각난 '어머니'를 가만히 들여다 보고 계시다.

안 선생님은 꼭 자기를 닮은 춘식이의 그린 그림을 보시고 긴 한숨을 쉬셨다.

두 눈을 감으시고 조용히 생각하시기도 하셨다.

—「어머니의 초상화」 부분[215]

춘식이 그린 어머니의 초상화는 안 선생님을 닮아 있다. 결국 안 선생님은 춘식에게 있어서 대상화된 인물인 것이다. 춘식의 내면 속에 잠재하고 있는 어머니의 모습과 안 선생님은 상호 융화를 이루는 존재로 설정된다. 한편 안 선생님도 서정적 주인공으로서 서정적 관점에서 대상화된 춘식의 어머니와 상호적 융화를 시도한다.

"선생님도 춘식이가 무척 좋아. 우리 보육원에 온 날부터 선생님은 춘식이 생각만 했어. 춘식이를 보자 어려서 죽어 버린 내 아기 생각이 났어. 너무 어려서 죽었기 때문에 지금 컸으면 얼굴이 어떻게 변했을는지 모르잖아? 그런데 춘식이를 보자 곧 내 죽은 아들이 살아 온 것 같애! 그러니까 춘식이도 이 선생님을 보자 어머니 생각이 난 모양이지? 아마 춘식이 어머니도 이 선생님 얼굴과 비슷했나 보지?"

"참 그래요!"

춘식이는 정말 죽은 어머니를 다시 만난 것 같이 기뻤다.

죽은 어머니의 얼굴이 어떻게 생겼건 이젠 그런 게 문제 되지도 않았다. 산 어머니가 생겼으니까.

선생님도 만족해 하시는 춘식이의 얼굴을 보시고 무던히 기뻐하셨다.

---

215 「어머니의 초상화」, 『어머니의 초상화』, 앞의 책, 28쪽.

(몇 해 전 이야기다. 춘식이는 이제 어머니가 없어도 죽어 버리거나 울고
만 있을 나이는 지났다. 저 혼자도 살아 갈 수 있는 나이가 되었다. 안 선생님
께서 그 때 들려 준 아름다운 거짓말로 해서 춘식이는 힘을 얻은 것이다.

—「어머니의 초상화」 부분[216]

이 작품에서 드러나고 있는 서술 상황과 구성적 특징은 결말의 현현
에 초점을 맞추고 있다. 인용부분에 서술되어 있는 것처럼 안 선생이
춘식이를 보고 죽은 아들이 생각났다는 진술은 결과적으로 안 선생의
선의의 거짓말이었던 것이다. 춘식에게 정서적 안정을 꾀하기 위한 서
사적 전략이었다. 이러한 서사적 전략을 통하여 대상화된 인물과의 내
면적 합일을 도모하고 있는 것이다. 이러한 상호 융화의 서정적 순간
을 표출함으로써 인간애의 감정을 고양시키고 있다. 안 선생의 거짓말
즉, '춘식의 어머니 되기'는 서술 상황에서의 미적 형식을 완성한다.
내러티브적 측면에서 미적 장치를 조장하는 기능을 한다. 이것은 안
선생의 사랑과 헌신이 내면화된 것으로서 서정적 합일의 순간을 모색
하고 있다. 이렇게 강소천의 창작동화에는 서술 상황에 있어서 서정성
을 구현하기 위한 서정적 구조와 미학적 장치들이 유기적 관계를 형
성하면서 본질적인 서정성을 표상하고 있다.

소년소설 「무지개」[217]에도 서정적 주인공들의 현실에 대한 인식적

216 위의 책, 29~30쪽.
217 박금숙, 앞의 논문, 78쪽.
　이 작품은 1957년 1월 31일부터 2월 13일까지 14회 연재된 작품인데 발표지는 정확히 알
수 없다. 그 후 1957년 12월에 동화집 『무지개』로 단행본이 '대한기독교교육협회'에서 출
간되었다. 이 작품의 연재본에는 춘식이 교통사고로 죽음을 맞는 결말로 끝난다. 그러나 단
행본에 수록된 작품에서는 춘식이 부상을 당해 병원에 입원하는 것으로 반대의 결말을 연
출한다. 이에 대해 박금숙은 제목이 「무지개」이므로 연재본은 제목과의 상관성이 떨어진다
고 한다. 그리하여 다음 개작본에서 희망과 평화를 상징하는 무지개를 부각시키고 당시 어
린이들에게 희망을 전달하기 위하여 춘식의 죽음을 삭제하고 살아서 흥 아저씨와 미래를
예견할 수 있도록 상상력을 확장시켰다고 해석하고 있다.

행위들이 주조를 이루고 있다. 이 작품에서 주인공으로 설정된 춘식과 흄 아저씨는 「어머니의 초상화」처럼 감정의 투사를 통해 대상화를 모색하는 인물이다. 서울에서 두 시간 남짓 떨어진 작은 시골 마을에 위치한 보육원으로 춘식이라는 아이가 입소한다. 여러 보육원을 옮겨 다녔던 춘식은 이곳이 나름대로 마음에 드는 편이다. 그래서 정을 붙이고 살아가는데 보육원 뒤에 있는 뒷동산이 특히 마음에 드는 놀이터이다. 그곳에서 그림을 그리는 화가인 흄 아저씨를 만나 그림 그리기에 흥미를 갖게 된다. 처음엔 아저씨와 친하지 않았으나 점점 친분이 두터워져서 학교 수업이 마치면 춘식은 뒷동산으로 찾아와 흄 아저씨를 만나 그림을 그린다. 춘식은 흄 아저씨가 아버지나 형 같이 느껴졌다. 그러던 어느 날 흄 아저씨가 이틀 동안이나 뒷동산에 오지 않는다. 춘식은 흄 아저씨의 꿈을 꾸기까지 하면서 기다린다. 사흘째 되던 날 흄 아저씨가 찾아오자 춘식은 무척 반가웠다.

"아저씨이——"

춘식이는 정신 없이 그리로 달려갔다. 춘식이가 아저씨 앞에 왔을 때는 눈에 눈물까지 글썽글썽했다. 춘식이는 아저씨 품에 푹 안기며,

"아저씨, 왜 이틀 동안이나 안 왔어?"

하고 어리광이라도 부리고 싶었다. 그러나 아직 춘식이는 그게 안 되었다.

[…중략…]

"아저씨 나 아저씨 꿈 꾸었어요."

"어떤 꿈?"

"밤에 아저씨가 날 집에 찾아 왔어요."

"춘식이, 나 기다렸나?"

"네"

금시 춘식이 눈에서 또 눈물방울이 또르르 굴러 나오는 것이다.

그제야 홈 아저씨는 아까 춘식이의 눈에 눈물이 맺혔던 까닭도 알 수 있었
다.

—「무지개」 부분[218]

인용 부분을 보면 춘식과 홈 아저씨는 내면에 숨겨졌던 감정이 서로
투사되고 있다. 이러한 정서적 교류는 탐색의 과정을 통하여 회감의
순간을 경험한다. 홈 아저씨는 춘식에게 그림 도구를 선물로 주며 더
욱 그림 공부를 열심히 하라고 격려해준다. 그리고 홈 아저씨는 국전
에 출품하기 위해 한 달 정도 서울에 올라갈 것이라고 하며 그동안 춘
식에게 그림 공부를 열심히 하면서 기다리라고 말한다. 그러나 한 달
이 지나도 홈 아저씨는 돌아오지 않는다. 춘식은 홈 아저씨의 모습을
그림으로 완성하며 기다림을 이어 간다.

춘식의 그림 그리기는 서정적 측면에서 볼 때 정서적 투사 행위 내
지 대상화의 구체적 행동으로 상징성이 부여되어 있다. 즉, 앞의 두 작
품에서 살펴보았듯이 '꽃신 만들기'나 '초상화 그리기'와 같이 내면
의 감정을 예술적으로 승화시키는 행위로서 서정적 인식의 순간을 차
원 높게 형상화하고 있는 것이다. 이처럼 서정적 주인공으로서 춘식은
'그림 그리기'라는 대상 행위를 보인다. 그럼으로써 현실의 환경과 대
결하는 의지를 드러내기보다는 내면적으로 수용하고 승화하는 수동
성을 표출한다. 한 달이 지나도 홈 아저씨는 돌아오지 않는다. 설상가
상으로 춘식의 그림을 얻어 간 대성이의 그림이 출품되어 아동 국전
에서 수상을 하게 된다. 이 사건들은 모두 춘식의 희망이 무너진 것으
로서 내면적 갈등에 빠지게 된다. 춘식은 이에 대해서도 현실과 맞서
기보다는 보육원을 떠나기로 마음먹는 수동적 행동을 보인다. 이 또한

---

218 「무지개」, 『무지개』, 앞의 책, 97~99쪽.

내면 의식으로 현실을 받아들이고 주관화는 시적 화자처럼 인식하기 때문에 수동적 태도를 띠게 된다.

춘식은 보육원을 떠나 서울로 간다. 그곳에서 흄 아저씨가 출품한 국전 전람회를 둘러보고 주관 신문사를 찾아 흄 아저씨의 소식을 알아보려 한다. 춘식이가 서울로 떠난 다음 날 흄 아저씨로부터 편지가 도착한다. 국전에서 수상하지 못했다는 소식, 외국에 그림 공부를 하러 떠나게 되었다는 소식, 외국 친구로부터 춘식이가 그림 공부를 할 수 있도록 지원해주겠다고 약속을 받은 소식, 그리고 보육원 뒷동산에 오겠다는 날짜가 적혀 있었으나 흄 아저씨가 보육원을 찾았을 때 춘식은 없었다. 흄 아저씨가 보육원을 찾아 원장선생과 이야기를 하는 도중 신문에 실린 춘식의 기사를 접한다. 춘식이가 전람회 장소와 신문사를 찾아다니다가 교통사고를 당했다는 것이다. 흄 아저씨와 원장선생은 이내 춘식이가 입원해 있는 병원으로 떠나게 된다.

"원장 선생님, 미안합니다. 춘식이가 뛰쳐난 것은 저 때문이었어요."

하고 흄 아저씨가 말했을 때, 원장 선생님은 오히려 미안한 대답을 했다.

"천만의 말씀입니다. 저로서는 할 말이 없습니다. 부끄러운 것 뿐입니다."

"조금만 더 기다려 주었더면……며칠만 더 기다려 주었더면……"

"모두 사랑에 굶주려 그래요. 어디 자기들의 몸을 내 맡길 사람을 찾고 있어요. 잘 먹고, 잘 입는 게 문제가 아니예요. 정말 따뜻한 손, 부드러운 손, ― 자기들을 어루만져 주는 그런 사랑의 손을 찾고 있는 거예요. 춘식이는 그 손과 그 품을 찾아 떠난 거예요. 그런데 이렇게 서로 어긋났구먼요."

"아직 늦지 않았어요. 중상을 입은 건 아니라니까 곧 나을 테지요."

―「무지개」 부분[219]

---

219 위의 책, 113~114쪽.

이 작품에서 제시된 서정적 인물들의 수동적 행위는 단순히 소극적이거나 수동성의 모습으로만 그치는 것이 아니다. 이는 내면의 인식을 통하여 본질적인 가치와 진실의 의미를 자각한다. 흠 아저씨와 원장선생은 춘식이 보육원을 떠난 것은 사랑에 굶주린 탓이라고 단정한다. 그래서 사랑의 손과 품을 찾아 떠났다고 결론짓는다. 춘식이가 찾는 사랑의 손길과 품은 결국 흠 아저씨로 상징화된다. 흠 아저씨와 춘식은 상호 융화의 과정을 통하여 사랑의 정서를 확인하고 교감하는 합일의 감정을 성취하는 것이다. 여기에서 당대 현실의 냉혹함과 결핍의 시대상을 극복하고 인간적인 사랑으로 감싸 안으려는 고양된 정서가 드러남으로써 서정성이 농후하게 구현되고 있다. 이렇게 보면 서정적 주인공은 서사적 인물처럼 구체적이고 직접적인 성격을 드러낸다기보다는 시적 화자의 인식이 변형된 유형으로서 상징성을 내포하기도 한다.

창작동화 「임금님의 눈」은 작품 「무지개」와 유사한 주제를 드러내는 설화 형식의 작품이다. 간단히 살펴보면 보석을 좋아하는 임금님이 있었다. 늘 보석을 꺼내 햇빛에 비춰보는 것이 취미였다. 그런 임금님이 어느 날 시력을 잃어 앞을 볼 수가 없게 되었다. 의사들이 임금님의 눈을 보았으나 눈에는 특별한 이상이 없다고 했다. 수소문 끝에 신하들은 손수건으로 닦아주어 병을 고치는 할머니를 찾게 된다. 임금님 앞에 온 할머니는 임금님의 눈이 울지 않아서 못 보게 된 것이라며 손수건으로 닦아준다. 임금님은 눈물을 펑펑 흘리면서 시력을 되찾는다.

"조금만 더……자기를 위해서가 아니라, 이 번엔 가난한 사람들을 위해서……"

또 한 줄기의 눈물이 주르르 흘렀읍니다.

"앗! 보인다. 인제 보인다." […중략…]

임금 너무 기뻐셔서 할머니의 손을 잡으며 그 손수건의 내력을 물었읍니다. 할머니는 빙그레 웃으며 이렇게 대답했읍니다.

"아무렇지도 않은 손수건입니다. 때 묻고 더러운 하찮은 손수건입니다. 고아들의 눈물과 콧물을 닦아주는 손수건이예요. 가장 불쌍한 어린이를 위한……"

임금님은 그제야 알았다는 듯이 고개를 끄덕였읍니다.

－「임금님의 눈」 부분[220]

임금은 물질적 가치로 대표되는 보석만 쫓는다. 이러한 물질적 가치에서 실명을 매개로 하여 정신적 가치로 승화되는 과정을 그리고 있다. 이 작품은 단일한 모티프를 지닌 설화 형식의 동화이지만, 서정적 인물들이 타자화된 가치를 내면화하는 모습이 분명하게 표출되어 있다. 이 작품에서 임금이 서정적 주인공으로 설정되어 있는 것처럼 보이지만 그 역할과 비중은 그리 크지 않다. 손수건으로 병을 치료하는 할머니 역시 서정적 주인공의 역할을 하고 있는 것이다. 서정적 인물은 이렇게 특정의 핵심적 주동 인물로 설정되기보다는 주변 인물들이 등장하여 서정적 인식 내지 서정적 경험을 공유하게 되는 것이다.[221] 그러기에 능동적이고 행동적인 실천을 직접 선보이기보다는 정서적인 태도로 대응하는 현상을 자아낸다. 할머니는 임금에게 "자기를 위해서가 아니라 남을 위해 눈물을 흘리라."고 주문한다. 그리고 병을 치료하는 손수건은 고아들의 눈물과 콧물을 닦아준 하찮은 것에 지나지 않는다고 대답한다. 이러한 실천의 행위는 이미 서정적 인물인 할머니가 정신적 가치를 내면화하였음을 방증하는 대목이다. 이렇게 승

220 「임금님의 눈」, 『종소리』, 앞의 책, 102~103쪽.
221 김해옥, 앞의 책, 111쪽.

화된 정신적 가치는 보석만 쫓던 임금의 마음속에 전도되어 내면화하기에 이른다. 고귀하고 진실된 인간적 사랑을 내면화 한 임금은 곧바로 고개를 끄덕이며 수긍한다. 자기반성을 통하여 진실한 가치를 내면 의식으로 받아들이며 할머니의 서정적 경험과 융화를 이루는 순간을 연출한다. 내면적 자각을 통하여 그가 처한 현실을 긍정적으로 수용하고 인식하는 태도는 서정적 주인공 또는 서정적 화자의 특징이기도 하다. 이렇게 서정미학의 본질인 서정성은 아름답고 고귀한 정신적 가치를 구현하는 데 목표를 두고 있다.

소년소설 「어머니의 얼굴」[222]과 「아버지는 살아 계시다」[223]에도 그림 그리기와 초상화 이미지를 부각시키고 있다. 이 작품에는 서정적 주인 공이 내면 의식으로 그리움의 감정을 주관화하여 합일의 순간을 미적으로 승화시키는 과정이 그려진다. 「어머니의 얼굴」의 서정적 주인공인 춘식이는 어머니를, 「아버지는 살아 계시다」의 서정적 주인공인 철호와 어머니는 아버지를 6·25 한국 전쟁 중에 여의게 된다. 이별한 어머니, 아버지에 대한 그리움은 그림이나 초상화의 이미지로 대상화되어 내면의 서정적 지각을 통하여 극복되는 과정을 보여준다. 「어머니의 얼굴」에 등장하는 춘식은 사변 통에 무너진 건물의 빈 터에 혼자 나와 매일같이 여읜 어머니의 얼굴을 땅바닥에 그려본다. 이는 곧 그리움을 표상하는 춘식의 행위에 해당한다. 이 또한 서정적 주인공들이 앞의 작품에서 보여주었던 수동적이고 소극적인 태도의 연장선상에 있다. 환경에 대한 저항이나 대결 의지를 보이는 것이 아니라 그림 그리기라는 수동적 태도로 일관함으로써 내면 의식을 강화하고 있는 것이다.

---

222 이 작품은 1954년에 경진사에서 출간된 『강소천 소년문학선』에 처음 수록되었다.
223 이 작품은 1963년에 배영사에서 출간된 『어머니의 초상화』에 처음 수록되었다.

춘식이 어머니의 얼굴을 그림으로 그리면서 그리움을 표현하다가 말라리아에 걸려 앓아눕게 된다. 춘식이는 병세가 악화되어 신열에 시달리는 순간 꿈같은 체험을 한다. 그리운 어머니가 흰옷을 입고 나타나 춘식이를 안아주는 경험을 하는 것이다. 이 순간은 춘식이에게는 회감의 순간이 되며 현실에서 불가능했던 어머니와의 만남이 성사되는 순간으로 서정적 경험에 해당된다. 춘식은 병세가 호전되어 회복되자마자 다시 그림을 그리던 빈 터를 찾는다. 그러나 어머니를 만났던 꿈같은 경험 때문에 마음에 혼란을 겪는다. 어느 날 흰옷을 입은 어머니가 마치 살아난 사람처럼 춘식에게로 다가온다. 하지만 어머니는 춘식을 지나쳐 가버린다. 춘식이 서운하여 어머니의 그림 앞에서 울다가 쓰러졌을 때 다시 어머니가 나타난다.

춘식이는 다시 두 눈을 감았읍니다.

처음 느껴 보는 부드러운 손길──다시는 못 돌아올 정말 어머니가 대신 보내 준 어머니라고 생각했읍니다.

"아가! 무척 어머니가 보고 싶지? 그렇지만 넌 어머니를 이 세상에서 찾아서는 안 돼! 네 어머니는 네 마음 속에 있어, 아니 네 눈 속에, 네 머리 속에, 네 손 발에 있어. 네 몸과 마음 그 속에 네 어머니는 함께 살고 있어!"

낯 모를 어머니는 이런 뜻의 긴 이야기를 들려 주고 가 버렸읍니다.

이 일이 있은 뒤로부터 춘식이는 다시 이 곳에 나오질 않았읍니다.

─「어머니의 얼굴」부분[224]

춘식이에게 다가 온 흰 옷 입은 어머니는 진짜 어머니가 아닌 다른 어머니로 진술되어 있으나 춘식이의 어머니와 동일 인물로 보아도 무

224 「어머니의 얼굴」, 『강소천 소년문학선』, 앞의 책, 138쪽.

방하다. 어머니가 춘식이의 마음속에, 눈 속에, 그리고 머리와 손발에, 마음과 몸에 살아 있다는 것은 어머니라는 대상이 춘식이의 내면에 주관적 인식을 통하여 서정적으로 지각되었음을 의미한다. 즉, 내면 의식 속에 서정적으로 합일을 이루는 미적 경험인 것이다. 이러한 지 각의 결과는 춘식이로 하여금 자아 각성과 성장의 단계를 보여준다. 곧 현실에서 이별한 어머니를 살아 있는 존재로 인식하는 정신적 성 숙의 과정을 보여주고 있다. 이것은 춘식이로 하여금 대상에 대한 내 면화를 통하여 자아에 대한 성찰과 깨달음이 있었기 때문에 가능하다. 이러한 깨달음의 과정을 경험하는 서정적 주인공의 현실에 대한 내면 적 대응 또한 서정성의 표현인 것이다. 「아버지는 살아 계시다」에도 이와 유사한 서정적 관점과 인식 태도가 전개되고 있다.

철호는 사변 중에 아버지를 여의고 어머니와 단 둘이 살아간다. 어 머니는 철호가 비록 아버지가 없는 아들이지만 남부럽지 않게 키우기 위해 열과 성을 다한다. 어머니의 정성을 받은 철호는 또래들보다 책 도 많이 읽고 공부도 뛰어났으며, 예능도 우수했다. 특히 미술에 재능 이 뛰어났으며 속 깊은 아이였다. 철호와 어머니는 철호가 중학교에 합격하면 선물을 주고받기로 약속한다. 합격 당일 날 어머니는 철호에 게 학비를 모은 저금통장을 선물한다. 철호가 일기장에 학비 걱정을 적어놓아 어머니가 읽게 되었기 때문이다. 철호도 그에 대한 보답으로 어머니께 아버지의 초상화를 선물한다. 방학 때 고모댁에 갔다가 얻은 아버지의 사진을 기초로 하여 철호가 돈을 모아 맞춘 것이라고 했다.

어머니와 아들은 서로 부둥켜 안고 오래 동안 울었습니다.
"잘 했다. 아버지 초상화를 네 손으로 걸어라."
철호는 어머니의 말씀대로 책상 앞에 아버지의 초상화를 걸었습니다.
그리고 정말 살아 계신 아버지 앞에서 이야기하듯 이렇게 말했습니다.

"아버지! 나 중학교에 붙었어요. 잘 했다고 칭찬해 주셔요."

"오냐 잘 했다. 철호야!"

아버지 대신 어머니가 철호의 목을 껴안아 주셨읍니다.

"철호야! 아버지는 지금도 살아 계시단다. 네 마음 속에 그리구 이 엄마의
마음 속에두……네 몸과 마음 속에서 새 아버지가 자라난단다."

저녁 전등불이 팍—켜졌읍니다. 환한 방 벽에서 아버지가 빙그레 웃고 계
셨읍니다.

—「아버지는 살아 계시다」 부분[225]

객관적인 타자로서의 대상이 철호와 철호 어머니의 내면으로 투사
되면서 주관 의식으로 전도된다. 즉, 현실적으로 아버지는 세상을 떠
나 대면할 수 없는 대상이지만 내면의 자각 및 서정적 지각을 통해 영
원히 생존하는 존재로 자리하게 된다. 이것은 철호와 철호 어머니라는
서정적 주인공이 객관적 대상을 서정적 관점으로 굴절시켜 인식하는
변형 과정이 있었기 때문에 가능하다. 결국 아버지라는 대상은 철호와
철호 어머니의 내면으로 인식되면서 이들 서정적 주인공에게는 마음
속에 자아와 합일을 이루게 되는 것이다. 서정적 주인공의 내면에서
자아와 합일을 이룬 존재이기 때문에 아버지는 더 이상 타자가 아니
라 살아 있는 존재로서 자아와 동일성을 확립한다. 이것이 아름다운
가치를 추구하고 영원성을 획득하려는 서정적 본질과 상통한다. 이처
럼 서정적 미학의 구현은 깨달음이라는 인식의 과정을 핵심적 요소로
삼는다. 아름다운 가치에 대한 인식, 보편적이고 영원한 우주적 섭리
에 대한 인식, 인간적 사랑에 대한 진실한 마음, 자기 성찰과 성장 과
정의 인식 등 다양한 인식의 행태는 서정적 주인공으로 하여금 서정

---

225 「아버지는 살아 계시다」, 『어머니의 초상화』, 앞의 책, 54~55쪽.

미학을 구현하고 창조하도록 방도를 제공하는 인자가 된다. 강소천의 창작동화 「영식이의 영식이」[226]도 자기 성찰과 각성의 과정을 그리면서 서정적 본질을 표상하고 있는 작품이다.

강소천의 작품 중에서 서정적 주인공의 특징은 주로 소년소설에서 뚜렷이 나타난다. 하지만 창작동화에서도 서정적 주인공의 인식 태도가 소년소설보다는 미약하지만 일관성을 갖고 제시되고 있다. 창작동화에서 제시되는 서정적 인물은 환상적 구조 속에서 다양한 상징성이 발휘되기 때문에 주인공으로서의 특징이 명료하게 드러나지 않을 소지가 많다. 특히 강소천의 창작동화에서 표현되는 환상성은 본질적인 환상과는 다른 형태를 취한다. 현실의 균열 속에서 주인공은 자기가 처한 현실을 전복시켜 현실을 극복하려는 적극적인 의지를 드러내는 환상이 아니라 서정적 환상을 창출해내는 것이 강소천 동화의 환상성에 대한 특성이다. 즉, 대상과 교감하고 소통하는 것, 아름답고 숭고함을 지향하는 미적 형식, 자아 각성과 성장을 위한 서정적 통과제의 등의 특징을 드러내는 것으로서 이와 같은 서정적 환상을 주조로 하는 것이 강소천 동화의 환상적 특징이라고 앞에서 다룬 바 있다. 강소천의 창작동화에 등장하는 서정적 주인공은 수동적인 태도를 보이며 현실에 대하여 대결하거나 전복시킬 의지를 표출하지 못한다. 갈등의 순간이 연출되지만 이 또한 첨예한 현상을 드러내지는 않는다. 그렇지만 수동적인 태도로 순응하는 양상을 보이면서 자아 각성에 초점을 맞추는 장면에 주력한다. 환상적 구조 속에서 서정적 주인공은 내면적 대응으로서 현실 인식을 구체적으로 표상하기가 쉽지 않다. 내면 묘사나

---

226 박금숙, 앞의 논문, 81쪽.
이 작품은 강소천의 『스크랩북 11권』에 원본이 실려 있는데 방송동화로 만들어졌다는 사실만 밝혀져 있고 정확한 발표지와 발표 연도는 알 수 없다. 원본에서는 제목이 「영식이란 아이」였으나 1958년 새글집에서 출간한 동화집 『인형의 꿈』에 수록될 때에는 「영식이의 영식이」로 개칭되었다고 한다.

심리적 플롯의 설정이 표면화되어야 하는데 이러한 특성은 소년소설에서 더욱 잘 들어맞는다.

이 작품에서도 이러한 서정적 환상을 구조물로 하여 창작동화가 설계되어 있다. 서정적 주인공의 자아 각성 과정이 꿈이라는 환상적인 형식을 통하여 전개된다. 국민학교에 입학한 영식이는 유치원에 다녔기 때문에 1학년이 배우는 기초 활동은 이미 다 알고 있다. 이렇게 똑똑하고 영리한 영식이는 글씨를 배우면서 더욱 학습하는 재미에 푹 빠진다. 자기 이름을 써놓고 누군가 자기 이름을 소리 내어 읽어주면 기쁘기 그지없다. 그리하여 학교에서 버려진 몽당분필을 주워 와서 집의 장독대나 굴뚝에 자기 이름을 써놓는다. 어느 수업 시간에 선생님이 "박영식"이라고 출석을 부르자 영식이 외에도 대답하는 소리가 한꺼번에 여럿 들린다. 연통 토막과 장독들이 교실에 들어와 가운데에 자리를 차지하고 영식이 차례에 한 목소리로 대답하는 것이다. 선생님은 당황하고, 아이들은 재미있다고 웃어댄다. 선생님이 연통 토막과 장독에게 연유를 물으니 장독 하나가 빙그르르 돌면서 몸통을 보여준다. 거기에는 "박영식"이라는 이름 석자가 적혀 있다. 모두 영식이가 자기 이름을 아무 곳에 써 놓았기 때문이다. 즉, 이 도구들은 영식이의 영식이인 셈이다. 이 상황에서 영식이는 사태를 수습하지 못하고 수동적인 태도로 일관한다. 오히려 선생님이 전면에 나서서 영식이 대신 사태를 수습해 준다. 선생님은 영식이가 자아 각성을 할 수 있도록 임무가 부여된 상징적 인물인 것이다. 선생님은 서정적 인물의 자아 각성에 주체적인 인물이라기보다는 영식이라는 서정적 주인공이 현실 인식과 자아 각성을 할 수 있도록 매개적 역할을 하는 상징적 존재인 것이다. 영식이가 객관 세계인 현재의 상황을 내면으로 받아들여 주관 의식에 의해 각성에 이르도록 선생님은 서정적 경험을 촉진하는 존재이다.

"박 영식"

하고 영식이 있는 쪽을 보고 말씀하셨읍니다.

영식이는 곧

"예!"

하고 일어섰읍니다. 장독이며 연통 토막도 아까와 다름없이,

"예!"

하고 조금씩 몸을 움직였읍니다. [⋯중략⋯]

"영식이란 아이는 저기 서 있는 아이 하나밖에 세상에 없단 말이야. 너희들은 박 영식이가 아니야. 너희들은 박 영식이의 박 영식이란 말이야."

조금 부드러운 목소리였읍니다. 그제야 장독이며 연통 토막들은 안 모양입니다. 아무 말도 않고 가만히 서 있읍니다.

"알았지?"

갑자기 큰 소리로 묻는 선생님의 말씀과 꼭 같이

"예, 알았읍니다"

하고 큰 소리로 대답을 했읍니다. 정말 이건 군대에서 훈련하는 식입니다.

"좋아! 알았으면 인젠 모두 제 자리에가 제가 맡은 일을 하란 말이야. 너희들은 움직이면 사고야. 언제나 한자리에 자리잡고 앉아서 제가 맡은 일을 하는 게 너희들의 책임이야. 다신 "박 영식" 하고 출석을 불러도 왔단 안 돼! 알았지?"

―「영식이의 영식이」 부분[227]

연통이나 장독들이 박영식이의 분신이 되어 나타나도 영식이는 직접적인 대응을 하지 못한다. 그저 "영식이만은 한 번 큰 소리로 웃지도 못하고 쪼그리고 앉아 있었읍니다. 아이들이 '와아' 하고 웃을 때

---

227 「영식이의 영식이」, 『인형의 꿈』, 앞의 책, 24~25쪽.

마다 그게 모두 자기 때문이라고 생각하니, 자꾸만 가슴이 죄어드는 것만 같았읍니다."[228]라는 수동적인 태도만 보일 뿐이다. 영식은 스스로가 물건에 자기 이름을 써놓아 벌어진 일이라고 생각하며 죄책감을 갖고 자기반성을 한다. 물론 이러한 자기 성찰의 상황도 스스로 모색하는 것이 아니라 선생님이라는 인물의 힘을 빌려서 전환시킨다. 선생님은 연통과 장독들에게 제 자리로 돌아가 자기의 책임을 다하라고 설득한다. 이 진술은 강한 교육적 의도에서 비롯되는 것인데 이것이 꿈이라는 환상적 장치에 의해 예술적인 문학성을 구축하게 된다. 그리고 선생님은 "이 세상에 박영식은 하나밖에 없다"라고 하여 영식에게 자긍심을 심어준다. 선생님의 이러한 의식은 영식이의 성장에 촉진적 역할을 하게 된다. 영식이의 낙서 행위와 교실 내에서 맞닥뜨린 가짜 영식이의 사물들 그리고 그로 인하여 죄책감을 느꼈던 순간들은 모두 통과제의의 과정이 된다. 이것이 서정적인 통과제의로 해석될 수 있는 것은 영식이의 내면에 자아 각성 과정을 통하여 깨달음의 경험적 순간을 연출하고 있기 때문이다. 진짜 영식이로부터 비롯된 가짜 영식이들의 분산 즉, 연통이나 장독들의 사물들이 난잡하게 등장한 것은 비동일성의 상징이 된다. 분리되고 나누어진 근대 사회의 특징을 대변하는 철학적 논리에서 이들을 내면으로 받아들여 하나의 박영식으로 통합한다. 이것은 이성 중심의 근대 의식을 초월하여 동일성을 지향하는 원초적인 세계의 핵심 의식과 맞닿아 있다. 이러한 의식 속에서 영식이는 하나밖에 없는 자신의 고귀함과 우주적인 자연의 섭리를 인식하고 성장을 예견함으로써 철없는 행위로부터 벗어나게 된다.

지금까지 강소천의 창작동화와 소년소설을 중심으로 구현된 서정성의 본질과 미학적 실체 및 구현 과정을 살펴보았다. 그의 작품에서는

---

228 위의 책, 26쪽.

감각적인 이미지를 병치시킴으로써 이미지와 인물의 정서나 의식이 순간적으로 합일하는 장면을 보여주고 있다. 특히 강소천은 시적 이미지의 활용이 탁월한 작가였기 때문에 은유적 상상력이나 상징적 기법을 통하여 감각적인 이미지를 조성한다. 이 감각적 이미지를 바탕으로 서정적 주체의 인식 과정이 서정적 경험을 통하여 서정적 순간의 합일을 드러낸다. 또 상징적 공간을 설정하여 이를 내면화하는 서정적 과정이 전개된다. 이렇게 내면화된 상징적 공간은 미래에 대한 희망이나 동일성을 이루었던 원초적인 평화의 세계를 염원하는 서정적 전망으로 그려지고 있다. 그런가하면 서정적 주인공의 현실에 대한 내면적 대응과 자아 각성의 인식 과정을 표현함으로써 세계를 주관화하는 모습을 보여준다. 이것은 비록 수동적인 태도로 서정적 주인공이 행동하지만 내면 의식을 강화하는 방식이며, 넓게는 현실을 주관적으로 해석하여 삶의 진실한 가치를 깨닫고 한 차원 성숙하는 모습을 표현하는 서정적 관점인 것이다.

제5장

결론

1. 문학사적 의의와 한계
2. 글을 마치며

제5장

결론

1. 문학사적 의의와 한계

한국 아동문학사에서 강소천이 남긴 문학적 업적은 선구적이었다고 말해도 과언은 아닐 것이다. 1930년대부터 활동을 시작하여 그가 타계할 때까지 약 30여 년간 아동문학의 성장과 부흥을 선도하였으며, 아동문학의 정통성을 지키고자 노력을 소홀히 하지 않은 작가였다. 그는 아동문학의 양대 장르인 동요·동시 장르와 동화 및 소년소설 장르에서 공히 뛰어난 문학적 재능을 발휘하였다. 곧 아동문학 전반 및 두 장르의 발전과 부흥에 크게 기여한 문인이었다. 그러므로 그가 끼친 문학사적 의의를 확인하기 위해서는 두 장르를 세분하여 살펴보는 것이 타당하리라 본다.

우선 동요·동시의 경우를 살필 수 있다. 동요·동시는 연구자들마다 긍정적 평가를 내리고 있다. 김상욱은 1930년대 동요의 정형성을 극복하고 동시라는 규정에 걸맞게 시를 창작한 동시인으로 윤석중, 박영종과 함께 강소천을 선두에 지목하고 있다.[1] 그에 따르면 1930년대는 동시라는 새로운 장르가 정착하기에는 미흡한 면이 많다는 주장을 하면서 이러한 흐름이 1950년대까지 지속되는 경향을 보여준다고 한다. 그럼에도 강소천의 동시를 비교적 동시의 수준에 어느 정도 부합한다고 지적한 것은 강소천의 동시가 그만큼 동시 문학사의 흐름 속에서 중요한 위상을 차지하고 있었다는 공적으로 이해하고 있음을 뜻한다. 강소천의 동요·동시가 아동문학사에 남긴 의미를 정리하면 다음과 같다.

첫째, 동요·동시에서 시적 이미지를 다양하게 변주, 확장시킴으로써 서정 동시의 전형을 표상하였다. 강소천은 사물 이미지, 식물 이미지, 우주적 이미지 등 다양한 이미지를 생산함으로써 시상에 있어서 구체적인 감각성을 자아내고 있다. 특히 시각, 청각, 후각, 촉각 등 다양한 감각적 이미지와 감각의 전이를 통하여 뛰어난 직관력을 발휘하였다. 이러한 시적 경향은 이전 1920년대 동요에서는 찾아볼 수 없는 현상이었다. 특히 이미지를 자유자재로 구사하는 시적 능력은 강소천의 시적 독창성으로 평가 받기에 충분하다. 이러한 특성이 1930년대 동시의 주조로 정착하는데 그의 기여도가 지대하였다. 실제로 시인 윤동주가 동시를 습작할 때 강소천의 동시가 많은 영향을 주었다고 한다.[2] 윤동주의 동시에도 자유로운 시형과 함께 간결한 함축적 표현과 직관적인 표현미의 기법이 많이 구사되었다. 이것은 강소천의 동요·동시가 그에게 모범적인 역할로 작용했음을 입증하는 사례이다. 이처럼 1920년대 동요와는 달리 기법 면에서 새로운 창작 태도가 등장한다. 이러한 현상을 주도한 시인이 강소천이었다. 그는 등단 이력이 길지는 않았지만, 문학에 대한 실험 정신과 근대 의식의 각성으로 인하

1 김상욱, 「일제강점기 동시문학의 지형도」, 『한국아동문학연구』 제25호, 한국아동문학학회, 2013, 25~31쪽.
2 김만석, 「윤동주 동시 연구」, 『한국아동문학연구』 제18호, 한국아동문학학회, 2010, 177~180쪽.

여 짧은 기간 안에 1930년대 서정 동시의 정착과 부흥을 주도한 시인으로 자리매김하게 되었다.

둘째, 강소천은 동시 장르에 동화적 상상력을 끌어들여 동심의 세계를 확장시켰다. 그는 물활론적 기반 위에 의인화와 대화법을 사용하여 동심의 세계에 천착하고자 하였다. 이것은 그가 동심의 원리를 순수하고 낭만적인 세계로 이해하고 있었다는 사실과도 상통한다. 실제로 1920년대 동요에서 표현되었던 동심은 관념적이고 추상성을 띠는 것이어서 모호한 측면이 있었다. 이와는 달리 1930년대 강소천이 동요 · 동시에서 표현한 동심은 보다 구체적이고 순진함을 나타내고 있어서 이전의 동심에 비하여 정교하고 확장된 경향을 드러낸다. 강소천이 표현한 동심에 대하여 당대 시대 상황에 비추어 '낭만적 동심주의'라고 비판적인 안목으로 보는 견해도 있다. 그렇지만 1920년대와 비교할 때 동심의 세계는 구체화 및 확장된 모습을 보인다는 점에서 아동문학사적 의미를 갖는다. 또 순수성, 낭만성의 동심에 대하여도 한국 문학사의 흐름에서 볼 때 1930년대 문학은 순수주의를 표방할 수밖에 없었다. 이런 측면에서 문예사조 내지 당시의 문학사적 입장에서 궤를 같이하고 있었기 때문에 이러한 큰 범주 내에서 이해되어야 할 것이다.

셋째, 강소천은 동요시집 『호박꽃 초롱』을 발간함으로써 아동문학사에 빛을 던져주었다. 그는 1941년 박문서관에서 동요 · 동시 33편과 동화 2편을 묶어 동시집을 펴낸다. 이 시기는 일제의 우리말 말살과 탄압이 극에 달한 일제 강점기 말에 해당한다. 이미 이 동요시집에 대하여는 많은 학자나 아동문학가들에 의하여 높은 평가를 받은 바 있다. 일제 강점기 말엽 시련 속에서 출간된 동시집이라는 점에서 민족사적 의미도 지님은 물론 아동문학사에서도 소중한 자료로 인정받고 있다. 식민지하에서 윤석중에 이어 두 번째로 출간된 개인 창작 동시집이라는 점에서도 의미가 크다. 특히 이 동요시집이 문학사적으로 의미를 갖는 것은 여기에 수록된 동요·동시편들이 1930년대 서정 동시의 성격을 대변하고 있다는 점이다. 즉, 1930년대 동시를 모색하는 기법이나 동심의 새로운 양상이 집중되어 있다고 평가한다. 비록 강소천 개인의 동시적 특성에 불과하다고 치부할 수도 있겠지만, 강소천의 동요·동시가 당대의 동시 경향을 주도한 선구적 작품이라는 점에서 이 시집은 높은 가치를 부여해도 손색이 없다고 판단된다. 강소천은 평생 동시집을 이 한 권만 남겼다. 월남 이후에도 꾸준하게 동요·동시를 발표하지만 문학적 수준이나 동시에 대한 창작 의욕은 다소 미흡한 결과를 보여준다. 간혹 수준 높은 동시가 발견되기는 하지만 이러한 양상은 동시에 있어서 그의 문학적 한계로 지적될 수 있다.

다음은 그의 창작동화 및 소년소설을 통하여 확인할 수 있는 문학사적 의미를 밝혀본다.

첫째, 아동문학의 정통성을 지키고자 분투하였다. 강소천은 월남 이후 동시집보다는 동화집을 펴내는데 주력한다. 창작 열의도 동화 장르에서 왕성한 의욕을 보인다. 전술한 바 있지만 강소천은 1950년대 창작동화 및 소년소설 단행본을 가장 많이 출간한 작가로 거론된다.[3] 또한 독자도 많았고, 아동문학가로서 추앙받는 작가였다고 한다. 이는 대중적 차원에서 말하는 것이 아니라 실제로 그가 실천한 문학적 행보와도 관련이 있다. 그는 몸을 아끼지 않고 아동문학의 발전과 창작 활동에 매진하여 결국 짧은 생애로 삶을 마감하게 된다. 1950년대는 아동문학이 상업적 통속화에 빠져 혼란을 겪기도 하였다. 특히 작가

---

3 선안나, 『1950년대 동화·아동소설 연구』, 앞의 논문, 102~108쪽.
  선안나는 1950년대에 출간된 아동문학 관련 단행본을 정리하면서 소설가와 전문 아동문학가가 발간한 단행본 출판물을 분석한 바 있다. 이 연구에서 그는 1950년대에 강소천의 개인 출판물이 단연 압도적으로 많았다고 분석하였다. 총 11회라고 정리하였으며, 그 다음으로 이주홍이 5회, 마해송이 4회로 뒤를 잇고 있다고 한다.

중에는 전문 아동문학인이 아닌 작가들이 아동문학에 참여하면서 무분별한 작품을 쏟아내어 아동문학적 특성을 혼란스럽게 하는 결과를 낳기도 하였다. 이러한 문학사적 혼란 속에서 강소천은 문학성 높은 작품을 지속적으로 생산하였다.

둘째, 창작동화 및 소년소설에서 강소천은 다양한 서사 기법을 활용하여 형식적 실험을 시도하였다. 그는 창작동화 및 소년소설에서 주제를 드러내기 위하여 서술 방식 또는 서사 구조적인 측면에서 여러 기법을 차용하여 표현의 다양화를 꾀하였다. 이것은 형식 미학에 대한 그의 관심 정도를 확인할 수 있는 부분이다. 산문 양식에 시적인 문체를 사용한다거나 내면 독백, 일기, 편지, 겹이야기 구조, 결말의 현현, 이완적 플롯, 설화적 모티프, 꿈과 환상 모티프 등 폭넓은 형식들을 수용하여 아동문학의 산문 양식을 확장, 발전시키는 역할을 주도하였다. 감상성에 매몰되어 통속화의 경향으로 문단을 좌우했던 작가들의 틈바구니 속에서 동화 및 소년소설이 나가야 할 미래를 바라보고 굳건히 문학성을 인식한 작가 중 한 사람이었다는 점에서 문학사적 의미는 뚜렷하다.

셋째, 강소천은 창작동화 및 소년소설이 지녀야 할 미학성을 일관된 의식으로 제시하였다. 그가 인식한 동화 및 소년소설의 미학성은 서정적 미의식이었다. 이전의 아동문학가들이 표현했던 서정성은 강소천이 추구했던 서정성에 비하면 구체적이지 못하고 일관성이 결여된 결과를 보여주었다. 그러나 강소천은 산문 양식인 동화 및 소년소설 장르에 서정시적 요소를 과감히 도입하여 서정적 본질을 지향함으로써 미적 실체를 뚜렷하게 제시하였다. 그는 작품에서 여러 이미지를 복합적으로 생산하여 서정적 순간의 장면을 구체적으로 그려냈다. 그리고 전쟁의 폐허로 인해 상처 입은 어린 영혼들을 위하여 문학 작품에서 꿈과 환상의 희망적인 공간을 설정하고, 이를 내면의 치유적 기능으로 제시하면서 고양된 정신으로 승화시키고 있다. 그런가 하면 서정적 주인공을 통하여 현실을 긍정적으로 인식하고, 내면적 자아의 강화를 통하여 자각을 통한 성장의 과정을 그려냄으로써 세계와 화합을 이루는 미적 의식을 형상화하고 있다.

넷째, 강소천은 작품을 통하여 현실적 상황을 인식하고 미래의 꿈과 희망을 제시하였다. 강소천은 동화 및 소년소설을 일제 강점기 때부터 발표하였지만, 그가 현실 인식을 분명히 한 것은 월남 이후부터이다. 그 자신이 고향과 가족을 북에 남겨 두고 월남한 실향민이었기 때문에 상실의 고통은 헤아릴 수 없었으리라 짐작된다. 이를 두고 학자들은 그의 트라우마로서 분열된 자의식을 표출한다거나,[4] 남한 체제의 이념에 대한 강요와 억압으로 인하여 현실 도피 내지 이데올로기의 순응으로 인한 반공 이데올로기의 표출[5] 등으로 유추하기도 한다. 그러나 강소천은 나름대로 현실을 정확히 인식하고 있었고, 아동문학가로서의 양심을 끝까지 견지하고 있었다고 판단된다. 그것은 아동문학의 일차 독자인 어린이에 대한 배려와 이해가 그 자신의 마음속에 하나의 양심으로 자리하고 있었음을 방증해주는 대목이다. 우선 그가 작품에 등장시킨 인물이나 시간 및 공간적 배경은 대체로 전쟁의 후유

---

4 월남 이후 강소천이 창작한 동화 작품에 대하여 욕망의 결핍이나 트라우마 또는 상실의 불안과 새로운 이데올로기의 적응에 대한 내적 갈등의 문제로 해석한 연구 논문은 다음과 같다.
장수경, 「강소천 동화에 나타난 월남 의식과 서사의 징환」, 앞의 논문.
김수영, 『강소천 연구—트라우마와 애도를 중심으로』, 앞의 논문.
이은주, 『강소천 동화 연구』, 앞의 논문.
조태봉, 「강소천 동화에 나타난 전쟁 체험과 꿈의 상관성 연구」, 앞의 논문.
이충일, 「순수주의 아동문학과 '꿈'의 해석」, 『아동청소년문학연구』 제18호, 한국아동청소년문학학회, 2016.
5 반공주의 입장에서 강소천의 문학을 집중적으로 조명한 연구로 선안나의 연구가 대표적이다.
선안나, 『1950년대 동화 · 아동소설연구』, 앞의 논문.
이외에도 앞에서 제시한 장수경의 연구와 이충일의 연구에서도 강소천의 문학적 행보에 대하여 반공주의에 대한 언급을 동시에 제기하고 있다.

증을 외면하지 않고 있다. 부모를 잃거나 가족 중 누군가와 이별한 상황, 가난하고 넉넉지 못한 상황 등 전쟁의 상처로 인한 현실을 배경으로 삼고 있다. 하지만 그가 작품에서 드러내는 서사적 지향점은 고통받는 인물들의 생존 과정을 리얼하게 그리거나 참혹상을 생생하게 묘사하는 서사 방식을 지양한다. 비록 어려운 현실의 상황은 부각시켜 묘사하지만, 이를 극복하고 꿈과 희망을 추구하는 과정을 서사화한다. 이러한 서사적 구현 방식 때문에 학자들에게 현실 인식이 부족하다는 평가를 받기도 한다. 그러나 현실 인식이 부족하다는 견해보다는 강소천이 추구하는 동화 및 소년소설의 문학적 구성 방식과 미적 의식이 독창적이라고 평가하는 것이 바람직하다고 판단된다.

반공 이데올로기에 대한 비판적 시각도 이러한 차원에서 이해되어야 한다. 실제로 그가 표현한 반공주의 작품을 보더라도 반공에 대한 묘사가 분별없거나 투철하게 전개된다고 사료되지 않는다. 그저 북에 두고 온 가족을 그리워하거나 북한에 사는 서민이나 기독교인들의 실상을 묘사하는 정도이다. 자유민주주의나 남한 사회 체제에 대한 무조건적인 옹호를 묘사하거나 공산주의에 대한 적대적 감정을 직설적으로 표현한 작품은 극소수에 불과하다. 게다가 반공주의를 드러낸 작품 수 또한 다른 작가에 비하여 압도적으로 많은 편도 아니다.[6] 이것은

---

6 선안나, 앞의 논문, 73쪽.
선안나는 6 · 25 한국 전쟁 전시나 전쟁 직후에 발표된 반공 모티프 작품을 대상으로 집계한 바 있다. 그는 종군작가 그룹과 월남작가 그룹별로 나누어 발표된 작품 편수를 총 32편으로 조사하였다. 강소천은 월남작가에 포함시킬 수 있는데 장수철 5편, 박우보 3편보다 적은 2편을 강소천이 발표했다고 한다. 이 표를 보더라도 강소천의 반공 작품 수는 많다고 할 수 없다. 그리고 이 월남 작가들이 반공 모티프 작품을 창작할 수밖에 없었던 당시의 환경과 여건도 분석을 하였다. 선안나가 조사한 집계표를 인용한다.

〈작가별 반공 모티프의 작품 발표 편수〉

	종군작가	작품편수	월남작가	작품편수	기타작가	작품편수	비고
1	김광주	2	장수철	5	김영일	2	
2	박영준	2	강소천	2	박영만	1	

강소천의 동화 및 소년소설은 강한 내적 성장을 기저로 하고 있으며, 이를 통하여 꿈과 희망을 성취하는 것이 그가 지향하는 문학적 목표라고 평가된다. 그럼으로써 그의 동화 및 소년소설은 문예미학적 접근을 문학의 본질로 인식하고 있었으며, 작가 강소천이 추구하는 미의식은 곧 서정의 본질 미학에 있었다.

지금까지 강소천의 문학을 문학사적 맥락에서 검토하였다. 강소천은 작품을 통하여 한국 아동문학의 위상을 공고히 했음은 물론 어린이 헌장 기초, 어린이 인권 운동, 어린이 도서 개발 및 보급을 통한 독서 활동 강화, 아동문학 전문 연구 및 연구지 간행물 창간 등 문단 내외적으로도 활발한 활동을 전개하였다. 왕성한 창작과 출판 활동을 보여줌으로써 오늘날 방정환과 함께 정전 작가로 평가받고 있다.[7] 다만 아쉬운 점은 그가 드러낸 문학적 한계인데 동요·동시에서는 월남 이후 한 권의 동시집도 펴내지 않았다는 것이다. 그리고 동요·동시를 교과서 수록이나 노랫말을 위한 전략적 차원에서 발표했다는 점이다. 이것은 그가 일제 강점기 때 보여주었던 시적 수준을 더욱 발전시키

3	최인욱	1	박우보	3	임인수	1	
4	최태응	2					
5	김영수	1					
6	유주현	2					
7	박계주	2					
8	김장수	2					
9	방기환	1					
10	김송	1					
11	마해송	1					
12	박화목	1					
총		18		10		4	32편

7 장수경, 「해방 후 방정환전집과 강소천전집의 존재 양상」, 『아동청소년문학연구』 제14호, 2014, 299~309쪽.
장수경은 한국 아동문학사의 흐름 속에서 변모 과정을 살피기 위한 연구 과제로 방정환의 전집과 강소천의 전집을 대상으로 연구를 하였다. 특히 강소천의 정전은 1960년대 이후 아동문학의 순수주의를 대표하는 작가의 정전이라는 측면에서 문학사적 의의를 부여하고 있다.

지 못했다는 증거이기도 하다. 동화 및 소년소설에서는 동화에 비해 소년소설의 문학성이 다소 미흡하다는 평가를 내릴 수 있다. 이 현상은 주로 단편보다는 장편에서 발견된다. 장편 소년소설의 경우 대체로 연재물의 성격 때문에 서사 구성에 있어서 치밀함과 통일성이 미약함을 보여주고 있다. 동화 및 소년소설 전체에서는 작품 곳곳에 서술자의 개입이 두드러진다. 이 또한 강소천을 비롯한 대부분의 동화 작가들에게 1950년대까지 발견되는 일반적인 문학적 한계이기도 했다. 물론 이것은 어린 독자를 고려한다는 측면에서 사용된 서술 기법인데 1960년대 중반에 이르면 많은 신인들이 등장하면서 극복되는 서술 기법의 일반적인 현상이기도 하다. 강소천은 1930년대 아동문학이 문학적으로 성장하기 시작할 때 등장하여 역사적으로 위축과 혼란을 몸소 체험하면서 문학적 발전을 주도한 문인이었다. 동요 · 동시는 물론 동화 및 소년소설에 있어서도 지속적으로 미적 탐구를 시도함으로써 아동문학의 예술적 수준을 한 단계 높이는데 공헌한 문학인이라는 점을 주목해야 한다. 아동문학계에 있어 강소천이 약 30년 간 쌓은 업적은 그가 타계한 후인 1960년대 대거 등장한 신인들의 초석이 되었다. 그 근거가 1962년부터 창간된 전문 아동문학지인 『아동문학』(배영사 간)에 강소천이 편집 위원으로 참여한 것이다. 강소천은 이 『아동문학』 창간에 김동리, 박목월, 조지훈 등 대표적인 문학인들과 함께 주도적 역할을 했다. 비록 그가 일찍 타계하는 바람에 1년여밖에 활동하지 못한 점은 아쉬움으로 남는다. 이 전문지가 표방한 것은 아동문학의 본질과 정체성을 규정하는 일에 주력한 것이었다. 그리하여 아동문학 장르 즉, 동요와 동시, 동화와 소년소설 등의 개념을 구체적으로 밝히는 일에 전문적 의견을 개진하였다. 또 한 가지 중요한 것은 신인의 발굴에 집중한 점이다.[8] 이러한 노력에 의하여 1960년대에 신인 작가들이 대거 등장하게 되었다. 그리고 이것은 곧 본격 아동문학의 발전으로 이

어지는 계기가 되었다. 이렇게 1960년대 아동문학의 발전 선상에 강소천이 중심에 있었다.

우리 아동문학사에서 전문 아동문학인들이 대거 출현하여 진정한 문학성을 탐구하고, 이론적 발전을 모색하면서 창작이 활성화된 본격적인 문학의 전환기를 대체로 아동문학계에서는 1960년대로 상정한다. 이러한 문학사적 특징을 지닌 1960년대 아동문학의 생성 기반을 조성하는데 지대한 역할을 강소천이 담당하고 있었다는 평가가 가능하다.[9] 이런 점에서 강소천 문학의 아동문학사적 의의와 위상은 재정립되어야 한다고 판단된다.

2. 글을 마치며

본 연구는 굴곡진 역사적 사건과 그에 따른 희생의 삶을 살면서 오로지 문학 작품 창작에만 열정을 쏟아 부었던 강소천의 문학적 특징을 구명하는 일에 목표를 두고 진행되었다.

강소천의 문학적 특징을 밝히기 위하여 그동안 활용되었던 작가의 체험적 배경이나 역사·사회적 환경과의 관련성, 동화에서 사용된 환상 기법 연구와 같은 연구 방법을 지양하고 보다 문학 내적인 분석을 시도하였다. 즉, 문학 내에서 발견되고 있는 미적 특징으로서 서정적 특성을 체계적으로 구명하는 작업에 주안점을 둔 것이다. 이를 위하여 강소천이 주로 활동했던 문학 양식인 동요·동시와 동화 및 소년소설

8 이충일, 「1960대 아동문학 담론의 형성과 잡지 『아동문학』」, 『아동청소년문학연구』 제11호, 한국아동청소년문학학회, 2012, 329~336쪽.
9 장영미, 『1960년대 아동문학의 분화와 위상 연구』, 성신여자대학교 박사학위논문, 2011, 35~36쪽.

에서 두드러진 서정미학적 특징을 집중적으로 조명하게 된 것이다. 강소천의 문학적 특징은 동요·동시와 동화 및 소년소설에서 각각의 특징이 드러나면서 나름대로 독창성을 지니고 있는 것이 사실이다. 그렇지만 또 한편으로는 두 장르에서 공통적으로 표명되는 미적 특징인 서정적 특성도 발견된다. 이것은 강소천 문학을 규정할 수 있는 키워드로서 그의 문학 전반에 대한 총체적인 해명 작업이 될 수 있다. 실제로 강소천 문학에 대한 특징을 한 마디로 정의하려 들면 서정성이라는 말을 빼놓을 수 없다. 본 연구는 이러한 미적 개념의 추상적 정의에 대하여 구조와 의식의 구체화라는 차원에서 체계적인 해석을 시도했다는 데에 의의를 부여할 수 있다.

서정적 본질이란 슈타이거가 정의한 것처럼 "주체와 객체의 거리가 사라지고 상호융화를 이루는 회감의 상태"를 말한다. 카이저의 용어로는 '대상의 내면화'이다. 즉, 자아와 세계가 대립하지 않고 화합을 지향하고, 그럼으로써 정조의 통일을 기하는 미적 세계인 것이다. 강소천의 문학 작품에서 표출되는 서정적 특성이란 이와 같이 주체와 객체, 자아와 세계, 대상의 내면 투사 등 세계와 화합을 이루고 통일을 지향하는 세계의 인식 방식이다. 이를 좀 더 구체화시켜 보면 강소천의 작품에서 나타나는 서정적 특성은 자아의 인식과 각성을 표현하는 자아 반영적인 특징을 핵심으로 한다. 그런가 하면 순간적인 고조된 감정과 상태성을 포착하여 표현하거나 시적 요소를 부각시킨다. 또한 이러한 미적 태도는 서정의 본질인 근원에의 동경과 탐구를 지향한다. 여기에서 근원은 유년적 고향을 의미하는 것이며 물활론적 세계나 신화적 세계를 추구하는 것으로 동심의 세계와 소통하는 것이다. 이는 곧 강소천 문학에서 드러나는 서정적 특징의 핵심이 된다. 본론에서 논의된 내용들을 각 장르별로 정리하면 다음과 같다.

2장에서는 강소천 문학의 서정적 특징과 관련하여 작가 의식을 살

414

펴보았다. 격랑의 역사적 사건을 겪으며 삶이 점철된 문인이지만, 동심을 잃지 않고 생의 마지막 날까지 이를 지키면서 문학적으로 승화시킨 작가의 세계관이란 점에서 의미가 있다. 하지만 생의 전반에 걸쳐서 겪게 된 모든 역사적 사건이 모두 문학 작품 창작과 관련되는 것은 아닐 것이다. 지나치게 삶의 체험과 심리적 논리를 대입할 경우 문학 내적 분석에 장애 요인이 될 수 있다. 본 연구에서는 그의 삶 중에서 기독교 의식, 모성의식, 전쟁과 월남 의식만을 추출하여 살펴보았다. 기독교 의식은 그의 작품에서 줄곧 사랑과 희생의 화합으로 승화되고 있으며, 모성 의식은 어머니와 고향에 대한 그리움과 근원의 동경이 서정적 기법을 통하여 승화되고 있다. 전쟁과 월남 의식은 현실적 상실의 아픔으로서 이를 극복하기 위한 다양한 문학적 기법을 통하여 화해의 의식으로 승화되고 있다.

3장에서는 강소천 문학 중에서 동요·동시 작품을 중심으로 서정적 특징을 고찰해보았다. 동요·동시는 본래 서정 장르에 해당하는 것이므로 특정한 시적 조작이 요구되지는 않는다. 다만 서정적 본질을 발현하는 방식에 있어서 특징을 살피는 일이 중요하다. 강소천의 동요·동시에서 드러나는 서정적 특징은 크게 이미지의 확장을 통한 직관의 표현, 은유적 상상력, 동화적 모티프의 활용과 상호텍스트성이 핵심 요소로 작용하였다.

이미지는 강소천 동요·동시에서 가장 두드러지는 것으로 시각적 이미지와 청각적 이미지, 촉각적 이미지 등 다양한 감각적 이미지를 표상하였다. 이미지의 사용은 곧 직관의 세계를 표현하는 시적 장치로서 직관을 통하여 감정의 표출은 물론 동일화의 세계를 지향하였다. 특히 공감각적 표현을 이용하여 이미지의 통합을 시도하고 있으며, 감각의 전이를 통하여 상상력을 확장시켰다. 「메아리」와 같은 시에서 '메아리'를 '소리거울'로 감각의 전이 효과를 일으킴으로써 표현에서 참신함을 보여주고 있다. 또한 거울이라는 시각적 이미지와 메아리라는 청각적 이미지를 공감각화하고 전이시키면서 이미지의 통합과 함께 자아를 인식하는 모습으로 내적 자아의 화합을 표출하였다.

은유적 상상력은 유사성으로부터 출발하여 동일성 내지 통합의 세계를 지향하는 세계관으로 표출되었다. 강소천의 동요·동시에서 드러나는 서정적 특징인 은유적 상상력은 우주적 이미지와 이상의 세계, 놀이 이미지와 원초적 세계, 물활론적 이미지와 생명 의식, 그리움의 이미지와 근원의 동경으로 분류하여 검토한 결과를 요약하면 다음과 같다.

첫째, 우주적 이미지는 별, 달, 바다, 하늘, 물 등 주로 자연물에 해당하며 이를 통하여 우주적 이상 세계를 갈망하면서 인간의 삶의 태도와 연결시켰다. 둘째, 놀이 이미지는 어린 아기의 손 유희로부터 시작하여 말놀이, 장난감 놀이, 전통 놀이 등을 표현한 이미지를 포함하고 있었다. 놀이는 인간의 문화를 탄생시킨 원시적, 근본적 요소로서 원초적인 세계를 표명하고 있다. 셋째, 물활론적 이미지는 무생물에 생명성을 부여하는 것으로서 주로 의인화의 이미지가 핵심을 이루었다. 이 의인화의 이미지를 통하여 생명성의 부여와 통합을 시도하였다. 넷째, 그리움의 이미지는 강소천 삶의 체험과 직접적인 관련을 맺고 있는데 고향 또는 모성에 대한 그리움으로 집약되었다. 고향이나 어머니 또는 가족에 대한 그리움과 근원적 그리움을 결합시키면서 시적 서정화를 촉발시키고 있음을 알 수 있었다.

동화적 모티프는 동화적 상상력을 말하는 것인데 서정 장르인 동시에 서사적 요소를 도입하는 기법을 뜻한다. 강소천은 동요·동시에서 주로 의인화의 방법과 대화법을 활용하여 시적 이야기성을 구성하였다. 「바람」, 「잠자리」 등이 대표적인 동요·동시이다. 이 시들은 1930년대 발표된 동요시로서 형식에서도 자유시형을 취하고 있음은 물론

416

당대의 동시인과 비교할 때 강소천은 이러한 기법의 시를 즐겨 사용했던 것으로 파악되었다. 또한 이 동화적 모티프는 동시뿐만 아니라 그의 창작동화에도 재창조되어 두 장르 간의 상호 연관 관계를 검토할 수 있는 근거가 되었다. 대표적인 동시로「전등과 애기별」을 분석하였다. 이것은 동시에서의 서사적 모티프가 동화에서 재창조된다는 점에서 상호텍스트성의 양상을 살필 수 있었다.

4장에서는 강소천의 동화 및 소년소설을 중심으로 드러나는 서정적 특징을 고찰하였다. 동화와 소년소설은 장르상으로 보면 서사 양식에 해당한다. 그러므로 서정적 본질에 접근하기 위해서는 서정시적 요소를 결합시켜야 한다. 즉, 인위적으로 시적 조작을 가해야 하는 것이다. 강소천은 문학을 동시인으로 입문하였기 때문에 시적 재능에 있어서 탁월함을 보이고 있었다. 음악적 리듬, 이미지의 구사, 비유법의 사용 등 시적 기교에 있어서 높은 경지에 이르렀던 시인이었다. 이러한 재능을 그는 서사 장르인 창작동화와 소년소설에 도입함으로서 다양한 기법을 실험적으로 시도하였다. 이 기법적 실험은 단순히 실험에 그치는 것이 아니라 동화 및 소년소설 작품을 예술적 수준으로 끌어올리기 위한 미적 충동 내지 장인 정신의 의지에서 비롯되었다. 그 미적 실체가 바로 서정적 본질의 표현이었다. 이 서정성은 동화 및 소년소설에서 크게 구조적 측면과 의식, 주제적 측면으로 구분하여 검토할 수 있었다.

먼저 강소천은 동화 및 소년소설에서 다양한 서사 형식을 차용하여 서정적 특징을 발현하였다. 이를 서정적 구조화의 측면이라고 할 수 있는데 이를 다시 서술 층위, 구성 층위, 모티프 층위로 나누어 분석하였다.

첫 번째, 서술 층위에서는 내면 독백 형식과 일기, 편지체 형식의 서술 전략을 중심으로 살펴보았다. 내면 독백과 일기 형식은 자아를 반영하기에 알맞은 서사 형식으로서 서정시에서 화자의 체험적 진술과 동일한 의미로 해석되었다. 즉, 자기 자신과의 대화 형식으로서 자아의 인식 및 성장을 추동하면서 자아가 세계와 화합해 가는 과정을 그리고 있다. 대표적인 작품으로 「수남이와 수남이」, 「나는 겁장이다」, 「네가 바로 나였구나」 등을 통하여 이러한 특징을 살필 수 있었다. 편지체 형식도 자아를 드러내는 적합한 서사 형식이나 수신인이 전제되어 있어서 자아의 내적 탐색이 가능하다. 특히 편지체 형식에서는 화자가 수신자인 상대와 대화가 보다 극적으로 전개되는데 「꽃신」이 대표적인 작품이었다. 강소천은 편지라는 매개물을 통하여 이 작품에서 극적 효과를 고조시켜 정조의 통일을 기하고 있다.

두 번째, 구성 층위는 겹이야기 구조와 결말의 현현 방식, 그리고 이완적 플롯 구조가 핵심을 이루었다. 이것은 플롯의 다변화를 꾀하는 구성 효과로서 서정시에서의 도치나 강조 및 운의 사용과 같은 원리에 해당한다. 즉, 겹이야기 구조에서 표면적으로는 겉이야기와 속이야기가 분명한 경계를 지어 드러난다. 하지만 내용적으로는 겉이야기가 속이야기와 결합되고, 때로는 시간적 위치를 바꾸면서 겉이야기의 인물, 사건 등과 속이야기의 인물, 사건 등이 화합 내지 동일화를 추구하는 양상이다. 「개구리 대장」과 「대답없는 메아리」에서 잘 나타나 있다. 결말의 현현은 서정적 정조를 한 순간에 집중시키는 방식이다. 사건의 배치가 원인과 결과의 순으로 짜여 지지 않고 결과가 먼저 제시되고 결말에 가서 원인이 제시되는 등의 변주된 양상의 플롯이다. 즉, 이것은 극적 반전이나 새로운 의미의 발견 또는 깨달음을 전달하기 위한 구성적 효과로서 활용되었다. 「이런 어머니」, 「칠녀라는 아이」가 대표적인 작품으로 검토되었다. 이완적 플롯 구조에서는 플롯의 진행이 표면적으로 드러나는 것이 아니라 인물의 내면 속에서 인식의 과정으로 전개되었다. 그럼으로써 서사적 사건이 계기적이며 인과적으로 치밀하게 짜여 지는 것이 아니라 오히려 인물의 행동이나 사건 중심이 약화되고, 장면 묘사나 순간적인 이미지에 치중하게 된다. 즉, 시적 화자의 주관적인 인식에 의해 서사가 전개되기 때문에 플롯의 구성은 이완된 형태를 띠게 되는 것이다. 그리고 표현에 있어서도 시적 문체나 비유법, 다양한 이미지의 사용에 주력하게 되어 서정적 형태에 접근한다. 대표적인 작품으로 「사슴골 이야기」, 「이상한 안경」, 「피리 불던 소녀」를 주목할 수 있는데 이 작품들을 중심으로 구체적인 양상을 살펴보았다.

세 번째, 모티프 층위에서는 설화와 전통 놀이 차용과 꿈, 환상의 모티프 차용으로 구분하여 살펴보았다. 강소천은 동화에서 설화적 모티프를 활용하여 서정적 세계를 구현해내고 있다. 주로 활용한 모티프로는 효행담, 영웅담, 아버지 찾기, 사신 퇴치, 옥토끼 이야기 등 우리 전통적인 설화의 화소들을 차용하여 동화로서 재창조하였다. 그가 설화적 모티프를 작품에 차용하는 것은 우리 고전의 이야기를 변용, 창조한다는 의미도 있겠지만, 그보다는 설화적 세계를 표현하기 위한 수단이었음을 확인하였다. 설화적 세계는 신화적 상상력에 기인하는 것으로 원시성과 상통한다. 물질에 지배되고 합리적 이성에 의해 문명화된 세계의 근대성은 인간을 욕망으로 가득 차게 하였으며 타락한 인간성의 상실을 가져오는 결과를 낳았다. 그러므로 피폐하고 타락한 문명의 사회로부터 탈피하고자 보다 순수하고 통합된 세계를 지향하기 위하여 설화적 세계를 표현하기에 이르렀다. 여기에서 말하는 설화적 세계는 인간이 자연과 분리되지 않고 하나로 통합되어 순수한 영혼을 지향하는 의미에 해당한다. 「토끼 삼형제」, 「진달래와 철쭉」 등의 작품에서는 인간이 자연과 분리, 분열 없이 인간과 자연 또는 인간과 인간의 감정이 통합되는 서정적 본질을 꾀하고 있었다.

꿈, 환상의 모티프는 강소천 동화에서 가장 핵심적인 특징이었다.

단순히 무의식적 욕망으로서의 환상이 아니라 현실과의 결합을 시도하면서 환상의 구조가 전개된다. 즉, 현실과 환상의 세계를 넘나들면서 두 세계는 결합을 이룬다. 대체로 꿈을 통한 환상적 구조를 띠는 것이 가장 두드러진 구조적 특징이다. 이러한 환상의 장치를 통하여 서정적 통과제의나 자연과의 교감을 표현하였다. 여기에서 자연과의 교감은 단순한 자연적 대상과 교류하는 것을 의미하는 것이 아니라 인간의 근원적인 삶의 존재 방식을 표현하기 위한 상징적 요소로서 꿈과 환상이 작용하고 있었다. 「빨강눈 파랑눈이 내리는 동산」, 「잃어버렸던 나」, 「꿈을 찍는 사진관」이 대표적으로 살펴본 작품이었다. 여기에서 사용된 환상은 서정적 통과제의 또는 서정적 환상의 미적 기능에 기여하고 있음을 확인할 수 있었다.

서정적 구조에 이어 서정적 본질로서의 미학적 세계관 내지 미의식의 구현 방식과 양상을 중심으로 살펴보았다. 여기에서는 세 가지의 특징을 중심으로 분석하였는데 이미지의 병치에 의한 서정적 순간의 합일, 상징적 공간의 내면화와 유토피아적 욕망, 서정적 주인공의 현실 인식과 내면적 대응 양상으로 유형화하여 고찰하였다. 첫째, 강소천은 시적 이미지를 독창적으로 사용한 시인이었다. 이러한 시적 이미지를 서사 장르인 동화와 소년소설에 도입하여 서사성을 강화하고 있으며 이를 통하여 서정적 미학의 본질인 동일성과 화합의 세계를 추구하고 있다. 즉, 서정적 순간의 고조된 상태성과 합일을 지향하기 위하여 매개 수단으로 이미지를 부각시킨 것이다. 주로 꽃 이미지, 새 이미지, 어머니 이미지, 꿈 이미지 등 다양한 이미지를 병치시켜 서정적 장면을 고조시켰다. 그리고 이 장면을 통하여 서정적 주체는 내면적으로 제시된 이미지를 대상과 순간적으로 합일을 이루면서 서정적 정조와 상태성을 극대화하였다. 「찔레꽃」, 「민들레」, 「꿈을 파는 집」 등의 작품에서는 다양한 사물이미지와 감각적 이미지가 병치되면서 주체의 내면과 대상이 합일을 이루고 있다. 이러한 과정을 통하여 강소천은 서정적 순간의 정서를 고조시킴으로써 서정적 본질을 구체화하였다.

둘째, 상징적 공간은 현실의 공간이 아니라 주관적으로 내면화된 무시간적인 가상공간을 말한다. 즉, 시간의 질서가 주관적으로 인식되면서 공간적 인식으로 변형되어 시간성보다는 공간이 부각되는데 이를 공간의 동시성이라고 한다. 강소천의 작품에서 상징적 공간은 미적 가상의 공간으로서 환상의 공간으로 구체화되어 표현되었다. 현실의 시간과 공간에서 결핍되고 불화로 가득 찬 상황을 희망과 화합의 가상공간 즉, 상징적 공간을 내면으로 설정함으로서 동일화를 도모하였다. 이것은 원초적 세계를 지향하는 서정적 본질과 부합하는 것으로서 과거로 회귀하고자 하는 욕망, 곧 유토피아의 세계라고 분석하였다. 또한 과거의 원시적, 근원의 세계로도 표현되었지만, 블로흐가 말했던 '동일성의 고향'으로서 미래에 대한 희망의 차원에서 '고향'을 언급했던 것도 이에 해당한다고 분석하였다. 그리하여 대표적인 작품으로 「고향으로 돌아가는 배에서」, 「그리운 메아리」, 「어린 양과 늑대」 등의 작품을 통하여 이러한 서정적 특징을 검토하였다.

셋째, 서정적 주인공의 현실 인식과 내면적 대응에서는 서정적 주인공으로 설정된 인물들의 인식 과정과 대응 양상을 고찰하였다. 서정적 주인공이란 현실에 맞서 대결하고 사건을 직접 해결하는 성격이 아니라 수동적이며 현실에 대하여 소극적인 자세를 취하는 인물 유형을 가리킨다. 직접 세계와 맞서기보다는 인물 자신의 내면으로 세계를 인식하여 자아의 상황을 성찰로써 파악하는 모습을 보여주었다. 특히 강소천의 작품에서는 현실의 문제를 서정적 주인공의 내면으로 받아들여 순응하거나 헌신하는가 하면 자기 성찰을 통하여 새로운 가치를 내면화하는 양상을 표출하였다. 「꽃신을 짓는 사람」, 「어머니의 초상화」, 「무지개」 등의 작품에서 이러한 서정적 인식의 과정이 특징적으로 구현되었다.

지금까지 강소천의 문학에 구현된 서정적 양상과 미적 특징을 중심으로 고찰해 보았다. 강소천을 대상으로 연구된 논문은 편수에 있어서 많다고는 할 수 없지만, 접근 방법에 있어서 다채롭게 이루어졌다. 본 연구도 연구의 다양성에 동참하면서 지금까지 관심이 다소 저조했던 강소천의 문예미학적 특징 곧 서정적 특성에 대하여 주목하게 된 것이다. 이 연구를 통하여 강소천의 문학을 보다 문학 내적 차원에서 폭넓게 접근할 수 있는 기초와 계기를 제공했다는 점에서 의의를 부여할 수 있다. 아울러 본 연구는 다양한 연구 방법 중에서 서정적 특징이라는 범주를 적용하여 검토한 성과에 불과하다. 강소천 문학의 내적 가치를 구명하는 방법은 다양한 관점에서 접근이 가능하기 때문에 보다 폭넓고 심도 있는 연구가 뒤따라야 한다. 그리고 본 연구를 기반으로 하여 강소천의 동요·동시와 동화 및 소년소설을 장르별로 세분하여 특징을 밝힌다면 강소천 문학 연구에서 체계성이 정립될 수 있으리라고 판단된다.

강소천은 문학 활동을 통하여 1960년대 본격적인 아동문학이 도래할 수 있도록 기반을 다진 작가이며, 동요·동시와 동화 및 소년소설에 있어서 미적, 예술적 수준을 한 단계 끌어 올린 작가라는 점은 간과할 수 없는 사실이다. 강소천의 문학과 작가 의식은 이러한 사실에 대한 인지로부터 출발해야 한다. 이것이 전제되어야 그의 문학적 특징과 세계관 및 동심관을 올바르게 평가할 수 있으리라고 판단된다. 무엇보다도 관심을 기울여야 할 일은 강소천의 작품을 발굴하는 작업을 게을리 하지 않는 것이다. 물론 여러 연구자들에 의해 지속적으로 그 성과가 누적되고 있지만, 북한 체제하에서 거주할 때 창작했던 작품의 경우는 상대적으로 저조한 상황이다. 또한 1950년대 작품의 경우에도 교과서에 수록되거나 잡지나 신문에 재수록 또는 중복 게재됨으로써 혼란을 빚기도 하였다. 그때의 작품이 지금도 발굴되거나 서지 사항이 수정되는 것을 보면 연구에 있어서 연속성이 요구된다. 작품을 발굴하고 정확한 서지 사항을 밝혀 원본을 확정하는 문제 등은 연구자들이 지속적으로 관심을 가져야 할 자세라고 부언하고 싶다.

참고문헌

1. 기본 자료

강소천, 『호박꽃 초롱』, 박문서관, 1941.

_____, 『조그만 사진첩』, 다이제스트사, 1952.

_____, 『꽃신』, 한국교육문화협회, 1953.

_____, 『대답없는 메아리』, 대한기독교서회, 1960.

_____, 『강소천 소년문학선』, 경진사, 1954.

_____, 『꿈을 찍는 사진관』, 홍익사, 1954.

_____, 『무지개』, 대한기독교교육협회, 1957.

_____, 『진달래와 철쭉』, 다이제스트사, 1953

_____, 『종소리』, 대한기독교서회, 1956.

_____, 『인형의 꿈』, 새글집, 1958.

_____, 『꾸러기와 몽당연필』, 새글집, 1959.

_____, 『강소천 아동문학독본』, 을유문화사, 1961.

_____, 『그리운 메아리』, 학원사, 1963.

_____, 『어머니의 초상화』, 배영사, 1963.

_____, 『한국아동문학전집 6, 강소천 작품집』, 민중서관, 1963.

_____, 『강소천 아동문학 전집, 전6권』, 배영사, 1963.

_____, 『강소천 아동문학가 스크랩 북, 전15권』, 1952-1964.

소천아동문학상운영위원회 엮음, 『소년소녀 강소천 문학전집, 전7권』, 신교문화사, 1975.

_____, 『소년소녀 강소천 문학전집, 전12권』, 문천사, 1978.

_____, 『강소천 문학전집, 전15권』, 문음사, 1981.

_____, 『강소천 아동문학전집, 전10권』, 교학사, 2006.

2. 단행본

가스통 바슐라르, 이가림 역, 『물과 꿈 ─물질적 상상력에 관한 시론』, 문예출판사, 1992.

_____, 김웅권 역, 『몽상의 시학』, 동문선, 2007.

강재철, 최인학 편역, 『한국의 설화』, 단국대학교출판부, 2011.

건국대학교 동화와번역연구소 편, 『동화와 설화』, 새미, 2003.

고문숙 외, 『어린이 놀이지도』, 양서원, 2005.

곽안련, 박용규, 김춘섭 옮김, 『한국교회와 네비우스 선교정책』, 대한기독교서회, 1994.

김경복, 『서정의 귀환』, 좋은날, 2000.

김서정, 『멋진 판타지』, 굴렁쇠, 2002.

김애령, 『은유의 도서관』, 그린비출판사, 2013.

김용직, 『현대시원론』, 학연사, 2001.

김용희, 『디지털 시대의 아동문학』, 청동거울, 2005.

김종도, 『은유의 세계』, 한국문화사, 2003.

김종회, 김용희 편, 『강소천』, 새미, 2015.

김준오, 『시론』, 문장, 1982.

김천혜, 『소설 구조의 이론』, 문학과지성사, 1995.

김현자, 『현대시의 서정과 수사』, 민음사, 2009.

김해옥, 『한국현대 서정소설의 이해』, 새미, 2005.

김화경, 『한국의 설화』, 지식산업사, 2013.

나병철, 『소설의 이해』, 푸른산책, 1998.

_____, 『환상과 리얼리티』, 문예출판사, 2012.

남기혁, 『한국 현대시의 비판적 연구』, 월인, 2001.

노태한, 『독일문예학개론』, 한국학술정보, 2007.

디이터 람핑, 장영태 옮김, 『서정시: 이론과 역사』, 문학과지성사, 1994.

랠프 프리드먼, 신동욱 역, 『서정소설론』, 현대문학, 1989.

릴리언 H. 스미드, 김요섭 역, 『아동문학론』, 교학연구사, 1996.

마리아 니콜라예바, 김서정 역, 『용의 아이들』, 문학과지성사, 2013.

_____, 조희숙 외 역, 『아동문학의 미학적 접근』, 교문사, 2009.

미셸 반헬푸트, 「문학에 있어서 모티프 개념」, 이재선 편, 『문학 주제학이란 무엇인가』, 민음사, 1996.

볼프강 카이저, 김윤섭 역, 『언어 예술 작품론』, 대방출판사, 1982.

볼프하르트 헹크만, 콘라드 로터 엮음, 김진수 옮김, 『미학사전』, 예경, 2002.

박덕규, 『강소천 평전』, 교학사, 2015.

박상재, 『한국 창작동화의 환상성 연구』, 집문당, 1998.

박　진, 『서사학과 텍스트이론』, 소명출판사, 2014.

손진태, 최인학 역, 『조선설화집』, 민속원, 2009.

시모어 채트먼, 김경수 옮김, 『영화와 소설의 서사구조』, 민음사, 1990.

신헌재, 『아동문학의 숲을 걷다』, 박이정, 2014.

신헌재 외, 『아동문학의 이해』, 박이정, 2010.

심우장 외, 『설화 속 동물 인간을 말하다』, 책과함께, 2008.

아서 아사 버거, 박웅진 역, 『대중문화 비평, 한 권으로 끝내기』, 커뮤니케이션북스,
　　　　2015.

에른스트 블로흐, 박설호 역, 『희망의 원리 2』, 열린책들, 2004.

에른스트 피셔, 한철희 역, 『예술이란 무엇인가』, 돌베개, 1993.

에밀 슈타이거, 오현일 공역, 『시학의 근본개념』, 삼중당, 1978.

오성호, 『서정시의 이론』, 실천문학사, 2006.

오세영, 『문학이란 무엇인가』, 서정시학, 2013.

오세영교수회갑논총간행위원회, 『오세영의 시 깊이와 넓이』, 국학자료원, 2002.

오형엽, 『문학과 수사학』, 소명출판사, 2012.

요한 하위징아, 이종인 역, 『호모루덴스』, 연암서가, 2014.

우리전통문화연구회, 『우리 전통문화와의 만남』, 한국문화사, 2000.

유종호, 『시란 무엇인가』, 민음사, 1995.

_____, 『서정적 진실을 찾아서』, 민음사, 2001.

유평근, 진형준, 『이미지』, 살림, 2013.

윤충의 외, 『직관과 상상력』, 국학자료원, 2011.

이강엽, 『바보설화의 웃음과 의미 탐색』, 박이정, 2011.

이기숙, 이영자, 『2-3세를 위한 유아교육 프로그램』, 창지사, 1993.

이성훈, 『동화의 이해』, 건국대학교출판부, 2011.

_____, 『동화론』, 건국대학교출판부, 2014.

이승하, 『한국 시문학의 빈터를 찾아서 2』, 서정시학, 2014.

이오덕, 『시정신과 유희정신』, 창작과 비평사, 1977.

이재선, 『문학주제학이란 무엇인가』, 민음사, 1996.

이재철, 『한국현대아동문학사』, 일지사, 1978.

_____, 『아동문학개론』, 서문당, 1982.

_____, 『세계아동문학사전』, 계몽사, 1989.

이재철 편, 『한국아동문학 작가작품론』, 서문당, 1991.

이지호, 『옛이야기와 어린이문학』, 집문당, 2006.

이충일, 『해방 후 아동문학의 지형과 담론』, 청동거울, 2017.

전정구, 김영민, 『문학이론연구』, 새문사, 1992.

정상균, 『문예미학』, 한국문화사, 2002.

정영도, 『철학사전 -개념의 근원』, 이경, 2012.

조병기, 『한국문학의 서정성 연구』, 대왕사, 1993.

조희웅, 『한국설화의 유형』, 일조각, 1996.

졸탄 커베체쉬, 이정화 외 공역, 『은유』, 한국문화사, 2003.

질 들뢰즈, 펠릭스 가타리, 김재인 역, 『천 개의 고원』, 새물결, 2001.

차은정, 『판타지 아동문학과 사회』, 생각의 나무, 2009.

최승호, 『서정시와 미메시스』, 역락, 2006.

_____, 『서정시의 이데올로기와 수사학』, 국학자료원, 2002.

최승호 편, 『서정시의 본질과 근대성 비판』, 다운샘, 1999.

최운식, 『한국 서사의 전통과 설화』, 민속원, 2006.

최유찬, 『문예사조의 이해』, 이룸, 2006.

최지훈, 『어린이를 위한 문학』, 비룡소, 2001.

최현주, 『한국 현대 성장소설의 세계』, 박이정, 2002.

즈베탕 토도로프, 송덕호, 조명원 공역, 『담론의 장르』, 예림기획, 2004.

페리노들먼, 김서정 역, 『어린이 문학의 즐거움 2』, 시공 주니어, 2009.

페터 V. 지마, 허창운 역, 『문예 미학』, 을유출판사, 1997.

폴 아자르, 햇살과 나무꾼 역, 『책 · 어린이 · 어른』, 시공주니어, 2010.

폴 헤르나디, 김준오 역, 『장르론』, 문장, 1985.

한국아동청소년문학회 엮음, 『한국 아동청소년문학장르론』, 청동거울, 2013.

한승옥, 차봉준 편, 『한국 기독교문학 연구총서 1, 2』, 박문사, 2010.

한일섭, 『서사의 이론—이야기와 서술』, 한국문화사, 2009.

한자경, 『칸트 철학에의 초대』, 서광사, 2006.

함종호, 『시, 영화, 이미지』, 로크미디어, 2008.

허승희 외, 『아동의 상상력 발달』, 학지사, 1999.

허창운, 『독일문예학』, 서울대학교출판부, 2002.

헬무트 본하임, 오연희 역, 『서사양식』, 예림기획, 1998.

현길언, 『어린이 서사 이론과 창작의 이론』, 태학사, 2008.

홍순석 외, 『전통 문화와 상징 1』, 강남대학교출판부, 2001.

황석자 편, 『문체 Style의 문채 Figure』, 어문학사, 1997.

3. 논문

강정구, 김종회, 「1930년대 강소천의 동요·동시에 나타난 동심성」, 『현대문학의 연구』
　　55호, 한국문학연구학회, 2015.

고봉준, 「서정시 이론의 성찰과 모색―'서정' 개념의 이중성과 '정(情)'의 개념을 중심으
　　로」, 『한국시학연구』 제20호, 한국시학회, 2007.

권나무, 「어린이와 사회를 보는 두 가지 시선: 이원수와 강소천의 소년소설」, 『우리말교
　　육현장연구』 제6집 2호, 우리말교육현장학회, 2012.

금동철, 「서정과 은유적 상상력」, 오세영교수회갑논총간행위원회, 『오세영의 시 깊이와
　　넓이』, 국학자료원, 2002.

＿＿＿, 「수사학의 이데올로기성과 전략성」, 최승호 외, 『서정시의 본질과 근대성 비판』,
　　다운샘, 1999.

김경흠, 「강소천의 단편 창작동화에 구현된 서정적 구조 양상」, 『한국아동문학연구』 27
　　호, 한국아동문학학회, 2014.

김만석, 「윤동주 동시 연구」, 『한국아동문학연구』 제18호, 한국아동문학학회, 2010.

김명희, 『한국동화의 환상성 연구』, 전주대학교 박사학위논문, 2000.

김용희, 「강소천론―소천 동화에 나타난 꿈의 상징성」, 이재철 편, 『한국아동문학 작가작
　　품론』, 서문당, 1991.

＿＿＿, 『한국 창작동화의 형성과정과 구성원리 연구』, 경희대학교 박사학위논문, 2008.

＿＿＿, 「1930년대 강소천의 문학 활동과 첫 창작동화 「돌맹이 Ⅰ, Ⅱ」」, 『아동문학사상』
　　21호, 아동문학사상, 2015.

김유중, 「놀이와 상상력, 시작(詩作)의 상관관계」, 윤충의 외, 『직관과 상상력』, 국학자료
　　원, 2011.

김상욱, 「일제강점기 동시문학의 지형도」, 『한국아동문학연구』 제25호, 한국아동문학학
　　회, 2013.

김수영, 『강소천 연구―트라우마와 애도를 중심으로』, 건국대학교 박사학위논문, 2016.

김종헌, 「해방 전후 북한체제에서 강소천 아동문학연구」, 『우리말글』 64집, 우리말글학

회, 2015.

_____, 「1930년대 초 계급주의 동시문학의 생태학적 연구」, 『한국아동문학연구』 24호, 한국아동문학학회, 2013.

김지은, 「동화에 나타난 비일상적 장치와 텍스트 전복의 관계」, 『돈암어문학』 21호, 돈암 어문학회, 2008.

김창준, 「서양 근·현대 미학에서 '미적 가상'에 관한 연구」, 『대동철학회지』 44집, 대동 철학회, 2008.

김현정, 「1950년대 전반 대전문학 연구」, 『비평문학』 54, 한국비평문학회, 2014.

김환희, 「설화와 전래동화의 장르적 경계선」, 건국대학교 동화와번역연구소 편, 『동화와 설화』, 새미, 2003.

남기택, 「동화적 상상력과 근대문학의 성립」, 윤충의 외, 『직관과 상상력』, 국학자료원, 2011.

남미영, 『강소천연구』, 숙명여자대학교 석사학위논문, 1980.

노경수, 「소천 시 연구—『호박꽃 초롱』을 중심으로」, 『한국아동문학연구』 제15호, 한국아 동문학학회, 2008.

노 철, 「문학 장르의 경계와 지평: 서정의 장르적 층위와 자질」, 『한국문학이론연구』 44, 현대문학이론학회, 2011.

마성은, 「이북에서 발표한 강소천의 소년시·동요 연구」, 『한국아동문학연구』 29호, 한 국아동문학연구회, 2015.

박금숙, 『강소천 동화의 서지 및 개작 연구』, 고려대학교 박사학위논문, 2015.

박금숙, 홍창수, 「강소천 동요 및 동시의 개작 양상 연구」, 『한국아동문학연구』 25호, 한 국아동문학학회, 2013.

박덕규, 「강소천의 호박꽃초롱 발간 배경 연구」, 『한국문예창작』 32호, 한국문예창작학 회, 2014.

박상재, 『한국 창작동화에 나타난 환상성 연구』, 단국대학교 박사학위논문, 1998.

박성애, 『한국 근대 아동문학의 윤리성 연구—동화와 청소년소설을 중심으로』, 서울시립 대학교 박사학위논문, 2014.

박현수, 「서정시 이론의 새로운 고찰—서정성의 층위를 중심으로」, 『우리말 글』 40호, 우 리말글학회, 2007.

박 진, 『황순원 소설의 서정적 구조 연구』, 고려대학교 박사학위논문, 2002.

서덕민, 「백석 시에 나타난 동화적 상상력」, 『한국문예창작』 18호, 한국문예창작학회,

2010.

선안나, 『1950년대 동화·아동소설 연구』, 성신여자대학교 박사학위논문, 2006.

소재영, 「기독교의 전래와 한국문학」, 한승옥, 차봉준 편, 『한국 기독교 문학 연구총서 1』, 박문사, 2010.

송기한, 「서정적 주체 회복을 위하여」, 최승호 외, 『서정시의 본질과 근대성 비판』, 다운샘, 1999.

신정아, 「소천 시 연구; 자연의 품에서 깨어난 꿈」, 『한국아동문학연구』 23호, 한국아동문학학회, 2012.

_____, 「강소천 동화의 아동상과 교육관─'꾸러기'를 중심으로」, 『한국아동문학연구』 27호, 한국아동문학학회, 2014.

신헌재, 「한국 아동문학의 동심론 연구」, 『아동청소년문학연구』 12호, 한국아동청소년문학학회, 2013.

신현득, 『한국 동시사 연구』, 단국대학교 박사학위논문, 2002.

_____, 「동심으로 외친 독립의 함성」, 김종회, 김용희 편, 『강소천』, 새미, 2015.

엄경희, 「은유의 이론과 본질」, 『숭실논문』 19권, 숭실어문학회, 2003.

오길주, 『한국 동화 문학의 현실인식 연구』, 가톨릭대학교 박사학위논문, 2004.

원종찬, 「강소천 소고─해방기 북한체제에서 발표된 동화와 동시」, 『아동청소년문학연구』제13호, 한국아동청소년문학학회, 2013.

이국환, 『한국 전후소설의 인물 연구』, 동아대학교 박사학위논문, 2000.

이동순, 「강소천 발굴 동요와 문학적 의미」, 『한국아동문학연구』 제30호, 한국아동문학학회, 2016.

이동철, 「호랑이가 등장하는 효행설화의 교육적 효과」, 『한민족문화연구』 21, 한민족문화학회, 2007.

이숭원, 「서정시의 위력과 광휘」, 최승호 외, 『서정시의 본질과 근대성 비판』, 다운샘, 1999.

이은주, 『강소천 동화 연구』, 단국대학교 박사학위논문, 2016.

이재철, 「한국아동문학가연구 2─윤석중과 강소천의 동시」, 『국문학논집』 11권, 단국대학교, 1983.

이종인, 『희망의 두 지평─에른스트 블로흐와 위르겐 몰트만의 희망비교』, 백석대학교 박사학위논문, 2017.

이종호, 「강소천 동화의 서사전략 연구─단편동화를 중심으로」, 『동화와 번역』 12호, 건국대학교 동화와번역연구소, 2006.

_____, 「강소천 장편동화의 서사학적 연구―'해바라기 피는 마을'을 중심으로」, 『동화 와 번역』 15호, 건국대학교 동화와번역연구소, 2008.

이충일, 「순수주의 아동문학과 '꿈'의 해석」, 『아동청소년문학연구』 제18호, 한국아동청 소년문학학회, 2016.

_____, 「1960대 아동문학 담론의 형성과 잡지 『아동문학』」, 『아동청소년문학연구』 제11 호, 한국아동청소년문학학회, 2012.

임채욱, 『황순원 소설의 서정성연구』, 전남대학교 박사학위논문, 2002.

장수경, 「강소천 동화에 나타난 월남의식과 서사의 징환」, 『현대문학의 연구』 48호, 한국 문학연구학회, 2012.

_____, 「강소천 전후 동화의 현실인식과 기독교의식」, 『비평문학』 제51호, 한국비평문 학회, 2014.

_____, 「해방 후 방정환전집과 강소천전집의 존재 양상」, 『아동청소년문학연구』 제14 호, 한국아동청소년문학학회, 2014.

장영미, 「전후 아동소설 연구―『그리운 메아리』와 『메아리 소년』을 중심으로」, 『한국아동 문학연구』 22호, 한국아동문학학회, 2012.

_____, 『1960년대 아동문학의 분화와 위상 연구』, 성신여자대학교 박사학위논문, 2011.

장재천, 「청소년과 민족정신: 용인 동부지역 구비전승에 나타난 효 설화 분석」, 『한국의 청소년문화』 18, 한국청소년효문화학회, 2011.

장정희, 「윤동주 동시의 놀이 모티프와 화자의 욕망」, 한국어문학국제학술포럼, 2012.

_____, 「분단 극복의 환상―1960년대 장편동화 『그리운 메아리』를 중심으로」, 김종회, 김용희 편, 『강소천』, 새미, 2015.

정경민, 「자녀희생효설화에 나타난 '효'와 '모성'의 문제」, 『한국고전여성문학연구』 24, 한국고전여성문학회, 2012.

정선혜, 『한국 기독교 아동문학연구』, 성신여자대학교 박사학위논문, 2001.

정연학, 「우리의 삶과 민속놀이」, 우리전통문화연구회 편, 『우리 전통문화와의 만남』, 한 국문화사, 2000.

정준영, 「2001년, 그리고 동화적 상상력」, 『문학동네』 9권, 문학동네, 2002.

조영식, 『해외문학파와 시문학파의 비교 연구』, 경희대학교 박사학위논문, 2002.

조은숙, 「1960년대 어린이 문학 독본과 '학교 밖' 전문가들」, 『우리어문연구』 61집, 우리 어문학회, 2018.

조준호, 『한국 창작동화의 생명의식 연구』, 고려대학교 박사학위논문, 2014.

조태봉, 「강소천 동화에 나타난 전쟁 체험과 꿈의 상관성 연구」, 『한국문예창작』 11호, 한국문예창작학회, 2007.

_____, 「판타지를 바라보는 장르론적 입장」, 한국아동청소년문학학회 엮음, 『한국 아동청소년문학장르론』, 청동거울, 2013.

최은영, 『한국 현대 서정소설 연구』, 고려대학교 박사학위논문, 2010.

테오도르 지올코우스키, 「이미지, 모티프, 주제 그리고 상징」, 이재선 편, 『문학주제학이란 무엇인가』, 민음사, 1996.

황수대, 『1930년대 동시연구—목일신, 강소천, 박영종을 중심으로』, 고려대학교 박사학위논문, 2012.

4. 기타 자료

강소천, 「동아일보와 나, 돌맹이 이후」, 『동아일보』, 1960년 4월 3일자.

_____, 「나를 길러준 내 고향은 동화의 세계」, 『강소천 소년문학선』, 경진사, 1954.

_____, 「생명, 돈, 의사」, 『소년소녀 강소천 문학전집 6』, 문천사, 1978.

_____, 「나는 왜 아동문학을 하게 되었나?」, 『강소천 아동문학독본』, 을유문화사, 1961.

_____, 「무슨 빛깔의 카네이션을 달까요?」, 『강소천 아동문학독본』, 을유문화사, 1961.

_____, 「잃어버린 동화의 주인공들」, 『강소천 소년문학선』, 경진사, 1954.

_____, 「세월」, 『강소천 소년문학선』, 경진사, 1954.

_____, 「추석과 어머니」, 『강소천 아동문학독본』, 을유문화사, 1961.

_____, 「동화와 소설」, 『아동문학』 제2집, 1962년 10월.

김동리, 「강소천, 그 인간과 문학」, 소천문학상운영위원회 엮음, 『강소천 문학전집 5』, 문음사, 1981.

김요섭, 「바람의 시, 구름의 동화」, 『아동문학』10호, 배영사, 1964.

남미영, 「꿈·고향·그리움—강소천 선생이 주고 가신 세계」, 『강소천 아동문학전집 6』, 교학사, 2006.

박경종, 「대보다 더 곧은 소천 형」, 소천문학상운영위원회, 『강소천 문학전집 12』, 문음사, 1981.

박목월, 「내가 본 소천 문학」, 소천문학상운영위원회 엮음, 『강소천 문학전집 9』, 문음사, 1981.

박창해, 「소천 강 선생의 생애와 아동문학」, 『봄동산 꽃동산』, 배영사, 1964.

박홍근, 「강소천 선생의 동시의 세계」, 『강소천 아동문학전집 6』, 배영사, 1964.

박화목, 「강소천론」, 『아동문학』 창간호, 아동문학사, 1973.

서석규, 「아름다운 꿈의 세계」, 『강소천 아동문학전집 5』, 배영사, 1964.

_____, 「어린이 헌장과 어깨동무 학교—강소천 선생의 어린이 문화 운동」, 『강소천 아동
문학전집 7』, 교학사, 2006.

송창일, 「동화문학과 작가 1」, 『동아일보』, 1939년 10월 17일자.

어효선, 「강 소천의 인간과 문학, 순진 · 솔직 · 엄격」, 소천문학상운영위원회 엮음, 『강소
천 문학전집 6』, 문음사, 1981.

유재천, 「님 · 고향 · 민족의 변증법」, 『현대문학』 417호, 1989년 9월호.

윤석중, 「소천의 시 세계」, 소천문학상운영위원회 엮음, 『강소천 문학전집 1』, 문음사,
1981.

이원수, 「소천의 아동문학」, 『아동문학』 10호, 배영사, 1964.

전영택, 「책 끝에 드림」, 강소천, 『종소리』, 대한기독교서회, 1956.

전택부, 「소천의 고향과 나」, 소천문학상운영위원회 엮음, 『강소천 문학전집 2』, 문음사,
1981.

최태호, 「소천의 문학 세계」, 소천문학상운영위원회 엮음, 『강소천 문학전집 4』, 문음사,
1981.

하계덕, 「모랄의 긍정적 의미」, 『현대문학』 15권 2호, 현대문학, 1969.

영원한 어린이의 벗 -강소천(http://www.kangsochun.com)

네이버 지식백과(https://terms.naver.com)

한국학중앙연구원(http://www.aks.ac.kr)

한국향토문화전자대전(http://www.grandculture.net)

찾아보기

ㄱ

「가을 뜰에서」 112
「가을 밤」 96
「가을 산 I」 141
「가을 하늘」 57, 155
가장 놀이 123
감각적 전이 89
강경구 62
강봉규 45, 46, 60
『강소천 소년문학선』 174
『강소천 아동문학 전집』 209
강찬우 46
「개구리 대장」 237, 238, 241, 418
개념적 은유 이론 102~104
결말성 후진서술 258
『경향신문』 263
「고드름」 80
고전적 은유 이론 102, 104
「고향으로 돌아가는 배에서」 359, 360,
    362, 381, 421
공감각적 이미지 89, 90, 92, 284
「공치기」 135
관념의 육화 98
구미호 설화 300
구상력 98~100, 156
구술적 서사 244, 245, 247
「구월」 53, 57, 58, 112
「그네」 129

「그리다만 그림」 65
『그리운 메아리』 29, 49, 369, 374, 381,
    421
「그리운 언덕」 374, 375
「그리운 얼굴」 65
그림자 이미지 208, 210,
「그림자와 나」 57, 187, 189, 191
근원에의 동경 414
금단추 이미지 343, 344
기능놀이 127
기독교 사상 47, 49
기술된 텍스트 248
「기차 놀이」 133
김동리 62, 412
김영일 62, 71
김요섭 20, 203, 314
「까딱까딱」 125, 127, 135
깨달음과 발견 258
「꽃신」 66, 227, 228, 230, 231, 233, 418
「꽃신을 짓는 사람」 66, 382, 383, 385,
    386, 421
『꾸러기와 몽당연필』 350
「꿈을 찍는 사진관」 319, 321, 323, 420
「꿈을 파는 집」 66, 351, 352, 355, 420
꿈의 현시 301

ㄴ

나누기 83, 85

「나는 겁장이다」 26, 213, 214, 216, 233, 418
「내 고장」 153
「내 어머니 가신 나라」 363, 366, 368, 381
「내 이름」 117, 118, 120
내면적 대응 62, 381, 402, 420, 421
내적 대화 208
「네가 바로 나였구나」 223, 224, 226, 233, 274, 418
「노래하는 봄」 91
노발리스 183, 201
「눈 내리는 밤」 65
「눈 사람」 129
「눈싸움」 129
느슨한 플롯 278
「느티나무만 아는 일」 65

ㄷ

「다시 찾은 푸른 표」 310
「달밤」 79
「닭」 16, 76, 77
「대답없는 메아리」 49, 52, 245, 246, 250, 252, 286, 418
대상성의 내면화 35, 218
대상화된 인물 385, 387, 388
대화법 164, 171, 173, 174, 176, 177, 192, 195, 406, 416
「도라지꽃」 151, 152
도상적 이미지 346, 347
독일 낭만주의 183, 231
「돌맹이」 17, 20, 194, 218, 219, 221, 233, 287
동일성, 동시성 83
동일성의 고향 358, 359, 378, 421

동일성의 미학 37
『동화』 139, 155
듣는 세계 95~97
「따리아」 139, 140
「딱따구리」 217, 233

ㅁ

「마늘 먹기」 17, 194
마리아의 이미지 56
「마음의 시계」 57
마해송 203, 314, 359
『만선일보』 217
「매미 소리」 89, 90
「매미 잡기」 129
『매일신보』 181, 235
「멀리 계신 아빠」 232
「메리와 귀순이」 49, 65
「메아리」 86, 415
「무궁화」 144
「무궁화에벌나비」 16, 68
「무지개」 65, 388, 390~392, 421,
물활론적 세계관 38, 135, 160
미둔리 42, 45, 46, 148, 153
「민들레」 341, 343, 356, 420
민들레 이미지 343

ㅂ

「바다」 16, 106, 107, 120
「바다속」 119, 120
「바람」 170, 177, 416
「바람개비 비행기」 311
「박 송아지」 42
박경종 62
박목월 62, 412

박문서관 17, 70, 406
박창해 62
반공 이데올로기 23, 29, 62, 409, 410
방정환 71, 411
「방패연」 65
배영사 19, 209, 412
백석 70
「버드나무열매」 143
『버들 피리』 93
「별」 118, 120
「병아리 학교」 167~169, 177
「보슬비의 속삭임」 16, 109,
「보쌈」 194, 231, 311
「보육원에서 생긴 일」 57, 65
보이는 세계 94
볼프강 카이저 34
「봄바람」 167, 168, 177
「봄비」 110
「봄이 너를 부른다」 286
「봄이 왔다」 16, 68
북조선문학예술총동맹 60
비동일성의 상징 401
「비둘기」 65
비밀의 현현 258
「빨간 고추」 194
「빨강눈 파랑눈이 내리는 동산」 26, 185,
    187, 316, 318, 324, 420

ㅅ

「사슴」 70
「사슴 뿔」 137, 138
「사슴골 이야기」 274, 276, 277, 419
사신 퇴치 설화 300
사진 이미지 351, 354~356

사회적 어머니 260
「산타클로스 할아버지」 129
「삼굿」 17, 194, 231, 311
「3월」 146
상면 관계 34
상호 융화 34, 387, 388, 392
상호텍스트성의 역동성 178
새 이미지 352, 354~356, 420
『새벗』 213
「새해 선물」 137, 138
서정적 내용 332
서정적 직접성 212
서정적 진행과정 227
서정적 찰나 34
서정적 통과제의 315, 328, 330, 398, 420
서정적 형식 14, 204, 205, 332, 333
서정적 환상 미학 316
「선물」 129
「설」 129
「설날에 생긴 일」 65
성장통 329
『소년』 69
소년문사 16, 68, 69
『소년한국일보』 304
「속임」 194
송창일 194
「수남이와 수남이」 208, 209, 212, 233, 418
「순이 무덤」 150, 151
「술래잡기」 173, 174
「숨바꼭질」 131
시적 인식의 과정 331
시적 직관 85
시적 환상 201~203, 205, 319
「시집 속의 소녀」 260, 262, 267, 270

『신소년』16, 43, 68
신화적 상상력 135, 136, 138, 419
신화적 세계 38, 136, 275
신화적 환상 324, 327

ㅇ

「아기 다람쥐」345, 348, 356
『아기네 동산』171
『아동문학』19, 412
「아버지」65
「아버지는 살아 계시다」65, 394, 396, 397
『아이동무』128, 131, 173
『아이생활』43, 68, 115, 181
「아침 행진곡」375
약수 모티프 292, 293
「어린 양과 늑대」49, 375~377, 379~381,
   421
『어린이』43, 157
『어린이 다이제스트』62
어린이 헌장 48
어린이다움 120, 121, 123
「어머니께」57
「어머니의 얼굴」55, 65, 394, 395
「어머니의 초상화」57, 385, 387~389
언어적 상상력 101
「엄마소」124, 134
에덴동산 37, 187, 358
에른스트 블로흐 358
에밀 슈타이거 33
「여름 밤」88
「여름 방학」132
「연 I」129
영생고보 43, 62, 70
「영식이의 영식이」398, 400,

「옛말 나라」184~186
「오동나무방울」126, 128, 135
오카와 69
「우리의 겨울」129
「우주성」110, 115, 119, 120
「울엄마젖」57, 157
원시성 121, 122, 136, 158, 419
윤동주 87, 405
윤석중 69, 71, 404, 406
음영적 효과 131
의식의 동일화 260
「이런 어머니」55, 56, 256, 258, 259, 270,
   418
「이상한 안경」278, 280, 282, 419
이야기시 162
「인형의 꿈」57, 263, 266, 269, 270
「인형의 자장가」134, 135
「잃어버렸던 나」324, 328
「잃어버린 시계」49~51
「임금님의 눈」392, 393

ㅈ

「잠자리」16, 172, 173, 177, 416
장수철 62
「재미있는 놀이」129
「재봉선생」16
적조(붉은새) 69
전계은 45
「전등과 애기별」181~183, 417
「전등불들의 이야기」17, 181~183, 235
전영택 47
「전차 놀이」133, 135
정적인 체험 35
정전 작가 411

정조의 통일 34, 36, 359, 364, 414, 418
정지용 71
정현웅 70
「정희와 그림자」 190, 191
「조고만 하늘」 114, 115, 120
『조그만 사진첩』 62
『조선일보』 194
『조선중앙일보』 112
조지훈 412
『종소리』 47, 48
주관의 문학 34
주석적 서술 246, 349, 363
「준이와 백조」 65
「줄넘기 I」 129
「지도」 113, 115
지복의 공간 361
직관력 138, 405
직관의 미학 95, 97
「진달래와 철쭉」 26, 286, 294, 303, 306,
    419
「찔레꽃」 55, 336, 338, 340, 341, 356, 420

ㅊ
「청소를 끝마치고」 176, 177
촛불 이미지 113
최태호 62
「추석날」 129
「칠녀라는 아이」 255, 256, 258, 418

ㅋ
칸트 98~100
「코스모스」 154
「크리스마스 꼬까옷」 49
「크리스마스 카아드」 48, 65

ㅌ
탈영토화 94, 95
「토끼 나라」 304, 307
「토끼 삼형제」 17, 194, 287, 290, 301, 419
토도로프 163, 199

ㅍ
「팽이」 129
펀(pun) 124
페리 노들먼 177
「편지의 호텔」 232
편지체 서사 227, 232
『평화신문』 350
「포도나무」 48, 55
폴 아자르 122
「풀벌레의 전화」 112, 166, 177
플라톤 171
「피리불던 소녀」 282, 284, 285

ㅎ
하늘 이미지 115~117
하위징아 122, 135
『학원』 227
「해바라기 피는 마을」 56, 63, 65, 66, 286
해석학적 은유 이론 102, 104
허구적 작가 239, 244, 247, 248
허석운 54~56
헤겔 162
현현의 순간 258, 259, 270
혈연적 그리움과 사랑의 이미지 346
「호박」 112, 139, 140
「호박꽃 초롱」 16, 111, 120
『호박꽃 초롱』 17, 20, 24, 70, 96, 107, 112,
    140, 145, 166, 168, 171, 189, 406

「호박줄」112
환상적 리얼리티 184
황금시대 37, 359
회감 34, 35, 227, 239, 331, 367, 390, 395,
  414
효행담 290~292, 295, 297, 419